Jeanine Krock

Darlington

Eine zauberhafte Saison

JEANINE KROCK

DARLINGTON

Eine zauberhafte Saison

ROMAN

dtv

Originalausgabe 2022

Umschlaggestaltung: www.buerosued.de
Umschlagmotive: Lee Avison / Trevillion Images;
Sandra Cunningham / Trevillion
Satz: Fotosatz Amann, Memmingen
Gesetzt aus der Aldus nova
Druck und Bindung: Druckerei C.H.Beck, Nördlingen
Printed in Germany · ISBN 978-3-423-22025-5

Loslassen ist der Schlüssel zum Glück.
– Buddha

1. KAPITEL

London im Frühjahr 1811

Die Saison hatte noch nicht einmal richtig begonnen, und Julian Weston, siebter Duke of Asherton, sehnte sich bereits danach, in sein altes Leben zurückzukehren – oder wenigstens nach Maplethorpe Hall, wo die feinste Pferdezucht des Landes auf ihn wartete.

An die steinerne Balustrade der Terrassen gelehnt, lockerte er sein Halstuch und nahm einen großen Schluck Brandy, als eine Bewegung hinter den Fenstern von Wellsboroughs Haus nebenan seine Aufmerksamkeit erregte.

Eine schmale Gestalt, kein Mann, eher ein Junge, bewegte sich durch die Bibliothek. Er trug eine einzelne Kerze, deren Licht über die Bücher irrte und nervöse Schatten warf. Ein Hausbewohner auf der Suche nach Lektüre, vermutete Julian und wollte sich abwenden, als sich drüben die Tür zum Nebenzimmer öffnete und ein Lakai die Kerzen anzündete, während der Hausherr den Salon in Begleitung eines Gentlemans betrat.

Wellsborough füllte zwei Weingläser, von denen er eines seinem Gast reichte, der die elegante Abendgarderobe eines Dandys wie eine zweite Haut trug. Der Baron selbst war ein großer Mann und recht beleibt.

Unwillkürlich musste er schmunzeln. Wellsborough hielt sich sehr gerade, und Julian vermutete, dass ein Korsett unter dem meisterhaft geschnittenen Rock und der feinen Weste in hellem Blau für die steife Haltung sorgte. Halstuch und hohe Hemdkragen wirkten auch nicht eben bequem. Seine Breeches leuchteten in einem schockierenden Gelb, die Stiefel glänzten im Kerzenschein.

Julian ließ den Blick zurück zur Bibliothek wandern. Das Licht war gelöscht worden, doch der Mond schien direkt in den Raum und der Junge war noch immer da. Ihm kam der Gedanke, dass er sich geirrt haben könnte und dort ein Einbrecher am Werk war.

Im Begriff, seine Pflicht zu tun und den Nachbarn zu warnen, hörte er ganz in der Nähe jemanden sagen: »Verflucht, sieh nur: Die *Nobs* gehen in die Bibliothek!« Die jugendliche Stimme kam aus einem Strauch, nicht weit von ihm entfernt unten im Garten. Ungeachtet des despektierlichen Ausdrucks, mit dem die niederen Klassen Adlige bezeichneten, klang sie äußerst kultiviert.

»Tu doch was!«, sagte die andere Person.

Ein Pfiff erklang. Der Junge in der Bibliothek erstarrte kurz, dann öffnete er ein Fenster, kletterte hinaus und sprang in den Garten.

Julian zog sich in den Schatten zurück, um nicht gesehen zu werden, und lauschte dem Rascheln im Strauchwerk, das sich schnell näherte.

»Au, verflixt. Hier sind ja Rosen!«, hörte er den Jungen schimpfen.

»Hast du es?«, fragte ein Dritter, der noch nicht mal im Stimmbruch war.

»Nein. Er muss das Kästchen irgendwo anders versteckt haben.«

»Es kann überall sein. Wir werden es nie zurückbekommen.«

Ein Schluchzen war zu hören.

»Wein doch nicht!«, sagte der Einbrecher. »Lasst uns schnell verschwinden, bevor er das offene Fenster entdeckt.«

Hätte Julian die schlanke Gestalt in dunklem Hemd und Breeches nicht mit eigenen Augen gesehen, er hätte geschworen, die Stimme einer Lady gehört zu haben. Der warme Alt mit dem schmeichelnden Timbre berührte ihn auf eine so verwirrende Weise, dass er regungslos zusah, wie die drei in gebückter Haltung über das Dach des Stallgebäudes liefen. Er fragte sich noch, wie sie dort hinaufgeklettert sein mochten, da verschwanden sie schon unter dem Geäst eines Baums. Wenig später verklangen ihre Schritte in den *Mews*.

»Warum stehst du hier draußen in der Dunkelheit?« Samuel, Lord Hayes, schlenderte über die Terrasse zu ihm herüber. In der Hand hielt er eine Pfeife. Als er daran zog, erhellte das Glimmen ein schmales Gesicht mit hohen Wangenknochen und blassen grauen Augen. Annähernd so groß wie Julian, mit dunklem Haar und einer schlanken, trainierten Figur, war Samuel Hayes ein beliebter Gast in den Salons der Stadt. Ein jüngerer Sohn zwar und vom Krieg gezeichnet, aber ein angenehmer Zeitgenosse mit tadellosen Manieren.

Es dauerte nicht lange, bis der süßlich würzige Duft von Marihuana, gemischt mit Lavendel, die Luft erfüllte und die Anspannung allmählich aus Samuels Körper wich. Er war in Indien bei Assaye schwer verletzt worden. Äußerlich sah man ihm auf den ersten Blick nichts mehr an, doch Julian hatte genug vom Krieg gesehen, um zu ahnen, mit welchen finsteren Schatten und Erinnerungen sein Freund kämpfte. Von den Schmerzen ganz zu schweigen, die er tapfer vor seiner Familie zu verbergen versuchte.

Ihn selbst hatte es nie aufs Schlachtfeld gezogen. Sein Vater hatte gern Cicero zitiert und war der Auffassung, *»Der ungerechteste Frieden sei besser als der gerechteste Krieg«*. Die Bevölkerung litt seit Jahren immer stärker unter den Kriegsfolgen, und doch kämpften brave Engländer, wenn auch häufig nicht freiwillig, gegen Napoleon und in den Kolonien für die Krone.

Die Freunde standen eine Weile schweigend nebeneinander, bis Samuel schließlich erneut fragte: »Was machst du hier draußen?«

Julian zuckte mit den Schultern. »Ich sollte in Maplethorpe sein und mich um die Fohlen kümmern.«

Der Freund lachte wissend. »Du hast Angst vor den ehrgeizigen Matronen, gib es zu.«

»Angst? Ich würde es als einen gesunden Fluchtinstinkt bezeichnen.«

»Oder so. Kommst du nächste Woche mit nach Brentford Hall?« Das war der Landsitz des Earl of Brentford, Samuels Vater.

»Aber sicher. Auch wenn deine Schwester nicht begeistert sein wird.«

Beim Gedanken an das lebhafte junge Mädchen musste er schmunzeln. Sie war für ihn wie eine kleine Schwester und hatte erklärt: »Falls ihr beide weiterhin meine Tanzpartner verscheucht, bleibt mir nichts anderes übrig, als mich dem erstbesten *Stutzer* an den Hals zu werfen.«

Genau das hatten sie natürlich verhindern wollen, und Julian beschloss, sich nicht mehr einzumischen, während Samuel darauf bestand, auch in Zukunft darüber zu entscheiden, wer ihr vorgestellt wurde und mit wem sie tanzte.

»Du solltest Anbelle vertrauen, sonst brennt sie womöglich mit Strathlink durch«, sagte Julian.

»Großer Gott, bloß nicht! Dieser Mensch sieht aus, als ließe er in der Clifford Street schneidern.« Samuel presste die freie Hand aufs Herz, bevor sich ein verschmitztes Lächeln in seinen Augenwinkeln zeigte. Dann wurde er wieder ernst: »Anbelle wird einen guten Mann heiraten, der sein Geld zusammenhält und sie anständig behandelt.«

»Keine leichte Aufgabe, so jemanden zu finden.«

»Wenn nicht in dieser Saison, dann eben in der nächsten.« Er zog an seiner Pfeife und wurde ernst. »Du solltest auch nichts überstürzen, Julian.«

»Ehrlich gesagt will ich es einfach hinter mich bringen.«

Samuel folgte ihm ins Haus. »Du bleibst doch hier, bis man in der Upper Grosvenor Street wieder wohnen kann?«

Die Einladung des Earl of Brentford, vorübergehend in dessen Londoner Residenz zu logieren, während seine eigene renoviert wurde, hatte er gern angenommen. Lord und Lady Brentford waren so etwas wie eine Ersatzfamilie für ihn geworden, denn sie hatten sich um Julian und seinen kleinen Bruder gekümmert, während deren Eltern von einer antiken Fundstätte zur nächsten gereist waren.

»Ich kann eure Gastfreundschaft nicht über Gebühr beanspruchen.«

Julian machte sich keine Illusionen. Der *Ton*, die High Society des Landes, wartete darauf, den neuen Duke in Augenschein zu nehmen, und das würde den Haushalt der Hayes durcheinanderbringen. Deshalb hatte er übergangsweise ein Haus in der Brook Street gemietet, in das er in den nächsten Tagen umziehen wollte. Auf diese Weise war es für seine Leute auch weniger kompliziert, die Bauarbeiten seiner Stadtresidenz zu beaufsichtigen. Sie brauchten nur ein paar Türen weiterzugehen.

Als Heranwachsender hatte Julian Weston kaum einen Gedanken daran verschwendet, dass er den Herzogstitel von seinem Großvater erben könnte. Er stand nicht gerade in vorderster Reihe der Erbfolge. Sein Vater, Richard Weston, Viscount Sunborough, war der jüngste Sohn des Dukes und hatte zwei Brüder. Doch eine bedauerliche Anzahl tragischer Schicksalsschläge änderte die Situation. Die Sache war kompliziert, und meistens musste er die Familienverhältnisse mehrfach erläutern, bevor jemand verstand, wie es zu dem überraschenden Erbe gekommen war.

Der Erstgeborene hatte vier Töchter mit drei Frauen. Als er nach einem Kutschenunfall einem Wundfieber erlag, kam die Marchioness zu früh nieder, und das Kind – diesmal ein Sohn – überlebte nicht. Der Zweitgeborene kippte beim Dinner einfach vom Stuhl, und dessen einzigem Nachkommen weinte niemand eine Träne nach, als er in einem Duell erschossen wurde. Ihm hing der Ruf eines verantwortungslosen Wüstlings und Trinkers an.

Als der greise Duke of Asherton im vergangenen Jahr an einem Herzleiden verstorben war, ging der Titel auf Julians Vater über, der wenige Tage, nachdem er von seinem Erbe erfahren hatte, mit dem Segelboot kenterte und dabei ertrank.

Julian erfuhr von dem Unfall, während er geschäftlich in Kairo zu tun hatte. Seine Mutter beschwor ihn in ihrem Schreiben, direkt nach London zu reisen, um das House of Lords von der neuen Situation in Kenntnis zu setzen. Sie würde ihn dort treffen und den Tod ihres Ehemannes bezeugen.

Der Earl hatte Ausgrabungen in Griechenland geleitet, und die verwitwete, nunmehr *Dowager* Viscountess dachte gar nicht daran, in England zu bleiben. Stattdessen teilte sie Julian mit, dass sein Bruder die Arbeit des Vaters übernehmen werde und sie ihrem jüngeren Sohn selbstverständlich zur Seite stünde.

Er war nicht überrascht, das zu hören. Wäre Carola Wilhelmina Weston keine Frau, hätte sie als Wissenschaftlerin gewiss eine glänzende Karriere gemacht.

Ohne einen besonderen Grund fielen ihm die drei jugendlichen Einbrecher wieder ein. Amüsiert schüttelte er den Kopf über sich selbst. Julian neigte nicht zu abergläubischen Flausen, doch sein sechster Sinn sagte ihm, dass sie Vorboten einer weitaus unterhaltsameren Saison waren, als er erwartet hatte.

2. KAPITEL

Miss Tamira Darlington-Devi hatte unterschätzt, wie lebhaft die Straßen von Mayfair an einem milden Frühlingsabend auch gegen Mitternacht sein konnten. Als sie mit ihren vier Schwestern nach den Weihnachtstagen zum ersten Mal in London angekommen war, hatte rückblickend eine erstaunliche Ruhe über der nächtlichen Stadt gelegen, nur unterbrochen vom Ruf des Nachtwächters und gelegentlichem Hufgeklapper. Nun aber eilten exquisit gewandete Gentlemen an ihnen vorbei, und der Lärm der eisenbeschlagenen Räder von Ochsenkarren, eleganten *Phaetons* und schweren Reisekutschen war ungeachtet der späten Stunde nahezu ohrenbetäubend. Niemand kümmerte sich um die drei dunkel gekleideten Gestalten, die sich dicht an den schmiedeeisernen Zäunen der Stadthäuser entlangdrückten.

»Wir haben es gleich geschafft«, zischte sie den Zwillingen zu und schob sie in die Hay's Mews, eine kleine Gasse, die zu den Ställen ihres Onkels führte, dem Earl of Abbotsleigh. Es war wichtig, Zuversicht zu zeigen. Dennoch atmete sie erleichtert auf, als sie ihr Ziel erreicht hatten.

»Der Himmel sei gepriesen. Sie sind zurück! Ich hatte so 'ne Angst, dass was passiert.«

Tamira drückte ihrer Kammerzofe kurz die Hand. »Du kannst jetzt zu Bett gehen.«

Die Zofe ließ es sich aber doch nicht nehmen, sie über die Hintertreppe hinauf ins dritte Stockwerk zu begleiten und zu warten, bis sie in ihren Zimmern verschwunden waren.

Tamira bewohnte eines für sich allein. Die Zwillinge Georgiana und Henrietta schliefen mit der jüngsten Schwester nebenan. Caroline teilte sich eines mit ihrer Cousine Mary. Sie waren so beengte Wohnverhältnisse nicht gewohnt und dankbar, dass es einen Sitting Room auf der Etage gab, den sie gemeinsam mit Mary nutzten, die ebenfalls in dieser Saison debütieren sollte.

Welch ein Glück, dass Yalda uns nicht im Stich gelassen hat, dachte Tamira. In Indien hatte die resolute Paschtunin ihrer jüngsten Schwester als *Ayah*, also als Kindermädchen, gedient und es abgelehnt, Anila allein in die Ferne reisen zu lassen. Dass sie von Tamiras Patin, der Ehrfurcht gebietenden Bernadette Fourwinds, Countess of Cairnforth, begleitet wurden, zählte für sie nicht. Schließlich hatte die Countess zugestimmt, sie mitzunehmen.

Auf der langen Überfahrt assistierte Yalda Lady Cairnforths *Abigail* und ließ sich von der erfahrenen Kammerzofe in allen Handreichungen unterrichten, die erforderlich waren, um die Darlingtons zu betreuen. Nach anfänglichen Schwierigkeiten freundeten sich die beiden Frauen an, und seit sie mit den Abbotsleighs in der Hill Street residierten, verbrachten sie häufig ihre freien Nachmittage miteinander.

Caroline hatte in Tamiras Zimmer auf sie gewartet. Sie saß in dem kleinen Sessel am Kamin und sah auf, als sie den Raum betrat. »Und? Habt ihr was gefunden?«

»Nichts.« Tamira setzte sich auf ihr Bett, nahm die Kappe vom Kopf und pfefferte sie auf den Boden. Danach zog sie sich bis aufs Hemd aus. Es war nicht das erste Mal, dass sie

Breeches trug, aber die schäbigen Klamotten aus einem Laden für gebrauchte Kleider in Smithfield saßen schlecht, und der harte Stoff kratzte obendrein. Eilig rollte sie das Bündel zusammen und verbarg es in ihrer Truhe.

»Ich habe gleich gesagt, dass es aussichtslos ist. Wenn euch jemand erwischt, landet ihr im Gefängnis!« Caroline zog die Nadeln aus der Frisur, bis sich ihre Haare um die Schultern ringelten. Sie war die Einzige, die die Locken der Mutter geerbt hatte. Ihre grauen Augen wirkten kühl und distanziert.

Tamira öffnete den dicken Zopf, den sie sich geflochten und hochgesteckt hatte, um ihre nachtschwarzen Haare unter der Mütze zu verbergen. Anders als Caroline kam sie nach dem Vater, der ein schlanker, athletischer Mann gewesen war. »Was sollen wir denn sonst machen?«

»Abwarten. Ich habe heute gehört, dass dieser Baron Wellsborough demnächst eine Ausstellung plant.«

»Dafür brauchen wir eine Einladung«, sagte Tamira. »Obwohl ich nicht glaube, dass er den *Pakshee Baagh* zeigen wird. Jeder weiß …«

»Niemand in diesem Land interessiert sich für unsere Kultur«, unterbrach Caroline sie schroff. »Die meisten Leute sind hohlköpfig, habgierig und ignorant. Sie glauben, sie hätten *uns* die Zivilisation gebracht. Das ist doch lächerlich!«

Tamira stand auf und schloss ihre Schwester in die Arme. »So schlimm?«

»Ach, es geht schon. Ich werde jemanden finden, der bei alldem zumindest reich ist.«

»Das musst du nicht.«

»Doch, natürlich muss ich. Unser Geld reicht kaum für mein Debüt.«

»Woher weißt du das?«

»Tante Amanda war ungewöhnlich offen.«

Tamira stöhnte auf. Lady Amanda Abbotsleigh ließ keine Gelegenheit aus, ihre Nichten darauf hinzuweisen, wie überaus großzügig es vom Earl gewesen war, die fünf verwilderten Töchter ihrer älteren Schwester Josefine in seinem Haushalt aufzunehmen.

»Ich verstehe es nicht. Mama hat gesagt, in England wäre ausreichend Geld. Vielleicht hat unsere Tante auch übertrieben.«

»Das könnte sein, sie neigt dazu. Aber falls sie die Wahrheit sagt, habe ich so eine Ahnung, wer sich unser Geld eingesteckt hat«, sagte Caroline grimmig, während sie sich die Haare zur Nacht flocht. »Halifax will uns ja wegen *des Skandals* nicht mal empfangen.«

»Der kann mir gern den Buckel runterrutschen.«

Die Begegnung der Darlington-Schwestern mit dem Erben ihres Großvaters kurz nach ihrer Ankunft in Großbritannien war alles andere als erfreulich verlaufen. Ihre Meinung über den Mann stand fest: Der Marquess of Hallifax war ein aufgeblasener, hohlköpfiger Schnösel.

Caroline seufzte. »Das solltest du lieber für dich behalten. Womöglich werden wir ihm bei irgendeinem Ball begegnen«, sagte sie. »Jetzt etwas Erfreuliches: Anbelles Familie hat uns nach Brentford Hall eingeladen.«

Lady Anbelle Hayes debütierte in diesem Jahr ebenfalls und Tante Amanda war mit ihrer Mutter befreundet. »Dich und Mary?«

»Uns alle. Sie ist wirklich nett, ihr Bruder Samuel auch. Schade, dass er nur ein zweiter Sohn ist. Damit kommt er für Tante Amanda nicht infrage.«

»Woher kennst du ihn?«

»Ich habe beide auf der heutigen Soiree getroffen. Dabei

fällt mir ein, deine Patin war auch dort, sie hat mir etwas für dich mitgegeben.«

Tamira nahm das Briefchen entgegen, brach das Siegel auf und las. »Lieber Himmel, Lady Cairnforth will mich zu ihrer Schneiderin mitnehmen.«

»Das ist doch fantastisch.«

»Du wirst es nicht glauben. Morgen früh, schon um elf Uhr. Wann schläft diese Frau bloß?«

»Wie schockierend!« Caroline kicherte. »Dann solltest du nach deinem heutigen Ausflug vielleicht lieber baden und dir von Yalda eine ungeflickte *Chemise* rauslegen lassen.«

»Ich trage immer ordentliche Wäsche!«

»Ist ja gut. Diese französische *Corsetière* kommt einem unschicklich nahe, wenn ich das mal so sagen darf.«

Tamira betrachtete die sanften Rundungen ihrer Schwester. »Du hast es gar nicht nötig, dich einschnüren zu lassen, bei deiner Figur.«

Caroline lachte perlend. »Warte ab, bis meine neuen Kleider geliefert werden. Dann wirst du sehen, wie wichtig ein gut sitzendes Schnürmieder ist.«

»Und selbstverständlich ein fabelhaftes Dekolleté.«

»Das auch. Aber nicht *zu* prächtig, sonst wirkt es ordinär.« Caroline imitierte die helle Stimme ihrer Tante Amanda.

Tamira musste lachen. »Dann bin ich ja auf der sicheren Seite.«

»Du bist wunderschön. Glaub mir das doch endlich.«

»Bloß ein *bisschen dunkel*«, zitierte Tamira ihre Tante. Die Zeiten mochten sich zum Guten geändert haben, aber das vorherrschende Schönheitsideal war geblieben, und dem entsprach sie nicht.

»Unsinn. Du bist genau richtig. Ich wünschte, ich wäre Mama nicht ganz so ähnlich.«

Ihre Mutter war eine herzliche, liebevolle Frau mit einer großen Leidenschaft für süßes Konfekt gewesen, und es war ihren Töchtern natürlich nicht verborgen geblieben, dass sie kämpfen musste, um ihre Figur zu behalten.

»Mama war die schönste Frau der Welt.« In Tamiras Hals bildete sich ein Kloß. Ein Jahr war es nun fast schon her, und sie konnte immer noch nicht an ihr einstiges Zuhause in Indien zurückdenken, ohne dass ihr Tränen in die Augen stiegen.

Caroline ging es nicht anders, dennoch sagte sie resolut: »Komm jetzt, lass uns schlafen. Morgen wird ein anstrengender Tag.«

»Zumindest für mich. Du musst ja nur Tee trinken und plaudern.«

Ihre Schwester schnaufte. »Stell dir das mal nicht so einfach vor. Außerdem habe ich mich an die seltsamen Zeiten hier in London immer noch nicht gewöhnt. Morgenbesuche nicht vor zwei Uhr am Nachmittag, ich fasse es nicht.«

»Dafür kannst du die ganze Nacht tanzen.«

»Das stimmt auch wieder.« Caroline machte ein paar Tanzschritte und lachte. »Ich liebe es!«

»Reitest du morgen früh mit uns aus?«

»Auf keinen Fall! Und du solltest so was auch nicht tun.«

»Warum? Ich bin keine Debütantin und *viel zu alt* für den Heiratsmarkt.«

Ein weiteres Argument ihrer Tante Amanda, um in der bevorstehenden Saison die siebzehnjährige Caroline gemeinsam mit ihrer Tochter Mary zu präsentieren. Tamira hatte nichts dagegen. Bei Caroline stimmte alles. Ihre Schwester sah hinreißend aus, und wenn sie lachte, ging die Sonne auf. Das jedenfalls hatte der Vater immer gesagt. Ihre hellen Augen verrieten aufmerksam Beobachtenden, dass sie den zweiten

Namen Nimi zu Recht trug, der strahlende Augen bedeutete. Zudem verstand sie sich auf die Kunst der Konversation, war nicht ungebildet und spielte ausgezeichnet Piano. Darüber hinaus verfügte sie über weitere Fähigkeiten, die den Wert einer jungen Lady auf dem Heiratsmarkt erhöhten. Niemals ließ sie etwas von ihrer Intelligenz erkennen, die man bei Frauen allgemein für überflüssig hielt, und selbstverständlich konnte sie mit ruhiger Hand Tee zubereiten, währenddessen nett plaudern und dabei jedem ihrer Gäste vermitteln, wie wichtig er ihr war.

Carolines Umgang mit den Schwestern war durchaus robuster. »Niemand wüsste, wer von uns die Ältere ist, würdest du es nicht allen Leuten auf die Nase binden. Sowieso gelten für dich die gleichen Regeln wie für uns. Eine unverheiratete Frau galoppiert nicht bei Sonnenaufgang durch den Hyde Park, ob es dir passt oder nicht.«

»Dann wünsche ich dir, dass du diesen unerfreulichen Zustand der *Ehelosigkeit* schnellstmöglich beendest, damit du wieder vernünftig reiten kannst.« Tamira blies die Kerze auf ihrem Nachttisch aus. »Mir ist es egal, was die Leute über mich denken.«

»Irgendwann wirst du heiraten.«

Tamira schüttelte den Kopf. Sie hatte andere Pläne. Den Winter hatten die Schwestern auf dem Landsitz ihres Onkels in Hertfordshire verbracht, wo sie eine Frau kennengelernt hatte, die mit einer einmaligen Beobachtungsgabe gesegnet war. Die Gespräche und nun auch die regelmäßige Korrespondenz mit der humorvollen Lady hatten Tamiras Wunsch, Schriftstellerin zu werden, noch verstärkt. Sie hatte schon immer Tagebuch geschrieben und ihre Familie früher oft mit ihren selbst erfundenen Geschichten unterhalten.

»Sobald ich mein Erbe bekomme, ziehe ich in das Cottage

in Sevenoaks, züchte Rosen und schreibe großartige Romane.«

»Du weißt doch nicht mal, wo genau das ist und wie es da aussieht.«

»Ich weiß, dass es im Süden liegt. In der Nähe gibt es eine kleine Stadt, in der man gewiss alles Notwendige bekommen kann. Außerdem ist es gar nicht so weit von London entfernt. Höchstens eine Tagesreise. Wenn du irgendwann verheiratet bist, werde ich dich bestimmt besuchen können.«

Caroline antwortete mit einem Seufzer. Es war nicht das erste Mal, dass sie dieses Gespräch führten. Zunächst jedoch ging es nicht um Tamiras Zukunft, sondern um das bevorstehende Wochenende auf dem Land, und darauf freuten sich alle.

3. KAPITEL

Brentford Hall lag an guten Tagen drei bis vier Fahrstunden mit dem Curricle von Mayfair entfernt. Die Reise erforderte mindestens einen Pferdewechsel. Julian hatte deshalb zwei nahezu identische Rappen vorausgeschickt, die das Grauschimmel-Team ablösten, und fuhr nach deutlich kürzerer Zeit am Landsitz vor.

Sein junger *Groom*, der hinten auf dem zweirädrigen Wagen mitgefahren war, rannte nach vorn, um die Pferde zu halten.

»Reib sie ordentlich trocken und gib ihnen eine Extraportion Hafer«, sagte Julian und sprang vom Kutschbock.

»Schön, Sie zu sehen«, begrüßte er den alten Butler von Brentford Hall, der ihn seit seiner Kindheit kannte.

»Euer Gnaden, es ist immer eine außerordentliche Freude, Euch in Brentford Hall zu begrüßen.« Der Butler verbeugte sich tief und machte eine einladende Geste. »Wenn Ihr mir bitte folgen wollt.«

Als Julian wenig später aus seinem Zimmerfenster blickte, sah er Samuel vorfahren. Der Freund wechselte ebenfalls ein paar Worte mit dem Butler und betrat das Haus. Kurz darauf stürmte er herein, ohne anzuklopfen.

Julian zog seine Taschenuhr hervor. »Drei Stunden und siebzehn Minuten. Nicht übel.«

»Ich hasse dich!« Samuel stellte eine Flasche Brandy auf den Tisch.

Julian entkorkte seinen Wettgewinn und schenkte die goldgelbe Flüssigkeit in zwei Gläser, die auf einer Anrichte bereitstanden. »*Cheers!* Glückwunsch, das ist deine Bestzeit.«

Sie sprachen über die Fahrt und leerten dabei ein zweites Glas. Dann war es auch schon Zeit, sich für das Abendessen umzukleiden. Für heute war nur eine kleine Runde im Kreis der Familie geplant, die anderen Hausgäste würden morgen anreisen.

Julians Kammerdiener MacAlister kam herein, und Samuel verabschiedete sich. »Wir sehen uns später.«

MacAlister war bereits am Morgen mit dem Gepäck vorausgefahren und legt ihm nun die Abendkleidung heraus. Der ehemalige Dragoner begleitete Julian seit seiner Studienzeit in Cambridge. Die Männer verband nach einem knappen Dutzend Jahren mehr als nur ein Dienstverhältnis.

»Wer sich von einem Mann rasieren lässt, muss ihm vertrauen können«, hatte sein Vater gern gesagt, und Julian teilte seine Ansicht. Er hätte diesem Kammerdiener sein Leben anvertraut und hatte dies auf Reisen das eine oder andere Mal sogar schon getan.

»Ich höre, dass man für morgen eine erstaunliche Anzahl junger Damen erwartet, die demnächst in die Gesellschaft eingeführt werden«, sagte MacAlister und rührte den Rasierschaum an.

»Lady Brentford ist der Auffassung, dass sich die Debütantinnen in entspannter Atmosphäre kennenlernen sollten, bevor sie bei Hofe vorgestellt werden.«

»Womöglich hat Mylady auch einige Gentlemen im Sinn«, sagte MacAlister und setzte das Rasiermesser an.

Julian dachte an die Liste mit geeigneten Kandidatinnen

aus gutem Hause, die sie ihm und Samuel schon in London mit allerlei Erklärungen überreicht hatte.

Offenbar wünschte sich Lady Brentford nicht nur, ihre Tochter Anbelle vorteilhaft zu verheiraten, sie hatte auch den Ehrgeiz, eine passende Frau für Julian und ihren Zweitgeborenen zu finden.

Der folgende Tag begrüßte ihn mit einem spektakulären Sonnenaufgang über den weitläufigen Gärten, die sich saumlos in die hügelige Landschaft einfügten. Er beschloss, vor dem Frühstück auszureiten.

Der Stallmeister grüßte ihn mit einem freundlichen Zwinkern. »Guten Morgen, Euer Gnaden. Ich habe mir schon gedacht, dass Ihr kommen würdet.«

Julian hatte im letzten Sommer einen vielversprechenden Hengst geritten, den der Mann nun aus seiner Box führte.

»Hannibal sieht prächtig aus. Wie macht er sich?«

»Sagen wir mal so: Er hat seinen eigenen Kopf. Dieses Pferd lernt schnell. Leider auch die weniger erwünschten Dinge.«

Während der Stallmeister einen Sattel herbeitrug, um ihn dem tänzelnden Pferd aufzulegen, zog Julian einen Handschuh aus, damit es seine Witterung aufnehmen konnte. Hannibal schnaubte und drückte ihm das weiche Maul in die Handfläche. Er lachte. »Erinnerst du dich an mich? Erst will ich aber sehen, was du gelernt hast. Danach bekommst du etwas zum Knabbern.«

Das Pferd schien sich auf den gemeinsamen Ausflug zu freuen. Es drängte nach vorn, trabte über den gepflasterten Stallhof, und Julian wurde klar, dass er alle Hände voll zu tun haben würde, die sprudelnde Energie des Tieres zu bändigen. Aus einem gemütlichen Morgenritt würde nichts werden.

Sobald es das Gelände zuließ, erlaubte er dem Hengst einen

leichten Galopp zur Auflockerung. Danach trainierte er den Wechsel vom versammelten Galopp in den Trab und ritt schließlich ein paar Schlangenlinien. Damit ließ er es gut sein und gab dem Tier freien Lauf, bis sie die Furt erreichten. Es war offensichtlich, dass Hannibal nicht viel von dem gurgelnden Wasser hielt, das in der Morgensonne wie ein Silberschatz glitzerte. Aber sein Durst war größer als die Angst vor dem fremden Element, und er erinnerte sich offenbar an seinen Reiter und vertraute ihm ausreichend, um sich hineinlenken zu lassen. Am langen Zügel senkte er den Kopf und soff. Als sein Durst gelöscht war, schüttelte er sich und schlug spielerisch mit dem Vorderhuf ins Wasser, dass es hochspritzte und er Julian damit eine Dusche verpasste.

»Genug!«, rief der nach einer Weile lachend. »Ich habe Hunger, wie sieht's bei dir aus?«

Es waren diese Augenblicke, in denen er die Bürde vergaß, die ihm der Titel und die damit verbundene Verantwortung auferlegt hatten.

Von einem Erstgeborenen erwartete man selbstverständlich, dass er alles tat, um das Familienerbe zu erhalten, und das bestand traditionell aus Ländereien. Hatte ein Sohn aus Adelskreisen keine Aussicht auf ein ererbtes Auskommen, wurde zwar verlangt, dass er auf andere Art für seinen Lebensunterhalt sorgte, die Auswahl an akzeptierten Beschäftigungen war jedoch überschaubar. In den Krieg zu ziehen galt als Ehre, deshalb kauften Väter ihren zweitältesten Söhnen häufig Offizierspatente. Mit etwas Geschick konnte man, wenn auch vorwiegend in den Kolonien, ein Vermögen machen. Die jüngeren waren angehalten, sich der Kirche zu verpflichten, und bei entsprechender Neigung war es auch möglich, nach dem Studium in Oxford oder Cambridge einen angemessenen Beruf auszuüben. Ausgerechnet die einträglichste aller Betätigungen, der Handel, galt jedoch als zu gewöhnlich für einen Mann von adligem Geblüt.

Für Töchter gab es nur eine Zukunft. Sie mussten sich vorteilhaft verheiraten, wenn sie nicht als Gesellschafterin, als Gouvernante oder in noch betrüblicheren Verhältnissen enden wollten. Das erklärte den Ehrgeiz der jungen Ladys, einen angesehenen und nach Möglichkeit zudem wohlhabenden Ehemann zu finden.

Das alles hatte Julian lange Zeit nicht interessiert. Er war selten in England und führte ein unabhängiges Leben, in dem Frauen durchaus eine Rolle spielten – ans Heiraten dachte er nicht. Zu enttäuschend hatte seine einzige Liebe geendet, und wer ihn als Bonvivant beschrieb, mochte oberflächlich betrachtet recht damit haben.

Im letzten Jahr hatte sich Julians Situation nun aber durch das Erbe dramatisch verändert. Als der Duke of Asherton gehörte er dem Hochadel an und besaß selbstverständlich einen Sitz im Oberhaus, der ihm politische Macht verschaffte. Darüber hinaus fiel ihm die Aufgabe zu, das Herzogtum zu verwalten.

Mit einer profanen Tätigkeit ließ sich sein Stand in den Augen anderer Adliger, die im Wesentlichen von den Einkünften aus ihrem Grundbesitz lebten, nicht vereinbaren. Arbeit galt immer noch als gewöhnlich, obwohl dieses Konstrukt, das jahrhundertelang funktioniert hatte, längst ins Schwanken geraten war. Seit einiger Zeit fanden sich im Bürgertum Familien, die sehr viel wohlhabender waren als die qua Geburt herrschende Klasse.

Aus diesem Grund war Julian dankbar, sich weitere Einkunftsquellen erschlossen zu haben, und sah nicht ein, sie in Zukunft zu vernachlässigen. Allerdings hatte er auch nicht vor, außerhalb seines Freundeskreises darüber zu sprechen.

Denn eines war auch für Julian Weston, den siebten Duke of Asherton, oberstes Gebot: Die Ländereien und die Herrenhäuser, die er verwaltete, gehörten nicht ihm. Seine Aufgabe war es, sie für die kommende Generation zu erhalten.

Betrüblicherweise zählte es ebenso zu seinen Verpflichtungen, diese Generation zu zeugen. Nicht, dass der Akt ihm missfallen hätte. Keinesfalls, aber im Grunde seines Herzens träumte Julian davon, eines Tages eine ähnlich glückliche Ehe zu führen, wie er sie bei seinen Eltern kennengelernt hatte. Schlechte Erfahrungen hatten ihn zwar vorsichtig werden lassen, aber er besaß inzwischen genügend Lebenserfahrung, um zu wissen, dass ein Mensch sich in jedem Alter verlieben konnte. Nur würde er darauf nicht warten können.

Zu heiraten war nun seine Pflicht und die Londoner Saison der beste Ort, um eine Debütantin auszuwählen, die seinen Anforderungen genügte. Allzu hoch waren die nicht: Gesund musste sie sein und in der Lage, ihm ein oder besser zwei Söhne zu gebären. Woran er das allerdings erkennen sollte, war ihm ein Rätsel. Man ging für gewöhnlich davon aus, dass eine große Geschwisterschar die Fortpflanzungsfähigkeit in der Familie bewies. Natürlich wäre eine attraktive Gattin begrüßenswert, zwingend erforderlich für die Zeugung war das aber wohl nicht. Sanftmütig und intelligent sowie von einwandfreiem Charakter musste sie allerdings sein, schließlich würde sie ihre Vorzüge an seine Kinder weitergeben. Dass eine künftige Duchess über Manieren und Kenntnisse verfügte, um ihre Aufgaben souverän zu erfüllen, verstand sich von selbst.

Vor ihm lag also ein höchst unerfreulicher Sommer, aber er würde sich seiner Verantwortung wie ein Gentleman stellen. Auch wenn er den Vater als liebevollen und lebensklugen Ratgeber in zwischenmenschlichen Angelegenheiten gerade jetzt enorm vermisste.

Julian nahm die Zügel auf und trieb das Pferd zur Rückkehr an. Je eher er die leidige Aufgabe hinter sich brachte, desto schneller konnte er sich wieder angenehmeren Beschäftigungen widmen.

Nach dem Ausritt fühlte er sich erfrischt und hungrig. Der Frühstücksraum war noch leer. Doch als er sich am Büfett ein herzhaftes Frühstück zusammenstellte, kam Samuel herein. Sein Freund wirkte erschöpft, als hätte er nicht geschlafen.

»Schmerzen?«, fragte Julian.

»Es ist auszuhalten.« Samuel legte unauffällig einen Finger auf die Lippen, als Lord Brentford den Raum betrat. »Guten Morgen, Vater.«

»Hallo Jungs, wie geht es euch?« Der Earl setzte sich und nahm den Tee entgegen, den ihm ein Bediensteter reichte. »Das Übliche, Jones«, sagte er und wandte sich Julian zu. »Was hältst du von dem Hengst?«

»Er platzt vor Energie, aber er hat sich bemerkenswert entwickelt.«

»Das will ich meinen.« Brentford war sichtlich stolz. »Ich würde ihn dir verkaufen …«

»Ich denke darüber nach.«

»Sehr gut, Junge.« Diese familiäre Anrede war nicht unüblich. Er kannte Julian seit seinem sechsten Lebensjahr und war wie ein zweiter Vater für ihn.

»Du solltest es dir überlegen«, sagte Samuel lachend. »Es gibt nicht viele, die mit dem Hengst zurechtkommen wie du. Das Biest hat die Neigung, einen unaufmerksamen Mann in den nächsten Graben zu werfen. Aber er hat einen erfahrenen Reiter mit ruhiger Hand verdient.«

Samuel gehörte zu den 19. Dragonern. Eine Truppe exzellenter Reiter, die unter Major-General Arthur Wellesley in

Indien gekämpft hatten und nun in England stationiert waren. Er verstand sich ausgezeichnet auf Pferde.

Nach dem Frühstück bat der Earl Julian, ihn zu begleiten, um mit ihm die neueste Ausgabe der *Agricultural Review* zu diskutieren, und Samuel verabschiedete sich, um nach einer Stute zu sehen, die demnächst fohlen sollte.

Die Bibliothek bestand aus zwei miteinander verbundenen Räumen. Den vorderen Teil dominierte der mächtige Schreibtisch des Earls. Vor dem Kamin stand einer dieser modernen Lesesessel, die mit einem schwenkbaren Tisch ausgestattet waren. Eine ausgeklügelte Technik erlaubte es, die Lehne abzusenken und sich für ein Nickerchen auszustrecken.

»Der ist neu«, sagte Julian und sah sich die Mechanik genauer an.

»Und verdammt unbequem, wenn du mich fragst.« Der Earl lachte dröhnend. »Aber die Countess wollte ihn unbedingt kaufen.« Unvermittelt wechselte er das Thema. »Wie geht es meinem Sohn?«, fragte Brentford und bot Julian einen Platz an.

»Gut, schätze ich. Er hat Schmerzen. Wir können froh sein, dass er lebt.«

»Das weiß ich. Und ich weiß auch, dass er dieses teuflische Kraut raucht.«

»Besser als Laudanum ist es allemal.«

»Das behauptet er auch, und dass es ihm hilft, die Schmerzen zu ertragen. Ich wünschte, man könnte irgendetwas tun …«

»Wenn Sie mich fragen, dann würde ich sagen, er braucht eine Aufgabe. Wer weiß, wie lange sein Regiment in England stationiert ist. Samuel langweilt sich.«

Der Earl sah ihn nachdenklich an. »Ich habe ein Landgut nördlich von Edinburgh. Wenn er bloß heiraten würde, dann könnte er es übernehmen.«

»Warum nicht schon jetzt?«

»Es gehört zum Erbe seiner Mutter und ist an gewisse Bedingungen geknüpft.« Der Earl stand auf und ging zum Schreibtisch. »Aber es ist fruchtbares Land, und er hätte genügend Platz, seine Pferdeleidenschaft auszuleben. Diesen verrückten Hengst habe ich doch nur für ihn gekauft.«

»Ich weiß. Deshalb will ich ihn ja nicht haben«, sagte Julian leise.

»Aber er treibt sich lieber in London mit Männern wie diesem Lord Byron in fragwürdiger Gesellschaft herum.«

»Bereist Byron nicht derzeit die Peloponnes?« Seine Mutter hatte in einem Brief erwähnt, dass der Dichter ihre Ausgrabungsstätte besichtigt hätte und dem *Griechischen* sehr zugetan sei.

»Es heißt, er habe genug vom Reisen und würde bald zurückkommen. Von mir aus kann der Mann bleiben, wo der Pfeffer wächst«, entgegnete der Earl.

Julian verkniff sich ein Lächeln und fragte nach der Landwirtschaftszeitung, über die der Earl mit ihm reden wollte. Es dauerte nicht lange, und sie waren in ein intensives Gespräch vertieft, bis draußen Unruhe entstand.

Gemeinsam gingen sie zum Fenster. Eine glänzende neue Kutsche war vorgefahren. Bedienstete eilten herbei und halfen einer fülligen Matrone, gefolgt von fünf jungen Ladys und einem jüngeren Mädchen, heraus.

»Lieber Himmel, wie haben die nur alle Platz darin gefunden?«, fragte Julian.

»Das ist Amanda Clifford, Countess of Abbotsleigh. Eine tragische Geschichte.«

»Die Tochter des Marquess of Hallifax? Was ist mit ihr?«

»Ihre Schwester Lady Josefine Darlington ist mit einem indischen *Raja* durchgebrannt. Die beiden wurden letztes Jahr von Aufständischen ermordet. Ihr Ältester ist verschollen.«

Julian kniff die Augen zusammen, um besser sehen zu können. Zwei der Mädchen glichen sich wie ein Ei dem anderen. Ihnen folgten zwei junge Frauen, die eine brünett mit verführerischen Kurven, die andere auch sehr hübsch, wenn man den rosigen englischen Typ mochte. Die vermutlich Jüngste spazierte mit einem Lächeln auf den Lippen davon, bis ihr eine schlanke Lady nachlief, die ihren Hut in der Hand trug und deren zerzauste hochgesteckte Haare wie Rabenschwingen in der Frühlingssonne glänzten. Sie holte das Mädchen ein, sagte etwas zu ihr, und beide lachten.

Julian hätte sie gern genauer betrachtet. Stattdessen drehte er sich um und sagte: »Das sind alles Schönheiten. Wer von ihnen debütiert?«

»Ich bin mir nicht sicher. Die Blonde auf jeden Fall, sie ist Abbotsleighs Tochter, und dann noch die zweitälteste Darlington.«

Nun erinnerte er sich auch wieder an die Namensliste, die er von der Countess bekommen hatte. Abbotsleighs Tochter Mary hatte daraufgestanden und eine Miss Caroline Darlington-Devi.

»Was ist mit der Ältesten?«

»Das musst du meine Frau fragen.« Der Earl zuckte mit den Schultern. »Ach, da kommt George Market, Baron Wellsborough, mit seiner Tochter Susan. Ich wünschte, das Wochenende wäre schon vorüber.«

4. KAPITEL

Eine Woche zuvor in London

Die Vorfahren von Bernadette Fourwinds, verwitwete Countess of Cairnforth, waren als Sklaven auf die *Inseln unter dem Wind* verschleppt worden. Doch nach der *Zweiten Glorreichen Revolution* wurde Bernadette zur Herrin einer dieser Inseln.

Während die erste, die man auch *The Bloodless Revolution* nannte, vor über hundert Jahren das parlamentarische System etabliert hatte, wurde die zweite zur Befreiung. Die Aufklärung stellte bereits seit einiger Zeit das herrschende Wertesystem infrage. Das Königshaus, dessen Vertreter seit 1714 selbst Fremde in diesem Land waren, erkannte, wie gefährlich das für den Machtanspruch werden konnte. Nach einer einzigartigen Sitzung mit dem Ober- und Unterhaus wurde beschlossen, dass zukünftig alle Menschen unabhängig von ihrer Hautfarbe gleich zu behandeln seien.

Bernadette Fourwinds machte ein Vermögen, reiste in geschäftlichen Angelegenheiten nach London und heiratete für alle überraschend – wenn nicht sogar für sie selbst – den Earl of Cairnforth. Danach diente sie der Königin zwei Jahre als Kammerfrau, verlor dabei aber niemals ihre geschäftlichen Interessen aus den Augen.

Als Tamira geboren wurde, war Bernadette gerade zu Besuch

in Indien. Sie lernte Josefine Darlington, die älteste Tochter des Marquess of Hallifax, kennen und schätzen. Ihre Aufgabe als Patin für deren erste Tochter nahm sie seither sehr ernst, was sich auch darin äußerte, dass sie die Heranwachsende mit einer vortrefflich sortierten Auswahl an Literatur bekannt machte.

Während der schrecklichen Ereignisse befand sie sich mit den Schwestern in einem kleinen Palast am Meer. Vielleicht hatte der Vater geahnt, dass es gefährlich werden konnte, und sie deshalb um ihre Anwesenheit gebeten. Sie sprach nicht darüber, handelte aber entschlossen. Als die fünf Mädchen zu Waisen wurden, zögerte sie nicht, sie unter ihre Fittiche zu nehmen.

Wäre es nach ihr gegangen, hätte Tamira in dieser Saison gemeinsam mit Caroline debütiert. Doch angesichts der finanziellen Lage der Mädchen war beschlossen worden, die aussichtsreichste Kandidatin zuerst zu verheiraten.

Tamira nahm die Entscheidung gelassen. Es stimmte ja, dass ihre jüngere Schwester bildschön war und mit ihren angenehmen Manieren jeden Mann bezaubern konnte. Zudem hatte sie selbst insgeheim andere Pläne für ihre Zukunft.

Ansonsten war sie ihrer Patin außerordentlich dankbar. Nicht nur hatte Lady Cairnforth fünf Waisen auf ihrer Seereise zurück ins Mutterland begleitet und dafür gesorgt, dass sie bei den Abbotsleighs unterkamen, sie hatte es sich offenbar nun auch in den Kopf gesetzt, Tamira mit einer vollständig neuen Garderobe für die Saison auszustatten. Auch wenn sie nicht auf der Suche nach einem Ehemann war, so tanze Tamira doch für ihr Leben gern und freute sich auf die großen Bälle, von denen sie schon so viel gehört hatte.

»Guten Morgen, Kind. Ich hoffe, du hast nicht zu ausgiebig gefrühstückt?«, fragte die Countess zur Begrüßung und musterte Tamira kritisch.

»Nur eine Tasse Tee, Tante Bernadette.« Tamira knickste.

»Dann mal los, wir haben Großes vor.«

Wie Caroline vorausgesagt hatte, war der Besuch bei der *Corsetière* Sybil alles andere als angenehm, und Tamira atmete erleichtert auf, als sie das elegante Atelier der Französin verließen. Danach legten sie die wenigen Hundert Meter zur Bond Street zu Fuß zurück. Bernadette hielt jede Menge von frischer Luft und nichts davon, kurze Strecken mit dem Wagen zu fahren.

Frisch war die Londoner Luft heute allerdings nicht. Von der Themse wehte ein übler Geruch herüber, und die Straßen waren mit Unrat bedeckt, sodass die zerlumpten Kinder kaum hinterherkamen, die an Kreuzungen Pferdemist und andere Abfälle fortkehrten, damit die Kutschen nicht darin versanken.

Bernadette warf einem von ihnen eine Münze zu, die der Junge geschickt aus der Luft fing und in seiner Jacke verschwinden ließ.

Er zog die Mütze vom Kopf und verbeugte sich tief. »*Go' bless ya.* Gott schütze Euch, Mylady!«

Als sie den Schneidersalon betraten, sah sich Tamira möglichst unauffällig um. Sie hatte nicht damit gerechnet, dass der Laden so groß sein würde. Im vorderen Teil gab es Sitzgelegenheiten, und Magazine wie *La Belle Assemblée* und *The World of Fashion* lagen aus. Hübsche junge Frauen bedienten an zwei langen Tresen elegante Ladys.

»Bonjour, Lady Cairnforth, Mademoiselle. Madame Geneviève wird gleich bei Ihnen sein. Darf ich Ihnen eine Erfrischung anbieten?«

Es war ein warmer Tag und sie entschieden sich für Limonade, da erschien schon die *Couturière*. Mit ausgestreckten Armen kam sie ihnen entgegen.

»Ah, da 'aben wir ja die junge Dame. Charmant, ganz entzückend.« Madame Geneviève musterte sie aufmerksam und Tamira fühlte sich wie ein Insekt unter dem Vergrößerungsglas.

Ihr Tageskleid war schlicht geschnitten und saß nicht besonders gut, obwohl Yalda sich große Mühe gegeben hatte, es passend zu machen. Bis zu diesem Augenblick hatte sie keinen zweiten Gedanken an ihre Garderobe verschwendet, aber auf geradezu unheimliche Weise verstand diese Schneiderin es, ihr das Gefühl zu vermitteln, es gäbe nichts Wichtigeres für sie.

Madame Geneviève, eine Hugenottin, war mit der legendären Rose Bertin befreundet. Die einzigartige Modistin Marie-Antoinettes war während der Revolution aus Paris nach London geflohen, später aber wieder in ihre Heimat zurückgekehrt. Die beiden Frauen, hieß es, pflegten weiterhin engen Kontakt, trotz der Kontinentalsperre und des Krieges zwischen Napoleon und dem Königreich, und tauschten sich über die aktuellen Modetrends aus. Das war einer der Gründe, weshalb die eleganten Damen des Tons hier ihre Ausstattung bestellten – sofern sie es sich leisten konnten.

Doch als die Schneiderin ihnen ihre Stoffvorschläge zeigte, deren Farbpalette von zartem Elfenbein über blasses Rosa bis hin zu luftigem Hellblau reichte, schüttelte Patin Bernadette entschieden den Kopf.

»Das ist mir alles zu gewöhnlich. Für die sommerlichen Tageskleider nehmen wir helle Stoffe. Aber ihre Abend- und Ballkleider möchte ich in kräftigen Farben sehen. Ich denke da an die rote Seide, die ich von meiner letzten Reise mitgebracht habe.«

Ein breites Lächeln erhellte das Gesicht der Französin. »*Très bien,* dann habe ich genau das Richtige. Wenn Sie mir bitte folgen wollen?« Damit trippelte sie in einen privaten Salon und schickte ihre Schneiderinnen los, die Stoffballen um Stoffballen herbeischleppten. Ein junges Mädchen kam herein, sie trug ein Maßband bei sich und half Tamira dabei, ihr Kleid auszuziehen.

Die Modistin umrundete sie und zog an der bislang bequem sitzenden Schnürung ihres Korsetts. »Hier müssen wir korrigieren.«

Tamira keuchte. »Das ist zu eng!«

Bernadette, Lady Cairnforth, winkte ab. »Du gewöhnst dich dran. Diese modernen *Lappen* sind nichts gegen das, was in meiner Jugend getragen wurde.«

»Das neue Mieder von Sybil wird viel besser sitzen als dieses hier. Sobald es eingetragen ist, schicke ich eine Schneiderin vorbei, die die Kleider anpasst«, erklärte die Französin und fuhr fort: »Miss Darlington-Devi ist für die griechische Mode vortrefflich gewachsen. Nicht zu klein, aber auch nicht zu groß. Sie hat eine tadellose Figur. Etwas dünn vielleicht, da kann man nicht viel korrigieren, aber das brauchen wir auch nicht.« Sie musterte kritisch ihren Bauch. »Sehen Sie hier: Das Verhältnis von der Taille zum Hüftbogen ist vollkommen. Wenn ein Mann das sieht, kann er nur noch an das *eine* denken …« Sie blinzelte amüsiert.

»Aber unter den Kleidern sieht man doch nichts davon«, wagte Tamira einzuwerfen.

»Täusch dich nicht. Ein Windstoß, heller Sonnenschein und sogar Kerzenlicht – diese Stoffe sind exquisit und sehr, sehr fein gewebt«, sagte die Countess. »Eine Lady sollte sich dessen immer bewusst sein.«

»*Absolutement,* Ihre Silhouette wird die Gentlemen um den Verstand bringen.«

»Deshalb sind wir hier. Ihre Schwester Caroline hat von

allem ein bisschen zu viel, sie kommt nach den Hallifax-Frauen.«

»Ah! Ich erinnere mich an die Marchioness und ihre beiden entzückenden Töchter. Ein Jammer, dass sie …« Die Modistin verstummte, und so blieb es ein Geheimnis, ob sie den frühen Tod von Tamiras Großeltern oder die Mesalliance ihrer Mutter mit einem indischen Prinzen meinte. »Planen Sie eine neue Frisur?«, fragte Madame Geneviève hastig.

»Natürlich nicht«, sagte Lady Cairnforth. »Diese glänzende Pracht ist kostbarer als jedes Diadem.«

Die beiden Frauen sahen sich an und lächelten wissend. So ging es weiter. Sie sprachen über Tamiras Vorzüge, als wäre sie ein Pferd auf dem Markt, dabei würde sie gar nicht heiraten. Wie musste sich Caroline gefühlt haben? Ob ihre Schneiderin und Tante Amanda auch so über sie gesprochen hatten?

Als die beiden Damen anschließend ihr zukünftiges Aussehen diskutierten, hätte sie Luft sein können. Voller Entsetzen sah sie zu, wie die Patin Morgen-, Spazier- und Besuchskleider in Auftrag gab, dazu passend bezogene Sonnenschirme, Hüte und ein Dutzend Abend- und Ballkleider. Mit den Worten »Das Wetter in diesem Land ist schrecklich« bestellte sie einen Mantel und einen Spencer, bevor sie sich ruckartig umdrehte. »Du reitest doch, nicht wahr?«

Tamira, die in einer Modezeitschrift geblättert hatte, nickte überrascht. »Sehr gern sogar.«

»Bist du eine erfahrene Reiterin?«

Sie hob das Kinn und sagte selbstbewusst: »Ich denke schon. Vater besaß eine Zucht arabischer Pferde, die ihresgleichen suchte.« Sie schluckte bei dem Gedanken daran, was mit den wunderbaren Tieren geschehen sein mochte. An das Schicksal ihrer Eltern zu denken, verbot sie sich. Denn sie hätte die Tränen nicht zurückhalten können.

»Schon gut, Kind«, sagte Bernadette ungewohnt weich und wandte sich an die Schneiderin. »Dann nehmen wir also noch zwei Reitkleider. Eines für den Alltag in diesem Grün da«, sie zeigte auf einen Stoffballen. »Das kann meinetwegen etwas bequemer sein. Das andere für den Nachmittag im Hyde Park. Sie wissen schon, was wir da brauchen. Ein bisschen schnittig und ich würde sagen im Husarenstil.«

Als sie den Salon der Modistin endlich verließen, war Tamira allein vom Zuhören vollkommen erschöpft. Was sollte das bloß alles kosten? Sie machte eine Bemerkung in diese Richtung.

Die Countess reagierte beinahe empört. »Du bist mein Patenkind. Glaubst du etwa, ich werfe dich der Londoner Gesellschaft in Lumpen vor?«

»Aber ich debütiere doch gar nicht.«

»Was ich immer noch für einen Fehler halte. Jede Gastgeberin mit Niveau wird dir Einladungen senden, verlass dich darauf. So, und jetzt gehen wir zu *Harding* und besorgen ein paar Kleinigkeiten, um deinen Auftritt perfekt zu machen.«

Tamira war sprachlos, als sie das elegante Geschäft an der Pall Mall betraten, von dem ihr Caroline bereits vorgeschwärmt hatte. In diesem Kaufhaus gab es vom außergewöhnlichen Fächer bis zur zyklamfarbenen Straußenfeder alles, was sich eine Lady für die Saison wünschen konnte. Gewohnt, ihre eigenen Entscheidungen zu treffen, war sie heute zum ersten Mal froh, dass die Patin ihr einige davon abnahm und zügig bestimmte, welche Schuhe, Handtaschen, Hüte und Leibwäsche benötigt wurden.

Die Straßen Londons waren laut, voller unhöflicher Leute, die einen anrempelten, und man musste auch hier im feinen Mayfair auf sein *Réticule* aufpassen.

Menschen, die sich in den Straßen drängten, dreiste Taschendiebe, die Armut, das alles kannte sie aus Indien. Aber die schiere Anzahl an elegant gekleideten Ladys, Gentlemen und Dandys, die Geschäfte mit den *Galanteriewaren* und der bezaubernden Mode waren überwältigend. Sie fühlte sich wie ein Mädchen vom Lande, das zum ersten Mal in der Stadt war und aus dem Staunen nicht herauskam.

Dabei hatte es in ihrem Elternhaus unnachahmlichen Prunk, die edelsten Brokate und Seiden sowie kostbare Juwelen gegeben. Sie waren in einem weitläufigen Palast aufgewachsen, mit mehr Personal, als sie beim Namen nennen konnte, edlen Pferden und bezaubernd zärtlichen Elefanten. In England war nicht nur das Wetter feindseliger, ihr erschienen auch die Menschen weniger herzlich. Der Takt der Stadt, der Hunger nach Amüsement, der in der Luft lag, und die nervöse Geschäftigkeit, die überall zu spüren war, verunsicherten sie. Allein schon deshalb freute sie sich auf das Wochenende in Brentford Hall.

Damit Tamira einen Teil der Ausstattung dorthin mitnehmen konnte, hatte ihre Patin zusätzlich vorgefertigte Kleider bestellt, die sich für eine Landpartie eigneten, und so stapelte sich am Tag vor der Abreise ein bleicher Regenbogen aus zarten Stoffen auf ihrer Truhe. Zu ihrer Überraschung passten die Kleider ausgezeichnet, und Tante Amanda, die nicht ahnte, welche Ballgarderobe Lady Cairnforth und die Modistin sich ausgedacht hatten, zeigte sich hocherfreut über Tamiras Ausstattung, die Lord Abbotsleigh keinen Cent kosten würde.

Zu siebt hatten sie sich mittags in die Kutsche quetschen müssen. Die Fahrt aufs Land war entsprechend ungemütlich gewesen. Tamira durfte sich die Bank in Fahrtrichtung mit ihrer etwas fülligen Tante und ihrer jüngsten Schwester teilen, während die anderen Darlingtons und Cousine Mary sich gegenüber zusammendrängten.

Die Luft war kühl, aber angenehm klar, als sie endlich aussteigen konnten. Sie atmete erleichtert auf, bevor sie Anila hinterherlaufen musste, die wortlos davonspaziert war.

5. KAPITEL

Die Einladung auf den Landsitz des Earl of Brentford war ein unerwarteter Glücksfall, den sie zu nutzen gedachte. Lord Samuel Hayes, der jüngere Sohn des Earls, hatte ebenfalls zu den Gästen ihrer Eltern gehört, als der Pakshee Baagh verschwunden war. Es war allgemein bekannt, dass sich diese außergewöhnlich filigran gearbeitete und juwelengeschmückte Spieluhr schon lange im Besitz ihrer Familie befand.

Natürlich war es nicht möglich, bei allen Verdächtigen jeden einzelnen Raum zu durchsuchen, aber sie war sich ganz sicher, die Anwesenheit des Pakshee Baagh fühlen zu können, sobald er sich in der Nähe befand. In der Residenz von Lord Wellsborough hatte sie etwas schwer zu Beschreibendes wahrgenommen, aber leider keine Zeit gehabt, der Sache nachzugehen, weil er überraschend früh nach Hause gekommen war.

Dieses merkwürdige Gefühl war am ehesten mit dem dezenten Duft eines edlen Parfüms vergleichbar, der noch in einem Raum schwebte, obwohl die Trägerin ihn längst verlassen hatte. Als würden die gestohlenen Kostbarkeiten eine Spur hinterlassen. Was immer sie gefühlt haben mochte, es war ihr vertraut gewesen und gleichzeitig fremd in dieser großen Stadt.

Bislang fühlte sie allerdings nur ihre Knochen von der

holprigen Fahrt und eine wachsende Aufregung. Es war kein Geheimnis, dass Lady Brentford ausgewählte Debütantinnen eingeladen hatte, um sie miteinander bekannt zu machen. Schließlich war sie eng mit Tante Amanda befreundet.

Tamira wusste, dass auch einige heiratswillige Gentlemen eingeladen waren, und für morgen hatte die Countess einen Tanzabend geplant. Zum besseren Kennenlernen und als eine letzte Generalprobe für die großen Bälle der Saison.

Yalda erwartete sie in ihrem Zimmer, um ihr zu helfen, das Reisekleid auszuziehen und sich frisch zu machen.

»Ihre Frisur sieht schrecklich aus, Miss Darlington-Devi. Wo haben Sie bloß den neuen Hut gelassen?«

Als sie zugab, sich nicht erinnern zu können, war nicht zu übersehen, dass die Zofe sich ein Lächeln verkneifen musste.

»Wir finden ihn schon wieder«, sagte sie und machte sich daran, Tamiras Frisur in Ordnung zu bringen. Das Problem war, dass ihr die Haare glatt und schwer über den Rücken bis zur Hüfte flossen und jegliche Knoten und Wellen die Tendenz hatten, sich nach einer Weile einfach aufzulösen. Zu Hause in Indien hatte sie ihre Mähne meist nur mit einem Band zusammengefasst oder geflochten und, von einem zarten Schleier bedeckt, zu traditioneller Kleidung getragen. Obwohl die englischen Frisuren ihr nach einer Weile Kopfschmerzen bereiteten, war sie nicht willens, sich von der Pracht zu trennen. Nicht aus den Gründen, die Tante Bernadette angeführt hatte. Sie fand sich nur einfach viel schöner damit.

Yalda schloss den letzten Knopf an Tamiras Nachmittagskleid, als die Tür aufflog, die Zwillinge hereinstürmten – und abrupt stehen blieben.

»Teufel noch eins. Unsere Schwester wirkt in ihren neuen Kleidern wie eine echte Lady. Findest du nicht?«, fragte Georgiana und betrachtete Tamira staunend.

»Nur, wenn man ihr nicht in die Augen sieht«, bemerkte Henrietta amüsiert und warf sich mit ihrem Zeichenblock in der Hand aufs Bett. »Innendrin ist sie die Alte geblieben.«

»Das will ich meinen«, sagte Tamira und bedankte sich bei Yalda, die mit einem Lächeln auf den Lippen hinausging. Sie wusste, dass die Mädchen nun lieber unter sich sein würden.

Tamira erkundigte sich nach der jüngsten Schwester.

»Anila ist mit der Gouvernante im Blumengarten«, sagten die Zwillinge gleichzeitig und kicherten. Das passierte ihnen oft. Häufig ergänzte eine den Satz der anderen, was auf Fremde irritierend wirken konnte. Ihre Tante Amanda brachte es jedes Mal aus dem Konzept. Ihre Schwestern hatten sich längst daran gewöhnt.

Tamira lächelte. »Das hätte ich mir ja denken können, den Garten hat sie von der Kutsche aus entdeckt und war kaum zu halten.«

Jede der Darlington-Schwestern hatte bestimmte Vorlieben. Anila, die jüngste, liebte Pflanzen, und die waren auch beinahe die einzigen Lebewesen, mit denen sie sprach. Manchmal sagte sie unvermittelt seltsame Dinge, die die anderen Mädchen nicht immer verstanden, vom Rest der Familie ganz zu schweigen, aber die meiste Zeit schien sie in ihrer eigenen Welt zu leben.

Georgiana sagte: »Caroline und Mary machen mit Tante Amanda und Lady Anbelle Brentford einen Spaziergang durch den Lustgarten. Miss Susan Market hat sich entschuldigen lassen, die Arme leidet unter Kopfschmerzen.« Sie machte eine theatralische Geste und ihre Schwestern lachten.

Henrietta setzte sich auf. »Was meint ihr, ist der Pakshee Baagh hier im Haus versteckt?«

Tamira zuckte mit den Schultern. »Ich werde versuchen, es

herauszufinden, aber wenn du mich fragst, hat ihn dieser Baron Wellsborough gestohlen.«

»Wie kommst du darauf?«

»Ich kann es nicht sagen, einfach ein Gefühl.«

»Dann streichen wir Lord Samuel von der Liste?«

»Natürlich nicht, wir müssen nur sehr vorsichtig sein, wenn wir uns hier umsehen wollen. Und Caroline sollten wir lieber auch nichts davon sagen. Sie hätte bestimmt etwas dagegen.«

»Ich habe ihn gezeichnet.« Henrietta zog ihr Skizzenbuch hervor.

»Oh! Er sieht so lebendig aus. Du bist eine fabelhafte Künstlerin.«

Der Pakshee Baagh – was so viel hieß wie *Vogel-Tiger* – wurde in einer Schatulle aus Ebenholz aufbewahrt, die mit Perlmutt-Intarsien verziert war. Zusammen mit kleinen Jadeschnitzereien war er während einer Festlichkeit aus dem Palast der Eltern gestohlen worden.

Henrietta hatte das Kästchen gezeichnet, auf der ein handtellergroßer Tiger lauerte, als wollte er im nächsten Augenblick aus dem Bild springen. Nicht die fein gearbeiteten und kostbaren Verzierungen aus Gold und Edelsteinen, die ihn nahezu lebensecht wirken ließen, waren daran das Besondere. Einzigartig war, was ihm innewohnte.

Um das Wunder mit eigenen Augen zu sehen, musste man etwas tun, das bei einem lebendigen Tiger lebensgefährlich gewesen wäre: Man zog an seinem Schwanz. Wenn er gleichzeitig ein wenig gedreht wurde, erschien wie aus dem Nichts ein schillernd buntes Vögelchen mit echten Federn auf seiner Raubkatzennase. Das winzige Tier tanzte und zwitscherte ein Lied, bis es am Ende vom Tiger verschluckt wurde.

Dieses unvergleichliche Kunstwerk befand sich seit langer Zeit im Besitz der Familie ihres Vaters und war viel älter als die viel bewunderten schweizerischen Spieluhren, die sich ebenfalls gern des Vogelmotivs bedienten und in den Adelshäusern Europas äußerst beliebt waren.

Doch der Pakshee Baagh konnte noch mehr. Sein Geheimnis offenbarte sich allerdings nicht jedem und war etwas, worüber man nur im Geheimen sprach. Seit der Flucht aus Indien vermieden die Schwestern das Thema – aber sie waren sich einig, dass die einzige Erinnerung an ihre geliebten Eltern nicht in den Händen eines Diebes bleiben durfte.

Henrietta klappte das Skizzenbuch wieder zu. »Damit wir nie vergessen, woher wir kommen.«

In schweigendem Einverständnis fassten sie sich an den Händen, bis Georgiana sagte: »Kommt, lasst uns Anila suchen. Die Sonne scheint und wir sind in England. Wer weiß, wie lange das freundliche Wetter anhält.«

Der stille Moment war vorüber und die drei liefen durch das große Haus, die Treppen hinunter und hinaus in den Garten. Ihre Musselinkleider blähten sich dabei wie weiße Segel.

6. KAPITEL

Der Kammerdiener bürstete ein letztes Mal über Julians Schultern, trat zurück und sagte zufrieden: »Vorzüglich, dieser neue *Frac à l'anglaise* aus der Conduit Street, Euer Gnaden.«

»Danke, MacAlister.« Er wandte sich um, als es klopfte. »Ja, bitte?«

Samuel kam herein. In der Hand trug er seine Pfeife. »Ich hätte große Lust, nach London zurückzufahren.«

»Wir haben Neumond. Willst du deine Pferde ruinieren?«

»Natürlich nicht.« Er schwieg einen Augenblick und sagte dann: »Meine Mutter hat Bellbury eingeladen.«

»Ach, ja? Kann er seine Rechnungen nicht bezahlen?«

»Schon lange nicht mehr. Langsam wird es eng für ihn, deshalb hat er sich durchgerungen zu heiraten. Das Problem ist: Wir hatten letzten Sommer eine kurze *Affaire*. Und du weißt, dass er die Klappe nicht halten kann.«

Samuel war in seiner sexuellen Orientierung äußerst aufgeschlossen und lehnte es ab, sich festzulegen. Obwohl er seit geraumer Zeit eine russische Seiltänzerin aushielt, besuchte er einschlägige *Molly*-Etablissements – das waren Public Houses, in denen Gleichgesinnte verkehrten –, zuweilen begleitete ihn seine Geliebte.

Julian zog eine Augenbraue hoch. »Bellbury braucht eine

wohlhabende Erbin. Ich kann mir nicht vorstellen, dass er alles aufs Spiel setzt, indem er dich outet.«

Bedrückt sah ihn Samuel an. »Das weiß ich eben nicht. Wir hatten Streit, aber er ist … recht anhänglich.«

»Wie unerquicklich.«

Er verkniff sich die Frage, weshalb sich sein Freund ausgerechnet mit der größten Klatschbase der Stadt eingelassen hatte. Die Liebe war wie ein wilder Vogel. Sie ließ sich nieder, wo es ihr gefiel.

»Lästig kann man auch sagen. Gleichwohl machen mir diese braven Mädchen und ihre Mütter mindestens ebenso große Angst.« Samuel zog die Liste aus der Tasche. »Sieh dir das an: Lady Fiona Gordon, die Enkelin des Duke of Glamorgan. Sie verspätete sich, die Kutsche hatte einen Achsbruch. Die Darlington-Devis sind gleich zu fünft angereist: ein seltsames Mädchen, eine nachgerade perfekte Debütantin, unbekümmerte Zwillinge und eine Schönheit, die offenbar nicht auf dem Markt ist. Ich wette mit dir, wer sich mit einer einlässt, hat die anderen Schwestern ebenso am Hals. Ihre Tante Amanda, Lady Abbotsleigh, hätte nichts dagegen, sie alle schnell loszuwerden.«

»Sagt das deine Mutter? Ich dachte, sie wären befreundet.«

»Das sind sie, aber es ist verständlich. So ein Debüt auszurichten, kostet ein Vermögen, und viele Familien legen über die Jahre Geld dafür zurück. Die Abbotsleighs müssen fünf zusätzliche Debütantinnen ausstatten. Der Earl ist zwar nicht unvermögend, aber das ist eine gewaltige Belastung, mein Vater stöhnt auch schon. Mutter besteht darauf, dass Anbelle mindestens sechs Ballkleider bekommt.«

»Lieber Himmel!«

»Aber sie machen es gern. Er ist so stolz auf meine kleine Schwester.«

»Das kann er auch sein, auf alle seine Kinder.«

Ein Schatten fiel über Samuels Gesicht.

»Wen haben wir noch?«, fragte Julian rasch. »Ich muss gestehen, ich habe mir diese Liste nicht genau angesehen.«

»Warte, da ist noch Abbotsleighs Tochter Mary, sie ist mit Anbelle befreundet, und ein paar andere junge Ladys mit eindrucksvollen Familien und obendrein unser schrecklicher Nachbar Wellsborough mit seiner Tochter.«

Julian mochte den neureichen und hochfahrenden Baron auch nicht, dennoch fragte er: »Was ist denn so schrecklich an Wellsborough?«

»Weißt du das nicht? Er war für die Ostindien-Kompanie tätig und ganz wesentlich für die Hungersnot in Bengalen verantwortlich.«

»Das ist *der* George Market? Lieber Himmel!«

»Allerdings.«

Die Ostindien-Kompanie hatte bei ihrem Aufstieg zur größten Handelsmacht des Planeten viel Elend verursacht. Über Bengalen wusste Julian nur, dass es damals Missernten gegeben hatte. Das war im Grunde nichts Ungewöhnliches, aber die Kompanie hatte die Steuern auf Landbesitz weiter angehoben und mit dem Anbau von Schlafmohn und Indigo sowie dem Verbot, Reisreserven anzulegen, dafür gesorgt, dass fast ein Drittel der Menschen verhungert und ganze Landstriche entvölkert worden waren. Bis heute gab es in der Region immer wieder Probleme mit Aufständischen.

Er pflichtete Samuel bei und fragte: »Ist Briseham schon da?«

Richard, Viscount Briseham, kannten sie beide aus Eton. Er hatte den Titel von seinem verstorbenen Vater übernommen und sich seither rar gemacht. Julian vermutete, dass es seinem Freund nicht anders ergangen war als ihm selbst. So ein

Erbe brachte nicht nur Ehre, sondern vor allem viel Arbeit mit sich.

»Briseham kommt erst morgen, der Glückliche.« Samuel klopfte seine Pfeife aus und zog die Uhr aus der Tasche. »Wir müssen uns beeilen.«

Es war üblich, dass sich eine Abendgesellschaft mindestens eine Viertelstunde vor dem Essen im Salon einfand, um sich miteinander bekannt zu machen und später gemeinsam ins Speisezimmer zu wechseln. Als Julian mit Samuel den Raum betrat, waren sie vermutlich die letzten Abendgäste, die noch fehlten. Die Gespräche verstummten kurz, doch als Lady Brentford mit ausgestreckten Armen auf ihn zueilte, stieg der Geräuschpegel wieder an.

»Da seid Ihr ja endlich, *Euer Gnaden*«, sagte sie spitz und fuhr dann freundlicher fort: »Du darfst heute Abend Lady Mary Clifford, die Tochter des Earl of Abbotsleigh, zu Tisch führen.«

Er machte eine formvollendete Verbeugung. »Es ist mir ein Vergnügen. Wenn du mir dann noch bitte sagen könntest, wie die Unglückliche aussieht?« Leise raunte er ihr zu: »Sie sehen alle gleich aus, findest du nicht?«

Lady Brentford senkte die Stimme. »Du unmöglicher Mensch! Sie steht dort drüben zusammen mit ihren Cousinen, den Darlingtons. Ich stelle dich vor.«

Julian schenkte ihr ein entschuldigendes Lächeln und folgte ihr durch den Salon zu der Gruppe junger Damen.

»Lady Mary Clifford, darf ich Ihnen den Duke of Asherton vorstellen? Er wird heute Ihr Tischherr sein.«

Julian verbeugte sich vor der hübschen, aber nicht weiter bemerkenswerten Lady Mary. »Es ist mir ein Vergnügen.«

»Das Vergnügen ist ganz auf meiner Seite«, sagte sie, knickste und errötete leicht.

Aus den Augenwinkeln beobachtete er, wie sich die anderen Mädchen ansahen.

Das Spiel hatte begonnen. Er mochte die Suche nach einer Frau schnell hinter sich bringen wollen, doch wenn es dieses Jahr nicht klappte, wäre das zwar unerfreulich, aber zu verschmerzen. Die Töchter angesehener Familien dagegen, die in dieser Saison debütierten, standen unter einem weit größeren Erfolgsdruck. Ihre Eltern erwarteten, dass sie sich zumindest größte Mühe gaben, sich standesgemäß zu verheiraten. Eine junge Frau, die in der ersten Saison einen Gatten fand, galt als Erfolg, und den wünschten sich wohl alle Mütter.

Beim ersten Gang unterhielt er sich mit seiner Tischdame, wie es von ihm verlangt wurde. Miss Mary war ein nettes Mädchen. Gut erzogen und in der Lage, zusammenhängende Sätze zu sprechen, ohne ständig zu erröten. Als Tochter eines Earls würde sie die meisten Fähigkeiten mitbringen, die eine Duchesse brauchte, und Mary schien intelligent genug, um den Rest schnell erlernen zu können.

Er fand heraus, dass sie lieber in der Stadt lebte als auf dem Land, Kinder mochte und in ihrer Freizeit stickte. Pferde fand sie – *groß*?

Beinahe hätte er gelacht. Es war schnell klar: Lady Mary würde nicht die Duchesse of Asherton werden.

Beim zweiten Gang wandte er sich der jungen Frau zu seiner Linken zu. »Wie gefällt es Ihnen auf dem Land, Miss Caroline?«

»Brentford Hall ist wunderschön.« Sie zögerte einen Augenblick und fügte hinzu: »Ich finde es ein wenig kühl.«

Die Bemerkung wäre mitten im englischen Frühling nicht weiter verwunderlich gewesen, aber sie erlebten derzeit eine Reihe von erstaunlich warmen Tagen, und niemand beschwerte sich über die Temperaturen.

»Sie sind aus Indien angereist?«

»Im letzten Winter, es hat geschneit. Dagegen ist es jetzt allerdings vergleichsweise warm.« Sie lächelte, doch ihre grauen Augen blieben davon unberührt.

»Was ist Ihnen in London als Erstes aufgefallen?«

»Die Enge.« Erschrocken berührte sie die fein geschwungenen Lippen mit den Fingerspitzen. »Das hätte ich nicht sagen sollen. Es klingt schrecklich undankbar, nicht wahr?«

Julian hatte nur kurze Zeit in Mangalore verbracht, der Hafenstadt, in deren Nähe sie laut Samuel aufgewachsen war. Doch er wusste ebenfalls von ihm, dass die Familie einen Palast bewohnt und häufig Gäste aus aller Welt bewirtet hatte. Indische Paläste waren in der Regel weder klein, noch herrschte ein Mangel an Personal oder an sonst irgendetwas.

»Es ist die Wahrheit«, sagte er deshalb freundlich. »Die Londoner Stadthäuser zwingen uns alle dazu, Abstriche am Komfort zu machen.«

Sie deutete ein Lächeln an: »Und wer täte das nicht gern für eine glänzende Saison?«

Julian dachte einen Augenblick lang, sie hätte es ironisch gemeint. Aber welche Debütantin freute sich nicht auf einen Sommer mit prunkvollen Bällen und eleganten Kleidern?

Caroline Darlington-Devi war wie ihre Schwestern hübsch anzusehen, und mit den braunen Locken, der niedlichen Stupsnase und ihrer weichen, weiblichen Figur war sie eine echte Hallifax. Das hatte jedenfalls Lady Brentford behauptet. Als Enkelin eines Marquess sei Miss Caroline bestens vorbereitet, einen großen Haushalt zu leiten. Ihre Mitgift sei bedauerlicherweise bescheiden, da könne man nichts machen.

Nach ihrer anfänglichen Schüchternheit entspannte sich Caroline zu seiner Erleichterung und plauderte höchst amüsant über ihren bisherigen Aufenthalt im Vereinigten Königreich und die Sehenswürdigkeiten, die sie besucht hatte. Das Gespräch plätscherte angenehm dahin, bis sie sich beim dritten Gang wieder ihrem Sitznachbarn zur Linken zuwandte, einem Viscount mittleren Alters, der pausenlos redete. Caroline lächelte und nickte, als gäbe es nichts Interessanteres für sie, als über alle Einzelheiten der Wachteljagd informiert zu werden.

Das gab ihm die Gelegenheit, die Gäste auf der gegenüberliegenden Seite der Tafel zu betrachten, soweit es die Dekoration erlaubte. Samuel saß zwischen den Zwillingen und einer Debütantin, deren Namen Julian vergessen hatte. Er schien sich prächtig zu amüsieren. Ein Stück weiter erkannte er Miss Tamira Darlington-Devi. Sie unterhielt sich angeregt mit ihrem Tischherrn, und die Hände flatterten dabei so lebhaft wie aufgeregte Vögel.

Vorhin hatte er nicht viel von ihr erkennen können, weil sie bei der Ankunft der kleinen Schwester hinterhergelaufen war. Nun betrachtete er das fein geschnittene Gesicht mit den hohen Wangenknochen und der geraden schmalen Nase. Sein Blick glitt den schlanken Hals hinab, über den filigranen Schmuck bis zum wohlgeformten Dekolleté. Das blassblaue Kleid verführte geradewegs dazu, die kleinen, hohen Brüste wahrzunehmen. Ebenso wie ihre jüngste Schwester war sie von zarter Gestalt und trug sehr viel offensichtlicher als Caroline Darlington das Erbe ihres Vaters in sich, der einer alten südindischen Dynastie entstammte.

Sie ist eine echte Lady, dachte Julian und stellte sich vor, wie es wäre, ihren geschmeidigen Körper beim Tanzen im Arm zu halten. Unwillkürlich lächelte er bei dem erfreulichen Gedanken. Im Laufe der Saison gestattete man ihr sicher, den skandalösen Walzer zu tanzen, und das würde er sich nicht entgehen lassen.

In diesem Augenblick sah sie zu ihm herüber, und ihre Blicke trafen sich. Ein amüsiertes Lächeln umspielte die sinnlichen Lippen, bevor sie züchtig die Augenlider niederschlug.

Julian beschlich das sonderbare Gefühl, durchschaut worden zu sein. Als hätte sie seine Gedanken gelesen und wüsste nun genau, welche Fantasien ihn umtrieben.

Nach dem Essen zogen sich die Gentlemen zu Brandy und Portwein zurück, doch schon bald schlug der Hausherr vor, ins Gesellschaftszimmer hinüberzuwechseln.

»Lady Brentford hat mich instruiert, den Herren nicht mehr als einen Drink zu gestatten und sie gleich weiter zur Brautschau zu scheuchen«, raunte er ihm beim Hinausgehen zu.

»Deshalb sind wir doch hier?«

»Ich nicht«, entgegnete der Earl trocken, und Julian lachte.

»Ah, da seid Ihr ja, Euer Gnaden!« Countess Brentford hakte sich bei ihm unter.

»Mylady.« Sie nannte ihn üblicherweise beim Vornamen, aber das schien für heute Abend nicht gut genug zu sein. Er wusste, was jetzt kommen würde, und tatsächlich machten sie eine Runde durch den Salon, bei der sie ihn allen infrage kommenden Heiratskandidatinnen und deren weibliche Begleitung vorstellte. Im Ballsaal wie auch hier galt die Regel, dass ein Gentleman eine Dame nicht ansprechen konnte, bevor sie ihm offiziell vorgestellt worden war. Schließlich steuerte sie auf die Zwillinge zu, die sich bestens mit Samuel zu unterhalten schienen.

»Meine Damen, darf ich Ihnen Julian Weston, den Duke of Asherton, vorstellen?«, sagte Lady Brentford und redete gleich weiter: »Miss Georgiana und Miss Henrietta Darlington-Devi. Sie werden im nächsten Jahr debütieren.« Sie winkte die älteren Schwestern heran, die mit dem Vikar geplaudert hatten, und wiederholte die Vorstellung. »Miss Tamira Darlington-Devi, Miss Caroline kennt Ihr ja bereits.«

Julian verbeugte sich, und beide machten einen Knicks, wie es sich für eine Dame gehörte.

Warum nur, dachte er, *habe ich das Gefühl, dass diese Tamira Darlington-Devi mich nicht ernst nimmt?*

»Sehr erfreut, Euch kennenzulernen«, sagte sie in diesem Augenblick.

»Ganz meinerseits«, entgegnete er automatisch. Die Stimme kannte er doch. Sie gehörte dem *Jungen*, den er in Wellsboroughs Bibliothek und später in dessen Garten beobachtet hatte.

Miss Darlington-Devi sagte etwas, aber er reagierte nicht.

Die Countess warf ihm einen irritierten Blick zu und verfiel ins vertraute Du. »Julian? Du züchtest doch Pferde?«

Er räusperte sich. »Aber ja. Ich habe die Zucht meines Großvaters, des sechsten Duke of Asherton, übernommen. Er hatte ein Faible für *Windfarben*.«

»Sind die nicht furchtbar selten, seit das Vereinigte Königreich mit Schweden Krieg führt?«, fragte Miss Darlington-Devi.

»In der Tat«, sagte er erstaunt, dass sie so gut informiert war. »Ich bin auf der Suche nach einem rappsilbernen Hengst, und die schwedische Züchtung scheint mir am geeignetsten zu sein.«

»Es soll auch Tiere in den Vereinigten Staaten geben.«

»Woher …?« Er verstummte. Die Frage, weshalb sie so viel über diese seltene Rasse wusste, erschien ihm nicht angemessen.

Sie lächelte, und zum ersten Mal fielen ihm ihre blassgrünen Augen auf.

»Unser Vater hat auch gezüchtet«, sagte sie, und ihr Blick verdunkelte sich. »Wenn Ihr mich bitte entschuldigen wollt, Euer Gnaden. Ich glaube, meine Schwestern sollten sich jetzt zurückziehen. Es war mir eine Freude, Eure Bekanntschaft gemacht zu haben.« Sie nickte ihm zu und wandte sich ab.

»Diese Darlingtons sind faszinierend, findest du nicht?«

Samuel war neben ihm aufgetaucht, und sie beobachteten gemeinsam, wie Miss Darlington-Devi zu den Zwillingen ging und die drei kurz darauf den Salon verließen.

»Ich verstehe nicht, warum nicht beide debütieren. Sie sind doch höchstens ein Jahr auseinander«, sagte Julian.

»Sie setzen aufs beste Pferd. Caroline ist nett anzusehen, gesund und hat tadellose Manieren.«

»Und die andere nicht?«

»Miss Tamira scheint ein wenig … eigensinnig zu sein«, sagte Samuel leise. »Es heißt, sie lehnt es ab, sich verheiraten zu lassen. Aber das hast du nicht von mir, hörst du? Mutter hat erzählt, sie wird dennoch die wichtigsten Veranstaltungen besuchen. Offenbar hat Lady Cairnforth das so bestimmt. Sie ist ihre Patin.«

»Dann hat die Kleine ja eine mächtige Verbündete.«

»Du kennst die Dowager Countess? Sie ist ein bisschen einschüchternd, nicht wahr?« Samuel lachte, verzog dann aber das Gesicht. »Ah, verdammt! Dieser Schmerz macht mich heute wahnsinnig. Wir sehen uns morgen.«

Wenig später verabschiedete sich auch Julian. Am nächsten Tag würde es ausreichend Gelegenheit geben, die jungen Ladys näher kennenzulernen.

7. KAPITEL

Am frühen Morgen betrachtete Tamira die frühlingsgrünen Baumspitzen, wie sie, angestrahlt von der aufgehenden Sonne, zu leuchten begannen. Gleich nachdem das Hausmädchen den Kamin gekehrt hatte, war sie aufgestanden. Zunächst hatte sie an ihrer neuen Geschichte schreiben wollen, aber der Blick aus dem Fenster weckte Lust auf einen Spaziergang in der herrlichen Morgenluft.

Als sie sich gerade abwenden wollte, noch unentschlossen, ob sie Yalda aus dem Bett klingeln sollte, damit sie ihr beim Ankleiden half, hörte sie Schritte auf dem Kies unter dem Fenster.

Der Duke und Lord Samuel waren auf dem Weg zu den Ställen. Sie mochte Samuel, er war ein heiterer Gesprächspartner, und das, obwohl er im Krieg schwer verletzt worden war, wie seine Schwester ihr erzählt hatte. Mit seinem jungenhaften Aussehen und dem verschmitzten Lächeln schien er nichts ernst zu nehmen. Ganz anders der Duke. Die einwandfreie Figur und das männlich entschlossene Kinn waren eine Sache. Doch der Mann besaß eine außergewöhnliche Ausstrahlung, der sie sich schwer entziehen konnte. Vielleicht lag es daran, dass er auf sie den Eindruck machte, er fühlte sich in seinem Körper wohl, ebenso wie in der gesellschaftlichen Position, ohne dabei seine Wirkung auf andere allzu ernst zu nehmen. Vielleicht interpretierte sie aber viel zu viel in ihre kurze Begegnung hinein. Sie kannte ihn ja überhaupt nicht. Womöglich war er auch einer dieser *Corinthians*, vor denen Tante Amanda sie gewarnt hatte. Gentlemen, die kaum etwas anderes im Kopf hatten als den Wettstreit beim Boxen und der Fuchsjagd und die mit schnellen Zweispännern halsbrecherische Rennen fuhren. Er schien sich jedenfalls viel im Freien aufzuhalten. Möglicherweise besaß er ein Anwesen am Meer. Seine Haut war leicht gebräunt, und die gewellten Haare, die aussahen, als hätten Sonne und Salzwasser blonde Spitzen hineingebrannt, trug er zu einer modischen Windstoßfrisur geschnitten. Er benahm sich natürlich schrecklich arrogant, und Caroline fürchtete sich sogar ein wenig vor ihm.

Die Männlichkeit, die ihre Schwester beim Dinner verunsichert hatte, übte auf sie selbst eine erstaunliche Anziehungskraft aus. Verwirrt schüttelte sie den Kopf. Es fiel ihr schwer, zu verstehen, was mit ihr vorging. Deshalb hatte sie sich gestern nicht länger mit ihm unterhalten wollen, obwohl sie gern mehr über die Zucht windfarbener Pferde erfahren hätte. Die Tiere waren äußerst selten. Man nannte sie auch *Silver Dapple*, denn ihr Fell besaß einen ausgefallenen silbernen Glanz.

Doch es ging nicht um sie. Der Duke hatte sich beim Dinner für Caroline interessiert, das war offenkundig. Tamira nahm sich vor, ihr Möglichstes zu tun, um ihn zu ermutigen, ihrer Schwester den Hof zu machen.

Anila Darlington-Devi fühlte sich unter fremden Menschen nicht wohl. Sie zog die Gesellschaft von Pflanzen und Insekten vor. Da sie es ablehnte, Blüten abzuschneiden und zu pressen oder Schmetterlinge für ihre Sammlung aufzuspießen, wie es üblich war, unterrichtete Henrietta sie im Zeichnen und versprach ihr, sie dafür später in den Blumengarten zu begleiten.

Die Schwestern hatten sich bei Anila getroffen, aber sie wollte nicht zum Frühstück mitkommen, obwohl Lady Brentford sie dazu eingeladen hatte, was bei einem so jungen Mädchen nicht üblich war.

Nachdem sie ihr eine Weile Gesellschaft geleistet und vom gestrigen Abend erzählt hatten, gingen sie hinunter in den Frühstücksraum.

Es war noch nicht einmal zehn Uhr, und so trafen sie keine der weiteren Damen an, dafür jedoch einige Gentlemen, die sich sofort große Mühe gaben, die jungen Damen zu unterhalten. Lord Samuel und der Duke waren nicht darunter. Nach und nach kamen auch die anderen Ladys herunter, und schließlich war es Zeit für den ersten Programmpunkt des Tages, einen Spaziergang im Garten.

Tamira konnte sich nichts Langweiligeres vorstellen, als mit aufgespanntem Sonnenschirm durch Blumenrabatten zu wandeln, und beschloss, sich die Ställe anzusehen. Hannibal, der Hengst, von dem die Gentlemen gestern so geschwärmt hatten, interessierte sie mehr als oberflächliches Geplauder.

»Lass deinen Hut nicht liegen!«, sagte Georgiana grinsend.

»Und du vergiss nicht, dass nachher ein Picknick geplant ist, sonst bekommst du vor dem Ball nichts zu essen.« Sie lachte und lief hinauf, um sich einen Hut zu holen, woran sie ohne den Hinweis natürlich nicht gedacht hätte.

Die Ställe von Brentford Hall wirkten sauber und gepflegt. Die Hausweide, auf der eine kleine Herde graste, war von einem weiß gestrichenen Zaun umgeben. Daneben befand sich ein glatt geharkter Reitplatz.

Jetzt zur Mittagszeit war von den Stallburschen nichts zu sehen, als sie in die sauber gefegte Stallgasse trat. Es roch nach Heu, Stroh und nach Pferd. Tamira sog den vertrauten Duft ein und seufzte. So aufregend London auch sein mochte, sie fühlte sich auf dem Land wohler. Diese Erkenntnis bestätigte sie einmal mehr in ihren Plänen, sich von dem Geld, das sie bald ausgezahlt bekommen würde, ein Cottage zu kaufen. Vielleicht würde sie mit Anila dort einziehen, die ihre botanischen Studien fortführen konnte, während Tamira sich dem Schreiben widmete.

Jedes Pferd hatte eine eigene Box mit Namensschild, aber auch ohne diesen Hinweis hätte sie Hannibal sofort erkannt. Er war ein großes Tier und offensichtlich auch ein recht nervöses.

»Was fehlt dir?«, fragte sie mit leiser Stimme, um ihn nicht zu erschrecken. Sofort spitzte er die Ohren. Gegenüber stand eine Futterkiste, in der sie ein paar kleine, schrumpelige Äpfel entdeckte. Einen steckte sie ein, den anderen bot sie dem Pferd auf der ausgestreckten Hand an.

Interessiert machte es den Hals lang und kam schließlich näher. Sie sah sofort, dass etwas nicht in Ordnung war. Der Hengst trat auf der rechten Vorhand nur behutsam auf.

Tamira wusste, es war nicht ungefährlich, einem verletzten und obendrein fremden Tier zu nahe zu kommen. Doch er sah sie aus braunen Augen flehend an, und sie hoffte, er würde sich von ihr helfen lassen.

Während er den Apfel zwischen seinen großen Zähnen zermalmte, öffnete sie die Box einen Spalt breit und schlüpfte hinein. Hannibal schnaubte und beobachtete sie genau.

Leise sprechend näherte sie sich ihm. »Ich bin Tamira und würde mir gern ansehen, wo es dir wehtut. Was meinst du dazu?« Sanft strich sie über seinen Hals und die Schulter. Als sie merkte, wie er sich entspannte, ließ sie ihre Hand weiter am Bein hinuntergleiten, und bald fühlte sie den Grund für seine Schmerzen. Bei genauerem Hinsehen entdeckte sie eine fast zehn Zentimeter lange Wunde oberhalb des Fesselgelenks. So etwas konnte beim Ausritt passieren oder beim Gerangel auf der Weide. Nichts Schlimmes, aber es musste behandelt werden.

»Fürs Stillhalten hast du eine Belohnung verdient, mein Schöner.« Sie reichte ihm den zweiten Apfel, den er behutsam von ihrer Hand nahm. Als Hannibal aufgefressen hatte, rieb er den Kopf an ihrer Schulter.

»Natürlich helfe ich dir. Du kannst dich darauf verlassen.«

Unterwegs hatten sie Beinwell gesehen, das frische Kraut eignete sich hervorragend zur Wundheilung, aber diese Verletzung hier musste zuvor ausgewaschen werden. Tamira öffnete die Tür zu seiner Box und wollte gerade hinausgehen, um sich auf die Suche nach einem Stallburschen zu machen, als der Hengst ihr den Hut vom Kopf zog.

»Oh nein! Tante Amanda zieht mir die Ohren lang, wenn ich den auch verliere.« Sie versuchte, ihm den Hut aus dem Maul zu nehmen, aber offenbar war das Tier trotz der Verletzung zu Späßen aufgelegt und hob den Kopf so hoch, dass sie das seidige Gebilde nicht zu fassen bekam. Tamira musste lachen, und der Hengst senkte den Kopf. Als sie zugreifen wollte, hob er ihn wieder.

»Witzbold! Gib ihn mir zurück, und ich revanchiere mich.«

Als hätte er sie verstanden, senkte er den Kopf, bis sie nicht nur die gestohlene Kopfbedeckung, sondern sogar seinen Mähnenansatz erreichen konnte. Tamira löste ihr Versprechen ein, indem sie ihn mit den Fingern sanft über Stirn und Nase strich und zwischen den Ohren kraulte. »Das hast du gern, nicht wahr?« Sie berührte seine Ohren und er gab ein wohliges Brummen von sich.

»So«, sagte sie schließlich. »Das muss genügen, wir wollen doch noch deine Wunde verbinden.«

Als sie sich der Stallgasse zuwandte, blickte sie in die bernsteinfarbenen Augen des Duke of Asherton. Er lehnte mit verschränkten Armen an einer Säule und betrachtete sie.

Wie lange mochte er da schon stehen? Tamira nickte ihm zu. »Ihr hättet mir helfen können, Euer Gnaden.«

Ein Lächeln umspielte seinen sinnlichen Mund. »Ich hatte den Eindruck, dass Sie allein zurechtkommen, Miss Darlington-Devi«, sagte er. »Was ist das für eine Verletzung?«

»Eine Wunde oberhalb des rechten Fesselgelenks. Sie scheint frisch zu sein, aber sie muss ausgespült und mit einer Wundauflage oder -salbe behandelt werden.«

»Ich kümmere mich darum.« Er zeigte auf den Hut in ihrer Hand, auf dem deutlich die Zahnabdrücke des Pferdes zu sehen waren. »Ich hoffe, Ihre Tante greift nicht zu den von Ihnen befürchteten drastischen Mitteln, um Sie zu bestrafen?«

»Aber nein, ich habe das nur gesagt, um Hannibals Mitgefühl zu wecken.«

Asherton sah sie verblüfft an und Tamira lachte. »Es hat funktioniert.« Doch schnell wurde sie wieder ernst. »Wir sollten nicht hier sein.«

»Sie haben recht.« Er zeigte auf die Hintertür. »Ich hole einen Stallburschen, der sich um das Tier kümmert, und Sie nehmen den Haupteingang.«

»Danke«, sagte sie erleichtert und eilte die Stallgasse hinunter.

Es war nichts Ungebührliches an ihrer Begegnung, aber auch hier auf dem Land galt, dass sich ein Mann und eine junge Frau nicht ohne Anstandsdame im selben Raum aufhalten durften. Selbst wenn er so groß wie ein Pferdestall war.

»Das ist schon der Zweite, der nicht mehr zu retten ist.« Yalda sah sie missbilligend an und zog die Nase kraus. »Sie riechen nach Pferd.«

Den Reisehut hatte Tamira im Blumengarten verloren, und das feine Gebilde war in sich zusammengefallen wie ein Soufflé, bevor es ein Gärtner am nächsten Morgen zwischen den Osterglocken gefunden hatte.

»Jetzt haben wir nur noch diesen Schutenhut aus Stroh. Auf den müssen Sie aber gut achtgeben.«

»Immerhin passt er bestens zum Kleid – wie heißt die Farbe gleich?«

»Hellgoldrutengelb, Miss.«

Tamira schlug sich mit den Fingerspitzen auf den Mund, um nicht loszuprusten.

»Und Sie hätten nicht allein in den Stall gehen sollen. Dort sind Männer!«, sagte Yalda.

»Überwiegend trifft man Pferde an.«

Yalda hielt die Haube mit den Bissspuren hoch. »Die sind auch gefährlich. Ich meine es nur gut. Die Dienstboten tratschen, weil niemand versteht, warum Sie als die ältere Schwester nicht debütieren dürfen.«

»Ich dürfte schon. Aber wozu sollte ich das tun, wenn ich nicht heiraten will?«

»Wenn der Richtige kommt …«

»… wir werden sehen.« Sie stand vom Frisiertisch auf. »Ich bin spät dran fürs Picknick. Bestimmt sitzen die anderen bereits dekorativ im Gras herum, bekommen einen kalten Po und versuchen, manierlich Hühnerbeine zu verspeisen.«

Yaldas Kichern folgte ihr hinaus auf den Flur bis zum Zimmer der Zwillinge. Die beiden halfen sich gegenseitig dabei, die engen Ärmel ihrer weißen Frühlingskleider zuzuknöpfen.

»Caroline ist …«, sagte Henrietta, und Georgiana ergänzte: »… mit Mary und Anbelle vorgegangen. Die drei sind ziemlich dicke Freundinnen.«

»Und mit den anderen verstehen sie sich auch.« Henrietta griff nach einem bunt bestickten Réticule.

»Das ist meins.« Georgiana warf ihr einen ähnlichen Beutel zu. »Stell dir vor, diese Susan Market behauptet, es wäre so gut wie abgemacht, dass sich der Duke of Asherton am Ende der Saison mit ihr verlobt.«

»Wo sind denn meine Stifte?« Henrietta sah sich suchend um. »*Geld gehört zu Geld,* hat sie gesagt.«

»Wie gewöhnlich! Sie nennt ihn übrigens Julian.« Georgiana schnaufte abfällig.

»Aber nur, wenn er nicht in der Nähe ist. Dann tut sie jedes Mal ganz bescheiden und blinzelt und knickst wie eine Puppe.«

Tamira fand dieses Gerücht über ein geheimes Einverständnis zwischen Miss Market und Asherton ebenso unerfreulich wie ihre Schwestern. Selbstverständlich nur, weil er Caroline heiraten sollte, ansonsten war es ihr vollkommen gleichgültig, was die beiden vereinbart haben mochten.

»Kommt, wir müssen los«, sagte sie und nahm sich vor, ihn genauer zu beobachten. Es wäre nicht fair, Carolines Interesse an ihm zu wecken, wenn er sich bereits entschieden hätte.

Die Darlingtons kamen gerade rechtzeitig beim Picknick an. Am Rand der Wiese, die im hellen Sonnenlicht lag, blieb Tamira mit Henrietta unter einem Baum stehen. Ihre Schwester wollte die idyllische Szene zeichnen. Es war aber auch ein großartiges Bild, das sich ihnen bot. Die Duchess hatte weiße Zelte aufstellen lassen, darin würden Büfetts und Getränke bereitstehen, hatte sie heute beim Frühstück erzählt. Decken und Kissen waren ausgelegt, auf denen einige der jüngeren Gäste lagerten. Für alle anderen standen Stühle und kleine gedeckte Tische bereit. Nicht weit entfernt brannte ein Feuer, über dem Fleisch gegrillt wurde. Der Duft wehte herüber und weckte ihren Appetit.

»Bist du so weit? Ich habe Hunger.«

»Gleich. Ich will nur noch mal von da drüben die Perspektive einfangen. Geh ruhig schon vor.«

Tamira sah ihr nach und dachte, wie schön es wäre, auch so ein Talent zu besitzen wie Henrietta für die Malerei. Sie wusste, dass sie ihr Atelier im Haus der Eltern vermisste, in dem sie ungestört hatte arbeiten können, während Georgiana meist in einer Ecke auf dem Boden gelegen und mathematische Gleichungen gelöst hatte.

Zum Ausgleich zeichnete Henrietta nun schnelle, häufig nicht besonders schmeichelhafte Skizzen von den Menschen in ihrer Umgebung. Sie traf den Charakter einer Person mit wenigen Federstrichen, und oft saßen sie am Abend zusammen und dachten sich Reime aus, die sie dazu aufschrieben. Ein bisschen verrückt waren sie schon, ihre Schwestern. Aber Tamira liebte jede von ihnen mitsamt ihren Eigenheiten.

»Hannibal ist versorgt«, sagte eine dunkle Stimme. »Danke, dass Sie so aufmerksam waren. Das hätte mit einem gefährlichen Wundbrand enden können.«

Sie wandte sich zum Duke um. »Wobei ist das passiert?«

»Der Stallmeister meint, er könnte sich vorhin beim Weidegang verletzt haben.«

»Ich hoffe, die Wunde verheilt schnell wieder.« Sie seufzte unwillkürlich. »So ein wunderschönes Geschöpf.«

»Das finde ich auch.«

Sein warmes Lächeln gab ihrem Herzen einen kleinen Stups, sodass es schneller schlug.

»Darf ich Sie ein Stück begleiten?« Er bot ihr den Arm an.

Nach kurzem Zögern legte sie die Fingerspitzen auf den

Jackenärmel aus exquisitem Wollstoff und dirigierte Asherton unauffällig zu dem Tisch, an dem Caroline und Georgiana mit anderen Gästen saßen. Es waren noch zwei Plätze frei, sie konnte ihr Glück kaum glauben.

Die Gentlemen erhoben sich bei ihrer Ankunft. Der Duke nickte ihnen zu, wandte sich aber an die Schwestern: »Darf ich Ihnen etwas zu essen mitbringen?«

Geh mit ihm!, sagte sie lautlos hinter seinem Rücken und sah Caroline an, die große Augen machte.

Aber sie hatte verstanden und stand auf. »Ich komme mit, Euer Gnaden, wenn Ihr nichts dagegen habt.«

Er hob fragend eine Augenbraue und Caroline sagte eilig: »Meine Schwestern haben einen sehr individuellen Geschmack.«

»Wenn das so ist, lasse ich mich gern von Ihnen beraten, Miss Darlington.«

»Caroline. Nennt mich doch bitte Caroline. So kann man uns besser auseinanderhalten, wir haben hier einen gewissen Darlington-Überschuss, wie Ihr vielleicht bemerkt habt.«

Er legte den Kopf in den Nacken und lachte so herzlich, dass sich andere nach ihnen umsahen. »Das kann ich nicht als Nachteil empfinden – Caroline«, sagte er und begleitete sie zu einem der Zelte.

»Kupplerin«, zischte Georgiana ihr hinter vorgehaltener Hand amüsiert zu. »Gut gemacht.«

Tamira seufzte theatralisch.

»Sie sind ein schönes Paar. Sieh nur, wie sich der Mann bewegt. Ich glaube, ich falle gleich in Ohnmacht«, meinte Georgiana.

»So etwas solltest du nicht wahrnehmen oder gar sagen!«

»Unsinn. Die Ladys starren ihn doch alle an, und sieh bloß, was dieser Lord Bellingham für ein Gesicht macht! So guckt

Tante Amanda, wenn sie einen Teekuchen mit Zuckerguss auf dem Teller hat.«

»Ich weiß nicht, was du meinst«, sagte Tamira streng.

»Was interessiert mich Lord Bellingham? Der Duke dagegen … Er hat die Seele eines Tigers, glaub mir. So jemand ist brandgefährlich für ein unerfahrenes Frauenherz.«

»Liest du neuerdings Liebesromane, Georgiana?«

»Natürlich, du kaufst ja ständig welche.« Nachdenklich legte ihre Schwester den Kopf schräg. »Wie es sich wohl anfühlt, von ihm geküsst zu werden?«

Tamira lief ein Schauer über den Rücken, denn das waren auch ihre Gedanken gewesen, als er sie vorhin angelächelt hatte.

»Wir werden es nie erfahren«, sagte sie nachdrücklich.

Die Darlington-Schwestern waren begeisterte Bogenschützinnen. Neben dem Reiten war dies die einzige Sportart, die eine Lady außerhalb der Familie ausüben konnte, und ihre Mutter hatte darauf bestanden, dass sie sich körperlich ertüchtigten. Deshalb sahen sie dem kleinen Turnier am Nachmittag gelassen entgegen.

Als es so weit war, spazierten sie gemeinsam mit Mary und Anbelle zum anderen Ende der Wiese, an der Schießscheiben aus Stroh aufgebaut waren. Kreidemarkierungen auf dem Boden zeigten die Abschusslinie und eine Auswahl an Bögen lag bereit.

Tamira sah sich jeden genau an und entschied sich für ein langes, elegant geschwungenes Modell. Caroline sah ihr zu. Sie war die bessere Schützin, weil sie es verstand, sich vor dem Abschuss ruhig zu konzentrieren, um den immer wieder geübten Bewegungsablauf zur Präzision zu bringen. Tamira war häufig zu ungeduldig.

Caroline fragte: »Willst du ihn ausprobieren?«

»Nein, mach du es. Tante Amanda sagt, ihr dürft nicht am Wettbewerb teilnehmen.«

Tamira nickte, nahm einen Pfeil und ging zur Abschusslinie. Ihre Tante wollte sicher nicht, dass sie den anderen Damen oder gar ihrer eigenen Schwester Konkurrenz machten. Das war verständlich.

Sie stellte sich auf, legte den Pfeil ein, hob den Bogen und bemühte sich, das Handgelenk locker zu lassen. Mit einem zusammengekniffenen Auge nahm sie das Ziel ins Visier und spannte die Sehne langsam und konzentriert mit Zeige- und Mittelfinger. Der Bogen lag gut in der Hand, sie würde es nicht verfehlen. Auf ihre Fähigkeiten vertrauend, ließ sie die Sehne los und sah dem Pfeil hinterher, der sirrend davonflog und sich schließlich mit einem dunklen Plopplaut im Schwarz der Strohscheibe versenkte.

»Ach! Daneben. Wie schade!« Susan klatschte in die Hände und sah gar nicht danach aus, als täte es ihr leid. Beifall heischend sah sie sich um, bis Lady Fiona Gordon mit einem weichen, unüberhörbar schottischen Zungenschlag sagte: »Sie irren sich. Miss Darlington-Devi hat auf die hintere Scheibe gezielt und ins Schwarze getroffen.«

»Woher wollen Sie das wissen?« Susan warf ihr einen gehässigen Blick zu und wandte sich ab.

Mit einem feinen Lächeln auf den Lippen kam Lady Fiona Gordon herüber und sagte: »Das war beeindruckend. Ich wünschte, ich könnte auch mit Pfeil und Bogen umgehen. Es ist so ein eleganter Sport.«

»Sie haben es noch nie probiert?«, fragte Tamira.

Lady Fiona schüttelte den Kopf. »Mein Vater erlaubt es nicht.«

»Aber Ihr Vater ist nicht hier, oder?«

»Nein, er ist mit Lord Brentford und einigen anderen ausgeritten.«

»Ich zeige es Ihnen, wenn Sie möchten.« Sie winkte einen Diener herbei und bat ihn, eine der Ersatzscheiben ein Stück entfernt aufzustellen. Als er damit fertig war, nahm sie eine Handvoll Pfeile und ging mit Lady Fiona hinüber, bis sie etwa fünfzehn Meter Abstand hatten.

»Man braucht ein wenig Übung und Kraft, um den Bogen spannen zu können«, erklärte sie und demonstrierte dann jede einzelne Bewegung. »So, jetzt sind Sie dran, Lady Fiona.«

»Können wir nicht Du zueinander sagen?«

»Gern. Also Fiona, du nimmst den Bogen, hältst ihn nach unten und spannst den Pfeil ein. Siehst du, hier ist eine Markierung auf der Sehne.« Sie korrigierte Fionas Haltung ein paarmal und dann sagte sie: »Behalt dein Ziel im Auge und trau dich einfach. Es kann dir nichts passieren.«

Fiona schoss, und der Pfeil flog im hohen Bogen an der Scheibe vorbei.

»Das ist gar nicht schlimm. Wie gesagt, man muss eine Weile üben, bis es klappt. Gleich noch mal.«

Sie gingen alle Bewegungen nacheinander durch und Tamira sagte: »Denk dran, die Kraft liegt in deinem Inneren. Visiere das Ziel an, lass dich nicht beirren, stell dir vor, wie der Pfeil losfliegt und die Mitte der Scheibe genau so erreicht, wie du es geplant hast. Erst wenn du dieses Bild fest im Kopf verankert hast, streck die Finger und lass ihn fliegen.«

Konzentriert nickte das Mädchen. Und diesmal traf sie die Strohscheibe. Der Pfeil fiel zwar anschließend hinunter ins Gras, aber sie lachte.

»Das hat Spaß gemacht! Du musst ziemlich viel Kraft haben, wenn du so weit schießen kannst.«

»Die kommt beim Üben ganz von selbst. Du solltest nur

auch den anderen Arm trainieren. Sonst sehen sie irgendwann nicht mehr gleich aus.«

Kichernd kehrten sie zurück und sahen zu, wie die Gentlemen sich bemühten, eine gute Figur zu machen. Dann erinnerte sich Tamira, was sie mit den Zwillingen besprochen hatte, und verabschiedete sich. »Wir sehen uns heute Abend, Fiona. Ich freue mich darauf.«

8. KAPITEL

Die drei Freunde standen am Rand der Wiese zusammen, auf der das Bogenschießen ausgetragen wurde, und beobachteten die Vorbereitungen.

»Wie war deine Anreise?«, fragte Julian.

»Knapp über drei Stunden«, sagte Richard Dunbridge, der Viscount Briseham, zufrieden.

Samuel grinste. »Dann war Asherton wieder der Schnellste von uns. Sieh mal, wie selbstgefällig er aussieht.«

Julian freute sich tatsächlich, wie schnell seine Doppelgespanne liefen, und er sah nicht ein, das vor den Freunden zu verbergen. Schließlich war er der Einzige von ihnen, der neuerdings Pferde züchtete, und das war nicht nur eine Liebhaberei.

Richard stöhnte unvermittelt auf, als eine der Ladys sich aufstellte, um mit erfahrenen Bewegungen den Bogen zu spannen. »Frauen sollte dieser Sport verboten werden.«

»Besonders, wenn sie dabei Musselinkleider tragen.« Samuel seufzte, als eine Windböe hauchzart geblümten Stoff an den Körper der jungen Lady presste und ihre einwandfreie Figur offenbarte. »Ein ehrbarer Betrachter müsste sich abwenden«, fügte er grinsend hinzu.

»Welch ein Glück, dass uns solche Zwänge nicht auferlegt sind.« Richard klopfte ihm auf die Schulter.

Julian hätte in das anzügliche Gelächter seiner Freunde eingestimmt, wäre es nicht ausgerechnet Tamira Darlington gewesen, die den Pfeil mit ruhiger Hand auf das Ziel richtete.

Sie schoss, und Richard fragte überrascht: »Habt ihr das gesehen?«

Samuel räusperte sich. »Glaubt man's denn? Sie hat genau ins Schwarze getroffen.«

»Auf der hinteren Scheibe! Das sind gut und gerne zweihundertfünfzig Fuß. Sie muss eine dieser gefährlichen *Toxophilite-Ladies* sein.«

»Wirklich bemerkenswert.« Julian fühlte etwas in sich aufwallen, das sich verdächtig nach Stolz anfühlte, und fragte sich, was er davon halten sollte.

»Keine Sorge, diese Amazone wird nicht am Wettbewerb teilnehmen, ihr seid also diesmal sicher vor der Blamage«, sagte Samuel belustigt.

»Woher weißt du das?«, fragte Julian.

»Mutter meint, es wäre unfair.«

»Offensichtlich.« Julian beobachtete, wie Tamiras Schwester Caroline den Bogen spannte. Richard hatte recht. Die Debütantin mochte nicht die elfenhafte Erscheinung ihrer Schwester haben, aber was der Frühlingswind da offenbarte, konnte einen Mann nicht kaltlassen. Und das vollkommen unabhängig von der konzentrierten Körperspannung und der selbstbewussten Haltung, die sie dabei zeigte. Frauen, die ihren Körper ertüchtigten, das wusste er aus Erfahrung, waren häufig die kreativeren Liebhaberinnen.

Vielleicht war diese Suche nach einer Duchess doch keine so enervierende Angelegenheit, wie er befürchtet hatte, dachte Julian und seine Laune hob sich. Bereits beim Picknick hatte die junge Frau neben Charme und Schlagfertigkeit auch Fürsorge bewiesen, als sie darauf bestanden hatte, ihn ans Büfett zu begleiten, um die passenden Leckereien für ihre Schwestern auszusuchen. Miss Caroline gefiel ihm immer besser.

Mit Genugtuung beobachtete er, dass ihr Pfeil die für die Damen aufgestellte Zielscheibe mit solcher Wucht durchbohrte, dass er sicher war, Caroline hätte ebenso wie ihre Schwester die weiter entfernte Scheibe getroffen. Doch das Mädchen war augenscheinlich zu bescheiden, um mit den Gentlemen konkurrieren zu wollen.

»Was grinst du denn so selbstgefällig?« Samuel sah ihn von der Seite an.

»Ich finde, wir sollten diese Bogenschützinnen fördern, wo wir können«, sagte er zufrieden. Den Blick, den seine beiden Freunde austauschten, ignorierte Julian. Er tat hier nur seine Pflicht.

Das Turnier begann, und als er an die Reihe kam, fiel es ihm schwer, sich zu konzentrieren. Miss Tamira Darlington-Devi hatte eine der Debütantinnen unter ihre Fittiche genommen und lehrte sie mit erstaunlicher Geduld das Bogenschießen.

Er traf die Scheibe am äußeren Rand und gab seinen Bogen an Richard weiter.

»Sie ist nicht nur schön, sie hat auch ein gutes Herz.« Samuel wies unauffällig auf Tamira und die junge Schottin. »Für wen wirst du dich entscheiden?«

»Nun, zunächst einmal werde ich schauen, ob es in London weitere Kandidatinnen gibt.«

»Glaubst du wirklich, meine Mutter hätte sie nicht eingeladen, wenn es andere gäbe?«

Überrascht sah Julian ihn an. »Nein, vermutlich hat sie alle geeigneten Debütantinnen hergelockt. Sag nicht, dieses ganze Wochenende hat sie nur für mich inszeniert.«

»Bilde dir bloß nichts ein. Mutter wünscht sich, dass ich bald heirate. Sie glaubt, es täte mir gut.«

»Nicht zu vergessen deine Schwester.«

»Anbelle will sie natürlich auch unter die Haube bringen. Aber nicht um jeden Preis in diesem Jahr. Sie ist mit Fremden sehr schüchtern. Wenn sie Freundinnen im gleichen Alter findet, kann ihr das nur helfen, die Saison in vollen Zügen zu genießen.«

So hatte er das noch nie gesehen. »Du hast recht. Sie sollen Spaß haben. Die Ehe wird für viele ernüchternd genug.«

Samuel sah ihn von der Seite an. »Das muss nicht sein. Es gibt Menschen, die aus Liebe heiraten.«

»Einen Duke?« Er lachte bitter. »Ich habe Verpflichtungen und keine Zeit, ewig zu warten.«

»Oder keine Ausdauer«, sagte Samuel und ließ ihn stehen.

Was für ein unerfreuliches Gespräch. Sein Freund war der jüngere Sohn eines Earls. Was wusste er schon über die Verantwortung, die auf Julians Schultern lastete? Verärgert sah er sich um und bemerkte, wie Tamira zielstrebig zum Herrenhaus ging.

Er hatte nicht vergessen, was er in Wellsboroughs Garten gesehen und gehört hatte, und war bereit, einen Teil seines Jahreseinkommens darauf zu verwetten, dass sie und ihre Schwestern die geheimnisvollen Einbrecher gewesen waren. Suchend sah er sich um. Die Zwillinge konnte er nirgendwo sehen, und seine Freunde standen umringt von jungen Ladys, mit denen sie zweifellos unverschämt flirteten. Er wandte sich ab und durchquerte mit langen Schritten den Blumengarten, der die Wiese vom Haus trennte.

9. KAPITEL

Tamira bemühte sich um eine entspannte Haltung, während sie dem gepflegten Weg durch Blumenrabatten zum Haus folgte. Dabei wäre sie am liebsten gerannt.

Georgiana und Henrietta waren nirgends zu sehen. Doch jetzt, da sich die meisten Gäste im Garten aufhielten und die anderen ausritten, schien ihr ein günstiger Zeitpunkt zu sein, sich nach dem Pakshee Baagh umzusehen.

Allerdings glaubte Tamira nicht, dass sie ihn hier finden würde. Allmählich wurde ihr sowieso die Aussichtslosigkeit des ganzen Unterfangens bewusst. Doch wann würde sie jemals wieder nach Brentford Hall kommen? Es wäre unverzeihlich, diese Gelegenheit ungenutzt verstreichen zu lassen.

In der Halle war niemand zu sehen. Die Diener wurden wahrscheinlich alle im Garten gebraucht oder hatten mit der Vorbereitung des Balls zu tun, zu dem man später weitere Gäste aus der Nachbarschaft erwartete.

Dummerweise quälte sie ausgerechnet jetzt das dringende Bedürfnis, sich zu erleichtern.

Vielleicht habe ich mich verkühlt, dachte Tamira und rannte hinauf in ihr Zimmer. Von Yalda war nichts zu sehen, also stellte sie den Nachttopf zurück, warf den Schutenhut aufs Bett und lief, so schnell sie konnte, die breite geschwungene

Treppe hinunter. Am liebsten wäre sie auf dem Geländer hinuntergerutscht, aber dafür war keine Zeit.

Die Halle war immer noch verwaist und so bog sie ungesehen in den Gang zur Bibliothek ein. Ein Knarren ließ sie kurz erstarren, aber als sie mit angehaltenem Atem lauschte, rauschte nur der Pulsschlag in ihren Ohren. So selbstverständlich wie möglich spazierte sie zum Eingang der Bibliothek. Gentlemen hatten die Neigung, Wertvolles entweder in diesem Raum zu verbergen, wo sie es ihren Freunden ungestört zeigen konnten, oder in ihrem Schlafzimmer. Letzteres zu durchsuchen, ginge zu weit, also würde sie ihr Glück zwischen den Büchern versuchen.

Die Tür war angelehnt. Tamira trat ein und sah sich um. Die Bibliothek bestand aus zwei Räumen. Im vorderen stand ein mächtiger Schreibtisch, auf dem sie ein Tintenfass sah sowie ein Gefäß mit Sand zum Ablöschen und was man sonst noch so zum Schreiben brauchte. Unter einem der Fenster befand sich ein kleiner Sekretär und im Raum verteilt standen zierliche *Settées* und moderne Stühle. Die Wände waren nahezu vollständig von Bücherregalen bedeckt, nur neben dem Durchgang zum zweiten Zimmer hing ein riesiges Gemälde, auf dem der Earl und seine Familie dargestellt waren.

Sie würde eine Weile brauchen, um sich umzusehen. Wenigstens war es hell und man musste nicht mit einer Kerze in der Hand herumschleichen.

Tamira stellte sich in die Raummitte und versuchte, sich zu konzentrieren. Das Bild der mechanischen Spieluhr fest vor Augen, breitete sie die Arme aus und drehte sich um sich selbst. Nichts. Das war in Wellsboroughs Haus anders gewesen. Der Baron besaß Dinge aus ihrer Heimat, an denen Blut klebte, und das hatte dort ihre unangenehmen Empfindungen ausgelöst. Davon war sie inzwischen überzeugt.

Eigentlich hätte sie die Suche hier abbrechen können. Aber da sie nun schon mal dabei war, konnte sie sich auch umsehen, nur um sicherzugehen. Zuerst ging sie zum Schreibtisch. Der Schlüssel steckte in der Schublade, doch sie hatte nicht vor, hineinzusehen. Stattdessen setzte sie sich auf den Stuhl, legte die Hände auf das polierte Holz und versuchte, sich für die Schwingungen zu öffnen. So ein Möbel hätte viel zu erzählen gehabt. Auf gewisse Weise tat es das auch, aber was sie spürte, hatte mit dem Pakshee Baagh nichts zu tun und ging sie nichts an.

»Was suchen Sie hier?«

Erschrocken sprang sie auf. Der Duke. Und diesmal wirkte er nicht belustigt, wie heute Mittag im Stall, sondern eigentümlich bedrohlich. Er wartete ihre Antwort nicht ab. »Ich habe Ihre Stimme erkannt. Sie sind bei Lord Wellsborough eingebrochen und haben versucht, etwas zu stehlen. In Männerkleidung! Und jetzt tun Sie es wieder.«

»Was glaubt Ihr denn? Soll ich etwa im rosafarbenen Musselinkleid übers Dach steigen und in ein Fenster klettern?«

Seine Mundwinkel zuckten, und sie war sich nicht sicher, was das bedeutete, denn gleichzeitig kam er näher. Georgiana hatte recht, dieser Mann bewegte sich wirklich mit der Geschmeidigkeit eines Tigers und war womöglich ebenso gefährlich. Langsam wich sie zurück, aber er folgte ihr, bis sie mit dem Rücken ans Bücherregal anstieß. Einen kurzen Augenblick hatte sie die Vision, ein Buch herauszunehmen, es ihm auf die Nase zu schlagen und zur Tür zu rennen. Das war natürlich absurd. Einen Duke schlug man nicht und vor einem Tiger lief man nicht davon, wenn einem das Leben lieb war.

Er runzelte die Stirn. »Haben Sie eigentlich eine Ahnung, was man hier mit Dieben macht?«

Asherton war so nah, dass sie die Wärme seines Körpers

spürte und den Duft von Zimt, Sandelholz und chinesischem Tee wahrnahm, der sie an ihr Zuhause und Geborgenheit erinnerte.

»Sie werden aufgehängt oder deportiert«, beantwortete er seine Frage selbst. »Aber vorher, im Gefängnis – was sie einer Frau wie Ihnen antun, das wollen Sie sich nicht vorstellen!«

»Ich … ich will nichts stehlen.« Widerstand regte sich in ihr, und entrüstet sah sie ihm direkt in die bernsteinfarbenen Augen. »Ich kann erklären, weshalb ich hier bin. Jemand hat die Bevölkerung aufgewiegelt und einen vollkommen sinnlosen Aufstand angezettelt. Dabei sind meine Eltern getötet worden. Meine Mutter …« Ihr drohte die Stimme zu brechen. »Ich weiß genau, dass diese Männer ihr Schreckliches angetan haben. Es heißt, Vater musste alles mit ansehen, bevor sie auch ihn ermordeten. Bis heute habe ich nicht erfahren, was mit meinem Bruder geschehen ist.« Sie strich sich eine Haarsträhne aus dem Gesicht, die sich aus ihrer Frisur gelöst hatte. Der Zorn ließ ihre Wangen glühen. Leise sagte sie: »Nicht ich stehle, *wir* sind bestohlen worden. Von einem dieser feinen Lords, die nach Indien kommen, um dort ein Vermögen zu machen.« Sie schnappte nach Luft. »Auf wessen Kosten, frage ich Euch! Ich will nur zurückhaben, was meiner Familie gehört.«

»Miss Darlington, bitte …«

Sie ertrug das Mitleid in seinem Blick nicht, sah zur Tür und erstarrte. »Lady Brentford!«, flüsterte sie.

»Julian!« Die Countess bebte vor Empörung, aber sie war beherrscht genug, hereinzukommen und die Tür hinter sich zu schließen. »Miss Darlington-Devi, wären Sie so freundlich, mir zu erklären, was hier vorgeht?«

Tamira wusste nicht, was sie sagen sollte. Wenn das geschah, was selten genug vorkam, hielt sie sich an die Worte ihrer Mutter, die ihr ein wichtiges Mantra mit auf den Weg gegeben hatte. *»Du bist die Enkelin des Marquess of Hallifax und die Tochter eines Prinzen. Egal, was passiert im Leben, vergiss das niemals und sei stolz auf deine Herkunft.«*

Also nahm sie die Schultern zurück, hob das Kinn und wich dem Blick der Countess nicht aus. »Seine Gnaden war so entgegenkommend, mir bei der Suche nach Lektüre behilflich zu sein.«

Dabei zog sie ein Buch aus dem Regal, schlug es auf und las: »*Disquisitiones Arithmeticae,* Untersuchungen über höhere Arithmetik von Carl Friedrich Gauß. Für meine Schwester«, fügte sie hinzu.

»Da ist es ja! Und ich war ganz sicher, es ist im Nebenraum«, erklang Georgianas Stimme. Neben ihr tauchte Henrietta auf, in der Hand das Skizzenbuch, hinter dem linken Ohr ein vergessener Bleistift.

Georgianas Kleid war zerknittert, bestimmt hatte sie wieder auf dem Boden gesessen und irgendwelche wissenschaftlichen Abhandlungen studiert. Sie lächelte freundlich, als wüsste sie, dass niemand verstand, wie wichtig dieses Buch für die Mathematik war, und erklärte geduldig: »Die Diskussion von Kettenbrüchen und der Kreisteilung ist fast so anregend wie die Konstruierbarkeit des regelmäßigen Siebzehnecks. Man stelle sich nur vor, das ist die erste nennenswerte Ergänzung euklidischer Konstruktionen seit bestimmt zweitausend Jahren!«

»Außerordentlich faszinierend, in der Tat.« Die Countess blinzelte, und es war nicht zu erkennen, ob es an der Abendsonne lag, die in diesem Augenblick durchs Fenster strahlte, oder an Georgianas Ausführungen, die wahrscheinlich nur sie selbst verstand. »Meinetwegen. Es ist nichts passiert. Da sind wir uns einig?« Lady Brentford warf dem Duke einen strengen Blick zu und wandte sich an Tamira. »Ich schlage vor, dass Sie in Zukunft die Türen weit offen lassen, wenn Sie sich in der Bibliothek umsehen möchten. Man kann nicht vorsichtig genug sein. Manch falscher Verdacht hat schon die besten Aussichten einer jungen Lady ruiniert.« Mit diesen warnenden Worten rauschte sie hinaus.

Tamira nickte dem Duke zu. »Euer Gnaden.« Dicht gefolgt von ihren Schwestern, eilte sie ebenfalls davon.

10. KAPITEL

»Das war knapp!« Henrietta warf sich auf Tamiras Bett. »Ach du Schreck, dein Hut!«

Sie zog das zerdrückte Strohgeflecht unter ihrem Hinterteil hervor, aber Tamira hatte anderes im Sinn, als den Ruin einer weiteren Kopfbedeckung zu betrauern.

»Ein Glück, dass ihr in der Bibliothek wart.« Sie setzte sich.

»Das würdest du anders sehen, wenn Lady Brentford nicht aufgetaucht wäre«, sagte Georgiana.

»Was meinst du damit?«

»Der Duke hätte dich geküsst.«

»Unsinn, das hätte er nicht.«

Henrietta sah sie nachdenklich an. »Dann habt ihr euch schon geküsst? Er hat dich jedenfalls so angesehen.«

»Es deutete auf eine gewisse Intimität hin«, ergänzte Georgiana.

»Ich war aufgeregt.«

»Ja, natürlich.« Henrietta sah nicht aus, als glaubte sie ihr.

»Ihr könnt denken, was ihr wollt. Ich bin nicht an ihm interessiert. Er soll Caroline heiraten.«

»Aber ihr ist er *zu viel Mann*.«

»Hat sie das gesagt?« Tamira stöhnte und schenkte sich ein Glas Wasser ein.

»Sie findet keinen der Kandidaten hier attraktiv.«

»Na gut, dann müssen wir eben in London weitersuchen.« Beide Schwestern sahen sie an. »Was ist?«

»*Du* könntest den Duke heiraten.«

Tamira sprang auf. »Das schlagt euch aus dem Kopf! Ich heirate nicht. Niemals!«

»Ist klar«, sagte Georgiana mit einem spöttischen Lächeln und ging zur Tür, während Henrietta ihr Skizzenbuch aus der Tasche zog, darin blätterte und schließlich eine Seite herausriss. »Überleg es dir noch mal.« Sie legte das Blatt auf den Tisch und folgte ihrer Schwester hinaus.

Es war unverkennbar der Duke, der ihr hochmütig entgegenblickte: die sonnengeküssten, vom Wind zerzausten Haare, der intelligente, distanzierte Blick und – hierbei schnappte sie nach Luft – die einwandfreie Figur mit langen, muskulösen Beinen und den breiten Schultern. Sie hätte solche Details nicht bemerken dürfen, aber die aktuelle Mode machte es einem nicht leicht, über das Offensichtliche hinwegzusehen.

Als es an der Tür klopfte, schob sie die Zeichnung schnell unter ihr Kopfkissen.

»Ja, bitte?«

Yalda kam herein. Über dem Arm trug sie ein Kleid, das ihre Patin für den heutigen Abend ausgesucht hatte. »Bei diesen ländlichen Veranstaltungen muss man sich natürlich bescheiden geben«, hatte Lady Cairnforth gesagt, »aber es besteht kein Grund, warum du dich nicht trotzdem ansprechend präsentieren solltest.«

Da die Änderungen bei ihrer Abreise noch nicht fertig gewesen waren, hatten sie vorsichtshalber einen Ersatz eingepackt.

»Es ist vorhin gekommen«, sagte Yalda und breitete das Ballkleid auf dem Bett aus, bevor sie die Schubladen aufzog, Wäsche herausnahm und anschließend Tamira aus ihrem Nachmittagskleid half.

Es klopfte erneut. Tante Amanda betrat das Zimmer. Sie warf einen Blick aufs Bett und sagte: »Also, ausgezeichnet. Das scheint mir dezent genug zu sein. Keine Extravaganzen! Du wirst dich im Hintergrund halten und darauf achten, dass sich die Zwillinge benehmen.«

»Natürlich, Tante Amanda. Dürfen sie tanzen?«

»Die beiden brauchen noch eine Menge Schliff, ich denke, es kann nicht schaden, wenn sie hier auf dem Land Erfahrungen sammeln. Aber keinen Walzer, hörst du?«

»Ich auch nicht?«

»Das gilt für dich ganz besonders. Denk daran, dass die Einladung Mary und deiner Schwester galt. Euch hat Lady Brentford nur eingeladen, weil sie eine großherzige Frau ist.«

Tamira senkte den Kopf. »Selbstverständlich, Tante Amanda.«

»Also.« Sie ging zur Tür und warf einen strengen Blick auf Yalda. »Sorgen Sie dafür, dass das Mädchen rechtzeitig fertig ist. Wir werden alle gemeinsam pünktlich um neun Uhr hinuntergehen.«

Die Zofe nickte und machte einen Knicks. »Sehr wohl, Mylady.«

Als sich die Tür hinter Amanda, Lady Abbotsleigh, geschlossen hatte, seufzte Tamira. »Mir graut davor, welche Anweisungen ich in London erhalten werde.«

»Das wird schon nicht so schlimm. Sie dürfen ihr nur nicht widersprechen.«

»Genau darin liegt das Problem.«

Yalda lachte und goss Wasser in eine Schüssel, das sie am Kamin erwärmt hatte. »Nicht trödeln, Sie haben es gehört.«

Tamira machte sich frisch und dachte eigentlich, sie könnte das angenehm bequeme kurze Mieder wieder anziehen, aber Yalda bestand darauf, dass sie das Korsett von Madame Sybil sowie eine komplett neue Garnitur aus zartestem Stoff anlegte.

Folgsam wechselte sie die Seidenstrümpfe, befestigte sie mit einem hellgrünen Band unter den Knien und stand auf, um sich einschnüren zu lassen.

Yalda zog die Chemise zurecht, Tamira hielt das Korsett mit beiden Händen fest, während die Zofe hinter sie trat, die Schnürung einfädelte und anzog, bis Tamira keuchte.

»Nicht so eng!«

»Einatmen!«, sagte die Zofe streng und zog es noch fester.

»Ich kann mich kaum bewegen.«

»Sie sollen sich nicht bewegen, sondern hübsch aussehen.« Yalda holte das Kleid und half ihr hinein.

Es saß perfekt, und obwohl sich Tamira nicht vollständig in dem Spiegel an ihrer Frisierkommode sehen konnte, war ihr sofort klar, dass dies keines der vorgefertigten Modelle sein konnte, sondern eine eigens für sie angefertigte Schöpfung von Madame Geneviève war. Die Näherinnen mussten Tag und Nacht gearbeitet haben, um es fertigzustellen. Cremefarbene Spitze verlieh ihrem Teint einen schimmernden Glanz. Eine andere Ratgeberin hätte vielleicht versucht, ihre Haut heller wirken zu lassen. Doch Tante Bernadette hielt nichts davon, ihre Herkunft zu verbergen. »Wir sind, wer wir sind«, sagte sie gern. »Es kommt darauf an, was wir daraus machen.« Dieses Kleid jedenfalls machte sie schöner. Der Schnitt wirkte schlicht und ließ sie bescheiden erscheinen und sittsam, wie man es von einer jungen Frau in ihrer Position erwartete. Aber er war raffiniert genug, um ihre Vorzüge dezent zur Geltung zu bringen.

»Sieh mal, ich habe einen Busen«, sagte sie lachend.

»Ich sage doch, man muss nur die richtige Corsetière für sich arbeiten lassen. Sie sollten dankbar sein, dass Ihre Patin einen so exzellenten Geschmack und obendrein das passende Vermögen hat.«

»Aber Carolines neue Garderobe ist genauso schön.«

»Natürlich, Miss Caroline ist eine bildhübsche junge Lady.« Yalda nahm einen großen Pinsel, trug damit etwas Puder auf und tupfte danach dezenten Glanz auf ihre Lippen. »Wenn der Duke sich heute Abend nicht in Sie verliebt, dann stimmt was nicht mit ihm«, sagte sie und betrachtete Tamira so zufrieden, als hätte sie sie selbst erschaffen.

»Er soll sich in Caroline verlieben, nicht in mich.«

»So? Na ja, wenn Sie meinen.« Yalda öffnete eine Schatulle und legte ihr eine feingliedrige Halskette um, an der eine große, tropfenförmige Perle hing. »Lady Cairnforth hat den Schmuck zusammen mit dem Kleid geschickt.«

»Meine Patin ist zu großzügig.«

»Das ist sie, Miss. Stellen Sie sich vor, wie enttäuscht Lady Cairnforth wäre, wenn Sie sich genau an die Anweisungen Ihrer Tante halten, statt sich im besten Licht zu zeigen.«

Tamira musste lachen, denn Yalda hatte absolut recht. »Das stimmt. Aber sie wird nicht wollen, dass ich mich dem Duke an den Hals werfe.«

»Ich vermute, Mylady beabsichtigt, dass seine Gnaden sich *Ihnen* zu Füßen wirft.«

»Eine nette Vorstellung«, sagte Tamira und stand auf. »Ich glaube aber nicht, dass heute Abend damit zu rechnen ist.«

»Vielleicht noch nicht heute.« Yalda sah auf, als es klopfte.

Caroline steckte den Kopf durch die Tür. »Bist du so weit? Tante Amanda wartet … Oh!«

»Was, oh?« Die Art, wie ihre Schwester sie ansah, verunsicherte Tamira.

»Du siehst … sehr erwachsen aus.«

»Das will ich meinen. Ich bin deine große Schwester.« Sie

ließ sich Fächer und Abendtasche von Yalda reichen und folgte Caroline hinaus auf den Flur, wo die anderen bereits warteten.

Nachdem Lady Abbotsleigh die drei kritisch inspiziert und Carolines Kleid am Dekolleté ein Stückchen heruntergezogen hatte, sah sie Tamira an. »Die Countess lässt bei Madame Geneviève fertigen, höre ich? Nun, das Kleid ist recht nett geworden. Aber eine talentierte Schneiderin ist nicht genug, um Erfolg zu haben. Sittsames Betragen spielt eine viel größere Rolle als das Aussehen. Du wirst dich nicht wieder in den Vordergrund spielen wie vorhin beim Bogenschießen.«

»Ich habe doch gar nicht beim Turnier mitgemacht.«

»Das mag sein, aber alle haben darüber gesprochen, wie du mit nur einem Versuch genau ins Schwarze getroffen hast.«

»Das habe ich ebenfalls«, wagte Caroline einzuwerfen, doch die Countess wedelte nur mit einer Hand, als wollte sie eine lästige Fliege verscheuchen.

»Aber du hast nicht auf die Scheibe, die für die Gentlemen aufgestellt wurde, gezielt. Es war beschämend!« Sie tippte Tamira mit dem Zeigefinger aufs Brustbein direkt unterhalb des Perlenanhängers und sagte nachdrücklich: »Du wirst dich anständig benehmen und in Zukunft im Hintergrund halten, ist das klar?«

Tamira senkte den Blick, damit niemand das ärgerliche Funkeln in ihren Augen sehen konnte. »Selbstverständlich, Mylady.«

Mary sah sie mitleidig an. »Dürfen wir Walzer tanzen?«

Tamira bewunderte ihren Mut, aber die Cousine wusste wahrscheinlich genau, wie weit sie bei ihrer Mutter gehen konnte. Mary hatte schon im letzten Jahr Tanzunterricht erhalten und Noten für diesen neuen, ungeheuer aufregenden Walzer besorgt. Danach hatten sie jeden Nachmittag zu Hause geübt. Aber es war natürlich etwas ganz anderes, mit der

Schwester oder Cousine zu tanzen als mit einem Mann, der einen auf eine Art berühren würde, wie es eigentlich undenkbar war.

Die Tante schnappte nach Luft und fauchte dann: »Walzer? Also, auf keinen Fall!«

Aber Mary blieb unerschrocken. »Och, Mama bitte! Wir sind hier im kleinen Kreis. Was ist denn, wenn mich später jemand fragt, und ich stelle mich ungeschickt an?«

»Du wirst diesen ungehörigen Tanz nirgendwo aufführen, ohne eine Erlaubnis dafür bekommen zu haben. Ist das klar?«

Mit sanfter Stimme sagte Caroline: »Ich hatte den Eindruck, der Duke mag den Walzer. Soll ich ihn abweisen?«

Amanda presste die Lippen zusammen. »Also gut. Wenn er eine von euch darum bittet, dann tanzt um Himmels willen mit ihm.«

Für den Ballabend hatte die Gastgeberin die Türen öffnen lassen, die drei große Räume in der ersten Etage miteinander verbanden. Es sah mit all den leuchtenden Wachskerzen sehr festlich aus, ein Quintett spielte leise, die Gäste standen in Gruppen zusammen und plauderten.

Tante Amanda hatte ihren Auftritt genau geplant. Als der Butler ihre Namen verkündete, wandten sich ihnen viele interessierte Gesichter zu.

»Offensichtlich hat Lord Brentford eine große Nachbarschaft«, flüsterte Georgiana hinter vorgehaltenem Fächer.

»Und sie besteht vornehmlich aus jungen Herren«, ergänzte Henrietta.

»Was sie wohl mit ihren Töchtern und Gattinnen gemacht haben – etwa eingesperrt?«, fragte Tamira ebenso leise zurück.

»Shhh…! Steht hier nicht rum«, zischte Tante Amanda und trieb ihre fünf Schützlinge wie eine Herde Schafe in den Raum hinein.

Mary und Caroline waren sogleich von zahlreichen Gentlemen umringt, die sich darum rissen, ihnen vorgestellt zu werden. Die Zwillinge wanderten davon, um einen Blick auf das noch nicht eröffnete Büfett zu werfen, und Tamira zog sich an eines der großen Fenster zurück, von wo aus sie sich einen besseren Überblick erhoffte.

»Du hast deine Tanzkarte vergessen.« Fiona stellte sich zu ihr und zeigte auf Tamiras Handgelenk. An ihrem eigenen behandschuhten Arm baumelten Kärtchen und Bleistift, die mit einem Seidenbändchen befestigt waren.

»Ich tanze nicht, ich begleite nur meine Schwester.«

Fiona sah sie von der Seite an. »Wie alt bist du denn? *Chaperon* kann man erst mit dreißig sein oder als verheiratete Frau.«

Aus ihrem Mund klang dieses unvorstellbare Alter wie *Scheintod*.

»Einundzwanzig«, sagte Tamira und kam sich plötzlich viel älter vor.

Caroline und ihre Cousine hatten natürlich eine Karte bekommen und sogar die Zwillinge. »*Zum Üben*«, hatte Tante Amanda streng gesagt. *»Jede von euch darf ein Set tanzen. Nicht mehr!«*

Fiona musterte sie aufmerksam. »Aha. Das ist allerdings wirklich ein bisschen alt für ein Debüt.«

Tamira zuckte innerlich zusammen, sagte jedoch freundlich: »Da hast du vollkommen recht.« Sie mochte Fiona, aber sie hatte keine Lust, das Thema weiter zu verfolgen.

»Es ist eigentlich schade, ich glaube, der Duke of Asherton …«

Tamira erfuhr nicht, was Fiona über Asherton sagen wollte, denn die Schottin schlug die Hand vor den Mund und starrte zum Eingang.

»Lord Wellsborough mit Miss Susan Market«, verkündete der Butler steif.

Ein Raunen ging durch die Menge, was allerdings nicht an Susan lag, die man zweifelsfrei als eine erlesene Schönheit bezeichnen konnte, sondern an dem strahlenden Funkeln, das sie umgab.

»Sind das die englischen Kronjuwelen?«, fragte Fiona scheinheilig und hob rasch den Fächer, damit man ihr Grinsen nicht sah.

Tamira hätte ihr erklären können, dass indische Prinzessinnen und Prinzen häufig deutlich mehr Schmuck trugen, aber sie verzichtete darauf, denn Miss Susan war keine Prinzessin und für einen Tanzabend auf dem Land *einen Ticken* overdressed, so hätte ihre Mutter diesen Auftritt kommentiert.

Wellsboroughs Tochter trug ein funkelndes Diadem und Diamantspangen im Haar, dazu mit Edelsteinen besetzte Armbänder und ein kostbares Collier aus schwerem Gold.

»Meine Güte, sieh dir das an.« Henrietta und ihre Schwester gesellten sich zu ihnen.

Georgiana kniff die Augen zusammen, um besser sehen zu können. »Sie ist doch nicht etwa verheiratet?«

Die drei kicherten.

Auf Fionas fragenden Blick erklärte Tamira: »Die Halskette nennt sich *Mangalsutra*. Sie wird einer Braut am Tag ihrer Hochzeit vom zukünftigen Ehemann zuerst symbolisch und später dann als Schmuck umgelegt. Eine verheiratete Frau trägt sie so lange, wie die Ehe währt.«

»Ob Miss Susann das weiß?«

»Ich bezweifle es.«

Georgiana sagte: »Und wenn sie es wüsste, wäre es ihr egal.«

»Hauptsache, der Schmuck ist von unschätzbarem Wert«, ergänzte Henrietta und zog ihre Schwester mit sich fort.

Fiona blinzelte. »Ich glaube, Miss Bellington dort hinten hat mir zugewunken«, sagte sie und eilte ebenfalls davon.

Eine nur zu bekannte Stimme sagte: »Man sollte Miss Susan erklären, was sie da trägt.«

»Ich ganz gewiss nicht.« Sie deutete einen Knicks an. »Wenn Ihr mich entschuldigen würdet?«

»Es tut mir leid«, sagte der Duke leise.

»Was tut Euch leid? Dass Ihr mich des Diebstahls bezichtigt habt oder dass Ihr mich beinahe kompromittiert hättet?«

»Nun, an beidem sind Sie nicht ganz unschuldig, möchte ich behaupten. Nein, das ist es nicht. Es tut mir leid, Sie erschreckt zu haben.«

»Ich bin nicht so leicht zu erschrecken.« *Oder vielleicht doch,* dachte sie, als sich ihre Tante näherte. »Ich sollte nicht mit Euch reden«, sagte Tamira hastig und eilte davon.

11. KAPITEL

Nach einem überaus langweiligen Abend zog sich Julian die Krawatte vom Hals und warf sie auf einen Stuhl, Rock und Weste folgten. Beim Frühstück und während des Picknicks hatte er sich bemüht, allen Debütantinnen gleichermaßen Aufmerksamkeit zu widmen.

Dennoch war sein Blick immer wieder zu Miss Darlington-Devi gewandert, die sein Interesse irgendwann mit belustigtem Heben einer Augenbraue quittiert hatte.

Samuel war dieser kurze Austausch nicht entgangen, erinnerte er sich. »An Selbstbewusstsein mangelt es der jungen Lady jedenfalls nicht. Bist du an ihr interessiert?«, hatte er gefragt und an seiner Pfeife gezogen.

»Auf keinen Fall! So ein Wildfang ist vollkommen ungeeignet.«

Samuel sah ihn mit einem seltsamen Ausdruck in seinem müden Gesicht an, zuckte dann jedoch mit der Schulter. »Wie du meinst. Aber du musst dich für eine entscheiden oder Mutter sagen, dass keine infrage kommt.«

»Warum?«

»Weil nicht einer der hier versammelten Gentlemen es wagen würde, dir Konkurrenz zu machen.«

Als er seinen Freund verständnislos ansah, sagte der: »Gütiger Himmel, du bist der Duke of Asherton. Das ist eines der ältesten Herzogtümer überhaupt. Was denkst du denn, für wen sich jedes dieser Mädchen entscheiden würde? Oder sollte ich besser sagen, die Matronen und Väter?«

Sein erster Impuls war, Samuels Behauptung weit von sich zu weisen, aber schnell wurde ihm klar, dass der Freund recht hatte. Der Duke of Asherton stellte in den Augen der Debütantinnen und ihrer Familien einen Hauptgewinn dar.

Diese Erkenntnis allerdings warf neue Fragen auf: Wie sollte er herausfinden, welche von ihnen für die Position an seiner Seite am besten geeignet war?

Ein Holzscheit im Feuer knackte und rollte ein Stück nach vorn. Aus den Gedanken gerissen, stand Julian auf, schob es mit dem Feuerhaken zurück und schenkte sich bei der Gelegenheit Brandy nach. Er war kein großer Trinker, aber es gab Zeiten im Leben, da erschien ein Glas Branntwein durchaus angemessen.

Im Geiste ging er seine neuen Bekanntschaften durch. Lady Fiona Gordon, die sich von Tamira das Bogenschießen hatte zeigen lassen, schien sich trotz ihrer verspäteten Anreise schnell mit den anderen Mädchen angefreundet zu haben. Als Enkelin des Duke of Glamorgan brachte die Schottin alles mit, was eine zukünftige Duchess brauchte. Sie war hübsch und schien mit einem freundlichen Charakter gesegnet zu sein. Er hatte beobachtet, wie sie einen Schmetterling im Frühstücksraum eingefangen und nach draußen in die Freiheit gebracht hatte. Doch das Mädchen war gerade mal sechzehn. Weshalb ihr Vater sie so jung verheiraten wollte, hatte Julian nicht herausgefunden. Es war auch nicht wichtig, denn sie schien sich vor ihm zu fürchten.

Und dann waren da die beiden Darlingtons. Unvermittelt stahl sich ein Lächeln in seine Mundwinkel, als er an die Schwestern dachte. Caroline erfüllte alle Anforderungen, die sich ein verantwortungsvoller Mann für seine Familie wünschen konnte. Trotz ihrer Jugend konnte man bereits erkennen, dass ihr Selbstbewusstsein stark genug werden würde, um später eine famose Duchess abzugeben. Sie hatte anständige Manieren und konnte eine Konversation führen, ohne ihren Gesprächspartner zu Tode zu langweilen. Ein Pluspunkt war definitiv der liebevolle Umgang mit ihrer jüngsten Schwester, die ein wenig speziell zu sein schien, wobei das in gewisser Weise für alle Darlingtons galt. Caroline Darlington-Devi besaß diese leise, sanfte Schönheit, die sich einem erst auf den zweiten Blick offenbarte, und ihre Gestalt konnte einen Mann ins Schwärmen bringen.

Hatte es bereits, dachte er und erinnerte sich finster an die Horde hohlköpfiger junger Kerle, die sie heute Abend mit ihrer Aufmerksamkeit verfolgt hatten. Sein Freund Briseham war ganz versessen darauf gewesen, mit ihr ein zweites Set zu tanzen, was Lady Abbotsleigh verhindert hatte. Richard tanzte sonst nie.

Susan Market hatte andere Qualitäten. Sie entsprach mit ihren hellen Haaren, einem klaren Teint und den himmelblauen Augen dem allgemein geltenden Schönheitsideal. Zweifellos besaß sie alle Attribute, um zum Star der diesjährigen Saison zu werden. Dafür, dass Wellsborough sie heute Abend mit Juwelen behängt hatte wie eine teure Kurtisane, konnte das Mädchen nichts. Doch Julian konnte es sich leisten, auf andere Vorzüge als eine große Mitgift zu achten, und davon hatte er mit Ausnahme ihres Aussehens in der kurzen Zeit noch nicht allzu viel entdecken können.

Das mochte daran liegen, dass eine gewisse Miss Darlington-Devi ziemlich häufig seinen Weg gekreuzt hatte. Couragiert war die älteste Schwester zweifellos. Das schien in der Familie zu liegen, denn die Zwillinge unterstützten sie äußerst ideenreich bei der Suche nach dem Familienerbstück. Julian zweifelte nicht, dass sie gescheit waren, wenn auch recht unkonventionell in ihrem Betragen – und kreativ, wie sich bei ihrer Begegnung in der Bibliothek heute Nachmittag gezeigt hatte. Sie waren offensichtlich ein eingespieltes Team, wenn es um das Erfinden von Ausreden ging. Dennoch war er überzeugt, dass sie die Wahrheit gesagt hatten. In Anbetracht ihrer bedauernswerten Lage war es nur zu verständlich, dass sie viel riskierten, um zurückzuholen, was ihnen gestohlen worden war. Er war selbst mehr als einmal Zeuge geworden, wie unerhört sich viele seiner Landsleute im Ausland betrugen.

Richard war für die Ostindien-Kompanie tätig gewesen und hatte dort ein beträchtliches Vermögen gemacht. Auch Samuel, der mit seinen leichten Dragonern auf dem Subkontinent stationiert gewesen war, wusste einiges zu berichten und war nicht mit leeren Händen zurückgekehrt.

Und dann war da noch Tamira Darlington-Devi. Die intelligente junge Frau übte zweifellos eine gewisse Anziehungskraft auf ihn aus, was vielleicht daran lag, dass sie die einzige der Kandidatinnen war, die sich von seinem Titel nicht beeindrucken ließ. Doch abgesehen davon, dass sie angeblich nicht plante, eine Ehe einzugehen, war sie ihm zu wild. Sehr wahrscheinlich würde sie sich mit ihren Eskapaden eher den Hals brechen, als ihrem zukünftigen Gatten auch nur einen Erben zu schenken. Dem merkwürdigen Betragen am heutigen Abend maß er jedoch keine große Bedeutung zu. Ihr Blickkontakt zur Tante war ihm nicht entgangen. Womöglich hatte Lady Brentford ihrer Freundin gegenüber zumindest Andeutungen gemacht, was sie am Nachmittag in der Bibliothek gesehen hatte.

Wäre sie wenige Minuten später gekommen, wäre er jetzt möglicherweise verlobt. Denn er hätte Tamira geküsst. Sosehr er auch bedauerte, dass es nicht dazu gekommen war, hatte er doch große Lust, der Versuchung bei anderer Gelegenheit nachzugeben. Das durfte natürlich nicht geschehen, denn ganz oben auf der Liste seiner Heiratskandidatinnen stand ihre Schwester Caroline.

Julian stellte das Glas beiseite und erhob sich. Morgen hatte er wichtige Termine in Westminster wahrzunehmen und MacAlister deshalb gebeten, ihn vor Sonnenaufgang zu wecken.

Die Amazone bewegte sich wie ein geheimnisvoller Schatten durch den Nebel. Sie trug Pfeil und Bogen bei sich.

Er beobachtete sie aus der Deckung heraus, aber es drängte ihn an den Fluss, und niemand hatte den Tiger jemals aufgehalten. Unter seinen Pfoten fühlte sich der sandige Boden herrlich an. Die Sonne brannte ihm auf den Pelz, das kühle Wasser glitzerte wie eine juwelenbesetzte Kostbarkeit, und der Duft, der ihm in die Nase stieg, war unwiderstehlich. Während er sich niederbeugte, um zu trinken, ließ er die Frau nicht aus den Augen. Sie wirkte vertraut, obwohl er ihr Gesicht nicht erkennen konnte, weil das Mittagslicht ihn blendete. Was er sah, war eine aufrechte feingliedrige Gestalt. Ihre Haltung verriet keine Furcht, wie sie da am anderen Ufer stand, aufmerksam und bereit zum Kampf – oder zur Flucht. Er wollte nicht, dass sie fortlief, und dennoch ging er nun Schritt für Schritt ins Wasser, denn es war sein Element.

Ein Knall ließ sie beide zusammenfahren. Nur ein Wimpernschlag und die Frau war fort.

»Verdammt …!« Julian schreckte auf.

»Ich bitte um Entschuldigung, Euer Gnaden.« Die Stimme seines Dieners holte ihn endgültig in die Gegenwart zurück.

Der merkwürdige Traum beschäftigte ihn noch, als er seine Pferde Richtung London lenkte. Über den Nebelschwaden am Fluss stieg die Sonne empor und versprach einen schönen Tag.

12. KAPITEL

Es kam selten vor, dass sich Tamira an ihre Träume erinnerte. Aber als das Schlagen einer Tür sie bei Morgengrauen aus dem Schlaf riss, war ihr Herz merkwürdig schwer vor Sehnsucht. So, als hätte sie etwas ungeheuer Kostbares verloren.

Später beim Frühstück erfuhr sie, dass der Duke of Asherton bereits abgereist war. Der Traum jedoch blieb beunruhigend präsent, und während ihre Reisekutsche zurück nach London schaukelte, erinnerte sie sich an ein Buch aus der Bibliothek ihrer Eltern.

Tiger, hieß es darin, symbolisierten Leidenschaft und einen drängenden Wunsch nach Liebe. Sie im Traum zu sehen, konnte jedoch auch eine Warnung vor tief im Herzen verborgenen Gefahren sein.

Warum, dachte Tamira, hatte sie die ganze Zeit an Asherton denken müssen?

Zurück in der Stadtresidenz Hill Street 32, nahmen die Vorbereitungen für den Ball den gesamten Haushalt gefangen. Die Präsentation der Cousinen würde der erste große Debütantinnenball der Saison sein. Dieser Abend wurde deshalb nicht nur von den Haushaltsmitgliedern mit Spannung erwartet, er war auch der Grund dafür, dass Lord Abbotsleigh sich entschlossen hatte, in diesem Jahr die eigene Stadtresidenz einem entfernten Cousin zur Verfügung zu stellen und das größere Haus in der Hill Street zu mieten. Es gehörte nicht nur zu den ersten Adressen Mayfairs, es war auch prächtig genug, um die sensationslüsterne Hautevolee des Landes angemessen zu beeindrucken.

Während Mary inzwischen auch zu Hause Handschuhe trug, weil sich ihre wieder ausgebrochene Unart, Nägel zu kauen, anders nicht beherrschen ließ, gab sich Caroline unbeeindruckt. Doch Tamira kannte ihre Schwester gut genug, um zu wissen, dass sie dem Tag mit einer Mischung aus Vorfreude und Furcht entgegensah. Vom ersten Eindruck, den eine junge Dame auf die Gesellschaft machte, konnte ihr weiteres Schicksal abhängen. Umso mehr wusste sie die Einladung von Lady Brentford am vergangenen Wochenende zu schätzen. Die Tage auf ihrem Landsitz hatten den jungen Frauen ermöglicht, Bekanntschaften außerhalb des Ballsaals zu knüpfen und untereinander Allianzen zu schmieden. Sie waren mit der Gewissheit auseinandergegangen, gut auf die Abende in den Ballsälen Londons vorbereitet zu sein, obwohl ihnen natürlich bewusst war, dass sie unter Umständen Konkurrentinnen um die Aufmerksamkeit des attraktivsten Heiratskandidaten werden könnten. Der *fetteste Hammel in der Herde*, wie es Henrietta auf ihre unnachahmlich respektlose Art gestern formuliert hatte, war in dieser Saison zweifellos der Duke of Asherton.

Als Tamira an diesem Morgen an ihn dachte, musste sie unwillkürlich lächeln. Caroline mochte es noch nicht wissen, aber er war der perfekte Heiratskandidat für sie, und das Beste: Er schien sich für ihre Schwester zu interessieren.

Nach dem Frühstück verkündete Lady Abbotsleigh: »Dieser Aufenthalt auf dem Land war ja sehr nett, aber es ist viel liegen geblieben. Mary und Caroline, ihr werdet mir heute helfen, die Einladungen zu schreiben.«

Die Schwestern sahen sich an, doch Caroline schüttelte kaum merklich den Kopf. Tamira fragte sich, wie sie die Aufgabe bewältigen wollte. Sie hatte eine schöne Handschrift, aber sie litt unter einer Schreibschwäche, und es gab kaum einen Satz, den sie fehlerfrei zu Ende bringen konnte, so große Mühe sie sich auch damit gab.

Caroline stand auf und entschuldigte sich lächelnd. »Ich bin gleich zurück.«

Die Zwillinge folgten ihr hinaus. Tamira legte das Besteck zusammen und griff nach ihrem Glas, als draußen ein Schrei erklang.

»Was war das?«

Mit einer ungeduldigen Handbewegung schickte Lady Abbotsleigh einen Diener los, um nachzusehen.

Er kehrte umgehend zurück. »Miss Caroline ist gestürzt«, sagte er mit einer Verbeugung.

»Ist sie verletzt?« Tamira lief hinaus, blieb dann aber in der Halle stehen und betrachtete die Szene, die sich ihr am Treppenabsatz bot.

»Meine Hand!«, schluchzte Caroline bühnenreif. Die Zwillinge bemühten sich um eine mitleidige Miene.

»Was ist passiert?«

»Henrietta hat sie gestoßen.«

»Habe ich nicht!«, widersprach die vehement. »Sie ist sich auf den Rocksaum getreten und ist ausgerutscht.«

Tamira hatte genug gehört, sie eilte zu ihrer Schwester, die blass aussah. »Zeig mal her.« Leiser fügte sie hinzu: »War das notwendig?«

Caroline nickte.

»Wenn du deine Finger bewegen kannst, ist nichts gebrochen«, sagte sie laut, damit Lady Abbotsleigh es nicht überhören konnte.

»Ihr beiden begleitet eure Schwester hinauf ins Zimmer.« Als die drei zögerten, fügte sie ein nachdrückliches »Jetzt, sofort!« hinzu und sah ihnen kurz hinterher, wie sie mit wehenden Röcken die Stufen der breiten Treppe hinaufliefen, als wäre nichts gewesen.

Danach winkte sie ein Dienstmädchen herbei, die, angelockt von dem Spektakel, aus dem Salon gekommen war. »Miss Caroline hat sich verletzt. Bitte informiere Yalda, sie soll sich darum kümmern.«

Das Mädchen schlug die Hand vor den Mund und rannte los. Tamira kehrte in den Frühstücksraum zurück. »Es ist die rechte Hand. Wenn ich helfen kann …«

»Also meinetwegen, dann machst du das eben«, sagte Lady Abbotsleigh und erhob sich. »Mary, du weißt, wo die Liste liegt.«

»Ja, Mama.« Als die Mutter den Salon verlassen hatte, stand Tamiras Cousine auf. »Tut mir leid. Jetzt musst du dir die Finger wundschreiben, und dabei ist es nicht mal dein Ball.«

»Ach, das macht mir nichts«, sagte Tamira und dachte bei sich, dass das Schreiben der Einladungen immer noch unterhaltsamer sein würde, als den ganzen Nachmittag im Salon herumzusitzen statt am Buch zu schreiben. Tante Amanda hatte die nervtötende Angewohnheit, sich hinter sie zu stellen und ihr dabei zuzusehen. Handarbeiten waren selbstverständlich erlaubt, aber dafür hatte Tamira kein Talent. Sie hätte gern gelesen, doch die Bibliothek in diesem von Lord Abbotsleigh für die Saison angemieteten Stadthaus war bedauerlicherweise recht überschaubar.

»Meinst du, deine Mutter würde uns zur Belohnung einen Ausflug zu Lackington's erlauben?«

Die wahrscheinlich größte Buchhandlung Londons übte

eine enorme Anziehungskraft auf Tamira aus, obwohl sie sie bisher noch nicht gesehen hatte. Es hieß, im *Musentempel* am Finsbury Square gäbe es Hunderttausende Bücher zu ungewöhnlich günstigen Konditionen. Eine schier unvorstellbare Menge und ein Paradies für jemanden wie Tamira, die davon träumte, selbst Romane zu veröffentlichen.

»Was du immer mit deinen Büchern hast.« Mary lachte. »Mama sagt, Lesen verwirrt einer Frau die Sinne.«

»Das ist ja das Schöne daran.« Tamira zwinkerte ihr zu. »Ich sehe nur rasch nach Caroline, dann können wir beginnen.«

»Fertig! Es sind allein bei mir mindestens hundert Gäste«, sagte Tamira. Sie legte die Feder beiseite und schüttelte ihre Hand aus. »Wie viele habt ihr?«

»Mein Federkiel ist schon wieder hin!« Henrietta, die mit Georgiana ebenfalls fleißig Einladungen geschrieben hatte, stand auf. »Ich möchte eine dieser *Aachener Stahlfedern* ausprobieren, mit denen du immer schreibst. Zusammen mit indischer Tinte müssten sie sich vortrefflich zum Zeichnen eignen.«

»Mama hat ein halbes Dutzend von einer Freundin bekommen, die Badekuren in Aachen machte. Wir sollten herausfinden, ob es sie in London zu kaufen gibt«, sagte Tamira bedauernd.

Mary betrachtete die Tintenflecken auf ihren Handschuhen. »Glaube ich nicht. Aber falls doch, hätte ich auch gern eine und so einen eleganten Federhalter dazu. Du hast viel weniger gekleckst als ich.«

Tamira nickte. »Na klar. Wenn wir welche finden, kaufen wir den Laden leer. Das ist die Zukunft, ich bin mir sicher.«

Georgiana hielt die Adressliste hoch. »Wir haben insgesamt dreihundert Einladungen geschrieben. Sofern man davon ausgeht, dass Tante Amanda den Ruf einer großartigen Gastgeberin hat und mit Sicherheit die meisten Debütantinnen mit ihren Chaperons, die heiratswilligen Gentlemen allein sowie die Spiel- und Klatschsüchtigen, die finanziell in prekärer Situation Lebenden und natürlich alle Freundinnen und Feindinnen unserer Tante zusagen werden – wenn auch aus verschiedenen Beweggründen …« Sie hielt kurz inne und starrte ins Nichts. »Vierhundertzweiunddreißig. Das ist nur eine konservative Hochrechnung, versteht sich. Nimmt man weitere Faktoren hinzu, könnten es … vierhundertsechundachtzig werden.« Sie runzelte nachdenklich die Stirn.

Tamira dachte einmal mehr, wie unterschiedlich die Zwillinge doch waren, obwohl sie sich auf so gespenstische Weise ähnlich sahen.

»Liebe Güte, wie sollen all die Leute nur in dieses Haus passen?« Henrietta war ihr Entsetzen anzuhören. Sie fürchtete große Menschenansammlungen, seit sie als kleines Mädchen einmal eine Pilgerprozession erlebt hatte, bei der die Gläubigen in Panik geraten und zahllose Menschen totgetrampelt worden waren.

»Keine Ahnung.« Mary seufzte. »Ich muss noch zwanzig schreiben.«

»Gib mal her, die teilen wir uns.« Tamira griff nach der Liste und sagte zu den Zwillingen: »Euch vielen Dank. Besser, ihr geht jetzt, bevor Tante Amanda zurückkehrt.« Die Schwestern huschten hinaus, und sie las den nächsten Namen. »Oh, der Duke of Asherton logiert in der Brook Street? Ich dachte, seine Stadtresidenz läge an der Park Lane?«

Mary legte die Einladungskarte beiseite, an der sie gerade geschrieben hatte. »Ecke Upper Grosvenor Street, um genau zu sein. Es gehört ein großer Garten dazu. Er lässt Asherton

House umbauen. Manche behaupten zwar, für seine zukünftige Gattin, aber in Wirklichkeit hat es in der Küche ein Feuer gegeben. Das Dienstbotenquartier soll vollkommen verrußt gewesen sein.«

»Glaubst du denn nicht, dass er heiraten will?«, fragte Tamira.

»Du hast ihn doch kennengelernt. Die Frau, die er für würdig erklärt, seine Duchess zu werden, muss noch gebacken werden. Er ist furchtbar einschüchternd, finde ich.«

Das fand Tamira eigentlich nicht, aber sie erinnerte sich, dass Caroline etwas Ähnliches gesagt hatte. »Dann sollte er umdenken. Gerade ein Duke muss für legitime Nachkommen sorgen.«

»Das stimmt. Mutter behauptet, nur deshalb wäre er diese Saison in London anstatt bei seinen Pferden. Sie hat ein Auge auf ihn geworfen, fürchte ich. Ein Glück, dass er sich für deine Schwester interessiert und nicht für mich.«

»Bist du sicher? Ich hatte nicht den Eindruck, dass er eine der Debütantinnen von Brentford Hall bevorzugt. Wahrscheinlich findet er uns alle langweilig. Hat er nicht den Ruf, seine Gunst … erfahreneren Damen zu schenken?«

Mary sah sie überrascht an. »Wie meinst du das?«

»Neulich bei der Schneiderin hat jemand erzählt, er ginge auffällig häufig in die Oper am Haymarket«, sagte Tamira.

»Das würde ich auch gern. Ich liebe Musik.«

»Männer sind, scheint es, viel mehr an den Sopranistinnen selbst als an ihren musikalischen Darbietungen interessiert.«

Mary kicherte. »So was sagt man nicht!«

Die Tür öffnete sich und Lady Abbotsleigh trat ein. »Nun? Wie weit seid ihr?«

»Gleich fertig«, sagte Mary stolz.

»Lass sehen.« Sie runzelte die Stirn und sah einen Stapel

durch. »Also. Sehr ordentlich.« Sie zeigte ein seltenes Lächeln. »Das habt ihr gut gemacht, Mädchen.«

»Danke, Mama.«

Tamira räusperte sich und warf der Cousine einen vielsagenden Blick zu.

»Mama, ich würde gern zu Lackington's gehen. Dort soll es neue Landkarten geben.«

»Seit wann interessieren dich Landkarten?« Ihre Mutter sah sie voller Misstrauen an.

Mary senkte bescheiden den Blick, und Tamira sah ihren Ausflug schon gewissermaßen die Themse hinunterschwimmen, als ihre Cousine sagte: »Ich habe Lord Hayes und Viscount Briseham davon sprechen hören. Sie sind weit gereist. Ich fände es bei einer Konversation hilfreich, mehr zu wissen als andere Mädchen.«

»Da hast du allerdings recht. Sehr vorausschauend von dir«, sagte Lady Abbotsleigh überrascht. »Nimm deine Cousinen mit. Sie sollen sehen, wie großartig dieser Musentempel im Herzen unseres Heimatlandes ist. Eine so herausragende Kultur gibt es in Indien nicht.«

»Natürlich, Mama.«

»Eine so *herausragende* Kultur gibt es in Indien nicht? Hat sie das wirklich gesagt?« Henrietta verdrehte die Augen.

»Tante Amanda hätte uns nie zum Finsbury Square fahren lassen, wenn wir gesagt hätten, dass wir Bücher kaufen wollen. Deshalb hat Mary die Ausrede mit der Landkarte erfunden. Schade, dass sie nun nicht dabei ist«, entgegnete Tamira.

Was es allerdings in den Straßen ihrer Heimat tatsächlich nicht gab, waren so viele elegant gekleidete Ladys, wie sie heute an den Geschäften entlangflanierten. Das Leben fand in den Palästen und Häusern statt, schon allein wegen der oft hohen Temperaturen. Aber hier freute man sich über die ersten warmen Sonnenstrahlen und nutzte jede Gelegenheit, um bei angenehmem Wetter auszugehen. Selbstverständlich bestens geschützt durch Hüte und Sonnenschirme.

Die Zwillinge sahen während der Fahrt fasziniert aus dem Fenster und machten lustige Bemerkungen über die Passanten, sodass selbst Yalda schmunzeln musste, die von Tante Amanda mehrfach ermahnt worden war, ihre Schützlinge unter keinen Umständen aus den Augen zu lassen.

»Wir sind gleich da!«, meldete der Kutscher. Der Wagen ruckelte ein wenig, dann blieb er stehen.

»Weshalb halten wir hier?«, fragte Georgiana und öffnete die Tür. Ohne auf Yaldas Protest zu hören, sprang sie leichtfüßig hinaus.

»Weil da vorn ein Stau ist.« Henrietta war ihr gefolgt, bevor der Lakai seiner Aufgabe nachkommen konnte.

»Miss, warten Sie doch!«

»Entschuldigung.« Sie zwinkerte ihm frech zu, und Tamira sah, wie der arme Junge – er war kaum älter als die Zwillinge – errötete. Weil er ihr leidtat, ließ sie sich von ihm hinaus helfen, obwohl sie auch viel lieber gesprungen wäre, und drückte ihm dabei unauffällig eine Münze in die Hand. »Kümmere dich nicht um die beiden. Du machst das ganz wunderbar. Informiere den Kutscher bitte, dass es eine Weile dauern wird.« Sie zog die Taschenuhr hervor. »Er kann uns in einer Stunde wieder abholen.«

»Jawoll, Miss Darlington-Devi.« Er verbeugte sich und half auch Yalda aus dem Wagen, bevor er wieder vorn auf den Bock kletterte.

Beschwingt spazierten sie das kurze Stück über den Finsbury Square hinüber zur Buchhandlung. Auf den wenigen Metern bekam Tamira ein halbes Dutzend Flugblätter in die

Hand gedrückt, während ihre Geschwister zu aufgeregt waren, um die Straßenkinder überhaupt zu bemerken.

»Passen Sie auf Ihr Réticule auf!«, mahnte Yalda. Ihrer Stimme war anzuhören, wie ernst sie die Verantwortung für ihre Schützlinge nahm.

Gemeinsam betraten sie das Gebäude und Tamira hielt kurz den Atem an. »Ich bin im Himmel. Seht nur, es ist alles voller Bücher!«

»Und so hell!«, ergänzte die Zofe.

Durch die hohen Fenster strömte das Sonnenlicht herein, und direkt unter dem Oberlicht, einer Kuppel weit über ihnen, befand sich ein kreisrunder Tresen, hinter dem Angestellte ihre Kundinnen und Kunden berieten. Wer hochsah, konnte in die nächste Etage blicken. Auch dort waren die Wände von Bücherregalen bedeckt. Tamira verstand nun, weshalb die Buchhandlung Musentempel genannt wurde. Es war, als würde die Architektur dazu beitragen, den Geist zu öffnen und ihr einen Blick in die höheren Sphären von Literatur und Wissenschaft zu erlauben – ein erhebender Augenblick.

»Wir müssen in den ersten Stock«, sagte Georgiana und zeigte auf eine Tafel, auf der die einzelnen Abteilungen aufgeführt waren.

»Gut. Dann treffen wir uns nachher oben in der Kartografie. Ihr lasst euch von niemandem ansprechen!«, warnte Tamira und nickte Yalda zu, die den Mädchen wie vereinbart folgte.

Kurz sah sie ihnen nach und ging dann zielstrebig die halbe Treppe hinauf in die Romanabteilung. Es dauerte nicht lange, bis sie alles um sich herum vergessen hatte.

13. KAPITEL

Julian hatte nicht erwartet, dass ihn der Umbau seiner Stadtresidenz so viel Zeit und Nerven kosten würde. Er hatte den Architekten angewiesen, wichtige Entscheidungen mit ihm abzuklären, und obendrein musste er Einstellungsgespräche führen. Der Mann, den sein Onkel über ein halbes Jahrhundert als Sekretär beschäftigt hatte, war in die Jahre gekommen und hatte angeboten, einen Nachfolger zu suchen, um ihn einzuarbeiten. Doch dann war er krank geworden, und da Julian idealerweise eine lange Zeit mit seinem neuen Assistenten zusammenarbeiten würde, entschloss er sich, die Einstellungsgespräche selbst zu führen.

Dazu wurde eine Reihe Bewerber eingeladen. Sie alle waren jüngere Söhne angesehener Familien, und er erhoffte sich, dass die Männer zumindest in Grundzügen mit den Aufgaben eines Privatsekretärs vertraut wären. Als der Letzte für heute das provisorische Arbeitszimmer in der Brook Street verlassen hatte, griff er nach der Brandyflasche, füllte zwei Gläser und reichte eines seinem Oberverwalter.

»Cooper, es tut mir leid, Ihre Zeit vergeudet zu haben. Was für eine traurige Ansammlung aufgeblasener Hohlköpfe.« Er leerte sein Glas in einem Zug.

»Wenn ich mir eine Bemerkung erlauben dürfte, Euer Gnaden?«

Dafür ist er ja da, dachte Julian, antwortete aber höflich: »Ja, bitte?«

»Ihr braucht jemanden, der sich mit Finanzen auskennt, mit Handel, und vor allem braucht Ihr einen Mann mit Verstand und einem außergewöhnlichen Organisationstalent. Was er über die Verwaltung Eurer Anwesen wissen muss, kann er bei mir lernen.«

Julian sah ihn einen Augenblick lang schweigend an und überlegte, ob er sich einen zweiten Drink genehmigen sollte, ließ es dann aber sein. »Wollen Sie damit sagen, so jemanden gibt es nicht?«

»Nun, es dürfte zumindest schwierig werden …« Cooper räusperte sich. »Das sind keine Qualitäten, die man in *Oxbridge* erwerben kann.«

»Sie haben recht, natürlich! Ich brauche einen Mann, der in einer Kaufmannsfamilie groß geworden ist.«

»Vorzugsweise in einer, die Ambitionen hat, gesellschaftlich aufzusteigen, Euer Gnaden.«

»Haben Sie einen Vorschlag, wo ich so jemanden finden kann?«

Cooper schüttelte den Kopf. »Ich könnte mich umhören, wenn Ihr einverstanden seid.«

Die Uhr auf dem Kaminsims schlug zwei und Julian stand auf. »Gut. Ich bitte darum.« Er verabschiedete sich von dem Mann, der vielleicht zehn, fünfzehn Jahre älter war als er. »Danke, Cooper, ich brauche Sie heute nicht mehr.«

Auf dem Weg nach oben in sein Schlafzimmer wies Julian einen Lakaien an, den Kammerdiener zu informieren, dass er ausfahren wollte.

»Ich habe mir erlaubt, neue Garderobe für Euer Gnaden herauszulegen«, sagte MacAlister, als er eintrat. Es war sein ganzer Stolz, Julians Ruf als einer der bestgekleideten Männer

Londons zu manifestieren, und wer widersprach schon seinem Kammerdiener?

»Waren die Interviews erfolgreich, Euer Gnaden?«, fragte MacAlister, während er ihm das Halstuch band.

»Eher nicht. Cooper meint, ich solle mich unter den Kaufleuten umsehen.«

»Ein exzellenter Rat.«

Er kannte seinen Kammerdiener lange genug, um zu wissen, dass der Mann mehr zu sagen hatte. »Nur raus damit!«

»Der Stiefsohn meiner Schwester ist *Barrister*. Wenn ich sie richtig verstanden habe, ist Paul nicht glücklich in diesem Beruf.«

Julian wusste, dass diese Position häufig der Anfang einer politischen Karriere war, und nahm sich vor, dem Mann entsprechend auf den Zahn zu fühlen. Weder wollte er sich einen glühenden Anhänger der Torys ins Haus holen noch seinen Sekretär an Westminster verlieren. »Er sucht also eine neue Aufgabe? Wie alt ist er?«

Der Kammerdiener räusperte sich. »Dreiunddreißig, euer Gnaden.«

»Dann wird er eine Familie gründen wollen …« Sie wussten beide, dass sich ein Familienleben weder mit MacAlisters Position noch mit der des persönlichen Privatsekretärs eines Herzogs vereinbaren ließ.

»Das wird er nicht«, entgegnete der Kammerdiener, und ihre Blicke trafen sich im Spiegel.

»Ich verstehe.« Julian zog seinen Ärmel zurecht, um Zeit zu gewinnen, und sagte schließlich: »Ich würde ihn gern kennenlernen. Können Sie einen Termin verabreden?«

»Sehr wohl.« MacAlister erlaubte sich ein seltenes Lächeln.

»Sorg dafür, dass die Pferde nicht auskühlen«, sagte Julian und sprang vom Curricle.

Sein Groom grinste und zeigte dabei eine Lücke zwischen den Vorderzähnen. »Geht klar – Euer Gnaden.«

Der Junge kam zwar vom Land, aber er bemühte sich neuerdings um die Lässigkeit eines Londoner Straßenjungen.

Typisch für so einen Jüngling, dachte Julian und ließ ihm die Respektlosigkeit durchgehen. Er war Coopers Neffe, und der würde den Bengel schon rechtzeitig zurechtstutzen. Er klemmte seinen Spazierstock unter den Arm und betrat den Musentempel am Finsbury Square. Kaum hatte er das Vestibül hinter sich gelassen, umfing ihn eine gedämpfte Geräuschkulisse, die alle Gespräche zwischen Kundinnen oder Angestellten zu einem Hintergrundmurmeln verband. Zusammen mit dem weichen Licht, das von oben hereinströmte, herrschte hier eine Atmosphäre, die ihn in der Tat an einen Tempel denken ließ.

Anstatt die vorbestellten Karten und Bücher, um die ihn seine Mutter gebeten hatte, an der Rezeption in Empfang zu nehmen, schlenderte er in die Belletristik-Abteilung, um sich nach unterhaltsamen Neuerscheinungen umzusehen.

Er war tief in Gedanken, als ihn das arrogante Näseln eines Mannes in die Gegenwart zurückholte: »Wollstonecraft? Welch gefährliche Lektüre für eine so bezaubernde junge Lady.«

Der Dandy hatte sich weit vorgebeugt und kam der Angesprochenen unangemessen nahe. Julian konnte ihr Gesicht nicht sehen, aber ihre ablehnende Körperhaltung war eindeutig.

Gespannt hielt er den Atem an, um nicht zu verpassen, was sie antworten würde, bevor er sich gezwungen sah einzuschreiten.

»Tatsächlich, Mylord? Ich bin entzückt zu hören, dass Sie sich mit den Werken einer Philosophin beschäftigen.«

Diesen spöttischen Ton kannte er und die Stimme auch. Miss Darlington verstand es fraglos, unangenehme Annäherungsversuche abzuwehren. Dennoch fand er es unerträglich, sie so ungeschützt vor Übergriffen zu erleben.

Julian ging näher. »Miss Darlington-Devi, welch eine Freude, Sie hier anzutreffen.«

Sie knickste, und er hätte wetten können, dass sie ihm zuzwinkerte. »Der Duke of Asherton. Was für eine nette Überraschung, Euer Gnaden.«

Er wandte sich dem jungen Beau zu, der ihn erschrocken ansah. »Sie haben gewiss Wichtiges zu erledigen.«

»Selbstverständlich. Euer Gnaden, Miss Darlington-Devi.« Der Mann verbeugte sich tief und zog sich dezent zurück, sodass ein uneingeweihter Beobachter es nicht als Flucht interpretieren konnte – doch das war es ohne Zweifel.

»Da geht er hin, der arme Tor …«, sagte sie und zeigte auf das Buch in seiner Hand. »Ich hatte ja keine Ahnung, dass Ihr Romane lest. Noch dazu Elizabeth Meeke.«

»Meine Mutter ist ein großer Fan der Autorin.«

Sie grinste ihn unverschämt an. »Lady Sunborough? Aber ja, welcher Mann liest schon gefühlvolle Geschichten?«

Er hatte den Roman zwar für seine Mutter ausgesucht, wollte ihn jedoch vorher selbst lesen. Anstelle einer Antwort blickte er sich suchend um und sagte das Nächste, was ihm einfiel: »Sie sind aber nicht allein hier?«

»Keine Sorge, ich kann bestens auf mich aufpassen.«

Julian teilte ihre Ansicht nicht, doch bevor er etwas in dieser Richtung äußern konnte, fuhr sie fort: »Selbstredend bin ich nicht allein unterwegs. Meine Zofe Yalda ist bei den Zwillingen, sie befinden sich nur in einer anderen Abteilung.«

»Dann erlauben Sie mir bitte, Sie zu begleiten, bis Sie wieder auf Ihre Schwestern treffen.«

»Ist das schicklich?« Misstrauisch sah sie ihn an.

»Nun, zumindest schicklicher, als ein Gespräch mit jemandem zu führen, der Ihnen nicht vorgestellt wurde.«

»Da habt Ihr wohl recht.«

Er bot an, die Bücher für sie zu tragen, und sie reichte ihm drei Romane. Das Werk der streitbaren Frauenrechtlerin Mary Wollstonecraft stellte sie allerdings zurück ins Regal.

»Ich bin erleichtert, zu sehen, dass Sie keine *gefährliche* Revolutionärin sind«, sagte er.

Sie tat seine Bemerkung mit einer Geste ab. »Ich habe alles von ihr gelesen. Aber ich konnte meine Bücher nicht mitbringen und die Bibliothek in der Hill Street enthält kein einziges, das von einer Frau geschrieben wurde.«

»Das tut mir leid zu hören.« Er überlegte einen Augenblick. »Wenn Asherton House wieder eröffnet ist, können Sie sich dort gern in der Bibliothek umsehen. Es gibt darin einiges, das Sie interessieren dürfte.«

»Der alte Duke hat *revolutionäre Literatur* gelesen?«, fragte sie mit einem amüsierten Unterton.

Bei der Vorstellung, sein Großvater hätte sich mit solchen Themen beschäftigt, musste Julian lachen. »So weit würde ich nicht gehen.« Wahrscheinlicher war, dass der verstorbene Duke seinen Privatsekretär angewiesen hatte, alle wichtigen Neuerscheinungen zu erwerben. Die Bibliothek eines Gentlemans war seine Visitenkarte. »Die meisten Bücher meiner Eltern sind auch dort, sie konnten nicht viele auf Reisen mitnehmen.«

Ihre Augen leuchteten, als sie sich ihm zuwandte. »Dieses großzügige Angebot nehme ich sehr gerne an.«

Seltsamerweise freute er sich über ihre Begeisterung und fragte beschwingt: »Wohin geht es nun?«

Sie nestelte eine zierliche Uhr hervor, die sie an einer langen Kette um den Hals trug. »So spät schon! Ich bin mit meinen Schwestern in der Kartografie im zweiten Stock verabredet. Georgiana ist ein großer Fan von Carl Friedrich Gauß.«

»Ich erinnere mich«, entgegnete er amüsiert und dachte an die erstaunliche Begegnung in der Bibliothek von Brentford Hall, die ihnen beinahe zum Verhängnis geworden war.

»Wir brauchen eine Weltkarte und vielleicht ein wenig Reiseliteratur. Ich bin sicher, bei der Auswahl könnt Ihr von Nutzen sein.«

»Es ist mir ein Vergnügen.« Das war nicht nur so dahingesagt, stellte er fest und reichte ihr seinen Arm.

Unterwegs übergaben sie ihre Einkäufe an eine Angestellte, und als sie das zweite Stockwerk erreichten, sah er die Zwillinge bereits über einen großen Tisch gebeugt, auf dem ein junger Verkäufer Landkarten präsentierte.

Tamira blieb kurz stehen und wisperte ihm zu: »Ihr könnt sie an den Farben erkennen. Henrietta liebt Grün in allen Nuancen. Deshalb besteht unsere Tante darauf, dass sie Schleifen oder Schmuck in dieser Farbe trägt. Sie hält sich daran. Meistens«, fügte sie heiter hinzu.

»Ich werde es mir merken«, sagte er belustigt. Dass die Zwillinge ihre verblüffende Ähnlichkeit ausnutzen würden, ihre Tante auszutricksen, hatte er nicht anders erwartet.

Als sie nun hinzutraten, blickte der Verkäufer ihn hoffnungsvoll an. »Mylord, die Damen sind noch unentschieden. Vielleicht könnten Sie …«

Georgiana drehte sich um, gab ihrer Schwester Henrietta einen Stoß mit dem Ellenbogen und flüsterte: »Tamira hat den Duke im Schlepptau!«

Der Verkäufer errötete. »Euer Gnaden, ich wusste nicht …«

Julian winkte ab. »Wie kann ich helfen?«

Georgiana, die die Wortführerin der Zwillinge zu sein schien, sagte: »Wir sollen eine Weltkarte für Caroline besorgen.«

»Ihre Schwester interessiert sich für Geografie?«

»Keine Ahnung. Sie und Mary möchten wohl nicht stumm dabeistehen, wenn über ferne Länder und weite Reisen gesprochen wird.«

»Sehr löblich«, murmelte er und griff nach der oben aufliegenden Karte. »Dann lassen Sie mal sehen.«

»Sie ist günstig, aber nicht sorgfältig gezeichnet«, sagte Henrietta leise.

Er musste ihr recht geben. Auf den ersten Blick war zu erkennen, dass die Proportionen nicht stimmten. Großbritannien mochte eine Weltmacht sein, aber die Britischen Inseln waren niemals größer als der indische Subkontinent.

»Haben Sie keine Karte von William Dunn?«

Der junge Mann errötete erneut. »Zurzeit nicht, Euer Gnaden, aber wir könnten sie bestellen.«

»Ich bitte darum«, sagte er und wandte sich an die Damen. »Haben Sie noch weitere Pläne, oder kann ich Sie zu einem Eis in *Gunter's Tea Shop* überreden?«

14. KAPITEL

»Caroline wird traurig sein, wenn sie das erfährt.«

»Ich bedauere auch sehr, dass Ihre Schwester und Miss Abbotsleigh nicht mit von der Partie sind«, sagte Julian höflich. Tatsächlich hatte er bis zu diesem Augenblick keinen Gedanken an die beiden Debütantinnen verschwendet.

Die Einladung hatte er spontan ausgesprochen. Er erinnerte sich gern daran, wie viel Freude es ihm gemacht hatte, wenn er mit seiner Gouvernante an einem warmen Tag zum Berkeley Square gegangen war, um Eis zu essen.

Wie damals standen edle Kutschen aufgereiht am kleinen Park in der Mitte. Ladys, die keinen Platz im Café fanden, blieben im Wagen sitzen. Damit war in jedem Fall der Schicklichkeit Genüge getan.

Heute war er nicht der einzige Gentleman, der am Geländer des Parks lehnte. Die Darlingtons hatten die Wagentür geöffnet und sahen nun erwartungsvoll dem Kellner entgegen, der nebenan eine Bestellung aufgenommen und bereits signalisiert hatte, dass er gleich zu ihnen kommen würde.

»Caroline liebt Bücher – und Eis. Aber sie muss mit Mary *Morgenbesuche* machen und durfte deshalb nicht zu Lackington's mitfahren«, sagte Georgiana.

Henrietta legte ihr Zeichenbuch beiseite und lehnte sich weiter hinaus. »Ich bin froh, dass sie nicht mitgekommen sind.«

»Du bist egoistisch«, warf ihr Georgiana mit einem Augenzwinkern zu.

»Mag sein, aber denk dran, wie eng es in der Kutsche war, als wir nach Brentford Hall gefahren sind.«

Ihre Zwillingsschwester erklärte ihm bereitwillig: »Anila hat sich auf der Hinfahrt dreimal übergeben.«

»Von der Rückfahrt will ich gar nicht erst anfangen.« Henrietta kicherte. »Wenn wir alle zusammen unterwegs sind, besteht Tante Amanda obendrein darauf, dass zwei Aufpasserinnen mitfahren.«

»Sie meint, eine allein wäre uns nicht gewachsen.« Georgiana lachte vergnügt.

Insgeheim teilte Julian Lady Abbotsleighs Ansicht. Wozu die abenteuerlustige Miss Darlington-Devi und ihre jüngeren Schwestern fähig waren, wusste er ja bereits.

Endlich kam der Kellner. Sie verkündeten wortreich ihre Wünsche, was zu Diskussionen führte, weil Tamira ihnen nicht mehr als drei Kugeln erlaubt hatte, und damit endete, dass Georgiana zusätzlich vier kleine Portionen für die Dienstboten bestellte.

Julian war sich nicht sicher, was die feine Londoner Gesellschaft sagen würde, spräche sich herum, dass er mit den Darlingtons und ihrem Personal Eis essen ging. Aber als er das glückliche Lächeln im Gesicht seines Grooms sah, war es ihm plötzlich egal. Der Junge hatte womöglich nie im Leben ein Eis gegessen, wieso war ihm diese Idee eigentlich nicht selbst gekommen?

Tamira hatte sich seit ihrer Ankunft am Berkeley Square nicht am Gespräch beteiligt, aber jetzt sagte sie sanft: »Ich bin sicher, Caroline wird nicht nur betrübt sein, weil sie das Eisessen verpasst hat.«

Die drei Schwestern sahen sich an, bis Georgiana forsch

sagte: »Was soll's? Wir haben Gunter's, die beiden haben ihren großen Debütantinnenball.«

»Ihr werdet doch am Donnerstag kommen, Euer Gnaden? Bitte sagt nicht Nein!« Henrietta zog einen Schmollmund, und Julian ahnte auf einmal, dass diese entzückend unkonventionellen Zwillinge bei ihrem Debüt im kommenden Jahr sehr wahrscheinlich eine Menge Wirbel verursachen würden.

Mit ernstem Gesicht legte er sich eine Hand aufs Herz. »Wenn Ihnen so daran gelegen ist, bleibt mir wohl keine andere Wahl, Miss Henrietta.«

»Er hat doch schon längst zugesagt.« Georgiana machte Anstalten, aus der Kutsche zu steigen.

»Bleib hier!« Tamira klang unverändert freundlich, ihre Schwester setzte sich sofort wieder hin und brummte: »Die Regeln, ich weiß.«

Als Julian eine halbe Stunde später vor seinem Haus in der Brook Street vom Curricle sprang und dem Groom die Leinen übergab, damit er den Wagen in die Stallungen brachte, sagte der Pferdebursche schüchtern: »Vielen Dank, Euer Gnaden. Das war bestimmt der schönste Tag meines Lebens. Diese Mädchen – Verzeihung, die jungen Ladys – sind etwas ganz Besonderes.«

Er schluckte und wusste erst nichts zu sagen, doch dann nickte er. »Das sind sie wirklich.«

Und auf einmal freute er sich auf den ersten großen Ball dieses Jahres. Er freute sich darauf, die Darlingtons wiederzusehen. Mit ihnen würde die Saison ganz bestimmt nicht langweilig werden.

In der folgenden Nacht träumte Julian erneut von der geheimnisvollen Amazone. Sie bewegte sich so geschmeidig am anderen Ufer des Flusses entlang, dass es aussah, als schwebe sie auf bloßen Füßen über dem Boden. Hatte sie beim letzten Mal auch dieses luftige Seidengewand getragen? Er konnte sich nicht erinnern. Das Gewand aber kannte er aus Pakistan und Indien als Sari. Noch nie zuvor hatte es so verführerisch auf ihn gewirkt. Hauchzarte Seide verhüllte ihren Körper und offenbarte doch mehr als die Kleider Pariser Kurtisanen. Ihre Taille, der weich geschwungene Hüftbogen hätten jeden Betrachter zum Schwärmen gebracht. Die schlanken Fesseln und Handgelenke waren mit Goldbändern geschmückt und schimmerten wie ihre Haut im Licht unsichtbarer Kerzen.

Dieses Mal war sie nicht allein. Der Tiger stand neben ihr. Er sog die warme Nachtluft ein, seine Schnurrhaare vibrierten, und die bernsteinfarbenen Augen glänzten. Hoch oben in den Zweigen sang ein Vogel, und die Raubkatze öffnete ihr Maul wie zu einem stummen Brüllen.

Die Amazone legte dem Tiger eine Hand in den Nacken und ließ es zu, dass er seinen Kopf katzengleich an ihrer Hüfte rieb.

Julian stand in Flammen. Er sehnte sich danach, seinen Platz einzunehmen, diesen hauchzarten Schleier beiseitezuschieben, das glänzende Haar zu berühren und die vollen Lippen zu küssen. Endlich ihr Gesicht sehen!

Als wüsste sie genau, was ihn quälte, lächelte sie geheimnisvoll und verschmolz mitsamt ihrem kraftvollen Begleiter mit den Schatten der Nacht.

Ein tiefes Stöhnen entrang sich seiner Kehle und weckte ihn. Das Begehren war unerträglich, und er wusste, dass nichts anderes ihm Erlösung bringen konnte als die Erfüllung seiner Sehnsüchte.

15. KAPITEL

Am Tag nach dem großen Ball zog Tamira die Vorhänge in ihrem Zimmer auf und ließ das Morgenlicht hereinströmen. Im Haus war es noch ganz still, aber ein Blick auf die Uhr verriet ihr, dass sie heute außergewöhnlich lange geschlafen hatte. Im Kamin brannte bereits ein kleines Feuer, und auf dem Tisch am Fenster stand ein Tablett mit ihrem Frühstück.

»Yalda, du bist ein Schatz«, sagte sie leise.

Tamira genoss die Stunden am Morgen, in denen sie im Hauskleid frühstücken und die Ereignisse des vergangenen Tages Revue passieren lassen konnte, bevor sie das Wichtigste in ihr Tagebuch eintrug oder an ihrem Roman schrieb. Dabei war sie am liebsten ungestört, und das wusste ihre Kammerzofe ganz genau.

Zunächst wärmte sie Wasser zum Waschen und für ihren Tee auf, den sie sich jeden Morgen aus Gewürzen brühte. Etwas, das unten im Speisezimmer nicht erwünscht war.

Die Mischung aus Kardamom, Zimt, Süßholz und Ingwer krönte sie mit Rosenblütenblättern und ließ sie ziehen, bis der Toast über dem Feuer knusprig wurde.

Nach dem Frühstück bürstete sie ihre Haare, tupfte sich eine Creme ins Gesicht, von der Yalda behauptete, sie würde ewig jung halten, und ließ den vergangenen Abend Revue passieren.

Das Debüt ihrer Cousine und ihrer Schwester war zweifellos erfolgreich verlaufen. Jedenfalls wenn man danach ging, wie dicht gedrängt die Gäste gestanden hatten. Hunderte Kerzen und all die festlich gekleideten Besucher hatten die frühlingshaften Temperaturen rasant ansteigen lassen. Aus Indien war sie Hitze gewöhnt, aber die Luft in einem Ballsaal konnte man damit nicht vergleichen. Ab einem gewissen Zeitpunkt war es so heiß geworden, dass sie sich nur noch in den Durchgängen zwischen den Räumen aufhielt, wo es merkwürdigerweise ein wenig zog und deshalb kühler war. Ob es Caroline, Mary und ihren Eltern ebenso ergangen war, wusste sie nicht. Tante Amanda hatte nicht gewollt, dass Tamira gemeinsam mit ihnen die Gäste empfing, und sie war dankbar gewesen, nicht fast drei Stunden in der Halle stehen zu müssen, um jeden einzelnen Neuankömmling zu begrüßen.

Ihre Patin Lady Cairnforth war am frühen Abend vor dem Fest zusammen mit ihrer eigenen Zofe direkt hinauf in Tamiras Zimmer gekommen und hatte die Ankleideprozedur überwacht.

Während Lady Cairnforth mit einem Glas Wein im Sessel saß, kümmerten sich beide Kammerfrauen um ihre Verwandlung. Yalda ließ sich wie so oft von der erfahrenen Kollegin Tipps geben, bis die Countess zum Schluss ein Etui öffnete und ihr eigenhändig einen kostbaren Smaragdschmuck umlegte.

»Grün war nie meine Farbe«, sagte sie, als Tamira sich, überwältigt von der glitzernden Pracht, bedankte. »So, nun sehe ich noch rasch nach deiner Schwester. Nicht, dass Amanda eine Vogelscheuche aus dem armen Mädchen macht.« Sie wollte sich schon umdrehen, da stutzte sie und legte ihr eine Hand auf die Schultern. »Bist du aufgeregt?«

»Warum? Ich bin doch nur zu Gast auf diesem Fest.«

»Tamira Isvari Bernadette, wir haben deine Namen aus gutem Grund ausgewählt. Tamira steht für das Zauberhafte, Isvari ist eine Glücksgöttin und symbolisiert das Einzigartige in dir, und Bernadette …« Sie lachte kurz auf. »Ich schätze, der Name hat dir deine Sturheit eingebrockt.«

»Vielleicht«, gab sie zu. »Aber auch die beste Patin, die man sich wünschen kann.«

»Papperlapapp, ich tue nur meine Pflicht. Liebes Kind, es mag nicht dein Ball sein, aber auch du präsentierst dich heute der Londoner Gesellschaft. Denke daran: Es gibt nur eine Gelegenheit für einen ersten Eindruck. Ich verlasse mich darauf, dass du deinem Erbe alle Ehre machst!« Damit segelte sie, gefolgt von ihrer Kammerzofe, aus dem Zimmer.

Tamira wollte sich nicht anmerken lassen, wie sehr ihre Worte sie berührt hatten. »Yalda, geh ihnen bitte nach und kümmere dich um ihre Abigail, sobald die Countess mit meiner Schwester fertig ist.«

Yalda grinste. »Eine passende Formulierung.«

Caroline würde nicht mal im grauen Leinenkleid einer Wäscherin wie eine Vogelscheuche aussehen, dachte Tamira später, als sie ihre strahlende Schwester erblickte.

In dem weißen und schlicht wirkenden, aber hervorragend geschneiderten Ballkleid sah sie hinreißend aus. Sie zog die Blicke der Ladys und nicht weniger Gentlemen auf sich – wie allerdings auch Tamira, der so viel Aufmerksamkeit unangenehm war. Doch die Countess hatte sie mit eisenharter Hand an ihrer Seite gehalten, um ihr bedeutende und durchaus auch sympathische Männer vorzustellen, sodass ihre Tanzkarte schnell gefüllt war. Bis dann am späten Abend der Duke of Asherton angekündigt wurde. Ein leises Raunen ging durch die Menge. Er sah fabelhaft aus. Das gewellte Haar trug er etwas länger als üblich und ungepudert, die dunkle Abendjacke saß wie angegossen und betonte seine männliche Erscheinung, das Halstuch wirkte so lässig gebunden, dass es beinahe schon eine Beleidigung war, und die seidene Kniehose ließ ahnen, dass er regelmäßig den sportlichen Betätigungen eines Gentlemans nachging.

Ihre Blicke trafen sich. Für die Dauer eines Wimpernschlags blieb die Welt stehen, doch dann lächelte er, und die Musik schwoll wieder zu einer normalen Lautstärke an wie auch das Stimmengewirr um sie herum.

»Lady Cairnforth«, hörte sie ihn kurz darauf sagen.

»Asherton.« Die Duchesse reichte ihm ihre Hand, und er beugte sich zum Handkuss darüber.

»Du kennst den Duke, nehme ich an?«, fragte sie an Tamira gewandt, obwohl sie wissen musste, dass sie sich bereits begegnet waren.

»Ja, Tante Bernadette. Wir sind uns in Brentford Hall vorgestellt worden.«

Die Countess gab einen Laut von sich, der verdächtig nach einem Kichern klang. »Und ihr wart Eis essen bei Gunter's.«

Der Duke hob eine Augenbraue. »Gemeinsam mit ihren Zwillingsschwestern und einer äußerst aufmerksamen Zofe, darf ich Ihnen versichern.«

»Ganz, wie es sich gehört«, entgegnete sie, und der drohende Unterton in ihrer Stimme war nicht zu überhören.

Wusste sie etwa von ihrer unglücklichen Begegnung in Brentford? Tamira suchte den Blickkontakt mit dem Duke, und dabei geschah etwas vollkommen Unerwartetes. Neben ihm tauchte ein Tiger auf. Nicht irgendein Tiger, sondern der Pakshee Baagh. Sie erkannte ihn sofort an der unverwechselbaren Zeichnung seines dichten Fells. Panisch blickte sie sich um, doch außer ihr schien ihn niemand zu bemerken.

»Miss Darlington-Devi?«

Sie zuckte zusammen, und die Raubkatze verschwand in der Menschenmenge, als gehörte sie dazu.

»Natürlich hat sie einen Tanz für Euch frei«, sagte ihre Patin ungeduldig. »Hier.« Sie machte ein Kreuz auf Tamiras Karte und ging davon.

»Möchten Sie überhaupt tanzen?« Aufmerksam sah er sie an.

»Rasend gern. Meine Patin kann manchmal ein wenig furchteinflößend sein.«

»Ich bin froh, nicht der Einzige zu sein, der das so empfindet.« Er zögerte. »Geht es Ihnen gut? Sie wirken ein wenig … nun, als hätten Sie einen Geist gesehen.«

Tamira fächelte sich Luft zu. »Es ist nichts. Nur ungewöhnlich heiß, finden Sie nicht auch?«

»In Indien ist es heißer«, sagte er und wirkte nun ernsthaft besorgt.

»Ich scheine mich nach einem langen englischen Winter schon akklimatisiert zu haben«, sagte sie mit einem kleinen Lächeln. Dann beugte sie sich vor und fügte hinzu: »Wenn Ihr mir eine Limonade bringen könntet, Euer Gnaden, wäre ich Euch zu ewigem Dank verpflichtet.«

»Asherton. Würden Sie mir den Gefallen tun, über den Herzog hinwegzusehen und mich einfach Asherton zu nennen?«

»Das nenne ich einen Deal. Die Herzogswürde gegen ein Glas Limonade.«

Er fiel in ihr Lachen ein.

»Hallo, Julian, was amüsiert Ihr Euch denn so?«

»Guten Abend, Lord Hayes«, sagte Tamira. »Anbelle, wie schön, dich wiederzusehen«, begrüßte sie seine Schwester ehrlich erfreut.

»Lieber Himmel, ist das heiß,« ertönte es von der Seite.

Tamira erkannte die Tochter des Marquess of Lochwood sofort an ihrem hinreißenden schottischen Akzent. Lady Fiona Gordon bewegte hektisch ihren Fächer, und gleich zwei Herren boten an, Erfrischungen zu besorgen.

Was für eine nette Runde, dachte sie später, als Viscount Briseham sich bei ihr nach einem stürmischen Reel galant für den Tanz bedankte. Sie wusste immer noch nicht mehr über den Mann, als dass sein Name Richard Dunbridge lautete und er zum Freundeskreis Seiner Gnaden gehörte – nein, zu Asherton, korrigierte sie sich in Gedanken. Aber er tanzte vortrefflich und war charmant.

»Tamira?« Caroline wurde vom Duke begleitet, sie wirkte aufgewühlt.

Ihr Herz machte einen Hüpfer, doch sie bemühte sich darum, Ruhe zu bewahren. »Alles in Ordnung, Caroline?«

»Jetzt schon. Der Duke hat mich vor einem schrecklichen Baron gerettet«, flüsterte sie ihr zu.

Tamira wusste, dass sie ihm den nächsten Tanz versprochen hatte, und freute sich darauf, aber sie zögerte, ihre Schwester allein zu lassen. Wo steckte nur Tante Amanda?

»Miss Caroline, wie wäre es mit einer Erfrischung?« Briseham deutete eine Verbeugung an. »Das Büfett ist noch nicht vollkommen geplündert, ich habe Kuchen und Holunderblütenlimonade gesehen.«

»Für Kuchen würde ich töten!« Caroline hakte sich bei dem Viscount ein. »Retten Sie mich.«

»Da diese Menschenseele in Sicherheit ist, wären Sie dann bitte so freundlich, meine zu retten?« Asherton sah sie erwartungsvoll an.

»Indem ich mit Euch tanze?«

»Das wäre zumindest ein Anfang.« Der Duke reichte ihr

einen Arm und raunte ihr zu: »Hören Sie? Es ist ein Walzer. Ich wüsste gern, wie Lady Cairnforth das eingerichtet hat.«

»Meine Patin ist eine Zauberin«, sagte sie ebenso leise und akzeptierte den angebotenen Arm, bevor er sie auf die Tanzfläche begleitete.

Asherton hielt sie ganz leicht, und doch fühlte sie sich geborgen, ließ sich bereitwillig von ihm führen. In diesen Minuten wäre sie ihm überallhin gefolgt. In unvergleichlicher Harmonie glitten sie über die Tanzfläche, als hätten sie nie etwas anderes getan. Tamira fühlte die eigenartige Wärme in ihrem Körper und sah das Leuchten in seinen Augen – bis die Musik verklang, er sich steif vor ihr verbeugte und mit einem gemurmelten Dank davoneilte.

Überwältigt von ihren Empfindungen und verwirrt über sein Verhalten, lief Tamira hinauf in ihr Zimmer. Vor dem Bett ging sie aufgewühlt hin und her, trank kalten Tee, atmete am offenen Fenster, nahm einen weiteren Schluck und zwang sich zur Ruhe. Der Tanz hatte etwas mit ihnen gemacht. Der Duke musste es ebenfalls gespürt haben, aber es war ihm nicht angenehm. Und das war auch gut so, denn er sollte schließlich Caroline heiraten und nicht mit ihrer älteren Schwester tändeln.

Sie riss sich zusammen und kehrte in den Ballsaal zurück. Der nächste Tanz gehörte Lord Hayes, und als hätte er ihre Anspannung gespürt, unterhielt er sie dabei mit lustigen Anekdoten. Den restlichen Abend plauderte sie mit Anbelle und Fiona, gemeinsam beobachteten sie Susan Market, die es eindeutig genoss, dass ihr die Gentlemen zu Füßen lagen. Vorhin hatten sie ein paar Worte gewechselt, sie kannten sich schließlich aus Brentford. Aber Susan lächelte dabei unentwegt irgendjemand anderen an, bis es Tamira reichte und sie sich netteren Ladys zuwandte.

Wenig später war ihre Patin gegangen, und sie hatte sich kurz darauf ebenfalls zurückgezogen. Tante Amandas Kriterien zufolge war das Fest gelungen, Caroline und Mary hatten glücklich gewirkt, mehr konnte sie sich nicht wünschen.

Am frühen Nachmittag traf sie im *Drawing Room* in der ersten Etage auf ihre Schwestern. Das Empfangszimmer war geräumig und hübsch eingerichtet, mit vielen Sitzgelegenheiten und einem Pianoforte. Da der Raum nach Süden ausgerichtet war, hielten sie sich häufig darin auf, um ihren unterschiedlichen Beschäftigungen nachzugehen. Die Zwillinge teilten sich ein Setteé hinten am Fenster, wo die eine sich im Zeichnen übte, die andere Berechnungen anstellte oder las. Caroline spielte auf dem Pianoforte oder beschäftigte sich mit Näharbeiten und Stickereien. Sogar Tante Amanda musste zugeben, dass sie ein großes Talent dafür besaß.

Tamira hatte sich einen bequemen Sessel zum Leseplatz auserkoren, in dem sie ungesehen die Füße hochziehen und unter ihrem Kleid verstecken konnte, wenn die Tante nicht allzu aufmerksam war.

Normalerweise durfte Anila auch dabei sein, aber heute, am Tag nach dem Ball, war sie zusammen mit dem kleinen Pudel der Hausherrin ins Kinderzimmer verbannt worden.

Georgiana stand am Fenster und sah auf die Straße hinunter. »Was meint ihr, wer kommen wird?«

»Der Duke of Asherton, dafür lege ich meine Hand ins Feuer«, sagte Henrietta und fügte leise hinzu: »Fragt sich nur, für wen.«

Tamira war froh, dass Tante Amanda zu weit entfernt saß, um sie zu hören.

»Kein rücksichtsvoller Gentleman wird an einem Tag wie heute vor drei Uhr vorsprechen.« Mary stand vom Klavier auf, an dem sie unentschlossen herumgeklimpert hatte, und nahm ihren Stickrahmen zur Hand.

»Wirklich? Dann sitzen wir hier ja den ganzen Tag fest, und ich hatte gehofft, wir könnten nachher im Park reiten.«

Die Zwillinge hatten bis Mitternacht am Ball teilnehmen dürfen. Natürlich nur als Zuschauerinnen und streng bewacht von einer ältlichen Matrone, die über mehrere Ecken mit ihnen verwandt zu sein schien. Dennoch war ihnen wenig entgangen.

Tamira sah aus dem Fenster. »Schlag dir das aus dem Kopf. Es wird Regen geben.«

»Auf jeden Fall erwarte ich, die Herren zu sehen, die mit euch getanzt haben.« Lady Abbotsleigh hatte bei der Auswahl der Begleiter ihrer Tochter nichts dem Zufall überlassen.

»Das hoffe ich nicht.« Caroline legte ihre Handarbeit beiseite.

Sie hatte einen Reel mit Baron Wellsborough tanzen müssen, der, wie sich herausstellte, in dieser Saison ebenfalls auf Freiersfüßen wandelte.

»Sieh es doch mal positiv: Wenn du ihn heiratest, dann wirst du Susans Stiefmutter und kannst sie so überheblich behandeln, wie sie es gern mit anderen tut«, sagte Henrietta.

»Vorausgesetzt, Susan findet keinen Ehemann.« Georgiana schüttelte den Kopf. »Das halte ich für ausgeschlossen bei dem Preisgeld, dass der Baron ausgesetzt hat. Wollen wir mal hoffen, dass für seine zukünftige Frau auch noch ein paar Juwelen übrig bleiben.«

»Georgiana, so spricht man nicht! Der Baron ist ein äußerst respektabler Gentleman«, sagte Lady Abbotsleigh streng.

Tamira schüttelte den Kopf. »Heiraten kann doch nicht nur ein Geschäft sein. Wellsborough ist uralt.«

»Selbstverständlich ist es kein Geschäft. Aber ein zukünftiger Ehemann muss in der Lage sein, seine Familie zu ernähren, und davon darf man bei dem Baron ausgehen, sonst hätte Lord Abbotsleigh ihn gar nicht empfangen. Setz deinen Schwestern keine Flausen in den Kopf, Tamira. Wenn er sich für eine von euch interessiert, dann kann sie sich glücklich schätzen – bei eurer Vergangenheit!«

»Was meinst du mit Vergangenheit? Wir haben uns nichts zuschulden kommen lassen – unsere Eltern sind ermordet worden. Mama war wie du die Tochter eines Marquess und unser Vater ein Prinz«, entgegnete sie grimmig, obwohl sie längst wusste, dass diese Diskussion zu nichts führte. Tante Amanda hatte ihrer Schwester nie vergeben, mit einem indischen Adligen davongelaufen zu sein. Und bei aller Aufgeschlossenheit, die im Vereinigten Königreich nach der *Zweiten Glorreichen Revolution* herrschen mochte, war doch vieles gleich geblieben. So hatte ihre Cousine eine Einladung erhalten, sich bei Hofe vorzustellen, Caroline aber nicht. Dieses Privileg blieb den Töchtern britischer Adliger vorbehalten.

»Ich freue mich auf Lord Hayes.« Bemüht um einen fröhlichen Ton, versuchte Henrietta die Stimmung aufzuheitern. »Er hat Humor.«

»Aber er will nicht heiraten. Viscount Briseham dagegen schon. Ich finde ihn auch schwer in Ordnung. Er tanzt gut, nicht wahr, Tamira?« Georgiana spähte wieder aus dem Fenster und stieß dann einen Schrei aus. »Da kommt der Erste! Ich glaube, es ist …« Sie senkte ihre Stimme. »Oh, mein Gott, er trägt eine feuerrote Weste und gelbe Beinkleider. Das kann nur Edward Strathlink sein.«

»Oh weh«, stöhnte Tante Amanda und warf Tamira einen giftigen Blick zu. »Den haben wir deiner Patin zu verdanken. Sie hat ihm erlaubt, seinen Namen auf Carolines Tanzkarte zu schreiben, bevor ich eingreifen konnte.« Sie drapierte ihre

Röcke neu und sagte streng: »Benehmt euch, Mädchen. Der Mann gehört trotz des Skandals immer noch einer einflussreichen Familie an.«

»Was meint sie mit Skandal?«, zischte Caroline ihr zu, doch Tamira war zu sehr damit beschäftigt, unauffällig ihre Schuhe anzuziehen, und zuckte nur mit den Schultern. Sie fragte sich viel mehr, was so ein *Fop* wie dieser Strathlink überhaupt bei ihnen suchte. Während des Balls hatte sie gehört, wie einige Gentlemen Bemerkungen über seine »Farbenpracht« gemacht hatten. Später in seiner Gegenwart waren sie weniger überheblich gewesen. Asherton hatte sich sogar eine Weile mit ihm unterhalten.

Womöglich hatte er sich in der Tür geirrt, dachte sie belustigt, doch da wurde der Gentleman bereits vom Pagen angekündigt und betrat den Raum.

Ungeachtet ihrer vorherigen Worte empfing ihn Tante Amanda mit einem freundlichen Lächeln und bedankte sich für den Blumenstrauß, der mindestens so fröhlich wie sein Überbringer wirkte.

Sein Benehmen war vorbildlich. Er überreichte auch Mary und Caroline Sträuße, die weder geschmacklos noch übermäßig riesig wirkten. Es war genau diese Art Blumengeschenk, das sich ein junges Mädchen in ihr Zimmer stellen würde, um sich an der Aufmerksamkeit eines Verehrers zu freuen, der ihr angenehm war.

Lady Abbotsleigh bestellte Tee, und da er auf eine höfliche Weise deutlich machte, dass sein Besuch Caroline galt, wies sie ihre Nichte an, ihn zuzubereiten. Was ihr gewohnt elegant gelang, ohne dabei auch nur einen Tropfen zu verschütten. Strathlink sah ihr zu, während er sich nach Marys Befinden erkundigte und mit gewählten Worten die Festlichkeit des Vorabends pries.

Tamira war angenehm überrascht und hätte ihn gern noch länger beobachtet, doch der Hausdiener kündigte weitere Besucher an. In den folgenden zwei Stunden gaben sich die Gentlemen die Klinke in die Hand. Sie alle zeigten tadellose Manieren, und die Zeit verflog viel zu schnell, bis ihre Tante den Butler anwies, niemanden mehr vorzulassen.

»So, Mädchen, das war ja sehr erfreulich. Nun zieht euch rasch um, wir werden heute den Liederabend bei Lady Jersey besuchen. Ich bin zuversichtlich, dass sie uns Karten für *Almack's Assembly Rooms* besorgen wird.« Sie war schon fast zur Tür hinaus, als sie sich noch mal umdrehte. »Tamira, ich wäre dir sehr verbunden, wenn sich deine Zofe um Caroline kümmern könnte. Du bist leider nicht eingeladen.«

»Natürlich, Tante Amanda«, sagte sie und stand ebenfalls auf, um sich die Blumen anzusehen.

»Möchtest du einen davon mit hinaufnehmen?«, fragte Caroline.

»Dieser hier würde mir gefallen.« Sie zeigte auf einen Strauß aus rosafarbenen und weißen Tulpen, der mit zarten grünen Zweigen gebunden war.

Ihre Schwester umarmte sie. »Du weißt, ich würde dir alle geben.«

Sie tätschelte ihr den Arm. »Ja, aber dann sieht es in meinem Zimmer aus, als wäre ich gestorben.«

Sie lachten und folgten den Zwillingen hinauf in ihre Etage. Ihr war nicht entgangen, dass sich Caroline für den Strauß ihres farbenfrohen Verehrers entschieden hatte.

16. KAPITEL

Als es Zeit wurde, sich für den Liederabend umzuziehen, klopfte es. Caroline kam herein und ließ sich auf den gepolsterten Stuhl vor dem Frisiertisch fallen. »Es tut mir leid, dass Tante Amanda vorhin so garstig war. Ich weiß nicht, was in sie gefahren ist, die Einladung von Lady Jersey galt allen jungen Damen im heiratsfähigen Alter und ihrer Begleitung, da bin ich mir ganz sicher.«

Tamira ließ den zweiten Schuh zu Boden fallen und hob ihren Rock weiter hoch, um die Strumpfbänder zu lösen. »Sie denkt, ich mache euch Konkurrenz. Das muss man verstehen. Für sie ist es sicher schon schwierig genug, zwei Mädchen unter die Haube zu bringen. Es macht mir nichts aus.«

»Wirklich?«

Ihre Schwester kannte sie eben. Tamira rollte einen Strumpf hinunter, warf ihn aufs Bett und sagte: »Es ist durchaus verletzend. Das stimmt schon. Sie hält mich für exzentrisch und hat Sorge um ihren Ruf. Wegen Mama, denke ich.« Sie musste plötzlich lachen. »Dabei ist weit und breit kein Prinz in Sicht, mit dem ich durchbrennen könnte.«

»Aber ein Herzog.«

»Stimmt. Als Asherton so freundlich war, mir ein paar Minuten Aufmerksamkeit zu schenken, war sie regelrecht erschüttert. Aber er ist heute nicht gekommen.«

»Was glaubst du, warum? Tante Amanda ist entsetzt, sagt Mary. Sie denkt, es hat mit dir zu tun.«

Tamira zog den zweiten Strumpf aus und schloss kurz die Augen. Seine plötzliche Flucht gestern Abend war ihr unerklärlich. Doch was immer sie ausgelöst haben mochte, es war nicht der Grund für sein Fernbleiben.

»Würde sie die Zeitung regelmäßig lesen, wäre sie klüger. Er hatte heute seine Investitur und damit nun den rechtmäßigen Sitz im Oberhaus eingenommen. Ich würde meinen, dieses einmalige Ereignis ist wichtiger als ein Höflichkeitsbesuch«, sagte Tamira.

»Mir war es ganz recht.«

»Du hast immer noch Angst vor ihm?«

»Sagen wir mal so, er verunsichert mich. Ich hätte nichts dagegen, eine Duchess zu werden, versteh mich nicht falsch. Aber falls er sich überhaupt für eine von uns interessiert, dann bist du es.«

Für einen winzigen Augenblick glaubte Tamira, einen schmerzlichen Ausdruck über das Gesicht ihrer Schwester huschen zu sehen, doch da sagte Caroline schon leichthin: »Wenn das so ist, musst du eben Geld heiraten und ich folge meinem Herzen.«

»Du vergisst, dass ich mich nicht vermählen werde.«

»Na klar.« Sie zwinkerte ihr zu.

In Augenblicken wie diesen liebte Tamira ihre Schwester ganz besonders. Caroline hatte viel mehr Esprit, als man ihr allgemein zutraute. Sie war klug, vor allem klug genug, es niemanden wissen zu lassen. Schon gar nicht ihre Tante.

»Interessierst du dich ernsthaft für diesen bunten Fop?«

»Edward Strathlink? Er ist kein …« Sie lachte. »Doch natürlich, aber eigentlich ist er ein sehr netter Mann. Ich wüsste nur gern, was es mit diesem Skandal auf sich hat.«

»Das finde ich raus«, sagte Tamira, als es erneut klopfte und Yalda eintrat.

»Miss Caroline, wir müssen anfangen, sonst werden Sie nicht rechtzeitig fertig.«

»Viel Spaß, Schwesterchen!«, rief Tamira ihnen nach und ärgerte sich gleich darauf, dass sie Caroline nicht gebeten hatte, ihr das Kleid aufzuknöpfen. Nach einem vergeblichen Versuch, es selbst zu tun, ging sie hinüber zu den Zwillingen, um sich helfen zu lassen.

»Sieh mal«, sagte Georgiana. »Neha hat alle Besucher skizziert und ein paar Gäste gestern Abend auch.«

Wenn sie unter sich waren, sprachen sie sich manchmal noch mit ihren indischen Namen an. Henrietta hieß mit vollem Namen Henrietta Neha Chandra. Neha bedeutete Regen, der bei ihnen zu Hause – anders als in England – selten und deshalb von großer Bedeutung war. Chandra stand für die Schönheit strahlenden Mondlichts. Und beides passte hervorragend zu ihrer Schwester, die sich als Beobachterin verstand und deren künstlerisches Talent außergewöhnlich war.

»Zeig mal«, sagte sie und blätterte durch das Skizzenbuch. »Du wirst immer besser.« Es waren mehr als nur gelungene Abbildungen. Mit ihren Zeichnungen traf sie nicht nur mit wenigen Strichen das Äußere eines Menschen, sodass man ihn sofort wiedererkannte, ebenso deutlich gelang es ihr, den inneren Kern der skizzierten Person zu erkennen. Was die meisten von ihnen zu verbergen versuchten, sah Henrietta mit einer Sicherheit, dass es beinahe schon unheimlich war.

»Damit könntest du bestimmt Geld verdienen«, sagte Tamira.

»Meinst du?«

Georgiana kicherte. »Das sage ich ihr die ganze Zeit. Manch

einer oder eine würde es sich was kosten lassen, die wahre Natur weiter im Verborgenen zu halten.«

»Erpressung? Nein, das geht nicht. Aber wir könnten die Zeichnungen einem Gesellschaftsblatt anbieten.«

»Wie soll das gehen? Wir sind ja nie eingeladen.«

Tamira legte sich einen Finger auf die Lippen und dachte nach. »Hm, was das betrifft, müssen wir uns eben etwas einfallen lassen.«

»Ihr seid lieb, aber ich bin noch längst nicht gut genug.«

»Dann eben nach eurem Debüt im kommenden Jahr«, sagte Tamira, blätterte weiter und blieb an der Skizze von Mr Strathlink hängen. Nachdenklich betrachtete sie das Bild. Ohne die schrillen Farben sah sie einen ernsthaften Mann, vielleicht Ende zwanzig, der ihre Schwester Caroline mit aufrichtigem Interesse ansah.

»Meinst du, Strathlink interessiert sich wirklich für Caroline, oder war das heute nur ein Höflichkeitsbesuch?« Georgiana warf einen Blick auf die Zeichnung. »Er ist exakt nach fünfzehn Minuten gegangen.«

»Lord Strathlink mag sie«, sagte Henrietta, die immer genauer hinsah als alle anderen. »Und sie ihn auch.«

Dann stimmte ihre Vermutung also. »Himmel, das wird aufregend!« Tamira erhob sich. »Ich will noch ein bisschen schreiben. Kommt ihr morgen früh mit in den Park? Ich werde Yalda nachher bitten, die Pferde zu bestellen.«

»Meinst du, Tante Amanda erlaubt es uns?«, fragte Henrietta.

»Keine Ahnung, um die Zeit liegt sie ja noch im Bett.«

Tamira hatte nie viel Schlaf gebraucht. Sie erwachte pünktlich und zog sich allein an, was allerdings nur ging, weil sie unter dem Reitkleid ihr altes kurzes Mieder trug, das vorrangig dafür gedacht war, die Brüste zu halten und ohne Weiteres von vorn geschnürt werden konnte. Bei ihr gab es ohnehin nicht übermäßig viel zu halten.

Als sie die Zimmertür hinter sich schloss, ging Georgiana bereits ungeduldig im Sitting Room auf und ab.

»Zum Kuckuck, wo bleibst du denn? Die Pferde sind schon da.«

»Du sollst nicht fluchen«, mahnte sie sanft.

»Ja, ja.« Georgiana winkte ab. Zu dritt liefen sie die Hintertreppe hinunter. Ein verschlafener Lakai öffnete ihnen die Tür zum Garten, und es dauerte nicht lange, bis sie im Sattel saßen und ihre Pferde in Richtung Hyde Park lenkten. Es mochte unmodisch früh sein, aber niemand konnte etwas dagegen einwenden, wenn drei Ladys in Begleitung ihres Grooms ausritten. Ian war ein sommersprossiger Junge, den die Tiere liebten. Seit ihrem gemeinsamen Erlebnis bei Gunter's verehrte er die Schwestern wie Heilige.

Er holte ihnen die Pferde aus einem Mietstall und brachte sie nach dem Ausritt dorthin zurück. Die Ställe des Earls boten gerade Platz für sechs Kutschpferde und einen Schimmel, der nach Tamiras Meinung viel zu wenig bewegt wurde. Leider war es ihr verboten worden, das Pferd zu reiten, und Ian wäre in Schwierigkeiten geraten, hätte sie es trotzdem getan. Heute hatte sie immerhin Glück mit ihrem Reittier. Nachdem sie das Stanhope Gate durchquert hatten, ließ sie sich zurückfallen und fragte: »Wie hast du es geschafft, diese Araberstute für mich zu organisieren?«

Der Junge grinste und zeigte dabei eine Zahnlücke zwischen den oberen Schneidezähnen. »Ich hab gesagt, der Gaul is' für Mylord.«

Sie lachte. »Und der reitet neuerdings im Damensattel?«

»Nah, Miss. Den haben wir hier im Stall.«

»Danke, Ian.« Sie ließ die Zügel lockerer, und sofort trabte die Stute an. Tamira beugte sich hinunter und klopfte ihren Hals. »Du hast bestimmt genauso viel Lust auf einen Galopp wie ich, stimmt's? Aber ein bisschen müssen wir uns noch gedulden.«

Wie freundliche Drachen stießen die vier Pferde kleine Wölkchen aus ihren Nüstern, und die Kälte ließ Tamiras Finger steif werden. Frühmorgens waren überwiegend Stallburschen unterwegs. Gentlemen begegneten sie selten, Ladys fast nie.

In der Ferne erkannte sie andere Reiter, die wie Boote durch die Nebelschwaden pflügten. Vor ihnen war niemand. Ein Blickwechsel mit den Schwestern genügte. Sie ließen die Zügel schießen und trieben ihre Pferde zu einem Wettrennen an. Tamira wusste, dass die Tiere der Zwillinge mit ihrem Pferd nicht mithalten konnten, deshalb zügelte sie die lebhafte Stute immer wieder unauffällig und ließ sie auf gleicher Höhe laufen. Der Wettbewerb machte ihr mehr Freude als das Gewinnen.

Doch dann passierte es: Ein Vogel flog unerwartet auf, und Henriettas Wallach scheute. Ihre Schwester war eine erfahrene Reiterin, aber der Schwerkraft konnte auch sie nichts entgegensetzen. Mit einem erschrockenen Ausruf rutschte sie aus dem Sattel, verlor dabei die Zügel und stürzte zu Boden. Das Tier rannte weiter, verließ den Weg und verschwand schließlich in einer Nebelbank.

»Nichts passiert, fang mir bloß das Biest ein!«, rief sie ihnen zu und ließ sich von Ian aufhelfen.

»Dieser teuflische Halunke! Ist wirklich alles in Ordnung mit dir?« Georgiana ließ sich geschickt aus dem Sattel gleiten und eilte zu ihr.

»Ihr bleibt bitte zusammen. Ich suche das Pferd.« Tamira schnalzte mit der Zunge, und die Stute trabte an.

»Aber Miss …«, wagte Ian einzuwenden. Den Rest hörte sie schon nicht mehr. Sie wechselte in einen leichten Galopp und beugte sich über den Hals der Stute. »Weißt du, wohin er gelaufen ist?«

Anstelle einer Antwort tänzelte das Tier seitwärts, die Flucht des Stallkollegen hatte es aufgewühlt. Tamira bekam alle Hände voll zu tun, das widerspenstige Pferd voranzutreiben. Wohin mochte der verflixte Wallach nur gelaufen sein? Sie sah sich um.

Zwischen den Bäumen war die Sicht schlechter als auf der *Rotten Row*, und die Kälte drang allmählich durch ihr Reitkleid. Sie folgten einem schmalen Weg, und geisterhafte Hände schienen nach ihnen beiden zu greifen. Der Nebel dämpfte die Geräusche rundherum, bis sie das Gefühl hatte, ganz allein auf der Welt zu sein. Tamira dachte darüber nach, die Suche abzubrechen – sollte das verflixte Viech doch selbst seinen Weg zurück in den Stall suchen. Aber das ging natürlich nicht. Ein herrenloses Pferd würde schnell einen neuen Besitzer finden, darüber machte sie sich keine Illusionen.

In dem Augenblick, als sie die Stute zügelte und trotz allem umkehren wollte, kam plötzlich die Sonne hervor und der Nebel schmolz langsam dahin. Vor ihr tauchte ein Reiter auf.

Er saß auf einem Vollblüter, und obwohl er ihren entlaufenen Wallach am Zügel führte, gelang es ihm, den modischen Kastorhut mit einem spöttischen Lächeln zu lüften. Ohne ihn zu erkennen, hätte es nur einen Blick gebraucht, um zu wissen, dass sie es mit einem Mitglied des Ton zu tun hatte. Sein Reitmantel war von erstklassiger Qualität, die Hose saß wie angegossen und ließ wenig Raum für Spekulationen über die Muskulatur der Beine.

»Guten Morgen, Asherton«, sagte sie höflich, obwohl es ihr nicht gefiel, wie missbilligend er sie musterte.

»Was tun Sie hier?«, fragte er.

»Das Offensichtliche, würde ich sagen.«

»Und das wäre?«

»Ich reite«, sagte sie und griff nach den Zügeln des Wallachs.

»Miss Tamira!« Er gab einen merkwürdigen Laut von sich. »Hören Sie, das geht so nicht. Sie können nicht allein durch die Landschaft streifen, in diesem Teil des Parks … Es ist gefährlich«, sagte er streng.

Sie setzte zu einer Verteidigungsrede an, besann sich jedoch gleich eines Besseren. »Sie haben recht. Aber was sollte ich machen? Das dumme Tier hat sich von einem Vogel erschrecken lassen und Henrietta abgeworfen. Sie wartet mit Georgiana und unserem Stalljungen auf der Rotten Row. Ich konnte das Pferd doch nicht sich selbst überlassen. Was, wenn es verletzt gewesen wäre?«

Sein Blick wurde milder. »Sie hätten den Burschen hinterherschicken und bei ihren Schwestern bleiben können. Kommen Sie, ich begleite Sie zurück.«

Sobald es der Weg erlaubte, ritten sie Seite an Seite. Verstohlen sah sie zum Duke hinüber. Er saß auf einem lebhaften silbrigen Schimmel. Selten hatte sie einen Reiter mit einer weicheren Hand gesehen.

Er schien ihren Blick gespürt zu haben und sah zu ihr herüber. »Gehört die Stute Ihnen?«

»Wo denken Sie hin! Ich habe sie sowieso nur bekommen, weil Ian – das ist der Stallbursche – behauptet hat, er würde sie für Lord Abbotsleigh ausleihen. Die anderen Pferde aus dem Mietstall … Aber sehen Sie selbst. Da vorne sind sie ja.«

Ihre Schwestern waren nicht mehr allein. Lord Hayes hatte sich zu ihnen gesellt. Er war abgestiegen und plauderte mit Henrietta, während seine Schwester Anbelle mit Georgiana ein Stück abseits Schlangenlinien und Volten ritt.

»Sie entstammen einer Reiterfamilie, scheint es mir. Es muss schmerzlich sein, in der Stadt kein eigenes Pferd zu haben.« Ashertons dunkle Stimme klang bedauernd.

»Ach, das geht schon. Auf dem Land ist es trauriger. Aber mein Vater hat immer gesagt, aus jedem Tier das Beste herauszuholen, ist die wahre Kunst.«

»Ihr Vater war ein kluger Mann.«

»Lord Hayes kannte ihn. Er war sogar ein- oder zweimal bei uns eingeladen. Sind Sie ihm auch begegnet?«

»Leider hatte ich nicht das Vergnügen. Aber ich bin sicher, er wäre stolz auf seine Töchter.«

»Das war er immer. Wir hätten uns keinen liebevolleren Vater wünschen können.« Sie schluckte, weil die Erinnerung schrecklich schmerzte, doch dann sagte sie leise: »Deshalb ist es mir auch so wichtig, das gestohlene Familienerbe wiederzufinden. Es ist alles, was uns geblieben ist.«

Unbemerkt waren sie näher aneinandergeraten und ihre Beine berührten sich beinahe. Asherton zügelte sein Pferd und sah sie an. »In fremde Häuser einzubrechen, ist nicht der richtige Weg. Ich würde Ihnen gern helfen, wenn Sie erlauben. Doch dafür müsste ich mehr darüber wissen.«

Henrietta hatte sie entdeckt und winkte ihnen zu. »Ich denke darüber nach.« Tamira trieb ihre Stute an. Sie wusste nicht, ob sie es wagen durfte, jemandem das Geheimnis des Pakshee Baagh zu enthüllen. Andererseits hatte sich der Tiger neben dem Duke gezeigt. Vielleicht war das ein Zeichen dafür, dass sie ihm vertrauen konnte.

Lord Hayes half Henrietta, über einen Grenzstein in den Sattel zu steigen. Während er mit seiner Schwester weiterritt, begleitete der Duke die Darlingtons zurück in die Hay's Mews hinter ihrem Haus. Die Zwillinge saßen ab und verabschiedeten sich.

»Miss Darlington-Devi«, sagte er, als sie ebenfalls vom Pferd springen wollte. »Ich habe Sie gestern gar nicht bei Lady Jersey gesehen.«

Er hatte den Liederabend also besucht und sie vermisst. Sie sollte sich wirklich nicht so sehr darüber freuen – schließlich war Caroline dort gewesen, und das war das Wichtigste.

»Ich bin keine große Musikliebhaberin«, schwindelte sie, weil sie ihre Tante nicht anschwärzen wollte.

»Oh, nun ja. Ich kann nicht behaupten, dass Sie etwas verpasst hätten«, sagte er mit einem fröhlichen Lächeln, lüftete seinen Hut und wünschte ihr einen angenehmen Tag.

Tamira sah ihm hinterher, bis der Hufschlag in der Gasse verklungen war.

»Seine Gnaden hat da ein mächtig feines Pferd. In den Ställen heißt es, er züchte die Zossen selbst.«

»Pferde«, korrigierte sie den jungen Groom freundlich. »Man nennt sie *Windfarbene* oder *Silver-Dapple*.« Tamira ließ sich aus dem Sattel gleiten. »Das ist eine sehr seltene Farbzucht. Die Kunst besteht darin, diesen speziellen silbernen Farbschlag zu erhalten und dennoch hochwertige, charakterlich einwandfreie und gesunde Tiere zu züchten. Der letzte Herzog scheint damit erfolgreich gewesen zu sein, und seine Gnaden führt das Erbe nun fort, wie es aussieht.« Verträumt fügte sie hinzu: »Ich würde mir seine Ställe eines Tages gern selbst ansehen.«

»Ich auch. Der Master ist ein guter Reiter. Fast so gut wie Sie, Miss Darlington-Devi.« Er zwinkerte ihr frech zu.

In diesem Augenblick bog der Stallmeister um die Ecke. »Ian, sieh zu, dass du die Gäule zurückbringst, du hast nicht den ganzen Tag Zeit, mit Mädchen rumzutrödeln!« Er blieb erschrocken stehen, als er Tamira erkannte.

»Guten Morgen, Smith!«, unterbrach sie ihn kühl. »Sie haben da einen sehr umsichtigen Stallburschen. Der Duke of Asherton ist voll des Lobes für Ian«, fügte sie hinzu und schritt aufrecht und, wie es sich für eine Lady gehörte, mit erhobenem Kopf zum Haus, wo ihr der Lakai öffnete, der tagsüber die Hintertür bewachte.

»Guten Morgen, Miss Darlington-Devi«, sagte er mit einer Verbeugung.

»Ebenfalls einen guten Morgen, William«, entgegnete sie und lief die Treppe hinauf, die eigentlich dem Personal vorbehalten war.

17. KAPITEL

Mittags fuhr Tamira mit Lady Cairnforth zu einer Anprobe bei Madame Geneviève, die sichergehen wollte, dass sich an ihrer Figur nichts geändert hatte.

»Ist das denn wirklich notwendig?«, fragte sie entnervt, als eine Assistentin ihr das Korsett schnürte.

»Wenn eine Lady ihr Mieder regelmäßig trägt, profitiert davon die Figur. Außerdem sind Sie noch im Wachstum, Mademoiselle Darlington.«

»Im Wachstum? Ich … bin überrascht«, sagte sie nach einem strengen Blick von Lady Cairnforth.

Die Countess hatte ihr eingeschärft, niemandem ihr wahres Alter zu nennen. »Du siehst keinen Tag älter als deine Schwester aus und die ist gerade mal siebzehn. Das mag für dich momentan noch ohne Bedeutung sein, später wirst du mir danken.«

»Weil man mich dann für vier Jahre jünger hält?«

»Was sonst? Glaubst du wirklich, ich wäre mit Cairnforth verheiratet gewesen, hätte er mein Alter gekannt?«

Dazu war Tamira nichts mehr eingefallen, aber sie hatte versprochen, niemandem auf die Nase zu binden, dass sie mit ihren einundzwanzig Jahren für den Heiratsmarkt zu alt war.

Madame Geneviève zupfte an ihrem Hemd und sagte nachsichtig: »Der weibliche Körper verändert sich, *ma petite*. Jetzt sind Sie gertenschlank wie ein ganz junges Mädchen, aber Sie glauben gar nicht, wie viele Ladys während der Saison ihre Fasson verlieren.« Sie lachte über ihr Wortspiel und wies die Gehilfin an: »Vergiss nicht das *Blankscheit*!«

Tamira warf einen verzweifelten Blick an die Decke, sagte aber nichts. Sie würde das glatte Holz, das dafür sorgte, dass sie sich nur mit geradem Oberkörper nach vorn beugen konnte, bei der nächsten Gelegenheit aus dem Korsett ziehen.

»Madame Geneviève hat recht. In der Stadt fehlt den Mädchen die nötige Bewegung an frischer Luft wie auf dem Land. Die langen Nächte in Ballsälen sind einem klaren Teint auch nicht förderlich«, sagte ihre Patin.

»So besonders erfrischend ist die Luft hier in London aber nicht. Ich finde sie häufig ziemlich rauchig«, sagte Tamira.

»Aber wer wollte schon das ganze Jahr auf dem Land versauern? Gehen Sie regelmäßig spazieren?« Die Schneiderin entließ ihre Assistentin mit einem Handwedeln.

»Wenn es nach meiner Tante ginge, würde ich wohl nichts anderes tun. Aber ich reite für gewöhnlich jeden Tag und liebe den Bogensport.«

»Mon dieu! Eine Amazone. Das ist gut. Sehr gut, Mademoiselle. Bleiben Sie dabei.« Sie warf Lady Cairnforth einen schnellen Blick zu, die jedoch zustimmte.

»Ich werde mit Amanda sprechen. Ihr könnt nicht nur in Salons herumsitzen und Konfekt naschen. Man sieht ja, wohin so was führt.«

Das war ziemlich gemein, denn Lady Abbotsleigh bemühte sich redlich, ihre Figur zu bewahren. Immerhin hatte sie sieben Kinder zur Welt gebracht, von denen vier traurigerweise nicht mehr lebten. Es war Tamira natürlich nicht entgangen, dass die Tante bei der geringsten Anstrengung schwer atmete und das Treppensteigen vermied.

Zwei Schneiderinnen erschienen und drapierten neue Modelle auf den Figurinen.

»Ah, da kommen sie ja …« Die Couturière seufzte. »Ich habe selten schönere Kleider entwerfen dürfen als für Ihre Nichte, Mylady.«

»Das war mein Plan. Deshalb bin ich zu Ihnen gekommen.« Die Countess legte das Gewicht ihrer gesellschaftlichen Stellung in die folgenden Worte: »Niemand erfährt davon, bevor Miss Darlington sie öffentlich trägt! Es soll ihr Schaden nicht sein, Madame Geneviève«, fügte sie freundlicher hinzu.

Damit ist der Pakt geschlossen, dachte Tamira, die sich mithilfe der Assistentinnen aus einem hauchzarten Gewand schälte und eines der neuen Tageskleider anzog.

Nachdem ihre Patin jedes einzelne kommentiert und diverse Änderungen veranlasst hatte, ließ sie sich Entwürfe für ihre eigene Garderobe zeigen, und Tamira ging in den Verkaufsraum. Dort blätterte sie in einer neuen Ausgabe von *Le Beau Monde,* als sie eine ihr unbekannte Dame sagen hörte: »Wusstest du, dass Baron Wellsborough demnächst seine Reichtümer in einer privaten Ausstellung zur Schau stellen will?«

»Ich dachte, dafür hat er seine Tochter«, antwortete ihre Begleiterin boshaft.

»Diese Miss Market ist so gewöhnlich wie ihr Name! Und Manieren besitzt sie auch nicht. Stell dir vor, sie hat meine Belinda neulich ganz unverschämt geschnitten.«

»Unerhört! Der Apfel fällt nicht weit vom Stamm, würde ich sagen. Die Gentlemen reißen sich allerdings um das Mädchen.«

»Männer! Die sehen nur das hübsche Gesicht«, sagte die Lady abfällig.

»… und eine große Mitgift.«

Bald darauf tauchte Lady Cairnforth auf und sie verließen den Salon. In der Kutsche fragte Tamira: »Wie stellt sich die Schneiderin das vor? Dermaßen eingeschnürt bekomme ich kaum Luft. An vernünftiges Reiten oder Bogenschießen ist doch überhaupt nicht zu denken.«

»Madame Geneviève stellt sich gar nichts vor. Sie sagt, was ihre Kundinnen hören wollen. Aber ich sage dir, bleib dabei. Gib deinem natürlichen Bewegungsdrang meinetwegen in bequemerer Kleidung nach und ermutige auch deine Schwestern dazu. *Mens sana in corpore sano.* Ein gesunder Geist in einem gesunden Körper. Aber bei Morgenbesuchen oder Abendveranstaltungen trägst du dieses Mieder. Ich bestehe darauf!« Als die bequeme Kutsche in der Hill Street anhielt, sagte sie: »Ich habe dich bei Lady Jerseys Liederabend vermisst. Du weißt, dass das ein wichtiger Termin war. Hättest du dich nicht für zwei, drei Stunden zusammenreißen können?«

»Wie meinst du das?«

»Ich hörte Amanda sagen, du seiest unpässlich.«

»Mir hat sie gesagt, ich wäre nicht eingeladen.«

»So? Ich werde mit Sally Jersey reden. Sie mag jung sein, aber ihren Einfluss sollte niemand unterschätzen. Ganz besonders Amanda nicht.«

Tamira senkte ihren Kopf zum Dank und wollte schon aussteigen, als Lady Cairnforth fragte: »Wie läuft es zwischen dir und Asherton?«

Erstaunt blickte sie auf. »Ich weiß nicht, was Sie meinen.«

Ihre Patin lachte vergnügt. »Ich verstehe. Nun, wir sehen uns bald wieder, meine Liebe.«

Nicht sicher, ob das eine gute oder eine bedrohliche Aussicht war, spannte Tamira ihren Sonnenschirm auf und lief die Stufen zur Haustür hinauf, die der Butler bereits für sie geöffnet hatte.

Sie hatte gerade ihr Zimmer erreicht, als die Zwillinge die Treppe heraufgerannt kamen.

»Du hast vielleicht was verpasst!«, rief Henrietta. »Asherton war hier und hat Caroline zu einem Spaziergang eingeladen.«

Georgiana lachte. »Kaum waren die beiden weg, sind Mr Strathlink, Lord Bellbury und Viscount Briseham gekommen. Als dann noch ein Verehrer von Mary aufgetaucht ist, hatte die Arme richtig viel zu tun.«

Ihre Schwestern stürmten wieder hinaus, und Tamira läutete nach Yalda, um sich aus dem Kleid helfen zu lassen. Wenn sie eines Tages allein lebte, würde sie nur noch Modelle tragen, die sie selbst an- und ablegen konnte.

Zu ihrer großen Enttäuschung schloss sich die Kammerzofe den Ansichten der Schneiderin an und lehnte es ab, ihr das Korsett aufzuschnüren. Tamira behielt den Verdacht für sich, dass Lady Cairnforth ihre Finger im Spiel hatte. Yalda war mit ihrer Abigail befreundet.

Sie war gerade fertig umgekleidet und frisiert, als Caroline ins Zimmer kam und sich auf den Sessel am Kamin sinken ließ. »Du hast es schon gehört, nehme ich an?«

»Ja, wie war es?«

»Ich weiß nicht. Recht nett, vermute ich.« Ihre Schwester sah zu Yalda.

»Wenn Sie mich jetzt nicht mehr brauchen …«, sagte die Zofe und lächelte verständnisvoll.

»Danke, Yalda.«

Sie wartete, bis sich die Tür hinter der Kammerzofe schloss. »Er hat gesagt, du wolltest ihm mehr über den Pakshee Baagh erzählen?«

»Das stimmt.«

»Gut. Weil ich es jetzt getan habe. Ich wusste einfach nichts anderes zu sagen, und da er schon gefragt hat …«

»Das ist doch in Ordnung. Asherton hat uns Hilfe bei der Suche angeboten. Was hast du ihm denn erzählt?«

»Dass er für uns eine hohe ideelle Bedeutung hat, viel höher als der zweifellos beachtliche finanzielle Wert. Und dann …«, sie zögerte kurz, »nun, ich habe ihm von alten Überlieferungen erzählt. Dass Tiger und Vogel unsere Familie schützen. Jeder auf seine Art. Und ich habe ihm verraten, dass Vaters Vorfahren glaubten, ihn zu verlieren, würde großes Unglück über sie bringen.«

»So war es ja auch.«

»Das stimmt, aber es einem Fremden zu sagen, hat sich merkwürdig angefühlt.«

»Du hast nichts falsch gemacht. Wenn wir wollen, dass er uns hilft, muss er wissen, wie wichtig Vogel und Tiger für uns sind. Aber jetzt erzähl mal, wie war der Spaziergang sonst?«

»Wie schon gesagt, der Duke war sehr freundlich. Wenn er mit dir redet, ist er viel weniger förmlich.«

»Ich finde ihn eigentlich ziemlich spröde«, sagte Tamira lachend. »Er hat mir eine Standpauke gehalten, weil ich mich heute Morgen allein auf die Suche nach dem entlaufenen Mietpferd gemacht habe.«

»Das war auch leichtsinnig. Ich habe gehört, dass dort nachts merkwürdige Dinge geschehen.«

»Du meinst Prostitution?«

Caroline senkte ihre Stimme. »Und Schlimmeres! Lass bloß Tante Amanda nicht hören, dass du dieses Wort kennst.«

»Die Gute würde mir vermutlich den Mund mit Seife auswaschen, wie sie es Georgiana ständig androht.« Die Glocke erklang und beide standen auf. »Dinner«, sagte sie und fügte dann noch hinzu: »Bei der Schneiderin habe ich gehört, Wellsboroughs private Ausstellung soll bald stattfinden. Könntest du dich eventuell überwinden, ihn bis dahin zu ertragen, damit wir eingeladen werden?«

Caroline seufzte. »Ich werde es versuchen.«

18. KAPITEL

Julian war sich nicht sicher, wie es Caroline gelang, zu jeder Gelegenheit eine der Schwestern an ihrer Seite zu haben. Normalerweise wurden junge Damen von einer Anstandsdame begleitet, wenn sie mit Herren ausfuhren oder im Park spazieren gingen. Dies konnte eine ältere Verwandte sein oder eine Hausangestellte. Letztere waren meistens bereit, gegen ein entsprechendes Trinkgeld einen noch eben so schicklichen Abstand zu halten, wenn man der jungen Lady ein wenig näher kommen wollte. Mit allem Respekt natürlich. Caroline allerdings wurde von ihren Schwestern begleitet, weil Lady Abbotsleigh augenscheinlich nicht bereit war, ihr Personal auf ausgedehnte Spaziergänge zu schicken. An manchen Tagen trabten die Zwillinge auf geliehenen Pferden hinter seinem Curricle her, zu anderen Gelegenheiten fungierte Tamira als Anstandsdame. Was für sich genommen schon absurd gewesen wäre, denn sie mochte die ältere Schwester sein, sie war aber ganz sicher keine alte Jungfer. Obendrein ging sie dauernd verloren. Sie beteiligte sich so gut wie nie an den Gesprächen und drehte nur ihren stets präsenten Sonnenschirm zwischen den langen, eleganten Fingern. Wenn er nicht aufpasste, spazierte sie gedankenverloren querfeldein oder fiel weit zurück, weil sie einen Vogel im Geäst oder ein seltsames Insekt beobachtete, von denen es im Hyde Park erstaunlich viele zu geben schien. Dann musste er mit Caroline umkehren, um deren verrückte Schwester nicht der Gefahr auszusetzen, von fremden Gentlemen angesprochen zu werden.

»Diese Darlington-Devi ist mir ein Rätsel«, sagte er zu seinem Freund Samuel, als sich der eines Abends bei Brooks's in den breiten Ledersessel neben ihm fallen ließ.

Vor ihm auf dem Tisch stand eine Flasche Brandy und er signalisierte dem Kellner, Lord Hayes ein Glas zu bringen.

»Welche der fünf Mädchen meinst du?«, fragte Samuel.

»Ich schätze, alle.«

»Bei der Jüngsten ist nicht zu übersehen, dass sie …« Samuel verstummte, als der Kellner mit einem frischen Glas und den zuvor bestellten Sandwiches zurückkehrte. »Du weißt, was ich meine.« Er tippte sich an die Stirn.

»Sie spricht kaum, weiß aber eine Menge über Pflanzen, hat mir Miss Caroline erzählt. Im Grunde eine typische Wissenschaftlerin, wie meine Mutter.« Julians Mutter verfiel häufig auch in Phasen langen Schweigens, wenn sie an einer wissenschaftlichen Abhandlung arbeitete. Darin war sie besser als sein Vater. Er musste grinsen. Der hatte sich nie darüber beschwert. Er machte eine einladende Geste. »Bedien dich.«

»Nein danke, ich esse lieber nichts. Das Rauchwerk entfacht eine regelrechte Fresslust, und wenn ich nicht aufpasse, sehe ich bald aus wie Bingsley.« Samuel zündete seine Pfeife an.

Der bedauernswerte Lord Bingsley litt unter einer rätselhaften Erkrankung, die ihn Jahr für Jahr dicker werden ließ.

Julian betrachtete seinen Freund genauer. Er sah erschöpft aus, aber kein Gramm schwerer als sonst. »Ich kann davon nichts erkennen.«

»Danke. Von welcher Darlington sprichst du denn nun,

wenn es nicht die Jüngste ist? Mit den anderen vier Mädchen sieht man dich ja neuerdings ständig.«

»Das ist nicht meine Schuld. Ich rede von Miss Caroline. Wir haben eine Menge miteinander unternommen, das stimmt. Sie ist immer freundlich und charmant, aber ich habe das Gefühl, ich komme kein Stück voran mit ihr.«

»Hast du versucht, sie zu küssen?«

Vor Julians geistigem Auge erschienen sanft geschwungene weiche Lippen, sein Herzschlag beschleunigte sich, und er dachte an die Amazone aus seinen Träumen.

»Hast du?« In Samuels Stimme schwang ein Lachen mit.

»Nein! Erstens wäre das ungehörig, und zweitens – wann hätte ich so was tun sollen? Es ist ja immer eine ihrer Schwestern in der Nähe!«

Samuel kippte den Brandy auf eine Art hinunter, dass es Julian in der Seele wehtat. Er hustete und sagte: »Ist dir schon mal in den Sinn gekommen, dass du aufs falsche Pferd setzt?«

»Wie meinst du das?«

»Ich weiß, Caroline wäre in deinen Augen die perfekte Duchess. Aber das wird auch ihre Tante denken und darauf bestehen, dass das Mädchen dir keinen Korb gibt.«

»Wieso sollte sie mich zurückweisen?« Irritiert sah er ihn an.

»In der Tat, weshalb sollte eine Frau, die dazu erzogen wurde, den dicksten Karpfen im Teich zu angeln, einen Duke verschmähen?« Samuel schenkte sich nach. »Vielleicht, weil sie einen anderen liebt?«

»Und wer soll das sein?«

»Keine Ahnung. Sag du es mir: Ist es wichtig, an wen deine Zukünftige ihr Herz verschenkt?«

»Wahrscheinlich nicht.« Er trank einen Schluck. »Würdest du mir einen Gefallen tun?«

»Jeden!«

»So schlimm ist es nicht.« Julian lachte. »Könntest du uns beim nächsten Spaziergang begleiten und dich ein bisschen um Miss Tamira Darlington-Devi kümmern?«

Samuel setzte sich auf. »Ich soll dir den Rücken freihalten? Es wird mir ein Vergnügen sein.«

»Danke, du bist ein wahrer Freund!«

»Nun, es ist ja nicht so, als würde ich die Unterhaltung mit den Darlingtons nicht genießen. Und Miss Tamira verfügt über einen scharfen Blick und einen feinen Humor. Sie schreibt Romane, wusstest du das?«

Er hatte keine Ahnung gehabt, wollte aber nicht zugeben, dass sein Freund besser über die Schwestern informiert war als er selbst. Mit einem Brummen erhob er sich aus seinem Sessel. »Wenn wir jetzt nicht aufbrechen, haben die nettesten Damen alle Tänze vergeben.«

»Glaubst du das wirklich?«

»Nicht?«

»Meine Schwester hat mir erklärt, wie es läuft. Die kleinen Biester manipulieren die Tanzkarte – oder ihre Mütter machen es für sie.«

Das brachte Julian zum Lachen. »Verstehe. Wir sollen glauben, wir hätten die Wahl. In Wirklichkeit entscheiden dic Ladys, wen sie erhören wollen.«

»Genau. Vorausgesetzt, die Eltern haben keine anderen Pläne mit ihnen.«

Eine Stunde später betraten sie endlich den Ballsaal des Earl of Surrey. Seine Gattin galt als eine der einfallsreichsten Gastgeberinnen und entsprechend lang war die Warteschlange eleganter Kutschen auch noch am späten Abend. Julian hätte schwören können, noch nie eine dermaßen überfüllte Veranstaltung erlebt zu haben.

»Die Leute sind heute Abend enger zusammengepresst als ein Ballen Baumwolle!«, rief er Samuel zu. Eine normale Unterhaltung war in diesem Stimmengewirr nicht zu führen. »Kannst du sie sehen?«

Samuel, dessen Augenlicht dem eines Falken glich, antwortete nicht. Er starrte mit leicht geöffnetem Mund zu den Terrassentüren. Die Hitze hier oben auf der Galerie war nahezu unerträglich.

»Sam?«

Sein Freund zuckte zusammen und zeigte nach links. »Ich glaube, dort drüben habe ich eben die kleine Schottin gesehen. Dann dürften die Darlingtons nicht weit sein. Und wenn nicht – könnten wir notfalls von da aus in den Garten flüchten.«

»Gut, lass es uns riskieren.«

Einer der Vorteile, den Titel eines Dukes zu tragen, lag darin, dass sich ihm selten jemand in den Weg stellte. Das hatte Julian inzwischen für sich zu nutzen gelernt. Und so gelang es ihnen, den Ballsaal weitestgehend unbehelligt zu durchqueren. Bis Miss Susan Market vor ihm auftauchte.

»Euer Gnaden, wie wunderbar, Euch zu sehen!« Sie wedelte mit ihrer Tanzkarte, während sie es erstaunlicherweise verstand, gleichzeitig ihr juwelengeschmücktes Dekolleté zu präsentieren. Die ältliche Lady, die Baron Wellsborough seiner Tochter als Anstandsdame zur Seite gestellt hatte, wirkte, als quälten sie heftige Zahnschmerzen.

»Das Vergnügen ist ganz auf meiner Seite. Ich hoffe, Sie genießen diesen Abend, Miss Susan«, sagte Julian, verbeugte sich und ging weiter.

Das beunruhigende Flattern in seiner Brust war das erste Anzeichen. Gleich darauf sah er sie. Tamira und Caroline hatten die Köpfe zusammengesteckt und schienen sich großartig zu amüsieren. Beide waren auf ihre Weise außergewöhnlich, und ein oberflächlicher Betrachter hätte nicht sofort die Familienähnlichkeit erkannt.

Caroline Darlington-Devi war, was seine Mutter als hummelig bezeichnet hätte. Frauen wie sie erweckten den Anschein, dafür geschaffen zu sein, ihrem Gatten Vergnügen zu bereiten, Kinder großzuziehen und die Familie zusammenzuhalten, ganz gleich, wie unwürdig sich der Ehemann verhalten mochte, sobald der erste Stammhalter geboren war.

Tamira Darlington überragte sie um einige Zoll. Das Ballkleid betonte ihre elegante Erscheinung, die wenig von einer Debütantin hatte, und das lag nicht nur daran, dass sie kräftigere Farben bevorzugte. Sie strahlte von innen heraus, war wortgewandt, clever und signalisierte in allem, was sie tat, eine freundliche Entschlossenheit. Im Augenblick allerdings zeigte ihre Miene mildes Amüsement, als ein junger Stutzer versuchte, ihre Aufmerksamkeit zu erlangen. Dieses offensichtliche Desinteresse an heiratswilligen Gentlemen machte sie, stellte er missbilligend fest, zu einer überaus begehrenswerten Frau, die zu erobern jeden Mann herausfordern musste.

»Da sind sie ja!«, sagte Samuel erfreut, als er zu ihm aufschloss.

Unwillkürlich gab Julian ein missfälliges Brummen von sich, was ihm einen wissenden Blick seines Freundes einbrachte.

Sie war wie der Weidenzweig, der sich biegen mochte, aber niemals brach. Sie war eine Frau, die für ihre Ideale einstand, eine Kriegerin, die zu erobern ein Abenteuer der besonderen Art versprach.

Woher kamen nur diese Gedanken, fragte er sich beunruhigt.

Samuel stieß ihn mit dem Ellenbogen an. »Vorwärts, mein Freund. Oder willst du den Walzer an Strathlink verlieren?«

In diesem Augenblick schien der farbenfrohe Kavalier sie beide wahrzunehmen. Er nickte ihnen mit einem undurchsichtigen Lächeln zu, verbeugte sich vor Caroline und führte sie auf die Tanzfläche. Ein anderer Mann näherte sich Tamira.

Er zögerte nicht länger und schob sich zwischen die beiden. »Miss Darlington-Devi, den nächsten Tanz haben Sie mir versprochen …«

Der junge Lord, dessen Name zweifellos auf ihrer Tanzkarte stand, sah einen Augenblick aus, als wollte er widersprechen, aber dann zog er sich zurück, und zufrieden mit sich selbst führte Julian sie auf die Tanzfläche.

Tamira sagte so lange nichts, bis die Musik begann. Doch als sie sich von ihm scheinbar hingebungsvoll führen ließ, funkelten ihre Augen streitlustig. »Euer Gnaden, ich hätte nicht gedacht, dass Ihr Euren gesellschaftlichen Rang so schamlos ausnutzen würdet.«

Er ließ seine Hand auf ihrer Taille ein wenig tiefer gleiten. »Hätten Sie lieber mit diesem Gecken getanzt?«

»Er gilt als einer der besten Tänzer.« Sie folgte dabei jeder seiner Bewegungen, als wären sie auf geheimnisvolle Weise miteinander verbunden.

»So ein Ruf kann täuschen.« Julian zog sie näher.

»Ein Ruf kann aber auch schnell ruiniert sein, Asherton!«, sagte sie warnend. »Sie und ich wissen, was das bedeuten würde, und erfreulicherweise haben wir beide kein Interesse daran, nicht wahr?«

Sofort stellte er den schicklichen Abstand wieder her. Was fiel ihm eigentlich ein? Schließlich umwarb er Caroline. Indem er ihrer Schwester zu nahe trat, würde er deren Zuneigung gewiss nicht gewinnen.

Der Tanz endete viel zu schnell. Als die Musik verklang und das Orchester eine Pause ankündigte, trafen sie Caroline und

Lord Strathlink wieder. Samuel kam hinzu, er hatte einen Kellner mit Champagner im Schlepptau, und dankbar nahmen sie alle ein Glas entgegen.

Es war kaum vorstellbar, aber inzwischen schien es noch heißer geworden zu sein. Die Ladys fächerten sich Kühlung zu und Tamira warf einen sehnsüchtigen Blick in Richtung der Fenster.

»Etwas frische Luft kann nicht schaden, denke ich«, sagte Julian. Erst jetzt wurde ihm klar, dass er als Ranghöchster offenbar als eine moralische Instanz galt und alle anderen nur darauf gewartet hatten, dass er einen Aufenthalt außerhalb des Ballsaals für unbedenklich erklärte. Dennoch wollte er vorher lieber Lady Abbotsleigh um ihre Einwilligung bitten. Er sah sich suchend um, konnte sie jedoch nirgends entdecken. Die Darlington-Schwestern schienen im Augenblick auf sich selbst gestellt zu sein. Innerlich aufstöhnend beschloss er, ein Auge auf sie zu haben, bis er die Verantwortung für ihre Sicherheit einer geeigneteren Person übergeben konnte.

»Darlings, hier sind wir!« Lady Fiona Gordon winkte ihnen von der anderen Seite der langen Terrasse zu. Neben ihr erkannte er Samuels Schwester Anbelle. Die jungen Ladys saßen auf der Balustrade und hielten Hof. Die Gentlemen in ihre Entourage sahen sich nach den Neuankömmlingen um, wie Schakale, die neue Beute witterten – oder Konkurrenz. Unter ihnen zwei der berüchtigtsten Schwerenöter. Jemand mit einem kaum weniger desaströsen Ruf räusperte sich. »Mir scheint, es wäre angebracht, zur Rettung zu schreiten«, sagte Edward Strathlink amüsiert.

Samuel hatte die Männer ebenfalls erkannt und gab einen erstickten Laut von sich. »Kann mir bitte jemand erklären, weshalb all diese Mädchen hier vollkommen frei herumstreifen?«

»Lady Abbotsleigh ist anderweitig engagiert.« Strathlink tat so, als mische er Karten.

»Im Ernst? Ich mache mir Gedanken um meine Schwester.«

»Das müssen Sie nicht. Lady Fionas Anstandsdame passt auf beide auf, sie sitzt dort hinten auf dem Stuhl, sehen Sie?«

»Großtante Victoria?« Samuel stöhnte. »Die Gute ist nahezu blind.«

»Wie überaus praktisch. Dann werden eben wir uns um die Sicherheit der jungen Ladys kümmern.« Damit trat er vor und reichte Caroline den Arm.

»Womit der Bock zum Gärtner gemacht wäre«, murmelte Samuel neben Julian, und gemeinsam beobachteten sie, wie die jüngere Miss Darlington mit einem strahlenden Lächeln zu Strathlink aufsah und sich zu ihren Freundinnen begleiten ließ.

Einfach so, dachte er, und sein Freund machte eine Geste, die aussah wie ein schnippisches *Habe ich es dir nicht gesagt?*

Tamira war offenbar der Meinung, niemanden zu brauchen, der sie die wenigen Meter über die Terrasse begleitete, und folgte den beiden.

Mit langen Schritten war er bei ihr und zischte: »Wo ist Lady Abbotsleigh?«

»Tante Amanda versucht, ihr Nadelgeld zurückzugewinnen, nehme ich an.« Sie ließ dieses melodische, raue Lachen hören, das ihm jedes Mal Schauer über den Rücken jagte. Eine Lady drehte sich um und musterte sie mit scharfem Blick. Als sie Julian erkannte, bedachte sie ihn mit einem hoheitsvollen Kopfnicken. Neben ihr stand eine der Schirmherrinnen von Almack's Assembly Rooms, die sich nun ebenfalls umsah.

Bisher hatten die Darlingtons keine Karten für diesen eleganten Club bekommen, in dem wöchentlich der vermutlich am besten organisierte Heiratsmarkt des Königreichs stattfand. Er selbst hatte sein recht kostspieliges Ticket erst einmal verwendet und dabei festgestellt, dass Lady Brentford tatsächlich die vielversprechendsten Debütantinnen zu sich aufs Land eingeladen hatte. Er nickte den einflussreichen Ladys zu und erntete wie erwartet ein Lächeln.

Die freundlichen Mienen beider Damen veränderten sich jedoch dramatisch, als Baron Wellsborough mit seiner Tochter im Schlepptau die Terrasse betrat. Miss Market bemerkte davon nichts, sie ließ den jungen Viscount an ihrer Seite stehen und kam direkt auf ihn zu. Julian stöhnte leise. Nicht schon wieder!

Tamira erfasste die Situation mit einem Blick. »Oh, Miss Market. Wo Sie sind, scheint die Sonne heller.« Dabei legte sie die Fingerspitzen auf Julians Ärmel. »Dieses Collier ist ganz zauberhaft, aber es fehlt natürlich etwas, um das Ensemble komplett zu machen.«

Susan Market blinzelte irritiert. »Was meinen Sie?«

An Julian gewandt, sagte Tamira: »Ihr wisst es, nicht wahr, Euer Gnaden?«

Julian unterdrückte ein Grinsen. »Selbstverständlich, aber ich überlasse es Ihnen, die Details zu erläutern.«

»Nun, zu dem Brautschmuck, den Sie da tragen, gehört in Indien ein reich verzierter Nasenring von mindestens einem Zoll Durchmesser.«

Miss Market sah sie entsetzt an.

Tamira lächelte scheinbar freundlich. »Man zieht ihn durch die Nase, und mit einem Kettchen wird er zusätzlich im Haar befestigt.« Sie lehnte sich vor und sagte so leise, dass die Umstehenden es nicht verstehen konnten: »Der Schmuck symbolisiert die Vereinigung von Mann und Frau in der Hochzeitsnacht.«

Wellsboroughs Tochter wurde knallrot und hastete davon.

»Ach, verflixt. Ich wollte doch nett zu ihr sein, damit sie uns zur Ausstellung ihres Vaters einlädt. Ich glaube ja immer noch, dass er den Pakshee Baagh hat«, fügte Tamira grimmig hinzu. »Der Mann ist eitel genug, ihn öffentlich zu präsentieren.«

Damit könnte sie recht haben, überlegte Julian. Allerdings hatte er gehofft, dass die Schwestern diese unselige Jagd nach dem Familienerbe aufgeben würden. Um Tamira auf andere Gedanken zu bringen, fragte er: »Stimmt es, was Sie über die Schmuckstücke gesagt haben?«

»So ungefähr. Ist nicht jedes Geschmeide, das ein Mann einer Frau schenkt, Ausdruck seines Verlangens?«

Er hätte gern erfahren, was sie über männliche Gelüste wusste, aber in diesem Augenblick entdeckte er Wellsborough, der auf Caroline einredete, ohne zu bemerken, dass sie mit ausdrucksloser Miene durch ihn hindurchsah.

Deshalb fragte er stattdessen: »Sollten wir Ihre Schwester retten?«

»Nicht nötig.« Sie wies mit ihrem Fächer dezent auf Edward Strathlink, der sich elegant zwischen die beiden drängte. Als er sich jedoch anschickte, Caroline erneut zur Tanzfläche zu führen, seufzte sie: »Lieber Himmel, sie wollen doch nicht ein drittes Mal miteinander tanzen? Das muss ich verhindern!« Mit diesen Worten eilte sie ihrer Schwester nach, und ihm blieb nichts anderes übrig, als ihr zu folgen.

Er kam schneller voran und hatte Strathlink eingeholt, bevor die Musik begann.

»Wollen Sie die Lady kompromittieren?«, zischte er ihm zu und führte Caroline kurzerhand selbst auf die Tanzfläche.

Tamira reagierte souverän. Sie flüsterte dem Dandy etwas ins Ohr. Er verbeugte sich, und beide nahmen neben Caroline und dem Duke Aufstellung, Cousine Mary und Viscount

Briseham gesellten sich hinzu. Gespielt wurde ein äußerst lebhafter Country Dance, der im Programm als *The Touchstone* bezeichnet wurde und den man zu sechst tanzte. Julian versuchte, sich an die Schritte zu erinnern, als Caroline sagte: »Wenn das Wetter hält, veranstaltet Tante Amanda übermorgen ein Picknick mit Bootsfahrt im Hyde Park. Sie hat uns erlaubt, Sie einzuladen.« Sie wandte sich an Mary, die gerade vorbeitanzte: »Nicht wahr, das hat sie doch?«

Ihre Cousine lächelte verschmitzt und entgegnete nach einer Drehung: »Aber ja, wir würden uns freuen, wenn die Herren es einrichten könnten.«

»Natürlich lassen wir eine Nachricht schicken, falls das Wetter zu schlecht sein sollte. Das sind die Britischen Inseln. Man weiß ja nie …«, ergänzte Caroline bei der nächsten Gelegenheit.

»Anbelle und Lord Hayes werden übrigens auch dabei sein«, sagte Tamira, als hätte es noch eines weiteren Grundes bedurft, diese unkonventionelle Einladung anzunehmen.

19. KAPITEL

Es war ein ausnehmend milder Sommertag. Julian sprang vom Kutschbock und betrachtete seine Pferde. Er hatte sich ein junges Team der Silver Dapples schicken lassen, dem es an Erfahrung im dichten Londoner Verkehr fehlte. Zufrieden strich er ihnen über die Nüstern.

»Ihr zwei habt eure Sache gut gemacht«, sagte er und nickte seinem Groom zu, der bereitstand, das Gespann zu übernehmen.

»Lass sie im Schritt nach Hause gehen und reibe ihre Beine kühl ab«, wies er ihn an.

»Sehr wohl, Euer Gnaden. Soll ich Euch später hier abholen?«

»Die eine Meile werden mich meine Füße sicher noch tragen.«

Der Junge grinste. Er wusste, dass sein Master in Maplethorpe Hall weite Strecken zu Fuß, mit einem Pferd am Halfter und seinem Hund an der Seite zurücklegte. Diese Art der Ausbildung hatte Julian von seinen Reisen mitgebracht. Tiere brauchten Zuwendung, wenn sie einem Menschen vertrauen sollten, und natürlich Zuverlässigkeit. Daran mangelte es nach seiner Erfahrung den meisten, die glaubten, ein Pferd müsse man mit Gewalt zu Hochleistungen zwingen.

Er wandte sich ab und blickte über die mit leichter Hand

kultivierte Landschaft am Rande der Stadt. Auf der Wiese, die sanft zum See hin abfiel, hatten sich viele Familien niedergelassen. Einige auf mitgebrachten Stühlen und Kissen unter schattenspendenden Schirmen, umsorgt von Personal, andere saßen auf einer ausgebreiteten Decke in der Wiese und genossen die Wärme. Die Spazierwege füllten sich bereits, später würde kaum noch ein Durchkommen sein.

Er kniff die Augen zusammen und suchte das Ufer nach der Picknickgesellschaft ab. Sie würden sich in Sichtweite des Bootsverleihs niederlassen, hatte Miss Caroline ihm geschrieben.

In den frühen Morgenstunden ritt er manchmal zum See. Er liebte es, darin seine Bahnen zu ziehen, auch wenn das Gewässer, auf dem sich allerlei Wasservögel tummelten, nicht vergleichbar war mit dem azurblauen Meer, in dem er als Junge das Schwimmen und Tauchen mit den einheimischen Kindern gelernt hatte. Damals waren ihm die Tage endlos erschienen. Nun, mit dreißig und einer riesigen Verantwortung, die schwer auf ihm lastete, wünschte er sich manchmal, sie wären doppelt so lang.

Die Saison hatte ihren Höhepunkt erreicht. Nächste Woche konnte er bereits in sein Haus an der Upper Grosvenor Street übersiedeln. Ehe man sichs versah, würden die ersten Familien ihre Stadtresidenzen schließen und London verlassen, um den Sommer auf ihren Landsitzen zu verbringen, wo die Gentlemen ihre Ernte überwachten oder sich auf die Jagdsaison vorbereiteten. Letzteres war wahrscheinlicher.

Ihn zog es ebenfalls nach Maplethorpe, und noch immer war er sich nicht sicher, ob er Abbotsleigh darum bitten sollte, um die Hand seiner Nichte Caroline anhalten zu dürfen. Anfangs war ihm alles so logisch erschienen. Sie passte perfekt in seine Pläne, und er war niemand, der sich einbildete, eine

Ehe müsste auf Liebe gegründet sein. Im Gegenteil. Seine Eltern hatten sich nicht ein einziges Mal gesehen, bevor sie einander versprochen worden waren. Doch Julian hätte sich kein glücklicheres Paar vorstellen können als diese beiden Menschen.

Er seufzte. Aber so etwas konnte auch furchtbar schiefgehen, wie bei seiner Tante Caroline Amalie, die es mit ihrem Gatten nicht unglückseliger hätte treffen können. Gut, er selbst war weder spiel- noch prunksüchtig wie der Prinzregent, und niemals würde er seine Frau so schändlich behandeln und ihr das Kind entziehen. Doch Miss Darlington hatte ihn nicht ein einziges Mal ermutigt, um sie zu werben, und wirkte weiterhin schüchtern in seiner Gegenwart. Mit Strathlink dagegen hatte sie sogar geflirtet und beim vorgestrigen Ball gelöst und geradezu glücklich gewirkt – bis Julian sie aufs Parkett geführt hatte.

Samuel hatte recht, er sollte den Plan aufgeben, sie zu seiner Duchess zu machen, dachte er. Ein anderes Gesicht erschien vor seinem geistigen Auge, doch er verdrängte die unwillkommenen Bilder und zog die Taschenuhr hervor. Viertel nach drei, wo blieb Sam nur wieder?

Hufgetrappel und ein aufgeregtes Wiehern ließen ihn herumfahren. Gerade noch rechtzeitig, um beiseitezuspringen, bevor er von zwei famosen Rappen über den Haufen gerannt wurde, die neben einem zweiten Curricle so scharf bremsten, dass der Kies in alle Richtungen spritzte.

»Seid ihr übergeschnappt, ihr …?« Er unterdrückte den Fluch, als er Anbelle neben ihrem Bruder erkannte. Das Mädchen sah bleich aus, und er beeilte sich, ihr von der Kutsche herunterzuhelfen. Auf dem anderen Wagen saß Strathlink, wirkte wie immer belustigt und sah ansonsten aus, als wollte er bei dem sonnigen Wetter alle Farben dieser Welt ausführen. Der Rock aus Leinen leuchtete wiesengrün, die Schöße waren fliederfarben gefüttert, dazu trug er eine rot-weiß gestreifte Weste und Breeches aus kanariengelbem Hirschleder. Im hellen Sonnenlicht fiel Julian zum ersten Mal auf, dass seine Haare nicht braun, wie er bisher angenommen hatte, sondern tief kastanienrot waren. Die Stiefel dagegen machten einen recht anständigen Eindruck und waren so blank poliert, dass sein Kammerdiener MacAlister vor Neid erblasst wäre. Der konservative Schotte hätte ihn allerdings angesichts eines hellblau getupften Halstuches auf der Stelle verlassen.

»Er hat angefangen«, sagten beide Männer gleichzeitig und zeigten aufeinander.

Anbelle, die sich erstaunlich schnell erholt zu haben schien, kicherte. »Asherton, ich vertraue darauf, dass Sie mich sicher zu meinen Freundinnen geleiten.«

Er reichte ihr den Arm, und sie spazierten voraus, doch es dauerte nicht lange, bis ihr Bruder und Strathlink sie einholten. Die Kutschen hatten sie in der Obhut ihrer Grooms zurückgelassen.

Lady Amanda Abbotsleigh war die Erste, die sie kommen sah. Ganz kurz huschte ein Schatten über ihr Gesicht, doch sie war eine zu routinierte Gastgeberin, als dass sie ihren Verdruss über Edward Strathlinks Anwesenheit deutlich gezeigt hätte. Mit einem zurückhaltenden Lächeln sah sie ihnen entgegen. An ihrer Seite standen Mary und zwei rothaarige Jungs von etwa vierzehn und sechzehn Jahren.

»Henry und William sind aus Eton zurück«, sagte Samuel, bevor sie in Hörweite kamen. »Seht sie euch an. Diese Glückspilze, das habe ich mir immer gewünscht.«

»Rote Haare?«, fragte Strathlink, und ein merkwürdiger Unterton klang in seiner Stimme mit. »Ich darf Ihnen versichern, dass das nichts ist, was sich ein Junge in Eton wünschen würde.«

»Um Himmels willen, nein! Aber zu zweit …«

»Das wäre allerdings … hilfreich gewesen.« Strathlink sah sie beide an. »Ich kann mit gutem Gewissen sagen, dass ich dort die eindrucksvollsten Jahre meines Lebens verbracht habe.«

Julian sah ihn überrascht an. Es war das Persönlichste, was er den Mann bisher hatte sagen hören. Er fragte sich, ob eigentlich alle ehemaligen Schüler so bittere Erinnerungen an die Jahre in Eton hatten. Ihn hatten sie härter gemacht, aber er wusste von anderen, die daran zerbrochen waren. Julian erkannte den kurz auflodernden Schmerz in den Augen seines Gegenübers, und für einen winzigen Augenblick fühlte er sich mit ihm verbunden.

Das einzig Gute damals war der unauflösliche Bund, den er zu jener Zeit mit Sam und Richard geschlossen hatte. Das brachte ihn auf andere Gedanken. »Kommt Briseham auch?«, fragte er, und seine Stimme klang weicher als gewöhnlich.

Samuel warf ihm einen verständnisvollen Blick zu. Er hatte es leichter gehabt, weil sein zwei Jahre älterer Bruder damals zu einer einflussreichen Clique gehört hatte. Wahrscheinlich hatte dieser Umstand sogar ihnen allen das Leben angenehmer gemacht.

»Keine Ahnung, wo sich Richard herumtreibt. Soweit ich weiß, wollte er aber kommen.« Gleich darauf verbeugte er sich vor der Gastgeberin. »Herzlichen Dank für die Einladung, Countess.«

Julian tat es ihm nach und machte sich mit den jungen Gentlemen bekannt, die sich ganz offensichtlich nicht entscheiden konnten, ob sie einen leibhaftigen Duke oder den farbenfrohen Strathlink aufregender finden sollten.

Während seine beiden Begleiter wenig später das Büfett inspizierten, sah er hinüber zu den Darlingtons, die mit anderen Ladys an einem gedeckten Tisch saßen. Fröhliches Lachen wehte zu ihm herüber.

»Freut mich, Sie zu sehen, Gentlemen. Großartiges Wetter, was?« Lord Abbotsleigh begrüßte Julian mit Handschlag und blickte gleich darauf mit gerunzelter Stirn einem neuen Gast entgegen, der sich behäbig näherte: Lord Wellsborough.

»Was zur Hölle …?« Er entschuldigte sich und ging zu seiner Frau. Julian hatte den Eindruck, dass zwischen ihnen Uneinigkeit herrschte, was das Interesse des Barons an Caroline betraf. Offensichtlich schätzte der Earl den Bewerber um die Hand seiner Nichte nicht im gleichen Maße wie die Countess.

Nach einem kurzen Wortwechsel ließ ihn seine Gattin stehen und empfing den Baron mit offenen Armen. Selbstgefällig sah der sich um, während er seine Stirn mit einem Tuch trocknete und ein angebotenes Getränk herunterstürzte. Lady Abbotsleigh sagte etwas und wies in Richtung der Tafel.

Julian erreiche Caroline Darlington ganz knapp vor Wellsborough.

»Miss Caroline, darf ich Sie um einen Rat bitten?«, fragte er und verbeugte sich zum Handkuss.

»Sie überschätzen meine Urteilsfähigkeit.«

»Wir werden sehen.« Er reichte ihr den Arm und dirigierte sie in Richtung des Spazierwegs, der hinunter zum See führte.

Als sie außer Hörweite waren, blieben sie stehen und Caroline sagte erleichtert: »Danke, Euer Gnaden. Was auch immer Sie wissen möchten, ich werde mich bemühen, Ihnen zu antworten.«

Am liebsten hätte er sie gefragt, ob ihre Schwester wirklich überzeugt war, niemals heiraten zu wollen. Stattdessen sagte er: »Tatsächlich wollte ich mich nur erkundigen, ob Sie mit der Suche nach dem Pakshee Baagh weitergekommen sind.«

Ihr Lächeln verschwand. »Leider nicht. Ich fürchte, er ist für immer verloren.«

»Dann glauben Sie nicht, dass Wellsborough ihn hat?«

Sie sah zu Boden und schüttelte den Kopf. »Sicher bin ich mir nicht, aber wenn er in dessen Stadthaus wäre, hätte ich es gespürt, als ich Miss Susan neulich einen Besuch abgestattet habe.«

Er war so überrascht, dass er nachfragte: »Sie glauben, diese Spieluhr spüren zu können?«

»Die Spieluhr? Nein, aber den Tiger und …«

Zu seiner Bestürzung erbleichte sie, und als sie schwankte, legte er ihr rasch eine Hand unter den Ellenbogen und führte sie zu einer Sitzbank am Ufer, die soeben frei geworden war.

»Ist alles in Ordnung mit Ihnen?«, fragte er leise und dachte, wie absurd seine Frage war, ganz offensichtlich beunruhigte sie irgendetwas.

Caroline setzte sich und hielt ihr Pompadour-Täschchen mit beiden Händen umklammert. Flehend sah sie ihn an. »Das hätte ich nicht sagen dürfen. Mein Vater hat uns gewarnt. Er hat immer gesagt, die Engländer glauben an das Schwert, nicht an den Zauber des Lebens.«

»Glauben Sie denn daran?«

»Es gibt«, sagte sie und sah ihm unerwartet direkt in die Augen, »viel mehr Dinge zwischen Himmel und Erde, als der menschliche Verstand erfassen kann.«

Eine ziemlich moderne Interpretation des Shakespeare-Zitats, dachte er und hörte sich sagen: »Damit haben Sie wohl recht, Miss Caroline. Geben Sie die Hoffnung nicht auf. Die Spieluhr mag verloren sein, aber Sie und Ihre Schwestern sind nicht ohne Schutz in dieser Welt.« Er reichte ihr erneut seinen Arm.

»Apropos, lassen Sie uns über Weltlicheres reden: Stimmt es, dass die Pasteten Ihrer Köchin unwiderstehlich sind?«

Caroline sah ihn einen Augenblick lang verdutzt an. Dann lachte sie befreit, sprang auf und ließ sich von ihm zurück zur Picknickgesellschaft und zum Büfett begleiten. Dort machte sie es sich zur Aufgabe, ihn bei der Auswahl zu beraten.

Angenehm gesättigt und ausgestreckt in der warmen Sonne sah er später zu, wie Marys Geschwister Krockettore in die glatt gemähte Wiese steckten. Richard, Viscount Briseham, war ebenfalls dabei. Sie lachten viel, und Richard wirkte so fröhlich wie schon lange nicht mehr.

Auf dem See glaubte er Strathlink mit Begleitung in einem Boot auszumachen. Mary hatte ihn bekniet, eine Ruderpartie zu unternehmen, und Caroline, die sich schnell wieder erholt hatte, war ebenfalls dabei. Selbstverständlich hatte Lady Abbotsleigh eines ihrer Dienstmädchen mitgeschickt und ihnen eingeschärft, sich nicht zu weit vom Ufer zu entfernen, da Mary nicht schwimmen konnte. Die Hausangestellte wahrscheinlich auch nicht, aber das war für niemanden von Interesse. Anbelle und Lady Fiona übten sich im Bogenschießen, und er war erneut beeindruckt, mit welch freundlicher Gelassenheit Tamira ihnen die Körperhaltung demonstrierte und gelegentlich behutsam korrigierend eingriff.

Sie ist eine hervorragende Lehrerin, dachte Julian und genoss den Anblick der geschmeidigen Amazonen mehr, als es sich geziemte.

»Ich bleibe dabei, dieser Sport sollte den Frauen verboten werden. Aber meine Schwester will nichts davon hören.« Samuel ließ sich neben ihm auf ein Kissen fallen und schenkte sich ein Glas Wein ein.

»Du siehst doch gern zu«, sagte er und drehte sich nach der übrigen Picknickgesellschaft um. Brentford las am verwaisten

Tisch ein Buch, Lord Abbotsleigh war im Liegestuhl mit der Zeitung eingeschlafen. Seine Gattin stand am Büfett und wirkte unentschlossen, welches der leckeren Cremetörtchen sie essen sollte. Schließlich nahm sie von jeder Sorte eines. Die jüngste Darlington brachte einem kleinen weißen Hündchen bei, regungslos auf der Seite zu liegen, bislang mit mäßigem Erfolg. Samuels Mutter unterhielt sich mit der Countess of Cairnforth und behielt dabei die jungen Leute beim Krocketspiel im Blick.

»Ist Wellsborough weg?«

Samuel lachte in sich hinein und zeigte auf eine Eiche, unter der jemand lag. Jemand mit einem enormen Bauch, um genau zu sein. »Er schläft den Schlaf der Engel«, sagte er und zog eine winzige Phiole aus der Westentasche.

»Du hast ihn betäubt?«, fragte Julian fassungslos.

»Der Kerl hatte seine Hand auf Miss Carolines …« Er räusperte sich. »Er kann froh sein, dass ich ihn nicht zum Duell gefordert habe.«

»Du würdest dich wegen einer Darlington duellieren?«

»Wenn es sein muss. Du etwa nicht?« Samuel leerte sein Glas und schenkte sich nach. »Henrietta hat mich darauf aufmerksam gemacht. Sie sieht viel mehr als wir alle zusammen, sage ich dir. Ihre Skizzen sind ziemlich lustig …« Er stutzte einen Augenblick. »Sag mal, kennst du nicht diesen William Humphrey in der St. James's Street?«

»Den Drucker? Er ist letztes Jahr gestorben, seine Schwester Hannah führt das Geschäft weiter, soweit ich weiß.«

Nachdenklich zog Samuel die Pfeife aus der Tasche. »Vielleicht bitte ich sie irgendwann, einen Blick auf Henriettas Zeichnungen zu werfen.«

»Wenn sie so gut sind, wie du sagst, stelle ich dich Ms Hannah gern vor«, versprach Julian.

Der Wein und die Wärme machten ihn müde. Er legte sich den Arm unter den Kopf, um die Wolken am Himmel zu betrachten, wie er es als Junge oft getan und sich dabei überlegt hatte, was die sich stetig verändernden Formen wohl darstellten. Aus den nahen Schäfchenwolken des Vormittags waren kleine Herden geworden, die in der Ferne zu grasen schienen und schnelle Schatten übers Land wandern ließen. Am Abend würde es Gewitter geben. Aber noch nicht so bald, dachte Julian und schloss die Augen.

Er musste wohl eingenickt sein, denn als er sie wieder öffnete, war Strathlink mit den beiden Ladys zurückgekehrt. Marys Brüder hockten bei Wellsborough und versuchten, trockene Blätter in seiner Atemluft tanzen zu lassen. Immerhin lebte der Baron noch.

Schade eigentlich, dachte er. Julian mochte es nicht gutheißen, was Samuel getan hatte, aber die Vorstellung, der Kerl könnte Caroline zur Braut nehmen, stieß ihn ebenso ab wie seinen Freund.

Er setzte sich auf. Der Himmel hatte sich verändert und die Atmosphäre um ihn herum, das Gewitter war nicht mehr fern und die ersten Parkbesucher packten bereits ihre Sachen zusammen. Ein ganzes Stück entfernt sah er eine Lady über die Wiese spazieren. Ihre lebendige Gestik hätte vermuten lassen, sie wäre in eine angeregte Konversation vertieft. Doch sie war allein unterwegs. Sofort wusste er, dass es Tamira war, die direkt auf eine Baumgruppe aus Birken und Kiefern zuhielt. Das Gegenlicht enthüllte dem aufmerksamen Betrachter die grazile Gestalt unter dem geblümten Sommerkleid, und in Julian erwachte ein intensives Verlangen, sie vor den Blicken anderer Gentlemen zu schützen.

Er stand auf, zog seine Leinenweste zurecht und folgte ihr. Wenn sie in diesem Zustand war, wusste man nie, wohin sie wandern würde. Auch an so einem sonnigen Tag wie heute war der Hyde Park kein sicherer Ort für eine begehrenswerte Lady.

Als er sie fast erreicht hatte, blieb sie stehen und blickte ins lichte Geäst einer Birke hinauf. Die flirrenden Sonnenstrahlen in den Blättern verliehen ihrem lieblichen Gesicht einen besonderen Zauber, aber es waren die anmutigen Bewegungen, die seine Erinnerungen weckten und ihn verharren ließen. Die Welt um ihn wurde weit und still.

Den Kopf schräg gelegt, die vollen Lippen leicht geöffnet, lauschte Tamira, und dann hörte auch er das Vogelgezwitscher weit oben im Geäst. Einen so lieblichen Gesang hatte er selten vernommen. Sie hob einen grazilen Arm, Sonnenreflexe tanzten ihr über die bloße Haut und tupften feurige Lichter in ihr Haar.

Julian hätte fortgehen müssen, sie fühlte sich unbeobachtet, und eine solche Situation nutzte man nicht aus. Stattdessen trat er hinter einen Baumstamm und sah ihr weiter zu, wie sie den Vogel leise lockte.

»Ich bin so froh, dich zu sehen, kleiner Vogel. Erzähl mir, ob es dir gut geht.«

Versunken in den bezaubernden Anblick, schrak er zusammen, als das Vögelchen auf ihrem ausgestreckten Zeigefinger landete. Der kleine Sänger verfügte über eine erstaunlich kräftige Stimme. Fasziniert beobachtete er, wie sich ihre Lippen bewegten, als spräche sie auch noch mit dem Tier, während es für sie trällerte. Der Vogel legte das bunte Köpfchen schräg, als hörte er ihr zu, schließlich gab er einen melodischen Triller von sich, breitete die Flügel aus und flatterte dicht über seinen Kopf davon.

»Ich habe Sie gesehen, Asherton. Kommen Sie hervor!«

Als er Tamira erreichte, lehnte sie mit geschlossenen Augen

rücklings an der Birke. Der auffrischende Wind hatte ihr die Frisur zerzaust, oder vielleicht waren es ihre Hände gewesen, die immer in Bewegung zu sein schienen. Nur jetzt nicht, da sie den Baum berührten; und in den Zweigen über ihren Köpfen flüsterte die Versuchung: Küss mich!

Ohne nachzudenken, senkte er den Kopf, bis sein Mund ihre sinnlich geschwungenen Lippen streifte.

20. KAPITEL

Bei jedem Ausflug in den Park hielt Tamira nach ihm Ausschau. Heute endlich hatten sie sich gefunden.

»Da bist du ja, kleiner Vogel. Geht es dir gut?«

Er piepste, und sie glaubte zu verstehen: »Frag nicht, frag nicht. Hol uns da raus.« Seine Flügel bewegten sich scheinbar ungelenk, doch er landete elegant auf ihrem ausgestreckten Zeigefinger und sang, bis ihr das Herz leicht wurde und die Zuversicht zurückkehrte, dass sie den Pakshee Baagh wiederfinden würde.

Aus dem Augenwinkel sah sie einen rotgoldenen Schatten zwischen den Bäumen und fragte, ohne den Kopf zu bewegen: »Hast du den Tiger mitgebracht?«

Der Vogel zwitscherte, bevor er davonflog, und es klang wie ein Lachen.

Sie lehnte sich mit dem Rücken an die Birke und legte die Hände auf die aufgeplatzte schwarz-weiße Rinde, um die Energie des Baums aufzunehmen. In seinem Schutz fühlte sich Tamira sicher und frei. Sie schloss die Augen und hoffte, dass sich Asherton wie ein wahrer Gentleman verhalten würde. In Gedanken versuchte sie, ihn fortzuschicken. Ihr Herz schlug fast so schnell wie das des kleinen Vogels, dessen spöttischen Gesang sie in der Ferne hörte. Doch er ging nicht.

»Ich habe Sie gesehen, Asherton«, sagte sie schließlich.

Er hatte sie beobachtet und hielt sie nun wahrscheinlich für verrückt. Welcher normale Mensch unterhielt sich im Park denn mit Vögeln?

Geh!, verlangte sie. Ihr wildes Herz aber lockte sehnsüchtig: *Küss mich!* Sie wusste, dass er vor ihr stand, bevor sie die Wärme seines Körpers spürte. Ihre Finger verkrampften sich auf der rauen Baumrinde – und dann streiften Schmetterlingsflügel über ihre Lippen. Ein Kuss, so sanft, dass er einer lauen Brise glich. Er küsste ihre Augenlider und legte ihr eine Hand in den Nacken. *Sieh mich an!*

Bernsteinfarbene Augen betrachteten ihr Gesicht, kleine Fältchen in den Augenwinkeln erschienen, er lächelte. Ashertons Freude erfüllte ihre Seele mit einem glitzernden Sternenschwarm und erhellte sie auf nie gekannte Weise.

Doch dann wandelte sich die Welt um sie herum. Das aufgeregte Summen in ihrem Körper veränderte die Tonlage, und ein fernes Grollen, zuerst nur eine Ahnung, gesellte sich hinzu.

Der Duke musste es auch gespürt haben. Er hob den Kopf, und seine Worte klangen wie ein Fauchen: »Das Gewitter!«

Eine kräftige Windböe erfasste ihr Kleid. Tamira blickte hinunter zum See, der silbern in einem anderweltlichen Licht glitzerte, das in breiten Streifen zwischen hoch aufgetürmten Wolken hervorzuströmen schien. Auf der Wiese waren überall Dienstboten damit beschäftigt, die Sachen ihrer Herrschaft zusammenzupacken.

Eine unbändige Freude erfasste sie. »Es ist so wunderbar, wie gern würde ich jetzt im Regen tanzen!«

»Du bist verrückt.« Er lachte aber und griff nach ihrer Hand. »Komm, ich bringe dich zurück.«

»Tamira!« Georgiana tauchte hinter einem dichten Strauch auf. Sie trug ein helles Cape und hielt ihr ein zweites entgegen. »Schnell, die anderen sind schon unterwegs nach Hause.«

Gemeinsam eilten sie den Weg entlang zum Parktor, wo Yalda auf sie wartete.

»Vielen Dank, Euer Gnaden. Ab hier übernehme ich, wir wollen doch nicht, dass Fragen aufkommen, wo sich Miss Darlington-Devi zuletzt aufgehalten hat – und mit wem«, sagte die Zofe nachdrücklich, als sich Asherton anschickte, sie zu begleiten.

Die ersten Tropfen fielen, und sie eilten davon, ohne sich verabschiedet zu haben. Doch in der Stanhope Street blieb Tamira stehen, um sich nach dem Duke umzusehen. Er hob die Hand zum Gruß und bog in die Park Lane ab.

»Miss Darlington-Devi!«, mahnte ihre Zofe.

»Ist gut, Yalda. Ich komme.«

Bis sie das Haus in der Hill Street erreicht hatten, waren sie alle drei bis auf die Haut durchnässt, und zweifellos hatte den Duke dasselbe Schicksal ereilt. Die fürsorgliche Zofe bestand darauf, dass sie heißes Wasser für ein Bad bestellten.

Georgiana nahm ihren Hut ab, aus dem dicke Tropfen auf den Boden fielen. »Tod und Teufel. Jetzt fange ich auch schon damit an, meine Kopfbedeckungen zu ruinieren.« Sie zwinkerte Tamira zu. »Wollen wir zusammen baden?«

Yalda hustete.

Zuerst dachte Tamira, sie fände die Vorstellung befremdlich, erwachsene Frauen gemeinsam in einer Wanne sitzen zu sehen. Doch dann fiel ihr auf, dass ihre Zofe ungewöhnlich blass wirkte. Den Husten hatte sie bereits vor einigen Tagen bemerkt.

»Ich läute dem Zimmermädchen, Yalda. Sie sollten sich schnell trockene Kleidung anziehen und ausruhen«, sagte sie und schickte ihre widerstrebende Zofe hinaus.

Wenig später klopfte es und ein Hausmädchen sah herein. »Was kann ich für Sie tun?«

»Wir sind in den Regen geraten. Yalda besteht darauf, dass wir ein heißes Bad nehmen.«

Das Mädchen knickste. »Ich gebe unten Bescheid. Soll ich wiederkommen und alles vorbereiten?« Erwartungsvoll sah sie Tamira an.

»Bitte. Und schick mir Ms Bunting herauf.«

Die Haushälterin war die einzige Frau in diesem Haushalt, die nicht zögerte, ihrer Kammerzofe Vorschriften zu machen und diese auch durchzusetzen.

Während das Personal im Ankleidezimmer alles für ein Bad vorbereitete, halfen sich die Schwestern dabei, ihre nassen Kleider loszuwerden. Ms Bunting kam herein, und Tamira informierte sie, dass Yalda ebenfalls ein heißes Bad erhalten sollte.

»Bei allem Respekt, Miss Darlington, die Herrschaft reist morgen ab, und wir haben viel zu tun …«

»Das verstehe ich. Aber sie hustet seit Tagen und ist vorhin so nass geworden wie wir.« Tamira sah der Frau direkt in die Augen. »Der erste Hausdiener ist schon stark erkältet, habe ich gesehen. Sie möchten doch gewiss nicht riskieren, dass weitere Haushaltsmitglieder ausfallen?« Diesen strengen Worten fügte sie eine Schmeichelei hinzu: »Yalda ist so gewissenhaft, sie würde sich nicht schonen, wenn Sie es nicht anordnen, Ms Bunting.«

»Wie Sie wünschen, Miss Darlington-Devi.« Mit finsterer Miene deutete die Haushälterin einen Knicks an und wandte sich zum Gehen.

»Richten Sie ihr aus, ich werde mich später vergewissern, dass sie sich an Ihre Anweisungen hält.«

Ms Bunting erstarrte einen winzigen Augenblick in der Bewegung. »Sehr wohl, Mylady.«

Als sich die Tür hinter ihr geschlossen hatte, sagte Georgiana anerkennend: »Ist dir aufgefallen, dass du eben von Miss Darlington-Devi zu *der Darlington* aufgestiegen bist? Du hast gerade wie Mama geklungen.«

»Ich möchte nur, dass sie tut, was erforderlich ist. Es ist niemandem geholfen, wenn Yalda den Husten verschleppt und uns alle ansteckt.«

Bald darauf ließen sie sich im Ankleidezimmer in eine nach Lavendel duftende Schaumwolke gleiten, unter der sich heißes Wasser verbarg. Georgiana seufzte und warf einen schnellen Blick zur Tür, hinter der die Zofe mit ihren nassen Sachen verschwunden war.

»Man könnte jeden Tag baden, wenn die Dienerschaft das Wasser nicht immer zwei oder drei Etagen hochschleppen müsste.«

»Miss Market badet trotzdem täglich.«

»Hat sie das erzählt? Typisch. Aber ich wollte etwas anderes sagen: Ich habe mir überlegt …«

»Was denn?« Tamira griff nach der Seife und wartete darauf, dass ihre Schwester weitersprach.

»Wenn wir im Keller einen großen Badekessel beheizten und Rohre durchs Haus legen würden, müsste das Dienstpersonal keine schweren Eimer mehr herauftragen, und wir könnten uns jederzeit mit warmem Wasser waschen. Die Römer …«

»… hatten eine Fußbodenheizung. Ich weiß. So was stelle ich mir ausnehmend behaglich vor. Dieses Königreich hat im Laufe seiner Geschichte viel vergessen.«

»Der gesamte Kontinent könnte längst weitaus fortschrittlicher sein«, erwiderte Georgiana.

»Das stimmt. Zuerst sollte man aber etwas erfinden, das diesen verflixten Krieg beendet.«

»Ich bin Wissenschaftlerin, keine Zauberin, liebe Schwester.«

Sie lachten gemeinsam und schnippten sich Seifenblasen zu, wie sie es schon als Kinder getan hatten, bis das Zimmermädchen erschien, um heißes Wasser nachzugießen.

»Wie geht es Yalda?«

Das Mädchen kicherte. »Sie tobt. Aber gegen Ms Bunting kommt niemand an.«

Zufrieden drückte Tamira den Schwamm auf ihrer linken Schulter aus. »Das war mein Plan. Wir kommen jetzt allein zurecht. Ich gebe Bescheid, wenn das Bad geleert werden kann.«

Das junge Mädchen knickste und verließ das Zimmer.

»Natürlich müsste es auch einen Abfluss geben. Wie für die Toilette«, sagte Georgiana gedankenverloren.

Sie lachte lautlos in sich hinein. Ihre Schwester hatte manchmal Ideen – allerdings hegte keine Darlington den geringsten Zweifel, dass ihre Erfindungen eines Tages Realität werden würden.

»Habt ihr euch geküsst?«, fragte Georgiana unvermittelt.

Erschrocken sah sie ihre Schwester an. »Wie kommst du darauf?«

»Was ist zwischen euch passiert?«

»Wieso?«

»Lieber Himmel, du sahst aus, als wärest du in einen Sturm geraten. Asherton übrigens auch. Ich hätte schwören können, ihr habt euch mindestens geküsst, aber das kann eigentlich …«

»Wirklich? Es ist verwirrend.«

Georgiana runzelte die Stirn. »Was ist zwischen euch vorgefallen? Erzähl es mir!«

»Ich habe den kleinen Vogel gefunden.«

»Nein! Was sagt er?«

»Alles wird gut.«

»Ach, ja?« Erbost schlug ihre Schwester mit beiden Händen auf die Wasseroberfläche.

Seife geriet in ihre Augen, und Tamira blinzelte. »Der Tiger war da. Glaube ich jedenfalls …«

»Du kannst dich nicht erinnern?«

»Es war anders als früher.«

Als sie Kinder waren, hatten Vogel und Tiger sie häufig besucht. Manchmal, wenn sie traurig gewesen waren, ließ sich der Tiger von ihnen das dichte Fell kraulen, während der Tigervogel für sie sang. Es war bis heute ihr gemeinsames Geheimnis. Denn die Menschen fürchteten sich nicht ohne Grund vor den majestätischen Raubkatzen. In schlechten Jahren wurden Bauern auf dem Feld angefallen oder verschwanden einfach, und dann gingen die Männer hinaus, um den Tiger zu jagen. Aber ihrer war anders, einer wie er ließ sich nicht fangen, und für Tamira waren die nächtlichen Visionen immer real gewesen. Jetzt, da er und der Vogel ihnen nach Britannien gefolgt waren, umso mehr.

»Nun sag schon!«

»Weißt du noch, wie du in Brentford Hall gesagt hast, Asherton bewege sich wie ein gefährliches Raubtier?«

Georgiana nickte. »Das stimmt doch auch, findest du nicht?«

»Ich finde es …« Sie unterbrach sich, als ihre Schwester grinste. »Mir gefällt es«, sagte sie trotzig.

»Ich weiß.«

Sie erinnerte sich an seine Umarmungen, an die Küsse, und mit den Fingern berührte sie die Lippen, auf denen sie ein Echo seiner Zärtlichkeiten zu spüren glaubte.

Tamira schluckte und erzählte mit leiser Stimme, was passiert war. »Während ich mit dem Vogel gesprochen habe, hat uns der Tiger beobachtet. Doch der Vogel hat nur gelacht und ist abgehauen. Dann kam Asherton. Wir haben uns geküsst, es war – fantastisch.« Sie seufzte.

»Das kann nicht sein.«

»Warum, du sagst doch selbst …«

»Ich wollte dich nur foppen. Als ich euch gesehen habe, standet ihr zwar zusammen, aber von heißen Umarmungen war nichts zu sehen.«

»Dann habe ich mir alles nur eingebildet?«

Georgiana sah sie nachdenklich an. »Der Vogel war da, also muss der Tiger in der Nähe gewesen sein.«

»Was haben die beiden damit zu tun?«

»Erinnerst du dich nicht an die Geschichte, die Anila erzählt hat? Dass sie auf dem Tiger in eine andere Welt reiten kann.«

»Das sind doch nur Fantastereien.«

»Sie glaubt fest daran.«

»Das wäre auch nicht viel besser, oder? Ich fantasiere von heißen Küssen mit dem Mann, der Caroline heiraten will.«

»Aber er liebt sie nicht.« Georgiana schnippte eine Seifenblase in ihre Richtung. »Asherton ist der richtige Mann für dich. Er wird um deine Hand anhalten und nicht um ihre. Glaub mir.«

»Bloß nicht. Ich will nicht heiraten und ich möchte mir keinesfalls ewig vorschreiben lassen, wie ich zu leben habe.«

»Ach, Schwesterchen, dafür gibt es Eheverträge.«

»Mag sein, aber das Gesetz steht über allem, und wenn eine Frau erst mal Kinder hat, frage ich mich, setzt sie da nicht automatisch andere Prioritäten?«

Ihre Schwester runzelte die Stirn. »Welch eine Unvernunft.

Frauen könnten so viel bewirken, wenn man sie ließe. Eines fernen Tages wird sich das hoffentlich ändern.«

»Sehr fern.«

»Darum ist es so wichtig, zu zeigen, dass es auch jetzt schon anders geht – wenn man nur will.« Georgianas Wangen glühten.

»Du hast recht, deshalb möchte ich ja auch schreiben. Damit sich etwas ändert. Literatur kann einen Wandel in den Köpfen der Menschen anstoßen.«

»Meinst du? Madame de Staël sagt, Literatur sei das Spiegelbild des Geisteslebens der Gesellschaft, in welcher und für welche sie geschrieben wird.«

»Aber das meine ich doch. Nur wenn sich eine Schriftstellerin in einer aufgeklärten persönlichen Umgebung bewegt, kann sie positiv auf andere einwirken.«

»Und du glaubst, Ehefrauen und Mütter können das nicht?«

»Ich weiß es nicht«, gab sie zu. »Aber viele Männer scheinen der Meinung zu sein, dass wir keine Romane lesen sollten.« Sie verstummte. Asherton tat das nicht, er las sie sogar selbst und schien interessiert daran, was sie zu sagen hatte.

Georgiana sagte grimmig: »Dann studieren wir eben politische Texte.«

»Du tust das vielleicht, aber über Romane können viel mehr Menschen erreicht werden.«

»Das dauert länger.«

»Nicht, wenn man einen Nerv trifft. Denk doch nur an Goethes *Leiden des jungen Werthers.*«

»Du willst mit deinen Romanen eine Welle von Selbsttötungen auslösen?«

»Sei nicht albern!«

Georgiana kicherte und pustete ihr Seifenblasen von ihrem Handrücken ins Gesicht, schnell wurde sie aber wieder ernst. »Hast du schon mal überlegt, wie viel einfacher es für eine Herzogin wäre, ein Buch veröffentlichen zu lassen? Denk doch nur an Georgiana Cavendish, die Duchess of Devonshire, und ihr politisches Engagement, sie hat auch Romane geschrieben. Ich wette, jeder Verleger würde sich um so ein Manuskript reißen. Ganz zu schweigen davon, dass das Wort einer Herzogin nicht ignoriert werden kann.«

»Sofern der Duke es ihr erlaubt.«

»Risiken gibt es immer, aber hat dir Asherton nicht sogar angeboten, dass wir seine Bibliothek benutzen dürfen, sobald das Haus dort wieder eröffnet ist?«

»Stimmt, das habe ich ganz vergessen.«

»Seine Mutter ist Wissenschaftlerin, wusstest du das? Ich habe gehört, sie lebt in Griechenland und führt die Ausgrabungen fort, die sie mit ihrem Mann begonnen hat.«

»Eine Forscherin? Woher weißt du das?«

»Während ihr euch auf Bällen herumtreibt, lese ich alle Zeitungen, deren ich habhaft werden kann.«

Tamira grinste. »Und da sagt man mir nach, ich wäre ein Blaustrumpf.«

»Mir doch auch, ich werde nur nicht beachtet. Du sagst ja selbst, es gibt in diesem Haus kein einziges vernünftiges Buch.« Georgiana seufzte theatralisch. »Ich bin so ausgehungert, dass mich inzwischen sogar Klatsch und Tratsch interessiert. Wusstest du, dass Lord Byron demnächst von seiner *Grand Tour* durch den Orient zurückkehren soll?«

»Wer ist das?«

»Ein Dandy und Dichter mit besonderen Vorlieben, habe ich kürzlich die Viscountess Melbourne sagen hören.«

Tamira lachte. »Du kennst dich ja bestens aus in der feinen

Gesellschaft. Lady Melbourne? Ist das etwa diese elfenhafte Person, die neulich im Park so dreist mit Asherton geflirtet hat?«

»Genau die.« Georgiana ließ sich tiefer ins Wasser gleiten. »Nach Griechenland würde ich auch gern reisen.«

»Ich sehe dich schon in einer Tonne sitzen und Gleichungen lösen wie dein geliebter Archimedes.«

»Das war Diogenes von Sinope.«

»Ich weiß, aber ohne Geld wärst du froh, wenigstens ein Weinfass zum Wohnen zu haben.«

»Ganz genau. Und deshalb muss eine von uns einen reichen Mann heiraten, der aufgeschlossen genug ist, ihr in finanziellen Angelegenheiten freie Hand zu lassen.«

»Und du glaubst, Asherton sei so ein Mann?«

»Jedenfalls ist Brooks's sein wichtigster Club, und dort verkehren führende Politiker der Whigs. Mir scheint er jemand zu sein, der sich vernünftigen Argumenten nicht von vornherein verschließt. Das kann man von einem Wellsborough beispielsweise nicht behaupten.«

»Gute Güte, du willst die beiden doch nicht miteinander vergleichen?«

»Für Tante Amanda scheint da kein Unterschied zu bestehen. Hauptsache Geld und ein Titel.«

Tamira stimmte ihr insgeheim zu. »Wir sollten herausfinden, wie liberal er ist, bevor sich irgendjemand von uns mit ihm verlobt. Falls er überhaupt fragt«, sagte sie leise.

»Gute Idee. Mir wird langsam kalt.« Georgiana stützte sich am Wannenrand ab und stand auf.

Tamira konnte nicht umhin, die sinnliche Gestalt ihrer Schwester zu bewundern. Die Zwillinge waren fast so groß wie sie selbst, besaßen aber offensichtlichere Rundungen. Mit einer überaus schmalen Taille und volleren Brüsten gesegnet, hätten ihre Hüften einer Fruchtbarkeitsgöttin zur Ehre gereicht. Um einen Mangel an Verehrern brauchten sich die beiden im kommenden Jahr keine Gedanken zu machen.

Sie seufzte leise. Hoffentlich würden sich Gentlemen darunter befinden, die den talentierten und sensiblen Zwillingen gerecht wurden.

Am darauffolgenden Morgen trafen sich die Darlington-Schwestern allein beim Frühstück. Die Abbotsleighs hatten vormittags die Stadt in Richtung Norden verlassen, um Lord Abbotsleighs Mutter das letzte Geleit zu gewähren. Mit den Reisevorbereitungen hatte die Familie gleich nach dem Eintreffen der traurigen Nachricht begonnen, aber Tante Amanda hatte das Picknick nicht absagen wollen.

Nun waren sie also fort. Der Hausherr hatte den Butler angewiesen, nur wichtige Besucher vorzulassen, und mit Tamiras Patin war vereinbart worden, dass sie Caroline bei ihren gesellschaftlichen Verpflichtungen in der Zwischenzeit begleitete. Countess Cairnforth hatte angekündigt, am Nachmittag in die Hill Street zu kommen. Bis dahin aber genossen die Mädchen das prickelnde Gefühl von Freiheit.

Henrietta breitete die gebügelte Zeitung ihres Onkels vor sich aus, die sie sonst nur als gelesenes Exemplar vom Vortag erhielten. »Dann lasst mal sehen, was wir unternehmen können.« Sie las die Gesellschaftsnachrichten vor: »Die *Royal Menagerie* kündigt eine große Sonderausstellung mit neu eingetroffenen Bestien an. Erstmals zu sehen: zwei boxende Kängurus und eine bengalische Raubkatze.«

Tamira spürte eine unangenehme Kälte in ihren Wangen. »Das ist aber nicht unser Tiger? Was meint ihr?«

»Natürlich nicht«, entgegnete zu ihrer Überraschung Anila,

die ihnen heute Gesellschaft leisten durfte. »Niemand kann den Pakshee Baagh gefangen halten.«

»Was weißt du schon? Tiger und Vogel wurden gestohlen!«, wies Caroline sie zurecht.

»Frag Tamira.« Das Mädchen griff nach einem Kuscheltier, ohne das sie selten zu sehen war, und presste die Lippen zusammen.

Ihre kleine Schwester würde nichts mehr sagen, das war ihr anzusehen. Dabei hätte sie gern erfahren, woher Anila von ihren nächtlichen Fantasien wusste.

»Neuerdings träume ich häufig vom Tiger«, gab Tamira schließlich zu, als die anderen Schwestern sie auffordernd ansahen. »Er ist dann sehr real, aber wo sich die Pakshee-Baagh-Spieluhr befindet, will er mir nicht verraten.« Traurig senkte sie den Kopf.

Henrietta räusperte sich. »Erstaunlich, welche Nachrichten es in die Zeitung schaffen.«

Sie las: *Lady MacIntosh beklagt den Verlust ihres silbergrauen Pudels. Sie setzt eine ansehnliche Belohnung für Hinweise aus, die zum Auffinden des Tieres in einwandfreiem gesundheitlichem Zustand führen. Der Pudel hört auf den Namen Mitsi.*

»Das hier ist auch lustig.«

In den Parkanlagen Berkeley Square wurde die Göttin Athene mit einem blau-grün gestreiften Seidenkleid aus dem Atelier einer bekannten Couturière bekleidet vorgefunden. Madame Geneviève lehnt es ab, Auskünfte über die Besitzerin zu geben.

Sie lachten, und Caroline bemerkte: »Eine bessere Werbung kann sie sich nicht wünschen.«

Georgianas Augen leuchteten. »Das ist es! Eine Anzeige in der Zeitung.«

»Man müsste eine richtig hohe Belohnung aussetzen«, fügte

Henrietta hinzu, die wie so oft genau wusste, wovon ihre Schwester sprach, während die übrigen Darlingtons noch rätselten.

»Eine Suchanzeige?«, fragte Tamira schließlich. »Das ist nicht euer Ernst!«

21. KAPITEL

Lord Abbotsleighs Sekretär kam ihr entgegen, als Tamira den Frühstücksraum verließ.

»Miss Darlington-Devi, ich würde gern die Einladungen der nächsten Tage mit Ihnen besprechen.«

Dass die Abreise ihrer Verwandten bedeutete, sie, als älteste der Schwestern, trüge nun die Verantwortung für wichtige Entscheidungen des Haushalts, wurde ihr erst in diesem Augenblick bewusst.

»Natürlich. Lassen Sie uns das in der Bibliothek tun.«

Der Sekretär geleitete sie in den Raum, der ihrem Onkel während der Saison als Rückzugsort und Büro diente. Tamira trat ans Fenster und sah hinaus auf die Hill Street. Es regnete, Passanten waren nur wenige unterwegs. Das höchst beunruhigende Gefühl, sich im Zentrum der Macht dieses Haushalts zu befinden, überwältigte sie. Nach kurzem Zögern straffte sie die Schultern und drehte sich mit einem Lächeln auf den Lippen um.

»Nehmen Sie bitte Platz«, sagte sie und ließ sich in den breiten Sessel sinken, der zum Schreibtisch gehörte.

»Danke sehr. Für heute hat Mylady einige Einladungen angenommen.« Er blätterte in seinen Papieren und trug die Termine vor.

Ihr war klar, dass sie sich in einer unangenehmen Situation

befand. Für Mary bedeutete der Tod ihrer Großmutter, dass sie ihre Saison vorerst nicht fortführen konnte. Jedenfalls nicht auf diese Weise. Für Tamira und ihre Schwestern galt das nur bedingt, weil die Verblichene keine direkte Verwandte war.

»Wir werden sehen, welche Einladungen Caroline annehmen kann. Ich vertraue auf Ihren Rat.«

Ein kurzes Lächeln blitzte in seinen Mundwinkeln auf. »Bälle zu besuchen, würde ich für die nächste Zeit nicht empfehlen und auch von den Nachmittagsbesuchern sollte sie nur die wichtigsten empfangen.«

»Ich bin ganz Ohr …«

»Wenn wir die Einladungen zu Bällen der kommenden vierzehn Tage absagen, wären da noch einige Soireen und Liederabende sowie Tagesveranstaltungen, die wegen des unzuverlässigen Wetters aller Wahrscheinlichkeit ohnehin ausfallen dürften.«

»Dann lassen wir es darauf ankommen«, sagte sie. »Das Unglück in Lord Abbotsleighs Familie wird sich sowieso schnell herumsprechen.«

»Davon bin ich überzeugt. Damit hätten wir zunächst die morgige Einladung des Duke of Asherton ins King's Theatre auf dem Programm.«

»Davon hat er gestern gar nichts …« Sie verstummte.

»Seine Gnaden hat sie heute Morgen geschickt, da wird er noch nichts vom Ableben der Dowager Countess gewusst haben.«

»Ich denke, Caroline sollte sie annehmen.«

»Sie gilt ausdrücklich allen Darlingtons«, sagte der Sekretär leise. »Mozarts *Zauberflöte* wird Ihnen gewiss gefallen.«

Überrascht und erfreut dachte sie, dass der gemeinsame Opernbesuch eine Gelegenheit wäre, unauffällig herauszufinden, ob gestern zwischen ihnen etwas Ungewöhnliches geschehen war, oder ob ihr die zuweilen äußerst lebhafte Fantasie den Kuss vorgegaukelt hatte. Beides kein wünschenswerter Umstand, aber wissen musste sie es.

»Bitte teilen Sie Seiner Gnaden mit, dass wir uns auf den gemeinsamen Abend freuen.«

Der Sekretär stand auf. »Gern. Gibt es sonst noch etwas, das ich für Sie tun kann?«

Sie hatte keine Ahnung. »Zögern Sie bitte nicht, mich zu konsultieren, falls es Fragen rund um den Haushalt geben sollte«, sagte Tamira deshalb und hoffte, er würde ihre Unsicherheit nicht bemerken.

Amanda, Lady Abbotsleigh, hätte es mit Sicherheit nicht gestattet, Anila mit in die Oper zu nehmen. Doch Tamiras Patin war entzückt, als sie von der Einladung erfuhr. Selbstverständlich würde sie die Mädchen begleiten.

So kam es, dass fünf elegant gekleidete junge Ladys am folgenden Abend vor dem King's Theatre wie die Entchen nacheinander aus einer lackschwarzen Kutsche stiegen. Die Duchess hatte den Zeitpunkt mit Bedacht gewählt, wohl wissend, dass ihre Ankunft großen Eindruck auf den Ton machen würde.

Am Nachmittag war für Anila eines von Carolines Kleidern geändert worden. Tamira fiel auf, wie erwachsen ihre jüngste Schwester darin wirkte. Vor einem Jahr war sie noch ein Kind gewesen, doch der Verlust des Elternhauses hatte sie verändert.

Es hat unser aller Leben auf den Kopf gestellt, dachte sie. So fröhlich sich die Zwillinge geben mochten, sie waren sich ihrer Situation bewusst. Die arme Caroline war sogar bereit, einen Mann zu heiraten, vor dem sie sich fürchtete, um ihren Schwestern eine sichere Zukunft zu bieten.

Wenn es bloß nicht so ein Lotteriespiel wäre. Alles hing vom Wohlwollen eines Ehemanns ab. Vor der Ehe konnte ein Gentleman viel versprechen, doch war der Bund geschlossen, stand es ihm frei, seine Zusagen zurückzuziehen. Selbst ein Ehevertrag bot in manchen Fällen keine Sicherheit. Diese Aussichten fand Tamira furchtbar entmutigend.

»Was guckst du denn so grimmig, stimmt etwas nicht?«, fragte Caroline leise.

Sofort bemühte sie sich um einen fröhlicheren Gesichtsausdruck, brachte aber nur ein schiefes Grinsen zustande. »Dieses Opernhaus ist ziemlich überwältigend, findest du nicht?«

»Beim ersten Besuch habe ich gar nicht bemerkt, dass die Aufführung bereits begonnen hatte, so laut waren die Leute im Parkett und auf den oberen Rängen.«

»Habt ihr eine Ahnung, worum es in dem Singspiel geht?«, fragte Henrietta.

Georgiana sah über die Schulter und sagte: »Es ist von Mozart, nicht wahr? Er war sehr gerissen. Ich mag die Musik, aber erst das musikalische Würfelspiel offenbart seine Genialität. Mich wundert nicht, dass er so viel und schnell komponiert hat.«

Henrietta seufzte. »Ist doch egal, wie lange er an einem Stück geschrieben hat. Ich liebe sie alle. Jedes ist wie ein unvergleichliches Gemälde.«

»Manche sind wohl eher Skizzen«, warf Georgiana ein.

»Aber sehr präzise. Er ist viel zu früh gestorben.«

Die Schwestern sahen sich an. Der Tod war nichts, worüber sie im Augenblick nachdenken wollten.

»Ich weiß, worum es in der *Zauberflöte* geht«, sagte Anila zu ihrer aller Überraschung.

»Dann lass mal hören, junge Dame.« Lady Cairnforth, die

sich mit Freundinnen unterhalten hatte, während sie in der Galerie vor den Logentüren auf Asherton warteten, warf der jüngsten Darlington einen aufmunternden Blick zu. Und Tamira dachte, wie viel besser es für Anila gewesen wäre, wenn sie bei ihr hätten wohnen können. Aber man durfte nicht undankbar sein. Tante Amanda gab sich Mühe, und Lord Abbotsleigh hatte sich als ein ausgesprochen großherziger Mann erwiesen – nur leider mischte er sich selten in die manchmal etwas unglücklichen Entscheidungen seiner Gattin ein.

Ihre jüngste Schwester sagte: »Ein Prinz verliebt sich in Pamina, die Tochter der Königin der Nacht. Sie wird entführt. Der Vogelfänger Papageno – er trägt ein lustiges Federkostüm – hilft ihm, Tamina aus dem Palast des bösen Sarastro zu retten. Der ist eigentlich Priester und erkennt die wahre Liebe. Um sicher zu sein, lässt er die beiden richtig gemeine Prüfungen ablegen. Der Vogelfänger hilft und verliebt sich auch in ein Mädchen. Die Königin der Nacht singt sich die Seele aus dem Leib.« Sie kicherte. »Das ist der Teil, auf den ich mich besonders freue. Mozart hat die Rolle auf seine Schwägerin zugeschnitten, und niemand nach ihr konnte so singen wie sie.«

»Und wie geht es aus?« Caroline klang beeindruckt.

»Gut natürlich. Wie sonst?«

»Woher weißt du das alles?«

»Der Vogel hat es mir erzählt«, antwortete Anila selbstverständlich.

Die Countess hob fragend eine Augenbraue. Doch ehe sie diese sonderbare Antwort kommentieren konnte, hatte Tamira ihre Taschenuhr hervorgezogen. »Sollte es nicht um sieben Uhr beginnen?« Die meisten Gentlemen und Ladys flanierten noch vor den Logen. Aus den gleichen Gründen wie sie selbst, denn es gab hier draußen auch eine Menge zu sehen.

»Nach den Jongleuren, die haben gerade erst angefangen.« Caroline sah sich suchend um, als unter den Operngästen Unruhe entstand. Georgiana entdeckte die Ursache zuerst. »Sieh mal, da kommt Asherton. Sieht er nicht fabelhaft aus?«

»Lord Hayes aber auch«, fügte Henrietta hinzu.

Tamira gab ihr in Gedanken recht, sagte aber nichts, denn sie war vollauf damit beschäftigt, ihre Aufregung zu verbergen, und fürchtete, ein Zittern in der Stimme könnte sie verraten.

Lady Cairnforth hatte unterwegs erklärt, ihre Loge und die des Dukes lägen nicht weit entfernt voneinander. Nun sagte sie: »Ich habe mit Asherton vereinbart, dass Caroline und Tamira in seine Loge gehen, ihr drei bleibt bei mir.«

»Ist das denn schicklich?« Caroline war anzuhören, dass ihr das Arrangement nicht gefiel.

»Aber ja. Nahezu jeder im Theater kann euch sehen. Vergesst das nicht!« Die Countess sah sie streng an. »Ich weiß, dass du diesem prächtigen Pfau Strathlink schöne Augen machst. Dagegen ist nichts einzuwenden, solange du nicht glaubst, dass er dich heiraten wird.«

Tamira griff nach der Hand ihrer Schwester, um sie zu beruhigen. »Tante Amanda sagt das auch. Warum eigentlich nicht? Er muss doch rehabilitiert sein, sonst hätte er nach dem … Zwischenfall nicht zurückkehren können.«

»Das ist er. Aber Mr Strathlink eignet sich nicht als Ehemann, ob sein Vater nun Baron Bhraonaigh ist oder nicht.«

»Er ist der Sohn eines Barons?« Das hatte Tamira nicht gewusst.

»Natürlich ist er das, sonst würden wir gar nicht über dieses Thema sprechen.« Amanda sah Caroline durchdringend an. »Trotzdem. Schlag ihn dir aus dem Kopf, Mädchen! Wenn du Asherton nicht heiraten willst, finden wir einen sanften, freundlichen Mann für dich. Diese Saison oder in der nächsten. Sorg dich nicht.«

Das Gespräch noch im Ohr, begrüßte Tamira den Duke mit sittsam gesenktem Blick. Er entschuldigte sich für die Verspätung und sprach kurz mit Lady Cairnforth, die offenbar nichts dagegen einzuwenden hatte, dass sich Lord Hayes zu ihnen gesellte. Daraufhin bat Asherton Caroline und Tamira in seine von Kerzen beleuchtete Loge.

Sie zählte sechs Stühle. Notfalls hätte man auch zwei weitere hinzustellen können und zu acht Platz gefunden, aber es wäre recht eng geworden. Vielleicht hatte er nicht geglaubt, dass Anila mitkommen würde, überlegte sie.

»Miss Darlington-Devi?«

»Ja?« Sein erwartungsvoller Blick brachte sie in Verlegenheit.

»Champagner oder Limonade?«

Sie sollte sich für Limonade entscheiden, Champagner stieg ihr viel zu schnell zu Kopf. Aber wann würde sie schon mal wieder einen Opernabend mit allen Schwestern erleben?

»Champagner bitte«, sagte sie abenteuerlustig und setzte sich auf den Stuhl, den er ihr zurechtrückte.

Caroline nahm neben ihr Platz. »Sieh mal, da drüben ist Lady Fiona.« Sie hob die Hand zum Gruß. »Du lieber Himmel, der halbe Ton ist heute Abend hier.«

»Stimmt, da darf Susan Market doch nicht fehlen. Ach, sieh an, da drüben glitzert es verdächtig.«

»Wo? So weit oben!« Caroline klang erfreut.

Lord Hayes, der schräg hinter ihnen Platz genommen hatte, lachte leise. »Es heißt, mein lieber Nachbar sei sehr verärgert gewesen, als er erfahren musste, dass die exklusiven Logen bereits Jahre im Voraus reserviert sind.«

Tamira drehte sich zu ihm um. »Haben Sie Lord Wellsboroughs Ausstellung besucht?«

Lord Hayes schüttelte den Kopf. »Ich bin nicht gerade interessiert an … Brautschmuck. Wer hätte gedacht, dass er sich auf so ein romantisches Thema spezialisieren würde?«

Caroline drehte sich ebenfalls um. »Ja, wirklich. Wobei man es hätte ahnen können angesichts der Juwelen, die Susan trägt.«

Tamira räusperte sich. »Ich bitte um Verzeihung, falls es neidisch klingt. So ist es nicht gemeint, und sein Wohlstand sei ihm gegönnt. Aber keine verheiratete Frau trennt sich freiwillig von diesem Schmuck, und das ist es, was mich bedrückt.« Dabei dachte sie, dass es vielleicht diese geraubten Juwelen und ihre Geschichte gewesen waren, was sie damals bei ihrem Einbruch gespürt hatte, und nicht der Pakshee Baagh.

»Es ist allgemein bekannt, wie der Mann sein Vermögen gemacht hat. Kein appetitliches Thema. Aber wie sagen die Römer? Geld stinkt nicht.« Samuel zuckte mit den Schultern.

»Manchmal schon«, widersprach Asherton, der, gefolgt von einem Lakaien, die Loge betrat. Die Champagnerflasche steckte in einem silbernen Kühler, es gab Limonade und eine große Platte mit delikat aussehenden Kanapees.

»Decken Sie hier diesen Tisch«, wies er ihn an und ließ ein Trinkgeld in seine Hand gleiten. Der Duke zog seinen Stuhl ein Stück zurück, sodass er schräg hinter Tamira und Caroline sitzen würde, und bot ihnen beiden ein Glas an. »Sehen Sie, es hat bereits begonnen.«

Eine bunt gefiederte Gestalt stürmte auf die Bühne, sie trug einen Käfig in der Hand, in dem kleine Vögel flatterten. Tamira musste an den Vogel des Tigers denken. Diese Darstellung dort unten gefiel ihr überhaupt nicht, doch als der Mann zu singen begann, konnte sie sich dem Zauber seiner fröhlichen Melodie nicht entziehen.

Der Vogelfänger bin ich ja …

Die Geschichte entwickelte sich weiter, und schnell wurde es unübersichtlich. Tamira leerte ihr Glas und nahm sich ein Kanapee, an dem sie aufgeregt knabberte.

Die entführte Prinzessin konnte fliehen, wurde jedoch bald darauf wieder eingefangen. Schließlich verstand sie: Die Handlungen mochten nacheinander dargestellt sein, sie fanden aber zum Teil gleichzeitig statt. Wie sollte es auf einer Bühne auch anders gehen?

Die Stimmen waren vortrefflich, und sie hatte das Textbuch gelesen. Zugegeben, die Geschichte verlangte schon bei der Lektüre Konzentration, um den Irrungen und Wirrungen folgen zu können. Anilas Zusammenfassung war äußerst hilfreich gewesen. Wer sich in der Inszenierung Aufklärung erhoffte, wurde enttäuscht. Den italienischen Text verstand Tamira nicht, und obendrein waren augenscheinlich einige Szenen gestrichen worden, was es den meisten Zuschauern noch schwerer machen dürfte, der Handlung zu folgen. Entsprechend hoch war der Lärmpegel unten im Parkett.

Die Musik jedoch war tief berührend. Tamira ließ sich von den Klängen davontragen und hing, inspiriert von den Melodien, ihren eigenen Träumen nach.

Überrascht zuckte sie deshalb zusammen, als Asherton auf einmal sagte: »Ende des ersten Akts.«

»Dem Himmel sei Dank, mir ist ein Fuß eingeschlafen.« Lord Hayes stand auf, streckte sich und verbeugte sich vor Caroline. »Kennen Sie die Malereien in der Galerie?«

Die beiden verließen die Loge, und Asherton reichte Tamira die Hand, um ihr beim Aufstehen behilflich zu sein. Es schien ihm nicht entgangen zu sein, wie sehr die Musik sie in ihren

Bann gezogen hatte. Gemeinsam blieben sie neben der geöffneten Tür stehen.

Er räusperte sich. »Das Picknick hat ein unerwartetes Ende genommen, meinen Sie nicht auch?«

»Ich war spazieren«, sagte sie vage und sah ihn prüfend an. Seine Miene verriet ihr nicht, was sie so dringend wissen wollte.

»Ich sah, wie Sie den Weg oberhalb des Sees entlanggingen.«

»Ach, ja?« Tamira spürte, wie sich ihre Wangen erwärmten. Konnte es möglich sein, dass sie den Kuss gar nicht geträumt hatte?

»Wer hätte gedacht, dass das Wetter so schnell umschlagen würde.« Er rührte sich nicht vom Fleck, sein Blick war auf ihren Mund geheftet.

Gleich wird er sehen, dass meine Unterlippe zittert, dachte sie.

»Asherton, ich …«

Nein, sie konnte ihm unmöglich sagen, was sie fühlte. Dass sie gerade nichts lieber getan hätte, als ihn zu küssen. Was ohnehin indiskutabel war, halb London sah ihnen wahrscheinlich gerade zu. Außerdem war gar nicht klar, ob sie sich überhaupt geküsst hatten oder ob die Fantasie mit ihr durchgegangen war.

Sie schienen sich immer näher zu kommen, Tamira glaubte bereits, die Wärme seines Körpers zu spüren, als ein Sektkorken knallte und Gelächter aufbrandete.

Die beunruhigende Anziehungskraft entließ sie aus ihren Fesseln, und Asherton lehnte am Türrahmen, als wäre nichts gewesen.

Um irgendetwas zu sagen, bedankte sie sich für die Einladung. »Die Musik ist bezaubernd, auch wenn ich der Handlung nicht ganz zu folgen vermag.«

»Es ist ziemlich verwirrend, selbst beim zweiten Besuch. Ich kenne die Oper aus Wien, da konnte ich zumindest die Texte besser verstehen«, fügte er erklärend hinzu.

»Sie sprechen Deutsch?«

»Es ist die Sprache meiner Mutter. Sie stammt aus dem Haus Braunschweig-Wolfenbüttel.«

»Dann sind Sie tatsächlich mit dem König verwandt?«

Ein ironisches Lächeln erschien in seinen Mundwinkeln. »Meine Verwandtschaftsverhältnisse sind ähnlich kompliziert wie die Handlung der *Zauberflöte*. Die Liebe allerdings kommt, anders als in Mozarts Singspiel, nicht darin vor.«

Fiona sah in die Loge herein und enthob sie einer höflichen Antwort. »Entschuldigt das Eindringen, Euer Gnaden. Darf ich Euch meine Freundin kurz entführen?«

Asherton verbeugte sich, und Tamira folgte ihr hinaus.

»Ich habe dich drüben in eurer Loge gesehen. Was machst du hier?«

»Dich retten.«

»Wie?«

»Tamira! Du kannst nicht so lange mit dem Duke allein sein, ohne dass es Gerede gibt.«

»Wir haben uns nur unterhalten«, entgegnete sie bestürzt.

»Eben. Ihr habt euch unterhalten, aber alle Welt erwartet, dass er demnächst deiner Schwester einen Antrag macht, und die spaziert mit Lord Hayes und Papageno herum.«

»Papageno?«, fragte Tamira, doch dann begriff sie und bekam einen Lachanfall. »Du meinst …«

»Pscht! Ja. Strathlink trägt heute Indischrot mit einer curryfarbenen Weste. Aber weißt du, was das Verrückteste ist? Er wird von einem jungen Gentleman begleitet, der die gleichen Farben trägt, nur umgekehrt, und seine Beinkleider …« Sie kicherte.

»Lieber Himmel! Ich fürchte, bereits die Erwähnung der *Unaussprechlichen* ist ein Ausschlusskriterium für den Zutritt zum himmlischen Frieden.«

»Was man so hört, hat er eine Hoffnung aufs Paradies ohnehin längst verwirkt.« Fiona hakte sich bei ihr unter. »Aber über Carolines Duke kursieren auch Gerüchte.«

»Ach ja?« Tamira gab sich blasiert.

»Er wurde mit der Griglietti gesehen, und man weiß ja, was es bedeutet, wenn sich ein Gentleman mit Sängerinnen trifft.«

»Nun, solange er ungebunden ist, kann ich nichts Verwerfliches an einem solchen Arrangement erkennen«, entgegnete sie mit klopfendem Herzen. Vermutlich hätte sie damit rechnen müssen, aber es versetzte ihr doch einen Stich, dass Asherton eine Geliebte hatte.

»Ich bin froh, dass du es so locker siehst. Caroline würde ich es aber lieber nicht erzählen. Sie ist sowieso nicht glücklich über sein Interesse, und wenn er um sie anhalten sollte, wird euer Onkel kaum ablehnen.« Fiona winkte ihrer Gesellschafterin zu. »Ich fürchte, es geht weiter. Sehen wir uns nachher beim Ball der Featheringtons?«

»Tut mir leid, hast du es noch nicht gehört? Marys Großmutter ist gestorben. Meine Tante und ihre Familie sind nach Northumberland abgereist.«

»Ach du Schreck! Das war's dann wohl für Marys Saison.«

»Ich hoffe, nicht. Tante Amanda hat sicher nicht so viel in ihre Garderobe investiert, um sie jetzt im Haus zu verstecken. Wie sieht's denn bei dir aus?«

Fionas Lächeln verschwand. »Vater hat zwei Bewerber abgewiesen.«

»Wen denn?«

»Zuerst Lord Bellbury. Ich mag ihn gern, er bringt mich zum Lachen, aber heiraten würde ich ihn nicht wollen, er …« Sie errötete leicht. »Es heißt, er sei zu *liebreizend*, um einen untadeligen Ehemann abzugeben. Der Zweite war Richard Dunbridge, Viscount Briseham.«

»Ashertons Studienfreund, tatsächlich? Ich hätte gedacht, er wäre eine angemessene Partie. Nett ist er jedenfalls, und er sieht recht schneidig aus.«

»Ich habe mich auch gewundert. Aber Vater wird seine Gründe haben. Traurig bin ich nicht.« Sie zuckte mit den Schultern.

Sie wusste, dass sich ihre junge Freundin wenig Illusionen über ihre Zukunft machte. Fiona sagte zum Thema Heiraten das Gleiche wie Patentante Bernadette: In der Ehe ging es um Bündnisse, nicht um Liebe. Doch wie die meisten Mädchen träumte sie insgeheim trotzdem davon, den Mann ihrer Träume zu finden. Tamira hätte sie gern in den Arm genommen. »Besuch uns doch in den nächsten Tagen, dann können wir Ränke schmieden.«

Freundinnen, dachte sie für sich, *gehören doch zu den wichtigen Besucherinnen und Besuchern, die ihre Tante erlaubt hatte.*

»Gern.« Fiona drückte rasch ihre Hand und eilte der Gesellschafterin entgegen.

Als sie alle wieder Platz genommen hatten, mahnten auf der Bühne bereits zwei Priester mit den Worten »Bewahret euch vor Weibertücken …« vor dem gefährlichen Einfluss von Frauen auf die Männerwelt. Tamira legte sittsam die Hände in den Schoß und lehnte sich zurück – das konnte ja noch heiter werden. Obwohl es weiterhin unruhig im Theater war, erlag der Großteil des Publikums in kurzer Zeit dem Charme des eindrucksvollen Koloratursoprans. Auch Tamira ließ sich erneut verzaubern. Jedoch fand sie es beunruhigend, dass die

Königin der Nacht auffällig häufig in ihre Richtung sah. Wenn diese Person schon von jemandem ausgehalten wurde, sollte sie sich dann nicht dezenter verhalten?

Ein prüfender Blick zu Asherton verriet ihr mehr, als sie wissen wollte. Der Duke war eindeutig verärgert über die mangelnde Diskretion seiner Geliebten.

22. KAPITEL

Tamira schlief unruhig und konnte sich nur mit Mühe aus einem Albtraum schälen, als Yalda mit einem fröhlichen »Guten Morgen« eine Vase voller bunter Blumen auf den Tisch stellte und die Vorhänge aufzog.

»Der Strauß ist für Sie abgegeben worden«, sagte die Zofe mit einem geheimnisvollen Lächeln.

Lord Abbotsleighs Gärtner hatte Anila und ihr erzählt, dass Ranunkeln den lateinischen Namen *Ranunculus asiaticus* trügen und von Carl von Linné dokumentiert worden seien. Ihre naturbegeisterte Schwester schien den Forscher sehr zu schätzen, deshalb verschwieg Tamira, dass sie noch nie etwas von dem Mann gehört hatte. Die Pflanze stamme aus dem Vorderen Orient, erzählte er, und ihre Wurzeln seien unter der Erde miteinander verbunden. »Sie halten so fest zusammen wie Geschwister, die einander in Liebe zugetan sind«, hatte er es unerwartet poetisch beschrieben. »Die ungewöhnlich geformte Blüte steht für Charme und heitere Anmut.«

Tamira dachte fortan an ihre Schwestern und bekam gute Laune, wenn sie die bunten, kugeligen Blumen betrachtete.

»Danke, Yalda. Ist es schon spät?«, fragte sie und blinzelte ins Sonnenlicht.

»Die Mädchen sind gerade zum Frühstück gegangen. Sie sehen blass aus, wenn ich das sagen darf.«

Sie fühlte sich zwar besser, und ihre Stimme war zurückgekehrt, aber ganz auf der Höhe war sie nicht. Zugeben würde sie das jedoch auf keinen Fall, denn ihre Kammerzofe konnte nicht vergessen, dass sie früher als Ayah, als Kinderfrau, für die Darlington-Mädchen gearbeitet hatte. Sie behandelte jeden Schnupfen wie eine lebensbedrohliche Katastrophe. Zugegeben, die Halsschmerzen waren entsetzlich unangenehm gewesen, und ihr Körper hatte drei Tage regelrecht geglüht, während sie gleichzeitig unter der dicken Bettdecke vor Kälte gezittert hatte.

»Mir geht es viel besser«, sagte sie nachdrücklich und seufzte erleichtert, als das Klopfen an der Tür sie einer ausführlicheren Antwort enthob.

Yalda öffnete und nahm dem Zimmermädchen ein voll beladenes Tablett ab. Danach deckte sie den Tisch, und Tamira widmete sich der Morgentoilette. Nachlässig streifte sie anschließend den Hausmantel über, wickelte sich in einen Schal und schnupperte am Frühstück, das Yalda ihr zubereitet hatte. »Danke, das duftet köstlich.«

Anfangs hatte es Schwierigkeiten mit der Köchin gegeben, die es ablehnte, eine Kammerzofe in ihrem Reich kochen zu lassen. Doch am Ende war es der Butler, der entschied, Yalda dürfe der kranken Tamira heilende Speisen zubereiten. Und so kam sie seit einigen Tagen morgens in den Genuss köstlicher Gerichte, die beinahe genauso schmeckten wie in ihrer Kindheit. Heute hatte sie ihr ein Frühstück aus hart gekochten Eiern mit Currysauce und *Chapatis* gezaubert. Tamira benutzte die dünnen Brotfladen als Ersatz fürs Besteck.

Entschuldige, Mama! Ihre Mutter hatte auf britischen Tischmanieren bestanden und sie dafür getadelt, aber hinter ihrem Rücken aßen die Mädchen gern auf traditionelle Weise. Der Gedanke, dass sie die liebevollen Ermahnungen nie wieder würde hören können, trieb ihr die Tränen in die Augen, und sie beugte sich tief über den Teller. »Woher bekommst du nur die Zutaten?«, fragte sie, um sich nicht zu verraten.

»Ich habe so meine Mittel und Wege.« Die Kammerzofe reichte ihr ein Glas, in dem sich zweifellos der äußerst hilfreiche Weidenrindensud befand, den sie täglich zu sich nahm.

»Die Blumen sind wieder wunderhübsch.« Sie stürzte die Medizin hinunter, den Blick fest auf den bunten Strauß gerichtet.

»Die Gentlemen geben Visitenkarten ab und erkundigen sich nach Ihrem Befinden, Miss. Aber Ihr Duke schickt mit Abstand die schönsten Blumen«, sagte Yalda, und es war nicht zu überhören, dass Asherton ihr Favorit war.

»Er ist nicht *mein* Duke, und Caroline bekommt ebenso entzückende Sträuße von ihm.«

»Natürlich, wie Sie meinen.«

Tamira verdrehte die Augen und faltete die *Morning Post* auseinander, während ihre Kammerzofe im Hintergrund geräuschlos für Ordnung sorgte. Die Zeitung hatte der Butler ihren Schwestern freundlicherweise vorenthalten, aber dennoch pflichtbewusst gebügelt.

Aufgeregt überflog sie die wenigen Seiten und strahlte. Der Beitrag, in dem sie sich als Gentleman mit einer Leidenschaft für außergewöhnliche Singvogel-Spieluhren ausgab, war tatsächlich erschienen. Wer ein Angebot zu unterbreiten hätte, hieß es darin, möge eine Nachricht an die Redaktion senden.

Natürlich war sie nicht selbst im Büro am The Strand 335 gewesen. In dieser Straße, die im Osten in die Fleet Street mündete, hatten sich mehrere Zeitungen niedergelassen. Tamira wartete vor der Kirche St. Mary Le Strand und hatte dabei alle Hände voll zu tun, die äußerst ausgeruhten Braunen ihres Onkels zu zügeln.

Lord Abbotsleigh wäre sowieso schon ärgerlich, würde er jemals davon erfahren, dass sie sein Curricle ausgeliehen hatte. Doch wenn ihr die Pferde durchgegangen wären und sich womöglich verletzt hätten, hätte sie sich das selbst niemals verziehen. Überhaupt war dieser Ausflug nur möglich gewesen, weil Abbotsleighs Kutscher mit der Familie hatte abreisen und dem Stallburschen Ian die Verantwortung für die zurückgebliebenen Pferde überlassen müssen. Den Groom für ihre Pläne einzuspannen, war die größte Aufgabe gewesen. Der junge Mann ging gewissenhaft mit den ihm anvertrauten Tieren um, und auf den gemeinsamen Ausritten hatte er sich ein Bild von Tamiras Qualitäten als Reiterin machen können. Dennoch hatte sie ihre Fahrkünste in den frühen Morgenstunden im Park unter Beweis stellen müssen, bevor er einwilligte, ihr zu helfen.

Er lobte sie für ihre umsichtige Fahrweise. Den Verkehr auf den Straßen Londons dürfe sie nicht unterschätzen. Und er hatte nicht übertrieben. Es war schwierig, den Wagen sicher durch das Gedränge von Karren, Droschken und schnellen Gigs zu steuern, ohne dabei jemanden zu überfahren. Doch Tamira liebte es, sich solchen Aufgaben zu stellen. Allerdings war sie damit nicht so weit gegangen, ihren Brief sowie die Bezahlung für die als journalistischen Beitrag getarnte Anzeige persönlich in der Redaktion abzugeben. Das hatte Ian für sie erledigt und die Bestätigung mitgebracht, dass der Artikel gedruckt werden würde. Dabei war es bestimmt hilfreich gewesen, dass sie ihr Anschreiben ganz zufällig auf Abbotsleighs Briefpapier verfasst, aber keine Namen erwähnt hatte.

Ihre Schwestern waren von der Idee begeistert, obwohl Georgiana zu bedenken gegeben hatte, dass es in London viele Zeitungen gab. Sie hatten sich schließlich für das Blatt entschieden, das von den meisten Adligen gelesen wurde. Wenn es damit nicht klappen sollte, würden sie es in einer Zeitschrift wie *Ackermann's Repository* versuchen, die von kulturinteressierten Ladys gekauft wurden. Frauen, dachte Tamira, sahen oft mehr, als die männlichen Haushaltsmitglieder ahnten. Bei der weiteren Lektüre verfinsterte sich ihre Laune allerdings. In der Klatschspalte las sie:

Duke A., der in letzter Zeit regelmäßig in Gesellschaft der charmanten Schwestern mit dem lieblichen Namen gesehen wurde, scheint bedacht, seinen früheren Ruf zu verteidigen, und vertreibt sich die Zeit mit einer raffinierten Königin der Nacht. Wir fragen uns: Hat er seine Heiratspläne aufgegeben?

»Raffiniert?« Tamira schnaufte empört und bekam prompt einen Hustenanfall. Weniger originell, als sich diese Person in der Oper verhalten hatte, konnte man die Aufmerksamkeit eines Gentlemans doch gar nicht erregen. Die halbe Londoner Gesellschaft musste das mitbekommen haben, und es lag auf der Hand, weshalb Asherton alles andere als amüsiert über die peinlichen Avancen gewesen war. Er vergnügte sich zwar allem Anschein nach mit der Sopranistin, aber Caroline hätte natürlich nichts davon erfahren sollen.

Je länger Tamira darüber nachdachte, desto ärgerlicher wurde sie. Hatte ihre Schwester gut daran getan, ihn in seinem Werben nicht zu ermutigen? Oder lag es an dem zweifellos angenehmen Gesicht von Edward Strathlink? Tamira verstand nicht, weshalb ihre Patin der Meinung war, dass Carolines Verehrer keine ernsthaften Absichten hegte. Auf sie wirkte er äußerst sympathisch und aufrichtig. Gut, er war der Mode verfallen und vielleicht auch nicht überaus gescheit, doch er stammte aus einer angesehenen Familie. Ganz gleich, was Lady Cairnforth und Tante Amanda sagen mochten, mit Ausnahme des unglücklichen Duells und seines Hangs zu farbenfroher Garderobe wurde nichts Schlechtes über ihn erzählt.

Allerdings gab es weitere geeignete Kandidaten in ihrem Bekanntenkreis. Lord Hayes beispielsweise. Er mochte sich noch nicht verheiraten wollen, aber seine Mutter war anderer Meinung, hatte Anbelle erzählt und ergänzt: »Mama bekommt meistens, was sie will.« Sie hatte jedoch auch gesagt, dass er sie nur auf ihr Drängen hin zu all den Veranstaltungen begleitete. Die entfernte Cousine, deren Aufgabe dies eigentlich gewesen wäre, litt unter einem unappetitlichen Dauerschnupfen.

Viscount Briseham, ein weiterer Freund des Dukes, hatte sich zurückgezogen, als ihm klar geworden war, dass Caroline keine überaus große Mitgift bekommen würde. Womöglich war sein Erbe nicht so erfreulich ausgefallen, wie alle Welt anzunehmen schien. Das würde erklären, weshalb Fionas Vater ihm nicht gestattete, um sie zu werben. Es hieß, Lady Fiona Gordon wäre dank der Zuwendung einer Urgroßtante außerordentlich wohlhabend, und bestimmt bekäme sie auch vom Marquis eine angemessene Mitgift. Sie selbst sprach nicht darüber.

Ein weiterer Besucher war Baron Wellsborough. Für Carolines Geld interessierte er sich vermutlich nicht, denn allein seine Schmucksammlung musste ein Vermögen wert sein. Doch manche Menschen bekamen ja nie genug. Wahrscheinlicher schien Tamira jedoch das Gerücht, dass er unbedingt einen rechtmäßigen Erben wollte und eine junge Frau, die ihm keine Scherereien machte.

Eine Zuchtstute, dachte Tamira abfällig und tunkte ein großes Stück Brot in die scharfe Sauce, bevor sie es sich in den Mund steckte. Die Geschmacksexplosion weckte Erinnerungen an ihr Zuhause in glücklicheren Zeiten und trieb ihr erneut Tränen in die Augen.

Acht Tage später hatte sie die Halsentzündung vollständig

überwunden. Dem Krankenlager entkommen, hätte sie frohgemut sein müssen, und doch war ihre Laune nicht die beste. Tante Amanda hatte eine Nachricht gesendet, dass die Familie morgen zurück sein würde. Selbst wenn doch noch jemand auf Tamiras Anzeige in der *Morning Post* reagierte, wäre es nun viel schwieriger, ein Treffen zu arrangieren. Die Kammerzofe ihrer Tante würde ihre Nase in Angelegenheiten stecken, die sie nichts angingen, und Lady Abbotsleigh hatte in ihrem Brief angekündigt, das gesellschaftliche Leben wieder aufnehmen zu wollen.

Als sie nun also genesen, aber voller Bedauern, dass ihre Freiheit ohne die strenge Aufsicht ihrer Tante bald ein Ende nehmen würde, mit ihren Schwestern im Drawing Room zusammensaß und Caroline lauschte, die sich an Beethovens Sonate Nr. 25 in G-Dur versuchte, hob sich Tamiras Laune. Wie konnte man auch bei dieser zauberhaften Musik missmutig bleiben?

Sie dachte an die Oper und was sie empfunden hatte, als Asherton sich vorgebeugt und ihr Anmerkungen zur Aufführung zugeraunt hatte. Ob es richtig war oder nicht, sie musste sich eingestehen, ihn einen ganzen Abend in ihrer Nähe zu wissen, hatte ihr ausgezeichnet gefallen. In Erinnerungen versunken, genoss sie die Melodien, bis ein Hausmädchen hereinkam und ihr einen Brief überreichte. Mit galoppierendem Herzen sprang sie auf, ignorierte die Blicke der Schwestern und eilte hinaus.

23. KAPITEL

Julian lehnte sich zurück und streckte die Beine aus. »Sie ist also wieder gesund, sagst du?«

»Anbelle meint zwar, sie sähe noch ziemlich bleich aus, aber ein heller Teint ist ja etwas, das alle Damen anstreben.«

»Ohne Frage, wobei wohl niemand die ungesunde Blässe schätzt, die mit einem gefährlichen Leiden einhergeht.« Er war außer sich vor Sorge gewesen, als er von ihrer Erkrankung gehört hatte, und froh, dass der Haushalt des Earl of Abbotsleigh in der Abwesenheit seiner Lordschaft so besonnen reagiert hatte. Sicherlich hatte auch die Countess of Cairnforth, Tamiras Patin, ein Auge darauf gehabt. Jedenfalls war ihm vom Butler mitgeteilt worden, dass für die Dauer der Erkrankung kein Besuch erwünscht sei.

»Meine Schwester wird heute Nachmittag zu den Darlingtons fahren …«, sagte Samuel und unterbrach damit seine Gedanken.

»Das werde ich auch.« Die Vorfreude beschleunigte Julians Puls.

»So? Ich denke, ich sollte Anbelle begleiten.«

»Welche ist es?«

Samuel runzelte die Stirn. »Wie meinst du das?«

»Mein Lieber, du bist nicht dafür bekannt, regelmäßig Morgenbesuche bei Debütantinnen zu machen. Ich möchte beinahe behaupten, das hast du bis vor Kurzem überhaupt nicht getan.«

»Bisher musste ich meine Schwester auch nicht vor schleimigen Mitgiftjägern beschützen«, sagte Samuel kühl und stand auf.

Er lachte. »Das ist ein Argument.«

Sie verabschiedeten sich, und Samuel war schon fast aus der Tür, als Julian ihm nachrief: »Es ist die Malerin, habe ich recht?«

Der Freund schloss die Tür hinter sich, ohne ihm eine Antwort zu geben.

Nachdenklich schenkte er sich frischen Tee ein. Er hatte Samuel nur aufziehen wollen und nicht mit dieser Reaktion gerechnet. Dessen Liebesleben beschränkte sich nicht nur auf ein Geschlecht, und damit war er wahrlich nicht allein. Aber er wusste, was sich die Familie von ihm wünschte. Sein älterer Bruder hatte zwar einen Sohn, doch die Geburt war schwer gewesen, und es galt als unwahrscheinlich, dass noch weitere Kinder zu erwarten waren, hatte ihm Samuel anvertraut. Deshalb würde er eines Tages wohl doch heiraten, wie die meisten anderen seiner Freunde auch.

Warum dann nicht eine der Darlingtons? Die Zwillinge bekamen angeblich nur eine kleine Mitgift, aber sie waren aufgeweckt, unterhaltsam und leidenschaftlich. Genau wie Samuel, und obendrein war er nicht nur wohlhabend, sondern auch ein anständiger Kerl.

Julians Gedanken wanderten zurück zu seiner Reise nach Surrey, zu der ihn sein Freund während Tamiras Erkrankung mit den Worten gedrängt hatte: »Du kannst sowieso nichts machen. Deine Miss Darlington hat nur ein bisschen Halsschmerzen, sagt meine Schwester.« Er lachte. »Ich sehe dir an, dass du gern an ihr Krankenbett eilen würdest. Aber da mach dir lieber keine Hoffnung.«

»Sprich nicht so über sie«, knurrte Julian und sah seinen Freund ärgerlich an.

»Komm schon. Sei kein Spielverderber. Die Zeit, bis du sie wieder sehen kannst, vergeht in Brocking House wie nichts.« Er grinste und schlug ihm auf die Schulter. »Noch bist du nicht verheiratet, und unser alter Freund weiß, wie man Feste feiert, oder hast du das vergessen?«

Das hatte er nicht, was ein Grund dafür war, dass er keine Lust verspürte, an der Landpartie teilzunehmen.

Schließlich aber fuhr er doch nach Surrey.

Es wurde eine lange Woche. Das Landhaus war reichlich heruntergekommen, und es gab wenig Personal. Brockham schien das nicht zu stören, er hatte Dirnen aus London eingeladen, und nachdem jemand Fässer mit eindeutig geschmuggeltem Brandy im Keller entdeckt hatte, war aus der Geselligkeit eine Orgie geworden, an der sich Julian nicht beteiligen mochte. Entgegen seinem, wie er fand, unberechtigten Ruf als herzloser Verführer war er immer darauf bedacht gewesen, sich nicht mit der *Franzosenkrankheit* anzustecken, unter der so viele litten. Hätte er nicht geplant, im Anschluss das Epsom Derby zu besuchen, wäre er vorzeitig nach London zurückgekehrt. Auch der Boxkampf, den sie gemeinsam besuchten, trug nicht dazu bei, seine Stimmung zu heben. Die Männer hielten sich an keine Regeln, und nach der vierten Runde artete der Hauptkampf in eine Schlägerei aus, die obendrein noch auf das Publikum übergriff, als einer von Brockhams Gästen sich übervorteilt fühlte und den Trainer des Betrugs beschuldigte. Die Prügelei endete erst, als jemand in die Luft schoss, um für Ruhe zu sorgen. Da waren Samuel und er aber schon aufgebrochen. An der zweiten Attraktion des Nachmittags, einem Hahnenkampf, hatten sie anschließend kein Interesse mehr gehabt.

Einzig der Besuch in einer winzigen Buchhandlung in Dorking würde ihm in positiver Erinnerung bleiben, denn dort entdeckte er eine Erstausgabe des Romans *Camilla*. Spontan erwarb er die drei Bände, um sie Tamira zu schenken. Noch immer hatte er ihr trauriges Gesicht vor Augen, als sie ihm erzählt hatte, wie sehr sie es bedauerte, all ihre Bücher verloren zu haben.

Der Buchhändler verriet Julian, die Schriftstellerin Frances Burney habe einige Jahre im nahe gelegenen Markham gelebt und später einen General geheiratet, der sich vor dem *Terreur*, dem Schrecken der Revolution, nach Großbritannien hatte retten können.

Er selbst konnte der Lektüre nicht widerstehen, und sie machte ihm den Aufenthalt angenehmer. Die Autorin erzählte abwechslungsreich und verstand es, gesellschaftliche und moralische Fragen humorvoll zu behandeln und Generationskonflikte zu beleuchten, ohne ihre Leserschaft zu langweilen. Tamira würde das Buch lieben, davon war er überzeugt.

Doch als am verregneten Dienstagvormittag zwei junge Dandys volltrunken Fechtübungen in der Halle machten und im Rausch beinahe ein Hausmädchen erstachen, wurde es sogar Samuel zu viel. Sie packten ihre Sachen zusammen und fuhren vorzeitig nach Epsom, was ihnen immerhin eine saubere Unterkunft in einem gepflegten Gasthof bescherte, dessen Wirtin obendrein exzellent kochte. Am Morgen des Rennens trafen sie auf Briseham. Der Viscount war nie ein großer Spieler gewesen, doch inzwischen schien er seine Gewohnheiten geändert zu haben. Er setzte hohe Summen, jedoch mit mäßigem Erfolg.

Für Julian verlief der Derby-Donnerstag dagegen äußerst erfreulich. Seine *Windfarbenen* erregten die erhoffte Aufmerksamkeit, und nicht wenige Gentlemen zeigten sich an seiner Zucht interessiert. Obendrein hatte er beim Rennen auf das richtige Pferd gesetzt.

24. KAPITEL

Nun also war Miss Tamira Darlington-Devi seit einigen Tagen genesen. Ursprünglich hatte Julian nach dem Gespräch mit Samuel geplant, sich bis zu einer schicklichen Besuchszeit mit liegen gebliebener Korrespondenz zu befassen. Doch dann entschied er sich, trotz des drückenden Wetters, in die St. James's Street zu fahren. Dort kannte er eine ausgezeichnete Buchbinderei, die er gern mit anspruchsvollen Aufträgen betraute. Sein kleines Geschenk an Tamira hatte es verdient, ansprechend präsentiert zu werden. Vor ihm betrat ein anderer Kunde den Laden, und während er darauf wartete, bedient zu werden, betrachtete er die gerahmten Zeichnungen, die an einer Wand hingen und zum Verkauf angeboten wurden. Eine fiel ihm ins Auge. Sie zeigte einen prächtigen Tiger, der durch den Dschungel streifte. Über ihm flatterten winzige Vögel.

Sofort fühlte er sich an ihre Begegnung im Park erinnert, nach der er geglaubt hatte, sie geküsst zu haben. Doch ganz offensichtlich hatte sich diese höchst erotische Begebenheit nur in seiner Fantasie abgespielt. Was nicht weiter erstaunlich war, denn er träumte fast jede Nacht von ihr. Inzwischen machte er sich nichts mehr vor – sie war die geheimnisvolle Amazone seiner lüsternen Träume, sie war die betörende Schönheit im Sari.

Julian hatte sogar gespürt, dass sie krank war, bevor ihn die

Nachricht aus der Hill Street erreicht hatte. Seither hatten sich seine nächtlichen Fantasien verändert. Er wollte sie nicht küssen, sondern trösten, ihre fiebrige Stirn kühlen und ihr die Hand halten. Und immer lauerte dieser verteufelte Tiger im Hintergrund, ohne dass er verstand, was die Raubkatze, die sich ganz offensichtlich als ihr Beschützer empfand, von ihm wollte. Er schüttelt den Kopf. Das war doch Unsinn. Die Enthaltsamkeit, die er sich seit Beginn der Saison auferlegt hatte, schien ihm die Sinne zu vernebeln.

»Euer Gnaden?«

Die Stimme der Buchbinderin riss ihn aus seinen Gedanken. Er reichte ihr die drei Bände und erläuterte seine Wünsche.

Aufs Ankleiden verwandte er später mehr Zeit als üblich und brachte den Kammerdiener damit an die Grenzen seiner Geduld.

»Euer Gnaden, diese Weste passt perfekt zum nachtblauen Rock von *Stultz*. Dafür wurde sie angefertigt«, sagte er beleidigt, als Julian missbilligend sein Spiegelbild betrachtete.

»Sie haben recht, aber das Halstuch …«

»Sitzt ausgezeichnet. Was habt Ihr vor? Der jungen Lady einen Heiratsantrag machen?«

»Sie vergessen sich, MacAlister.«

Wortlos reichte der Kammerdiener ihm die Handschuhe und seinen taubenblauen Kastorhut. Wenig später war er auf dem Weg in die Hill Street und fühlte sich dabei äußerst merkwürdig. Etwas Ähnliches hatte Julian seit Jahren nicht mehr verspürt. Das sanfte Flattern war unbestritten ein Zeichen dafür, dass er sich auf das bevorstehende Wiedersehen mit den Darlingtons freute.

Nahezu gleichzeitig mit ihm erreichte Edward Strathlink

die Hill Street 32. Die Kunde, dass die Ladys wieder Besuch empfingen, hatte offensichtlich schnell die Runde gemacht. Kühl nickten sie sich zu, wohl wissend, dass man sie gemeinhin für Konkurrenten hielt. Doch Julian fiel es nicht schwer, dem Jüngeren den Vortritt zu lassen. Sein Interesse, und da machte er sich nichts vor, galt längst nicht mehr der zweifellos zauberhaften jungen Debütantin Caroline.

Sie gaben ihre Karte ab und warteten, bis ein Lakai erschien, um sie die Treppe hinauf zum Drawing Room zu führen. Seite an Seite betraten sie den Salon, und Julian blieb kurz stehen, um die häusliche Szene in sich aufzunehmen. Henrietta und die Jüngste standen über einen Zeichenblock gebeugt am Fenster, von ihrer Zwillingsschwester war nichts zu sehen. Miss Caroline saß am Pianoforte. Sie unterbrach das Spiel, schrieb etwas in die Noten und sah kurz auf, um ihnen zuzunicken. Tamira war nicht anwesend. Die Enttäuschung fühlte sich wie ein Schlag in den Magen an.

Henrietta legte den Stift beiseite und durchquerte den Salon mit einem einladenden Lächeln auf den Lippen. »Euer Gnaden! Wie schön, Euch zu sehen.« Sie knickste. »Lord Strathlink, herzlich willkommen.«

Selbstbewusst bot sie ihnen einen Platz an und winkte das Hausmädchen herbei, das mit einem voll beladenen Teetablett den Raum betrat. »Tamira wird gewiss gleich kommen«, sagte sie und bereitete den Tee zu.

Eine Weile beobachtete Julian sie dabei, dann blickte er sich um und sah, wie sich Strathlink über die Noten am Klavier beugte, als verstünde er etwas davon. Vielleicht tat er das sogar, seine Mutter war zu ihrer Zeit eine talentierte Pianistin gewesen, erzählte man sich.

Er nahm die Teetasse entgegen, trank einen Schluck und überlegte, was er Freundliches sagen sollte, als die Tür aufflog und Georgiana hereinstürmte. Sie war zum Ausgehen gekleidet, trug ihren Hut aber in der Hand.

»Tamira hat jemanden gefunden, der den …« Sie verstummte und starrte ihn für einen kurzen Augenblick ausdruckslos an. »Verflixt! Hallo, Euer Gnaden, wie nett, Euch zu sehen.«

Er stellte die Tasse beiseite. »Was hat Ihre Schwester gefunden?«

Georgiana warf ihrer Zwillingsschwester einen hilfesuchenden Blick zu, und als die nicht reagierte, sagte sie: »Es scheint, als böte jemand den … Ihr wisst schon, zum Kauf an.«

Julian kannte die Darlingtons inzwischen gut genug, um zu erkennen, dass es damit mehr auf sich hatte. »Sagen Sie mir, liebe Miss Georgiana, plant Ihre Schwester, den Mann zu treffen?«

Georgiana presste die Lippen zusammen und wich seinem Blick aus. Nur zu genau erinnerte sich Julian noch an ihre nächtlichen Eskapaden in Wellsbouroughs Garten. Am liebsten hätte er sie geschüttelt, aber er bemühte sich, besonnen zu bleiben. »Tamira darf dieser Spur auf keinen Fall allein folgen. Das ist viel zu gefährlich.«

Caroline stand auf, strich ihren Rock glatt und sagte: »Vor einigen Tagen ist ein Artikel in der *Morning Post* erschienen, in dem ein Sammler ungewöhnlicher Spieluhren vorgestellt wurde.«

»Zeigen Sie uns den Beitrag?«, fragte Strathlink freundlich und Julian bewunderte den Mann für seine schnelle Kombinationsgabe.

Die Schwestern sahen sich an, und schließlich war es Henrietta, die ein knittriges Blatt aus einer verborgenen Tasche in ihrem Kleid zog, das sie Julian zögerlich reichte.

Er überflog den Artikel und musste insgeheim schmunzeln, denn er war elegant formuliert. Nichts ließ erkennen, dass eine Frau dahintersteckte.

»Wir haben nicht mehr mit einer Reaktion gerechnet«, entgegnete Caroline leise.

Er wandte sich an Georgiana. »Und heute hat sie eine Nachricht erhalten? Was stand darin?«

Die junge Frau presste die Lippen zusammen.

»Asherton hat recht«, sagte Strathlink sanft. »Sie müssen uns alles erzählen! Wenn Ihre Schwester etwas Unüberlegtes getan haben sollte, könnte sie in großer Gefahr sein.«

»Georgiana, bitte! Was habt ihr beiden ausgeheckt? Du willst doch nicht, dass ihr etwas zustößt«, mahnte Henrietta.

»Also meinetwegen. Der Mann hat geschrieben, er sei nur heute in der Stadt. Deshalb hat sie sich gleich umgezogen …« Sie warf ihm einen schnellen Blick zu.

Julian verstand sofort, dass sie Männerkleidung meinte, wie Tamira sie bei ihrem Einbruch in Wellsboroughs Haus getragen hatte.

»Und warum sind Sie nicht bei ihr?«

»Das wollte sie nicht.« Georgiana klang beleidigt.

Das Mädchen war mutig und bereit, alles für ihre Schwestern zu tun, rief er sich in Erinnerung und fragte weniger scharf als geplant: »Wohin ist sie gefahren?«

»Es klang sehr reizvoll, warten Sie – irgendwas mit Primrose? Der Treffpunkt sei ein französischer Pavillon, hat sie gesagt.«

»Ich weiß, wo das ist«, sagte Edward Strathlink und sah zum Eingang. Seine Miene verriet allerdings nicht, ob er auch wusste, was für eine Art von Teegarten das war.

Julian ging so gefasst wie möglich zur Tür. Gute Güte, die Mädchen hatten einen Köder ausgelegt, aber keine Ahnung, worauf sie sich damit einließen. Die *Primrose Tea Gardens* waren einst ein Vergnügungspark in Pattonville gewesen, der Vauxhall um nichts nachgestanden hatte. Inzwischen aber war er an den Wochenenden ein bei Dienstmädchen und ihren Galanen beliebtes Ausflugsziel. Dagegen gab es nichts einzuwenden, doch unter der Woche dienten die verschlungenen Wege der Gärten als verschwiegene Treffpunkte für Straßendiebe, Hehler und anderes Gesindel.

Als er die Treppe hinunterstürmte, war ihm Strathlink dicht auf den Fersen. Auf der Straße sagte Julian: »Geben Sie mir Ihr Pferd, damit bin ich schneller. Außerdem wäre ich Ihnen verbunden, wenn Sie mit der Kutsche folgten, um Miss Darlington sicher nach Hause zurückbringen zu können. Sie finden geladene Pistolen unter dem Sitz in Fahrtrichtung.«

Strathlink salutierte mit einem Augenzwinkern und wies seinen Groom an, dem Duke die Zügel des nervösen Rappen zu übergeben. »Nehmen Sie das hier.« Er drückte ihm einen Dolch und eine kleine Pistole in die Hand.

Julian fragte nicht nach, weshalb ein Edelmann es für erforderlich hielt, bewaffnet bei Morgenbesuchen zu erscheinen. Er schwang sich aufs Pferd, während Strathlink den Kutscher instruierte. Normalerweise wäre er nicht blind drauflosgeritten, doch wer auch immer diesen Treffpunkt vorgeschlagen hatte, musste mehr im Sinn haben als ein schnelles Geschäft.

25. KAPITEL

Tamira hatte es eilig gehabt und nicht streiten wollen, deshalb erlaubte sie Georgiana, bis zum Mietdroschkenstand mitzukommen. Doch als ihre Schwester ebenfalls einsteigen wollte, sagte sie: »Hör zu, der Mann erwartet einen Gentleman. Allein.«

»Ich könnte mich irgendwo verstecken.«

»Und was willst du tun? Wir haben nur diese eine Pistole, außerdem bist du die schlechteste Schützin, die ich kenne.« Sanfter sagte sie: »So ist es besser. Jemand muss doch wissen, wohin ich gegangen bin, falls etwas …«

»Siehst du, es *ist* gefährlich!«

»Überhaupt nicht. Komm, lass uns nicht in der Öffentlichkeit streiten. Der Kutscher wird schon nervös. Mach dir keine Gedanken, ich bin auf alles vorbereitet. Zudem«, sagte sie und hielt sich die Nase zu, »stinkt es hier drinnen ganz erbärmlich.« Damit klopfte sie ans Dach der Droschke, und die Pferde zogen an.

Während sie Richtung Pattonville im Norden der Stadt rollten, sah sie sich in ihrem Gefährt um. Mietdroschken waren häufig ausrangierte Kutschen wohlhabender Familien, und auch diese hier hatte schon bessere Tage gesehen. Die einstmals samtenen Sitze glänzten speckig, und der Boden war voller Schmutz. Dennoch hatte sie noch Glück gehabt. Obwohl der

Innenraum ungepflegt war, verfügte der Wagen doch immerhin über eine ordentliche Federung. Allerdings schwankte er dadurch in den Kurven so heftig, dass sich Tamira festhalten musste, um nicht vom Sitz zu rutschen. Sie knöpfte den leichten Sommermantel auf und streckte die Beine aus, wie es auch ein Gentleman getan hätte, der sich allein wähnte. Den hohen Kastorhut abzusetzen, wagte sie nicht. Ihre langen Haare, die fest zusammengesteckt darunter verborgen waren, hätten sie verraten.

Nachdem sie London hinter sich gelassen und einige kleine Ortschaften durchquert hatten, wies nichts mehr darauf hin, dass die größte Metropole der Welt keine halbe Stunde entfernt von ihnen lag. Die sanfte englische Landschaft erinnerte sie an ihren Aufenthalt in Brentford Hall und die ersten Begegnungen mit Asherton. Bei dem Gedanken an ihn schlug ihr Herz schneller. Damals hatte er ihr versprochen, sie bei der Suche nach dem Pakshee Baagh zu unterstützen. Den Plan, allein zu diesem Treffen zu fahren, würde er aber sicher nicht gutheißen. Doch selbst wenn sie es gewollt hätte, wäre ihr nicht ausreichend Zeit geblieben, ihn einzuweihen und zu überzeugen, sie zu begleiten.

Tamira bemühte sich, ihre Gedanken in eine andere Richtung zu lenken, und blickte aus dem Fenster. Das satte Grün der englischen Landschaft um sie herum übte eine beruhigende Wirkung aus, und sie fragte sich schon, wie weit es noch sein mochte, als der Wagen einen großen Bogen fuhr und anhielt.

Sie wartete einen Augenblick, bis ihr klar wurde, dass sie die Tür selbst öffnen musste. Eilig sprang sie aus der Kutsche – das hatte sie schon lange tun wollen. Am liebsten hätte sie laut gelacht vor Freude. Was für ein Abenteuer!

Vor ihr lag ein Gebäude, das, von hohen Bäumen eingerahmt, an einen Landsitz aus der Tudor-Zeit erinnerte, von dem aus man die umliegende Landschaft gut überblicken konnte. Dahinter erstreckte sich eine ausgedehnte Parkanlage mit verschlungen angelegten Wegen, blühenden Hecken und einem Wasserspiel, dessen Rauschen bis hierher zu hören war. Stallungen zur Rechten versperrten ihr den Blick auf weitere Details.

»Warten Sie hier, es dauert nicht lange«, sagte sie zum Kutscher.

Doch der schüttelte den Kopf. »Nee, Mylor', das sagen alle. Und denne steh'n wir uns die Beine in den Bauch, meine Zossen und ich.«

Er nahm die Zügel auf, und Tamira erkannte, dass es ein Fehler gewesen war, den Preis vorab zu zahlen. Doch andernfalls hätte er sie gar nicht erst einsteigen lassen, nachdem sie ihm ihr Ziel genannt hatte.

In der Ferne schlug eine Turmuhr zur Dreiviertelstunde. Sie musste sich beeilen. »Guter Mann, fahren Sie lieber leer und ohne Verdienst zurück?«, sagte sie forsch.

Er kratzte sich am Kopf und blinzelte ins Sonnenlicht. »Also meinetwegen. Aber ich warte nich' länger wie 'ne halbe Stunde. Die Zeit bezahl'n Se mir auch!«

»Einverstanden.« Erleichtert drehte sie sich um und eilte zum Eingang des Teegartens. Im Kassenhäuschen saß eine mürrische Frau, die kaum aufsah, als sie ihr die Münzen für den Eintritt zuschob.

»Können Sie mir sagen, wo sich der Französische Jahrmarkt befindet, Madam?«

»Westpark. Nicht zu übersehen.« Die Frau sah auf, kniff die Augen zusammen und musterte Tamira, bis ihr heiß unter dem scharfen Blick wurde. Ein wissendes Grinsen erschien auf dem runzligen Gesicht. »So eine bist du also. Denn mal viel Vergnügen, meine Süße.« Sie zeigte auf eine gemalte Tafel. »Das ist der Plan vom Park. Du gehst links am Rosengarten vorbei und den Hinweisschildern nach. Immer geradeaus, falls du nicht lesen kannst«, fügte sie hinzu. »Aber halt dich von den Chalets dahinter fern. Das ist nichts für so ein feines Dingelchen.«

»Danke sehr, ich werde Ihren Rat beherzigen.«

»Na, wir müssen doch zusammenhalten, was? Wenn das Töpfchen gefüllt werden will, muss es eben sein. Das ist die Natur der Frauensleute.« Sie lachte anzüglich und drohte mit dem Finger. »Lass dir bloß nichts anhängen von deinem Stecher!«

Tamira bedankte sich erneut, ohne zu verstehen, was die Frau meinte, und nach einem Blick auf die Hinweistafel ging sie einen ungepflegten Weg entlang. Der Kies knirschte unter ihren Stiefeln, Vögel zwitscherten. Man hätte meinen können, sie wäre ein junger Kavalier auf der Suche nach einem flüchtigen Liebesabenteuer. Als sie außer Sichtweite war, beschleunigte sie ihre Schritte, um nicht zu spät zu kommen. Auf keinen Fall wollte sie den Mann, der ihr die Nachricht gesandt hatte, verpassen.

Unterwegs überlegte sie, warum er sich ausgerechnet hier mit ihr hatte treffen wollen, wenn er doch plante, mit dem Schiff abzureisen. Andererseits ging es sie nichts an, und im Grunde war sie dankbar dafür, denn ein Park schien ihr einsichererer Treffpunkt zu sein als die Docks unten an der Themse. In der Zeitung las man Schreckliches über jenen Teil Londons.

Ihr kamen einige verliebte Paare entgegen und liederliche Frauenzimmer, die ihr eindeutige Angebote machten. Die wenigen Männer hielten sie für einen der ihren und beachteten sie kaum.

Sie sandte ein Dankgebet in den wolkenverhangenen Himmel, dass ihr Cousin einen Großteil seiner neu gefertigten Garderobe in London gelassen hatte. So hatte sie sich kurzerhand im Zimmer der Jungs bedienen können. Die schlichte dunkle Kleidung, die für den Einbruch bei Wellsborough passend gewesen war, schien ihr für das bevorstehende Treffen nicht angemessen. Nun aber konnte sie sich nicht beklagen. Williams wildlederne Breeches passten einwandfrei, und nachdem sie sich einen zusammengerollten Strumpf hineingesteckt hatte, um eine nicht vorhandene Männlichkeit vorzutäuschen, war sie mit ihrem Aussehen zufrieden.

Das Gewitter am frühen Nachmittag hatte für Abkühlung gesorgt, und so war nichts Ungewöhnliches an dem leichten Sommermantel, der von ihrer Figur verbarg, was die eng geschnittene Herrengarderobe unweigerlich enthüllt hätte. Die Pförtnerin musste es an ihrem Gesicht erkannt haben, dass sie kein Milchbart, sondern eine Frau war. An der Stimme konnte es nicht gelegen haben. Denn ihre war nach der Halsentzündung dunkler geworden, als sie es ohnehin schon gewesen war, und klang immer noch so rau, dass ihre Schwestern sie damit aufzogen und Yalda ihr mehrmals täglich Honigmilch aufdrängte. Dass die Kammerzofe ausgerechnet heute ihren freien Nachmittag hatte, war ein überaus glücklicher Zufall. Nicht nur, weil ihr warme Milch auf den Magen schlug.

Tamira nahm sich vor, auf jeden Fall einen möglichst großen Abstand zu dem Fremden zu halten. Das Wichtigste war ein selbstbewusstes Auftreten, hatte sie festgestellt. Nicht zu aggressiv, aber keinesfalls zurückhaltend, wie es von einer Frau erwartet wurde. Dann sahen Männer ihrer Erfahrung nach weniger aufmerksam hin als die Geschlechtsgenossinnen.

Das dürfte nicht schwierig sein, dachte sie. Tamira fühlte sich schon wegen der Bewegungsfreiheit einigermaßen wohl in Breeches und Stiefeln, und es war nicht das erste Mal, dass sie diese Kleidung auch bei Tageslicht trug. In London hatte sie es allerdings bisher noch nicht gewagt, obwohl sie es hasste, im Damensitz zu reiten.

Rock und Mantel saßen an den Schultern eine Spur zu weit, was nicht anders zu erwarten war, denn Wills spielte Cricket und galt als sportlich, während sein älterer Bruder größer und schwerer war. Henry kam, wie seine Schwester Mary, offensichtlich nach der Mutter.

Prüfend blickte sie zum Himmel. Ein kühler Wind strich übers Land und jagte dunkle Wolken vor sich her, die Schatten auf den Feldern in der Ferne wurden größer. Das Geschäft würde aber nicht viel Zeit in Anspruch nehmen, hoffte sie. Mit etwas Glück säße sie längst in der Droschke, bevor neuer Regen kam.

Dennoch atmete sie erleichtert auf, als sie den Französischen Jahrmarkt erreichte und die Turmuhr die volle Stunde schlagen hörte. Die Schiffschaukeln, in denen ein halbes Dutzend Menschen Platz finden mochten, sahen aus wie farbenfrohe Boote bei Flaute.

Zu einer günstigeren Gelegenheit hätte sie sich nichts mehr gewünscht, als in einer davon hoch durch die Luft zu fliegen. Doch zum Vergnügen war sie ganz sicher nicht hergekommen.

Nachdem sie das hohe Gras zwischen den ruhenden Schaukeln durchquert und eine dichte Hecke umrundet hatte, lag der Treffpunkt direkt vor ihr. In dem Pavillon befand sich zu ihrer Überraschung ein mit Blumen bemaltes Karussell. Sie wusste, dass im Inneren Ponys ihre Arbeit taten, die nicht das Pech hatten, in der Dunkelheit eines Bergwerks schuften zu müssen. Doch unter der Woche hatten die Tiere offenbar andere Aufgaben zu erfüllen, denn es war ganz still um sie herum. Sogar der Wind und die Vögel schienen eine Pause eingelegt zu haben.

Auf dem Karussell befand sich eine eigenartige Menagerie. Ein vergleichsweise klein geratener Elefant gehörte dazu und ein Löwe mit üppiger Mähne; die Giraffe lugte oben aus dem Dach heraus, was ziemlich seltsam aussah. Das vierte Tier, auf dem die Passagiere im Kreise reiten konnten, war ein Tiger. Der grimmige Ausdruck in seinem Gesicht ließ sie zusammenzucken. Ihr Herz klopfte so heftig, dass es ihr in den Ohren dröhnte, und vor Anspannung zitterten ihre Finger, als sie nach der kleinen Pistole tastete, die sie vorsichtshalber eingesteckt hatte.

»Hat dich dein Master vorgeschickt?« Ein Mann trat hinter dem Elefanten hervor und sprang mit der eleganten Leichtigkeit einer Raubkatze vom Karussell. Er war von den Stiefeln bis zum Halstuch schwarz gekleidet, doch am bemerkenswertesten fand sie den dicken goldenen Ring, den er im linken Ohr trug, wie es bei Piraten Sitte war.

»Sie sind John Brixton, nehme ich an«, entgegnete sie kühl, ohne auf seine Provokation einzugehen. Problemlos war sie wieder in die Rolle des überheblichen jungen Adligen geschlüpft, der sich von jemandem aus dem gemeinen Volk nicht so schnell beeindrucken ließ.

Doch es hätte nicht das harte Glitzern in den dunklen Augen gebraucht, um ihr Angst zu machen. Mit dem lässigen Selbstbewusstsein und der unverhohlenen Männlichkeit, die er ausstrahlte, glich er Asherton auf geradezu verstörende Weise. Anders als der Duke allerdings hätte dieser Mann jede wohlerzogene junge Lady mit einem einzigen Blick in die Flucht schlagen können. Tamira aber war so weit gekommen, sie würde jetzt keine Furcht zeigen.

Scheinbar ärgerlich runzelte sie die Stirn. »Sind Sie etwa mit leeren Händen hier?«

»Zeig mir das Geld!«, verlangte er anstelle einer Antwort.

»Zuerst will ich die Spieluhr sehen, oder glauben Sie, wir sind an wertlosem Tand interessiert?«

Der Hehler machte einen Schritt auf sie zu, und Tamira umfasste die Pistole in ihrer Tasche fester, aber sie wich keinen Millimeter zurück. Sie kannte diese Sorte Männer, die aus ihrer bloßen körperlichen Überlegenheit das Recht ableiteten, sich alles herausnehmen zu können.

Aber nicht mit mir, dachte sie und biss die Zähne fester zusammen. Sie würde ihren Mann stehen.

Sie starrte ihn aus schmalen Augen an und ließ sich widerwillig seine aufmerksame Musterung gefallen.

Er lachte leise. »Alle Achtung, für einen Moment hast du mich getäuscht. Die junge Lady ist also tatsächlich selbst gekommen.«

»Wovon reden Sie?« Sogar in den eigenen Ohren klang ihre Stimme nun alles andere als selbstbewusst, und doch zuckte sie nicht zurück, als er ihr mit dem Zeigefinger über die Wange strich. Das Leder seiner Handschuhe schien sich dabei in ihre Haut einzubrennen.

»Wovon ich rede? Mädchen, ich vergeude meine Zeit nicht mit einem nutzlosen Adligen, ohne Erkundigungen einzuziehen. Lord Abbotsleigh hat die Stadt verlassen, um seine Mutter unter die Erde zu bringen.«

Sie wagte nicht, sich zu bewegen.

»Welche der Darlingtons bist du?« Er hob die Hand, als erwarte er, dass sie ihm antworten würde. »Nein, lass mich raten. Du bist natürlich Tamira Isvari Bernadette Darlington-Devi. *Die Fabelhafteste unter den Göttlichen*«, sagte er mit einem eigentümlichen Singsang und – in ihrer Sprache!

Erschrocken versuchte sie, keine Reaktion zu zeigen. Womöglich war Brixton tatsächlich ein Pirat und weit genug herumgekommen, um viele Sprachen zu beherrschen. In jedem Fall hatte er bestens recherchiert. Doch das würde ihm nichts nutzen.

»Sie vergeuden meine Zeit, Mann!« Nun war es unterdrückte Wut, die ihre Stimme dunkler klingen ließ. Wie konnte er es wagen! Sie war im Begriff, sich abzuwenden, als er grob ihren Arm ergriff.

»Nicht so schnell, mein Täubchen! Wir sind noch nicht fertig.«

Er zog sie näher zu sich heran, bis ihr der Geruch von Leder und Tabak in die Nase stieg. Vermutlich durfte sie sich glücklich schätzen, dass sich der Kerl wenigstens regelmäßig wusch.

»Ich wette, der hochwohlgeborene Duke of Asherton wird sich großzügig zeigen, wenn ich dich unbeschädigt an ihn zurückgebe.«

Der Klang des heiseren Lachens ließ ihr die feinen Härchen im Nacken zu Berge stehen. Sie drehte den Kopf zur Seite und blickte direkt in das Gesicht des Tigers. Abwartend sah er sie an, und Tamira flehte lautlos: *Hilf mir!*

Der Pirat runzelte die Stirn, als hätte er ihre Unaufmerksamkeit gespürt. »Wenn dein Duke nicht zahlt, werden es sich andere was kosten lassen, mit dir ihren Spaß zu haben oder – ich gönne mir selbst eine Jungfrau.« In seinen Augen erschien ein harter Glanz. »Das bist du doch, meine Hübsche? Oder hat der feine Herzog schon seinen Pinsel geschwungen? Zuzutrauen wäre es ihm, was man so hört.«

Er drehte ihr den Arm auf den Rücken und presste seinen Mund auf ihre Lippen, während er ihr mit der anderen Hand zwischen die Beine griff. Als er sie zwingen wollte, den Mund zu öffnen, um mit seiner Zunge einzudringen, trat sie ihm mit aller Kraft auf den Fuß.

Brixton reagierte sofort. Ein stechender Schmerz fuhr ihr durch die Schulter, als er ihr den Arm härter verdrehte.

Tamira war darüber so erschrocken, dass der Aufschrei zu einem schrillen Lachen wurde. Das passierte, sobald ihre Nerven bis aufs Äußerste angespannt waren. Andere weinten, sie lachte. Angenehm war diese an Hysterie grenzende Reaktion nicht. Für ihren Angreifer kam sie jedoch dermaßen überraschend, dass er einen kurzen Augenblick unaufmerksam war und sie sich losreißen konnte.

Blitzschnell zog sie die Waffe aus der Tasche und entsicherte sie. »Tun Sie das nie wieder!«

»Was sollte mich davon abhalten?«

»Gehen Sie, Mann! Wenn Sie jetzt verschwinden, wird Ihnen nichts geschehen.«

»Och, Mädchen«, sagte er belustigt und streckte den Arm aus, um ihr die Pistole abzunehmen.

Tamira drückte ab.

Mit einem Fluch sprang er zurück, zog seinerseits eine Waffe – und in diesem Augenblick brach die Hölle los.

26. KAPITEL

Julian beugte sich hinunter zum Fenster des Kassenpavillons der Primrose Gardens.

»Sie ist zum Französischen Jahrmarkt gegangen, Mylord«, sagte eine Frau und musterte ihn neugierig. Dann zeigte sie zur Tafel, auf der ein Plan des Lustgartens gezeichnet war. »Besser, Sie beeilen sich.«

Er warf ihr ein paar Shilling zu und trieb Strathlinks schweißnassen Rappen erneut an. Unweit des Jahrmarkt-Geländes zügelte er ihn und glitt lautlos aus dem Sattel.

»Ich bin gleich wieder da«, raunte er dem Pferd zu und schlang die Zügel um einen nahe stehenden Baum. Vögel zwitscherten im Geäst, und eine idyllische Ruhe lag über dem Lustgarten. Bunt bemalte Luftschaukeln leuchteten einladend in der Sonne, bereit, vergnügte Menschen aufzunehmen. Während er sich so schnell wie möglich zwischen ihnen hindurchschlängelte, verharrten sie in erwartungsvoller Bewegungslosigkeit.

Julian blieb fast das Herz stehen, als ihm Tamiras Lachen entgegenwehte. Es klang alles andere als heiter. Aufs Äußerste angespannt knirschte er mit den Zähnen. Es kam ihm vor, als hielte das Leben um ihn herum den Atem an. Auf keinen Fall durfte er nun etwas Unbedachtes tun. Um die Ruhe eines Kämpfers kurz vor dem Angriff zu erlangen, holte er tief Luft, als Tamira mit kehliger Stimme sagte: »Wenn Sie jetzt verschwinden, wird Ihnen nichts geschehen.«

Die Antwort konnte er nicht verstehen, doch es war eindeutig ein Mann, der da sprach. Ehe er reagieren konnten, durchschnitt ein Schuss die darauffolgenden Stille.

Julian verließ seine Deckung, zielte auf den Kerl, der im Begriff war, sich auf sie zu stürzen, und schoss ebenfalls. Mit einem Schrei brach der Angreifer zusammen. Tamira stand regungslos da, ihre seelenvollen Augen vor Furcht geweitet, die nutzlos gewordene Waffe noch in der Hand. Er hätte sie am liebsten sofort in die Arme geschlossen, doch der Verletzte versuchte, nach der Pistole zu greifen, die er beim Sturz verloren hatte. Julian stürzte sich mit Strathlinks Dolch auf ihn, versetzte der Waffe am Boden einen kräftigen Tritt und zerrte ihn auf die Beine. Der Mann brüllte vor Schmerzen, aber mit der Klinge am Hals war seine Gegenwehr gering.

Tamira war aus ihrer Schreckstarre erwacht, hob die große Pistole auf und sagte erstaunlich gefasst: »Offensichtlich, Mister John Brixton, ist Asherton weniger großzügig, als Sie angenommen haben.«

»*Brava, bellissima.* Bravo, wunderbar. Sehr treffend formuliert. Ich würde sogar so weit gehen, zu behaupten, dass Sie den Duke verärgert haben, mein Freund«, sagte jemand mit falschem italienischem Akzent. Edward Strathlink trat hinter einem Strauch hervor.

In jeder Hand eine von Julians Duellpistolen, wirkte er in seinem hellgrünen Rock keineswegs wie der alberne Modenarr, als den er sich so gern darstellte.

»Wie ich sehe, benötigen Sie meine Hilfe gar nicht mehr. Wie enttäuschend.«

»Das trifft es nicht ganz. Wären Sie so freundlich, Ihr Halstuch zur Verfügung zu stellen und ihn damit zu fesseln?«

»Ist das Ihr Ernst?« Strathlink seufzte, sicherte eine der Pistolen und steckte sie ein, um die Krawattennadel zu öffnen und das feine Leinen zu lockern. Mit der zweiten zielte er dabei weiterhin auf Brixton.

Damit, ihm die Hände zu fesseln, war es aber leider nicht getan. Denn er blutete beunruhigend heftig aus der Schusswunde am Oberschenkel, und so gern Julian ihn seinem Schicksal überlassen hätte, so nachdrücklich verlangte sein Stand als Gentleman es, den Verletzten zu versorgen. Mit Strathlinks Hilfe und Tamiras blütenweißem Halstuch gelang es ihnen, die Blutung zu stillen. Die Verletzung am Arm, die ihm Tamira beigebracht hatte, wirkte vergleichsweise ungefährlich.

»Die Wunden müssen behandelt werden«, sagte Julian mit Bedauern.

Strathlink stimmte zu. »Ich kümmere mich darum. Kann er laufen?«

»Das glaube ich kaum.«

Und so kam es, dass sie wenig später einen vor Schmerzen stöhnenden Verbrecher mit butterblumengelben Handfesseln bäuchlings über den Rücken einer nervösen Schimmelstute warfen und Julian die verdächtig blasse Tamira kurzerhand auf den Rappen hob.

»Woher kommt Ihr neues Pferd?«, fragte er Strathlink.

»Ich habe es unterwegs – requiriert«, sagte der lässig, und Julian beließ es dabei. Etwas anderes beschäftigte ihn. Er wäre nicht der Mann gewesen, der er war, wenn der Anblick ihrer wohlgeformten langen Beine ihn nicht zu erotischen Fantasien inspiriert hätte. Besonders, da diese – nach seinem Geschmack höchst unzureichend – von Lederbreeches bekleidet waren, die unaussprechlich eng saßen. Strathlink besaß den Anstand, nicht länger hinzusehen. Das kurze Aufleuchten in seinen Augen war Julian allerdings nicht entgangen.

Der Kassenpavillon war geschlossen, und sie traten unbehelligt durchs Tor auf den Vorplatz, wo sein Kutscher Nelson mit dem Lenker einer zweiten Karosse sprach. Der machte bei ihrem Anblick große Augen. Gemeinsam fesselten sie den Verletzten mit einem Seil, das Nelson praktischerweise zur Hand hatte.

»Ich schlage vor, Ihr kümmert Euch um unseren jungen Freund, und ich trage dafür Sorge, dass der Schurke seine gerechte Strafe erhält«, sagte Strathlink.

»Sie meinen die Bow Street?«

»Lasst das meine Sorge sein. Ihr werdet nicht mehr behelligt.«

Julians Achtung vor dem Mann war in den letzten Stunden weiter gestiegen, und er verließ sich darauf, dass er die Angelegenheit diskret behandeln würde. Nicht auszudenken, was es für Tamira bedeuten würde, wenn jemand außerhalb ihres vertrauten Kreises davon erfuhr.

Sie war inzwischen abgestiegen, und er bewunderte, wie sie trotz allem ihre Rolle nicht vergaß. Lässig tippte sie sich an den Hut und nickte erst Strathlink und dann ihm zu, öffnete den Schlag seiner Kutsche und stieg ein. Dabei bewegte sie sich wie ein junger Bursche und ganz und gar nicht wie eine Lady, die sie trotz ihrer Eskapaden zweifellos war.

Mit diesem Talent würde ihr eine Karriere am Theater offen stehen, dachte er und wechselte ein paar Worte mit dem Kutscher.

»Sie erlauben?« Ohne ihre Antwort abzuwarten, setzte sich Julian neben sie und schloss die Vorhänge. Als der Wagen anfuhr, zog er die Handschuhe aus und warf sie zusammen mit dem Hut auf den gegenüberliegenden Sitz. Nach kurzem

Zögern folgte sie seinem Beispiel und lehnte sich erschöpft in die Polster. Von ihrer Frisur war nicht mehr viel übrig, einige lange Strähnen hatten sich daraus gelöst. Nur mit Mühe widerstand er der Versuchung, sie durch seine Finger gleiten zu lassen.

»Bitte mach mir keine Vorwürfe!«, sagte sie so leise, dass er sich zu ihr beugen musste, um sie zu verstehen. »Ich weiß, dass es ein Fehler war.« Das vertrauliche Du fühlte sich in dieser Situation ganz natürlich an.

»Du hättest mich um Hilfe bitten können.«

Sie sah ihn an. »Das hätte ich auch getan, wirklich. Aber es war keine Zeit dafür. Er hat geschrieben, dass sein Schiff heute Abend mit der Flut auslaufen würde.«

Seine Hände ballten sich zu Fäusten. »Der Verbrecher wusste, wer du bist, stimmt's?«

»Anfangs dachte ich, ihn getäuscht zu haben. Aber jetzt ist mir klar, er hat es die ganze Zeit gewusst.« Sie sah ihn an und schluckte. »Er wollte mich entführen, um von dir Lösegeld zu erpressen.«

Dieser Brixton schien eine Menge über die Darlingtons und sein Verhältnis zu ihnen gewusst zu haben. Er hätte den Halunken erschießen sollen. Die nächste Frage fiel ihm schwer. »Hat er … ist er dir zu nahe getreten?«

»Du meinst körperlich? Nein, dazu war keine Gelegenheit, aber er hat damit gedroht, und ich weiß nicht, was passiert wäre, wenn du nicht eingegriffen hättest.« Sie stockte und wich seinem Blick aus. »Ich hatte solche Angst«, gab sie schließlich zu.

Der Anblick ihrer bebenden Unterlippe war zu viel für ihn. Er beugte sich hinüber und wischte die einzelne Träne, die ihre Wange hinunterlief, mit dem Daumen ab. Vertrauensvoll schmiegte sie sich in seine Hand. Diese zarte Geste weckte Gefühle, die er noch nie zuvor empfunden hatte.

»Darf ich dich umarmen?«, fragte er rau. Er wollte sie ganz nahe an seinem Herzen spüren. Julian wusste, er würde alles dafür geben, dieses hinreißende Geschöpf für immer in Sicherheit zu wissen. Als sie sich an seine Schulter sinken ließ, war er der glücklichste Mann der Welt.

»Küss mich!«, sagte Tamira und sah ihn unter langen Wimpern an.

Er zögerte. Sie war knapp einem gefährlichen Überfall entkommen und stand vielleicht noch unter Schock. Er war Gentleman genug, um solch eine Situation nicht auszunutzen, obwohl er sich nichts sehnlicher wünschte, als ihr den Wunsch zu erfüllen.

»Bitte, Julian. Ich will für einen Augenblick vergessen, was geschehen ist.«

Seinen Namen aus ihrem Mund zu hören, machte ihn schwach. Sanft küsste er sie. Tamira schlang die Arme um seinen Nacken und erwiderte die Zärtlichkeiten mit einem Feuer, das sofort auf ihn übersprang. Seine Finger glitten über ihren Hals hinunter, wo das Leinenhemd ohne die Krawatte nun offen stand und viel von ihrer Haut sehen ließ. Ungeduldig knöpfte sie sich die Weste auf. Als er versuchte, eine Brust zu umfassen, stöhnte er enttäuscht auf.

»Diese verflixte Jacke! Hilf mir.«

Er befreite sie aus dem lästigen Kleidungsstück und warf es zusammen mit seinem eigenen Rock zu den anderen Sachen, während sie sich das Hemd aus der Hose zog und es schließlich anhob. Julian lachte leise, als er die Bandagen sah, mit denen sie ihre Brüste fest umwickelt hatte.

»Soll ich dir damit auch helfen?« Er zog den Dolch aus seinem Stiefel und freute sich über das herausfordernde Glitzern in ihren Augen.

»Das wagst du nicht!«

»Keine Sorge, ich weiß damit umzugehen.«

Der Anblick des kalten Stahls auf ihrer samtigen Haut erregte sie beide. Mit wenigen Schnitten durchtrennte er die Bandagen. Ein gequält klingender Laut entfuhr Julian, als ihm die befreiten Brüste entgegensprangen. Sie waren perfekt, wie alles an dieser Frau. Bedauerlicherweise ließ sie ihr Hemd wieder sinken und erinnerte ihn damit rechtzeitig daran, dass sie unberührt war. Und so bezwang er das hungrige Raubtier, das sie in ihm mit ihrem unschuldigen Vertrauen erweckt hatte, und liebkoste sie sanft mit zarten Küssen, ohne ihren glühenden Körper weiter zu erkunden. Doch es war ihr nicht genug, sie drängte sich an ihn, und er ahnte, dass sie sich ihm hingegeben hätte.

Nicht jetzt und nicht hier, ermahnte er sich und zuckte zusammen, als sein Fahrer durch die kleine Klappe nahe dem Kutschendach verkündete: »Wir sind da, Euer Gnaden.«

Tamira öffnete den Wagenschlag, bevor der Mann vom Bock heruntersteigen konnte. »Danke fürs Mitnehmen. Wir sehen uns, Asherton!« Den Kastorhut schräg auf dem Kopf wie ein junger Stutzer, in ihren weiten Mantel gehüllt, sprang sie hinaus und eilte mit langen Schritten durch das Tor in Lord Abbotsleighs Stallhof.

Er blickte ihr nach, bis sie im Haus verschwunden war. Irgendetwas stimmte nicht. Julian wischte sich mit der Hand übers Gesicht, wie um klarer sehen zu können. Eben noch hatte Tamira halb entblößt in seinen Armen gelegen, und nun spazierte sie nahezu perfekt gekleidet davon.

Schließlich klopfte er ans Dach. »Nach Hause, Nelson.«

27. KAPITEL

Julian war so erschüttert, dass er grußlos am Butler vorbei in seine Bibliothek stürmte und die Tür schwungvoll hinter sich zuwarf.

Mit dem Brandyglas in der Hand ging er zum Fenster und sah in den Garten hinaus. Er zweifelte keine Sekunde daran, dass der Angreifer ihr hatte Gewalt antun wollen. Vielleicht nicht von Anfang an, aber als er feststellte, dass sie sich nicht so leicht einschüchtern ließ, musste er die Beherrschung verloren haben.

Aufgewühlt legte er die Stirn an die kalte Glasscheibe. Tamira war um Haaresbreite einer Katastrophe entgangen, und ihm fiel nichts anderes ein, als sich ihr nach überstandener Gefahr aufzudrängen? Zutiefst beschämt verbot er sich jeden weiteren Gedanken an sein schändliches Verhalten und stürzte den Brandy hinunter. Das Feuer des Alkohols in seinem Magen nahm er wie eine willkommene Strafe hin.

Bei genauerer Betrachtung allerdings konnte er nicht umhin, die Idee der Darlingtons zu bewundern, eine Anzeige aufzusetzen, um den Dieb des Pakshee Baagh anzulocken. Befände sich die gestohlene Spieluhr hier im Lande, standen die Chancen gar nicht mal schlecht, sie zurückkaufen zu können. Wovon die Schwestern das allerdings finanzieren wollten, war ihm nicht ganz klar. Sie musste äußerst wertvoll sein. In einem Pariser Salon hatte er Miniatur-Duellpistolen gesehen, die eine vergleichbare Mechanik besaßen, wie Tamira sie ihm beschrieben hatte. Sie stammten aus einer Schweizer Werkstatt und waren bewundernswert in ihrer filigranen Ausführung und Präzision. Ungeachtet des ideellen Werts, den diese Spieluhr für die Darlingtons darstellte, hätte der Schätzwert den Zwillingen im nächsten Jahr eine Saison finanziert. Allein dafür lohnte sich das Risiko, das Tamira eingegangen war. Eine behütete junge Frau konnte unmöglich wissen, was ihr geschehen wäre, hätte er den Vergnügungspark nicht rechtzeitig erreicht. Julian stöhnte auf. Darüber mochte er gar nicht nachdenken. Mit einem weiteren Drink versuchte er, die unwillkommenen Bilder loszuwerden, die sich ihm aufdrängten. Großer Gott im Himmel! Das Ausmaß der Bedrohung, der Tamira ausgesetzt gewesen war, wurde ihm erst allmählich im vollen Umfang bewusst.

»Euer Gnaden? Ein Mr Strathlink …« Der Butler sah herein.

»Er soll reinkommen.« Julian atmete tief durch und blickte, um Haltung bemüht, zur Tür.

»Euer Gnaden! Danke, dass Ihr …«

»Lassen Sie den Unsinn!«, unterbrach er ihn. »Nach dem heutigen Tag sind wir doch wohl über solche Förmlichkeiten hinweg. Asherton, wenn es Ihnen recht ist.«

Strathlink verbeugte sich.

Julian ging zur Anrichte. »Brandy oder Whisky?«

»In der Reihenfolge.« Strathlink nahm das Glas entgegen und setzte sich auf Julians Einladung hin. »Würden Sie mich aufklären, was da eigentlich geschehen ist?«

Er fasste das Geschehen zusammen, bemüht, nicht zu viel über Tamiras Motivation zu offenbaren. »Um das Familienerbstück zurückzuerhalten, wussten sie sich nicht anders zu helfen, als in der *Morning Post* zu inserieren.«

Strathlink grinste. »Das passt zu den verrückten Hühnern, meinen Sie nicht auch?«

Er nickte zustimmend und sagte: »Ich hatte den Eindruck, der Angreifer war kein Fremder für Sie.«

»Ich bin ihm schon mal begegnet, das stimmt. Dieser Brixton hat einen gewissen Ruf …«

Erwartungsvoll sah Julian ihn an, doch er wedelte nur mit der Hand und sagte: »Das tut in dem Zusammenhang nichts zur Sache.«

Julian stand auf und läutete. Sekunden später erschien der Butler. Er musste sich in der Halle aufgehalten haben, wie er es für gewöhnlich tat, wenn ihm die Besucher seines Masters nicht geheuer waren.

»Lassen Sie uns Tee bringen, Giles. Ich möchte anschließend nicht gestört werden, außer es gibt Neuigkeiten aus der Hill Street.«

»Sehr wohl, Euer Gnaden.« Der Butler verbeugte sich und verließ den Raum. Kaum war die Tür geschlossen, wandte sich Julian um und sagte zornig: »Dieses Subjekt hätte ihr Gewalt angetan! Ich erwarte, dass er dafür zur Rechenschaft gezogen wird.«

»Durchaus möglich«, gab Strathlink zu, machte aber keine Anstalten, Weiteres zu enthüllen.

»Also? Was machen wir nun?«

»Bedauerlicherweise sind mir da die Hände gebunden. Ich versichere Ihnen, das gefällt mir auch nicht.«

»Sie arbeiten für die Regierung, stimmt's?«

»Wenn Sie das annehmen, dann wird Ihnen auch bewusst sein, dass man darüber nicht sprechen kann, wäre es tatsächlich so.«

»Ich könnte mich über Sie erkundigen«, sagt er drohend.

Strathlink antwortete mit einem müden Lächeln. »Das

könnten Sie.« Er leerte sein Glas. »Die Frage ist, was wir nun unternehmen, um zu verhindern, dass die jungen Ladys sich erneut in Gefahr bringen.«

»Sind Sie ernsthaft an Miss Caroline interessiert?«

»Und wenn es so wäre?«

Julian lächelte. »Dann sollten Sie in Betracht ziehen, ihr einen Antrag zu machen. Lady Abbotsleigh will ihre Nichte rasch unter die Haube bringen, fürchte ich.«

»Und was ist mit Ihnen?«

Er hob zur Antwort nur eine Augenbraue.

»Ich verstehe. Bedauerlicherweise …« Die Tür öffnete sich, ein Lakai trat mit einem großen Tablett ein und servierte eine üppige Teemahlzeit.

Strathlink glitt in seine übliche Rolle zurück und seufzte theatralisch, bevor er sich über die Sandwiches hermachte.

In friedlichem Einverständnis tranken und aßen sie wortlos, bis sein Gast schließlich sagte: »Glauben Sie mir, ich wünschte … Aber der Krieg fordert von uns allen Opfer, nicht wahr?« Er leerte das Glas. »Der Angreifer wird kein Problem mehr sein, dafür sorge ich.«

»Sie meinen, er wird sein heute erworbenes Wissen nicht nutzen, um uns zu erpressen?«

»Sie können sich darauf verlassen.« Strathlink stand auf. »Ich empfehle mich, Asherton.«

Julian erhob sich ebenfalls, um nach dem Diener zu läuten, aber er winkte ab. »Ich finde allein hinaus. Es war mir ein Vergnügen, *Euer Gnaden*.« Mit einem frechen Zwinkern verbeugte er sich übertrieben galant und stolzierte hinaus.

Als sich die Tür schloss, griff Julian erneut zur Flasche, zog die Hand aber wieder zurück. Betrunken würde er dem Geheimnis um die Vorgänge in seiner Kutsche bestimmt nicht näher kommen. Gedankenverloren aß er das letzte Gurkensandwich und bemühte sich, Ordnung in seine Erinnerungen zu bringen. Die längste Zeit ihrer Fahrt zurück nach London hatten sie in einvernehmlichem Schweigen zurückgelegt. Beide hatten sie keine Worte finden können, um das Erlebte zu beschreiben. Was ihn betraf, wollte er die schrecklichen Sekunden, in denen er um ihr Leben gefürchtet hatte, nicht erneut heraufbeschwören. Tamira wähnte er unter Schock, aber er wusste nicht, wie er sie hätte trösten sollen.

Er sah sie wieder vor sich. Die aufrechte schlanke Gestalt, die langen Schritte, den stolz erhobenen Kopf. Der Gentleman, den er hatte davoneilen sehen, hätte ohne Weiteres ein junger Mann aus bester Familie sein können.

Und doch musste irgendetwas zwischen ihnen geschehen sein. Die Erinnerung an diesen kurzen Augenblick war ebenso real wie die Süße ihrer Küsse, wie der Geschmack ihrer Haut und ihre wachsende Lust. Verdammt noch mal, er hätte sich beinahe vergessen und sie gewissermaßen im Hinterhof ihres Onkels genommen! Allein der Gedanke an ihren willigen, geschmeidigen Körper unter seinen Händen weckte das Begehren in seinen Lenden, bis es schier unerträglich wurde. Aufgewühlt sprang er auf, um sich in seine privaten Räume zurückzuziehen. Wurde er verrückt? Gut möglich. Verrückt nach ihr war er längst.

28. KAPITEL

Erleichtert, in diesem Aufzug niemandem vom Personal begegnet zu sein, rannte Tamira die Treppe hinauf und stürzte in ihr Zimmer. Nach Atem ringend lehnte sie sich von innen gegen die geschlossene Tür, bevor sie den Schlüssel umdrehte und den Hut ablegte. Rasch zog sie die Sachen aus, die sie aus der Kleiderkammer entliehen hatte, die sich ihr Cousin William mit seinen Geschwistern teilte. Der Mantel hatte einen Fleck, der sich aber leicht ausreiben ließ. Die anderen Kleidungsstücke waren in Ordnung, und sie atmete gerade erleichtert auf, als sie den langen Riss im Hemd entdeckte. Wie, um Himmels willen, war denn das passiert?

Tamira überlegte. Selbst wenn sie so fein hätte nähen können wie Caroline oder Henrietta, unsichtbar wäre er davon nicht geworden. Der Verlust eines Halstuchs war zu verschmerzen, fehlte aber ein feines Leinenhemd wie dieses, würde es bestimmt bemerkt werden. Wenn es unglücklich liefe, bekämen die Wäscherinnen oder das Hauspersonal Schuld daran, und das wollte Tamira auf keinen Fall riskieren.

Sie musste William also sagen, dass sie sich Garderobe ausgeliehen hatte. Nun gut, so schlimm würde es nicht werden. Sie grinste. Er war ihr noch etwas schuldig, denn sie hatte niemandem erzählt, dass sie ihn an Weihnachten im Pferdestall von Abbotsleigh Hall knutschend mit einem Mädchen aus dem Dorf erwischt hatte. Dennoch hielt sie es für angebracht, ihm die ganze Wahrheit dahinter nicht zu verraten. Das Hemd musste trotzdem genäht und gewaschen werden, Yalda würde hoffentlich keine Fragen stellen.

Gerade schloss sie die Bänder an ihrem Unterkleid, als es leise klopfte. »Tamira, lass mich bitte rein«, hörte sie Caroline sagen.

»Ich komme!« Sie schloss auf, und ihre Schwester betrat ihr Schlafzimmer mit besorgter Miene.

»Was ist passiert?«

»Hat euch Georgiana erzählt, wo ich war?« Sie zog ihr Tageskleid über.

»Uns und dem Duke.«

»Er ist mir gefolgt, Strathlink ebenfalls …«

Caroline band die Schleife auf dem Rücken für sie und sagte: »Ich *weiß*, dass du in großer Gefahr warst.«

»Wissen die anderen es auch?«

Ihre Schwester schüttelte den Kopf. Sie schob die wildledernen Breeches beiseite, als wäre es ganz normal, solche Kleidung im Zimmer ihrer Schwester zu sehen, und setzte sich zu ihr aufs Bett. Zwischen den Darlingtons hatte es immer eine unerklärliche Verbindung gegeben, aber Caroline und sie waren sich besonders nahe. Tamira hätte es ebenfalls gespürt, wenn sie in Gefahr gewesen wäre. Deshalb versuchte sie gar nicht erst, es zu leugnen, und erzählte ihr, was passiert war. Als sie den Punkt erreichte, an dem die Geschehnisse aus dem Ruder gelaufen waren und Brixton sie bedrängt hatte, kehrten auf einmal alle ihre Gefühle und Erinnerungen zurück.

Schluchzend gestand sie: »Ich hatte furchtbare Angst, dass er mir Gewalt antun würde. Sonst hätte ich doch nie auf ihn geschossen.«

Caroline zog sie in die Arme. »Natürlich nicht, Liebes. Du hast ihn ja nicht getötet.«

»Noch nicht«, sagte sie düster und musste erneut weinen, weil sie wusste, wie schnell eine harmlos wirkende Wunde tödlich enden konnte, aber besonders, weil sie sich auf einmal furchtbar schmutzig fühlte. »Er hat mich geküsst!« Ein Würgereiz bildete sich in ihrer Kehle. »Und dann …« Sie konnte sich nicht überwinden weiterzusprechen.

»Lieber Himmel, was hat er dir angetan?« Caroline war aufgesprungen.

»Er hat …« Sie rang nach Luft. »Er hat mich hier berührt.« Verlegen deutete sie auf ihren Schoß. »Ich schäme mich so! Hätte ich keine Männersachen getragen, hätte der Kerl das niemals tun können. Es ist meine Schuld.«

Empört stemmte ihre Schwester die Hände in die Hüften. »Sag so was nicht! *Er* hat *dich* angegriffen. Ohne die Breeches wäre das Ungeheuer sofort über dich hergefallen. Oder glaubst du, ein bisschen Baumwolle schützt uns vor solchen Brutalitäten?«

»N-nein, aber ich fühle mich so schmutzig.«

»Unsinn! Schmutzig ist nur dieser Mistkerl, und ich hoffe, er zahlt einen hohen Preis dafür. Von mir aus kann der Unhold gerne an der Verletzung sterben.«

»Du versündigst dich. Aber ein bisschen leiden, das darf er, wenn es nach mir geht.« Dankbar nahm sie das Taschentuch, das Caroline ihr reichte, und schnäuzte sich herzhaft. »Du hast recht. In einem Kleid fühlt man sich verwundbarer. Verrückt, dass wir uns in Mieder schnüren, die wir nicht mal allein ausziehen können, dabei wäre ein solcher Schutz unter den Röcken viel angebrachter.« Mit leiser Stimme erzählte sie, wie es nach ihrem Schuss weitergegangen war.

Sichtlich erfreut über die aktive Rolle, die Strathlink dabei gespielt hatte, setzte sich Caroline wieder zu ihr. »Asherton hat dir das Leben gerettet, weißt du das?«

»Zumindest die Unschuld«, sagte sie und verschwieg, welch unaussprechliche Fantasien sie später in der Kutsche gehabt hatte. Ihre Träume und die aufwühlenden Gefühle, die sie neulich im Park heimgesucht hatten, waren vergleichsweise harmlos gewesen.

Caroline schien zu spüren, dass sie etwas vor ihr zurückhielt, und um sie abzulenken, fragte Tamira: »Wie kommt es eigentlich, dass ich niemanden vom Personal am Hintereingang getroffen habe?«

»Da musst du Henrietta fragen. Ihr gelingt es spielend, die Dienstboten für ihre Zwecke einzuspannen. Sie braucht nur eine Zeichnung zu versprechen, und jeder liegt ihr zu Füßen.«

Zum Abendessen leistete ihnen überraschend Lady Cairnforth Gesellschaft, die Caroline noch einmal einschärfte, sich zukünftig wieder mehr sehen zu lassen, ganz gleich, was Tante Amanda sagen würde. Dabei sah sie allerdings Tamira an. »Ihre Mitbewerberinnen wittern Morgenluft, meine Lieben. Vergesst nicht: Im Krieg und in der Liebe sollte es zur rechten Zeit kein Zaudern geben.«

»Was wollen Sie uns damit sagen?«, fragte Georgiana.

Die Countess sah sie scharf an. »Muss ich das wirklich erklären, junge Lady?«

»Nun, ich bin mir nicht sicher, ob es eine Aufforderung ist, die potenziellen Bewerber zu umgarnen und dabei möglichst zu Fall zu bringen, oder ob Sie meinen Schwestern womöglich empfehlen, sich von ihren Bewerbern kompromittieren zu lassen, damit die Gentlemen gezwungen sind, ihnen einen Antrag zu machen.«

»Georgiana!« Caroline sah ihre Schwester empört an.

Die Countess lachte. »Du hast Machiavelli gelesen? Die Saison im nächsten Jahr verspricht unterhaltsam zu werden.« Dann wurde sie aber wieder ernst. »Niemand nimmt es leicht, wenn er feststellt, dass er manipuliert oder gar überlistet wurde. Männer reagieren unberechenbar, wenn sie herausfinden, dass eine Frau dahintersteckt. Also strengt euch an, sie durch Charme, Witz und Verstand zu umgarnen. Für das Aussehen hat ja bereits eure Schneiderin gesorgt.« Sie winkte einem Lakaien, um ihre Chaise vorfahren zu lassen. Beim Hinausgehen sagte sie: »Macht euch keine Sorgen, ich weiß, dass ihr Erfolg haben werdet.«

Kaum hatte sie den Raum verlassen, stand Anila auf, schritt zum Fenster und breitete die Arme aus. »Das Karussell *Primevère* schmücken vier Tiere: der edle Elefant, die elegante Giraffe, ein zauberhaftes Zebra, und über allen thront der launische Löwe, König der Tiere.«

Ihre Gouvernante schickte ein lautloses Gebet zum Himmel und stand auf. »Miss Anila, es wird Zeit …«

»Aber ja«, sagte ihre jüngste Schwester. Beim Hinausgehen sah sie sich noch einmal um und blickte Tamira direkt in die Augen. »Das Karussell.«

»Was meint sie damit?«, wollte Caroline wissen, als sich die Tür hinter Anila geschlossen hatte.

»Es gab wirklich genau vier Tierfiguren darauf: Elefant, Giraffe und einen prächtigen Löwen habe ich gesehen, aber ein Zebra war nicht darunter.«

»Und was war das vierte Tier?«

Sie zögerte einen Augenblick, bevor sie die Frage beantwortete. »Ein Tiger.«

29. KAPITEL

Die Schwestern lagen bereits in ihren Betten, als die Familie am späten Samstagabend von der Reise zurückkehrte.

Nach dem Kirchenbesuch am folgenden Sonntag ging Lord Abbotsleigh in den Club und seine Gattin widmete sich ihrer Korrespondenz. William und Henry hatten sie auf dem Rückweg in Riseley Hall, dem Familiensitz in Bedfordshire, abgesetzt, was es Tamira vorerst ersparte, ihrem Cousin das verschwundene Hemd zu erklären. Sie nahm sich vor, ihm später zu schreiben und von einem *Missgeschick* zu berichten. Mit der Bitte, seiner Mutter nicht zu erzählen, dass sie sich beim Nähen in den Finger gestochen hatte. Die Blutflecken seien nicht mehr zu entfernen gewesen und sie habe das Hemd verschenkt.

Sie schwindelte nicht gern, aber die Geschichte war glaubwürdig, denn jeder wusste, dass ihr Handarbeiten nicht lagen. Er würde sie bestimmt damit aufziehen, aber das war ihr egal.

Am Nachmittag ließ ihre Tante sie zu sich in die Bibliothek rufen. Als sie eintrat, standen Caroline und Mary bereits neben dem Schreibtisch und wirkten beunruhigt.

Lady Abbotsleigh sprang auf. »Da bist du ja endlich! Was hast du dir eigentlich dabei gedacht, diese Einladung abzusagen?« Sie wedelte mit einem Brief herum.

»Um welche handelt es sich denn?«

»Von Baron Wellsborough. Willst du deiner Schwester die Partie verderben?«

»Natürlich nicht! Aber wie kommen Sie darauf, dass …«

»Ich weiß, dass euch Wellsborough nicht gefällt, aber man stößt einen Gentleman nicht vor den Kopf, der ernsthafte Absichten hegt. Wenigstens du, Caroline, hättest das wissen müssen!«

»Ja, Tante.« Die Schwester senkte ihren Kopf, Tamira fröstelte. Caroline wollte den Baron nicht heiraten, und sie würde nicht zulassen, dass eine Darlington an den Meistbietenden verschachert wurde. »Ich habe gedacht, dass sich ein Maskenball nicht für einen Haushalt in Trauer eignet.«

»Du hättest im Zweifel Lady Cairnforth fragen müssen.«

»Ja, Tante Amanda.« Tamira hatten keinen Augenblick daran gezweifelt, dass es richtig war, diese Einladung abzulehnen. Doch das sagte sie nicht und wagte auch sonst keine Widerworte, um ihre Tante nicht noch mehr zu erzürnen.

»Lord Abbotsleigh und ich sind uns einig, die Saison wird wie geplant weitergeführt. Ich habe euch doch keine neue Garderobe bezahlt, damit ihr sie jetzt schwarz färbt.«

Im Grunde genommen hatte Amanda gar nichts bezahlt. Es mochte nicht so viel Geld vorhanden sein, wie sie geglaubt hatten, doch das Konto, das ihre Eltern hier in London besessen hatten, war ausreichend gefüllt gewesen, um Carolines Debüt zu ermöglichen, und für ein bescheidenes Nadelgeld reichte es auch. Das hatte ihr Onkel bestätigt. Für Tamiras exklusive Ausstattung war ohnehin ihre Patin aufgekommen.

»Ich könnte ihm schreiben, dass es ein Versehen war«, meldete sich Caroline zu Wort.

»Das reicht nicht. Du wirst dich morgen persönlich bei ihm entschuldigen und die Einladung annehmen.«

»Das kannst du nicht von mir verlangen, Tante Amanda!«, begehrte sie unerwartet auf, sie war blass wie ein frisch gebügeltes Leinentuch.

»Papperlapapp! Du bist nahezu verlobt mit ihm, und du nimmst natürlich eine Zofe mit.« Sie setzte sich wieder hinter den Schreibtisch ihres Mannes und wedelte mit einer Hand. »So, und nun lasst mich arbeiten.«

Entsetzt sahen sie sich an und eilten gemeinsam hinaus. Bevor Tamira die Tür hinter sich schloss, hörte sie Lady Abbotsleigh murmeln: »Das Mädchen kann froh sein, dass sie noch Bewerber hat, nachdem der Duke es offenbar nicht über sich bringt, eine Entscheidung zu treffen.«

Ihre Tante ließ auch am Montag nicht mit sich reden und wiederholte beim Frühstück ihre Anordnung.

»Wenn du darauf bestehst … Aber ich nehme die Kutsche«, entgegnete Caroline.

»Das kurze Stück kannst du ja wohl laufen.«

Caroline erwiderte den strengen Blick ihrer Tante mit einem ausdruckslosen Starren, und den Geschwistern war klar, dass sie das Haus auf keinen Fall zu Fuß verlassen würde.

Ihre Tante sah sie einen Augenblick lang abschätzend an und schien das ebenfalls zu erkennen. »Also meinetwegen. Nimm deine Zofe mit, ihr könnt im Anschluss bei der Modistin vorbeifahren und eine Bestellung abholen.«

Caroline stand auf und sagte kühl: »Sehr wohl, Mylady.«

Tamira wechselte einen Blick mit den Zwillingen und hoffte, sie würden verstehen, dass sie erst mal allein mit Caroline sprechen wollte. Die beiden nickten unauffällig.

»Wenn Sie mich entschuldigen wollen …« Tamira legte ihre Serviette beiseite und stand auf. Wortlos gingen sie die Treppe hinauf in die zweite Etage. Oben zog sie Caroline blitzschnell in ihr Zimmer und schloss die Tür. »Willst du da wirklich hinfahren?«

»Was soll ich denn anderes tun?«

»Wenn ich das wüsste. Warum hast du auf die Kutsche bestanden?«

»Glaubst du allen Ernstes, ich will gesehen werden, wie ich bei Wellsborough zu Kreuze krieche? Wieso weiß sie überhaupt von der Absage? Hast du seine Einladung nicht weggeworfen?«, fragte sie mit finsterer Miene.

»Sicher habe ich das. Er hat offenbar von ihrer Rückkehr gehört und sich beschwert.«

»Heiraten werde ich ihn jedenfalls nicht«, sagte Caroline nachdrücklich.

»Weil er so furchtbar ist oder weil du einen anderen liebst?«

»Woher …?« Sie seufzte. »Es ist ziemlich offensichtlich, nicht wahr?«

»Das kann man wohl sagen. Wann will Strathlink dir einen Antrag machen?«

»Er sagt, er müsse vorher etwas erledigen. Es sei wichtig und könnte eine ganze Weile dauern.«

»Wie lange?«

Sie blickte zu Boden und sagte kaum hörbar: »Nächstes Jahr.«

»Lieber Himmel! Und vorher wird er dich womöglich verführen und dann nie wieder auftauchen?«

»Nein! So einer ist er nicht. Er meint es ernst.«

»Ich kann mir, ehrlich gesagt, nicht vorstellen, dass jemand, der grün gepunktete Halstücher zu roséfarbenen Westen trägt, irgendetwas im Leben ernster nimmt als seinen ausgefallenen Modegeschmack.«

»Du bist gemein. Ich liebe ihn, und ich werde auf ihn warten, solange es nötig ist. Und falls du glauben solltest, dass ich den Duke heirate: Das kannst du dir auch aus dem Kopf schlagen.«

Tamira fühlte eine solche Erleichterung, dass sie sich ein Lächeln nicht verkneifen konnte. Dennoch sagte sie: »Dann ist ja gut. Ich heirate ihn auch nicht.«

»Doch, meine Liebe, du wirst ihn nicht abweisen. Eine von uns muss es tun. Für die Zwillinge und für Anila. Und außerdem magst du ihn mehr als nur ein bisschen.«

»Ich?«, rief sie entrüstet. »Auf keinen Fall!« Sie mochte nicht zugeben, dass es etwas zwischen Julian und ihr gab, das sehr wohl mehr als bloße Sympathie sein konnte. Zumindest Leidenschaft war reichlich vorhanden, dachte sie und spürte die Hitze in ihren Wangen. »Also meinetwegen, bringen wir es hinter uns.« Tamira ging zum Sekretär und schrieb ein *Billett*, anschließend zog sie an dem Glockenstrang neben ihrem Bett, um nach Yalda zu läuten.

Als die Kammerzofe erschien, gab sie ihr das Briefchen und sagte: »Der Bote soll auf eine Antwort warten.«

Yalda blickte auf den Umschlag und ein feines Lächeln erschien auf ihrem Gesicht. »Sehr wohl.«

»Gut. Ihre Ladyschaft möchte, dass meine Schwester Baron Wellsborough aufsucht. Nur mit einem Mädchen. Aber ich werde sie begleiten.«

»Sie wollen heimlich mitfahren?«

»Genau.« Erwartungsvoll sah sie die Zofe an.

Nun grinste Yalda unverholen. »Ich rede mit dem Kutscher, wenn es recht ist.«

Tamira kehrte zu ihrem Schreibsekretär zurück, schloss eine kleine Schublade auf und nahm Geld heraus, das sie der Zofe in die Hand drückte. »Wird das reichen?«

Yaldas Augen wurden groß. »Dafür fährt Jamie Sie bis zum Mond und zurück.«

»Nun, das ist gut zu wissen. Er möchte bitte den Wagen ohne Wappen nehmen.«

Als sie fort war, fragte Caroline: »Woher ist sie so sicher, dass er uns fährt? Er könnte seinen Job verlieren.«

»Sie mögen sich – sehr«, sagte Tamira.

Trotz der bedrückenden Situation musste Caroline lachen. »Wenn das so ist, dann wird es bestimmt klappen. Und an wen hast du geschrieben?«

»Warte ab. Ich habe eine Idee …« Sie hoffte inständig, dass ihr Plan aufgehen würde.

Die Zwillinge kamen herein. Henrietta setzte sich aufs Bett und begann zu zeichnen, Georgiana zog die Schuhe aus und hockte sich auf das breite Fensterbrett. Mit vier Personen war das winzige Schlafzimmer mehr als überfüllt.

»Tante Amanda ist mit Mary in den Drawing Room gegangen. Sicher wird sie genau aufpassen, dass du auch wirklich wegfährst.«

Henrietta sah kurz von ihrem Zeichenbuch auf. »Und? Wie sieht euer Plan aus?«

»Ich werde Caroline nachher begleiten. Ihr müsst uns Rückendeckung geben.«

»Klar, was sollen wir machen?«

»Ihr werdet mit Anila bei Gunter's Eis essen gehen.«

»Ohne Mademoiselle LeBon?«

»Keineswegs. Die Gouvernante nehmt ihr mit. Aber gebt ihr jetzt gleich Bescheid, damit sie ihren Verehrer benachrichtigen kann, den sie bei den Spaziergängen heimlich trifft. Dann bekommt sie nichts von unserem Plan mit.«

»Mir ist nicht ganz klar, was wir am Berkeley Square tun sollen«, warf Henrietta ein.

»Außer uns den Bauch mit Süßem vollzuschlagen«, ergänzte ihre Zwillingsschwester grinsend und fügte hinzu: »Ist doch klar: Tante Amanda darf nicht mitbekommen, dass sie zu zweit fahren. Sie wird annehmen, wir wären zusammen zu Gunter's gegangen.«

»Genau«, sagte Tamira und wandte sich an Caroline. »Wir kommen zum Berkeley Square, ich steige aus, und du fährst mit der Zofe nach Hause.«

»Du bist genial!«

»Und wann wird das sein?«, fragte Henrietta. »Wir können nicht stundenlang warten. Du weiß, wie Anila ist.«

»Ich kann es nicht genau sagen. Wenn sie unruhig wird, müsst ihr euch etwas einfallen lassen. Nehmt Zeichenzeug mit.«

»Das hat sie doch immer dabei.« Georgiana ließ sich vom Fensterbrett gleiten, bis ihre bloßen Füße den glatten Dielenboden berührten.

30. KAPITEL

»Das ging schnell.« Julian lächelte, als der Butler ihm die Karte auf einem Silbertablett überreichte: Tamira Isvari Bernadette Darlington-Devi. Was für ein Name!

Er war früh ausgeritten, hatte ein paar Besorgungen gemacht und gönnte sich nun ein zweites Frühstück. »Führen Sie Miss Darlington in die Bibliothek. Ich bin gleich bei ihr.«

»Bei ihnen, Euer Gnaden. Es sind zwei Ladys – und eine Zofe«, fügte er pikiert hinzu. Es klang wie *wenigstens das*, denn ein solcher Besuch bei einem Junggesellen war in höchstem Maße ungewöhnlich. Tamira und ihre Schwester mussten einen wichtigen Grund für ihr Kommen haben. Sie hatte ihm eine Nachricht gesandt, in der sie um eine Unterredung bat. Weshalb sie so dringend mit ihm sprechen wollte, stand nicht darin. Womöglich hatte sich noch jemand auf die Anzeige gemeldet? Vorhin war er bei der *Morning Post* gewesen, und es dauerte nicht lange, bis er herausfand, wer von den Männern gegen eine kleine Zuwendung bereitwillig die Identität der Anzeigenkunden offenbarte.

Verängstigt berichtete ihm ein Druckergeselle, wie es dazu gekommen war. Ein Pferdebursche habe das Inserat gebracht. Später habe der Junge jeden zweiten Tag vorbeigeschaut, um sich nach Post zu erkundigen.

»Und das haben Sie Brixton erzählt?«

»Wem?« Ratlos blinzelte der Geselle ihn an, bis Begreifen sein Gesicht erhellte. »Ach so, dem Gentleman mit dem goldenen Ohrring. Ich habe keine Adresse angegeben oder so.«

Julian war klar, dass dieser Brixton Abbotsleighs Stallburschen gefolgt sein musste. Die restlichen Informationen hatte er möglicherweise einem Dienstmädchen abgeschmeichelt. »Haben sich noch weitere Gentlemen erkundigt?«, fragte er grimmig.

»Nein, Euer Gnaden. Niemand.«

Er glaubte dem Drucker kein Wort, aber wenn er die Wahrheit nicht aus ihm herausschütteln wollte, musste er sich mit der Antwort begnügen. Vielleicht hatten seine Besucherinnen etwas Erhellendes zu berichten.

Lächelnd faltete er seine Serviette zusammen, legte sie neben den Teller und stand auf. Er freute sich, Tamira wiederzusehen, und hoffte, dass sie das gestrige Abenteuer unversehrt überstanden hatte. Wegen der Hitze, die drückend über der Stadt lag, war er nicht passend gekleidet, um Damenbesuch zu empfangen. Jedenfalls nicht, wenn es sich dabei um Ladys handelte. Julian hatte nicht damit gerechnet, dass sie so schnell hier sein würde. Er wollte sie aber auch nicht warten lassen. Während Julian durch die Halle ging, rollte er die aufgekrempelten Ärmel ein Stück hinunter und zog eine ungefütterte Leinenjacke über. Bei diesen Temperaturen musste der schlichte Rock dem Anstand genügen.

Die Zofe der Darlingtons beobachtete ihn mit großen Augen. Er kannte sie vom Sehen und nickte ihr kurz zu. Mit dem Ergebnis, dass das junge Mädchen knallrot anlief. Sein Butler gab ein missbilligendes Schnaufen von sich, öffnete die Tür zur Bibliothek und kündigte ihn mit einem Pathos an, das er vermutlich für würdevoll hielt.

Weitaus weniger würdevoll blieb Julian stehen, um das Bild

in sich aufzunehmen, das sich ihm unerwartet bot. Caroline stand mitten im Raum und sah ihm besorgt entgegen. Sie trug ihren Schutenhut in der Hand und hatte die hellblaue Spenzerjacke am Hals aufgeknöpft, das gestreifte Musselinkleid zeichnete weich ihre Figur nach. Keine Frage, Strathlink konnte sich glücklich schätzen, ihre Zuneigung gewonnen zu haben.

Bei Tamiras Anblick aber verschlug es ihm die Sprache. Neben ihr auf dem Boden lagen achtlos hingeworfen eine lichtgrüne Jacke und ein passend aufgeputzter Strohhut. Ganz so, als wäre sie hier zu Hause und nicht zum ersten Mal zu Besuch. Sie stand auf Zehenspitzen vor dem Bücherregal nahe den hohen Fenstern zum Garten und hatte den Kopf in den Nacken gelegt. Während sie sich nach einem Buch streckte, zeigte sie unbewusst das Feenhafte ihrer langgliedrigen Gestalt. Die Sonne zauberte einen Kranz um ihr dunkles Haar und erweckte die hell getupften Blüten auf dem luftigen Stoff des Kleides zum Leben. Julian räusperte sich.

Sie fuhr herum, und auf ihrem Gesicht zeichnete sich zunächst Überraschung mit einer Spur Verlegenheit ab, doch schnell wurde beides von einem so strahlenden Lächeln hinweggefegt, dass es ihm nahezu den Atem raubte.

»Ach, Asherton. Da sind Sie ja schon! Ich dachte, es würde länger dauern, und wollte mir derweil dieses Buch ansehen, wären Sie so freundlich, es mir herauszuziehen? Ich bin zu klein.« Dabei zog sie die Nase kraus, als ärgerte sie sich über diesen Umstand.

Mit wenigen Schritten war er bei ihr und konnte nicht widerstehen: »Soll ich Sie hochheben, damit Sie da oben drankommen?«, raunte er ihr zu und nutzte die Gelegenheit, ihren Duft einzuatmen, der ihn immer an farbenfrohe exotische Gewürze und Jasmin mit einer Prise Pfeffer erinnerte.

»Es genügt, wenn Sie es mir herunterreichen. Vielen Dank«,

sagte sie und ging vor ihm in die Knie, um Jacke und Hut aufzuheben.

Julian atmete heftig ein. Hatte sie eine Ahnung, was ihre arglose Natürlichkeit mit ihm anstellte? Er konnte sich kaum vom Anblick des zart geschwungenen Nackens losreißen, auf dem ein schmales Goldkettchen verheißungsvoll glitzerte.

Julian reichte ihr die Hand, zog sie auf die Füße und gab ihr das Buch. Hastig machte er einen Schritt zurück, um den Abstand zwischen ihr und sich zu vergrößern. So nahe war er nicht sicher – und diese verführerische Nymphe noch viel weniger. Bemüht, sich nichts vom Aufruhr in seinem Inneren anmerken zu lassen, fragte er kühl: »Sie interessieren sich für die Memoiren von Mary Robinson?« Die Frau hatte ein bewegtes Leben geführt. Sie war als Schauspielerin und Autorin zu einigem Ruhm gekommen, hatte unter dem Schutz der nicht minder wilden Georgiana Cavendish, Herzogin von Devonshire, gestanden und war die erste Geliebte des jungen Georg IV. gewesen. »Sie werden sich hoffentlich kein Vorbild an der Dame nehmen?«

»Das werde ich entscheiden, wenn ich es gelesen habe. Darf ich …?«

Er verbeugte sich vor ihr. »Behalten Sie es, solange Sie möchten.« Endlich erinnerte er sich daran, dass sie nicht allein waren. »Meine Damen, nehmen Sie bitte Platz. Kann ich Ihnen Tee anbieten?«

»Sehr gern«, sagte Tamira. Caroline blieb stumm.

Julian gab dem Butler ein Zeichen, und als der davongegangen war, fragte er: »Was führt Sie zu mir? Doch nicht Ihr Mangel an Lesestoff?«

Das Lächeln verschwand aus Tamiras Gesicht.

»Ich wünschte, es wäre nur das.« Und dann erzählte sie ihm von Lady Abbotsleighs merkwürdigem Auftrag.

»Und deshalb fürchten Sie, in Wellsboroughs Haus nicht sicher zu sein? Ist es das?«, wandte er sich an Caroline, die errötend auf ihre Hände blickte.

»Er hat meine Schwester mehrfach … belästigt«, sagte Tamira an ihrer Stelle. »Ich wusste nicht, an wen wir uns sonst hätten wenden können.«

Julian erinnerte sich daran, dass Samuel beim Picknick Ähnliches beobachtet haben wollte. Damals hatte er die Sache nicht ernst genommen, aber es war selbstverständlich nicht hinzunehmen, dass die Mädchen sich vor einem Mann fürchten mussten, der sich in erstklassiger Gesellschaft bewegte. Er hatte große Lust, den schmierigen Baron zu fordern, obwohl es nicht seine, sondern Abbotsleighs Aufgabe gewesen wäre. Als ihr Oheim würde der Earl ja wohl in der Lage sein, seine Ehefrau zur Raison zu bringen.

»Sie hatten recht, zu mir zu kommen. Ich werde mit Ihrem Onkel reden.«

»Nein!«, sagte Caroline, die bisher kein Wort gesprochen hatte. Leiser fügte sie hinzu: »Das würde mir nicht helfen.«

Der Tee wurde serviert, und während Caroline es übernahm, ihn zuzubereiten, erläuterte Tamira ihren Plan: »Lady Fiona Gordon hat erzählt, dass der Baron versucht hat, sie zu kompromittieren, indem er sie bei einem Besuch in seinem Haus überreden wollte, seine Schmucksammlung zu besichtigen. Er glaubt wohl, dass eine Frau danach hungert, Juwelen zu betrachten. Susan hat sie begleitet, hat sich dann jedoch entschuldigt und das Hausmädchen mitgenommen, sodass Lady Fiona mit ihm allein war.«

Julian konnte kaum glauben, was er da hörte. Aber er unterbrach sie nicht.

»Sie sagt, er hätte sie geküsst, wenn sie nicht blitzschnell auf den Balkon geflohen wäre.«

Sie stockte und in ihren Augen blitzte ganz kurz der Schalk auf. »Von dort aus kann man in den Nachbargarten gelangen, wie wir wissen.«

»Und weshalb hat sie das nicht getan?«

»Der Skandal wäre eine Katastrophe für ihre Saison gewesen. Glauben Sie, Lady Brentford hätte das für sich behalten?«

Möglicherweise schon, dachte er. Sie hatte seine Begegnung mit Tamira in der Bibliothek ihres Landsitzes nie wieder erwähnt. Aber das war auch etwas anderes.

Er griff nach der Tasse Tee, die ihm Caroline reichte, und trank einen Schluck. »Was ist dann geschehen?«

»Sie hat ihm klargemacht, dass der Marquess of Lochwood ihn zum Duell fordern würde. Außerdem ist sie die Lieblingsenkelin des Duke of Glamorgan, und der alte Herr soll ein aufbrausendes Temperament haben.«

Julian stand auf, verschränkte die Hände hinter dem Rücken und ging in der Bibliothek auf und ab. Ihm war bewusst, dass die jungen Ladys niemandem davon erzählt hatten, um ihrem Ruf nicht zu schaden. Wie absurd! Damit spielten sie solchen Lüstlingen direkt in die Hände. Wellsborough hätte ebenso behaupten können, Lady Fiona Gordon habe es auf sein Geld abgesehen. Lochwood, das wusste jeder, war ein Spieler und ständig in finanziellen Schwierigkeiten, aber er war ein exzellenter Schütze. Auch mit dem streitlustigen und einflussreichen Duke of Glamorgan hatte er sich nicht anlegen wollen. Das war Lady Fionas Rettung gewesen. Bei den Darlingtons hingegen nahm Wellsborough nach den Ermunterungen ihrer Tante offensichtlich an, freie Hand zu haben.

»Unter diesen Umständen kann ich nicht erlauben, dass Sie in die Curzon Street fahren«, sagte er ernst.

Tamira achtete nicht auf seine Worte. »Wir haben uns Folgendes gedacht: Wir besuchen Miss Market. Sobald der Baron auftaucht und Caroline ihre Entschuldigung loswird, mache ich Ihnen ein Zeichen am Fenster und Sie kommen nach.«

»Was …?«

»Lassen Sie mich bitte ausreden, Asherton. Ein Duke, der Miss Market besucht, würde nicht mal abgewiesen werden, wenn er mitten in der Nacht käme. Verstehen Sie? Wir verabschieden uns nach ein paar Minuten, wie es sich gehört. Selbstverständlich sind wir verschnupft, dass Sie sich nun anderweitig orientiert haben.« Sie sah ihn frech an und er konnte nicht anders, als ihr verschwörerisches Grinsen zu erwidern.

»Das könnte funktionieren.« Julian überlegte blitzschnell. Er hatte zwar keine Lust darauf, der aufdringlichen Miss Market einen Besuch abzustatten. Aber andererseits reizte ihn dieses Abenteuer genug, um zuzustimmen. »Meinetwegen, uns bleibt wenig Zeit.« Er riss die Tür auf und stieß fast mit dem Butler zusammen. »Giles! Ich brauche den Zweispänner um halb drei vor der Tür, außerdem einen Blumenstrauß …« Ratlos sah er zu den Schwestern.

»Lilien«, sagte Tamira. »Der Duft löst garantiert Kopfschmerzen aus.«

»Viele Lilien«, fügte ihre Schwester heiter hinzu.

»… mit allen Lilien, die Sie auftreiben können. Sagen Sie MacAlister Bescheid, ich erwarte, das Haus zu verlassen, sobald die Kutsche vorfährt.«

»Sehr wohl, Euer Gnaden.« Der Butler verbeugte sich und wollte davoneilen.

»Giles? Bitte sorgen Sie dafür, dass die Zofe der Ladys Tee und etwas zu essen bekommt.«

Zu Tamira und Caroline gewandt sagte er: »Sie müssen mich jetzt entschuldigen, fühlen Sie sich wie zu Hause.«

Die Uhr in der Halle schlug die halbe Stunde, als er die Treppen hinunterlief. Die Darlingtons sahen ihm bereits erwartungsvoll entgegen, und er nahm mit Befriedigung zur Kenntnis, dass beide vorsichtig genug waren, einen Schleier über ihren Hüten zu tragen, um beim Betreten und Verlassen seines Hauses nicht so leicht zu erkennen zu sein.

Angesichts der kurzen Zeit, die ihm zur Verfügung gestanden hatte, hatte sich MacAlister selbst übertroffen. Sein Leibdiener war begeistert von Julians, oder besser gesagt Tamiras, Plänen. »Diese Lady hat einen Esprit, wie man ihn sich für eine Duchess nur wünschen kann.«

Julian hatte nichts dazu gesagt.

Diese Lady hat das Potenzial, ein Königreich zu stürzen, dachte er für sich.

31. KAPITEL

»Glaubst du, es wird funktionieren?«, fragte Caroline bang.

»Sicher. Hast du gesehen, wie schnell Asherton war? Normalerweise braucht ein Gentleman mindestens doppelt so lange, um sich aus dem Haus zu trauen. Dein Strathlink ganz bestimmt.«

Ihre Schwester sah aus dem Fenster. »Der Duke ist ein schöner Mann.«

»Mich wundert, dass dir das auffällt. Wenn du mich fragst, er hat etwas an sich, das eine Frau allen Anstand vergessen lassen kann.«

Caroline schlug in einer manierierten Geste die Hand vor den Mund, als wäre sie schockiert, doch in ihren Augen glitzerte der Schalk. »Wir sind gleich da.«

Wie nicht anders erwartet, wurden sie empfangen. Zweifellos hatte Lady Abbotsleigh ihren Besuch angekündigt, und sollte Miss Market überraschend nicht mit ihrem Vater gemeinsame Sache machen, so würde sie doch darauf brennen, zu erfahren, ob Mary und die Darlingtons abreisen oder die Saison fortführen würden. Susan begrüßte Caroline sehr herzlich und stellte ihr die beiden Gentlemen vor, die ihre Aufwartung machten. Tamira war ihr nur einen kurzen Blick wert, als wäre sie nicht mehr als eine unbedeutende Anstandsdame. Darauf hatte sie gehofft, und wie es sich für eine stumme Begleitung gehörte, ging Tamira zum Fenster und sah hinaus, bevor sie sich abseits der anderen setzte und sittsam den Blick senkte. Von Asherton war noch nichts zu sehen.

Wenige Minuten nach ihrer Ankunft verabschiedeten sich die Gentlemen mit einem irritierten Blick auf Tamira, die ihnen fröhlich zulächelte, als sei alles in bester Ordnung.

»Sie hatten noch gar keine Gelegenheit, die Schmucksammlung meines Vaters zu betrachten, nicht wahr?«, hörte sie Susan sagen.

Caroline entgegnete freundlich: »Bedauerlicherweise hat es sich nicht ergeben.«

Wie auf ein Stichwort betrat der Baron den Raum, und Tamira fühlte sich an eine Theaterinszenierung erinnert. Wellsborough begrüßte sie mit einem säuerlichen Lächeln und wandte sich dann Caroline zu. Das gab ihr die Gelegenheit, zurück zum Fenster zu gehen und hinauszusehen. Der Duke sprang vom Wagen und warf seinem Groom die Zügel zu. Er musste das Haus die ganze Zeit im Blick gehabt haben.

Caroline spielte ihre Rolle überzeugend. Sie begrüßte Wellsborough und trug ihre Entschuldigung wie abgesprochen vor. »Es war ein Versehen. Selbstverständlich nehme ich Ihre freundliche Einladung sehr gern an.«

»Nichts anderes habe ich erwartet«, entgegnete er selbstgefällig und rieb sich dabei mit einer Hand über den Bauch. »Sie interessieren sich für exotischen Hochzeitsschmuck? Ihre Schwester ist dem Thema ja wenig zugetan, wie man hört«, fügte er mit einem süffisanten Grinsen in Tamiras Richtung hinzu. Susan zeigte ein zufriedenes Lächeln, das ihre Augen nicht erreichte.

Tamira gönnte beiden den Pyrrhussieg und sagte seidenweich: »Wie scharfsinnig von Ihnen, Baron.«

In diesem Augenblick wurden sie von einem Hausdiener unterbrochen, der regelrecht hereinplatzte.

»Was soll das?«, fragte Wellsborough barsch.

»Sir, Mylord! Seine Gnaden …«

Bevor er den Satz zu Ende führen konnte, betrat Julian den Raum, gefolgt von einem Lakaien in Asherton-Livree, der einen monströsen Lilienstrauß im Arm trug.

Susan erstarrte für einen winzigen Augenblick, als müsste sie sich hinter den Kulissen für einen Rollenwechsel wappnen, und stand dann geschmeidig wie eine Katze auf, zeigte eine Menge perlweißer Zähne und schnurrte: »Euer Gnaden! Was für ein zauberhafter Strauß!«

Tamira hatte Mühe, ihr Lachen mit einem Husten zu kaschieren. Caroline blickte angemessen säuerlich, als wäre sie verärgert, dass sich ihr Verehrer offensichtlich umorientiert hatte. Asherton schien nur Augen für seine neue Flamme zu haben.

Der scharfe Duft der Lilien biss in ihrer Nase. Tamira erhob sich. »Es war uns ein Vergnügen, Lord Wellsborough. Wenn sie uns nun entschuldigen wollen? Mir scheint, hier ist alles gesagt, und wir haben weitere Erledigungen für Lady Abbotsleigh zu machen.«

Susan entließ sie mit einer ungeduldigen Handbewegung, der Baron hatte immerhin den Anstand, ihnen anzubieten, sie zur Tür zu begleiten.

»Danke, das ist nicht nötig«, sagte Caroline kühl. Mit einer Aura der Empörung verließen sie Seite an Seite Wellsboroughs Haus.

Doch als sie in ihre Kutsche einsteigen wollten, saß außer der Zofe noch jemand darin. Samuel Hayes begrüßte sie mit den Worten: »Nicht erschrecken, kommen Sie herein, *my Darlings*!« Er grinste breit, als wäre er der erste Mensch auf der Welt, dem dieser Scherz über ihren Namen eingefallen war.

Der Lakai schloss den Schlag, und gleich darauf fuhr die Kutsche an.

»Er weiß doch gar nicht, wohin wir wollen!«, sagte Caroline alarmiert.

»Doch, ich habe es ihm gesagt. Wir fahren in die *Bear and Bagged Staff Mews*«, entgegnete Samuel.

»Wohin?«

Er grinste. »In die Gasse hinter unserem Haus. Komischer Name, oder?«

Misstrauisch sah Tamira ihn an. »Das ist ebenso hinter Wellsboroughs Haus. Woher wissen Sie überhaupt, dass wir hier sind?«

»Julian – ich meine der Duke – hat mir eine Nachricht geschickt. Er wird Sie bei uns abholen, wenn sein unsäglicher Besuch beendet ist, und wir – Anbelle kommt auch mit – begleiten Sie zu Gunter's. Ist das nicht genial?«

»Genial?«, fragte Caroline irritiert.

Tamira aber hatte sofort verstanden, was Asherton damit beabsichtigte. »Dann fällt nicht auf, dass wir eine Stunde länger gebraucht haben als notwendig. Du fährst zur Modistin und anschließend ohne Umwege nach Hause. Daisy wird uns schon nicht verraten, nicht wahr?« Sie lächelte der Zofe zu.

»Ich kann schweigen wie eine tote Ente. Der Baron ist ein schrecklicher Mensch«, fügte Daisy leise hinzu.

Tamira wechselte einen schnellen Blick mit Samuel und schüttelte kaum merklich den Kopf, als er Anstalten machte nachzufragen. Er wusste ebenso wie Caroline und sie, was das bedeuten konnte, und sie nahm sich vor, später mit dem Mädchen darüber zu sprechen.

Die Fahrt um den halben Block war kurz. Am Hinterausgang wartete Anbelle. Tamira stieg mit Lord Hayes aus, und die Kutsche fuhr sogleich weiter.

Nachdem sich die Freundinnen begrüßt hatten, sah Samuel sie an: »Kennt ihr das Rätsel mit dem Wolf, dem Schaf und dem Kohlkopf?«

»Wie geht das?«, fragte Tamira.

»Die drei wollen sich von einem Fährmann über den Fluss bringen lassen, aber das Boot ist so klein, dass er immer nur einen Passagier transportieren kann.«

»Aha! Ich verstehe. Die Aufgabe ist, sie so rüberzubringen, dass niemand aufgefressen wird.« Sie lachte. »Das wäre ein vortreffliches Rätsel für Georgiana. Und wie lautet die Lösung?«

»Ich habe sie vergessen, lasst uns drüber nachdenken.«

Das taten sie, aber sie hatten immer noch keine gefunden, als Julians Kutsche neben ihnen anhielt.

»Der Wolf könnte auch einfach den Fährmann fressen«, schlug Tamira beim Einsteigen vor. »Dann ist er satt und kann erst das Schaf und danach den Kohlkopf rüberbringen.«

»Meinst du, Wölfe können rudern?«, fragte Anbelle und begann zu lachen, als sie in Ashertons Gesicht sah. »War es sehr schlimm?«

»Darüber spricht ein Gentleman nicht«, sagte er finster, und alle vier lachten. Es stellte sich heraus, dass neuer Besuch angekommen war und er sich vorzeitig hatte verabschieden können.

Am Berkeley Square klopfte der Duke ans Dach, um den Kutscher zum Anhalten aufzufordern. Sobald das Gefährt am Rondell anhielt, öffnete er den Schlag und sprang hinaus. Samuel folgte ihm und half beim Aussteigen.

»Ich nehme das Übliche«, sagte Anbelle.

»Sehr wohl, Mylady. Und Sie, Miss Darlington?«, fragte Samuel schmunzelnd.

»Ich weiß nicht, ob noch Zeit ist …«

»Aber ja! Für ein Eis ist immer Zeit, was meinst du, Asherton?«

»Selbstverständlich«, antwortete der Duke abwesend und sah stirnrunzelnd die Straße hinunter. »Ist das nicht die Gouvernante Ihrer Schwester, die da gerade aus dem Garten von Lansdown House kommt?«

Samuel, der besser sehen konnte als sein Freund, grinste. »Ich denke schon. Sie sieht ein bisschen derangiert aus, aber recht glücklich, soweit ich das beurteilen kann.«

»Samuel Hayes, du vergisst dich! Es sind Damen anwesend«, sagte Anbelle und stieß ihn mit ihrem Fächer an. »Ach, guck. Da sind ja auch deine Schwestern.«

Tamira sah in die Richtung, in die sie gewiesen hatte, und seufzte. Die Zwillinge flegelten sich auf der Bank neben einer Platane und aßen Eis. Anila saß im Schneidersitz vor der Blumenrabatte und zeichnete.

»Gütiger Himmel! Asherton, würden Sie mich einen Augenblick entschuldigen?« Sie hätte gern den Hut abgesetzt, so warm war ihr.

»Was haben Sie vor?«

»Zuerst meine Schwestern einsammeln.« Und später Anilas Gouvernante zur Rede stellen, außerdem mit der Zofe Daisy über Wellsborough reden, dachte sie grimmig.

»Ich begleite Sie, falls Sie nichts dagegen haben.«

Ganz und gar nicht. »Wenn Sie meinen.« Sie legte die Fingerspitzen auf den dargebotenen Arm.

Henrietta, die mit einem grünen Fächer spielte, bemerkte sie zuerst. »Tamira!«

»Wieso seid ihr allein?«, fragte sie scharf.

Georgiana sah nur kurz von ihrer Lektüre auf. »Weil Francine mit ihrem Galan poussiert.«

»Meine Damen, ich schlage vor, dass Sie Ihre zweifellos anregenden Tätigkeiten unterbrechen«, sagte Asherton freundlich, aber bestimmt. Zu Tamiras Verdruss taten ihre Schwestern sofort, was er verlangte. Wie es sich für wohlerzogene junge Mädchen gehörte, standen die drei sofort auf und strahlten ihn an. Und das war noch nicht alles.

»Euer Gnaden, möchten Sie meinen Falter sehen?«, fragte Anila und hielt ihm eine Blechdose entgegen.

»Unbedingt!« Er öffnete die Dose, und ein blassblauer Falter streckte seine Fühler aus. »Ist das etwa ein Ameisenbläuling?«, fragte er überrascht.

»*Maculinea arion.*« Anila strahlte. »Sieht er nicht bezaubernd aus?«

»In der Tat, sehr beeindruckend. Aber ich wundere mich, wovon der Bläuling hier lebt. Es ist nicht sein natürliches Habitat, meinen Sie nicht?«

»Vielleicht stammt er aus einem der privaten Gärten. Im Lansdown House Garden soll es auch welche geben, sagt Mademoiselle LeBon.«

»Ach, wirklich? Deshalb ist sie womöglich dort gewesen.«

Anila kicherte. »Ganz bestimmt.«

»Wir müssen los«, unterbrach Tamira schweren Herzens das Gespräch und sah der Gouvernante entgegen, die sich im Laufschritt näherte.

»Mademoiselle Tamira, lassen Sie mich erklären …«, sagte sie gleich darauf.

»Nicht jetzt! Wir kehren nach Hause zurück. Warten Sie mit meinen Schwestern an der Ecke Hill Street.«

»*Comme vous voudrez*, wie Sie wünschen, Mademoiselle.«

»Es tut mir leid, das Eisessen müssen wir auf ein andermal

verschieben. Würden Sie mich bei den Hayes entschuldigen?«, sagte sie zu Asherton.

»Selbstverständlich.« Er nahm sie beiseite. »Wegen Wellsboroughs Maskenball … Ich habe mir überlegt, an dem Tag eine Nachmittagsgesellschaft im Belvedere Tea Garden zu veranstalten.«

»Tante Amanda wird darauf bestehen, dass Caroline später den Ball besucht.«

»Sicherlich lässt sich etwas arrangieren, damit sie abends nicht zum Tanz gehen kann – was meinen Sie?«

Nachdenklich sah sie ihren Schwestern hinterher. »Ich weiß es nicht … Könnten wir die Einzelheiten irgendwo in Ruhe besprechen?«

Er lächelte sie schelmisch an. »Nun, da Lord Hayes und seine Schwester daran beteiligt sein werden, bietet sich ein Planungstreffen bei den Brentfords an, würde ich sagen.«

»Eine ausgezeichnete Idee! Ich hatte ja keine Ahnung, dass Sie so … einfallsreich sind.«

Er beugte sich über ihre Hand. »Es freut mich, dass ich Sie überraschen konnte.«

»Oh, das tun Sie immer«, konterte sie mit einem koketten Augenaufschlag. »Wären Sie so gütig, mich zu meinen Schwestern zu begleiten?«

32. KAPITEL

Am folgenden Tag nahmen Cousine Mary und Caroline wieder ihre Besuchsroutine auf. Begleitet wurden sie von Tante Amanda, die darauf brannte, den Klatsch zu hören, den sie während ihrer Abwesenheit verpasst hatte.

Tamira beschloss, vor ihrer Verabredung mit Asherton bei einer Putzmacherin vorbeizusehen, deren Laden direkt neben der kleinen Buchhandlung lag, die sie besonders gern aufsuchte. Daisy begleitete sie. Unterwegs traf sie einige Ladys, mit denen sie sich in den vergangenen Wochen angefreundet hatte. Sie tauschten neueste Gerüchte aus, gaben sich Einkaufstipps oder verabredeten sich auf einen Plausch bei der nächsten Veranstaltung.

So kann das Leben in London aussehen, dachte sie. Man trifft sich tagsüber in der Nachbarschaft, trinkt nachmittags gemeinsam Tee und verbringt die Abende in traumhaft geschmückten Ballsälen. Diese Aussicht war verlockend, aber für Tamira unbezahlbar. Ihr Erbe, zu dem auch ein kleines Cottage in der Nähe von Sevenoaks in Kent gehörte, reichte aus, um ein bescheidenes Leben auf dem Land zu führen. Jeden weiteren Luxus würde sie sich erarbeiten müssen, und genau das hatte sie vor.

Das Hauptgeschäft ihrer Lieblingsbuchhandlung befand sich am *Strand,* aber in der kleinen Dependance in Mayfair gab es die wichtigsten Neuerscheinungen zu kaufen, und man konnte sich jedes Buch hierher bestellen, falls es nicht vorrätig sein sollte. Die junge Frau, die das Geschäft betrieb, war die Schwester eines bekannten Druckers und Verlegers. Mrs Carter teilte nicht nur ihre literarischen Vorlieben, sie war außerordentlich gut über das kulturelle Leben der Stadt informiert. Tamira gehörte inzwischen zu den regelmäßigen Kundinnen. Dass sie selbst schrieb, hatte sie allerdings bisher noch nicht zu erwähnen gewagt.

»Miss Darlington-Devi, Lord Byron ist wieder in der Stadt!«, wurde sie von der melodischen Stimme mit dem sympathischen schottischen Singsang empfangen.

»Das wusste ich nicht. Wo war er denn?«, fragte Tamira höflich, obwohl sie bereits einiges über den jungen Dichter gehört hatte.

»Auf Grand Tour, er hat den Kontinent bereist, Griechenland und sogar den Orient.«

Das weckte ihr Interesse. »Hat er Ausgrabungen besucht?«, fragte sie auf gut Glück.

»Wie aufregend, dass Sie danach fragen! Er soll Lady Sunborough und ihren Sohn aufgesucht haben.« Als sie Tamiras ratlosen Gesichtsausdruck bemerkte, sagte sie: »Das ist die Mutter des Duke of Asherton. Eine großartige Frau! Ich habe sie letztes Jahr kennengelernt, als sie den Tod ihres Mannes attestieren musste.«

»Warum das denn?«

Die Buchhändlerin lachte. »Die Verflechtungen im Hochadel sind wirklich verwirrend. Wenn man, wie Sie, aus einem anderen Land …« Sie unterbrach sich. »Das ist nicht böse gemeint, aber ich finde es schwierig, das alles im Kopf zu behalten, und ich habe mein Leben lang mit Nachrichten aus der Welt des Ton zu tun gehabt.«

»Ich weiß, was Sie meinen. In Indien war es nicht anders. Die Geheimnisse der britischen Gesellschaft habe ich tatsächlich noch längst nicht durchdrungen.«

»Dafür haben Sie ja uns Zeitungsleute.« Die Buchhändlerin zwinkerte ihr zu und erklärte: »Viscount Sunborough war Wissenschaftler und ein Sohn des alten Duke of Asherton. Sein älterer Bruder, ein Marquess, hätte die Herzogswürden erben sollen, verstarb jedoch nach einem Kutschunfall an einem Krampfleiden und hinterließ eine trauernde Familie, aber keinen Erben. Der Zweitälteste war kurz zuvor verstorben und dessen Sohn, ein unangenehmer Zeitgenosse, ließ sein Leben im Duell. Man sagt, er habe versucht zu betrügen.«

»Das klingt abenteuerlich!«

»Allerdings. Aber warten Sie ab, es kommt noch schlimmer. Als Sunborough die Nachricht über das unerwartete Erbe erreichte, soll er alles andere als begeistert gewesen sein. Ein Herzog trägt eine riesige Verantwortung. Er kann nicht einfach alte Griechen ausbuddeln.« Sie lachte, wurde aber gleich wieder ernst. »Er begab sich mit einem Freund auf Segeltour, um über die neue Situation nachzudenken. Dabei gerieten sie in einen Sturm, und das Boot kenterte.« Sie senkte ihre Stimme. »Die Leiche wurde bis heute nicht gefunden, aber es soll dort riesige menschenfressende Fische geben.«

»Haie. Das sind möglicherweise Haie«, sagte Tamira. Sie hatte am *Kap der Guten Hoffnung* vor Afrika mit eigenen Augen gesehen, wie groß diese Tiere sein konnten.

»Julian Weston soll in Ägypten gewesen sein, als ihn die Nachricht erreichte. Es heißt, er wollte den Titel ablehnen, aber schließlich hat er sich überzeugen lassen, die Verantwortung zu übernehmen. Danach hat ihn niemand mehr in London gesehen, wahrscheinlich hatte er genug damit zu tun, sein

Erbe zu sichten. Sie können sich vorstellen, dass es einen ziemlichen Wirbel gab, als er dieses Jahr zur Saison in die Stadt kam.«

Gedankenverloren griff Tamira nach einem Lesezeichen, auf dem griechische Göttinnen abgebildet waren. Sie hatte nicht gewusst, welch traurigen Verlust Asherton in kurzer Zeit hatte verschmerzen müssen. Kein Wunder, dass er manchmal so verschlossen wirkte.

Sie zwang sich zu einem Lächeln. »Das war sehr aufschlussreich.«

»Dachte ich mir.« Die Buchhändlerin zwinkerte ihr zu. »Und was Lord Byron betrifft, den werden Sie sicher bald in den Salons antreffen. Er ist Dichter und zum Niederknien schön.« Sie seufzte. »Begabt ist er auch, obwohl seine erste Veröffentlichung zu Recht keinen Anklang gefunden hat. Ich bin durch die abfällige Rezension in der *Edinburgh Review* darauf aufmerksam geworden. Mein Bruder hat mit Byron in Cambridge studiert und sagt ihm eine große Zukunft voraus.« Sie schob ein schmales Büchlein über den Tisch. »Vielleicht wollen Sie hineinsehen?«

Neugierig geworden, kaufte Tamira es und sah sich weitere Druckwerke an. Als sie gehen wollte, bemerkte sie, dass Daisy voller Verzückung in ein Buch blickte.

»Was liest du da?«

Die Zofe errötete heftig. »Nichts, Miss Darlington.«

Tamira griff nach dem Buch, das Daisy eilig zurückgelegt hatte, und blätterte darin.

»Eine erbauliche Liebesgeschichte«, sagte die Händlerin sanft und nickte ihr zu.

»Dann nehme ich die auch mit.«

Draußen zog sie ihre Uhr hervor. »So spät schon! Den Besuch bei der Putzmacherin müssen wir wohl verschieben.« Sie drehte sich um und wäre beinahe mit einem Gentleman zusammengestoßen.

»Miss Darlington, welch eine Freude!« Der Mann lupfte den Hut und verbeugte sich galant.

Auch ohne sein Gesicht zu sehen, hätte sie gewusst, dass sie dem unvergleichlichen Mr Strathlink gegenüberstand. »Ganz meinerseits.« Erstaunt betrachtete sie ihn. »Sie haben sich selbst übertroffen, wenn ich so frei sein darf, mir diese Bemerkung zu erlauben.«

»Aus Ihrem Mund zweifellos ein Kompliment.«

»Aber ja, seitdem ich vor den Seychellen das einzigartige Grün des Indischen Ozeans bewundert habe, kann ich mich gar nicht mehr daran sattsehen.«

»Ich wusste immer schon, Reisen bildet nicht nur den Verstand, sondern auch den guten Geschmack.«

Tamira lachte und hielt sich schnell die Hand vor den Mund. »Man hätte es nicht besser sagen können. Leider muss ich mich jetzt entschuldigen, ich habe eine Verabredung in Brentford House.«

»Das trifft sich bestens. Ich ebenfalls«, sagte er. »Darf ich Sie dorthin mitnehmen? Mein Wagen steht gleich da vorn.«

Sie akzeptierte seine Einladung und ließ sich wenig später auf einen schwindelerregend hohen Vierspänner helfen.

»Sind Sie jetzt Mitglied im *Four-Horse-Club*?«

»Das bin ich längst«, sagte er fröhlich und schnalzte, um die Pferde anzutreiben.

Als sie das Haus des Earl of Brentford in der Curzon Street betraten, kam ihnen Anbelle entgegen, die angesichts ihrer farbenfrohen Begleitung eine Augenbraue hob, sich aber jeglichen Kommentars enthielt und sie, statt in den Drawing Room in der ersten Etage, ins Frühstückszimmer führte.

Tamira sah zum Fenster und entdeckte Asherton auf der

Terrasse. Neben ihm Samuel, der an einer Pfeife zog. Die beiden schienen in eine Diskussion vertieft zu sein.

Anbelle läutete nach Tee. »Mr Strathlink, kennen Sie schon die Aussicht auf unseren bescheidenen Garten? Meine Mutter ist sehr stolz auf ihren blühenden Jasmin.«

»Das klingt faszinierend.« Er verbeugte sich und ging hinaus, um ihnen Zeit zu lassen, Privates auszutauschen.

»Stell dir vor! Gestern Abend gab es eine gewalttätige Auseinandersetzung bei den Wellsboroughs. Ich hatte bereits häufiger den Eindruck, dass der Baron seine Tochter schlägt, wenn er mit ihr unzufrieden ist. Diesmal war es nicht zu überhören«, sagte Anbelle aufgeregt.

»Wie furchtbar. Meinst du, es hat etwas mit unserem gestrigen Besuch zu tun?«

»Ich fürchte, ja. Dabei sollte man annehmen, dass Ashertons florale Aufwartung ihn erfreut hätte.« Anbelle verdrehte die Augen. »Ich kann die Lilien bis hierher riechen.«

»Der Mann ist nicht ohne Grund zu seinem Vermögen gekommen«, sagte Tamira nachdenklich. »Er hat unser Manöver durchschaut.«

»Möglich. Dessen ungeachtet weiß der gesamte Ton inzwischen von Julians Besuch bei Susan. Deine Tante wird toben!«

»Das glaube ich auch, aber nichts wird sie mehr motivieren, Ashertons Einladung in die Belvedere Tea Gardens anzunehmen. Warst du schon mal dort?«

»Letztes Jahr. Es ist ungemein ländlich. Man kann Kühe streicheln und deren Milch warm trinken. Außerdem halten sie verschiedene Sorten Schafe. Die Tierkinder sind eine Attraktion für Londoner Familien. Dennoch trifft sich da durchaus auch der Ton.«

»Weil es *en vogue* ist, Bürgerlichkeit zu zeigen?«

Anbelle sah sie verunsichert an. »Ich weiß nicht. Es ist einfach schön dort, besonders an heißen Tagen. Von der exklusiven Terrasse aus kann man über gepflegte Parkanlagen blicken, und die Stadt liegt einem gewissermaßen zu Füßen.«

»Und aus welchem Grund will uns Julian …?«, sie korrigierte sich rasch. »Ich meine Asherton. Gibt es einen Anlass?«

»Mein Bruder Samuel wird demnächst dreißig und hat sich entschlossen, die Armee zu verlassen.«

»Er will eine Familie gründen?«

Anbelle lachte. »So weit würde ich nicht gehen. Sam – ich weiß nicht, ob er sich jemals in eine Frau verlieben könnte.« Sie wurde rot und blickte beiseite.

»Dann sollte er auch keine heiraten«, sagte Tamira nachdrücklich. »Die Menschen sind, wie sie sind, und dein Bruder ist ein wunderbarer Freund und Gefährte.«

»Das ist er«, sagte Anbelle leise. »Wenn nur meine Mutter das verstehen würde.«

Kurz nach diesem aufschlussreichen Gespräch gesellten sich die Gentlemen zu ihnen. Das anschließende Geplauder bei Tee und Limonade machte Tamira Spaß. Sie hätte sich gewünscht, Caroline wäre ebenfalls dabei gewesen. Nach einer Weile verabschiedete sich Strathlink und sie besprachen Ashertons Pläne für den Nachmittag im Tea Garden. Er hatte einen Salon gemietet, in dem es Erfrischungen geben sollte und einen Tisch auf der Terrasse.

»Und wenn es regnet?«, fragte Tamira.

»Dann müssen wir improvisieren. Ich glaube, darin sind Sie recht bewandert, nicht wahr?« Er lächelte.

»Danke. Sie meinen das doch als Kompliment?« Sie fächelte sich Luft zu. »Wie gesagt, Tante Amanda wird darauf bestehen, dass Caroline und Mary anschließend den Maskenball besuchen. Sie ist deshalb schon ganz aus dem Häuschen. Offenbar hat der Baron angedeutet, er würde sich ihr dort öffentlich erklären.«

»Glaubst du, wenn er deine Schwester nicht kriegen kann, macht er Mary einen Antrag?«, fragte Anbelle erschrocken.

»Ich fürchte, so ist es.«

Samuel sah zu Asherton. »Kannst du nicht mit Abbotsleigh reden? Keines der Mädchen hat es verdient, an diesen Wurm verschachert zu werden.«

»Das werde ich. Dass er nicht viel von Wellsborough hält, weiß ich. Aber inwiefern seine Frau die Entscheidungen trifft, kann man nicht sagen.«

Tamira seufzte. »Er überlässt alles ihr. Seit ihrer Rückkehr verbringt er die meiste Zeit in einem seiner Clubs.«

»Ich kümmere mich darum. Jetzt zu Ihrer Schwester. Caroline könnte sich beispielsweise den Fuß verstauchen.«

»Dafür bräuchte es aber zuverlässige Zeugen.« Tamira erinnerte sich daran, wie Caroline eine Handverletzung vorgetäuscht hatte, um die Einladungen zum Debütantinnenball nicht schreiben zu müssen. Später hatte Tante Amanda ihre Schreibschwäche entdeckt und war sehr ärgerlich geworden.

»Strathlink?«, fragte Samuel.

»Auf keinen Fall! Er wird nicht mehr vorgelassen, wenn meine Tante nur den geringsten Verdacht haben sollte, dass sich die beiden womöglich auf Abwege begeben.« Sie blickte verlegen in ihre Teetasse und gab sich schließlich einen Ruck. »Ich glaube, meine Schwester schätzt ihn sehr, und unter der eigenartigen Fassade verbirgt sich bestimmt ein anständiger Mensch, aber ich weiß nicht, ob ich sie bestärken oder es ihr ausreden soll. Es heißt, er habe sein Vermögen verspielt?«

Die beiden Männer sahen sich an. Asherton sagte: »Das ist ein Gerücht.«

»Ich bin froh, das zu hören. Es ist mir zuwider, einen Menschen nach seinem Einkommen zu bewerten, aber für meine Schwester wünsche ich mir einen Gatten, der ihr ein angemessenes Leben bieten kann.« Sie stockte. »*Ein glückliches Leben* wäre wohl die passendere Formulierung. Was hilft alles Geld der Welt, wenn eine eheliche Verbindung nicht von Zuneigung und Respekt geprägt ist?«

»Zuneigung, Respekt, einverstanden. Aber es gibt noch anderes, das wichtig ist, meinen Sie nicht auch?« Asherton sah ihr direkt in die Augen.

»Was meinen Sie?« Hoffnungsvoll erwiderte sie seinen Blick und sah das Begehren darin aufflammen, aber auch etwas anderes. Etwas, das ihre eigenen Gefühle widerspiegelte.

»Etwas Größeres, als wir uns jemals haben vorstellen können.« Seine dunkle Stimme klang ganz nahe.

Sie sah Anbelle und Samuel aus dem Augenwinkel auf die Terrasse gehen, als Julian sanft sagte: »Tamira, ich weiß nicht, was mit uns geschieht. In der Kutsche und neulich im Park – ich fühle mich so sehr von dir angezogen …« Hilflos sah er sie an.

Die Erinnerung an seine intimen Berührungen ließ ihre Wangen glühen – und nicht nur vor Scham. Hatte sie sich wirklich so weit gehenlassen? Aber das konnte nicht sein. Es war doch nur eine Fantasie gewesen.

Was, wenn auch er sich erinnert? Ist dies ein Versuch herauszufinden, was zwischen uns geschehen ist, ohne mich zu beleidigen?, fragte eine kleine Stimme in ihrem Unterbewusstsein.

Doch sie entsann sich genau, dass sie sofort ausgestiegen war, als die Kutsche in den Mews hinter ihrem Haus gehalten hatte.

In ihrer Fantasie war ihre Kleidung nach den Küssen und allem anderen mehr als derangiert gewesen. Doch nichts davon stimmte – bis auf das fehlende Halstuch. Aber nein, der

Riss im Hemd! Noch etwas fiel ihr ein, und vor Schreck rang sie nach Luft. Das Tuch, mit dem sie ihre Brüste fest umwickelt hatte! Es war fort gewesen, als sie das geliehene Hemd ausgezogen hatte. Wie war das möglich?

Tamira spürte seinen erwartungsvollen Blick und war sich plötzlich sicher, dass er mehr wusste, als er zugeben wollte. Nachdrücklich sagte sie: »Es ist nichts geschehen, dessen wir uns schämen müssten – Julian.«

»Du ahnst nicht, wie sehr ich gehofft habe, dass du das sagen würdest.« Er vergewisserte sich mit einem Blick über die Schulter, dass sie unbeobachtet waren, und zog sie in seine Arme. Der Kuss, der nun folgte, regte nicht nur ihre romantischen Sehnsüchte an.

33. KAPITEL

Der *Belvedere Tea Garden* gehörte zu einem angesehenen Gasthof westlich von Camden. Er verfügte über eine Anzahl von Räumen und einen Ballsaal, die man mieten konnte. Mit dem Regent's Park weiter unten, erzählte man sich, habe der Prinzregent große Pläne. Er wünschte sich eine exklusive Anlage mit Sommerresidenzen, eine neue Straße sollte angelegt werden, die den Park mit St. James's und Carlton House verband.

Doch das alles war im Augenblick nicht wichtig. Die Darlingtons hatten sich wegen eines Unfalls am Portman Square verspätet, wo das Curricle eines Gentlemans mit einem Ochsenkarren kollidiert war. Es hatte Verletzte gegeben, und sie mussten den Platz letztlich weit umfahren, um voranzukommen.

Nach Tamiras jüngster, äußerst unerfreulicher Erfahrung mit Lustgärten hatte sie sich nicht nur bei Anbelle vorab informiert. Der Betreiber der Belvedere-Gärten warb mit einem sicheren Zaun rund ums Gelände, der *Feldarbeiter ebenso wie Wildtiere* fernhalte. Ein Highlight war die teilweise gläsern überdachte Terrasse, von der Besucher einen phänomenalen Blick bis nach London hatten, wo in der Ferne die alles überragende Kuppel der St. Paul's Cathedral zu sehen war. Wer dort sitzen wollte, musste einen Tisch reservieren, und jedermann wusste, dass dieses Privileg den vornehmsten Familien vorbehalten war. Und heute gehörten sie als Gäste des Dukes dazu.

Caroline hatte sich bei ihr untergehakt, sie folgten der restlichen Familie mit genügend Abstand, um sich ungestört zu unterhalten.

Nach dem Gespräch mit Asherton hatte sich Tamira darum bemüht, mit Anila über deren *Tigerträume* zu reden, wie sie ihre geheimnisvollen Fantasien nannte. Aber die kleine Schwester befand sich in einer Phase, in der kaum zu ihr durchzudringen war, sie hörte ihr einfach nicht zu. Tamira blieb nichts weiter übrig, als auf einen günstigeren Zeitpunkt zu hoffen. Was blieb, war der Kuss, den Asherton ihr in Brentford House gegeben hatte. Ganz anders als die heißblütigen Fantasien, war er zart und zurückhaltend gewesen und bezaubernd. Sie hätte es Caroline gestehen müssen, aber das wagte sie nicht.

»Glaubst du, dass Edward kommen wird?«, unterbrach die Schwester ihre Gedanken.

Meine Güte, wir sind schon beim Vornamen, dachte sie und sagte: »Ganz bestimmt. Asherton hat ihn eingeladen. Es ist seine Veranstaltung und die von Captain Hayes.«

»Captain? Du meinst Samuel, Anbelles Bruder? Ist dir aufgefallen, dass ihn nie jemand so genannt hat?«, fragte Caroline.

»Nun hat er das Patent ja zurückgegeben. Ich finde das sehr vernünftig. Er hat seine Gesundheit der Krone geopfert, sein Leben muss er nicht auch noch aufgeben.«

»Manchmal denke ich aber, dass es ihm nichts ausmachen würde. Die Beschwerden scheinen schrecklich zu sein.«

Sie hatten die Terrasse erreicht und Tamira lächelte ihre Antwort weg, denn Samuel stand an der Treppe, um sie zu begrüßen. Caroline hatte recht, er musste häufig starke Schmerzen leiden. Die Qual hatte Spuren in dem freundlichen Gesicht hinterlassen, die ihn an einem hellen, sonnigen Tag wie diesem älter aussehen ließen.

»Herzlich willkommen«, begrüßte er sie aufgeräumt und fügte mit einem Blick auf Caroline hinzu: »Jetzt fehlt nur noch Mr Strathlink, dann sind wir komplett.«

Tamira stupste ihre Schwester mit dem Ellenbogen an und raunte ihr zu: »Siehst du, ich habe es dir gesagt!«

Caroline strahlte selig, und Tante Amanda, die nicht ahnte, was ihre Nichte bewegte, sah äußerst zufrieden aus. Vor ihr stand bereits ein Stück Torte, und ein Serviermädchen schenkte ihr Kaffee aus einer großen Kanne ein. Lord Abbotsleigh sprach kurz mit Asherton. Wahrscheinlich, um sich für die Einladung zu bedanken. Anschließend ging er zu einem der gepolsterten Sessel, die, von chinesischen Schirmen beschattet, ordentlich aufgereiht am Rand der Terrasse standen, und ließ sich in einem davon nieder. Er winkte den Kellner heran, und Tamiras Blick glitt zu Asherton zurück.

Der Duke war wie immer höchst elegant gekleidet. Im sommerlichen Rock mit heller Hose sah er großartig aus, wobei er ihr nur mit Hemd und Weste bekleidet ebenfalls gefallen hatte. Als sie an die sehnigen Unterarme und die kräftigen, unbehandschuhten Hände dachte, fächelte sie sich aufgeregt Luft zu. Himmel! Sie hatte große Lust, zu ihm zu gehen und ihn zu küssen.

Asherton sah auf, als hätte sie die sehnsuchtsvollen Gedanken laut ausgesprochen. Die Geräusche um sie herum verschwammen zu einem fernen Rauschen, und für einen kurzen Augenblick gab es nur Julian und sie.

»Geh schon hin«, zischte ihr Caroline belustigt zu.

Ihre Beine setzten sich automatisch in Bewegung. Als er aufstand und ihr unverhohlen erwartungsvoll entgegenblickte, wäre sie am liebsten losgerannt und in seine Arme gesprungen.

Er begrüßte sie mit einem Handkuss und sagte so leise, dass es außer ihnen niemand hören konnte: »Miss Darlington, Sie sehen so verführerisch aus, ich wünschte, ich müsste Ihren Anblick nicht mit all den Gentlemen teilen.«

Sie ließ ihren Blick für die Dauer eines Wimpernschlags auf seinem Mund verweilen. Wie sich diese Lippen auf ihrer Haut anfühlten, dort, wo ihr Puls erwartungsvoll flatterte, wusste sie seit der letzten Begegnung genau. »Tändeln Sie etwa mit mir vor allen Leuten?«, fragte sie und setzte sich auf den Stuhl, den er ihr zurechtrückte.

»Selbstverständlich. Wie soll ich mir die Konkurrenz sonst vom Leibe halten?«

Sie nickte ihrer Tante zu, die sie mit zusammengekniffenen Augen betrachtete, und gab vor, damit beschäftigt zu sein, die Röcke zu arrangieren. »Ich sehe nichts, Euer Gnaden.«

»Was sehen Sie nicht?«

»Keine Konkurrenz.«

»Weil ich niemanden eingeladen habe, der mir gefährlich werden könnte?«

»Haben Sie nicht? Das ist mir gar nicht aufgefallen. Wie überaus vorausschauend von Ihnen.«

Er lachte, und die warme Stimme jagte ihr einen wohligen Schauer durch den Körper. »Darf ich Ihnen ein Erdbeertörtchen bringen, Miss Darlington? Sie sind so cremig süß …« Unverschämt starrte er auf ihren Mund.

Nun doch verlegen, befeuchtete sie ihre Lippen, die sich auf einmal trocken und heiß anfühlten, und wusste sofort, dass sie einen Fehler gemacht hatte. Seine Tigeraugen leuchteten auf, als setzte er jeden Augenblick zum Sprung an, um sie mit Haut und Haaren …

Ein Schatten fiel auf sein Gesicht. »In wenigen Minuten beginnt in der Sonderausstellung eine Raubtierschau«, sagte Samuel, der auf einmal neben ihnen stand, und ein Lachen schwang in seiner Stimme mit. »Ich weiß allerdings nicht, ob ein Löwenbändiger dieses Spektakel noch toppen kann.«

Tamira atmete heftig aus, als hätte sie die ganz Zeit die Luft angehalten. »Das sollten wir uns nicht entgehen lassen. Was meinen Sie, Asherton?«

»Keinesfalls.« Er wollte ihr die Hand reichen, doch Tamira traute sich selbst nicht mehr und ließ sich von Samuel aufhelfen.

Die anderen hatten sich bereits zusammengefunden. Von den jungen Leuten wollte niemand die Vorführung verpassen. Lady Abbotsleigh winkte ab, sie hatte sich mit Freundinnen zum Kartenspiel niedergelassen. »Gehen Sie nur. Ich habe von hier aus alles bestens im Blick.«

Anbelles Mutter war nirgends zu sehen, ihr Vater war heute nicht mitgekommen, und Lord Abbotsleigh saß im Schatten und döste.

Die Sonderausstellung befand sich auf einem eingezäunten Gelände. Asherton entrichtete den Eintrittspreis für die kleine Gesellschaft, und sie wurden von einem Mann empfangen, der sich als ihr Führer und *an Lucht Siúil*, als irischer Reisender, vorstellte.

Rundherum befanden sich Wagen mit Käfigen, in der Mitte hatte man einen riesigen Tisch aufgebaut, auf dem unterschiedliche Affen angekettet saßen und ein paar Tiere, die sie nie zuvor gesehen hatte. Dazu gab es ein abgestecktes Gelände, auf dem Straußenvögel herumstolzierten und zwei Zebras zwischen Antilopen grasten.

»Wie Ihr seht, Euer Gnaden, respektieren wir Iren die Kreatur und gönnen ihr Freiheit und frische Luft, anders als die

Pidcock-Menagerie, die sie in engen Räumen einsperrt«, sagte der Mann und stolzierte voran.

Die Tiere hatten, dachte Tamira, bestimmt eine andere Auffassung von Freiheit, auch wenn sie es vielleicht besser getroffen haben mochten als ihre Artgenossen im Exeter Exchange oder jene, die zur Erbauung der Menschen durchs Land gekarrt wurden.

Sie waren noch nicht weit gekommen, als Anila leise zu weinen begann. Die Zwillinge versuchten, sie zu trösten. Doch schließlich nahm Mademoiselle LeBon ihren Schützling bei der Hand und verließ die Menagerie unauffällig mit ihr.

Die anderen folgten weiter dem Guide, der kenntnisreich erläuterte, wo die Tiere gefangen worden waren und wie es in ihren fernen Heimatländern aussah.

»Gefällt es Ihnen?«, fragte Asherton.

»Ehrlich gesagt, finde ich Tiere in freier Wildbahn anziehender.«

»Tatsächlich? Der Löwe dort«, er zeigte auf einen Käfig, »würde Sie womöglich verspeisen wollen.«

»Ganz sicher«, sagte sie lachend. »Aber finden Sie nicht auch, dass wir die Kreatur ihrer Würde berauben, wenn wir sie zu unserer Belustigung ausstellen?« Sie wies auf einen anderen Käfig, vor dem Leute standen, die einen offensichtlich noch nicht ausgewachsenen Geparden mit einem Stock zu reizen versuchten. »Stellen Sie sich für einen kurzen Augenblick vor, das wäre Ihr Kind.«

Bevor er antworten konnte, erscholl hinter ihnen ein markerschütternder Schrei. Sie blickten sich um und sahen einen halbwüchsigen Jungen am Affentisch. Einer der Schimpansen, ein besonders großes Exemplar, hatte seine Hand in dessen Haar vergraben und bleckte wütend die erschreckend großen Zähne. Blut lief dem Angegriffenen übers Gesicht und er heulte vor Schmerz. Zwei Tierwärter kamen angerannt, um zu helfen. Der Schimpanse war jedoch kräftig und ließ seine Geisel nicht los. Als es ihnen nicht gelang, den Jungen zu befreien, legte einer der Männer auf das Tier an und erschoss es. Tumult brach aus. Tamira wandte sich entsetzt ab und rannte kopflos davon.

Schließlich fand sie sich auf einer Bank wieder, von der aus man weit übers Land sehen konnte. Eine Herde Kühe bewegte sich langsam durch die Wiesen, nicht weit entfernt graste ein halbes Dutzend plüschiger Esel, die ein ums andere Mal den Kopf hoben und zu ihr herübersahen. Alles wirkte friedlich und normal, bis sie den Tiger im Gras entdeckte.

Der Pakshee Baagh! Ihr Herz machte einen Freudensprung. Die Raubkatze erhob sich, trottete langsam auf sie zu und legte ihr den schweren Kopf auf den Schoß, der Vogel landete keckernd auf seinem Rücken.

Tamira vergrub ihre Finger in dem dichten Fell. »Meine Lieben, wir haben euch so vermisst!«

Wir waren immer in eurer Nähe, frag Anila.

»Sie spricht nicht viel.«

Der Tiger schnurrte unter ihren Berührungen, was wie ein tiefes Grollen klang, und blickte sie aus großen goldenen Augen an. *Sie ist nicht glücklich in diesem Haus.*

»Ich weiß. Wenn ich erst mein Erbe habe, ziehen wir zusammen aufs Land.«

Isvari!, fauchte er und trat einen Schritt zurück. *Was stimmt nicht mit dir? Siehst du denn nicht …? Oh, verdammt, ich muss gehen.*

Seine Konturen lösten sich bereits auf, als sie ihn sagen hörte: *Du kannst ihm vertrauen.* Der Vogel stieß einen Schrei aus und flog davon. Nur ein dickes rotes Tigerhaar auf ihrem Kleid blieb zurück.

»Da sind Sie!« Asherton kam den Weg entlanggelaufen. »Ich habe Sie überall gesucht.«

»Es tut mir leid. Ich … ich habe den Kopf verloren. Das arme Tier!«

»Und mit dem Jungen haben Sie kein Mitleid?«

»Er hat den Affen geärgert und ihm ein Stück Brot immer so hingehalten, dass er es nicht erreichen konnte, ohne vom Tisch zu springen.«

»Aber wie konnte das Biest ihn dann in seine Gewalt bringen?«

»Ich glaube, es hat irgendwann vorgetäuscht, die Kette wäre kürzer, als sie war. Schimpansen sind klug.«

»Dafür hat es mit dem Leben bezahlt.«

Sie seufzte, er legte ihr einen Arm um die Schulter und sie ließ sich gegen ihn sinken. Es fühlte sich so gut und richtig an.

»Miss Darlington, ich fürchte, wir müssen zurückgehen«, sagte er nach einer Weile. »Ich hoffe, wir treffen irgendwo Ihre Schwestern.«

Sie wusste, dass er sich Gedanken um ihren Ruf machte, und dafür war sie ihm dankbar. Es war alles so verwirrend. Sie hatten sich geküsst und waren sich, wenn vielleicht auch nur in ihrer Fantasie, deutlich näher gekommen als das. Natürlich war ihm bekannt, dass für sie eine Ehe nicht in Betracht kam. Es freute Tamira, dass er ihre Entscheidung bisher unkommentiert gelassen hatte. Nun aber fragte sie sich auf einmal, ob seine Reaktion Respekt oder Desinteresse ausdrückte. Sie wusste nicht, ob Asherton ihren Wunsch nach Unabhängigkeit akzeptierte oder sie gar nicht heiraten wollte.

Will er mich nur verführen? Sein Ruf in dieser Hinsicht war nicht der Beste, und von Anilas Gouvernante wusste sie, dass manche Männer es darauf anlegten, unberührte Frauen zu entehren, ohne eine Ehe in Betracht zu ziehen.

Die Geschichte, die ihr die Buchhändlerin über ihn erzählt hatte, warf ein unerwartetes Licht auf die Situation. Sollte Julian tatsächlich nur widerstrebend die Herzogswürde übernommen haben, war er womöglich zu dem Schluss gekommen, dass den Titel in der Familie zu halten, ihm nicht genug bedeutete, um seine große Liebe, die wunderschöne Opernsängerin, zu verraten.

Was hatte er im Frühstücksraum der Brentfords gesagt, als ihm klar wurde, dass nichts Unschickliches zwischen ihnen vorgefallen war? *Du ahnst nicht, wie sehr ich gehofft habe, dass du das sagen würdest.*

Danach hatte er sie geküsst, das stimmte schon. Und es hatte sich himmlisch angefühlt, aber nicht wie die leidenschaftlichen Küsse aus ihren Fantasien.

Verwirrt von ihren widersprüchlichen Gefühlen und Befürchtungen, stand sie auf und sagte gefasst: »Das Beste ist, ich kehre allein zurück.«

»Sie sind hier nicht sicher. Ich begleite Sie bis zur Weggabelung.«

Er hatte recht. Es war besser, mit ihm gesehen zu werden, als einem Fremden in die Hände zu fallen. Mit Grauen dachte sie an den schrecklichen Erpresser. Nebeneinander und auf Abstand bedacht gingen sie den Weg weiter, den sie gekommen waren und der sie im Bogen zurück zum Gasthaus führte.

Um Asherton nicht immer wieder anzusehen, blickte Tamira schließlich zur Seite und – stieß einen Schrei aus. Erschrocken sagte sie, was ihr zuallererst in den Kopf kam: »Ich hatte keine Ahnung, dass es mit ihnen schon so weit gediehen ist!«

Ihre Schwester stand an einen Heuschober gelehnt, halb verdeckt von Edward Strathlink. Sie küssten sich, und es sah nicht danach aus, als wären sie sich zum ersten Mal so nahe.

Julian erreichte die beiden vor ihr und stieß Strathlink beiseite. »Sind Sie verrückt geworden, sich dermaßen zu vergessen?«

Caroline keuchte entsetzt auf und versuchte eilig, ihre Spenzerjacke zuzuknöpfen.

Tamira zerrte sie in die Hütte und half ihr dabei, sich wieder einigermaßen herzurichten. »Sag mal, was soll das?«, zischte sie.

»Ich liebe ihn!«

»Ja, sicher. Das sehe ich. Aber doch nicht hier unter freiem Himmel. Das kannst du machen, wenn du seinen Ring am Finger trägst. Nicht vorher. Hörst du!« Ganz weit hinten in ihrem Kopf erhob sich eine Stimme, die spöttisch anmerkte: *Du misst mit zweierlei Maß!* Das war ihr im Augenblick jedoch egal. Verwirrt und verärgert zischte Tamira: »Das Letzte, was die Zwillinge für ihre Saison im kommenden Jahr brauchen, ist ein Skandal!«

»Das musst du gerade sagen!« Caroline sah sie verärgert an.

»Hier sind sie«, hörten sie Henrietta rufen, bevor Tamira antworten konnte. Schritte näherten sich auf dem Kiesweg.

Blitzschnell fiel sie vor ihrer Schwester auf die Knie und zog ihr den Schuh aus. »Du hast dir den Fuß verstaucht! Ich erzähle, was passiert ist. Du schweigst und merkst dir den Hergang für später!«

Caroline wusste zwar von den Plänen, sie vom Ball fernzuhalten, aber Details hatten sie bisher nicht besprochen, weil niemand von ihnen die Örtlichkeiten kannte. Jetzt war die beste Gelegenheit, einen Unfall vorzutäuschen, befand Tamira. So zerzaust, wie ihre Schwester nach der unsäglichen Küsserei aussah, war die Szenerie bestimmt glaubwürdig.

Hastig nahm sie eine Handvoll Erde, schmierte sie an Carolines Rock und legte sich ihren Arm um die Schulter, um sie aus dem Heuschober zu führen. Folgsam täuschte Caroline ein Humpeln vor, während Tamira erleichtert feststellte, dass die Zwillinge allein gekommen waren und es außer Daisy, die sie begleitete, keine weiteren Augenzeugen gab.

Julian kam ihnen entgegen und warf ihr einen anerkennenden Blick zu, bevor er fragte: »Soll ich Sie zum Gasthaus tragen, Miss Caroline?«

Georgiana verstand sofort, was vor sich ging. Betont lässig sagte sie: »Lassen Sie mal, Asherton. Henrietta und ich können uns abwechseln.« Als er widersprechen wollte, fügte sie hinzu: »Es ist besser so. Sonst dreht Ihnen Tante Amanda noch einen Strick daraus.« Herausfordernd sah sie zwischen ihm, Strathlink und Tamira hin und her. »Das will hier niemand, schätze ich.«

»Das Beste ist, Mr Strathlink nimmt einen anderen Weg«, ergänzte Henrietta. »Wir brauchen nur Asherton als Augenzeugen. Daisy, kannst du bitte die Sonnenschirme und diesen Schuh nehmen?« Damit war die Sache offenbar entschieden. Zu dritt mühten sie sich ab, Caroline möglichst hinfällig erscheinen zu lassen, und als sie endlich die Terrasse erreicht hatten, fühlten sich die Schwestern beinahe ebenso erschöpft, als hätten sie Caroline tatsächlich bis dorthin tragen müssen.

Dennoch sah Lady Abbotsleigh Tamira misstrauisch an, als sie ihr wenig später erklärte, Caroline sei in einen Kaninchenbau getreten und umgeknickt. Doch Julian, der inzwischen hinzugekommen war, bestätigte die Schwindelei, und ihre Tante wagte es nicht, seine Worte anzuzweifeln.

Während die Frauen zur Kutsche aufbrachen, beobachtete

Tamira, wie Julian erst mit ihrem Onkel sprach und anschließend zu Strathlink ging. Sie hätte zu gern gewusst, was er mit beiden zu bereden hatte.

34. KAPITEL

Eines war sicher, dachte Julian, während MacAlister ihm später am Abend die Krawatte kunstvoll drapierte, mit den Darlingtons wurde es nie langweilig. Caroline in so leidenschaftlicher Umarmung mit Edward Strathlink zu sehen, hatte ihn überrascht und auch ein wenig in seiner Eitelkeit verletzt, obwohl er den Plan, sie zu heiraten, längst aufgegeben hatte. Trotz allem fühlte er sich auf gewisse Weise verantwortlich für sie. Und das bedeutete, dass er ein ernstes Wort mit Strathlink reden musste. So ging das nicht weiter. Entweder der Mann erklärte sich Miss Caroline oder er ließ die Finger von ihr.

Eine Verlobung war seiner Meinung nach die beste Lösung. Er nahm an, nur ein Eheversprechen bereitete den Versuchen ihrer herzlosen Tante, das arme Mädchen mit jemandem wie Wellsborough zu verheiraten, zuverlässig ein Ende. Wie er den schmierigen Baron einschätzte, würde der sich jedoch nicht so schnell geschlagen geben. Deshalb war es unumgänglich, dass er ebenfalls mit Lord Abbotsleigh sprach.

Stirnrunzelnd dachte er daran, wie erfreut der Mann gewesen war, als er ihn um ein Gespräch im Club gebeten hatte. Er glaubte sicher, Julian würde um Erlaubnis bitten, Tamira einen Heiratsantrag zu machen, und das hätte er auch gern getan. Aber aus ihm unerfindlichen Gründen lehnte sie die

Ehe ab, und er war keineswegs überzeugt, dass die eigenwillige junge Frau seinen Antrag annehmen würde. Derjenige mit den wilden erotischen Fantasien war jedenfalls er ganz allein.

Der Kuss, den er ihr im Frühstückszimmer von Samuels Eltern gestohlen hatte, war längst nicht so sinnlich und fordernd gewesen wie das, was er in seiner Kutsche erlebt zu haben glaubte.

Er begehrte Tamira, und sie schien ihm durchaus zugetan zu sein, aber sie war eine außergewöhnlich sensible junge Frau, auch wenn es ihr meist gelang, diese Empfindsamkeit zu verbergen. Er durfte sie auf keinen Fall erschrecken.

»Ihr werdet bald eine unansehnliche Falte zwischen den Augenbrauen bekommen, wenn Ihr weiter so finster dreinblickt. Hattet Ihr heute keinen angenehmen Tag in Camden?« MacAlisters Frage riss ihn aus den Gedanken.

»Wie man es nimmt. Ein Besucher wurde von einem Affen angegriffen und das Tier daraufhin von Wärtern erschossen.«

»Lieber Himmel! Ich hoffe, die Damen haben nichts davon mitbekommen.«

»Leider doch. Außerdem hat sich Miss Caroline den Fuß verletzt.« Es konnte nicht schaden, das Gerücht weiterzuverbreiten. MacAlister war zwar verschwiegen, aber es hätte seltsam gewirkt, wenn Julian von dem Affen, aber nicht von ihrem vermeintlichen Unfall gesprochen hätte.

»Ich hoffe, es ist nichts Schlimmes«, sagte sein Leibdiener mitfühlend.

»Das glaube ich nicht. Aber ein Schreck war es natürlich schon.« Er knöpfte seine Weste zu und ließ sich in die Jacke helfen. Während er Uhr und Börse einsteckte, räumte MacAlister die Garderobe vom Nachmittag zusammen.

»Was sind denn das für Borsten?«, hörte er ihn murmeln. »Man könnte glauben, Ihr hättet dort mit einem Tiger gerungen.«

»Zeigen Sie mal her.« Julian nahm die Weste in Augenschein, und dabei fiel ihm ein, dass er genau so ein dickes orangefarbenes Haar auf Tamiras Garderobe gesehen hatte.

»Merkwürdig. Es gab dort einen Tiger. Ein bedauernswertes Geschöpf, eingesperrt in einen kleinen Käfig. Aber ich kann mich nicht erinnern, in seiner Nähe gewesen zu sein«, sagte er nachdenklich.

»Na, das Vieh muss ja ziemlich gehaart haben. Seht her, auf dem Rock sind auch noch zwei.«

»Ich bitte um Vergebung. Das wird nicht wieder vorkommen«, sagte Julian belustigt.

Der Kammerdiener grinste. »Wer weiß, ob diese indischen Ladys sich nicht heimlich so ein Haustier mitgebracht haben.«

»Unwahrscheinlich. Der Bengaltiger kann über zweihundert Pfund schwer werden, es hätte sich zweifelsohne herumgesprochen, wenn der Earl of Abbotsleigh so ein *Kätzchen* in der Hill Street hielte.« Und die Raubkatze in seinen Träumen würde gewiss kein Fell auf Julians Garderobe hinterlassen.

Er hatte überlegt, den Earl zu *Watier's* einzuladen, dessen Küche vom Koch des Prinzregenten geführt wurde. Doch dann war ihm eingefallen, dass die Darlingtons erwähnt hatten, ihr Onkel bevorzuge bodenständige englische Mahlzeiten. Das Essen in seinem Lieblingsclub Brooks's war ganz in Ordnung und so hatte er Abbotsleigh am Nachmittag im Tea Garden gebeten, ihm beim Abendessen Gesellschaft zu leisten, und dafür in ihrem Club einen privaten Salon gemietet.

»Ach, großartig. Es geht doch nichts über ein anständiges

englisches Beefsteak, meinen Sie nicht auch, Asherton?« Der Earl schnitt sich ein großes Stück Fleisch ab.

»So ist es«, stimmte ihm Julian zu und überlegte, wie er das Gespräch am besten beginnen sollte.

»Und Sie haben sich endlich durchgerungen, meiner Nichte einen Antrag zu machen?«

So viel zu diplomatischer Finesse.

»Um ehrlich zu sein, Miss Darlington-Devi scheint mir noch nicht so weit zu sein, eine Entscheidung treffen zu können.« Als der Earl widersprechen wollte, sagte er schnell: »Es geht mir um Miss Caroline.«

»Ach ja?« Der Earl hatte das Kauen vergessen und sah ihn überrascht an.

»Nicht so, wie Sie meinen.« Julian ging auf, dass er zum Punkt kommen musste. »Wie ich höre, hat Baron Wellsborough die Absicht, Caroline um ihre Hand zu bitten.«

Sein Gegenüber starrte ihn entgeistert an, legte das Besteck beiseite, tupfte sich den Mund mit der Serviette ab und trank einen großen Schluck Wein. »Das Mädchen will diesen alten Kerl heiraten?«

Augenscheinlich hatte der Mann keine Ahnung, was in seinem Haushalt vor sich ging. »Das möchte sie nicht. Aber Lady Abbotsleigh ist der Auffassung …«

»Hol mich doch der Teufel! Ich dachte, sie wäre darüber hinweg. Natürlich werde ich nie im Leben meine Einwilligung dazu geben. Der Mann hat seine erste Frau fast zu Tode geprügelt, wussten Sie das?«

»Nein, aber die Nachbarschaft berichtet, dass er seine Tochter schlägt. Weiß denn Lady Abbotsleigh davon?«

»Selbstverständlich nicht. Eine Frau muss von solchen unappetitlichen Geschehnissen nichts erfahren, meinen Sie nicht auch?«

Julian war da entschieden anderer Meinung, brummte aber nur und sagte: »Jedenfalls möchte ich Sie bitten, ein entsprechendes Ansinnen des Barons abschlägig zu behandeln, und vielleicht sollten Sie auch trotz der Bedenken Ihre Gattin informieren. Wie es aussieht, hat der Mann bereits versucht, eine junge Lady zu kompromittieren, um die Eheschließung zu erzwingen, nachdem der Vater seinen Antrag abgelehnt hatte.«

»Dem gehört das Handwerk gelegt. Wer war das?«

»Es steht mir nicht zu, den Namen zu offenbaren, aber sagen wir mal so: Der Großvater der Dame ist einflussreich genug, um jemanden wie Wellsborough dorthin zurückzuschicken, wo er hergekommen ist.« Julian beschloss, alle Karten auf den Tisch zu legen. »Und auf ihre Tochter sollte sie auch achtgeben. Der Mann hat sich in den Kopf gesetzt, einen rechtmäßigen Erben zu zeugen. Mit wem, dürfte ihm vollkommen gleich sein.«

Der Earl sah ihn einen Augenblick lang starr an. »Ich rede mit meiner Frau«, sagte er schließlich und widmete sich wieder seinem Steak.

Ihr Gespräch wandte sich erfreulicheren Themen zu, und Julian beglückwünschte sich schon insgeheim, als Abbotsleigh das letzte Stück seiner Apfeltorte hinunterschluckte und sagte: »Sie sollten Tamira wirklich heiraten. Sie mag vom Äußeren her ihrem Vater ähneln und wäre für meinen Geschmack ein bisschen dünn, aber was ihren Charakter betrifft, ist sie das genaue Abbild ihrer Mutter.« Er lehnte sich zurück und blickte eine Weile in die Kerzenflamme. »Wissen Sie, ich kannte beide Hallifax-Schwestern gut. Wir wohnten nicht weit voneinander entfernt, und der Abschiedsschmerz hat mir sehr zu schaffen gemacht, als die Familie nach Indien reiste.«

»Sie haben Ihre Frau schon damals verehrt?«

»Amanda? Nein. Ich war unsterblich in Josefine verliebt. Verrückt, ich weiß. Sie war ein ganz besonderer Mensch: inspirierend, klug und ziemlich wild.« Er lachte verlegen. »Es wundert mich nicht, dass sie mit diesem Shivay Raja Bahadur durchgebrannt ist. Ich habe ihn später kennengelernt. Die beiden waren füreinander geschaffen und haben sich sehr geliebt.«

»Davon habe ich gehört. Es ist ein Jammer …«

»Das ist es. Sie wissen doch, dass Wellsborough damals für die Ostindienkompanie drüben war? Niemals würde ich dem Kerl jemanden ausliefern, der unter meinem Schutz steht.«

Sie sahen sich in schweigendem Einvernehmen an, bis der Earl sagte: »Amanda habe ich aus Mitgefühl geheiratet, als ihr Vater dem Fieber erlegen ist und sie kurz darauf auch die Mutter verloren hat. Sie war ein nettes Mädchen und hat ihre Schwester wirklich sehr vermisst, auch wenn sie das heute nicht mehr zugeben will.« Er leerte sein Glas. »Man kann sich arrangieren, aber ich raten Ihnen, folgen Sie Ihrem Herzen, Asherton. Wenn Tamira so weit ist, werde ich Ihrem gemeinsamen Glück sicher nicht im Wege stehen.« Damit stand er auf, bedankte sich für die Einladung und ging davon.

Nachdenklich wechselte Julian in die Bibliothek des Clubs, die eigentlich eher eine Bar war, und ließ sich zum Abschluss eines merkwürdigen Tages einen Brandy aus Jerez servieren. Nachher würde er mit Strathlink sprechen. Er musste sich mit Caroline verloben. Das war die einzige Möglichkeit, sie vor dem mörderischen Baron zu bewahren.

Doch Edward Strathlink erschien nicht zum verabredeten Zeitpunkt, und schließlich ging Julian nach Hause, und weil er ahnte, dass der Schlaf ihm heute Nacht keine Gesellschaft leisten würde, schickte er MacAlister zu Bett, nachdem der ihm seinen liebsten *Banyan* zurechtgelegt hatte. Der nachtblaue weiche Stoff des Hausmantels war reich bestickt mit farbenfrohen Ornamenten und stammte aus Isfahan, wohin er anlässlich eines Polospiels auf dem *Naqsch-e Dschahān* von einem Geschäftsfreund eingeladen worden war. An den Ellenbogen war das gute Stück schon ein wenig abgenutzt. Doch Julian mochte sich nicht davon trennen. Er würde MacAlister beauftragen, ihm eine Kopie anfertigen zu lassen, vielleicht diesmal in einem warmen Orientrot.

»Gute Nacht, Euer Gnaden.« Mit der Abendkleidung über dem Arm verließ der Kammerdiener sein Ankleidezimmer, und Julian sah einen Augenblick auf eine Tür, die seinem Schlafzimmer gegenüberlag. Sie führte zu den Räumen der zukünftigen Hausherrin. Die waren allerdings noch nicht eingerichtet. Wie auch? Er hatte bis vor Kurzem ja nicht einmal gewusst, wen er heiraten wollte, geschweige denn den Geschmack der zukünftigen Duchess kennen können.

Mit einem Stoßseufzer drehte er sich um und ging in seinen Schlafraum, der eher ein Apartment war, mit einem Schreibtisch für die private Korrespondenz, einem bequemen Sessel mit weichen Kissen und natürlich dem riesigen und sehr einsamen Bett, das nur von einem kleinen Feuer im Kamin schwach erleuchtet wurde.

Das Buch auf dem Nachttisch hatte er ausgelesen, die anderen reizten ihn heute Abend nicht. Also entzündete er eine Laterne und ging durch sein stilles Haus hinunter in die Bibliothek, um sich neue Lektüre zu holen.

Die Sammlung war riesig, und er griff sich wahllos einige Bände heraus, dabei fiel ihm ein schweres, kunstvoll eingebundenes Buch in die Hände. Neugierig geworden, legte er die anderen beiseite, setzte sich und öffnete es. Die verschnörkelte Schrift konnte er nicht lesen, aber die Bilder erzählten ihre eigene Geschichte. Meisterhaft koloriert und mit Gold verziert, wäre jedes für sich ein begehrtes Sammlerstück gewesen. Mit diesen Blättern hielt er ein unschätzbares Vermögen in den Händen: das sagenumwobene Kamasutra, von vielen beschrieben als eine *Anleitung zum Glücklichsein* in Ehe und Partnerschaft, von anderen als Pornografie verachtet, doch von niemandem in Gänze in eine westliche Sprache übertragen.

Er konnte nicht widerstehen, die Abbildungen beim Licht der Laterne genauer zu betrachten, die Bilder ließen ihn nicht kalt. Er blätterte weiter, bis er auf einen Bogen Papier stieß, der lose hineingelegt war. In einer schwungvollen Handschrift hatte jemand darauf notiert: *Isvari Devi. Die betörendste unter den zauberhaften Göttinnen aller Welten.*

Wie fremdgeführt glitten seine Fingerspitzen über die erhabenen Linien der Lobpreisung. Mit geschlossenen Augen versuchte er den geheimen Sinn hinter der Nachricht zu erspüren. Auf einmal war seine Amazone da. Diesmal saß sie mit der gigantischen Raubkatze auf trockenem Boden aus rotem Sand, weit weg vom Fluss, und hatte die Hände im Pelz des Tieres vergraben. Die Arme und bloßen Füße waren reich geschmückt, das schwarz glänzende Haar zu einem golddurchwirkten dicken Zopf geflochten, der ihr lang über die Schulter hing und ihre Brüste zu streicheln schien, wenn sie sich bewegte. Behutsam näherte er sich ihr, stets darauf gefasst, dass das Traumbild sich auflösen könnte.

»Hat der Tiger einen Namen?«

Sie sah auf, als hätte sie ihn bereits erwartet. In ihren blassgrünen Iriden glitzerten goldene Sterne. »Das ist der Pakshee Baagh«, sagte sie und zeigte auf einen Baum, in dessen Geäst ein bunter Vogel saß und ihn neugierig beäugte.

»Ich habe geglaubt, du suchst eine Spieluhr.«

»Aber ja.« Geistesabwesend zupfte sie dem Tier am Ohr. »Den Tiger kennst du, nicht wahr?«

»Ich habe von ihm geträumt – und von dir.« Er war nun ebenfalls zum vertraulichen Du übergegangen.

Der Tiger, der ihnen gelangweilt zugehört hatte, drehte sich auf den Rücken und streckte die Beine in die Luft. *Wenn wir das jetzt geklärt haben, könnte mir dann bitte jemand weiter den Bauch kraulen?*

»Er spricht«, sagte Julian verblüfft.

Selbstverständlich spreche ich, sonst würde mich ja niemand verstehen.

»Ich bitte um Verzeihung, das sollte nicht unhöflich klingen. Es ist nur … ein bisschen ungewohnt«, sagte er entschuldigend. Besser, man pflegte einen respektvollen Umgang mit jemandem, der einen ohne viel Federlesens zum Frühstück auffressen könnte.

Der Tiger hob die Lefzen, bis riesengroße Reißzähne sichtbar wurden, und gab ein eigentümliches Knurren von sich. Es dauerte eine Weile, bis es Julian dämmerte, dass er lachte.

Du gewöhnst dich dran, mein Freund. Außerdem frühstücke ich äußerst selten Mensch. Er rollte sich herum, starrte ihn für die Dauer eines Wimpernschlags an. Dann war er fort, aber seine dunkle Stimme erklang in Julians Kopf. *Es gibt ein Loch im Herzen meiner lieblichen Isvari. Wem es gelingt, es zu finden und mit Liebe zu füllen, den wird sie erhören.*

»Kümmer dich nicht um ihn. Er hat einen schrägen Humor.« Sie erhob sich und kam mit einem Lächeln auf ihn zu: jeder Schritt, jeder Hüftschwung ein stilles Versprechen. Die tausend Schleier ihres Gewands hoben sich wie Schmetterlingsschwärme und tanzten im heißen Wüstenwind, bevor sie davonsegelten. Sprachlos angesichts der Schönheit, die sie enthüllten, versank er in ihrem verheißungsvollen Lächeln. Julian schwor sich, das *Loch in ihrem Herzen* zu finden und mit Liebe zu füllen, seine Angebetete zu ehren – die bezauberndste aller Göttinnen, und andächtig hauchte er ihren Namen.

35. KAPITEL

Isvari!

Tamira schrak auf und sandte ihre Sinne hinaus in die Dunkelheit. Es musste mitten in der Nacht sein, nicht einmal die Dienstboten waren wach. Man konnte sie hier oben zwar auch tagsüber nicht hören, aber sobald sie morgens in der Küche zu werkeln begannen, veränderte sich die Atmosphäre im Haus. Das hätte sie gespürt.

Sie schloss die Augen und dachte an Asherton. Wenn sie von ihm träumte, trug sie häufig ein seidenes Gewand und war reich geschmückt, so wie die Tänzerinnen im Palast ihrer Eltern. Barfuß, mit goldenen Kettchen an den Gelenken, in die Glöckchen gewoben waren, bewegte sie sich durch eine Welt, die sie in Wirklichkeit verloren hatte. Bei jedem Schritt war ein feines Läuten zu hören. Ein Echo des Glücksgefühls, das sie in seiner Gegenwart empfand, ließ sie erschaudern. In ihren Träumen fühlte sie sich stark und begehrenswert und spürte Liebe, aber auch das Verlangen, dass sie beide ergriff und davontrug, wie zuletzt während des höchst beunruhigenden Traums in der Kutsche. Wie sehr sie sich nach ihm sehnte! Der begehrliche Blick, mit dem er sie in seiner Bibliothek bedacht hatte, fiel ihr ein. Sie hatte ihn provozieren wollen, um herauszufinden, ob er etwas für sie empfand. Aber Lust und Liebe waren unterschiedliche Gefühle, hatte sie von Francine gelernt. Die Gouvernante ihrer kleinen Schwester, die sich scheinbar bedenkenlos ihrem Geliebten hingab und bereitwillig mit Tamira darüber sprach.

»Sie müssen wissen, was die Männer brauchen, wenn sie in Ihrer Ehe glücklich sein wollen«, hatte sie gesagt und das Gesicht verzogen. »Madam Abbotsleigh wird Ihnen gewiss keine Hilfe sein.«

»Muss ich nicht auch wissen, was *ich* brauche, um glücklich zu werden?«, hatte Tamira damals gefragt. Und damit war das Eis gebrochen. Seit jenem nächtlichen Gespräch bei einem heimlichen Glas Brandy wusste sie mehr über die sinnliche Macht der Liebe, als sie es sich jemals erträumt hätte.

Auf einmal war es Gewissheit. Sie hätte sich Asherton hingegeben, in diesem fiebrigen Wahn voller Leidenschaft, als er die Bänder durchschnitten hatte, um ihre Brüste zu befreien. Da war eine brennende Lust, die in ihr brodelte. Würde es ihr gelingen, die Situation noch einmal heraufzubeschwören? Tamira legte sich die Hände auf den erhitzten Körper. Ihre Träume waren immer in Bewegung, unzuverlässig und nicht greifbar und auch dieser veränderte sich laufend. Im ersten Augenblick dachte sie, in einer Buchhandlung gelandet zu sein, dann erkannte sie den lang gestreckten Raum mit den hohen Fenstern zum Garten. Hinter ihr raschelte es und sie fuhr herum. »Julian!«

Er sah sie an, als hätte er eine Erscheinung. Doch seine Überraschung währte nicht lange. Mit zwei Schritten war er bei ihr. »Du bist es wirklich!«

»Ich bin mir nicht sicher«, sagte sie wahrheitsgemäß, denn ein Teil von ihr lag zu Hause im Bett und träumte.

»Wie bezaubernd du aussiehst.«

Sie blickte an sich hinunter, der Sari war verschwunden. Das kühn dekolletierte Kleid, das sie stattdessen trug, zeigte viel Haut, es war ihr fremd. Aber die feine Stickerei gefiel Tamira, denn die Farben fanden sich im Muster seines Hausmantels wieder.

»Ich kann nicht lange bleiben«, sagte sie und spürte ein vages Ziehen in der empfindlichen Gegend unterhalb des Brustbeins, die ihre Mutter scherzhaft *Sonnenquelle* genannt hatte.

»Dann lass uns die Zeit nutzen, die wir haben.« Sein herausforderndes Lächeln war berückend.

Dieser Mund ist einfach unwiderstehlich, dachte sie und ging ihm entgegen, bis sich ihre Hände berührten und sie alles um sich herum vergaßen.

Am folgenden Morgen erwachte sie mit einem Lächeln auf den Lippen, als Yalda die Vorhänge aufzog. Draußen trommelte der Regen an die Scheiben.

»Haben Sie gut geschlafen, Miss Darlington?«

»Danke, das habe ich.« *Und dabei unvergleichlich gut geträumt,* dachte sie beglückt.

Nach der Morgentoilette setzte sie sich wie fast jeden Tag an den zierlichen Sekretär und zog die Schublade auf, in der sie ihre Schreibutensilien aufbewahrte. Die Feder bereitzulegen und das Tintenfass zu öffnen, gehörte ebenso zu den Ritualen, mit denen sie die Arbeit an ihrem Roman begann, wie das Zuschneiden des Papiers mit einem scharfen Messer.

Als sie schließlich die Feder eintauchte, dachte sie daran, dass sie immer noch nicht mit Julian darüber gesprochen hatte, ob es dieses ganz besondere Schreibinstrument aus Metall in London zu kaufen gebe. Auf einem Zettel machte sie sich eine schnelle Notiz, wartete, bis die Tinte getrocknet war, und faltete das Papier zusammen, um es in die Handtasche zu stecken, die sie üblicherweise bei sich trug, wenn sie ausging. Anschließend widmete sie sich ihrer Heldin, die sich heute ungewöhnlich eigensinnig zeigte. Ihre Gedanken kehrten immer wieder zu dem Traum der letzten Nacht zurück, doch es gelang ihr nicht, das dabei Gefühlte in Worte zu fassen. Je angestrengter Tamira sie zurückzuholen versuchte, desto mehr entglitt ihr die Erinnerung.

Schließlich löschte sie das wenige Geschriebene mit Sand ab und legte Werkzeug und Papier ordentlich in die Schubladen zurück.

Danach nahm sie ein Häubchen aus der Kommode, verbarg darunter die hochgesteckten Zöpfe und zupfte ein paar Strähnen hervor. Bei ihr ringelten sie sich leider ohne Brenneisen nicht so hübsch wie bei ihren Schwestern, die bis auf Anila die zauberhaften Locken der Mutter geerbt hatten.

Tamira hatte sogar darüber nachgedacht, ihre Haare einfach kurz schneiden zu lassen, wie es viele Ladys inzwischen taten, aber Yalda hatte ihr gedroht, sie zu verlassen, wenn sie es wagen sollte, sich von der *Pracht ihrer hochwohlgeborenen Abstammung* zu trennen. Wahrscheinlich hätte sie es sowieso nicht gemacht, denn insgeheim war sie stolz auf die Haare, auch wenn die Pflege aufwendig war und sie vielleicht nicht der herrschenden Mode entsprachen.

Bei einem letzten Blick in den Spiegel erstarrte sie. Hinter ihr, auf dem Sekretär, lag ein Paket.

Sie fuhr herum. Tatsächlich! Es war in hübsches weiß-blau geblümtes Papier eingeschlagen. Tamira eilte hinüber, legte die Fingerspitzen darauf und flüsterte: »Das gleiche Muster wie mein Kleid im Traum!«

Erwartungsvoll zog sie die nachtblau schimmernde Schleife auf. Zum Vorschein kamen drei kostbar gebundene Bücher des Romans *Evelina* von Frances Burney, die sie sehr bewunderte. Obenauf lag ein Brief, der unübersehbar mit dem Siegel des Duke of Asherton verschlossen war.

Mit galoppierendem Puls setzte sie sich auf die Bettkante, brach den harten Lack auf und faltete das Blatt auseinander.

Sehr verehrte Miss Darlington-Devi,
es hat mich geschmerzt, von Ihrer Sehnsucht nach Lektüre zu erfahren und von dem großen Verlust, den es bedeutet, alles, was man geliebt hat, an einem Ort zurückzulassen, der fremd und öd geworden ist durch das schlimmste Leid, das ein Menschenkind empfinden muss, dem das Liebste und Teuerste genommen wurde: die Eltern und ein Zuhause.

Tamira hob den Blick und sah aus dem Fenster. Dabei ließ sie unentwegt die Seidenschleife durch die Finger gleiten. Er sprach ihr aus der Seele! Mit Tränen in den Augen las sie weiter.

… deshalb erlauben Sie mir, Ihnen mit dieser bescheidenen Aufmerksamkeit etwas zu schenken, von dem ich hoffe, dass es wie ein winziges Sandkorn in der Muschel als Inspiration für ihr eigenes Schreiben zu einer einzigartigen Perle heranwachsen mag.
Darf ich noch einmal betonen, dass Sie (und auch Ihre Schwestern) jederzeit willkommen sind, sich in der Bibliothek von Asherton House nach geeigneter Lektüre umzusehen? Sie würden mir damit eine große Freude machen.
Herzlichst
Ihr Julian Weston

Nun erinnerte sie sich wieder, wie sie bei Lackington's über Romanschriftstellerinnen gesprochen hatten, die Tamira besonders schätzte. Er hatte es nicht vergessen! Beglückt fuhr sie mit dem Zeigefinger die Linien der schwungvollen Unterschrift nach und spürte für einen winzigen Augenblick das Echo seiner Küsse auf ihren Lippen. Behutsam legte sie die Seidenschleife zurück, faltete den Brief zusammen und drückte ihn an ihr Herz. Welch ein Schatz!

Nach dem Frühstück schrieb sie dem Duke, um sich für sein Geschenk zu bedanken. Er hatte es am Morgen von einem Boten überbringen lassen.

Sein Angebot, die Bibliothek in Asherton House in der Upper Grosvenor Street näher in Augenschein zu nehmen und sich dort erbaulicher Lektüre zu widmen, nahm sie nach kurzem Zögern an. Selbstverständlich musste sie eine Zofe mitnehmen, die sich vermutlich zu Tode langweilen würde – außer Daisy vielleicht, die fast in Ohnmacht gefallen war, als Tamira ihr den Roman schenkte, in dem sie sich während des Besuchs in der Buchhandlung festgelesen hatte.

Kaum zu glauben, dass diese intelligente junge Frau nie zuvor ein eigenes Buch besessen haben sollte. Unglücklicherweise hatte Tante Amandas Kammerzofe bald darauf Wind davon bekommen. Seither machte die unangenehme Frau dem Mädchen, das in der Hierarchie des Hauspersonals weit unter ihr stand, den ohnehin harten Alltag noch schwerer.

Tamira wusste nicht, wie sie ihr helfen sollte, ohne die klar definierte Ordnung unter Dienstboten durcheinanderzubringen. In letzter Zeit hatte sie Daisy ein paarmal an Yaldas Stelle beim Ankleiden geholfen, und Tamira fand sie sympathisch und äußerst talentiert. Yalda, die mit Caroline alle Hände voll zu tun hatte, verriet ihr zudem manchmal ein paar Kniffe, sofern Zeit dafür war.

Der Page, mit dem Abbotsleighs erster Diener ihr Dankschreiben nach Asherton House geschickt hatte, kehrte regennass und mit einer Antwort zurück. Tamira bedankte sich und lief hinauf in ihr Zimmer. Angesichts des Wetterumschwungs, schrieb Asherton, würde er sich freuen, wenn er sie und ihre Schwestern anstelle eines Spaziergangs im Park heute zum Tee in seinem Haus begrüßen dürfe.

Hastig antwortete sie und drückte dem Pagen an der Hintertür einen Penny und das Briefchen in die Hand.

Ihr Rückweg führte sie durch die Eingangshalle, denn die Angestellten schätzten es nicht, dass ihre Herrschaft die Hintertreppe nutzte. Wie immer wachte ein Diener an der Eingangstür, der ihr meist ein freundliches Lächeln schenkte, wenn niemand hinsah. Heute aber mied er den Blickkontakt.

Tamira hatte bereits den Fuß auf die erste Stufe gesetzt, als Lord Abbotsleighs Stimme aus dem Arbeitszimmer drang. Noch nie hatte sie ihn in einem vergleichbaren Tonfall sprechen hören.

»Du nimmst doch nicht allen Ernstes an, dass ich eines der Mädchen an diesen abscheulichen Parvenü verschachere!«

»Caroline muss verheiratet werden. Glaub mir, es ist kein Vergnügen, den Bastard eines Ausländers an den Mann zu bringen«, entgegnete seine Frau nicht weniger wütend.

»Du sprichst über die Töchter deiner einzigen Schwester!«

»Ja, ja. Aber nächstes Jahr haben wir mit den Zwillingen gleich zwei am Hals. Was denkst du eigentlich, wie sehr ich mich in dieser Saison schon für unser eigenes Kind aufreibe?«

»Es ist ja wohl nicht zu viel verlangt, einen geeigneten Gatten für Mary zu finden.«

»Ihre Cousinen haben sie aufgehetzt«, sagte Amanda aufgebracht. »Sie will jetzt aus Liebe heiraten. Was für ein Unsinn.«

»Glaubst du das wirklich?« Die Stimmen wurden leiser.

Tamira schämte sich für ihre Neugier und wollte die Treppe hinauflaufen, als ihre Tante schrill lachte. »Der Duke? Nie im

Leben wird er diesem widerspenstigen Blaustrumpf einen Antrag machen!«

»Warum denn nicht?«

»Weil sie als Duchess unmöglich ist. Caroline hatte eine Chance. Aber das dumme Mädchen hat sich ja nicht mal bemüht, ihn für sich zu gewinnen.« Gehässig fügte sie hinzu: »Im Grunde ist er doch auch nur ein Aufsteiger, der mit mehr Glück als Verstand zu seinem Titel gekommen ist.«

»Du vergisst dich. Sein Vater mag vielleicht ein bisschen wunderlich gewesen sein, aber er entstammte einer der angesehensten Familien des Landes. Mütterlicherseits ist Asherton außerdem direkt mit dem Königshaus verwandt.«

»Mit der schrecklichen Frau in Blackheath, meinst du wohl.«

»Die Prinzessin ist auch eine Nichte des Königs.« Offenbar hatte sie darauf etwas entgegnen wollen, denn er hob die Stimme: »Sprich es nicht aus, Amanda!«

Wie benommen lief Tamira die Stufen hinauf, bis sie ihr Zimmer erreichte. Wie konnte ihre Tante nur so gemeine Dinge sagen? Tränenblind warf sie sich aufs Bett.

36. KAPITEL

Die Darlingtons in sein Haus einzuladen, mochte ein wenig unkonventionell sein, aber schließlich hatte er sich von Bernadette Fourwinds, der Countess of Cairnforth, überzeugen lassen, dass überhaupt nichts dagegen einzuwenden war, solange sich eine zuverlässige Person von Stand ebenfalls unter den Besucherinnen befand. Damit meinte sie natürlich sich selbst.

»Amanda hat einen schlechten Einfluss auf die Mädchen«, hatte sie behauptet, als sie ihm ihren Vorschlag unterbreitet hatte.

Er kannte die Countess seit einer Reise zu den West Indies, wo sie ertragreiche Plantagen besaß. Julian hatte große Hochachtung vor ihr, denn es war keineswegs eine Aussteuer, die den alten Earl of Cairnforth dazu gebracht hatte, ihr einen Antrag zu machen, sondern ihr selbst verdientes Vermögen. Die beiden hatten ein Arrangement auf Gegenseitigkeit getroffen. Sie beglich seine Schulden, er gab ihr Titel und Namen und hatte obendrein den Anstand, nach kurzer Zeit das Zeitliche zu segnen. Sein Sohn aus erster Ehe war ein verträglicher Mann, der bestens mit der Stiefmutter zurechtkam. Was womöglich daran lag, dass der junge Earl dank ihres unternehmerischen Geschicks selbst zu Wohlstand gekommen war und von ihr gelernt hatte, das Erbe verantwortungsvoll zu verwalten. Über solche Dinge sprach man im Ton nicht. Handel und Adel, das schloss sich in den Augen der alten britischen Familien nach wie vor aus. Die Countess kümmerte das nicht. Sie tat, was sie wollte, und nun hatte die eigensinnige Lady beschlossen, Gastgeberin in seinem Haus zu spielen.

»Nur, bis Ihr Euch entschlossen habt, meine Patentochter zu heiraten. Tamira wird eine vorzügliche Duchess sein und meine Unterstützung nicht lange benötigen«, hatte sie ihm unverblümt erklärt, um anschließend Asherton House zu inspizieren und das Personal in Angst und Schrecken zu versetzen.

»Wer sagt denn, dass ich das vorhabe?«

»Weil Ihr nicht auf den Kopf gefallen seid. Ihr wisst, dass sie die Richtige ist.«

Er verbeugte sich. »Vielen Dank für das Kompliment. Ich muss Sie aber bitten, sich nicht einzumischen. Tamira ist empfindsam, und ich denke, sie ist noch nicht so weit, sich von ihren eigenen Zukunftsplänen zu verabschieden.«

Lady Cairnforth musterte ihn kurz und stieß einen Seufzer aus. »Ich wusste es! Ihr seid füreinander geschaffen.«

Julian hatte nicht vor, das Thema zu vertiefen. Die Darlingtons mussten jeden Augenblick vorfahren, und er war nervös. »Darf ich Ihnen Ratafia anbieten?«, fragte er, wohl wissend, dass sie Liköre verabscheute.

»Mir wäre etwas Stärkeres lieber.« Lady Cairnforth setzte sich vor den Kamin in einen Ohrensessel, in dem sie beinahe versank und von der Tür aus nicht mehr zu sehen war. »Ihr wollt doch nicht sagen, dass der Rum schon ausgetrunken ist, den Ihr mir neulich zu einem Spottpreis abgeschmeichelt habt?«

Julian ging zum Regal, nahm eine Flasche des hochprozentigen Getränks heraus, öffnete sie und schenkte ihr großzügig davon ein.

Sich selbst gönnte er nur einen kleinen Schluck. »Auf einen angenehmen Nachmittag«, sagte er und sah zu, wie sie das halbe Glas leerte.

»Ah! Wenn man die Augen schließt, könnte man glauben, das Meer rauschen zu hören.«

»Sie vermissen die Inseln?«

»Was denken Sie?« Lady Cairnforth lachte. »Aber wenn ich dort bin, vermisse ich London. Die Oper vor allem. Wie hat Euch übrigens die *Zauberflöte* gefallen?«

»Ausgezeichnet, und Ihnen?«

Sie ignorierte seine Frage. »Wegen oder trotz dieser Sopranistin? Wie hieß sie noch gleich ...?«

Julian fiel nicht darauf rein. »Die Signora hat eine hervorragende Stimme«, sagte er freundlich.

»Dann habt Ihr die Affäre beendet? Und die mit der kleinen ...?«

»Bei allem Respekt, Lady Cairnforth, jetzt gehen Sie zu weit. Ich habe nicht vor, meine persönlichen Angelegenheiten mit Ihnen oder sonst jemandem zu diskutieren.«

Sie funkelte ihn an, doch er erwiderte ihren Blick kühl, und schließlich wandte sie sich ab, um ihr Glas fortzustellen.

Das Eintreten eines Dieners unterbrach das merkwürdige Gespräch. »Miss Darlington und ihre Schwestern sind eingetroffen, Euer Gnaden.«

Zuerst betraten die Zwillinge seine Bibliothek, voller Neugier beachteten sie weder die Countess noch ihn. Die jungen Ladys trugen die gleichen Kleider und waren nicht auseinanderzuhalten, bis er den grün bestickten Beutel in Henriettas Hand entdeckte.

»Gibt es wissenschaftliche Bücher?«, fragte ihre Zwillingsschwester, und Henrietta blickte sehnsüchtig in den hinteren Teil des Raums, der trotz des trüben Wetters dank der hohen

Fenster zum Garten hin einladend hell wirkte. Die Jüngste, Anila, begrüßte ihn mit einem bestenfalls angedeuteten Knicks, was jeder andere als Respektlosigkeit empfunden hätte. Ihm machte es nichts aus, er hatte früh gelernt, die Menschen so zu nehmen, wie sie waren.

»Meine Schwester sagt, es gäbe hier eine Orangerie?«, fragte das Mädchen und sah ihn direkt an. Julian dachte bei sich, dass sie bereits heute mindestens so entschlossen wie ihre große Schwester wirkte. Sie waren sich sehr ähnlich, stellte er fest.

Julian verbeugte sich vor ihr und winkte die Gärtnerin heran, die er vorausschauend hinzugebeten hatte. »Das ist korrekt. Meine Gärtner richten sie gerade ein, und Hyacinthe hat freundlicherweise angeboten, Ihnen die Pflanzen zu zeigen.«

Anila schenkte ihm ein strahlendes Lächeln. »Es wäre mir ein Vergnügen, Euer Gnaden.« Etwas verspätet warf sie Tamira einen fragenden Blick zu, die kaum merklich nickte und ihn nun ebenfalls begrüßte. »Caroline lässt sich entschuldigen. Sie scheint sich bei unserem Ausflug verkühlt zu haben«, sagte sie und sah ihrer jüngsten Schwester nach.

»Ich hoffe, sie fühlt sich bald wieder wohl.« Höflich bat er darum, Caroline seine besten Wünsche auszurichten. Was man eben so sagte. Im Grunde war es ihm ganz recht, denn er hatte Caroline gegenüber immer noch ein schlechtes Gewissen. Was sich als vollkommen unbegründet herausgestellt hatte, wie er spätestens nach ihrer Knutscherei mit Strathlink sicher wusste. Aber er konnte eben nicht aus seiner Haut.

Lady Cairnforth beugte sich vor und blickte um die Sessellehne herum. »Hallo, Mädchen. Kümmert euch nicht um mich. Ich bin nur hier, weil der Duke im Sommer heizt.«

Mit einem einladenden Lächeln forderte er die drei Schwestern auf, Platz zu nehmen, und bestellte Tee. »Mir ist aufgefallen, dass Sie Interesse an Literatur und Kunst haben, und ich dachte, Sie hätten Freude daran, sich in meiner Bibliothek und in der Galerie umzusehen.«

Er nickte Georgiana zu. »Es gibt tatsächlich eine Reihe wissenschaftlicher Abhandlungen, und ich würde mich freuen, wenn etwas darunter wäre, das Ihr Interesse fände.«

Die Tür öffnete sich und weitere Gäste wurden angekündigt. Samuel und Richard Dunbridge, der Viscount Briseham, hatten zwei junge Herren im Schlepptau. Anbelle hatte eine Cousine mitgebracht und deren Freundin.

Julian aber hatte nur Augen für Tamira, die sich freundlich und warmherzig inmitten der Gäste bewegte. Seine Rolle als Gastgeber erlaubte es ihm, sich auch ihr gegenüber so höflich zu verhalten, wie es sich geziemte. Der Himmel allein wusste, wie es ihm gelang, und dabei das verstörende Verlangen zu kontrollieren, sie an sich zu drücken und bis zur Besinnungslosigkeit zu küssen.

Die Zwillinge äußerten den Wunsch, Schokolade zu trinken. Nachdem Tamira das heiße Gebräu in der hohen Silberkanne mit einem Instrument aufgerührt hatte, das ihn mit den Reihen unterschiedlich großer Holzstacheln an mittelalterliche Folterinstrumente erinnerte, bot sich Georgiana an, das duftende Getränk auszuschenken. »Tamira richtet immer eine furchtbare Schweinerei …«

»Georgiana!«, unterbrach die große Schwester sie hastig mit einem Blick auf Lady Cairnforth, die sie mit gerunzelter Stirn ansah. Der machte das aber nichts aus, und sie fuhr fort: »Meinetwegen, dann sage ich es mal so: Lady Abbotsleigh ist nicht amüsiert über den Zustand ihrer Tischwäsche. Schokoladenflecken lassen sich nämlich verfl… – äußerst schwer und nur mit besonderen Tinkturen auswaschen.«

»Du bist doch noch schlimmer, Georgiana«, kommentierte Henrietta, ohne vom Zeichenbuch aufzusehen.

Entgegen der düsteren Ankündigung vergoss niemand auch nur einen Tropfen, und Ashertons Haushälterin blieb es erspart, geheimnisvolle Tricks anzuwenden, um sein Linnen zu retten.

Georgiana hielt es nicht lange bei Tisch. Sobald sie ihre Tasse geleert hatte, war sie verschwunden und stand nun auf einer der Bibliotheksleitern, um die Bücher in den oberen Regalen zu inspizieren.

Julian dachte bei sich, dass sich die beiden Zwillinge bis aufs Haar gleichen mochten, doch das war nur äußerlich. Ihre Charaktere unterschieden sich offensichtlich, und wer ihr Verhalten beobachtete, wusste zwischen der forschen Georgiana und Henrietta zu unterscheiden. Und das ohne die grüne Brosche, die die zurückhaltendere Schwester auf Wunsch ihrer Tante als Kennzeichen trug.

Er leerte seine Teetasse und erhob sich. »Wie Ihnen bekannt ist, war Asherton House wegen eines Feuers lange Zeit geschlossen. Mein Großvater hat die schlimmsten Schäden beseitigen lassen, aber im letzten Jahr war trotzdem noch viel zu tun – und das wird auch in Zukunft so sein«, fügte er mit einem Blick in Tamiras Richtung hinzu. »Ich möchte die Stadtresidenz wieder öffnen, voraussichtlich im kommenden Jahr. Doch die Galerie ist in der letzten Woche fertig geworden, und ich freue mich zu sehr darüber, als dass ich Ihnen dies heute vorenthalten wollte.«

Henrietta legte ihren Zeichenblock beiseite und sah ihn freudig an. Schnell bildeten sich zwei Gruppen. Die eine folgte Samuels Vorschlag und schob Tisch und Stühle für ein Backgammon-Turnier zusammen, die andere schloss sich Julians neuem Sekretär Murray an, der die Einrichtung der Galerie begleitet hatte und heute Gelegenheit bekam, sein dabei erworbenes Wissen weiterzugeben.

»Und was möchten Sie unternehmen?«, fragte Julian Tamira, die unentschlossen wirkte.

»Um ehrlich zu sein, würde ich gern nach Anila sehen«, sagte sie verlegen.

»Auf in die Orangerie also«, sagte er und bot ihr den Arm an.

37. KAPITEL

Anila so lange allein zu lassen, machte Tamira nervös, und sie war dankbar, als Julian anbot, sie in die Orangerie zu begleiten, um nach ihr zu sehen.

Sein Haus schüchterte sie ein. Natürlich hatte sie gewusst, dass er vermögend war und ihm als Duke Respekt entgegengebracht wurde. Es war auch kein Geheimnis, dass sein Herzogtum als eines der am besten geführten galt. Zu Beginn der Saison war er ihr mindestens respekteinflößend, wenn nicht manchmal sogar eine Spur überheblich vorgekommen. Während gemeinsam besuchter Veranstaltungen hatte sie beobachtet, wie einige Menschen geradezu furchtsam oder mit peinlicher Anbiederung auf ihn reagierten, und verstand nun besser, weshalb er sich so zurückhaltend gab. Es war sicher nicht einfach, herauszufinden, ob jemand uneigennützig freundlich zu ihm war oder aus selbstsüchtigen Beweggründen. Doch seit sie ihn näher kannte, wirkte der Duke entspannt und äußerst nahbar. Das hatte es ihr leichtgemacht, zu vergessen, dass er in einem solchen Palast lebte.

Der schmale Eingang in die Upper Grosvenor Street täuschte eine Zurückhaltung vor, die der Palast nicht einhielt, nachdem man ihn betreten hatte. Selbst der trichterförmige Vorhof, der die Größe des Hauses erahnen ließ, wirkte vergleichsweise bescheiden. Bereits beim ersten Besuch hatten ihr die Halle und der beeindruckende Treppenaufgang mit einer riesigen Lichtkuppel beinahe die Sprache verschlagen. Natürlich kannte sie andere Stadtresidenzen in London, doch wenn man einen Ball besuchte, dann waren die Räume voller Menschen, die durcheinanderredeten und sich gegenseitig unter mächtigen Kristallleuchtern voranschoben. Dabei verlor man schnell die Dimensionen aus den Augen. In Asherton House aber war man allein zwischen hohen kassettenförmig gestalteten Wänden, poliertem Marmor und goldverziertem Stuck aus dem letzten Jahrhundert. Jeder Schritt hallte und selbst ein Flüstern schien die vornehme Ruhe zu stören. Im Vergleich dazu empfand sie die ebenfalls beeindruckende Bibliothek als geradezu gemütlich. Nicht nur die Bücher, auch der mit einem dicken Teppich ausgelegte Boden schluckte fast alle Geräusche. Das rotbraune Holz der Regale und Vertäfelung strahlte eine freundliche Wärme aus. Vorn im Eingangsbereich, wo sich auch der Kamin befand, standen bequeme Sitzmöbel und ein großer Schreibtisch, der allerdings eher dazu geschaffen war, Eindruck zu machen, als dass jemand daran zu arbeiten schien. Hinter der geschnitzten Tür, aus der vorhin der außerordentlich attraktive herzogliche Sekretär gekommen war, vermutete Tamira das eigentliche Arbeitszimmer. Vielleicht hatte Julian deshalb seine Gäste hier und nicht in einem der Salons empfangen.

»Ist alles in Ordnung mit Ihnen?«

Sie zuckte zusammen. »Entschuldigung. Ich habe gerade darüber nachgedacht, dass dieses Haus ziemlich groß ist für einen einzelnen Bewohner.« Erschrocken hielt sie sich die Hand vor den Mund. Die Bemerkung war unpassend.

»Man gewöhnt sich daran. Außerdem ist hier eine kleine Armee beschäftigt, um alles in Ordnung zu halten.« Er lachte leise. »Sie würden sich wundern, wie selten man in diesem Haus ungestört ist.«

»Das kann ich mir denken.« Das Problem kannte sie aus dem Palast ihrer Eltern. Vermutlich hatten dort noch viel mehr Menschen gearbeitet als in Ashertons Stadtresidenz. Sie sah sich kurz um und sagte dann leise: »Ich wollte mich noch einmal für die Bücher bedanken. Sie sehen wunderschön aus.«

»Hoffentlich bereitet Ihnen die Lektüre eine ebenso große Freude.« Asherton öffnete eine der Terrassentüren für sie.

»Der Garten ist ja riesig groß!«, sagte sie überrascht.

»Die Anlage ist ein wenig unglücklich geschnitten.« Er zeigte nach links. »Sehen Sie, dort grenzt sie an die Gärten der Nachbarn und endet an der Mount Street. Hinter den Stallungen führt die Park Lane entlang. Das wiederum ist recht praktisch. Ursprünglich war das hier ein finsterer Kasten, in dem niemand gern wohnen wollte. Mein Großvater hat in der Vergangenheit vieles verändert, aber ich lebe lieber auf dem Land.«

Sie spürte, dass ihm ihre Antwort wichtig war, und sagte: »London ist eine faszinierende Stadt, das ganze Jahr hier zu verbringen, stelle ich mir jedoch wenig reizvoll vor. Wir hatten ein Domizil am Meer, ich habe es dort sehr geliebt. Maplethorpe Hall liegt an der Westküste, nicht wahr? Werden Sie am Ende der Saison dorthin zurückkehren?«

»Das ist mein Plan.« Er wirkte abwesend, vielleicht hatte ihm ihre Antwort nicht gefallen.

»Nach dem Feuer haben Sie hier also weitere Veränderungen vorgenommen?«

»Wie? Ja, das stimmt. Aber es bräuchte schon eine große Familie, um etwas Leben in diese Häuser hineinzubringen ...« Er verstummte.

»Die Orangerie ist also auch neu?«

»Das ist sie. Es war ein Vorschlag der Gärtnerin. Sie und ihr

Bruder haben ihre Ausbildung in Maplethorpe Hall, dem Stammsitz der Familie, bei ihrem Vater gemacht und sind voller Ideen. Deshalb fand ich es sinnvoll, dass sie sich hier ausprobieren können.«

»Das ist sehr großzügig von Ihnen, Asherton.«

»Meinen Sie?« Er zuckte mit den Schultern. »Es ist für alle die beste Lösung, denke ich. Ach, da ist ja ihre Schwester. Möchten Sie zu ihr gehen?« Anila saß mit Hyacinthe auf einer Bank und die beiden schienen Pflanzen zu betrachten.

»Besser nicht. Ich bin froh, wenn sie in dieser Stimmung ist und mit anderen Menschen spricht.«

»Was fehlt ihr denn?«

»Wir wissen es nicht. Sie ist kreativ, wissensdurstig und besitzt ein tieferes Verständnis für … die Dinge, die unsere Welt zusammenhalten. Aber allzu oft scheint ihr alles zu viel zu werden und dann zieht sie sich so weit in sich zurück, dass man kaum noch an sie herankommt.« Tamira seufzte. »Sie war schon immer ein eigenwilliges Mädchen. Der Tod unserer Eltern und die Abreise aus Indien sind an keiner von uns spurlos vorübergegangen, aber am stärksten hat das Unglück Anila verändert.« Sie zwang sich zu einem Lächeln. »Ich möchte Sie nicht langweilen.«

»Sie wissen, dass Sie das gar nicht können.« Asherton sah ihr in die Augen, und für einen winzigen Augenblick dachte sie, er würde sie küssen. Doch dann fragte er betont munter: »Worauf haben Sie Lust? Glücksspiel oder Kunst?«

Sie musste nicht lange überlegen. »Ich würde mir gern die Bilder ansehen. Stimmt es, dass Sie Gemälde von Thomas Gainsborough besitzen?«

»In der Tat, er hat meine Familie porträtiert, obwohl ihm die Landschaftsmalerei ganz offensichtlich mehr Freude bereitet hat.«

»Wie kommen Sie darauf?«

»Ich zeige Ihnen die Bilder, dann sehen Sie es selbst.« Er geleitete sie durch die große Halle auf die andere Seite des Hauses.

Als Tamira einmal schnell über die Schulter blickte, um nach Daisy zu sehen, beugte er sich zu ihr hinab und raunte ihr zu: »Ihre Zofe ist wohl sehr gewissenhaft?«

Sie musste kichern. »In gewisser Weise schon, aber man kann sie mit salzigen Karamellbonbons bestechen und mit gefühlvollen Romanen.«

»Das ist gut zu wissen!« Er lachte und öffnete ihr eine Tür, die so unauffällig in die weiß-goldene Täfelung eingelassen war, dass Tamira sie erst bemerkte, als sie direkt davorstand.

»Eine geheime Tür!«, rief sie entzückt.

»Davon gibt es hier eine Menge«, sagte er.

»Dann sah die Halle bereits vor Ihrem Einzug so ... prächtig aus? Und ich dachte schon, Sie wären ganz versessen auf Gold und Marmor.«

»Das würde ich nicht sagen.« Dabei sah er sie mit einem rätselhaften Lächeln an, bis Tamira den Blick senkte. »Mein Geschmack ist ein anderer«, murmelte er, um danach mit normaler Stimme fortzufahren: »Das hier ist der Frühstückssalon. Daneben befinden sich Speisezimmer und ein Drawing Room mit Blick auf den Garten.«

»Und die Galerie?« Tamira durchquerte den Raum, um ein großes Gemälde näher zu betrachten, das über der Frühstücksanrichte hing.

»Sie ist in einem Nebengebäude, wo sie gleichzeitig als Ballsaal genutzt werden kann. Es gibt eine Terrasse, die es den Gästen erlaubt, direkt auf den Hyde Park hinauszublicken. In den oberen Etagen befinden sich ausschließlich private Räume«, fügte er noch hinzu und folgte ihr.

»Wie praktisch«, sagte sie. »Dann führt die Wendeltreppe, die ich in der Bibliothek gesehen habe, in einen dieser privaten Räume?«

»In mein Schlafzimmer.« Er räusperte sich, und als sie sich nach ihm umsah, stockte ihr beinahe der Atem.

Asherton trug das gewellte Haar etwas länger, und eine Strähne verdeckte jetzt sein linkes Auge, was ihm ein ziemlich verwegenes Aussehen gab. Ihr Puls beschleunigte sich, und wie immer, wenn sie nervös war, befeuchtete sie die prickelnden Lippen mit der Zungenspitze. Ihr Atem ging schneller und sie seufzte unwillkürlich.

»Tun Sie das nicht!«, sagte er rau.

»Was meinen Sie?« Wie von selbst machte sie einige Schritte auf ihn zu.

Er schob sich die Haarsträhne aus dem Gesicht und blickte auf ihre Lippen, als hätte er nie zuvor etwas Faszinierenderes gesehen. Tamira dachte an die sinnlichen Träume und an die Dinge, die sie von Francine LeBon erfahren hatte, auch wenn sie ahnte, dass die Gouvernante bei aller Offenheit nicht alles erzählt hatte. Sie hätte nichts dagegen einzuwenden gehabt, zumindest den Teil davon, der sich mit dem Küssen befasste, hier im Frühstückssalon von Asherton House zu erleben. Der zarte Kuss, den er ihr in der Curzon Street gegeben hatte, mochte wunderbare Gefühle in ihr ausgelöst haben und eine drängende, äußerst verwirrende Sehnsucht. Aber sie hatte gespürt, dass das längst noch nicht alles war.

Als wären ihr diese Gedanken ins Gesicht geschrieben, war Asherton mit wenigen Schritten bei ihr und zog sie in seine Arme. Wie gut es sich anfühlte, an seinen Körper gelehnt die Kraft und Energie dieses Mannes durch den dünnen Musselin ihres Kleides zu spüren. Tamira legte den Kopf in den Nacken und genoss die Erregung, die seine Lippen auslösten, als er zarte Küsse auf ihren Hals hauchte. Sanft strich er ihr über die glühende Haut, und sie verwünschte die Mode, die von jungen Frauen verlangte, hochgeschlossene Nachmittagskleider zu tragen. Doch der Duke war einfallsreich. Als er ihr den linken Handschuh hinunterstreifte und damit den Arm auf eine unverschämte Weise entblößte, entschlüpfte ihr ein leises Stöhnen. Seine Lippen auf dem galoppierenden Puls des Handgelenks ließen ihr die Knie weich werden, und als die Küsse auf der Innenseite des Arms ihrem Herzen immer näher kamen, vergaß sie alles um sich herum. Wie damals in der Kutsche war sie so weit, sich ihm hinzugeben, ohne auch nur einen Gedanken an die Konsequenzen zu verschwenden.

Ein lauter Knall ließ sie auseinanderfahren.

»Entschuldigung!« Daisy hob einen Stuhl auf, der sicher nicht von Geisterhand umgeworfen worden war. »Ein Missgeschick«, erklärte sie strahlend und blickte Asherton mit unverhohlener Bewunderung an. Im Nebenraum wurden Stimmen laut. Offenbar näherte sich die Besichtigungsgruppe.

»Ich glaube«, sagte Tamira und unterdrückte ein Lachen, »ich würde mich gern etwas frisch machen. Daisy?«

»Ich weiß, wo wir hinkönnen«, sagte die Zofe, »vom letzten Mal.«

Damit liefen sie eilig zum Ausgang und schlüpften gerade noch rechtzeitig hinaus, bevor sich die großen Flügeltüren zum Speisezimmer öffneten und sie Samuels Stimme erkannte, der erstaunt fragte: »Was stehst du hier so allein herum, Asherton?«

»Danke!«, sagte sie wenig später zu Daisy und betrachtete sich im Spiegel, um etwas von der getönte Lippencreme aufzutragen, die Yalda für sie anrührte. »Du hast uns gerettet!«

Die Zofe errötete und knickste. »Das ist doch selbstverständlich, Miss Darlington. Für Ihre Schwester …« Erschrocken schlug sie die Hand vor den Mund.

»Keine Sorge, ich weiß, dass Caroline und Strathlink sich im Tea Garden nicht zum ersten Mal geküsst haben.« Sie sah Daisy scharf an. »Es waren doch nur Küsse?«

»Ja, und nur Mr Strathlink. Als ein anderer Gentleman ihr zu nahe treten wollte, hat sie ihn geohrfeigt.«

»Lieber Himmel«, sagte sie abgelenkt. »Wo ist denn bloß mein zweiter Handschuh?«

38. KAPITEL

Den fehlenden Handschuh hatte er ihr beim Einsteigen in die Kutsche unauffällig zugesteckt, und sie bedankte sich mit einem verschwörerischen Blinzeln.

Während des Abendessens dachte er darüber nach, wie sich die unerfahrene Tamira am heutigen Nachmittag von der selbstbewussten Amazone in seinen Träumen unterschied, und ließ die Ereignisse im Frühstückssalon Revue passieren. Er kam zu dem Schluss, dass beides in ihr steckte. In seinen Armen zeigte sie sich hingebungsvoll und geschmeidig, aber sie ergriff keine Initiative. Das war ein wenig ernüchternd. Doch dann tadelte er sich. Woher sollte eine unberührte Jungfrau wissen, was er sich wünschte – oder sie selbst?

Julian fiel ein Gespräch ein, das er als Jungspund mit seinem Vater geführt hatte, der ihm riet: »Such dir erfahrene Frauen für deine ersten Abenteuer. Von ihnen wirst du viel darüber lernen, womit du sie glücklich machen kannst.«

»Aber eine Frau empfindet doch nichts beim Beischlaf«, hatte er damals naiv geantwortet, und sein Vater musste dermaßen lachen, dass er einen Hustenanfall bekommen hatte.

»Wer erzählt denn so was? Ich glaube sogar, dass sie manchmal intensiver empfinden als unsereins. Auf jeden Fall aber auf eine andere Weise – und sie brauchen mehr Zeit.« Und dann hatte er ihm von Begebenheiten berichtet, die ein Sohn von seinem Vater nicht hören wollte. Doch im Nachhinein waren es genau diese Geschichten, die Julians Ruf als raffinierter und begehrter Liebhaber begründet hatten.

»Vergiss nie: Die Frau, die eines Tages Mutter deiner Kinder sein wird, hat ein Recht darauf, im Schlafzimmer wie eine Göttin verehrt zu werden. Sie wird gerade dem Schulzimmer entwachsen sein und unberührt. Wenn sie in der Hochzeitsnacht noch nicht bereit ist, gib ihr Zeit. Gewinne ihr Vertrauen, finde heraus, was ihr gefällt, und wenn es so weit ist, lass sie genau wissen, was sie für dich tun kann. Aber verlange nie Dinge, die sie nicht freiwillig gibt. Die Menschen sind unterschiedlich, vergiss das nicht.« Als er Julians Gesicht sah, lachte er. »Was glaubst du wohl, weshalb deine Mutter mich nicht schon vor vielen Jahren verlassen hat? Weil ich sie von einer Ausgrabungsstätte zur nächsten schleife? Gewiss nicht.«

Am folgenden Morgen ritt er trotz des regnerischen Wetters aus. Seine Pferde brauchten Bewegung. Anschließend fuhr er damit fort, den neuen Sekretär Paul Murray mit den Vorgängen im Haus und seinen Geschäften vertraut zu machen. Die gestrige Führung durch die Bildergalerie hatte der Barrister und Stiefneffe seines Kammerdieners souverän erledigt, wusste Julian von Richard, und er sparte nicht mit Lob.

»Danke sehr, Euer Gnaden. Es war hilfreich, dass ich beim Hängen der Gemälde dabei sein durfte. Der Gentleman von der Kunstakademie hat mir eine detailreiche Aufstellung der Werke zur Verfügung gestellt.«

»Sie meinen David Wilkie? Freut mich, dass Sie gut mit ihm zurechtkommen. Er wird sich im Winter um eine Inventur der Kunstwerke in Maplethorpe kümmern, und ich würde es begrüßen, wenn Sie ihn dabei unterstützten, Murray.«

»Sehr gern, Euer Gnaden.«

Vielleicht, dachte Julian, *verbindet die beiden mehr als nur eine professionelle Sympathie.*

Wilkie war ebenfalls Schotte, Mitte zwanzig und wirkte mit dem dichten dunkelroten Haarschopf und einem jungenhaften Gesicht äußerst einnehmend, wie Samuel kürzlich erklärt hatte, nachdem er ihm in Asherton House begegnet war.

»Dann muss ich wohl ein Auge auf die Ladys haben, wenn er im Hause ist?«

»Darüber würde ich mir keine Gedanken machen«, hatte Samuel gesagt und frech gelacht.

Gemeinsam mit dem Sekretär war er in die Abrechnung des letzten Quartals vertieft, als der Butler mit einem Brief erschien. »Abbotsleighs Groom wartet auf eine Antwort, Euer Gnaden. Soll ich ihn fortschicken?«

Als Julian den Absender sah, sagte er: »Schicken Sie ihn in die Küche, damit er sich abtrocknen kann. Ich gebe Bescheid, wenn ich so weit bin.«

»Sehr wohl, Euer Gnaden.«

Murray machte Anstalten, sich ebenfalls zu entfernen.

»Nein, bleiben Sie hier.« Julian erbrach das Siegel der Darlington-Devis. Schnell überflog er die wenigen Zeilen, die ihm Tamira geschickt hatte. Ihre Handschrift war klar, raumgreifend und zeugte davon, dass sie viel schrieb. Das war ihm schon beim letzten Mal aufgefallen.

»Haben wir heute Nachmittag irgendwelche Verpflichtungen, Murray?«

Der Sekretär sah in dem Journal nach, in dem er alle Einladungen notierte, und schüttelte den Kopf. »Kaum zu glauben, aber außer einem Boxkampf in *Holborn* zwischen *Tom Cribb* und einem Deutschen steht nichts an.«

»Großartig.« Er griff zu Feder und Papier und überlegte

einen Augenblick, bevor er in dem gleichen sachlichen Tonfall antwortete, den sie gewählt hatte:

Verehrte Miss Darlington-Devi, darf ich mir erlauben, Sie und Ihre Schwestern zu einem informellen Nachmittagstee einzuladen?

Nachdem er den Brief unterzeichnet und versiegelt hatte, wandte er sich wieder der Buchführung zu.

»Soll ich den Butler rufen, Euer Gnaden?«

»Später. Lassen Sie dem Jungen etwas Zeit, sich in der Küche aufzuwärmen. Miss Darlington wird es nicht begrüßen, wenn sich ihr Groom erkältet, und ich rechne fest damit, dass der arme Kerl noch mal durch den Regen laufen muss, bevor er sich wieder um Abbotsleighs Pferde kümmern kann.«

So kam es, und zwei Stunden später erhielt er ein weiteres Schreiben.

Asherton! Vielen Dank für die vorausschauende Einladung und bitte vergeben Sie mir meine späte Antwort. Lady Abbotsleigh heißt es nicht gut, dass wir den Nachmittag außer Haus verbringen. Unser Onkel hat es jedoch erlaubt. Er bittet Sie allerdings, eine Kutsche zur Verfügung zu stellen, da er seine selbst benötigt. Wäre Ihnen 3 Uhr recht?

Schmunzelnd wandte er sich an den Butler. »Sagen Sie dem Jungen, ich schicke die *Barouche*, und lassen Sie in den Ställen ausrichten, dass der Wagen um drei Uhr in der Hill Street 32 benötigt wird. Ich erwarte die Darlingtons für den Nachmittag zum Tee.«

»Sehr wohl, Euer Gnaden.«

Julian sah dem Butler hinterher. »Warum nur habe ich den Eindruck, dass er sämtliche meiner Handlungen missbilligt?«

»Weil er es tut?«, fragte Murray sanft.

»Meinen Sie damit, ich brauche einen neuen Butler?«

Der Sekretär sortierte die Rechnungen und sagte schließlich: »Ich würde es empfehlen, Euer Gnaden.«

Julian stand auf und schenkte sich einen Brandy ein. Natürlich verstand er genau, was Murray ihm damit sagen wollte. Es gab Unregelmäßigkeiten. Der Butler hatte seinem Großvater gedient, und es war ihm nicht entgangen, dass der erfahrene Bedienstete mit vielen Veränderungen im Haus und auch in der Welt draußen nicht einverstanden war. Dieser Mann, erkannte er überrascht, hatte womöglich mehr Standesdünkel als der Prinzregent persönlich.

Er trank einen Schluck und überlegte. Was würde geschehen, wenn Tamira hier einzog? Würde das Personal ihre Abstammung zum Anlass nehmen, ihr trotz der tiefgreifenden gesellschaftlichen Veränderungen in den letzten Jahrzehnten weniger Respekt entgegenzubringen? Gesetze waren schnell geändert, aber die Menschen brauchten länger, um alte Denkmuster und Vorurteile zu überwinden.

Abrupt drehte er sich zu Murray um. »Ich gedenke, mich vor Jahresende mit Miss Darlington-Devi zu vermählen.« Wenn sie es will, fügte er in Gedanken hinzu. »Eine Aufgabe für die nächsten Wochen wird es sein, herauszufinden, wer vom Personal hier und in Maplethorpe bereit ist, ihr loyal zu dienen, und wer in einem anderen Haushalt besser aufgehoben sein dürfte.« Er holte tief Luft. »Mir ist bewusst, dass Sie auch neu hier sind. Konsultieren Sie MacAlister, wenn es Ihnen hilfreich erscheint. Um meine übrigen Häuser kümmern wir uns später.«

Murray wirkte erfreut. »Sehr wohl, Euer Gnaden. Ich verspreche Ihnen, die zukünftige Duchess wird kein freundlicheres Zuhause finden als in Eurem Anwesen.«

»Danke, Murray.« Julian stand auf. »Und jetzt muss ich Sie

für heute leider mit der Buchhaltung allein lassen. Sagen Sie mir Bescheid, wenn Sie Fragen haben oder eine Hilfskraft benötigen.«

Der Sekretär verbeugte sich. »Sehr gern, Euer Gnaden.« Nach kurzem Zögern fügte er hinzu: »Ich werde Euch nicht enttäuschen.«

Er hatte Karamellbonbons und ein Buch für die Zofe besorgen lassen und war nun gespannt, welche der Schwestern er in weniger als zehn Minuten begrüßen würde. Wenn es nach ihm ginge, dürfte Tamira gern allein kommen, doch damit war nicht zu rechnen.

Julian war nervös und überlegte, einen Schluck Brandy zur Beruhigung zu trinken, verwarf diesen Gedanken aber sogleich, denn der Butler verkündete: »Captain Samuel Hayes bittet, vorgelassen zu werden, Euer Gnaden.«

»Sag mal, seit wann ist dein Türsteher so streng?«, sagte Samuel und spazierte am Butler vorbei.

»Giles, außer den Darlingtons wünsche ich heute niemanden zu sehen – selbst den Prinzregenten nicht.« Julian bedachte den Mann mit einem strengen Blick und wandte sich Samuel zu. »Ein bisschen mehr Respekt täte dir ganz gut.«

»Entschuldige. Mir ist langweilig, das Wetter ist scheußlich, und die Törtchen gestern waren überaus appetitlich!«

»Du stellst doch nicht etwa meinem Sekretär nach?«, fragte Julian leise.

»Ha, ha! Natürlich nicht. Obwohl …«

»Lass es einfach. Ich habe auch ohne dich schon genügend Probleme.«

Die Tür öffnete sich erneut. »Miss Tamira Darlington-Devi, Miss Georgiana Darlington-Devi, Miss Henrietta …«

»Bitten Sie die Damen herein, um Himmels willen, und lassen Sie Tee bringen«, sagte er entnervt, als Samuel laut auflachte.

Außer seinem Freund, der sich Julians noch ungelesene Zeitungen geschnappt hatte, schien niemand an einer ausgiebigen Teemahlzeit interessiert zu sein. Georgiana saß mit einem Stapel Büchern unter einer der Bibliotheksleitern und verspeiste gedankenverloren ein Kirschtörtchen, Henrietta hatte sich – immerhin mit Tee und Gebäck – an die Südfenster zum Garten zurückgezogen, und Caroline, die heute auch dabei war, hatte Anila in die Orangerie begleitet.

Die wichtigste Darlington saß auf der vierten Stufe der Wendeltreppe und sah zu ihm auf. »Hier können wir ungestört reden«, sagte sie.

Nachdem Julian einen Augenblick lang in sündigen Fantasien geschwelgt hatte, in denen seine am Ende der Treppe befindlichen Wohn- und Schlafräume eine nicht unerhebliche Rolle spielten, räusperte er sich. »Darf ich mir das Schreiben ansehen, von dem Sie mir in Ihrem Brief erzählt haben?«

»Bitte sehr.«

Der Verfasser hatte es nicht so mit der Orthografie, aber die Nachricht war eindeutig. Er bezog sich auf den Artikel in der *Morning Post* und bot eine Spieluhr von *erheblichem* Wert an. Sie sei klein und zeige aufgezogen einen bunten Vogel auf der Nase eines Bengalischen Tigers. Das mechanische Kleinod trüge den Namen *Tiger Bird* oder Tigervogel. Unterzeichnet hatte er mit einem schwungvollen *M*.

Tamira sagte nachdrücklich: »Es gibt keinen Zweifel. Das muss der Pakshee Baagh sein! Was machen wir nun?«

Julian dachte nach. Er erinnerte sich bestens an seinen Besuch bei der *Morning Post*. Der Druckergeselle hatte nur zugegeben, diesem Brixton einen Tipp gegeben zu haben, wer hinter dem Artikel steckte. Doch Zeitungen, überlegte er, nahmen manchmal merkwürdige Wege. Vielleicht hatte dieser Briefschreiber den Beitrag wirklich erst später gelesen oder sich daran erinnert, als er die ungewöhnliche Spieluhr gesehen hatte.

»Weiß jemand im Haushalt der Abbotsleighs von Ihrer Suche?«

Tamira überlegte und sagte nachdenklich: »Yalda, die Kammerzofe, weiß davon, sie ist absolut loyal. Aber Sie wissen, wie das mit dem Personal ist, manchmal merkt man gar nicht, dass sie da sind, und die Zwillinge sind nicht immer …« Sie schüttelte den Kopf. »Nein, ich möchte mir nicht vorstellen, dass jemand aus der Hill Street etwas damit zu tun hat.«

»Na gut. Jedenfalls wusste der Mann, an wen er sich wenden musste. Wir werden ihm eine Falle stellen.« Er überlegte kurz. »Ich schlage vor, Sie verlangen einen Beweis für seine Behauptung. Vielleicht eine Feder?«, schlug er vor.

Nachdenklich legte sie einen Finger auf die Lippen, was ihn auf vollkommen andere Gedanken brachte. »Federn kann man dem Vogel nicht ausreißen. Aber ich könnte den Mann bitten, mir die Anzahl der *grünen Steine* auf dem Körper des Tigers zu nennen.«

»Ist das eine Besonderheit?«

»Es sind neun. Das ist eine Glückszahl. Die Neun steht für die neun Planeten, die unser Leben beeinflussen, und für Kontinuität.«

Das interessierte ihn. »Gibt es noch mehr von diesen Glückszahlen, oder könnte er sie erraten?«

Sie lachte. »Aber ja, es gibt einige. Die Vier, die Sieben, für einige auch die Acht, für andere wiederum ist sie eine Unglückszahl.«

»Dann könnte es funktionieren. Um die Zahl herauszufinden, wird er sich die Spieluhr ansehen müssen.« Ihm fiel noch eine Sache ein. »Wie hat er eigentlich Kontakt zu Ihnen aufgenommen?«

»Der erste Diener sagt, der Brief hätte sich in der Post befunden.«

»Eigenartig.« Julian las weiter. »Aha, Sie sollen allein zum Stanhope Gate kommen, um ihm mitzuteilen, ob Sie an seinem Angebot interessiert sind. Der Mann scheint sich seiner Sache ja sehr sicher zu sein.« Er sah sie streng an. »Auf keinen Fall!«

»Ich mache einen Fehler nicht zweimal. Ian wird mich begleiten«, sagte sie nachdrücklich.

»Ich heiße das nicht gut.«

»Ich glaube nicht, dass er selbst auftaucht. Dieser Kerl kann doch nicht wissen, ob ich vielleicht die *Bow Street Runners* informiere. Bestimmt schickt er einen Laufburschen, der um sieben am Stanhope Gate wartet, um meine Nachricht in Empfang zu nehmen. Wenn wir uns den schnappen, wird er nichts über die Angelegenheit wissen, aber der Hehler ist gewarnt.«

Besorgt sah er sie an. »Das ist wahr. Ich mache mir dennoch Sorgen. Offensichtlich kennt er Ihre Gepflogenheiten und weiß, dass Sie morgens ausreiten.«

»Und welchen Weg wir nehmen.« Tamira wirkte nun doch etwas beunruhigt, aber er ahnte, dass sie auf jeden Fall zum Gate reiten würde. Ob mit oder ohne seine Unterstützung.

»Ist Ihr Groom zuverlässig?«

»Ian? Auf jeden Fall. Woran denken Sie?«

Julian sah sie nachdenklich an. »Sie sollten ihn einweihen, damit er nicht versucht, dem Jungen zu folgen. Das übernehmen andere.«

»Und an wen haben Sie gedacht?«

Julian lächelte. »Ich habe ein paar zuverlässige Männer.«

»Aber dem Boten werden Ihre Leute doch nichts tun?«

»Natürlich nicht. Sie haben recht, er wird niemanden schicken, der weiß, worum es geht. Ich vermute, dass Ihr Anbieter im Park auf den Jungen wartet, den Brief entgegennimmt und damit verschwindet.«

»Es könnte auch ein Mädchen sein«, sagte sie zu seiner Überraschung.

»Da stimmt. Wir müssen die Augen offen halten.«

»Wobei müsst ihr die Augen offen halten?« Georgiana schlenderte herbei und sah sie neugierig an.

»Ich möchte morgen früh ausreiten.«

»Bei diesem Wetter?«

Sie warf ihm einen schnellen Blick zu. »Ja«, sagte sie gedehnt, »auch bei Regen.«

Georgiana grinste. »Wenn es ein Abenteuer ist, bin ich dabei.«

»Sieben Uhr am Stanhope Gate. Und machen Sie sich keine Gedanken. Ich werde in der Nähe sein.« Mit gemischten Gefühlen beobachtete er, wie Georgianas Augen vor Neugier funkelten. Um sie abzulenken, wies er auf Henrietta. »Was macht Ihre Schwester da?«

»Sie kopiert und koloriert Zeichnungen, die sie gestern von den Gästen angefertigt hat.«

»Darf ich mir das mal ansehen?«

Georgiana grinste. »Fragen Sie sie doch selbst. Von Ihnen sind auch einige dabei«, fügte sie mit einem frechen Zwinkern hinzu.

Nun, da alles besprochen war und Tamira sich auf seinen Plan eingelassen hatte, entspannte er sich und folgte den Schwestern.

Samuel saß bei Henrietta, sie betrachteten gemeinsam ein Blatt und lachten. »Sieh dir das an. Richard, wie er leibt und lebt«, sagte er und hielt eine Zeichnung hoch.

Julian war beeindruckt. Die junge Künstlerin verstand es, mit wenigen Strichen den Charakter einer Person zu skizzieren. Samuel hatte nicht übertrieben, als er neulich ihre Fähigkeiten lobte.

»Sie ist viel besser als die Zeichner, die vor den Ballsälen oder in der Oper ihre Bilder verkaufen«, sagte Georgiana stolz. Julian war geneigt, ihr zuzustimmen.

»Schau her, Asherton. Da ist eines von dir. Ziemlich gut getroffen, würde ich sagen.« Samuel reichte ihm eine weitere Zeichnung, und die anderen stimmten zu. Nur Henrietta sah bang zu ihm auf.

So sahen sie ihn also? Der Mann, der ihm entgegenblickte, sah nicht übel aus. Er war modisch gekleidet, von der Anmutung her sogar ein bisschen libertär, was hellsichtig von der Zeichnerin war. Das lässig gebundene Halstuch schmückte eine griechische *Gemme*, die Haare fielen ihm ins Gesicht. Aber hinter diesem ersten Eindruck verbarg sich eine distanzierte Strenge, die ihn bestürzte. Wirkte er wirklich so unnahbar, wie Henrietta ihn zu sehen schien? Auf Fremde, das hörte er nicht zum ersten Mal, hatte er durchaus eine einschüchternde Wirkung – das war auch schon vor dem Erhalt der Herzogswürde so gewesen. Aber die Darlingtons zählte er zu seinem engeren Kreis, ihr Glück lag ihm am Herzen – und sie fürchteten sich vor ihm?

Er wusste, dass Tamira ihn beobachtete, und zuckte dennoch zusammen, als er ihre Fingerspitzen auf dem Ärmel spürte.

»Es ist schon so spät, und Sie wollten mir doch den Gainsborough zeigen.«

Die Terrassentür öffnete sich. Caroline und Anila traten ein, mit ihnen wehte der Glockenschlag der nahe gelegenen Kirche herein.

»Der Wagen ist bestellt, aber es bleibt uns ausreichend Zeit für einen kurzen Blick auf eines der Gemälde«, sagte er und begleitete Tamira hinaus durch den Drawing Room und den Speisesaal ins Frühstückszimmer, das seine Mutter im Blick hatte, gemeinsam mit zwei kleinen Jungen, in denen er sich und seinen Bruder kaum zu erkennen vermochte. Die Mutter allerdings wirkte so lebendig, als könnte sie jeden Augenblick aus der griechischen Landschaft hinunter über die Anrichte in den Salon springen.

»Meine Schwester hat Ihnen die Zeichnung gezeigt, die sie für ihre gelungenste hält«, hörte er Tamira neben sich sagen. »Ich habe mir diese hier ausgesucht.« Und damit zog sie ein Blatt aus der Tasche und entfaltete es.

Auf dieser Skizze hatte Henrietta sie beide eingefangen. Der Moment wirkte intim, und die Zuneigung, die sie füreinander empfanden, war unübersehbar.

»Tamira!« Seine Stimme ließ ihn im Stich.

»Sie können es haben, wenn Sie möchten«, sagte sie schüchtern und wandte sich dem Gainsborough zu. »Ihre Mutter ist eine Schönheit!«

Wärme durchflutete ihn, wie immer, wenn er an seine Eltern dachte. »Das finde ich auch. Aber vor allem ist sie eine kluge Frau und die beste Mutter, die man sich wünschen kann.«

Sie sahen sich an, und es hätte noch so viel mehr zu sagen gegeben, doch in der Halle wurde es unruhig, und der Butler würde jeden Augenblick hereinsehen, um sie über die Ankunft der Kutsche zu informieren.

Er fragte nicht, ob sie sich vor der morgigen Begegnung im Hyde Park fürchtete, und er verkniff es sich, sie noch einmal zu ermahnen, dem Boten auf keinen Fall zu folgen. »Sobald ich mehr weiß, sende ich Ihnen eine Nachricht.«

»Bitte über die Hintertür, adressieren Sie sie an Yalda. Ich möchte verhindern, dass Ihre Nachricht in falsche Hände gerät«, sagte sie gerade noch rechtzeitig, bevor sich die Tür öffnete und dankenswerterweise sein Freund Samuel anstelle des Butlers hereinsah.

»Ich wollte nur sagen: Die Damen sind zur Abfahrt bereit.«

39. KAPITEL

Vor dem Abendessen blieb Tamira wenig Zeit, die Schwestern in ihre Pläne einzuweihen. Deshalb bat sie Georgiana, für kurz vor sieben Pferde zum Ausreiten zu bestellen.

Caroline winkte ab. »Wenn ihr mich nicht braucht, verzichte ich.«

»Kein Problem«, sagte sie und griff nach Yaldas Lippenbalsam, der sie neuerdings weniger an Honig als an die Küsse eines gewissen Dukes erinnerte. »Wie sieht es mit euch aus?« Sie sah die Zwillinge an.

»Wir sind dabei!«

»Prima. Und jetzt lasst mir bitte ein paar Minuten, damit ich mich auf den Ball bei den Russelbroms vorbereiten kann.«

»Wird schon nicht so schlimm werden«, sagte Henrietta beim Hinausgehen. Sie wusste nicht, dass Asherton heute auf keinen Fall kommen würde. Er hatte ihr anvertraut, dass es mit seinem Verhältnis zu Lord Russelbrom nicht zum Besten stand. Man habe sich im letzten Jahr duelliert. Weshalb, wollte er nicht verraten. Gentlemen, erklärte er ihr, duellierten sich häufiger, obwohl es offiziell verboten sei. Es sei eine Angelegenheit von Ehre und nichts, was man mit einer Lady diskutiere.

Genau diese Art von Bemerkungen machten es ihr schwer,

ihm zu vertrauen. War Miss Elizabeth Russelbrom der Anlass gewesen, die sich zum Ende der letzten Saison mit einem Baronet aus Lancashire verlobt hatte? Oder womöglich deren Mutter? Was schwer vorstellbar war, aber sie wollte der Dame gegenüber nicht ungerecht sein.

Wellsborough allerdings würde dort sein, denn die Gastgeberin war eine entfernte Cousine, hatte Tante Amanda erzählt.

Wider Erwarten verbrachte sie dennoch einen vergnüglichen Abend. Tante Amanda hatte sich recht schnell zum Kartenspiel verabschiedet, doch Strathlink und Samuel Hayes schienen mehr als sonst darauf bedacht zu sein, unwillkommene Bewerber zu vergrämen, und Mary nutzte die Abwesenheit ihrer Mutter, um zweimal hintereinander mit dem jungen Baron Ley zu tanzen.

An diesem Abend feierte Lady Abbotsleigh ihren ausnahmsweise beträchtlichen Gewinn am Kartentisch mit einem Gläschen mehr, als es ihr bekömmlich gewesen wäre. Deshalb wurde der Aufenthalt länger als üblich, und auf der Rückfahrt schlief sie in der Kutsche ein. Die drei jungen Ladys jedoch kehrten trotz der regnerisch kühlen Nacht am frühen Morgen beschwingt in die Hill Street zurück.

Mary hakte ihre Mutter unter. Lady Abbotsleigh gähnte und murmelte etwas Unverständliches.

»Komm, Mama. Wir wollen doch nicht den Haushalt aufwecken.«

»Die sind alle schon wach.« Tamira wandte sich an den Lakaien, der ihnen die Tür geöffnet hatte und zum Frühdienst gehörte: »Nicht wahr, Thomas?«

Er lächelte und schloss die Tür ab. »Ich gebe der Kammerzofe Bescheid, dass Mylady zurück ist.«

»Danke, Thomas.« Caroline half ihrer Cousine, die beschwipste Lady hinauf in ihre Räume zu begleiten. Tamira winkte ihnen zu und ging in die zweite Etage weiter.

Daisy hatte bereits den Kamin angeheizt. »Guten Morgen, Miss Darlington, der Ball hat aber diesmal lange gedauert. Ich habe Frühstück mitgebracht.«

»Sie sind ein Engel! Das Büfett war absolut ungenießbar, ich sterbe vor Hunger.«

Daisy half ihr, Ballkleid und Korsett abzulegen und über das bequemere Mieder ihr liebstes Reitkleid anzuziehen, das bei Sonnenschein schon reichlich ramponiert wirkte, ihr für das heutige Abenteuer aber geeignet erschien.

Die junge Zofe war sehr geschickt, und seitdem Tamira sie mit der Gouvernante ihrer Schwester hatte französisch sprechen hören, beschäftigte sie eine Frage: »Woher stammen Sie eigentlich, Daisy?«

»Aus Plymouth, Miss Darlington.«

»Und Ihre Familie?«

»Ebenfalls.« Sie lachte. »Sie fragen wegen meines Aussehens, nicht wahr?«

»Entschuldigen Sie, das war vermutlich nicht besonders höflich.«

»Die meisten denken, ich bin Chinesin, aber mein Vater stammt aus Batavia. Das ist das niederländische Indien«, fügte sie erklärend hinzu. »Er ist für die *Vereenigde Oostindische Compagnie* zur See gefahren.«

»Die Holländer? Und woher sprichst du dann so gut Französisch?«

»Das habe ich von meiner Mutter gelernt, Gott hab sie selig. Maman war Modistin und hatte einen Laden in Nantes. Zu Beginn des *Großen Schreckens* wurde sie denunziert, weil sie viele elegante Kundinnen auch zu Hause besucht hat. Deshalb musste sie mit meiner Schwester Amelie fliehen. Vater hat sie nach der Ankunft in England kennengelernt und geheiratet. Als die Kutsche sie erwischt hat, war ich zehn und Papa war irgendwo in der Welt unterwegs, da bin ich erst zu Amelie nach London und mit zwölf in Stellung gegangen. Ich wollte immer schon Kammerzofe werden, obwohl meine Schwester mich lieber in einer Weißnäherei gesehen hätte. Aber Näherinnen geht es nicht gut, auch wenn sie heiraten dürfen.« Sie lachte auf. »Oder eben *weil* sie Ehemänner haben, wie Madame LeBon behauptet.«

Das hätte von mir kommen können, dachte Tamira belustigt. »Wie alt bist du jetzt?«

»Ich werde an Mariä Himmelfahrt siebzehn, Miss Darlington-Devi.«

Die meisten Hausmädchen fanden mit zwölf oder sogar schon früher ihre erste Anstellung, überwiegend als Spülhilfe in der Küche. Es kam natürlich auf die Haushalte an, in denen sie tätig waren, aber so eine Chance galt für Kinder aus einfachen Verhältnissen als großes Glück. In Webereien und anderenorts arbeiteten noch viel Jüngere unter härteren Bedingungen. Wieder einmal wurde ihr bewusst, wie privilegiert sie und ihre Schwestern waren, und sie nahm sich vor, später ordentlich für ihre Angestellten zu sorgen. Freundlich sagte sie: »Du kannst stolz auf dich sein, du hast es schon weit gebracht.«

Daisy strahlte. »Danke sehr, Miss Darlington. Bei den Abbotsleighs bin ich ja noch nicht lange, in meiner letzten Stellung bei Lady Winterberg habe ich der *Abigail* oft geholfen. Sie war gut mit Haaren und Flickarbeiten. Mylady ist aber im Februar gestorben, und da hatte man keine Verwendung mehr für uns.«

»Das tut mir leid. Ich hoffe, du fühlst dich bei uns wohl. Wir sind jedenfalls froh, dass du jetzt Yalda unterstützt. Sie hat mit fünf Mädchen alle Hände voll zu tun, fürchte ich.«

In diesem Augenblick kamen die Zwillinge herein. »Guten Morgen! Oh, ist noch was von dem Karottencurry da?«, fragte Henrietta.

»Bedien dich.« Tamira reichte ihr das übrig gebliebene Chapati.

Ihre Schwester riss sich ein Stück ab und formte das flache Fladenbrot geschickt zwischen den Fingern, um es als Löffel zu benutzen. Nach dem ersten Bissen seufzte sie entzückt. »Ist das lecker!«

»Wenn Tante Amanda riecht, was wir hier essen, dreht sie durch.« Georgiana steckte sich genüsslich eine glänzende Karotte in den Mund.

»Wird sie nicht.« Tamira machte eine Geste, die verriet, dass die Countess reichlich dem Wein zugesprochen hat. »Außerdem ist ihr Schlafzimmer auf der anderen Seite des Hauses.« Sie sah auf die Uhr. »Wir müssen los. Ian kommt sicher gleich mit den Pferden.«

So leise wie möglich liefen die drei Darlingtons die Hintertreppe hinunter, zogen sich unten ihre Stiefel an und kamen gerade rechtzeitig, um dem Stalljungen die beiden Fuchsstuten abzunehmen, mit denen er am langen Zügel durchs Tor kam.

»Es sind ja nur zwei«, sagte Tamira.

»Der dritte Zosse …« Schnell korrigierte er sich. »Das Pferd hat gelahmt, die anderen waren vergeben.«

»Und jetzt?« Tamira überlegte. »Ich könnte den Schimmel nehmen.«

»Firefly? Ich weiß nicht … Aber Bewegung kann er gebrauchen. Seine Lordschaft hat ihn länger nicht mehr geritten, und in den Park darf man keine Handpferde mitnehmen«, sagte er unsicher.

»Dann reite ich heute Firefly. Anderenfalls müsste eine meiner Schwestern hierbleiben.«

»Och, nein!«, sagten die Zwillinge im Chor. »Wir helfen beim Putzen. Das geht ganz schnell.«

Ian wusste inzwischen, dass sie mit Pferden umgehen konnte und die Verantwortung auf sich nähme, falls doch etwas schiefgehen würde. Deshalb ließ er sich nach einigem Hin und Her überreden. »Wir müssen aber um neun zurück sein, wenn der Stallmeister kommt.«

»Mr Smith wird nichts mitbekommen«, versprach Tamira und unterdrückte ein Gähnen.

Kaum mehr als zehn Minuten später bogen sie in die Hay's Mews Richtung Hyde Park ein. In der Mähne des Schimmels mit den winzigen orangefarbenen Punkten steckte noch Stroh, aber Tamira behielt das für sich. Sie hatte ohnehin alle Hände voll zu tun, das Pferd des Earls zu bändigen, und war dankbar, dass Ian dicht an ihrer Seite blieb, während die Zwillinge vorausritten. Es nieselte.

»Heute wird es warm«, sagte Ian und sah zum Himmel.

»Du kannst das sehen?«

Er grinste. »Nee, aber mein Opa hat das so gemacht, und alle haben ihm geglaubt.«

»Hatte er denn recht mit seinen Vorhersagen?«

»Immer! Der hat es in den Knochen gespürt. Ich auch.«

Sie schmunzelte. »Beeindruckend. Ich muss dir etwas sagen: Am Stanhope Gate wird jemand auf uns warten, um diesen Brief hier entgegenzunehmen. Ganz gleich, was passiert, wir folgen dieser Person nicht, hörst du?«

Ian sah sie neugierig an, nickte aber. »Aye, Miss Darlington.«

»Danach reiten wir über die Rotten Row, damit Firefly ordentlich Bewegung bekommt.«

Als hätte der Schimmel sie verstanden, fing er an, seitwärts zu tänzeln. Ihre Nervosität hatte sich auf ihn übertragen und sie atmete ein paarmal tief durch und summte dann die kleine Melodie, die sie von ihrem Vater gelernt hatte und die auf geheimnisvolle Weise beruhigend auf jedes Tier wirkte. Es dauerte eine Weile, aber als sie die Stanhope Street verließen, hatte sich ihr Pferd wieder gefangen.

Hinter dem Eingangstor zum Park ließ sie sich aus dem Sattel gleiten und warf Ian die Zügel zu. Suchend sah sich Tamira um, als ein kleines zerlumpt aussehendes Mädchen von vielleicht sieben oder acht Jahren wie aus dem Nichts auftauchte. Sie musste sich in den Sträuchern hinter dem Torhaus versteckt haben. »Sind Sie die Lady?«, fragte das Kind. »Sie soll'n mir was geben.«

»Die bin ich.« Tamira gab ihr den versiegelten Brief und dazu Sixpence. Das war eigentlich viel zu viel für einen einfachen Botengang, aber die Kleine tat ihr furchtbar leid. Bevor sie noch etwas sagen konnte, rannte das Mädchen barfuß über den Reitweg direkt auf ein Gehölz zu, und selbst wenn sie es versucht hätten, wäre es nicht möglich gewesen, ihr durch das Dickicht zu folgen.

Hoffentlich hatte Asherton das bedacht. Tamira führte ihr Pferd zu einem Begrenzungsstein, um aufzusteigen. Ian half ihr dabei.

Nachdem sie den Reitrock glatt gestrichen hatte, nahm sie die Zügel auf. »So, das wäre erledigt. Und jetzt das Vergnügen!«

Sie musste den Schimmel nicht groß antreiben, er trabte mit langen, raumgreifenden Schritten bis zur Hyde Park Corner. Von dort bogen sie in die Rotten Row ein.

»Auf gehts, Firefly!«, rief sie. »Lass uns den Regen jagen.«

Es gab wenig, was sie mehr liebte, als mit einem Pferd eins zu werden, seine Kraft zu spüren und mit ihm gemeinsam die Geschwindigkeit und das Gefühl von Freiheit zu genießen. Die Zwillinge lachten glücklich und ließen ihre Füchse antraben. Galoppieren war hier verboten, aber zu so früher Stunde kümmerte sich kaum jemand um die Regeln.

Auf dem Rückweg lieferte sich Tamira ein Rennen mit zwei jungen Stutzern, die etwa in ihrem Alter waren. Sie kannte sie flüchtig aus den Ballsälen. Der Schimmel war ein grandioses Pferd, und mit ihr als Leichtgewicht hängte sie beide ab. Ein wenig außer Atem, aber glücklich wie lange nicht mehr, wartete sie am Stanhope Gate auf die anderen.

»Wenn du glaubst, Lord Abbotsleigh erfährt nicht, dass du wie eine Wilde durch den Park gejagt bist, hast du dich geschnitten!«, rief ihr Henrietta zu und parierte ihre Stute zum Schritt durch.

Die jungen Gentlemen lachten. Doch bevor sie sich verabschiedeten, versprachen beide *bei ihrer Ehre,* niemandem davon zu erzählen.

Tamira bedankte sich, aber sie machte sich keine Illusionen. Trotz des Regens waren inzwischen eine Menge Reiter unterwegs. Einige davon dürften Firefly mit seiner auffälligen Zeichnung erkannt haben. Ihre Tante lehnte es ab, auf ein Pferd zu steigen, und machte daraus keinen Hehl. Lord Abbotsleigh andererseits saß gewiss nicht im Damensattel. Sie war sowieso überrascht, dass der Schimmel überhaupt darauf trainiert war, so ein Monstrum zu tragen.

»Mach dir keine Sorgen, Ian«, sagte sie deshalb, als sie vor dem Stall absaßen. »Ich rede beim Frühstück mit Seiner Lordschaft. Bring du die Leihpferde zurück, wir kümmern uns um Firefly.«

»Aber Miss, Sie können doch nicht …«

»Selbstverständlich können wir ein Pferd absatteln und trocken reiben. Nun los.«

Er tippte sich an die Kappe und grinste. »Aye, Miss Darlington.«

40. KAPITEL

Julian wollte die Verfolgung des Boten nicht allein seinen Leuten überlassen und hatte sich selbst zum Park begeben.

Vorher hatte er seinen Groom Jem gefragt: »Wenn du in dieser Situation schnell verschwinden müsstest, wohin würdest du laufen?«

Der Junge überlegte einen Augenblick. »Da ist eine kleine Tür zwischen Grosvenor und Stanhope Gate, wo die Schlehen wachsen. Durch die kommt man nicht rein, aber wer weiß, wie, kann da raus.«

»Wie soll das gehen?«

Jem hob beide Hände. »Das dürft Ihr mich nicht fragen, Euer Gnaden.«

»Wer weiß davon?«

Jetzt lachte er und zeigte seine Zahnlücke, die ihn wie einen Kobold aussehen ließ. »Jeder, der nach Toresschluss guten Grund hat, ungesehen rauszukommen, würde ich meinen.«

Er beschloss, das Risiko einzugehen und sich nahe dieser obskuren Tür aufzustellen. Jem instruierte er, wie auch seine anderen Leute im Park, dem Boten gegebenenfalls zu Fuß zu folgen. Der Groom war klein für sein Alter und außerordentlich flink. Schlicht gekleidet, ohne die schwarz-gelb gestreifte Uniform, die ihn als Angestellten eines wohlhabenden Haushalts auswies, würde man ihn für einen einfachen Ladenjungen halten, jedenfalls fiele er nicht weiter auf.

Auch Julian war nicht als Herzog zu erkennen, als er am Morgen die Park Lane hinunterging. Er war sogar so weit gegangen, den Biberhut gegen eine Mütze aus dem schottischen Hochland einzutauschen, die er sonst nur zur Jagd trug. Ein Stück von ihm entfernt spazierte sein Sekretär Paul Murray die Straße entlang.

Zuerst hatte er Samuel bitten wollen oder Richard, aber dann war ihm eingefallen, dass Tamira ganz am Anfang beide im Verdacht gehabt hatte, am Verschwinden des Pakshee Baagh beteiligt zu sein, weil sie sich zur fraglichen Zeit in Mangalore aufgehalten hatten, ebenso wie Wellsborough. Was wie ein Zufall klang, war keiner, denn die Darlington-Schwestern hatten nicht weit entfernt von der Hafenstadt gelebt, und die Region gehörte zum von der *British East India Company* beherrschten Madras.

Seine Taschenuhr zeigte zehn nach sieben, als er eine Bewegung bemerkte. Ein kleines Mädchen tauchte aus dem Gebüsch auf. Schnell sah sie sich um, flitzte über die Park Lane und bog in die Mount Street am Ende seines Gartens ein. Julian folgte ihr durch den Nieselregen.

Anders als die feine Gesellschaft waren Bedienstete und Händler trotz des diesigen Morgens schon längst auf den Beinen, und so wäre es ihm beinahe entgangen, als ein dunkel gekleideter Mann das Kind an einer Hausecke anhielt. Die Begegnung dauerte nicht lange. Die Kleine schüttelte den Kopf, dass die struppigen Haare flogen, und verschwand in einer Gasse.

Julian folgte dem mutmaßlichen Briefschreiber Mr M. bis in die Cork Street. Überrascht blieb er vor einem Geschäft stehen, als er sah, wie der Mann zielstrebig auf das schmale Haus von Viscount Briseham, seinem Freund Richard, zuging. Wie selbstverständlich öffnete dieser die eiserne Pforte zum Dienstboteneingang und lief die Treppe hinunter.

Während Julian näher schlenderte und vorgab, im Nebenhaus die Auslagen eines Geschäfts für Halstücher und Leinen zu betrachten, überquerte Paul Murray die Straße und verschwand in einer Bäckerei. Von seinem Posten aus hatte Julian einen guten Blick auf die Tür im Souterrain.

Der Mann klopfte, und es dauerte nicht lange, bis ihm ein Hausmädchen öffnete. Er wollte hinein, aber sie wehrte ihn ab. Die beiden diskutierten leise.

»Ich muss nur wissen, wie viele Steine …«, hörte Julian ihn sagen. Kein Zweifel, das war der richtige Mann. Schließlich schien das Dienstmädchen in etwas einzuwilligen, und er gab ihr einen Kuss.

»Du bist die Beste. Ich seh' dich später!«, sagte er, lief die Treppe hinauf und spazierte pfeifend in dieselbe Richtung, aus der sie gekommen waren.

Julian nickte Jem zu, der es irgendwie geschafft hatte, zu ihnen aufzuschließen, und nun mit einem Milchmädchen schäkerte. Auf Julians Zeichen hin verabschiedete er sich und ging dem Mann nach.

Gleich darauf kam Murray mit einem Päckchen in der Hand aus dem Laden gegenüber.

»Sie haben Kuchen gekauft?« Julian schmunzelte.

»Ich musste meinen Aufenthalt in der Bäckerei legitimieren, Euer Gnaden.«

»Würden Sie mir das Gebäck überlassen?«

Murray sah ihn überrascht an. »Warum …? Entschuldigung, selbstverständlich, Euer Gnaden!«, sagte er errötend.

Julian nahm die Tüte entgegen und winkte einen etwa achtjährigen Bengel heran, der mit einem Besen in der Hand darauf wartete, dass die Straßenkreuzung frei wurde. Auf vielen Straßen der Stadt kehrten Kinder und oft auch alte Leute Gehwege und Fahrbahn, damit die feine Gesellschaft sich nicht Kleidung oder Schuhe beschmutzte. Es war eine gefährliche Arbeit, nicht selten geriet eines von ihnen unter die Kutsche rücksichtsloser Fahrer. Wer hier in Mayfair einen Platz ergattert hatte, gehörte zu den Glücklicheren. Ohne ihren unermüdlichen Einsatz wäre besonders an den Straßenecken und Kreuzungen bald kein Durchkommen mehr gewesen, das wusste jeder. Deshalb bekamen sie manchmal von Ladenbesitzerinnen und Inn-Betreibern etwas Brot, Obst oder sogar eine warme Mahlzeit. Die Hausbesitzer und Ladys warfen ihnen gelegentlich ein, zwei Pence im Vorübergehen zu und ließen sich den Weg freikehren. *Crossing Sweeper* hatten feste Reviere und wussten genau, was in ihrer Gegend los war.

Der Junge stellte sich als ein mageres Mädchen mit Stupsnase und Sommersprossen heraus. »Mylor'?«, fragte sie und sah ihn mit großen Augen an.

»Kennst du den Gentleman, der gerade dort aus dem Dienstboteneingang gekommen ist?«

»Wer will das wissen?« Sie schielte nach der Tüte in Julians Hand und leckte sich die Lippen.

Er tat, als bemerke er ihr Interesse nicht. Stattdessen ging er in die Hocke und zeigte einen Zaubertrick, der seine Wirkung selten verfehlte. Er hielt eine Tuppence-Münze zwischen Daumen und Zeigefinger, ließ sie blitzschnell durch seine Finger rollen, machte eine Faust und öffnete die Hand. Das Geld war weg, und das Mädchen sah ihn entsetzt an. Langsam, um sie nicht zu erschrecken, streckte er den Arm aus, griff in die Luft und schnipste neben ihrem Ohr mit den Fingern. »Hier, fang!«

Flink wie eine Haselmaus schnappte sie sich das Geld und

drehte es mehrfach herum, als könnte sie nicht glauben, dass es echt war. »Der trifft sich öfter mit dem Dienstmädchen. Die haben aber nichts. Kann sein, er is' ihr Bruder.«

»Weißt du, wo er wohnt?«

»Nee, der arbeitet für den ausländischen Schneider in Conduit Street.«

»Jonathan Meyer?«

»Der isses.«

»Du hast mir sehr geholfen, danke«, sagte er und reichte ihr die Kuchentüte.

Die Kleine deutete einen Knicks an, drückte ihre Belohnung an die Brust und rannte, den Besen in der Hand, so schnell sie konnte, davon. Julian stand auf und sah ihr nach.

Murray, der sich im Hintergrund gehalten hatte, trat zu ihm und sagte: »Das war sehr eindrucksvoll, Euer Gnaden. Sie haben das Mädchen ja regelrecht verzaubert.«

»Und ich dachte, Sie bewundern meine Fähigkeit, Geld verschwinden zu lassen.«

»Es wieder auftauchen zu lassen, scheint mir die hervorragendere Fähigkeit zu sein.«

Lachend entgegnete er: »Ich schätze, ich bin Ihnen ein Frühstück schuldig. Lassen Sie uns nach Hause gehen.«

Eine Viertelstunde später, als ihnen der Butler ihre Kopfbedeckungen und die einigermaßen wasserfesten Mäntel abnahm, schien die Sonne durch die Lichtkuppel der Empfangshalle.

Julian lud den Sekretär zum Frühstück ein, und als sie am Tisch saßen, sagte Murray: »Lord Briseham ist derzeit verreist.« Er zögerte einen Augenblick und fügte dann hinzu: »Die Bäckersfrau ist nicht gut auf ihn zu sprechen.«

»Warum das?«

»Sie hatte gehofft, der neue Viscount würde die Schulden

begleichen, die sein Vater gemacht hat. Sie wurde enttäuscht, wie alle anderen Lieferanten aus der Nachbarschaft.«

Sofort erinnerte sich Julian an die Begegnung beim Epsom-Derby. »Soll das heißen, er hat finanzielle Schwierigkeiten?«

»Kann man so sagen. Ein Großteil des Personals ist fort – die meisten Möbel auch.«

Betroffen legte Julian das Besteck beiseite, er hätte nie gedacht, dass es so schlimm um Richards wirtschaftliche Verhältnisse stand.

Es war nicht unüblich, dass Adlige ihre Schulden spät oder manchmal gar nicht beglichen. Schneider litten insbesondere darunter. Einige Kunden und Kundinnen redeten sich damit heraus, sie liefen ja schließlich *Reklame* für die Handwerker und sorgten so für neue Kundschaft. Die Modistinnen und Schneider sahen das naturgemäß anders. Sie blieben nicht nur auf den Lohnkosten sitzen, so niedrig die auch sein mochten, sie hatten zudem die oftmals extrem teuren Stoffe und Posamenten vorfinanziert. Auch andere Handwerker oder Lieferanten litten unter der beklagenswerten Zahlungsmoral des Adels, aber einem Bäcker, der direkt gegenüber sein Geschäft hatte, nicht wenigstens einen Abschlag zu zahlen, das war selbst unter seinesgleichen ungewöhnlich.

»Und weiß die auskunftsfreudige Dame auch, bis wann er verreist ist?«

»Er wird morgen zurückerwartet.«

»Dann besuche ich ihn morgen«, sagte er entschlossen.

»Damit werdet Ihr nicht allein sein, Euer Gnaden. Der Bäckermeister und ein paar seiner Kollegen haben den gleichen Plan, und ich glaube nicht, dass sie bereit sind, mit leeren Händen zu gehen.«

Julian wusste, was geschehen würde. Kam es erst so weit, würden die Gläubiger alles mitnehmen, was ihnen von Wert erschien. Mit Sicherheit die Spieluhr, falls sie sich in seinem Haus befand. Ob Tamiras Briefschreiber davon wusste? Es war anzunehmen, sofern er beim Schneider tätig sein sollte.

Nach dem Frühstück sandte Julian eine Nachricht in die Hill Street, in der er Miss Darlington bat, ihm bei einer Ausfahrt Gesellschaft zu leisten. Anschließend bestellte er den Zweisitzer und begab sich in MacAlisters Hände. Denn bevor er sie später in der Hill Street abholen wollte, hatte er noch einige Besorgungen zu erledigen.

41. KAPITEL

Gegen Mittag war Tamira dermaßen kribbelig, sie hätte schreien können. Angespannt lief sie in ihrem Zimmer auf und ab. Asherton hätte sich schon längst melden müssen. War ihm der mysteriöse *Mr M.* entwischt? Oder – noch schlimmer – war es zu einer Auseinandersetzung gekommen?

Entschlossen verdrängte sie die beunruhigenden Vorstellungen, in denen ein verletzter Asherton von Strauchdieben verschleppt wurde, und schob das Fenster hoch. Die Sonne war herausgekommen, und die feucht-warme Luft über der Stadt erinnerte beinahe an ihr Zuhause. Nicht der geringste Windhauch verschaffte Abkühlung. Ein feiner Schweißfilm bedeckte ihre Arme. Was gäbe sie jetzt dafür, ein Kleid aus Indien tragen zu dürfen, das ihr bei jeder Bewegung Luft zufächelte.

Warum eigentlich nicht? Beherzt knöpfte sie das hochgeschlossene Tageskleid auf, zog es über den Kopf und läutete Yalda.

»Miss Darlington, stimmt etwas nicht?«

»Mir ist heiß. Ich möchte mein Lieblingskleid von zu Hause anziehen!«

»Ist das Ihr Ernst?« Der Kammerzofe war anzusehen, dass sie sich über Tamiras Wunsch freute.

»Wenigstens wenn wir unter uns sind, möchte ich mich wohlfühlen dürfen.«

»Sofort!« Yalda hängte Kleid und Bluseneinsatz auf, die sie nachlässig aufs Bett geworfen hatte, und verließ das Zimmer.

Tamira hatte kaum die Schleifen ihrer Strumpfbänder aufgezogen, als sie schon zurückkehrte.

»Ich halte es stets aufgebügelt.« Yalda schnürte das Mieder auf und half ihr aus dem durchgeschwitzten Unterkleid.

Schnell wusch sie sich und griff nach dem Unterrock und der *Choli*. Die kurzärmelige, bauchfreie Leinenbluse saß immer noch wie angegossen. Yalda half ihr dabei, den Sari so zu drapieren, dass er ihre Formen betonte, aber auf den ersten Blick keine Haut zu sehen war.

Zufrieden drehte sich Tamira anschließend vor dem Spiegel. »Mir ist immer noch warm, aber ohne diese verflixte Korsage fühlt es sich so viel besser an«, sagte sie und seufzte beglückt.

Bevor Yalda etwas antworten konnte, klopfte es, und Daisy sah herein. »Miss Darlington …« Die Zofe betrat ihr Zimmer und betrachtete staunend das pastellgrüne Gewand mit der glänzenden, fein bestickten Borte. »Sie sehen bezaubernd aus. Wie eine Prinzessin.«

»Nun, das liegt daran, dass sie eine ist«, sagte Yalda und faltete das abgelegte Kleid zusammen.

»Wirklich? Ich wusste ja nicht … Du meine Güte!« Mit großen Augen rang sie nach Worten.

Tamira warf Yalda einen tadelnden Blick zu. Sie hatten vereinbart, nicht mehr über ihre Herkunft zu sprechen. In England wurde der Rang ihres Vaters anders bewertet als zu Hause in Indien. Sie wandte sich der jungen Zofe zu: »Danke sehr, Daisy. Ist irgendwas?«

»O ja, natürlich.« Das Rot in den Wangen des Mädchens vertiefte sich. »Der Duke of Asherton möchte Sie sprechen.«

»Du lieber Himmel! Schick Caroline zu ihm hinunter.«

»Sie ist mit Lady Mary und ihrer Mutter zu Besuchen aufgebrochen.«

»Dann die Zwillinge.«

»Die sind mit Miss Anila Eis essen gegangen.« Sie zögerte einen Augenblick. »Soll ich ihm sagen, dass Sie nicht empfangen?«

»Nein!« Sie schluckte. »Nein, lass Seine Gnaden ins Empfangszimmer führen und ihm ausrichten, dass ich gleich da bin.«

Daisy grinste. »Sehr wohl, Miss Darlington-Devi.«

Kaum hatte sie das Zimmer verlassen, fragte Yalda: »Schämen Sie sich Ihrer Herkunft?«

»Natürlich nicht!«

»Diese Kleidung ist Teil Ihrer Kultur. Warum wollen Sie die verbergen?« Mit einem Schnaufen fügte sie hinzu: »In ihren Ballkleidern zeigen die meisten Ladys mehr Haut als Sie.«

»Wir sind in England!«

»Aber Sie sind beides, britisch und indisch. Es gibt keinen Grund, nicht ebenso stolz auf die Familie Ihres Vaters zu sein wie auf die Ihrer Mutter.«

Dass sie es überhaupt nicht als Ehre betrachtete, die Enkeltochter des Marquess of Hallifax zu sein, verschwieg sie. Dennoch hatte Yalda recht. In den letzten Monaten hatte Tamira versucht, sich vollkommen anzupassen. Aber wie wäre das überhaupt möglich? In den Ballsälen und auf den Straßen der Stadt bewegten sich Menschen aus den unterschiedlichsten Kulturen, und eigentlich sollte der Hautfarbe im täglichen Umgang miteinander kein unterschiedlicher Wert beigemessen werden. Das geschah aber doch. Die gemeinen Worte von Tante Amanda fielen ihr wieder ein, und sie musste schlucken. Ganz gleich, was sie tun würde, Lady Abbotsleigh würde sich ihr, allein wegen ihrer Abstimmung, immer überlegen fühlen.

Wenn das so war, brauchte sie sich im Grunde nicht weiter zu verbiegen.

Es wurde Zeit, dachte Tamira, dass sie zu sich selbst zurückfand. Sie öffnete ihre Truhe und nahm ein schmales Etui heraus. Außer einem Paar Ohrringe besaß sie nicht mehr viel Schmuck. Die goldenen Armreifen und das fein gearbeitete Fußkettchen mit den kleinen Glöckchen hatte sie getragen, als sie vom Tod der Eltern erfuhr – seither nie wieder. Das Ensemble war ein Geschenk des Vaters zu ihrem sechzehnten Geburtstag gewesen, und sie würde es heute mit Stolz anlegen.

Daisy öffnete die Tür zum Drawing Room und lächelte ihr aufmunternd zu. Vom übrigen Personal war niemand zu sehen.

Der Duke stand am Fenster; die Hände hinter dem Rücken gekreuzt, blickte er hinunter auf die Straße. Er sah großartig aus. Das Haar war so gekonnt zerzaust, wie es nur ein exzellenter Kammerdiener vermochte. Der schmal geschnittene Frac à l'anglaise betonte die breiten Schultern und seine männliche Gestalt. Tamira hätte ihn ewig betrachten können, aber das leise Klingeln ihres Fußschmucks verriet sie.

Er drehte sich um und erstarrte. Sie hatte das Vergnügen, den mächtigen Duke of Asherton einen erstaunlich lang anhalten Augenblick sprachlos zu erleben. Schließlich fasste er sich. »Guten Tag, Miss Darlington. Ich hatte gehofft, Sie würden meine Einladung zu einer Ausfahrt annehmen.«

Sie sah an sich herunter. »Darauf war ich nicht vorbereitet. Wenn Sie möchten, könnte ich mich umzieh…«

»Nein!«

Erschrocken verstummte sie.

»Ich wollte sagen, Sie sehen wunderschön aus.« Leise

lachend fügte er hinzu: »Ich wette, schon morgen werden Sie die ersten Nachahmerinnen finden.«

Sollte sie es wirklich wagen? Es stimmte, was Yalda gesagt hatte, die Bluse war dezent geschnitten, aber ihre Silhouette entsprach nicht der gängigen Mode. Zudem trug sie die mit winzigen Brillanten verzierte Lotosblüte im Nasenflügel, ebenfalls ein Geschenk ihrer Eltern an dem Tag, an dem sie sich das Loch hatte stechen lassen.

»Hoffentlich nicht in der *Demimonde*«, entgegnete sie leise.

In einem Tonfall, wie ihn nur die Mächtigen anschlugen, ohne sich dessen bewusst zu sein, sagte Asherton: »Meine liebe Miss Darlington-Devi, Sie unterschätzen Ihre Wirkung – und die Tatsache, dass Sie mit keinem Geringeren als dem Duke of Asherton ausfahren.« Er zog die Stirn in Falten und sagte mit gespielter Verzweiflung in der Stimme: »Wenn ich es mir recht überlege, sollte ich Ihnen gar nicht zureden. Die Ladys sind mir gleich, aber den Gentlemen würde ich Sie liebend gern vorenthalten, auch wenn sie mich glühend um meine zauberhafte Begleitung beneiden werden.«

Sie dachte an ihre Schwestern und dass sie sich gegenseitig versprochen hatten, in dieser Saison nichts zu tun, das Carolines Zukunft schaden konnte. Sie würde sich umziehen, für Extravaganzen war jetzt nicht die richtige Zeit. Außerdem brannte sie darauf, mehr über den Briefeschreiber zu erfahren.

»Ich …« Sie keuchte erschrocken, als der Tiger neben dem Duke auftauchte und fauchte. *Eure Ayah hat es gesagt: Zeig Ihnen, wer du bist.*

Die Leute werden mich schneiden!

Unsinn. Eher wirst du einen neuen Trend setzen. Dein Duke hat recht.

Er ist nicht mein … Bevor sie den Gedanken beendet hatte,

verschwand das königliche Geschöpf mit einem eleganten Sprung im Nichts.

»Was war das?«, fragte Asherton mit gedämpfter Stimme, damit die als Anstandsperson anwesende Daisy ihn nicht hören konnte.

»Was meinen Sie?« Es fiel ihr schwer, ihn zu beschwindeln, aber sie konnte sich ja selbst nicht erklären, weshalb er in der Lage zu sein schien, den Tiger … nun, ihn zumindest zu spüren. Es war ihm anzusehen, dass er sich nicht so einfach abspeisen lassen wollte. Deshalb lächelte sie ihn verschwörerisch an und gurrte: »Ich sterbe vor Neugier, zu erfahren, was Sie über den mysteriösen Briefschreiber herausgefunden haben. Besitzt er wirklich den«, hier senkte sie ihre Stimme und hauchte so leise, dass er sich vorbeugen musste, um sie zu verstehen, »… den Pakshee Baagh?«

Es war eine gemeine List, und natürlich hatte er sie durchschaut. Ashertons Augen glitzerten, als er schamlos ihre Lippen betrachtete. »Dann fahren Sie also mit mir aus?«, sagte er, und die dunkle Stimme genügte, um ihre Nerven vibrieren zu lassen wie die Saiten eines Violoncellos.

»Das hätte ich mir ja denken können«, murmelte sie wenig später, als der Duke ihr auf sein zweirädriges Kabriolett half, auf dem man hoch oben und wie auf dem Präsentierteller saß. Immerhin war das Verdeck nur halb zurückgeklappt, sodass sie von hinten gar nicht und seitlich nur von der Schulter aufwärts zu sehen sein würde. Es sei denn, sie begegneten jemandem, der einen noch höheren Wagen fuhr, wie Strathlink beispielsweise. Georgiana behauptete, das Curricle von Carolines Verehrer habe Räder mit einem Durchmesser von acht Fuß, und sie besaß einen exzellenten Blick für solche Dinge.

Während Asherton um den Wagen herumging, drapierte

sie das Schulterstück sorgfältig, damit niemand sehen konnte, dass ihre linke Seite zwischen Hüfte und Choli eigentlich unbekleidet war. Ihr Herz schlug wie wild, und das lag diesmal nicht allein an Julian, der mit den Zügeln in der Hand viel zu dicht neben ihr Platz nahm.

»Bereit?«, fragte er mit einem aufmunternden Lächeln und ließ die Pferde Richtung Audley Street antraben, als sie nickte.

Der Sonnenschein hatte die Leute herausgelockt, und sie kamen auf der Park Lane nur langsam voran. Vor dem Ansley House mussten sie anhalten, als der Marquess of Wellesley und seine französische Gattin Hyacinthe ihre offene Kutsche bestiegen, zweifellos ebenfalls mit der Absicht, eine Ausfahrt im Hyde Park zu machen, der einen Eingang direkt neben ihrem Anwesen besaß.

»Der Park ist vollkommen überfüllt«, sagte sie und staunte insgeheim über die vielen Menschen, die sich eingefunden zu haben schienen, um die prächtigen Kutschen und deren nicht minder prachtvolle Insassen zu bestaunen.

»Ist er das nicht immer um diese Zeit?«

»Ich mag ihn trotzdem. Jemand hat mir erzählt, früher hätte es ein kleines Lokal am Ring gegeben. Schade, dass das nicht mehr existiert.« *The Ring* war ein Rundweg, auf dem die Mitglieder des Ton im Kreis fuhren, um gesehen zu werden und um Freunde und Bekannte zu treffen oder die neuesten Moden zu bestaunen.

»Das *Cheesecake House* meinen Sie? Das kenne ich leider auch nur aus Erzählungen. Es heißt, der König schätze es nicht, dass sein Park zu einem der beliebtesten Ausflugsziele der Stadt geworden ist, deshalb habe er den Ausschank von Getränken und den Verkauf von Speisen untersagt.« Konzentriert dirigierte Asherton seine prachtvollen *Windfarbenen* auf den Weg, der zum See führte.

»Ist das da vorn etwa Lady Jersey und ihre Entourage?« Schnell spannte Tamira den Sonnenschirm auf und hoffte, dass die Patronin des Almack's sie nicht erkennen würde.

»Es sieht danach aus.« Anders als sie klang Asherton nicht im Geringsten beunruhigt, aber freundlich fügte er hinzu: »Wenn es Ihnen hier zu überfüllt ist, sagen Sie, wohin Sie fahren möchten.«

An einen menschenleeren Ort, dachte sie und erwiderte höflich den Gruß einer Freundin von Tante Amanda, die ihnen auf einer braunen Stute entgegenkam und sie sofort erkannt hatte.

Nun war es bereits egal. Der Abbotsleigh-Haushalt würde auf jeden Fall von dieser Ausfahrt hören – vermutlich, bevor Tamira wieder in der Hill Street war. »Mir gefällt es«, sagte sie leichthin. Dabei nickte sie lächelnd der schwatzhaften Lady Guinsby zu, die ebenso gern und erfolglos Karten spielte wie Lady Abbotsleigh. »Aber ich hätte nichts dagegen, wenn Sie Wellsborough dort drüben überfahren würden.«

»Das lässt sich einrichten.« Er ließ die Pferde antraben und fuhr so haarscharf an dem Baron vorbei, dass sich dessen Zweispitz um hundertachtzig Grad drehte und einige Umstehende erschrocken aufschrien.

»Das war eine Meisterleistung«, sagte sie anerkennend. »Haben Sie keine Sorge, dass man den Duke of Asherton künftig für einen Rüpel halten wird?« Dabei konnte sie ein Kichern nicht unterdrücken.

»Wer sagt, dass die Leute das nicht über jeden Duke denken?«

»Womöglich nicht ganz grundlos.«

»Ich wusste nicht, dass Sie dem Adel so kritisch … Festhalten!«

Mit großer Anstrengung riss er sein Gespann herum, um

mit diesem gefährlichen Manöver einem braun gefleckten Spaniel auszuweichen. Der Wagen schwankte bedrohlich, der kleine Hund schrie, und ein Pferd wieherte. Der Groom rannte an ihnen vorbei nach vorn, um die erschrockenen Tiere zu beruhigen. Mit einem unterdrückten Fluch gab Asherton ihr die Zügel in die Hand, sprang hinunter und beugte sich über den Hund.

Sofort bildete sich eine Menschentraube, fasziniert beobachtete Tamira eine rundliche Frau, die über die Wiese gelaufen kam. »Mein Hund! Um Gottes willen, was haben Sie meiner Mizie angetan?«

Asherton stand auf, die Hündin hielt er im Arm, sie schien unverletzt zu sein. Mizie wedelte mit dem Schwanz und versuchte, ihm das Gesicht abzulecken. Die Erleichterung war ihm anzusehen, als er sie der Besitzerin überreichte.

Die schien nicht zu begreifen, dass ihrem Liebling nichts zugestoßen war. Sie jammerte immer noch, bis ein Gentleman barsch sagte: »Nun halten Sie mal die Luft an, Gnädigste. Wäre der Duke of Asherton nicht so ein exzellenter Fahrer, hätten Sie jetzt einen zweigeteilten Köter.« Eine Frau mischte sich ein: »Wer einen Hund nicht ordentlich erziehen kann, sollte ihn zumindest an der Leine führen, Lady.«

Es dauerte nicht lange, bis sich zwei Lager gebildet hatten: Die einen empörten sich über rücksichtslose Kutschenlenker im Allgemeinen – gegen einen Duke schienen die wenigsten laut aufbegehren zu wollen –, die anderen regten sich darüber auf, wie man einen Spaniel, der zur Jagd gezüchtet wurde, als Schoßhund in der Stadt halten und ihn frei herumlaufen lassen konnte.

Asherton entfernte sich unbemerkt und stieg auf.

»Das war unübertrefflich.« Sie fasste nach seiner Hand und für einen winzigen Augenblick versank die Welt um sie herum. Dann zog er die Handschuhe wieder an, nahm ihr die Zügel ab und ließ die Pferde langsam anziehen.

Als sie die aufgeregt diskutierende Gruppe hinter sich gelassen hatten, fragte er: »Sagen Sie, haben Sie meine Nachricht nicht erhalten?«

»Nein. Welche Nachricht?«

»Ich hatte geschrieben und Sie zu dieser Ausfahrt eingeladen, um Ihnen über den Stand der Dinge zu berichten.«

»Lieber Himmel, nein! Denken Sie etwa, ich hätte mich extra so ...?«

»So exquisit angezogen?«, vervollständigte er den Satz. »Ich bin mir nicht sicher. Aber ich will Sie nicht länger auf die Folter spannen, was den Briefeschreiber Mr M. betrifft.«

Tamira nickte nur. Es war ihr peinlich, zuzugeben, dass sie den Mann inzwischen vollkommen vergessen hatte.

»Wir konnten ihm unbemerkt folgen.« Als er weitersprach, schwang eine Spur Verlegenheit in seiner Stimme mit. »Dabei haben wir eine äußerst unangenehme Entdeckung gemacht, und mir wäre es lieber, meine Vermutung würde sich nicht bestätigen.«

Sie hörte still zu, als er ihr von seinen Beobachtungen erzählte. »Das kann ich nicht glauben!«

»Aber Sie, Miss Darlington, hatten Briseham von Anfang an in Verdacht.«

»Da kannte ich ihn noch nicht. Ihr Freund ist immer äußerst höflich und er hat eine liebenswürdige Art, mit den jungen Abbotsleighs und mit Anila umzugehen.«

»Das mag sein. Es muss aber nicht bedeuten, dass ein Mann aus Verzweiflung nicht etwas Unüberlegtes tun kann.«

Tamira sah ihn an. Er wirkte grimmig und entschlossen, aber auch unglücklich. »Er ist Ihr Freund«, sagte sie mitfühlend.

»Allerdings. Und deshalb werde ich mich heute Nacht selbst davon überzeugen, ob ich mit dem Verdacht richtigliege, bevor ich ihn morgen konfrontiere.«

»Ich komme mit!«

Eine *Barouche* überholte so knapp, dass seine Pferde erschraken. Julian fluchte leise und hatte eine Weile alle Hände voll damit zu tun, die nervösen Tiere zu beruhigen. Schließlich sagte er: »Sie können nicht mitkommen, es wäre zu gefährlich.«

»Was soll daran gefährlich sein? Das Haus ist bis auf wenige Dienstboten nahezu unbewohnt, sagen Sie. Wir können ganz in Ruhe nach dem Pakshee Baagh suchen.«

Er parierte die Pferde durch und sah sie direkt an. »Das kommt überhaupt nicht infrage.«

»Dann gehe ich eben allein.«

»Nein!«

»Sieh mal einer an, wenn das nicht die zauberhafte Miss Darlington ist.« Ein Reiter hatte sich unbemerkt genähert. »Euer Gnaden!«, grüßte er ehrfurchtsvoll in Ashertons Richtung und lupfte seinen Hut.

Tamira kannte ihn aus den Ballsälen. Der Baronet versuchte jedes Mal vergebens, ihren Freundinnen oder auch ihr einen Tanz abzuschmeicheln. Mary hatte ihn irgendwann mit einem Blutegel verglichen, den man auch nicht so schnell loswurde, wenn er sich erst mal festgebissen hatte. Daran musste sie jetzt denken, als er sie so unverhohlen lüstern musterte.

»Dudley«, sagte der Duke kurz angebunden. »Ihr Pferd lahmt.«

Verwirrt sah ihn der Mann an. »Wirklich? Ich habe gar nichts davon bemerkt …«

»Dachte ich mir, deshalb sage ich es Ihnen. Guten Tag, Dudley.« Die Pferde trabten an.

»Sie werden es sich noch mit allen Gentlemen verderben«, sagte sie amüsiert.

»Und mit allen Hundebesitzerinnen.«

»Sagen Sie das nicht. Lady Abbotsleigh hält sich auch ein kleines Hündchen.«

Als hätte er sie nicht gehört, runzelte Asherton die Stirn. »Jemand, der eine Lady so anstarrt, ist kein Gentleman.«

»Wären Sie eine Frau, würden Sie das nicht sagen.«

»Gefällt es Ihnen etwa?«, fragte er drohend.

Um einen leichten Ton bemüht, entgegnete sie: »Keineswegs, aber man gewöhnt sich daran, regelmäßig auf seinen Marktwert taxiert zu werden.«

Seine Schultern sackten hinab, als bemühte er sich um Contenance. »Sie halten nicht viel von Männern.«

»Von einigen schon«, korrigierte sie ihn sanft. »Sie kennen doch meine Lektüre. Man hält mich für eine *gefährliche Revolutionärin*«, zitierte sie den selbstgefälligen Gecken, der sie damals im Tempel der Musen auf Mary Wollstonecraft angesprochen hatte.

Wie lange das schon her ist, dachte sie. Zu Beginn der Saison hatte sie Asherton für einen charmanten, aber ziemlich selbstzufriedenen Mann gehalten und geglaubt, ihn als Ehemann für Caroline einfangen zu müssen. Wie naiv sie gewesen war. Und wie ignorant den Wünschen ihrer Schwester gegenüber – oder seinen.

Ohne zu ahnen, welche Gedanken in ihrem Kopf herumschwirrten, antwortete er: »Ich erinnere mich an den Einfaltspinsel aus der Bibliothek. Aber wissen Sie was? Selbst wenn Sie nur mit einem durchsichtigen Schleier bekleidet neben mir säßen, hätte niemand das Recht, sie so anzüglich anzustarren.«

»Weil ich neben dem Duke of Asherton sitze oder weil ich

eine Lady bin?« Sie biss sich auf die Lippen. Warum konnte sie es nicht lassen, ihn zu provozieren?

Sie hatten einen kaum besuchten Teil des Parks erreicht, die Kutsche hielt. Er betrachtete schweigend ihr Gesicht. »Sie haben keine hohe Meinung von mir, Miss Darlington-Devi. Sie wollen aber auch nicht heiraten wie so viele andere Debütantinnen, die nur daran interessiert sind, welchen Luxus ein Mann ihnen zu bieten hat. Weshalb verbringen Sie Ihre Zeit mit jemandem wie mir?«

»Das habe ich so nicht gemeint«, sagte sie und sah, die Lippen zusammengepresst, auf ihre Hände, um ihn nicht darauf hinzuweisen, dass die Debütantinnen, die sie kannte, eine Liebesheirat jedem noch so günstigen finanziellen Arrangement vorziehen würden, ließe man ihnen die Wahl. Vielleicht würde er es sogar verstehen, doch jetzt war nicht der richtige Zeitpunkt dafür.

Geduldig sah er sie an, aber als sie nicht antwortete, verlangte er: »Dann sagen Sie mir, was Sie für mich empfinden, Miss Darlington-Devi.«

42. KAPITEL

Vielleicht, wenn er sie beim Vornamen genannt hätte, wie in ihren leidenschaftlichen Fantasien, hätte sie es ihm gesagt. Doch *Miss Darlington-Devi,* die sich sonst selten vor etwas fürchtete, verließ bei dieser distanzierten Anrede der Mut. Wie es schien, hatte er gar keine Antwort erwartet, dabei brannte sie jedenfalls darauf, zu erfahren, was Asherton für sie empfand. Doch was auch immer es sein mochte, die Worte blieben ungesagt. Er wendete wortlos die Pferde, um sie zurückzubringen. Ihr war nach Weinen zumute, aber davon bemerkte er nichts.

Alles, was zählt, ist der Pakshee Baagh. Innerlich aufgewühlt wiederholte sie den Satz wie ein Mantra. Sie mochte ihr Herz vor ihm verschlossen haben, doch der Duke kannte sie gut genug, um zu wissen, dass sie heute Nacht nach dem Familienerbstück suchen würde – ganz gleich, ob mit oder ohne ihn. Sie würde sich eine Ausrede einfallen lassen, um am Abend zu Hause bleiben zu können, falls ihr Tante Amanda nach dieser Ausfahrt nicht sowieso verbot, sich jemals wieder in der Gesellschaft zu zeigen.

Nachdem er vor dem Haus in der Hill Street angehalten hatte, sah er sie einen Augenblick lang prüfend an, als hoffte er, sie würde seine Frage doch noch beantworten, aber Tamira blickte auf ihre Fußspitzen und schwieg, anstatt sich ihm an den Hals zu werfen und ihre Liebe zu gestehen.

»Also gut. Ich werde es ganz sicher bereuen, aber meinetwegen – eine Stunde vor Mitternacht warte ich genau fünf Minuten in den Hay's Mews auf Sie. Seien Sie pünktlich, sonst gilt unser Abkommen nicht mehr.«

Als er immer noch keine Anstalten machte, ihr vom Kutschbock hinunterzuhelfen, winkte sie den Lakaien herbei, der in der Haustür bereitstand.

Ohne sich umzudrehen, ging sie die Haustreppe hinauf, während hinter ihr die Kutsche anfuhr, und wappnete sich in Gedanken für die nächste zu schlagende Schlacht.

»Tamira Isvari Bernadette Darlington-Devi. Junge Dame, wir haben zu reden.« Anstelle ihrer erbosten Tante, deren Donnerwetter sie erwartet hatte, stand der Earl in der Tür zur Bibliothek.

Mit gesenktem Kopf folgte sie seinem Befehl und setzte sich auf den Stuhl, den er ihr anwies, bevor er nachdrücklich die Tür schloss.

»Ich …« Sie wusste nicht, was sie zu ihrer Verteidigung hätte vorbringen sollen.

»Ich kann einen Brandy vertragen.« Er ging zur Anrichte, auf der Gläser und ein gutes Dutzend Flaschen standen. Eine davon entkorkte er. »Und du?«

»Einen winzigen Schluck vielleicht.«

Geradezu erleichtert füllte ihr Onkel zwei Gläser mit einer goldgelben Flüssigkeit, reichte ihr eins und setzte sich zu ihr. »Wie ich sehe, stimmen die Gerüchte. Du warst in diesem Aufzug mit Asherton unterwegs.« Er trank einen Schluck und lehnte sich zurück.

»Ja.« Wagemutig nippte sie am Brandy, der erst ihren Hals und wenig später den Magen in Flammen aufgehen ließ.

»Lady Abbotsleigh lehnt es ab, dich weiterhin auf Bälle mitzunehmen. Sie ist überzeugt, dass es Mary und Caroline schadet.«

»Vermutlich hat sie recht. Es tut mir leid.« Tamira trank einen zweien Schluck und bekam einen Hustenanfall.

»Fein, dann wäre das geklärt«, sagte er zu ihrer Überraschung und beugte sich vor. »Im Ernst, ich kann nicht verstehen, weshalb sie sich so aufregt. Wenn unsere Königin riesige Reifröcke und Turmfrisuren wie zu Großmutters Zeiten trägt und sich die Damen absurd lange Federn in die Frisur stecken oder sich Gentlemen in ihre Kleidung einnähen lassen, weil sie ihnen nicht eng genug ist, dann finden wir das in Ordnung, aber wenn eine junge, hübsche Frau nicht ganz nach der hierzulande geltenden Mode gekleidet ist, dann soll das ein Skandal sein?« Er schnaufte und fuhr fort: »Natürlich wird dich Lady Cairnforth weiterhin zu jeder Veranstaltung begleiten, die du besuchen möchtest. Ich habe mit ihr gesprochen«, sagte er, als wäre es das Normalste von der Welt. »Aber Strafe muss sein. Heute Abend bleibst du zu Hause, während deine Schwestern am Musikabend der Lillingtons teilnehmen dürfen.«

»Werden Sie auch dort sein, Onkel?«, fragte sie sanft.

Der Earl sah sie entsetzt an. »Auf keinen Fall!«

Um Asherton nicht zu verpassen, schlich sich Tamira am Abend lange vor elf Uhr die Hintertreppe hinunter. Der Wind rauschte in den Bäumen, und die Geräusche der Stadt drangen gedämpft bis in den Stallhof, der für die Rückkehrer von einer Laterne beleuchtet war. Um sich zu beruhigen, ging sie zu Firefly in den Stall. Das helle Pferd schimmerte geisterhaft im fahlen Mondlicht. Weiter hinten schnaubte einer der Braunen, die heute Abend frei hatten, während ihre Gefährten irgendwo vor dem Haus der Lillingtons auf ihre Passagiere warteten. »Na, mein Guter? Hast du Appetit auf eine rote Wurzel?«

Firefly schnüffelte an der Karotte und nahm sie ihr vorsichtig aus der Hand.

»Was meinst du? Ist es klug, mit Asherton dort einzubrechen?«

Der Schimmel schnaubte und stupste sie mit seiner weichen Schnauze an.

Sie lachte. »Heißt das jetzt Ja oder Nein?«

»Definitiv *Nein.*«

Erschrocken fuhr sie herum. Wie war es ihm gelungen, sich lautlos anzuschleichen? Asherton trug ebenfalls dunkle Kleidung, nur die hellen Haare leuchteten im Mondlicht beinahe silbern.

Sie fasste sich schnell. »Ich würde sagen, wie die endgültige Antwort lautet, hängt vom Ergebnis ab.«

Asherton ignorierte den Kommentar. »Sie sind früh dran.«

»Sie aber auch. Haben Sie womöglich gehofft, ich würde mich verspäten?«

Auf ihre Provokation ging er nicht ein. »Wir werden gemeinsam in die Cork Street gehen, aber Sie müssen mir etwas versprechen …«

»Zu Fuß?«

»Was haben Sie gedacht, dass wir mit der Kutsche vorfahren?«, fragte er spöttisch.

»Natürlich nicht.« Sie dachte an die Blasen, die sie sich beim letzten Ausflug gelaufen hatte, weil die Stiefel nicht richtig passten.

»Tamira, wollen Sie es sich nicht noch einmal überlegen?«, fragte er freundlicher.

»Wie Sie wissen, ist das nicht mein erster Einbruch.« Als

überraschte sie diese Erkenntnis, lachte sie leise. »Wie sich das anhört. Jedenfalls bin ich überzeugt, dass wir zu zweit schneller Erfolg haben werden, und außerdem …« Hier zögerte sie einen Augenblick. »Es mag sich für Sie merkwürdig anhören, aber ich kann den Pakshee Baagh spüren, wenn er sich in meiner Nähe befindet.«

»Das hat Ihre Schwester auch behauptet. Ich weiß nicht …«

»So was kann man nicht erklären. Aber es wäre doch dumm, einen Vorteil nicht zu nutzen, wenn es ihn gibt, was meinen Sie?«

Er atmete hörbar aus. »Also gut. Sie müssen mir Ihr Wort geben, genau zu tun, was ich Ihnen sage, falls wir entdeckt werden sollten.«

Zögerlich nickte sie.

»Versprechen Sie es! Richard ist ein Schulfreund. Werden wir entdeckt, würde man es mir abnehmen, wenn ich behauptete, ich hätte einem alten Studienkameraden einen Streich spielen wollen. Oder sie hielten mich für exzentrisch, aber das täte meinem Ruf keinen Abbruch. In jedem Fall kann ich einen kleinen Skandal verkraften, Sie dagegen wären ruiniert.«

Das war ein Argument, dem sie sich nicht verschließen konnte. »Meinetwegen. Ich verspreche es.«

»Dann sollten wir uns auf den Weg machen.«

Bereits als sie den Berkeley Square überquert hatten, war Tamira ziemlich außer Atem. Um nichts in der Welt aber hätte sie Asherton bitten wollen, langsamer zu gehen. Sie war gekleidet wie ein Gentleman, und er behandelte sie vermutlich absichtlich genauso.

»Ist es noch weit?«, fragte sie dessen ungeachtet einige Minuten später. Zwar fand sie sich in Mayfair inzwischen ganz passabel zurecht, aber von einer Cork Street hatte sie noch nicht gehört.

»Wir sind da«, sagte er und blieb vor einer Bäckerei stehen.

»Aha, Sie kennen das Haus, nehme ich an. Wo sollen wir ansetzen?«

»Sehen Sie die Gasse da vorn? Von dort aus gelangt man zur Rückseite.«

So war es, allerdings standen sie vor einer verschlossenen Tür. Asherton verschränkte die Arme und sah sie herausfordernd an. »Was gedenken Sie jetzt zu tun?« Offenbar wollte er sie daran erinnern, dass sie auch ohne ihn hergekommen wäre.

Tamira griff in die Manteltasche, zog ein Schlüsselbund hervor und machte sich am Schloss zu schaffen. Es dauerte nicht lange, bis die Tür aufsprang.

»Wie haben Sie das gemacht?« Er klang ehrlich überrascht.

»Das erzähle ich Ihnen später«, sagte sie zufrieden und betrat das dunkle Haus. Was jetzt? Sie wollte schon nachfragen, als ein Licht aufflammte. »Kommen Sie«, raunte er ihr zu und nahm sie bei der Hand. Gemeinsam schlichen sie sich in die Eingangshalle. Dort blieb Asherton stehen und lauschte.

»Es scheint niemand wach zu sein«, wisperte Tamira. Von der Halle gingen zwei Türen ab, er öffnete eine davon. Mondlicht erhellte den Raum vor ihnen. Kein einziges Möbelstück war mehr da. Im zweiten Vorderzimmer sah es nicht besser aus. Bis auf einen Tisch nebst Stuhl und leeren Bücherregalen war auch dieser ausgeräumt. Die Regale hatte man einst passgenau eingebaut, sie konnten also nicht veräußert werden. An Ashertons Körperhaltung erkannte sie, was sein Gesicht ihr nicht verriet. Er war äußerst betroffen.

»Wir gehen in die privaten Räume«, sagte er leise und griff wieder nach ihrer Hand. Sofort fühlte sie sich sicher.

Zu zweit war ein nächtlicher Ausflug – Einbruch mochte sie es nicht nennen, das klang so kriminell – eigentlich ein aufregendes Abenteuer. Sie mochten sich gestritten haben, aber im Stich lassen würde er sie deshalb nicht, das wusste sie. Ein warmes Gefühl von Zuneigung und Freundschaft durchflutete ihr Herz.

»Sind Sie in Ordnung?«, fragte er leise und blieb auf dem Treppenabsatz stehen.

»Alles bestens«, wisperte sie und ging weiter. Die hölzerne Treppe knarrte unter ihren Schritten, und sie hielten erneut an, um in die Dunkelheit zu lauschen. Oben angekommen, führte Asherton sie zu einer Tür, legte eine Hand auf die Klinke und drückte sie langsam hinunter. Knarrend schwang sie auf. Tamira hielt kurz den Atem an und fragte verlegen: »Ist das sein Schlafzimmer?«

Wortlos zog er sie hinein, und sie war sich seiner Nähe auf aufregende Weise bewusst. Hier schienen keine Möbel zu fehlen. Ein breites Bett beherrschte den Raum. Gegenüber befand sich der von hellem Marmor eingefasste Kamin, daneben ein Durchgang zum Ankleidezimmer.

»Bleiben Sie stehen«, sagte er, durchquerte das Zimmer und schloss die Vorhänge. Sie hörte, wie er die kleine Laterne abstellte, und gleich darauf glomm ein helleres Licht auf. »Wir fangen hiermit an.« Er wies auf die Kommode neben dem Fenster.

»Bitte warten Sie!« Das hätte sie schon im Erdgeschoss tun sollen, hatte es aber vor Aufregung vergessen. Langsam ging sie in seine Richtung. Am liebsten hätte sie die Stiefel ausgezogen und wäre barfuß gelaufen. Ihr kam es vor, als schirmten die steifen ledernen Sohlen sie auf merkwürdige Weise von etwas ab, das sie selbst nicht genau verstand. Bei Regenwetter mochte festes Schuhwerk seine Vorteile haben, aber wie konnten Männer das ganze Jahr über darin herumlaufen? Es war müßig, darüber nachzudenken, und sie versuchte, sich auf das Wesentliche zu konzentrieren: Wo war der Pakshee Baagh?

Tamira blieb in der Mitte des Raums stehen und breitete die Arme aus, als könnte sie damit die Spuren einfangen, die Tiger und Vogel hinterließen. Mit geschlossenen Augen dachte sie an die kostbare Spieluhr und rief den Tiger.

Du bist leichtsinnig!

Im ersten Augenblick, fragte sie sich, warum Asherton wieder damit anfing. Da tauchte der Tiger vor ihr auf. *Ich tue das doch für euch,* sagte sie leise.

Nein, du tust es für deine Familie – wir brauchen weder Gold noch Juwelen.

Aber …

Das ist vollkommen in Ordnung, beruhigte er sie.

Warum verrätst du mir nicht, wo sie ist?

Es ist nicht meine Aufgabe. Du bist auf der richtigen Spur. Geh einfach weiter, wenn dir die Spieluhr so viel bedeutet. Ein warmes Lachen wehte durch sie hindurch, und Tamira fühlte sich auf einmal leicht und unbeschwert.

Vertraue deinem Instinkt – er wird dich leiten. Nach diesen Worten sprang er, wie schon so oft zuvor, in die Dunkelheit und war verschwunden.

Wo könnte der Pakshee Baagh versteckt sein? Viel Hoffnung hatte sie nicht und überlegte bereits, die Augen wieder aufzumachen, denn Ashertons wachsende Ungeduld war nahezu greifbar, als sie auf einmal eine große Sicherheit überkam. Der Pakshee Baagh befand sich ganz in der Nähe.

»Er ist hier«, sagte sie und öffnete die Augen.

»Wo?« Asherton klang skeptisch.

Sie zog die Schultern hoch. »Ich weiß es nicht genau, aber er befindet sich auf jeden Fall im Haus.«

Die Kommode erwies sich, bis auf wenige Hemden und

etwas Wäsche in den oberen beiden Schubladen, als leer. Sie leuchteten unters Bett, schlugen es sogar auf, schoben Bilder beiseite und tasteten Holzpaneele ab. Nichts. Gerade wollte Tamira vorschlagen, es anderswo zu versuchen, als Asherton kurz erstarrte, sie plötzlich bei den Schultern packte und durchs Ankleidezimmer hindurch in einen angrenzenden Raum schob. Das musste das Zimmer der vor langer Zeit verstorbenen Lady Briseham sein. Die Luft roch abgestanden und schien vor Trockenheit zu knistern.

»Da, schnell hinter den Vorhang!« Er griff nach ihrer Hand und zog sie mit sich in eine Nische, die als *Closet* gedient haben mochte, in dem die Bewohnerin ihren *Leibstuhl* verbarg. Davon war nichts mehr zu sehen bis auf eine Staubwolke, die sich aus dem Vorhang löste. Schnell löschte er das Licht. Gerade rechtzeitig, denn aus dem Schlafzimmer drangen Stimmen zu ihnen. Hauspersonal und keine Bow Street Runners, hoffte Tamira. Der eine klang außer Atem, als wäre es ihm schwergefallen, die Treppe heraufzusteigen, der andere schien jünger zu sein und außerordentlich ärgerlich.

»Was soll das heißen, sie ist nicht mehr da?«

»Sie war hier, dort auf der Kommode, ganz bestimmt«, jammerte der Alte. »Seine Lordschaft muss sie mitgenommen haben.«

»Verdammt! Ich habe einen Käufer! Davon kriegt ihr den ganzen unbezahlten Lohn und noch was obendrauf. Du weißt wirklich nicht, wo das verfluchte Ding steckt?«

Schubladen wurden aufgezogen, dann ein Klirren. Tamira hatte Probleme, still zu stehen. Der Vorhang war schrecklich staubig, und sie hatten eine Menge aufgewirbelt. Die trockene Luft kratzte ihr kräftig im Hals, und die Nase kribbelte, sodass sie nicht sicher war, ob sie zuerst husten oder niesen würde. Beides war natürlich ausgeschlossen. Deshalb versuchte sie, ganz flach zu atmen. Asherton schien ihre Unruhe zu spüren, er zog sie an sich, was zwar nicht dafür sorgte, dass sie sich entspannte, aber es lenkte sie ausreichend ab, um den Niesreiz vorübergehend zu vergessen. Die Bilder inniger Zweisamkeit aus ihren Träumen tauchten auf, und sie genoss die Wärme seines Körpers an ihrem Rücken.

Erneut hörte sie schwere Schritte, die Stimmen kamen jetzt aus dem Ankleidezimmer. »Meine Güte, der ist ja wirklich am Ende. Sieh dir das an, ein einziger Rock und dieser alte Mantel sind alles, was hier noch hängt.« Ein hässliches Lachen erklang. »Da sieht die oberfeine Lordschaft, wie es unsereins ergeht.«

Der Alte widersprach. »Unser junger Lord ist nicht unrecht. Wenn er bloß nicht versucht hätte, die Schulden mit Glücksspiel …«

»Schlechtes Blut bleibt schlechtes Blut«, schnitt ihm der andere das Wort ab. »Was ist hinter der Tür da?«

»Das Schlafzimmer der Lady. Da darfst du nicht rein!«

»Warum?« Die Tür knarrte, und Licht fiel herein. Nicht jetzt, flehte Tamira. Erneut kämpfte sie gegen den Niesreiz und hielt sich mit Daumen und Zeigefinger die Nase zu.

»Mach, was du willst, aber ohne mich. Ich geh nicht rein, da spukt's!«

»Was für ein Unsinn. Au! Wieso kneifst du mich?«

»Ich?«, fragte der Alte. »Spinnst du?«

»Hörst du das?«

»Nein. Was denn?«

»Dieses Grollen – als käme es direkt aus der Hölle!«

Tamira, die voller Angst, entdeckt zu werden, die Augen fest geschlossen hatte, spürte für einen kurzen Augenblick den Tiger in ihrer Nähe. Er mochte ihr nicht verraten, wo sich der Pakshee Baagh befand, aber er ließ sie nicht allein. *Danke, du Guter,* flüsterte sie lautlos in die Nacht.

»Ich schwör'! Das Zimmer ist verflucht.«

»Davon hast du nichts gesagt, alter Mann. Los, raus hier. Ich lass' mich doch nicht mit dem Teufel ein, um euren Lohn zu sichern!«

Die Tür wurde zugeworfen, und Tamira konnte das Niesen nicht mehr vollständig unterdrücken. Heraus kam ein Fauchen, das dem Tiger alle Ehre gemacht hätte.

»Da! Hast du das gehört? Lady Brisehams Geist, Gott sei ihrer armen Seele gnädig!«, schrie der Alte entsetzt. Fußgetrappel war zu hören, und die Schlafzimmertür schlug krachend zu.

43. KAPITEL

»Sie sind weg«, sagte Tamira nach einer Weile und schob den Vorhang beiseite.

Asherton ließ sie jedoch nicht los. »Wie sind Sie nur auf die wahnsinnige Idee gekommen, so zu tun, als gäbe es hier einen Geist?«

Sie konnte den Atem an ihrem Hals spüren und schmiegte sich, ohne zu überlegen, in seine Arme. »Ich musste niesen. Das passiert mir immer, wenn Staub aufgewirbelt wird.«

»Das war ein Niesen?«, fragte er ungläubig. »Es klang wirklich unheimlich.«

»Der Zweck heiligt die Mittel. Es hat sie vertrieben.«

Ihr wurde schwindelig, als sie daran dachte, dass dieser Niesreiz sie beinahe verraten hatte. Es war ja nicht vorherzusehen gewesen, dass der alte Mann schon vorher geglaubt hatte, der Geist der verstorbenen Lady ginge in ihrem Schlafzimmer um. Wenn sie es sich recht überlegte, dann musste der Tiger auch seine Pranken mit im Spiel gehabt haben. Noch einmal bedankte sie sich lautlos für seine Hilfe und wandte sich danach aktuellen Problemen zu. Da war zum einen der Umstand, dass sie hier in völliger Dunkelheit, und obendrein in einem Schlafzimmer, eng umschlungen mit einem Mann stand. Und zum anderen hatten sie den Pakshee Baagh immer noch nicht gefunden.

Nachdrücklich wand sie sich aus Ashertons Umarmung. Die Wärme nicht mehr zu spüren raubte ihr das Gefühl von Sicherheit, und am liebsten wäre sie sofort in seine Arme zurückgekehrt. Tamira räusperte sich. »Uns ist der Rückweg abgeschnitten, solange die beiden durchs Haus geistern. Was machen wir denn nun?«

Er öffnete die Laterne und warmes Licht erhellte seine Züge. »Ich könnte mir schon etwas vorstellen«, sagte er und sah sie einen Augenblick wortlos an, bevor er ihr die Lampe reichte und zum Fenster ging. Sie wollte ihm folgen. »Bleiben Sie da und schirmen Sie das Licht ab, sonst kann man mich von der Straße aus sehen.«

Leise Geräusche drangen von unten herauf, als würden Türen geöffnet und wieder geschlossen. Tamira fragte: »Meinen Sie, es gibt irgendwo ein Geheimversteck? Ich kann mir nicht vorstellen, dass Lord Briseham die Spieluhr auf Reisen mitgenommen hat.«

»Das glaube ich auch nicht, Richard wird versuchen, sie zu verkaufen, und das geht am besten in London.« Er legte einen Finger auf die Lippen und hielt den Kopf schräg. Sie lauschte ebenfalls in die Nacht. Unten fiel die Eingangstür zu, und sie konnten sogar hören, wie sich ein Schlüssel im Schloss drehte.

»Aha, er geht.« Asherton sah noch eine Weile aus dem Fenster. Er wollte bestimmt sichergehen, dass sich *Mr M.* wirklich entfernte. »Wir müssen warten, bis sich der Alte zurückzieht.«

»Kennen Sie ihn?«

»Das wäre zu viel gesagt, aber ich bin Richards Butler ein-, zweimal begegnet, er ist mindestens hundert.« Asherton griff nach der Laterne, dabei berührten sich ihre Hände, und sie hätte jederzeit gewettet, blaue Flammen zwischen ihren Fingern züngeln zu sehen. Erschrocken ließ sie die Leuchte fallen, und sofort breitete sich ein Feuer auf dem Teppich aus.

»Schnell, das Bettzeug!«, zischte Asherton und riss den Bettvorhang herunter, um damit die Flammen zu ersticken. Als ihm Tamira mit den Decken zu Hilfe kam, waren sie bereits gelöscht. Dennoch warf er alles auf den Boden, und gemeinsam traten sie darauf herum, um sicherzugehen, dass wirklich nichts mehr brannte.

»Es tut mir leid«, stammelte sie. »Ich wollte nicht …« Aber wie hätte sie das Knistern, das sich fast wie ein Schlag angefühlt hatte, erklären können?

»Nicht der Rede wert.« Er beachtete nicht sie, sondern hantierte mit einem Reibrad herum, bis ein Glühen entstand, mit dem er einen Span und gleich darauf Kerzen entzündete. »Schließen Sie die Vorhänge, Miss Darlington!«

Sie tat, was er verlangte, und warf dabei einen Blick auf die Fenster der gegenüberliegenden Häuserzeile. Nur wenige waren von einem Licht erhellt. Die Cork Street lag menschenleer im Schein der Öllaternen. Es musste etwa Mitternacht sein, und die meisten Leute schliefen oder besuchten eine der zahllosen Veranstaltungen, die das vergnügungssüchtige London zu bieten hatte. Was den alten Butler betraf, so hoffte sie, dass er bald schlafen würde. Auf keinen Fall wollte sie dieses Haus ohne den Pakshee Baagh verlassen.

Sie drehte sich um, als Asherton das Leinen und den angebrannten Vorhang aufs Bett legte. Da sah sie es. Ein Glitzern auf Höhe seiner Stiefelspitze.

»Nicht bewegen!« Sie ließ sich bäuchlings vor ihm auf die Füße fallen.

»Miss Darlington, was tun Sie da?«, hörte sie seine Stimme von oben. Er klang konsterniert.

Ohne eine Erklärung robbte sie halb unters hohe Bett,

streckte den Arm aus, bis ihre Finger kaltes Metall berührten. Aufgeregt schloss sie die Hand darum, kroch hervor und setzte sich auf. »Das ist sie«, sagte sie mit tränenerstickter Stimme. »Viscount Briseham hat die Spieluhr unter dem Bett seiner Mutter versteckt!«

»Kommen Sie!«

Wie betäubt ergriff Tamira seine Hand und ließ sich aufhelfen. »Ist sie nicht zauberhaft?«

»Einzigartig.« Asherton sah ihr tief in die Augen und ein Lächeln umspielte seine Lippen. »Kommen Sie, wir müssen gehen.«

Tamira wünschte, er hätte mehr gesagt. Oder nichts und sie stattdessen geküsst. Ihre Gefühle waren in Aufruhr. Die Freude darüber, den Pakshee Baagh wiedergefunden zu haben, wurde gedämpft von einer tiefen Verunsicherung, was ihr Verhältnis zu Asherton betraf.

Das musste warten, ermahnte sie sich. Nun galt es, die kostbare Spieluhr sicher nach Hause zu bringen. Deshalb löste sie schweren Herzens den betörenden Blickkontakt, drehte sich um und griff nach einem Kissen. Der Bezug war schnell entfernt, und sie wickelte den Pakshee Baagh darin ein. So leise wie möglich schlossen sie wenig später die Türen hinter sich, und erst als sie aus der schmalen Gasse traten, wagte sie es aufzuatmen.

Auf dem Heimweg passte er seine Schritte ihrem Tempo an. Sie suchte nach Worten, um sich zu bedanken, aber es wollte ihr nichts Angemessenes einfallen, und sie konnte ihn ja schlecht mitten auf dem Berkeley Square küssen – schon gar nicht in Männerkleidung. Oder vielleicht doch?

»Hey, bist du das, Asherton?« Drei Gentlemen kamen ihnen aus der Charles Street entgegen.

»Bingley, ich wusste nicht, dass du wieder im Lande bist. Hast du dein Augenlicht verloren oder – Gott bewahre – womöglich zu viel getrunken? Natürlich bin ich es«, antwortete er amüsiert.

Das war der Asherton, wie sie ihn von ihren ersten Begegnungen kannte. Zwei der Männer reagierten wie erwartet. Sie lachten, hoben höflich grüßend den Hut und wollten weitergehen. Nicht so Bingley. »Willst du uns nicht deinem jungen Freund vorstellen?« Mit unsicheren Schritten kam er näher und starrte sie unverhohlen an.

Tamira setzte ihre arroganteste Miene auf und hob eine Augenbraue, darauf vertrauend, dass Asherton für sie antworten würde, denn ihre Stimme hätte sie womöglich auch diesmal verraten.

»Nein«, sagte er schroff.

Störrisch blickte Bingley sie an. »Ist das noch ein Darlington? Man verliert allmählich den Überblick, so viele gibt es von denen. In Indien …« Er wankte und schien vergessen zu haben, was er sagen wollte.

Tamira erstarrte. Betrunken oder nicht, der Mann besaß einen scharfen Blick, und dem ätzenden Tonfall zufolge war er nicht gut auf ihre Familie zu sprechen. Sie fragte sich, ob dieser Bingley vielleicht ein abgewiesener Verehrer ihrer Schwester sein mochte.

Asherton ignorierte ihn und sprach seine Begleiter an: »Sie sollten Ihren Freund sicher nach Hause bringen. Gute Nacht, Gentlemen«, sagte er und wandte sich ihr zu. »Kommen Sie, Mr Devi. Ich kann Ihnen versichern, wir sind hier üblicherweise zivilisierter. Der Mann wird sich gewiss bei Ihnen entschuldigen, wenn er wieder zu Sinnen gekommen ist.«

Bingley schwankte, und einer seiner Freunde ergriff ihn am Ärmel. »Komm schon, der Duke of Asherton hat recht, du bist voll wie eine Haubitze. Mach dich nicht lächerlich!« Die drei zogen ab.

Bald darauf erreichten sie die unbeleuchteten Hay's Mews. Als Tamira versuchte, das Tor zu öffnen, erwartete sie die nächste unangenehme Überraschung.

»Verflucht!«

»Was ist?«

»Jemand hat abgeschlossen!«

»Wie es sich gehört«, sagte er. »Können Sie nicht Ihr spezielles Schlüsselbund einsetzen?«

»Der funktioniert hier nicht, es ist ein Spezialschloss.« Sie sah nach oben. »Ich werde über die Mauer klettern müssen.«

»Oder Sie kommen mit mir …«

»Auf keinen Fall!« Entschuldigend sah sie ihn an. »Ich weiß Ihr Angebot zu schätzen, Asherton, aber irgendjemand redet immer. Das wissen wir beide.«

»Sie haben recht. Was schlagen Sie vor?«

»Ich steige über die Mauer. Helfen Sie mir?«

»Tamira, ich …« Er schluckte. »Selbstverständlich helfe ich Ihnen, kommen Sie …« Damit stellte er sich rücklings an die Wand aus Ziegelsteinen, beugte sich vor und formte mit den Händen einen Tritt.

Sie legte ihm die Hände auf die Schultern, stieg hinein und ließ sich hochheben. Die Intimität dieser Situation war ihr dabei jederzeit auf irritierende Weise präsent. Schließlich saß sie auf der Mauer, schwang die Beine hinüber und sagte leise: »Danke für Ihre Hilfe!«

»Wie kommen Sie jetzt hinunter?«

»Ich springe, was dachten Sie? Gute Nacht, Asherton.« Nach kurzem Zögern fügte sie hinzu: »Sie sind ein wahrer Freund.«

44. KAPITEL

»MacAlister, darf ich Sie etwas fragen?«

Der Kammerdiener nahm eine dunkelblonde Haarsträhne auf, zog den Kamm hindurch und kürzte sie mit der Schere. »Selbstverständlich, Euer Gnaden.«

»Was würden Sie tun, wenn Sie wüssten, dass einer Ihrer Freunde Schuld auf sich geladen hat?«

Ihre Blicke trafen sich im Spiegel. »Das ist keine hypothetische Frage, vermute ich?«

»Nein.«

»Ich würde versuchen, mehr über seine Motivation zu erfahren. Womöglich gab es einen zwingenden Grund. Finanzielle Schwierigkeiten vielleicht?«

»Das habe ich auch überlegt, aber zum Zeitpunkt der Tat kann das nicht der Fall gewesen sein. Heute schon«, fügte er nachdenklich hinzu.

MacAlister widmete sich erneut Julians Frisur. »Wir reden aber nicht über Richard Dunbridge? Verzeihung, Viscount Briseham meine ich«, fragte er nach einer Weile.

»Wie kommen Sie darauf?«

»Nun, man hört dies und das. Er hat seine Dienerschaft entlassen, so was bleibt nicht unbemerkt.«

Das hatte er nicht bedacht. »Danke, MacAlister.« Julian schloss kurz die Augen. »Wenn wir hier fertig sind, wären

Sie so freundlich, jemanden in die Cork Street zu schicken, um sich zu erkundigen, ob der Viscount wieder in der Stadt ist?«

»Sehr wohl, Euer Gnaden.«

»In der Bäckerei gegenüber ist man üblicherweise bestens informiert.«

»Das ist hilfreich zu wissen.« MacAlister zog das Tuch beiseite, das er Julian zum Haareschneiden umgelegt hatte, und griff nach einer Kleiderbürste, mit der er ihm über die Schultern fuhr.

»Ich esse heute im Club. Bitte geben Sie der Köchin Bescheid.« Julian stand auf, wartete geduldig, bis MacAlister das Halstuch gebunden hatte, und ließ sich anschließend in den Rock helfen. Selbstverständlich hätte er sich auch allein anziehen können, so eng wie einige andere Herren ließ er sich seine Garderobe nicht fertigen. Doch es kam ihm nicht richtig vor, MacAlister in seinen Aufgaben noch weiter zu beschneiden. Der Kammerdiener stand ihm seit Jahren auf all seinen Reisen zur Seite. Er hatte die Finanzen kontrolliert, Arrangements für Unterkunft und Transport getroffen und ihm aus vielen brenzligen Situationen geholfen. Das Mindeste war, ihm den Stolz eines Leibdieners zu lassen. Schließlich war das extravagant gebundene Halstuch eines *Peers* die Visitenkarte seines *Gentleman's Gentleman*, ebenso wie der einwandfreie Zustand der übrigen Garderobe.

Während Julian trotz der schlaflosen Nacht beschwingt die Treppe hinunter in die Halle ging, pfiff er eine fröhliche Melodie und zog die Handschuhe über.

Was für eine Frau, dachte er. Tamira war so voller Lebensfreude, schlagfertig und mutig. Er würde keine bessere Duchess finden und keine entzückendere Geliebte. Wenn sie sich doch nur endlich dazu durchringen würde, zu ihren Gefühlen zu stehen. Er konnte es nicht erwarten, sie vor den Traualtar zu führen und zu der Seinen zu machen. Natürlich war es nicht überlegt gewesen, sie bei der Ausfahrt im Hyde Park unter Druck zu setzen, aber dieses störrische Geschöpf musste doch endlich einsehen, dass sie füreinander geschaffen waren!

Eins nach dem anderen, ermahnte er sich. Zunächst galt es, die Angelegenheit mit Richard zu klären. Im Grunde seines Herzens konnte er sich immer noch nicht vorstellen, dass der Freund ein Dieb sein sollte. Zumal er beim Verschwinden des Pakshee Baagh in Indien vor über einem Jahr ein durchaus wohlhabender Mann gewesen war, der unmöglich hatte wissen können, dass sein Erbe nur aus einem Titel und Schulden bestehen würde. Obwohl allgemein bekannt war, dass Richards Vater nach dem Tod seiner Frau den Halt verloren hatte. Viscount Briseham begann zu trinken, und es war kein Geheimnis, dass er regelmäßiger Gast bei Watier's war, einem Club, der auf Anregung des Prince of Wales entstanden war. Was nicht weiter verwunderte, schließlich hatte Richards Vater zu dessen Entourage gehört.

Julian mied dieses Etablissement üblicherweise und kehrte dort nur gelegentlich zum Essen mit Freunden ein. Mit den dort überwiegend verkehrenden Dandys verband ihn wenig, und Begegnungen mit dem verschwenderischen und selbstgefälligen Prinzregenten versuchte er grundsätzlich zu vermeiden. Die Art, wie der Mann seine Ehefrau behandelte, missfiel ihm, obwohl er sie als ziemlich eigen kennengelernt hatte. Doch was auch immer seine Mutter über ihre Schwester denken mochte – und das war nichts Gutes –, Caroline von Braunschweig gehörte zur Familie. Nun ja, ebenso wie der Rest des Königshauses, erinnerte er sich missvergnügt.

Familie, hatte sein Vater gesagt, könne man sich nicht aussuchen, Freunde schon. Auf diese Feststellung war üblicherweise der Rat gefolgt, sich von der *hannoverschen Mischpoke* fernzuhalten.

Als er darüber nachdachte, kam ihm ein weiterer Gedanke: Hatte Richards Vater etwa Schulden beim Thronfolger gemacht? Das würde erklären, weshalb Richard so verzweifelt versuchte, zu Geld zu kommen. Der Prinzregent war notorisch in finanziellen Schwierigkeiten und geriet immer mehr in die Kritik, weil er riesige Vermögen verschleuderte, während kaum entlohnte Soldaten gegen Napoleon und in den Kolonien kämpften. Ein Krieg verschlang Unsummen. Nicht auszuschließen, dass der Prince of Wales deshalb Richard unter Druck gesetzt hatte, damit er die Schulden des verstorbenen Vaters beglich.

»Weshalb ist er damit nicht zu mir gekommen?«

»Euer Gnaden?«

»Ach, Mr Murray, was gibt es Neues?« Erwartungsvoll sah er seinen Sekretär an.

»Seine Lordschaft, Viscount Briseham, scheint in die Stadt zurückgekehrt zu sein. Allerdings hat er es vorgezogen, seinen Club aufzusuchen.«

»Die Handwerker?«

»Es heißt, sie hätten das Haus gestürmt«, sagte Paul Murray mit Bedauern in der Stimme.

»Gute Güte. Viel zu holen war da nicht mehr für die armen Teufel. Sie wissen nicht zufällig, in welchen seiner Clubs er sich zurückgezogen hat?«

»Ich fürchte, die Auswahl ist nicht allzu groß. Der Großvater Seiner Lordschaft …«

»… gehörte zu den Gründungsmitgliedern von Brooks's. Danke, Mr Murray. Sie werden heute ohne mich auskommen müssen.«

Der Sekretär verbeugte sich, und im selben Augenblick verkündete ein Diener: »Das Pferd steht bereit, Euer Gnaden.«

Was für ein Unsinn, dachte er. *Ich hätte ebenso zu den Ställen gehen können, der Weg wäre auch nicht viel weiter gewesen.*

Aber das Personal erwartete von ihm, dass er sich an die gesellschaftlichen Regeln hielt, und eine Duke ging eben nicht zum Pferd, es wurde ihm gebracht. Schnell hatte er lernen müssen, dass die Menschen, die für ihn arbeiteten, ihre Position im Leben über die Tätigkeit in seinem Haushalt definierten. MacAlister war das beste Beispiel, er hatte in letzter Zeit angedeutet, sich unterfordert zu fühlen. Julian musste ihm rasch eine neue Aufgabe übertragen, oder der Mann würde sich bald eine andere Stellung suchen.

Niemand hatte ihn darauf vorbereitet, die Verantwortung für ein Heer von Angestellten und ihre Befindlichkeiten zu übernehmen. Aber Julian war im vergangenen Jahr mit seinen Aufgaben gewachsen, und wenn er erst wieder zurück in Maplethorpe Hall sein würde, fände er schon eine neue Herausforderung für den Kammerdiener. Er streifte die Handschuhe über, überprüfte den Sattel und bestieg sein Pferd.

45. KAPITEL

Nach ihrer Rückkehr aus der Cork Street hatte Tamira kein Auge zugetan. Schließlich war sie wieder aufgestanden und hatte das kuschelige Morgenkleid angezogen, das sie gerne trug, wenn sie allein war. Sie schürte das Feuer im Kamin, um Wasser für einen Tee heißzumachen, setzte sich mit der Spieluhr aufs Bett und zog sie auf. Das helle Zwitschern des kleinen Vogels erinnerte sie an vergangene Zeiten. Dass er am Ende des Liedes vom Tiger gefressen wurde, hatte sie als Kind furchtbar gefunden und sich die Augen zugehalten, um es nicht ansehen zu müssen. In diesen frühen Morgenstunden betrachtete sie den Vorgang ungerührt und versuchte dahinterzukommen, wie der Mechanismus funktionierte.

Je öfter sie die Spieluhr aufzog, desto mehr wurde das Gefühl zur Gewissheit, dass etwas damit nicht stimmte. Die Mechanik war einwandfrei intakt, es musste einen anderen Grund haben, weshalb sich die vertraute Seelenregung nicht einstellen wollte, die der Pakshee Baagh beim Zusehen stets ausgelöst hatte.

Vielleicht, dachte Tamira, war sie einfach nur übermüdet. Sie stellte die Spieluhr beiseite, um sich eine frische Tasse Ingwertee aufzubrühen, als die Zwillinge hereinstürmten.

»Siehst du, ich hab dir doch gesagt, er ist hier!« Georgiana stürzte sich auf die Spieluhr.

Henrietta kam langsam näher und betrachtete das Kunstwerk. »Er ist fast unbeschädigt.«

»Fast?«, fragte Tamira.

»Sieh doch, hier fehlt ein Smaragd.«

»Tatsächlich. Und dort zwei Rubine.« Sie seufzte. Lag es vielleicht an den fehlenden Edelsteinen, dass der Pakshee Baagh sich auf seltsame Weise unvollkommen anfühlte? Möglich war das schon. Oder hatte sie seine Wirkung im Laufe der Zeit überhöht? »Wir können von Glück sagen, dass die Diebe sich nur ein paar Steine rausgebrochen und nicht die ganze Spieluhr zerlegt haben.«

»Das finde ich auch.« Caroline war lautlos hereingekommen, an ihrer Seite Anila.

Die Jüngste der Schwestern warf im Vorbeigehen einen kurzen Blick auf die Spieluhr, setzte sich auf das breite Fensterbrett und zog die Beine bis unters Kinn. »Wenn Tamira den Duke nicht will und Caroline mit Edward durchbrennt, können wir auch ein paar Steine verkaufen, um euer Debüt nächstes Jahr zu bezahlen«, sagte sie und blickte dabei aus dem Fenster.

»Was redest du da?«, fragte Caroline scharf.

Ohne sich umzuwenden, entgegnete Anila: »Das Ding da ist wie eine der großen Muscheln, die wir manchmal am Strandpalast gesehen haben. Prächtig, aber nicht mehr bewohnt.«

Caroline wollte protestieren, doch Tamira fiel ihr ins Wort. »Sie hat recht. Tiger und Vogel haben offenbar ein neues Zuhause gefunden.«

»Oder sie sind heimatlos, so wie wir«, warf Henrietta erstaunlich bitter ein.

»Du bist undankbar. Die Abbotsleighs haben uns freundlich aufgenommen.«

Tamira legte ihrer Schwester einen Arm um die Schultern. »Dir fehlt dein Atelier, nicht wahr?«

Henrietta schluchzte auf. »Das Malen ist mein Leben. Ich kann ja nicht mal mehr in eine Ausstellung gehen oder in eine Galerie, wie die in Asherton House, ohne gleich loszuheulen.«

»Aber du zeichnest …«

»Das ist doch kein Ersatz!«, sagte Georgiana zu ihrer Überraschung grimmig. »Neha kann auch hervorragend mit Pastellkreide umgehen, aber in Öl zu malen, ist vollkommen anders. Die Herstellung und das Mischen der Farben ist eine Wissenschaft. Die Pinsel, die Gerüche … Es ist ein sinnliches Erlebnis, ein Rausch, den nur erfahren kann, wer sich frei fühlt – und frei ist.« Sie hatte Henriettas indischen Namen verwendet, wie die Zwillinge es meist taten, wenn sie untereinander waren.

»Ich habe gehofft, alles wird wie früher, sobald der Pakshee Baagh wieder bei uns ist. Aber das war ein Irrtum. Es gibt keine Hilfe, wenn man sich nicht selbst hilft.« Caroline wischte mit dem Handrücken eine Träne fort.

»Ich habe das nie gehofft«, sagte Anila. »Ihr messt der Spieluhr eine Bedeutung zu, die sie nie hatte, anstatt eure Instinkte zu trainieren.«

»Ach ja?« Carolines Stimme klang giftig. »Du weißt wohl immer alles besser?«

»Zumindest weiß ich …« Sie verstummte und wandte sich ab.

»Was? Sag schon!«

»Du spielst ein gefährliches Spiel, *liebe* Schwester«, sagte Anila kühl, ohne sich umzudrehen.

Caroline lief rot an und sprang auf. »Gar nichts weißt du!«

»Hört auf zu streiten, alle beide!« Beschämt erkannte

Tamira, wie wenig sie sich in letzter Zeit um ihre Familie gekümmert hatte. Es war ihr zwar aufgefallen, wie die drei Jüngsten während des Besuchs in Asherton House aufgeblüht waren. Doch war sie selbst so sehr mit ihren eigenen Gefühlen beschäftigt gewesen, dass sie das Offensichtliche nicht erkannt hatte: Ohne geistige Nahrung und Herausforderungen verkümmerte ihr Esprit – und das galt für sie alle.

Doch nun musste sie sich eingestehen: Sie wurde ihrer Verantwortung nicht gerecht. Nach dem Überfall auf den Palast war der große Bruder Nihal verschollen, und obwohl Nachforschungen angestellt wurden, hatten sie bis heute nicht von ihm gehört. Sie hatte damals angeboten, vor Ort zu bleiben, um die Suche zu leiten, doch davon hatte Tante Bernadette nichts wissen wollen, und vermutlich hatte sie recht gehabt. Was konnte eine junge Frau allein in dieser Welt schon ausrichten? Wenn sie über solche Ungerechtigkeiten nachdachte, wurde sie furchtbar zornig. Tamira spürte, wie sich ihre Hände zu Fäusten ballten. Die *Waffen einer Lady* sollte sie einsetzen, hatte ihre Mutter ihr ans Herz gelegt. Doch man sah ja, wohin das führte. Nihal lebte, davon waren sie alle überzeugt. Gewiss gab es einen vernünftigen Grund dafür, dass er sich nicht bei ihnen meldete. Das änderte aber nichts daran, dass er sie im Stich gelassen hatte.

Tamira als seine Nachfolgerin hatte versagt! Statt sich um die Jüngeren zu kümmern, genoss sie ohne irgendwelche Verpflichtungen die Vorzüge der Saison, und in der übrigen Zeit fand sie beim Schreiben die Ruhe und Kraft, sich dem Anschein nach lebensfroh in einer Welt zu bewegen, die sie mehr als einmal hatte wissen lassen, dass man sie empfing, weil es der königliche Erlass so wollte.

Wirklich angenommen wurden sie nicht. *Bastarde eines Ausländers* hatte Tante Amanda ihre Nichten in ihrer Wut genannt. Das schmerzte. Dazu kamen beinahe tägliche Nadelstiche. Spitze Kommentare über ihre Herkunft, wenn sie den Namen einer gesellschaftlich wichtigen Person nicht sofort zuordnen konnte; die stetige Ermahnung, niemals ohne Sonnenschirm und lange Handschuhe das Haus zu verlassen, um nicht *ganz schwarz* zu werden, wie es ihre Tante nicht müde wurde zu betonen. Für sie hätte es ohne Yaldas Einfallsreichtum nicht einmal farblich passenden Puder für *den perfekten Teint* gegeben. Jedes Ereignis für sich mochte kein Drama sein, doch in der Summe entstand das Gefühl, nicht dazuzugehören; toleriert, nicht aber vollkommen akzeptiert zu werden, so, wie sie waren.

Und das hatte Folgen. Anila sprach inzwischen mehr mit den Blumen am Wegesrand als mit ihrer Familie. Die Zwillinge langweilten sich beinahe zu Tode, weil sie in einer der wichtigsten Phasen ihres jungen Lebens schrecklich unterfordert waren, und Caroline hatte sich in einen Nichtsnutz verliebt. Gut, dafür konnte man Tante Amanda nicht verantwortlich machen. So etwas passierte einfach. Asherton schien Edward Strathlink zwar zu schätzen, aber auf Tamira wirkte er unseriös.

Das Schlimmste war, dass er zwar mit ihrer Schwester tändelte, jedoch keine Anstalten machte, um ihre Hand anzuhalten. Obendrein schien Caroline das vollkommen in Ordnung zu finden und nicht darüber nachzudenken, welche Folgen es für ihren Ruf haben konnte.

Du könntest das alles ändern, wenn du nicht so selbstsüchtig auf deinen Plänen beharren würdest! Ihr Gewissen sprach mit leiser, verächtlicher Stimme.

Und nun war auch noch der Pakshee Baagh entseelt! Dabei hatten sie sich so viel davon erhofft, ihn wiederzufinden. Sogar der kleine Vogel schien weniger fröhlich zu zwitschern, als sie es in Erinnerung hatte.

Anstatt glücklich zu sein, dass das lange vermisste Familienerbstück zu ihnen zurückgekehrt war, verspürte sie großes Heimweh, und eine bedrückende Traurigkeit schien sie alle erfasst zu haben.

»Wisst ihr was?« Tamira stand auf, nahm Caroline die Spieluhr aus der Hand und steckte sie in ihre Reisetruhe unter dem Fenster. »Wir bestellen uns Pferde und machen nach dem Frühstück einen Ausritt. Frische Luft und Bewegung tun uns gut!« Sie sah zu Anila, die regungslos auf dem Fensterbrett saß. »Du kommst mit.«

»Ich besitze kein Reitkleid.«

»Was?« Wie konnte das sein? »Sag nicht, Tante Amanda hat dir keines schneidern lassen?«

»Doch. Aber es passt nicht mehr.«

Erstaunt musterte sie Anila, und ihr wurde bewusst, wie sehr sich ihre kleine Schwester in den letzten Monaten verändert hatte. Sie wirkte weniger kindlich, und wie es aussah, waren sie inzwischen fast gleich groß.

»Ich leih dir meins, wenn du willst.«

»Wirklich?« Zum ersten Mal an diesem Morgen sah Anila eine von ihnen direkt an. Skeptisch, als würde sie ihr nicht glauben, doch dann erhellte ein Lächeln ihr Gesicht und ließ die Augen über den hohen Wangenknochen strahlen. »Wenn das so ist, komme ich auf jeden Fall mit! Wirst du wieder Onkel Abbotsleighs Apfelschimmel reiten?«

»Ja, und diesmal sogar ganz offiziell.« Tamira zog Anila in die Arme und drückte sie.

Sie hatte ihrem Onkel beichten müssen, dass sie auf seinem Hengst ausgeritten war, um Ian nicht in Schwierigkeiten zu bringen. Seine Reaktion war ganz anders gewesen, als sie gedacht hatte.

»Ich freue mich, dass du zu mir gekommen bist, meine

Liebe. Vermutlich sollte ich mit dir schimpfen, aber Firefly braucht Auslauf, und mit meinem vermaledeiten Rücken werde ich ihn vorerst nicht bewegen können. Ich hatte schon darüber nachgedacht, ihn zurück nach Riseley Hall zu schicken.«

»Dann darf ich ihn wieder reiten? Er ist ein wunderbares Pferd.«

Lord Abbotsleigh seufzte. »Das ist er, und du hast genau die weiche Hand, die er braucht. Nur eines musst du mir versprechen: keine wilden Pferderennen mehr mit irgendwelchen jungen Gentlemen.«

»Du weißt davon?«

»Aber ja.« Er drohte ihr mit einem verschmitzten Zwinkern mit dem Finger. »Euer alter Onkel weiß mehr, als ihr glaubt.«

Die Erinnerung an den wilden Galopp hob ihre Laune. Lord Abbotsleigh war ein warmherziger, freundlicher Mensch. »Also«, sagte sie, als Daisy hereinkam. »Wir sehen uns nachher beim Frühstück.«

Auf dem Weg nach unten ins Frühstückszimmer informierte Tamira die Gouvernante von ihren Plänen, auszureiten, und bat einen Diener, die Pferde für elf Uhr zu bestellen. Bis dahin, hatte Daisy versprochen, würde sie die Änderungen an ihrem alten Reitkleid fertig haben. Viel war ohnehin nicht zu machen, der Saum musste nur einmal umgelegt werden, und dass es ein bisschen zu weit war, konnte Anila mit ihrer eigenen Reitjacke kaschieren, die farblich passte.

Als sie feststellte, dass ihre Tante heute Morgen vergleichsweise gut gelaunt war, sagte sie: »Anila braucht ein neues Reitkleid.«

»Wofür?«

Georgiana schien sich an ihrem Kaffee verschluckt zu haben und hustete. Tamira warf ihr einen warnenden Blick zu und sagte sanft: »Zum Ausreiten, Tante Amanda.« Henrietta stand schnell auf, griff nach ihrem Teller und eilte zum Büfett.

Lady Abbotsleigh blickte sie säuerlich an. »Willst du dich wieder heimlich mit dem Duke of Asherton treffen?«

»Wie sollte ich? Du liest doch unsere Post«, behauptete sie, und Tante Amanda tappte bereitwillig in die Falle.

»Du korrespondierst hinter meinem Rücken mit ihm. Es ist meine Pflicht, euch vor Schaden zu bewahren.«

Das beantwortete wohl die Frage, ob ihre Tante etwas mit Ashertons verloren gegangener Einladung zur Ausfahrt zu tun hatte. Aus dem Augenwinkel sah sie, wie Caroline blass wurde. Ob Strathlink ihr heiße Liebesschwüre schickte? Vermutlich nicht, sonst hätte Lady Abbotsleigh sicher schon etwas unternommen.

Tamira ließ das Thema fallen und sagte: »Anilas Reitkleid aus dem letzten Sommer ist zu klein geworden.«

»Das Mädchen wächst aus allem raus. Offensichtlich schlägt sie eurem Vater nach und wird so groß wie du. Die gleichen unmöglichen Haare habt ihr ja auch.« Amanda legte das Besteck zusammen, tupfte sich den Mund ab und stand auf. »Also meinetwegen, geh mit ihr zur Schneiderin und bring ein paar Borten mit, damit eure Zofe ihr die Kleider länger machen kann.«

»Danke, Tante«, sagte Caroline an ihrer Stelle.

Sie ahnte wohl, dass Tamira um eine höfliche Antwort verlegen sein würde. Die Darlingtons mochten nicht viel Geld haben, doch es war genug da, um sich anständig zu kleiden. Vielleicht sollte sie Asherton fragen, wie man Juwelen verkaufen konnte. Der Gedanke machte sie traurig. Der Pakshee Baagh mochte seinen Zauber verloren haben, aber die Spieluhr war ein fein gearbeitetes Kunstwerk, das seinesgleichen suchte. Es schien ihr falsch, es Stück für Stück auseinanderzunehmen.

Der Duke hatte ihre Nachricht zwar noch nicht beantwortet, dennoch hoffte Tamira, ihn im Park zu treffen. Sie brannte darauf, zu erfahren, wie die Spieluhr in Viscount Brisehams Besitz gelangt war und was er damit vorgehabt hatte.

46. KAPITEL

Heute Abend also sollte einer der wichtigsten Bälle der Saison stattfinden. Lady Abbotsleigh dachte an die Worte ihres Mannes: *Du wirst es ja wohl schaffen, zwei Mädchen anständig zu verheiraten, ohne sie an jemanden wie Wellsborough zu verschachern!*, hatte er gesagt und damit gedroht, einer Ehe mit dem Baron selbst dann nicht zuzustimmen, wenn er es darauf anlegen sollte, Mary oder Caroline zu kompromittieren. *Eher duelliere ich mich mit diesem Parvenü!*

Amanda wusste, dass er es ernst meinte, und nachdem ihre Freundinnen bestätigt hatten, dass der ungehobelte Kerl die Hand gegen seine Frau und Tochter erhob, ließ sie ihren Plan fallen. Sie mochte wenig Freude bei dem Gedanken empfinden, in der kommenden Saison vier Debütantinnen betreuen zu müssen, aber sie war kein Unmensch. Das allerdings änderte nichts an einer unumstößlichen Tatsache: Wer bis jetzt keine geeignete Partie gefunden hatte, würde sich im nächsten Jahr erneut auf die Suche machen müssen.

London hatte in diesem Jahr einen ungewöhnlich sonnigen Sommer erlebt. Doch allmählich zog es die Menschen zurück aufs Land. Die Nachrichten über abgereiste Familien und geschlossene Stadtresidenzen würden schon bald mehr als eine Spalte in den Tageszeitungen füllen.

Gentlemen hatten liegen gebliebene Entscheidungen auf ihren Landgütern zu treffen, die Ladys sehnten sich nach ihren Rosengärten und nach einem entspannteren Alltag, in dem sie nicht ständig wie unter einem Brennglas lebten wie hier in London.

Irgendwann war es genug mit der Enge, dem Lärm und der schlechten Luft. In den Salons war man sich längst einig: Diese Saison versprach die langweiligste der vergangenen Dekade zu werden. Dabei hatte sie mit der Ernennung des Kronprinzen zum Regenten und der Nachricht, dass sich der Duke of Asherton in diesem Jahr eine Duchess suchen wollte, äußerst vielversprechend begonnen. Doch längst waren die Wettquoten für Eheschließungen gesunken.

Die *Gazette* war im Juni so weit gegangen, in der beliebten Rubrik *The Fashionable World* unter der Überschrift *Rettet Euren Ruf!* die aussichtsreichsten Kandidatinnen wie Miss Market und Lady Fiona Gordon aufzufordern, mit einem Galan nach Gretna Green durchzubrennen. *Sie werden sich und ihren Freundinnen die Schmach ersparen, für immer mit der langweiligsten Saison der letzten drei Dekaden in Verbindung gebracht zu werden,* empfahl der Kolumnist. Über Asherton schrieb er: *Der Herzog A. mag ein anerkannter Züchter hochtouriger Pferde sein, wir aber wünschten uns, von Seiner Gnaden zu erfahren, wann er den Grundstein zu einer fröhlichen Kinderschar zu legen gedenkt.*

Doch niemand war mit einem unpassenden Gentleman durchgebrannt und Asherton immer noch unverheiratet – da half es auch nichts, dass ein Klatschblatt behauptete, *Miss A., Tochter des Earl of B.,* tändele mit einem ungeheuer attraktiven Dragoner. *Den jungen Mann hätten wir vielmehr in gewissen Etablissements der Vere Street vermutet als auf Freiersfüßen.*

Die größte Enttäuschung, da war man sich in den Salons

einig, war der Herzog. Als Julian Weston hatte er sich schon während des Studiums in Cambridge einen gewissen Ruf erworben. Wenn er in London weilte, zeigte er sich mit Schauspielerinnen, und von der einen oder anderen jungen Witwe war die Rede, die ihm bereitwillig ihre Schlafzimmertür öffnete. Böse Zungen behaupteten sogar, seine Freundschaft zu Lord Hayes, dem schneidigen Dragoner, wäre mehr als eine aus der gemeinsamen Studienzeit entstandene Männerfreundschaft. Was auch immer ihm nachgesagt wurde, in einem Punkt stimmten alle Klatschbasen überein: Der Duke war ein schöner Mann. Wenn auch zuweilen recht schroff, galt er als die beste Partie der Saison.

Mit seinem Vermögen hätte er jede Debütantin heiraten können, nach der es ihn verlangte. Doch offenbar konnte er sich nicht entscheiden und reagierte gereizt, wann immer die Rede auf die Darlingtons kam.

Amanda, Countess Abbotsleigh, wusste also um die Bedeutung der heutigen Abendveranstaltung im Londesborough House ein paar Häuser weiter, ebenfalls in der Hill Street, und hatte deshalb angeordnet, dass Caroline von Yalda vorbereitet und angekleidet wurde.

»Miss Tamira, ähm, Miss Darlington-Devi?« Schüchtern sah Daisy durch die Tür. »Dürfen wir reinkommen?«

Tamira verkniff sich ein Schmunzeln. Manchmal merkte man ganz deutlich, wie jung das Mädchen noch war. Sie gab sich große Mühe, aber zuweilen vergaß sie, sich angemessen auszudrücken. »Natürlich!«, sagte sie und beobachtete, wie ein Hausmädchen eine große Schachtel auf den Frisiertisch stellte und mit einem Knicks rückwärts hinausging. Daisy schloss die Tür, hängte das rote Seidenkleid auf und wandte sich ihr zu. »Lady Cairnforths Zofe war heute da …«

»Lieber Himmel, sag nicht, sie hat dich instruiert?«

»Ähm – ich weiß nicht … Sie sagt, heut' Abend ist wichtig.«

»Das scheint so zu sein«, murmelte Tamira.

Daisy öffnete die Schachtel und nahm eine kleine Schmuckschatulle heraus. »Mylady hat eine Pelerine geschickt, die das Kleid bis zum Schluss verbergen soll, und dies hier.«

Tamira starrte auf einen endlos langen Perlenstrang und fragte sich, wie oft sie sich den um ihren Hals schlingen sollte, damit sie sich beim Tanzen nicht versehentlich darin verhedderte. Sie sah schon die Pressenotiz vor sich: *Indische Prinzessin mit Perlenschnur erwürgt.* Mit Mühe unterdrückte sie das aufkeimende Kichern. Die Ohrringe aber waren wunderschön. Besonders die mit winzigen Diamanten besetzte Blüte über der tropfenförmigen Perle hatte es ihr angetan. Der stilvolle Schmuck wirkte mädchenhaft – ganz anders als das Kleid, zu dem sie ihn tragen würde.

Mit einem andächtigen Staunen ließ Daisy die Perlen durch die Finger gleiten. »Sie sind wunderschön. Wenn ich sie Ihnen in die Haare geflochten habe, werden Sie wie die Prinzessin aussehen, die Sie sind, Miss Darlington.«

»Ach, Daisy. Das war einmal.«

»Trauern Sie der Zeit nicht nach?«

Sie schwieg einen Augenblick und sagte dann: »Ich habe manchmal Heimweh, und ich vermisse meine Eltern jeden Tag. Aber wir werden anständig behandelt. Und weißt du, auch wenn Lady Abbotsleigh hin und wieder klagt, ist sie doch ein guter Mensch.« Daisys Blick begegnete ihr im Spiegel und sie erkannte den Schmerz darin. »Sie hat dir nicht geglaubt, wegen der Belästigungen durch Lord Wellsborough?«

Die Zofe griff zur Bürste. »Doch, das hat sie. Aber sie hat uns ermahnt, den Männern in Zukunft keine schönen Augen mehr zu machen.«

»Was für ein Unsinn! Wer würde denn so einen schmierigen Kerl ermutigen?«

Jetzt lachte Daisy. »Haben Sie eine Ahnung!«

Tamira lehnte sich zurück und schloss die Augen. Sie hatte wirklich keine Ahnung, wie das Leben ihrer Hausangestellten aussah, und in Augenblicken wie diesen, in denen sie ehrlich mit sich war, wusste sie genau, dass sie sich Illusionen gemacht hatte. Sie hatte gelernt, einen großen Haushalt zu führen, in vier Sprachen zu plaudern, Brüsseler Spitze zu erkennen und Sonette zu schreiben. Aber wie man Essen zubereitete, den Herd befeuerte oder Wäsche wusch, davon hatte sie absolut keine Ahnung. Guter Gott, sie konnte sich ja für eine Abendgesellschaft nicht einmal selbst frisieren und anziehen! Wobei sie das auch nicht würde lernen müssen, wenn Asherton ihr keinen Antrag machte und sie wie geplant in das alte Cottage ziehen und darin Bücher schreiben wollte.

Weshalb, um Himmels willen, hatte sie ihm neulich im Park nicht einfach gesagt, was sie wirklich für ihn empfand? Ja, er war ihr während der letzten Monate auch so etwas wie ein guter Freund geworden, aber das Wichtigste war doch, dass sie sich in ihn verliebt hatte und es nicht ertragen würde, ihn mit einer anderen Frau zu sehen. Nicht einmal mit ihrer Schwester. Tamira stöhnte auf.

»Habe ich Ihnen wehgetan?« Erschrocken verharrte Daisy in der Bewegung.

»Was? Nein! Ich fürchte, in meinem Herz steckt ein Pfeil.«

»Wirklich? Wie furchtbar.« Die Zofe sah sie entsetzt an, und Tamira lachte. »Nein, ganz im Gegenteil. Es bedeutet, dass Amor sein Werk getan hat.«

»Ist das eine neue Griechengeschichte?« Daisys Augen leuchteten.

Während der langen Überfahrt hatten Erzählungen aus der

Antike ihnen geholfen, die Langweile und die Trauer zu meistern. Tamira hatte sie reichlich ausgeschmückt und sich, falls erforderlich, ein Happy End ausgedacht. Auch hier verlangten ihre Schwestern an freien Abenden, dass sie ihnen Geschichten erzählte, und Daisy hatte, wenn Gelegenheit dazu war, an ihren Lippen gehangen. Sie wünschte sich sehnlichst, dieses Land zu besuchen, in dem so wunderbare Dinge geschahen.

»Genau. In der Antike war die Liebesgeschichte zwischen Amor und Psyche sehr bekannt. Er war ein junger Gott (manche sagen, er sei Ares, ein gefährlicher Kriegsgott), sie eine wunderschöne Königstochter.«

»Und dieser Gott hat auf die Prinzessin geschossen?«

»Ich glaube, ja. Aber er hat sich an seinem eigenen Pfeil verletzt und sich unsterblich in sie verliebt. Vorher war er ein ziemlicher Tunichtgut, der Spaß daran hatte, die Herzen der Menschen in Flammen zu setzen, auch wenn es ihnen nicht guttat.«

Aufgeregt klatschte Daisy in die Hände. »Oh bitte, Miss Darlington, erzählen Sie mehr davon!«

Die Tür öffnete sich und Yalda kam herein. »Wie weit bist du, Daisy?« Sie inspizierte den komplizierten Haarturm auf Tamiras Kopf. »Das sieht recht ordentlich aus. Ich hoffe, es hält auch einen langen Abend. Sie tanzen besser nicht zu wild, Miss Darlington«, sagte sie und zwinkerte ihr zu.

»Ich werde mir Mühe geben.« Tamira lächelte.

»Wenn ich fertig bin, bewegt sich kein Haar mehr«, versprach Daisy stolz, denn ein größeres Kompliment würde sie von Yalda nicht bekommen.

»Ruf mich, wenn du so weit bist, das Kleid anzuziehen«, sagte Yalda. »Das machen wir zu zweit.«

Als Tamira eine Stunde später zu Lady Cairnforth in die Kutsche stieg, schlug ihr das Herz bis zum Hals.

Ihre Patin musterte sie kritisch. »Lass mal sehen …« Sie zupfte an der Schleife, die ihre voluminöse Pelerine zusammenhielt, unter der sie das Kleid verbarg. »Sehr ansehnlich. Nun verhülle dich wieder, wir werden bestimmt eine halbe Stunde in der Kutsche verbringen, und es wird frisch.«

»Normalerweise geht man drei oder vier Minuten bis zum Londesborough House. Es ist ein bisschen unsinnig, die Kutsche zu nehmen, wenn sie die ganze Zeit steht, finden Sie nicht auch?«

»Glaubst du etwa, man würde dich vorlassen, wenn du wie ein Milchmädchen zu Fuß dort hereinspazierst?«

»Vermutlich nicht.« Tamira lehnte sich zurück in die Polster und faltete ihre Hände im Schoß, bis endlich der Schlag geöffnet wurde und sie aussteigen konnten. Von ihrer Patin wusste sie, dass das Haus, in das die Viscountess Morpeth heute lud, Teil einer Bestechung war, um die älteste Tochter der berühmten Duchess of Cavendish zum Heiraten zu bewegen. Zusammen mit einer beachtlichen Apanage. Die Morpeths, hieß es, führten indes eine glückliche Ehe.

An Lady Cairnforths Seite wurde Tamira ebenso freundlich begrüßt, wie die Gäste vor und nach ihnen, und sie bewunderte die Viscountess, die bestimmt seit zwei Stunden in der prächtigen Empfangshalle stand, für ihr Durchhaltevermögen.

Nachdem sie ihre Umhänge abgegeben und einen prüfenden Blick in den Spiegel geworfen hatten, fanden sie sich erneut in einer Warteschlange wieder. Diesmal, um vom Zeremonienmeister angekündigt zu werden. Der kurze Augenblick, bevor sie die Treppe hinuntergehen würden, erlaubte ihr einen Blick über die von Hunderten Kerzen erleuchtete festliche Szenerie. Es herrschte eine heitere Stimmung, das Orchester spielte, Lachen war zu hören, und die Menschen bewegten sich wie nach einer geheimen Choreografie durch den Ballsaal. Ihre Schwester Caroline war mit Mary und Tante Amanda bereits früher aufgebrochen. Sie hielt jedoch nicht nach ihnen, sondern nach Asherton Ausschau, obwohl sie wusste, dass der Duke selten vor Mitternacht auftauchte.

Doch er war schon da und unterhielt sich unweit der Treppe mit einigen anderen Gentlemen. Einer davon sagte etwas zu ihm, er blickte auf, und sie glaubte Erstaunen in seinem Gesicht zu sehen, das einem Lächeln Platz machte. Als bestünde zwischen ihnen ein unsichtbares Band, fühlte sie sich angezogen und wäre am liebsten hinuntergerannt, um sich ihm in die Arme zu werfen.

»Komm schon!«, zischte ihr Lady Cairnforth zu. Hinter ihr räusperte sich ein Gentleman. Tamira begriff, dass sie bereits angekündigt worden waren und die nachfolgenden Gäste aufhielten. Sie hob ihr Kinn ein wenig höher, setzte den Fächer ein, um das luftige Dekolleté zu verbergen, und schritt die Stufen hinunter, wohl wissend, dass viele Ladys sie beobachteten und nicht wenige die auffällige Farbe ihres Ballkleids missbilligten. Doch heute Abend fühlte sie sich, vielleicht sogar zum ersten Mal seit der Abreise aus Indien, wie eine wahrhaftige Prinzessin.

Asherton wartete am Fuß der Treppe. Er verbeugte sich vor ihrer Patin, um sie zu begrüßen. Dann erst sah er sie an. »Miss Darlington«, sagte er. Seine Stimme klang dunkel und aufregend gefährlich. »Es gelingt Ihnen immer wieder, mich zu überraschen. Sie sehen – traumhaft aus.«

Nur Tamira verstand, worauf er damit anspielte. Lady Cairnforth brummte etwas, das klang wie: *Wenn das nicht die besten Voraussetzungen für eine Ehe sind.* Laut sagte sie: »Ich sehne mich nach einem luftigen Platz. Wenn Euer Gnaden so freundlich wären …«

Mit einem amüsierten Lächeln gehorchte er und bahnte ihnen einen Weg zu den weit geöffneten Terrassenfenstern, verscheuchte durch seine bloße Präsenz eine Gruppe junger Leute, während einer seiner Freunde davoneilte, um Erfrischungen zu besorgen.

»Dürfte ich mir erlauben, Sie um einen Tanz zu bitten, Miss Darlington?«

Sie reichte ihm die noch jungfräuliche Tanzkarte und bekam große Augen, als er seinen Namen quer darüber schrieb. »Das geht doch nicht …«, sagte sie und hoffte, dass ihre Patin nichts davon mitbekommen hatte.

Er ließ den Blick langsam über ihr Dekolleté wandern, bis sie glaubte, keine Luft mehr zu bekommen, und sagte schließlich: »Sie glauben doch nicht allen Ernstes, dass ich irgendjemandem erlauben werde, diesen Anblick für die Dauer eines Walzers zu genießen!«

Es wäre souverän gewesen, die versteckte Kritik zu überhören, aber Tamira wollte nicht, dass er sie für eine gefallsüchtige Person hielt. »Das Kleid hat meine Patin ausgesucht«, sagte sie lauter als geplant.

»Was sagst du, Schätzchen?«, erkundigte sich die Countess prompt.

»Seine Gnaden hat die Perlen bewundert«, schwindelte sie.

»Das hoffe ich, sie sind perfekt!« Lady Cairnforth sah ihn scharf an. »Nicht wahr?«

»Einzigartig.« Er wirkte, als unterdrückte er ein Lachen. »Ganz exquisit.«

Nervös steckte Tamira die Tanzkarte in ihr Réticule. Sie hatte das Gefühl, die beiden sprachen über etwas anderes als über ihren Haarschmuck.

Ashertons Freund kehrte mit zwei Dienern zurück, von denen einer ein Tablett mit Gläsern und Karaffen trug und der andere Champagnerflaschen in Eis.

Anbelle tauchte neben ihm auf. »Wie nett, Cousin Andrew! Er vertritt heute meinen Bruder als Anstandswauwau«, erklärte sie Tamira mit einem Zwinkern. »Samuel hat irgendwas wahnsinnig Wichtiges bei den Dragonern zu erledigen und kommt erst übermorgen zurück in die Stadt.« Anbelle und Fiona schienen immer zu wissen, wo es etwas Gutes gab, und meistens waren sie zu zweit bei den Bällen unterwegs. Diesmal hatten sie zwei nett aussehende Gentlemen im Schlepptau, die gut genug erzogen waren, Tamira nicht anzustarren. Vielleicht gebot es aber auch einfach nur der Respekt vor dem Duke an ihrer Seite.

Sie nippte am Champagner und genoss es, wie die feinen Perlen auf ihrer Zunge prickelten, schnell trank sie einen weiteren Schluck. Sogleich fühlte sie sich mutiger. Es gab keinen Grund, schüchtern zu sein. Entschlossen sah sie Asherton an, der sie die ganze Zeit beobachtet zu haben schien. »Meine Schwestern haben mich gebeten, Ihnen ihren aufrichtigen Dank zu übermitteln …« Verlegen stockte sie, es klang so steif.

»Es war mir eine Freude. Nein, das stimmt nicht. Um ehrlich zu sein, möchte ich unsere gemeinsamen Abenteuer um nichts in der Welt missen.« Asherton runzelte die Stirn, als hätte er etwas anderes sagen wollen, und fügte schnell hinzu: »Aber wenn Sie jemals wieder auf die Idee kommen, sich nachts in fremde Häuser zu schleichen oder heimliche Verabredungen mit zwielichtigen Gestalten zu vereinbaren, dann, fürchte ich, werde ich Sie übers Knie legen müssen.«

»Tatsächlich?« Tamira blickte ihm direkt in die Augen und entdeckte ein provokantes Glitzern darin. Ein erregender

Schauer lief ihr über den Rücken. Was genau hatte er damit gemeint?

Asherton verbeugte sich formvollendet und seine Miene verriet nichts, als er ihr den Arm reichte. »Das ist unser Tanz, Mylady.«

»Dann sollten wir ihn auf keinen Fall verpassen, Euer Gnaden.«

Er war zu nahe, sein Griff zu besitzergreifend, und Tamira schwebte im siebten Himmel, als er sie über die Tanzfläche wirbelte. Seine Hand glitt tiefer, und sie spürte es sofort, als er begriff, dass es zwischen dem seidigen Stoff und ihrer Haut nichts gab, was sie voneinander trennte. Für einen winzigen Augenblick schien er die Tanzschritte vergessen zu haben. Dann aber zog er sie entschlossen so nahe heran, dass es gerade noch schicklich war.

»Was haben Sie heute vor, Tamira?«

Es war eine Sache, Fantasien nachzuhängen. Eine ganz andere war es, den Tiger in einem Mann wie Asherton zu wecken. Ihre Patin wusste das, Tamira erkannte es viel zu spät.

»Nichts«, antwortete sie und ließ sich herumwirbeln. »Wie ich bereits sagte: Lady Cairnforth hat mir das Kleid anfertigen lassen, und sie hat den Zeitpunkt bestimmt, wann ich es zu tragen habe.« Sie drehten eine weitere Runde, und allmählich wurde ihr die Luft knapp. »Ich wollte Sie damit nicht aufregen oder gar verärgern.«

»Verärgern?« Er lachte. »Das haben Sie nicht.«

»Darf ich Sie dann etwas fragen?«

»Alles, Tamira.«

Sie überging die intime Anrede, die sonst nur ihren Träumen vorbehalten war. »Haben Sie Richard Dunbridge, ich meine Viscount Briseham, gesprochen?«

»Leider nicht. Aber er kommt uns nicht davon, vertrauen Sie mir.«

»Seien Sie nicht zu streng mit ihm, bitte.«

»Haben Sie Mitleid mit einem Dieb?«

»Wenn die Umstände ihn dazu gemacht haben, warum nicht?«

»Sie sind wirklich einzigartig.«

»Das hoffe ich doch. Es wäre mir höchst unangenehm, einer Doppelgängerin zu begegnen.«

Er legte den Kopf in den Nacken und lachte laut. Einige Leute drehten sich nach ihnen um, und dann war der Tanz auch schon zu Ende.

Auf dem Rückweg beugte er sich zu ihr herab, bis sie die Wärme seines Atems spürte. »Mir würde es gefallen, ich kann gar nicht genug von Ihnen bekommen.«

47. KAPITEL

»Wenn das nicht unser lieber Cousin Asherton ist – und in so charmanter Begleitung!«

So sehr waren sie miteinander befasst gewesen, dass Julian die Ankunft des Prinzregenten nicht bemerkt hatte. Nun stand George vor ihnen, ein großer, beleibter Mann, dem seine Leidenschaft für gutes Essen und Alkohol anzusehen war, begleitet von einer illustren Entourage, den führenden Dandys der Stadt, zu denen sich der Prinzregent ebenfalls zählte. Sir Henry Mildmay und Baron Alvanley starrten Tamira unverhohlen an; der für seine spitze Zunge bekannte Dandy Beau Brummel dagegen widmete sich gelangweilt seinem Ärmel, auf dem er ein Staubkörnchen entdeckt zu haben schien.

Julian blieb nichts anderes übrig, als sie einander vorzustellen.

Tamira versank in einen tiefen Hofknicks, und der Prinzregent zeigte sich erfreut. »Das ist also die sagenhafte Miss Darlington-Devi. Ganz allerliebst.« Er tätschelte ihre Wange mit zwei Fingern und schob schmollend die Unterlippe vor. »Wie kommt es, Asherton, dass Uns dieses entzückende Kleinod nicht früher vorgestellt wurde?«

Tamira, die es nicht schätzte, wenn man über sie sprach, als wäre sie nicht anwesend, sagte an seiner Stelle: »Ich bin keine Debütantin, und meine Schwester wurde zur Präsentation bei

Hof nicht eingeladen – Eure Königliche Hoheit.« Um den Worten ihre Spitze zu nehmen, deutete sie ein Lächeln an. Beau Brummel hob eine Augenbraue und ließ von seinem Ärmel ab, um sie genauer zu betrachten.

»So?« Der Prinzregent runzelte die Stirn. »Nun, das können Wir wettmachen.« Er hüstelte. »Sobald Sie beide verheiratet sind, besuchen Sie mich in Brighton. Ich bin dabei, ein zauberhaftes Kleinod aus *Mysore* zu erwerben, zu dem ich gern Ihre Meinung hören würde. Ich versichere Ihnen, Sie werden sich in meinem bescheidenen Pavillon wie zu Hause fühlen, Miss Darlington-Devi.«

Sie wusste, dass er plante, seinen Palast im indischen Stil umzugestalten, und war sich nicht sicher, ob sie herausfinden wollte, was sich der Thronfolger darunter vorstellte. Einige Salons seien chinesisch eingerichtet, erzählte man sich. Aber wichtiger war, was der Monarch über eine vermeintliche Eheschließung sagte. Darauf fiel ihr keine Antwort ein, und sie tat, was dem Regenten gegenüber die einzig mögliche Reaktion war: Sittsam schlug sie die Augen nieder. Der Duke neben ihr aber schien erstarrt zu sein, deshalb knickste sie erneut und hauchte: »Das ist zu großzügig, Sir.«

Der Prince of Wales lachte gutmütig und schlug Lord Alvanley auf die Schulter. »Sie hatten recht, ein Besuch bei der kleinen Cavendish ist immer erfrischend.«

»Und da kommt sie ja, die wunderbare Lady Morpeth«, murmelte Henry Mildmay und ließ eine emaillierte Schnupftabaksdose aufschnappen. Sofort hatte er die Aufmerksamkeit des Prinzregenten. »Die ist neu, habe ich recht?«

»Habt Ihr das nicht immer, Sir?« Mildmay ließ keine Ironie erkennen, der Prinzregent wirkte erfreut. Die Gruppe wandte sich der Gastgeberin zu, die von einflussreichen Ladys begleitet wurde, darunter zwei Schirmherrinnen des Almacks, Countess

Lieven, Sarah Villiers, Countess of Jersey, sowie Lady Hertford, von der jeder wusste, dass sie seine Geliebte war.

»Kommen Sie!« Asherton, der offensichtlich aus seiner Erstarrung erwacht war, ergriff Tamiras Arm und zerrte sie regelrecht durch den Saal. Bei ihren Freundinnen angekommen, entschuldigte er sich und eilte davon.

»Hast du etwa mit Seiner Königlichen Hoheit gestritten?« Caroline hatte sich mit Mary inzwischen zu den anderen gesellt.

»Natürlich nicht!«

»Ihr habt euch lange unterhalten. Ich wäre gestorben vor Aufregung, wenn er mich so angesehen hätte. Du kannst wetten, das gibt einen schönen Tratsch im Ton. Was hat er denn zu euch gesagt?«, fragte Fiona mit gedämpfter Stimme. Interessiert beugte sie sich vor.

»Seine Hoheit spricht von sich im Plural«, sagte Tamira immer noch ein wenig verwirrt. Ihre schottische Freundin kicherte und tippte sich an die Schläfe. »So sind die Hannoveraner, alle ein bisschen sonderlich.«

Tamira ging nicht darauf ein, denn der König, also Georges Vater, tat ihr leid. Die wildesten Gerüchte kursierten über seinen betrüblichen Geisteszustand. »Eigentlich war er ganz nett. Allerdings glaubt er offenbar, dass wir heiraten, und hat uns nach Brighton eingeladen. Ich weiß nicht, warum, aber Asherton hat seltsam darauf reagiert.« Der Gedanke an seine ablehnende Reaktion stimmte sie traurig.

»Ach du Schreck!« Anbelle hielt sich erschrocken die Hand vor den Mund und sagte leiser: »Lady Hertford wird schäumen! Deshalb kam sie so schnell angelaufen.«

»Wie meinst du das?« Ein beunruhigendes Gefühl breitete sich in ihrer Magengegend aus.

»Unser zukünftiger König hat kein Interesse an Jungfrauen,

aber bei verheirateten Frauen sieht es anders aus«, erklärte Fiona atemlos. »Er hat offenbar Gefallen an dir gefunden. Kein Wunder, in diesem Kleid …«

»Was nur alle damit haben«, sagte Caroline. »Meine Schwester sieht auch ohne Ballrobe schön aus.«

»Davon bin ich überzeugt«, entgegnete Fiona trocken.

»So habe ich das nicht … ich meinte, es ist doch nicht nur ein Gewand, was eine Frau begehrenswert macht!«

Anbelle und Mary kicherten, Tamira musste über den empörten Gesichtsausdruck ihrer Schwester grinsen, und schließlich lachten sie alle, ohne sich um die tadelnden Blicke der umstehenden Ladys zu kümmern.

Nach dem Duke hielt sie in der folgenden halben Stunde vergebens Ausschau, und als Lord Wesley Hampton-Stanly sie um einen Tanz bat, ließ sie sich von ihm aufs Parkett führen, obwohl ihre Tanzkarte dank Ashertons Unverschämtheit unbrauchbar geworden war. Wesley tanzte gut und mindestens so gern wie sie selbst. Er suchte keine Gattin und war obendrein ein humorvoller, gescheiter Beobachter, was ihn zu einem beliebten Gesellschafter machte.

Diesmal hatten sie aber wenig Gelegenheit, sich zu unterhalten, denn es wurde ein Set aus lebhaften Reels getanzt, und er war viel zu höflich, um sich unterdessen nach ihrer Begegnung mit dem Prince of Wales zu erkundigen. Gut gelaunt und vom Tanzen erhitzt, gingen sie zu ihrem Platz am Terrassenfenster zurück, aber ihre Freundinnen waren fort. Sie sah sich suchend um, er fragte: »Darf ich Ihnen eine Erfrischung bringen?«

»Sehr gern, wenn es kein Punsch ist.« Er lachte. »Ich bin sofort zurück, laufen Sie mir nicht davon.«

»Ich werde auf die Terrasse gehen, um mich ein wenig abzukühlen.«

»Sind Sie sicher?« Skeptisch sah er sie an.

Sie warf einen Blick durch die offenen Türen. »Sehen Sie selbst. Es ist da draußen fast genauso voll wie hier im Ballsaal. Bestimmt sind meine Freundinnen auch irgendwo an der frischen Luft.«

»Ich denke …«

Doch sie unterbrach ihn. »Glauben Sie mir, Wesley, ich werde keine einsamen Ecken aufsuchen.«

»Also meinetwegen, ich bin sofort wieder da.«

Tamira fächelte sich Luft zu. Eine Champagnerflasche stand noch da. Durstig schenkte sie sich ein Glas ein, leerte es und verzog das Gesicht. So warm schmeckte er überhaupt nicht mehr. Immer noch erhitzt, spazierte sie hinaus und sah sich um. Von Caroline oder den anderen war nichts zu sehen. Sie wollte schon umkehren, da hörte sie eine helle Stimme sagen: »Die hält sich für eine Prinzessin, dabei ist sie nichts anderes als ein indischer Bastard. Ich wette, sie hat es mit ihrem ordinären Aufzug darauf angelegt, Prinnys Aufmerksamkeit zu erregen.«

Einige sahen in ihre Richtung. Tamira erkannte Susan Market mit ihrer Clique.

Da hast du mir etwas Schönes eingebrockt, liebe Patin, dachte sie und ging weiter bis zur Treppe, die in den mit Fackeln erleuchteten Garten führte. Was für eine Aufregung um ein Kleid! Es war auch nicht freizügiger als viele, die sie heute Abend an anderen Ladys gesehen hatte. Allein die Farbe mochte nicht üblich für eine unverheiratete Frau sein. Die kostbaren Stickereien machten es zwar zu einem einzigartigen Gewand, das an die Kleider ihrer Heimat erinnerte, und es betonte ihre Figur vorzüglich, doch auch das war nichts Ungewöhnliches in einem Ballsaal.

Unter den auffälligen Juwelen trug die *unvergleichliche*

Susan Market meist deutlich mehr Haut zu Markte, nur dass diese schneeweiß war, dachte Tamira unglücklich und lehnte sich gegen die Balustrade. Den Kopf in den Nacken gelegt, blickte sie hinauf ins wolkenlose Firmament. Hier in der Stadt sah man so wenige Sterne. Zu Hause in Indien hatte sie nachts oft auf der Terrasse gesessen und voller Ehrfurcht die Milchstraße betrachtet.

»Tamira Isvari. So sieht man sich wieder.«

Sie zuckte zusammen und sah den Mann fassungslos an, der sie abschätzig betrachtete. »Jitendra! Was machst du denn in London?«

»Ich habe in Britannien studiert, falls du dich erinnerst«, entgegnete er indigniert. »Aber offensichtlich hast du deine Heimat und unsere Traditionen vergessen. Ich wollte es nicht glauben, als ich hörte, was aus dir geworden ist, aber jetzt …«

Jitendra war ein Prinz, und er würde eines Tages Maharadscha sein, war es vielleicht inzwischen sogar schon. Zwischen ihren Familien hatte es Verhandlungen gegeben. Ihr Vater hätte sich gewünscht, sie miteinander zu verheiraten. Als sie sich das erste Mal begegnet waren, war Tamira fünfzehn und in den vier Jahre älteren Jungen bis über beide Ohren verliebt gewesen. In jenem Sommer hatten sie sich trotz des Altersunterschieds angefreundet.

Mit achtzehn sah sie ihn wieder und war nicht mehr verliebt, sie bat daher um Bedenkzeit. Jitendra studierte damals noch in Oxford und plante anschließend eine lange Reise. Sie wollte sich nicht an jemanden binden, den sie seit Jahren kaum gesehen hatte. Zu Beginn seines Studiums hatten sie sich ein paarmal geschrieben, doch schon bald wurden seine Nachrichten kürzer und blieben schließlich ganz aus. Aus anderer Quelle wusste sie, dass er sein Leben genoss, und das stand ihm natürlich auch zu. Ihre Schwärmerei aber war längst vorüber. Dennoch hätte sie sich dem Wunsch der Familie vielleicht gebeugt und der Ehe nach seiner Rückkehr zugestimmt. Doch der Aufstand und die Ermordung ihrer Eltern hatten alles geändert. Jitendra war danach nicht einmal mehr für sie zu sprechen gewesen.

Ärgerlich funkelte sie ihn an. »Was aus mir geworden ist? Was soll das heißen?«

Er griff sie am Oberarm und zerrte sie die Treppe hinunter in den dunklen Garten, bis sie von der Terrasse aus nicht mehr zu sehen waren.

Überrascht erwog Tamira zu schreien. Doch sie war allein draußen gewesen, wer würde ihr glauben, dass sie nicht freiwillig mit ihm gegangen war?

»Du bist mir versprochen! Dein Vater hat uns versichert, dass du sittsam und unberührt bist.«

»Willst du etwa behaupten, er hat gelogen? Du hast dich doch jahrelang in der Welt herumgetrieben! Außerdem waren wir nie offiziell verlobt, wenn ich dich erinnern darf.«

»An mir hat es nicht gelegen.«

Das stimmte allerdings. »Ich weiß«, sagte sie sanfter. »Aber wir kannten uns doch gar nicht richtig, bis auf die wenigen Treffen, als ich noch fast ein Kind war. Wenn du dir ein bisschen mehr Mühe gegeben hättest …«

»Es ist nicht üblich«, sagte er steif, und als er vorwurfsvoll hinzufügte: »Du hättest eine Maharani werden können«, begriff sie, dass ihn ihre damalige Unentschlossenheit tief verletzt hatte.

»Um den Titel ging es mir nie. Als Mädchen mochte ich dich wirklich gern. Ich dachte sogar, wir wären Freunde. Aber du hast dich überhaupt nicht für mich interessiert. Wie hätten wir da heiraten sollen?«

Er kam näher und legte ihr einen Finger unters Kinn. »Dann

heirate mich jetzt. Meine Frau hätte nichts dagegen«, sagte er, als wäre es das Selbstverständlichste von der Welt. Aber das war es keineswegs, auch in Indien nicht.

»Du bist verheiratet?« Sie brauchte einen Augenblick, um zu begreifen, was er da vorschlug. »Das meinst du nicht ernst. Ich soll deine zweite Frau werden?«

»Warum denn nicht?« Er trat näher an sie heran. »Es wäre die perfekte Lösung. Sie ist im Bett kalt wie ein Fisch, aber du, du warst immer schon ein sinnliches Früchtchen, das den Männern den Kopf verdreht hat.«

Tamira wich zurück, bis sie an einen Baum stieß. »Ich werde dich auf keinen Fall heiraten!«

Er wusste, dass sie in der Falle steckte, und lächelte zufrieden. »Von mir aus. Wenn dir egal ist, was die Leute denken, soll es mir recht sein. Dann wirst du meine Konkubine. Es wird dein Schaden nicht sein.« Er versuchte, sie zu küssen, aber Tamira drehte den Kopf weg, sodass sie seine Lippen stattdessen an ihrem Ohr spürte: »Zier dich ruhig. Du weißt, das gefällt mir.«

Diese Erinnerung hatte sie verdrängt. Einmal hatten sie gemeinsam an einer Jagdgesellschaft teilgenommen. Als er sie im Stall allein antraf und küssen wollte, wies Tamira ihn zurück, denn inzwischen war ihr bewusst geworden, wie schnell der Ruf eines Mädchens ruiniert sein konnte. Er lachte nur und drängte sie in eine Ecke.

Auf einmal war alles wieder da: »Lass mich!« Sie versuchte, sich aus seinem festen Griff zu befreien, doch er sagte heiser: »Je mehr du dich wehrst, desto köstlicher wird mein Sieg sein.«

In diesem Augenblick rief sein Vater nach ihm.

»Ich kriege dich noch, verlass dich drauf!«, flüsterte er ihr zu und stieß sie grob in eine Pferdebox.

Tamira war schockiert gewesen und hatte nicht gewusst, was sie tun sollte. Die folgenden Ereignisse allerdings bereiteten ihr Genugtuung. Während der Jagd wurde Jitendras Elefant von einem Tiger angegriffen. Das verängstigte Tier rannte davon, Jitendra stürzte zu Boden und brach sich einen Arm. Die Frauen schickte man nach Hause, die Männer schwärmten aus, um die Raubkatze zu erlegen. Sie konnten aber nicht mal eine Spur finden.

Am Abend hatte sie ihren Vater lachend sagen hören: »Ich wette, da war nie ein Tiger. Der Junge behandelt seine Elefanten nicht anständig. Respekt vor der Kreatur muss er noch lernen.«

Nun war die Erinnerung zurückgekehrt, und Tamira erkannte, dass sie ihn danach niemals hätte heiraten können. Sie hatte eine Seite Jitendras gesehen, die er vor seinesgleichen sorgfältig verbarg.

Dieses Mal jedoch würde sie ihm nicht die Genugtuung geben, sich an ihrer Gegenwehr zu entzünden. »Pass auf, dass dich nicht wieder ein Raubtier anfällt, Jitendra«, sagte sie kühl.

»Sei still!« Ärgerlich versuchte er erneut, nach ihr zu greifen, doch sie war vorbereitet und wich ihm aus.

Ein scharfer Schmerz schoss ihr dabei durch das linke Fußgelenk. Sie ließ sich nichts anmerken. Seine Worte und die Erinnerungen waren ihr eine Warnung. Dieser Jäger liebte es, seine Beute machtlos zu sehen. Mit aller Kraft wünschte sie sich Hilfe herbei, und als sie hinter ihm eine Bewegung bemerkte, blinzelte sie erleichtert.

Jitendra entging ihre Reaktion nicht, er sah sich um und erstarrte. »Was zum Teufel …? Ein Tiger, hier? Du bist eine Hexe«, zischte er, drehte sich auf dem Absatz um und hastete davon.

Befreit umarmte sie ihren wilden Schutzgeist. Sein Fell fühlte sich weich an, und sie vergrub die Finger darin. »Danke, du bist gerade noch rechtzeitig gekommen.«

Du solltest dich wirklich an die Regeln halten, dann müssten wir dich nicht dauernd retten, sagte er vorwurfsvoll und sah nach oben ins Geäst, wo der Vogel hockte und scheinbar gelangweilt das Gefieder spreizte. *Da kommt die Ablösung,* zwitscherte er und flog davon.

48. KAPITEL

Julian konnte es nicht glauben. Dieser vermaledeite königliche Fop hatte die Eheschließung mit Tamira angeordnet, um sie anschließend in seinem prunkvollen Palast zu verführen. Er war über diese Unverfrorenheit dermaßen erbost, dass er ihr nicht mehr hatte ins Gesicht sehen können und sich zurückzog, um seine innere Ruhe wiederzufinden. Es wäre niemandem damit gedient, wenn er seinen impertinenten Cousin beleidigte, obwohl er große Lust dazu verspürte.

Als er zurückkehrte und den Ballsaal betrat, tanzte sie mit Lord Hampton-Stanly. Der Mann war vollkommen in Ordnung, dennoch fühlte Julian Eifersucht in sich aufsteigen. Bevor er diesem unangenehmen Gefühl weiteren Raum geben konnte, sprach ihn ein Bekannter aus dem Club an, der sich nach seinen Pferden erkundigte. Während des Gesprächs verlor Julian die Tanzenden aus den Augen, und als sich der Kaufinteressent verabschiedete, war der letzte Reel gerade verklungen, und das Orchester kündigte eine kurze Pause an und dass das Mitternachtsbüfett eröffnet sei.

Tamira aß selten während einer Veranstaltung, deshalb wandte er sich dem Platz nahe den Terrassenfenstern zu, an dem er ihre Freundinnen vermutete. Um den Ballsaal zu durchqueren, brauchte er allerdings eine Ewigkeit, und inzwischen standen dort andere Gäste. Lord Hampton-Stanly kam mit zwei Gläsern in der Hand von draußen herein und sah sich suchend um. Als er Julian erkannte, hellte sich sein Blick auf. »Euer Gnaden, habt Ihr Miss Darlington gesehen?«

»Nein, nicht in der letzten halben Stunde.« Mit einem Blick auf die Gläser fügte er hinzu: »Wollten Sie sie auf der Terrasse treffen?«

Hampton-Stanly errötete. »Nicht wirklich, aber sie äußerte den Wunsch, sich draußen nach ihren Freundinnen umzusehen. Was sollte ich machen?«

Sie begleiten, dachte er grimmig, nahm dem Mann ein Champagnerglas aus der Hand und sagte leichthin: »Frauen! Sie scheinen einem immer verloren zu gehen, finden Sie nicht auch? Ich kümmere mich darum.«

Sie wanderte also wieder einmal allein herum.

Draußen entdeckte er keine Spur von ihr. Frustriert leerte Julian das Glas selbst und stellte es auf dem Tablett eines vorbeieilenden Dieners ab. Zu seinem Missvergnügen erkannte er in diesem Augenblick Susan Markets helle Stimme. Um ihr zu entkommen, eilte er die Treppe hinunter in den Garten und hoffte, dass diese lästige Person ihn noch nicht erspäht hatte.

Es war schön hier draußen. Der Duft von Rosen hüllte ihn ein, Glühwürmchen tanzten in der Dunkelheit, und auf den Wegen begegneten ihm erstaunlich viele Gäste, die vermutlich zu einem Rendezvous unterwegs waren. Die laue Sommernacht lud geradewegs dazu ein, und die Höflichkeit gebot es, sich gegenseitig zu ignorieren. Doch als er das Paar unter dem Baum entdeckte, wusste er sofort, dass sein Instinkt ihn nicht getrogen hatte. Tamira war erneut in Schwierigkeiten geraten!

»Pass auf, dass dich nicht wieder ein Raubtier anfällt, Jitendra«, hörte er sie sagen. Der schneidende Tonfall, in dem sie sprach, hob seine Laune zwar, aber sie kannte den Mann, der sich ihr offensichtlich aufdrängte, und das gefiel ihm gar nicht. Er ballte die Fäuste, einen kurzen Augenblick unfähig, sich zu bewegen. In diesem Moment fluchte ihr Begleiter in einer fremden Sprache, drehte sich um und stürzte an ihm vorbei. Leichenblass, als hätte er einen Geist gesehen. Tamira rührte sich nicht. Hoch aufgerichtet stand sie da wie die Kriegerin aus seinen Träumen, als hätte sie soeben einen Feind in die Flucht geschlagen.

Mit wenigen Schritten war Julian bei ihr. Mit einem Seufzer fiel sie ihm um den Hals und vergrub ihre Finger in seinem Haar. »Danke«, sagte sie leise und schmiegte sich an ihn.

»Man darf Sie keinen Augenblick allein lassen«, entgegnete er vorwurfsvoll. »Wenn Sie sich doch nur einmal an die Regeln halten würden …« Mitten im Satz verschlug es ihm die Sprache. Mit leicht geöffneten Lippen sah sie zu ihm auf und das warme Leuchten in ihren Augen ließ seine Knie weich werden.

Das hinreißendste, das sinnlichste Geschöpf, das er kannte, lag in seinen Armen, der Blick voller Dankbarkeit und Hingabe. Julian wollte ihr die Welt zu Füßen legen und noch viel mehr.

»Ich habe mir den Fuß verletzt.«

»Bitte?«, fragte er benommen.

Sie wies auf das kleine Teehaus, das im Licht der Laternen verheißungsvoll schimmerte. »Ich würde mich gern einen Moment ausruhen.«

Julian wusste, er hätte sie ins Haus begleiten und einer Anstandsdame übergeben müssen, von denen es in diesem Sommer nach seinem Geschmack viel zu wenige zu geben schien. Mit ihr ins Gartenhaus zu gehen, war riskant. Würden sie entdeckt werden, hätte er eine Menge zu erklären. Doch sie sah ihn so flehentlich an, und schließlich war er ein Gentleman und kein Tier, das sich bei passender Gelegenheit über eine Frau hermachte – auch wenn eine teuflische Stimme in seinem Inneren ihm genau dies schmackhaft zu machen versuchte.

»Können Sie gehen, wenn ich Sie stütze?« Er reichte ihr einen Arm.

Wenig später stieß er die weiß gestrichene Tür des Pavillons im *indischen Stil* auf und sah hinein. Er war leer. Erleichtert nahm er eine Laterne vom Haken und half Tamira, sich zu setzen, bevor er weitere Kerzen entzündete, bis der kleine Raum in warmes Licht getaucht war und sein Geheimnis preisgab. Offensichtlich war hier für ein intimes Stelldichein dekoriert worden, die Fensterläden hatte man verriegelt, sodass von außen kein Licht zu sehen sein würde. Aus den benutzten Gläsern auf der Anrichte schloss Julian jedoch, dass die Turteltäubchen bereits ausgeflogen waren. Auf dem überbreiten Sofa hatte sich Tamira arglos zwischen zerwühlten Decken und Kissen niedergelassen. Ihm blieb gar nichts anderes übrig, als die Tür abzuschließen.

»Könnte ich etwas zu trinken bekommen?« Sie zeigte auf die Anrichte, auf der eine Karaffe und Flaschen standen.

Julian hätte gern gewusst, wer der Mann war, den sie so erfolgreich in die Flucht geschlagen hatte, aber das musste warten. »Was genau tut Ihnen weh?«, fragte er und reichte ihr ein Glas Wein, bevor er sich, auf Abstand bedacht, setzte.

Sie verzog das Gesicht. »Der linke Knöchel. Ich habe ihn mir verdreht. Er blutet auch, fürchte ich.«

»Lassen Sie mich das bitte ansehen. So was kann böse ausgehen.« Er beobachtete, wie sie mit sich rang. »Na, kommen Sie schon. Ihre Füße kenne ich bereits.« Er erinnerte sich noch genau an den Tag, an dem sie ihn auf bloßen Füßen und im Sari empfangen hatte.

»Ich weiß nicht … Also gut. Drehen Sie sich um, bitte!«

Er tat, was sie verlangte, und hörte die Seide rascheln, als sie die Röcke hochzog. Julian besaß genügend Fantasie, um sich vorzustellen, wie sie ihr Strumpfband löste und die zarten Strümpfe über ihre langen, wohlgeformten Beine hinabrollte. Mit Mühe widerstand er der Versuchung, die Krawatte zu lockern. Ihm war heiß geworden.

Als er hörte, wie sie scharf die Luft einsog, fuhr er herum und sah das Malheur: eine heftig blutende Schnittwunde direkt über der schlanken Fessel. Sie musste sich an etwas Scharfkantigem verletzt haben. Im Laufe seines Lebens hatte er genügend Verletzungen gesehen, um zu wissen, was zu tun war. Rasch zog er seine Jacke aus, ging zum Büfett, wo er eine Flasche Whisky fand, und setzte sich wieder zu ihr.

»Was haben Sie vor? Soll ich mich betrinken?«

»Das wird jetzt etwas brennen«, sagte er und tränkte den Strumpf mit dem wertvollen *Wasser des Lebens*. Nach seiner Erfahrung war Alkohol das beste Mittel, das man zum Reinigen einer solchen Verletzung verwenden konnte. Behutsam tupfte er das Blut ab. Tamira gab keinen Laut von sich, zuckte aber ein paarmal zusammen. Schließlich umfasste er ihren Fuß, ohne die Wunde zu berühren. »Versuchen Sie, ihn zu strecken.«

Mit zusammengebissenen Zähnen folgte sie seinen Anweisungen. Mit den Bewegungen schien alles in Ordnung zu sein, was ihn ungemein erleichterte. Er hatte erlebt, wie bei einem der Arbeiter in Griechenland nach einer ähnlichen Verletzung das Gelenk steif und unbrauchbar geworden war, obwohl er sich nichts gebrochen zu haben schien.

»Das muss jetzt sein. Es tut mir leid«, sagte er und goss ihr zum Schluss einen Schwall Whisky übers Bein.

»Au, das brennt wie Feuer!«

»Ich weiß, aber es verhindert eine Infectio, eine Ansteckung mit schlechter Luft.« Er füllte ein Glas und reichte es ihr. »Trinken Sie das, Whisky heilt auch von innen.«

Ein Lächeln ließ ihr Gesicht strahlen. »Sie meinen, Betrunkene fühlen keinen Schmerz?«

»Das auch«, gab er zu und nahm sein Halstuch ab. Neu gefaltet, band er es ihr ums Gelenk. »So, das muss fürs Erste reichen. Sie sollten die Wunde zu Hause mit abgekochtem Wasser reinigen und regelmäßig sauber verbinden.«

Tamira leerte das Glas. »Ich werde mich nie an dieses Zeug gewöhnen.« Sie hustete. »Aber es wirkt schon, jedenfalls in meinem Hals. Woher wissen Sie solche Sachen?«

»Bei den Ausgrabungen meiner Eltern gab es häufig Unfälle dieser Art. Machen Sie sich keine Gedanken, ein Schnitt, aus dem es blutet, heilt oft besser als eine Abschürfung. Und hören Sie nicht hin, wenn Ihnen jemand erzählt, man müsse die Wunde zum Eitern bringen. Das ist kein gutes Zeichen.«

»Aha«, sagte sie schwach und lehnte sich an ihn. »Mir ist ein bisschen flau im Magen.«

»Das ist der Schock.« Schützend legte er einen Arm um ihre Schultern.

Sie schloss die Augen und murmelte: »Oder der Whisky.«

So hatte er sich ein intimes Zusammensein hinter verschlossenen Türen nicht vorgestellt. Doch Julian war zufrieden und glücklich, dass er ihr hatte helfen können, auch wenn er sich wünschte, er wüsste, wie er sie ungesehen aus einem Gartenpavillon in der Hill Street nach Hause schaffen sollte. Vielleicht über die Mews, dachte er, als ein Klopfen an der Tür sie beide zusammenfahren ließ.

»Asherton, seid Ihr da drin?«

»Das ist mein Onkel!«

»Ich muss ihm öffnen«, sagte er und sprang auf.

»Er wird das Schlimmste annehmen.« Panik schwang in ihrer Stimme mit.

»Das wird er nicht, wenn er sieht, dass Sie verletzt sind.«

Tamira schüttelte den Kopf. »Wer weiß, wen er bei sich hat. Gehen Sie nicht!«

Doch er hatte keine Wahl, sie konnten sich nicht für den Rest der Nacht hier verbarrikadieren. Julian durchschritt den Raum mit wenigen Schritten und öffnete die Tür nur einen Spalt breit, nicht willens, jemanden einzulassen.

»Ist sie bei Euch?« Der Earl of Abbotsleigh blickte rasch über die Schulter, er sprach gehetzt. Hinter ihm stand seine Frau, sie wirkte schockiert.

»Kommen Sie.« Julian zog ihn herein und schloss die Tür. »Tamira hat sich verletzt.«

»Kind, was ist passiert?«

»Nur der Fuß, Onkel. Ich bin dankbar, dass Seine Gnaden mir geholfen hat.«

»Das fehlte mir gerade noch. Wir müssen sie hier irgendwie ungesehen herausbringen«, wandte sich Lord Abbotsleigh an ihn.

Die Mews! Julian hatte eine Idee. »Sagen Sie Ihrer Frau, sie soll die Kutsche vorfahren lassen und damit in die Hay's Mews kommen. Ich sehe mich nach dem Hinterausgang um, und Sie bleiben so lange bei Ihrer Nichte.«

Der Earl überlegte einen Augenblick. »Guter Plan. Das könnte gelingen.« Er öffnete die Tür einen Spalt breit und sprach mit der Countess. Sie schien Widerworte zu haben, bis er zischte: »Herrgott im Himmel, Weib. Tu einmal, was ich dir sage!«

Ihre Schritte entfernten sich, und Julian schlüpfte hinaus, um nach der Pforte zu suchen, die es irgendwo in der Mauer am

Ende des Gartens geben musste. Jeder dieser Gärten besaß einen rückwärtigen Ausgang.

Es dauerte nicht lange, bis er sie gefunden hatte, aber als er die Klinke hinunterdrückte, war sie verschlossen. Auf der anderen Seite erkannte er Stallgebäude mit einem sauber gefegten Vorplatz. Ein Pferd wieherte, und er konnte sein Glück nicht fassen, als er jemanden beruhigend auf das Tier einreden hörte.

Julian steckte zwei Finger in den Mund und pfiff. Nicht zu laut, aber laut genug, um die Aufmerksamkeit des Stallburschen zu erregen. Nichts geschah. Er vergewisserte sich, dass niemand in der Nähe war, und pfiff erneut. Diesmal erschien ein Kopf in der Stalltür. »Komm her, Junge. Ich brauch deine Hilfe.«

»Mylord?« Zögerlich kam er näher.

»Wie ist dein Name?«

»Ben, Mylor'.«

»Kannst du die Tür für mich öffnen, Ben?«

Er kratzte sich am Kopf und kam näher. »Mylady sagt, da darf nach Sonnenuntergang keiner rein, Mylor'.«

»Das ist auch richtig so, aber ich will nicht rein, sondern raus.«

Offensichtlich überfordert, sah ihn der Junge an.

Er entschloss sich, die Wahrheit zu sagen, jedenfalls einen Teil davon. »Hör zu, es hat einen Unfall gegeben, und wir wollen niemanden beunruhigen. Deshalb wird gleich eine Kutsche kommen und die Person abholen. Dafür müssen wir durch diese Tür.« Julian zog zwei Shilling aus der Tasche. »Einer ist fürs Öffnen. Den anderen bekommst du, wenn du hinter uns wieder sorgfältig abschließt.«

Der Stallbursche trat unruhig von einem Bein aufs andere. »Aye, das kann ich machen. Der Schlüssel is' aber oben in der Stube vom Stallmeister.«

Julian reichte ihm die Münze. »Ich vertraue dir, Ben.«

Mit einem Grinsen nahm er das Geld und steckte es ein. »Das können Sie, Mylor'. Hab noch nie nich' wen betrogen.«

»Gut zu wissen. Ich warte auf dich.«

Es dauerte nicht lange, bis Ben zurück war. Julian ließ ihn aufschließen und sagte: »Geh zu den Pferden und mach deine Arbeit. Ich sage dir, wenn du wieder abschließen kannst.«

Ben hatte verstanden, dass sie keine Augenzeugen gebrauchen konnten,und verschwand. Julian kehrte zurück zum Teehaus und klopfte leise. »Ich bin's.«

Lord Abbotsleigh öffnete. Neben ihm stand Tamira und sah ihn besorgt an.

»Es gibt einen Hinterausgang über den Stallhof. Wir sollten uns beeilen, der Bursche muss das Tor hinter uns wieder abschließen.«

»Dann komm, Mädchen, hast du alles?«

Sie nickte und trat vor die Tür. Abbotsleigh hatte ihr Julians Abendjacke um die Schultern gelegt, und beide warteten, während er sich vergewisserte, keinen Hinweis auf ihren Aufenthalt hinterlassen zu haben. Gegen den großen Blutfleck war allerdings nichts zu machen, der war in die Polster eingedrungen. Er legte die Decken und ein Kissen darüber, damit es nicht ganz so offensichtlich war. Anschließend löschte er die Kerzen.

Zu dritt gingen sie, so schnell es Tamira möglich war, zur Gartenpforte. Trotz Abbotsleighs und Julians Unterstützung humpelte sie stark, und er hätte sie am liebsten getragen, doch das wäre zu auffällig gewesen. Sie hatten das Glück auf ihrer Seite und begegneten niemandem im unbeleuchteten hinteren Teil des Gartens. Als sie das Tor erreichten, war bereits Hufgetrappel aus der Gasse zu hören. Gemeinsam halfen sie Tamira in die Kutsche und sahen ihr schweigend nach, bis der

Earl sich straffte und hölzern sagte: »Ihr wisst, dass ich Euch zum Duell fordern muss, Euer Gnaden?«

»Das wird nicht erforderlich sein, Sir. Ich werde morgen um die Hand Ihrer Nichte anhalten, wie ich es bereits versprochen habe.«

Abbotsleigh zog ein Tuch aus der Tasche und tupfte sich die Stirn ab. »Endlich! Dem Himmel sei Dank.« Er räusperte sich. »Was ist denn nun wirklich geschehen?«

»Sie scheint einen alten Bekannten getroffen zu haben. Jitendra oder so ähnlich hat sie ihn genannt.«

»Das hat mir gerade noch gefehlt! Jitendra Shanu Singh ist Maharadscha von Sarhandian. Die beiden sollten heiraten, wenn ich mich recht erinnere, aber sie wollte ihn nicht. Nach dem Tod ihrer Eltern war das sowieso kein Thema mehr. Der Maharadscha ist kürzlich mit seiner jungen Frau in London angekommen. Er ist steinreich und hat in Oxford studiert. Ihm stehen hier alle Türen offen. Hoffentlich hat sie ihn nicht verärgert.«

Julian konnte ein zufriedenes Grinsen nicht unterdrücken. »Er scheint sich vor ihr zu fürchten.«

»Dann hoffe ich, dass der Mann klug genug ist, sich von ihr fernzuhalten. Gute Nacht, Asherton. Ich nehme Sie beim Wort.« Der Earl ging zurück zum Haus. Dort wollte er sich um seine Tochter und Caroline kümmern und versuchen, herauszufinden, ob Tamiras Verschwinden aufgefallen war.

49. KAPITEL

Nachdem Julian den Stallburschen entlohnt hatte, ging er in die Upper Grosvenor Street. Es stimmte, was die Leute sagten, die Straßen waren heutzutage nicht mehr sicher. Bei gutem Wetter aber zog er es vor, nach einer Abendveranstaltung zu Fuß nach Hause oder in den Club zu gehen, deshalb wartete keine Kutsche auf ihn. Ihm gefiel es nicht, seine Pferde stundenlang irgendwo herumstehen zu lassen. Allerdings wäre es nicht das erste Mal, würde jemand versuchen, ihn zu überfallen. Bisher hatte es jeder Angreifer bereut.

Ein wenig zu spät war ihm eingefallen, dass Tamira noch seine Jacke trug. Als er sich ihren Anblick in Erinnerung rief, musste er schlucken. Sie hatte so zerbrechlich darin ausgesehen, als sie zu ihrer Tante in die Kutsche gestiegen war. Was für ein furchtbarer Abend das für sie gewesen sein musste, erst die Beleidigung des Prinzregenten, danach die Belästigungen durch diesen Jitendra. Das Schlimmste aber war, dass Julian ihr nicht so zur Seite gestanden hatte, wie sie es von einem Gentleman erwarten konnte. Deshalb wollte er nun wenigstens die Angelegenheit mit Richard endgültig klären, bevor er morgen um ihre Hand anhielt.

Den Diener, der ihm die Haustür öffnete, wies er an, den Groom zu wecken und das Curricle anspannen zu lassen. Falls er Richard nicht zu Hause anträfe, würde er zuerst in den

Clubs der Stadt nach ihm suchen und anschließend in den einschlägigen Pubs und Bordellen. Wenn er Pech hatte, würde es eine lange Nacht werden, aber Schlaf fände er heute so oder so nicht. Angesichts seiner finsteren Laune verkniff sich der Kammerdiener jeglichen Kommentar über den verschwundenen Rock, als er die restliche Abendgarderobe einsammelte, die Julian auf die Ottomane aus rotem Samt geworfen hatte, wie er es beim Umkleiden immer tat. Wortlos suchte er auf Julians Wunsch hin eine weniger elegante Garderobe heraus und band ihm ein schlichtes Halstuch um.

»Danke, MacAlister, Sie können sich dann zur Nacht zurückziehen.«

»Wie Ihr wünscht, Euer Gnaden.«

»Ach, und noch etwas. Morgen früh hätte ich gern ein Bad genommen.«

MacAlister verbeugte sich. »Sehr wohl, Euer Gnaden.«

Julian folgte ihm hinaus. Am Fuß der Treppe wartete bereits ein Lakai, um ihn zu informieren, dass der Wagen vorgefahren sei. Nach kurzem Zögern holte Julian seine Pistole aus dem Tresor. Er wusste nicht, wohin ihn sein Weg führen würde. Es war besser, vorbereitet zu sein.

»Wir fahren in die Cork Street«, teilte er dem Groom mit und fügte hinzu: »Ich hoffe, es dauert nicht lange.«

Richards Haus lag auf den ersten Blick dunkel da. Nachdem er den Jungen instruiert hatte, an der Straßenecke auf ihn zu warten, ging er durch die Gasse zum Hintereingang. Von hier aus entdeckte er einen schmalen Lichtstreifen an einem der oberen Schlafzimmerfenster. Beim Gedanken daran, wie Tamira ihn mit dem Öffnen der Tür überrascht hatte, musste er schmunzeln, denn auch er war nicht unvorbereitet gekommen. Julian zog ein Schlüsselbund aus der Tasche, und es dauerte nicht lange, bis die Tür geräuschlos aufschwang. Heute musste er sich nicht mit einem eigenen Licht behelfen. In der Halle hing eine Laterne, deren schwacher Schein gerade ausreichte, um ihm den Weg nach oben zu weisen.

Julian betrat Richards Schlafzimmer, ohne anzuklopfen. Der Freund stand über einen Tisch gebeugt und fuhr herum, als die Tür ins Schloss fiel. Er wirkte gehetzt, wie ein Tier auf dem Sprung.

»Wer zum Teufel …?« Er stutzte. »Asherton, was soll das?«

»Genau diese Frage sollte ich dir stellen. Ich dachte, wir wären Freunde.«

»Ja, und?«

»Du hast Geldsorgen. Kommt ein Gentleman damit nicht zu seinen Freunden, bevor er versucht, sich am Spieltisch zu sanieren?«

Richard lachte bitter. »Die Schulden, die ich habe, würde kein Freund der Welt für mich übernehmen.« Er griff nach einer Flasche und trank einen Schluck daraus. Die Luft im Raum war schwer vom Geruch des Gins.

»Was ist passiert?«

»Das Übliche, schätze ich. Vater hat alles verspielt. Mein Vermögen aus Übersee hätte vielleicht gerade so gereicht, um die drängendsten Verbindlichkeiten zu erfüllen. Aber ich habe den Fehler gemacht, in die *Mary Jane* zu investieren«, fügte er grimmig hinzu.

Die Schaluppe war in einem Frühjahrssturm mit ihrer wertvollen Fracht vor Galicien versunken. »Etwa alles?«

»Ich fürchte, ja. Briseham House hat der Familie über dreihundert Jahre gehört. Es war ein baufälliger Kasten, um den tut es mir nicht leid. Aber meine Schwester heult sich die Augen aus dem Kopf, seit ich ihr sagen musste, dass unser Elternhaus weg ist. Ebenso wie dieses. Das ist meine letzte Nacht hier.«

Kein vernünftiger Mensch setzte alles auf eine Karte. Im Geiste schüttelte Julian den Kopf über so viel Unvernunft, doch es half nichts, Richard für die Fehlentscheidung Vorwürfe zu machen. Das hatte er ganz sicher selbst schon zu Genüge getan, und außerdem trug er die geringste Schuld an dem Unglück. Der Vater hatte das Erbe seiner Nachkommen bereits vor langer Zeit verspielt und versoffen, und aller Wahrscheinlichkeit nach hatte nur die Freundschaft zum Prinzregenten ihn zu Lebzeiten vor dem Schuldturm gerettet.

»Das tut mir leid. Aber was ich nicht verstehe: Weshalb hast du die Spieluhr gestohlen? In Indien ging es dir finanziell doch ausgezeichnet.«

»Gestohlen? Unsinn. Die habe ich gekauft! Zugegeben, es war vielleicht kein ganz sauberes Geschäft. Aber ich hatte keine Ahnung, dass sie dem Raja gehörte. Das habe ich erst später gehört, da war es zu spät. Woher weißt du …?«

Julian ignorierte die Frage. »Du hättest sie zurückgeben können.«

»Nein, das hätte ich nicht.« Er lehnte sich gegen den Frisiertisch und griff nach der Ginflasche. »Willst du einen Schluck?«

»Danke, nein.« Julian verschränkte die Hände hinter dem Rücken. »Sag mir eins: Weshalb hast du sie nicht an die Darlingtons zurückgegeben?«

»Jetzt verstehe ich.« Richard machte einen Satz nach vorn und packte ihn an den Aufschlägen seines Rocks. »Der Alte hat von Geistern gefaselt, die das Zimmer meiner Mutter heimsuchen. Ich habe geglaubt, die verrückten Handwerker hätten sie gestohlen, als sie das Haus gestürmt haben. Aber du warst das, stimmt's? Du bist hier eingebrochen, wie heute auch wieder, und hast sie an dich genommen.«

Julian konnte den alkoholgetränkten Atem riechen, als er

sich aus dem Griff des verzweifelten Freundes befreite. »Ja, ich war hier. Und wenn ich sie nicht mitgenommen hätte, wäre sie dennoch weg. Dein Personal wollte sie verkaufen, um sich die ausstehenden Löhne zu sichern.«

»Jetzt soll ich dir wohl noch dankbar sein?«, fragte Richard höhnisch.

»Bestimmt nicht.«

»Julian, ich flehe dich an. Gib sie mir zurück!«

»Das kann ich nicht, Richard. Du weißt genau, dass sie weder dir noch mir gehört.«

»Du musst! Verdammt, ich habe sie Prinny als Bezahlung für die Schuldscheine angeboten. Du kennst den Prinzregenten. Mit solchen Dingen kann man ihn immer kriegen.«

»Dann hast du sie ihm schon gezeigt?«

»Eine Zeichnung aus Indien, auf der sie abgebildet ist, ja.«

Die Worte des Prinzen vorhin auf dem Ball kamen ihm in den Sinn. Julian zweifelte nicht einen Augenblick daran, dass er vom Pakshee Baagh gesprochen hatte.

Es war schlimmer als befürchtet. Richards Gläubiger hätte man mit Abschlagszahlungen beruhigen können, bis er wieder auf die Beine gekommen wäre. Doch Spielschulden waren Ehrenschulden. Sie mussten beglichen werden. Der Prinzregent würde es als großzügiges Entgegenkommen seinerseits betrachten, dass er sich mit einem Kunstwerk zufriedengab. Selbst wenn der königliche Schatzmeister anderer Meinung war, wovon Julian ausging, würde er nichts dazu sagen. Sie alle wussten, sobald sich der Regent etwas in den Kopf gesetzt hatte, ruhte er nicht, bis er es bekam. Das galt für Frauen, aber noch viel mehr für einzigartige Kunstschätze. Denn man konnte vieles über ihn sagen, aber für die Künste öffnete er immer wieder bereitwillig seine Schatullen.

»Asherton, du solltest jetzt gehen«, unterbrach Richard

seine finsteren Überlegungen. »Ich werde tun, was ein Gentleman in dieser Situation tun muss, und dabei brauche ich keinen Augenzeugen.«

Seine *Situation* schien ausweglos. Wenn Richard den Pakshee Baagh nicht lieferte, würde ihr zukünftiger König nicht zögern, ihn ins Schuldgefängnis werfen zu lassen. Das wiederum konnte fatale Auswirkungen auf das Leben seiner Familie haben.

Julian überlegte fieberhaft, aber es fiel ihm nur ein Ausweg ein. »Daran darfst du nicht einmal denken! Ich gebe dir Geld …«

»Verstehst du nicht? Er will die Spieluhr, kein Geld. Gib sie mir zurück!«

»Hör zu! Das ist mein Plan: Ich besorge dir eine Schiffspassage. Morgen mit der Flut läuft ein niederländisches Handelsschiff zu den West Indies aus. Ich werde den Kapitän informieren, dass du in meinem Auftrag mitreist. Sobald du dir dort oder irgendwo anders in der Neuen Welt einen Ort gesucht hast, an dem du dich niederlassen willst, schicke ich dir, was du brauchst, um eine Existenz aufzubauen.«

»Woher weißt du von dem Schiff?«, fragte Richard misstrauisch.

»Mir gehören Anteile«, sagte Julian kurz angebunden. »Was hältst du davon?«

In Richards Augen leuchtete Hoffnung auf, doch sie verglomm sofort wieder. »Man wird mich erkennen.«

»Du reist natürlich unter einem anderen Namen. Es ist zu knapp, um dir passende Papiere zu besorgen, aber der Kapitän wird deine Identität bezeugen, wenn du von Bord gehst, und niemand wird sein Wort bezweifeln.«

Richard sah ihn ungläubig an. »Das willst du wirklich für mich tun?«

»Natürlich, du hättest mich früher um Hilfe bitten sollen, oder Samuel.« Er nahm Richard den Gin aus der Hand und warf ihm die Jacke zu, die auf dem Bett gelegen hatte. »Zieh dich an. Du kommst mit mir. Bis morgen gibt es viel zu tun.«

In der Upper Grosvenor Street geleitete er Dunbridge persönlich in ein Schlafzimmer, das immer bereitstand, Gäste aufzunehmen. Eine Tradition, die er von seiner Mutter übernommen hatte, die es irgendwann leid war, ihre Hausmädchen mitten in der Nacht aufwecken zu lassen, weil irgendwelche Besucher unangekündigt vor der Tür standen.

Julian entzündete ein Feuer im Kamin und verabschiedete sich. In der Halle bat er den Lakaien, der wie immer die ganze Nacht den Eingang bewachte, am Morgen die Hausdame über den Besucher in Kenntnis zu setzen und MacAlister zu bitten, ihn früh zu wecken. Außerdem wies er ihn an, seinen Sekretär zu informieren, er möge sich bereithalten.

Als er kurz darauf die Pistole zurück in den Tresor legte, fiel sein Blick auf die Schatullen, in denen sich ein Teil des Familienschmucks der Ashertons befand. Nachdenklich berührte er mit den Fingerspitzen eine kleine Schachtel, die erst kürzlich hinzugekommen war.

Julian hatte keine Erfahrung in solchen Dingen und wusste auch nicht, wen er hätte fragen sollen, wie ein korrekter Heiratsantrag auszusehen hatte. Wahrscheinlich war es angemessen, ein Schmuckstück zu überreichen als Zeichen der Verbundenheit. Im Grunde war es aber auch ganz gleich, wie andere Gentlemen es handhabten. Er hatte die Situation in Gedanken schon Hunderte Male durchgespielt und vorsorglich einen Ring anfertigen lassen, von dem er hoffte, dass Tamira ihn mögen würde: Er bestand aus rosafarbenem Gold und einer Blume, die mit Perlen besetzt war, in der Mitte saß ein Granat und darum herum vier kleine Diamanten. Rechts und links dieser kostbaren Blüte war jeweils ein größerer Diamant eingelassen. Perlen standen für Reinheit. Die Edelsteine symbolisierten Treue und Verlässlichkeit, die er ihr mit diesem Geschenk versprach.

Julian freute sich auf das morgige Wiedersehen und darauf, Tamira endlich in die Arme nehmen zu dürfen. Er schloss den Tresor, durchschritt die Bibliothek und ging die Wendeltreppe hinauf in sein Schlafzimmer. Ihm blieben nur wenige Stunden Schlaf bis zu einem in vielerlei Hinsicht aufregenden Tag.

Nach einer kurzen Nacht schrieb er eine Nachricht an Lord Abbotsleigh, um ihm zu versichern, dass er später in die Hill Street kommen und Tamira um ihre Hand bitten würde. Es folgten Briefe an seinen Bankier und an den Kapitän der *Anglesea,* einer schnellen Fregatte, die am Nachmittag mit der Flut auslaufen sollte, um zu den West Indies und von dort aus über New York nach Halifax in Nova Scotia zu reisen.

Der Kammerdiener ließ wissen, er habe wie gewünscht die Garderobe für Lord Briseham zusammengestellt. Richard war etwa gleich groß, seine Gestalt weniger sportlich, aber etwas schwerer. MacAlister hatte versichert, die Kleidung würde dennoch einigermaßen passen. Im Grunde gab es ohnehin keine Alternative, denn für eine Einkaufstour in den besseren Kleiderläden der Stadt blieb ihnen keine Zeit.

Nachdem sein Sekretär Paul Murray instruiert war, beschloss Julian, sich mit einem kräftigen Frühstück zu stärken. Sein kurzer Schlaf war von wilden Träumen durchzogen gewesen, in denen er von Tigern verfolgt wurde und anderes Getier ihm nach dem Leben trachtete. Julian ließ sich frischen Kaffee einschenken und trank einen Schluck des bitteren Gebräus, das an solchen Tagen zuverlässig seine Lebensgeister weckte.

»Guten Morgen.« Richard kam herein. Er wirkte übermüdet und unsicher, als wüsste er nicht, ob er willkommen war.

»Morgen, Richard. Bedien dich.« Er trank einen weiteren Schluck und forderte ihn mit einer einladenden Geste auf, Platz zu nehmen.

Sein Schulfreund erwiderte das Lächeln zögerlich, füllte sich dann aber den Teller, als erwartete er nicht, in absehbarer Zeit noch einmal so reichhaltig zu essen.

Nachdem er Rührei mit Tomaten, Speck und Pilzen verspeist hatte, sah er auf. »Wann wird das Schiff London verlassen?«

Julian blickte von der Zeitung auf. »Am frühen Nachmittag, so gegen …«

Es klopfte. Paul Murray kam herein. »Euer Gnaden, es ist alles arrangiert. Der Kapitän lässt ausrichten, dass die *Anglesea* voraussichtlich zur Mittagszeit auslaufen wird.«

Er zog die Uhr aus der Tasche. »Dann sollten wir uns auf den Weg machen. Ist alles vorbereitet?«

»Ja, Euer Gnaden. Ich habe mir erlaubt, die Kutsche vorfahren zu lassen.«

»Danke«, sagte er, legte die Serviette beiseite und stand auf.

Bevor sich die Kutsche in Bewegung setzte, überreichte er Richard einen Schlüssel. »Ich habe das Notwendigste an Garderobe zusammenpacken lassen. Eine Geldkassette befindet sich in deinem Gepäck.«

»Asherton, ich weiß wirklich nicht, was ich sagen soll.« Er wirkte beschämt.

»Sag nichts. Versprich mir nur, dass du mich auf dem Laufenden hältst. Wie gesagt, sobald du dich niedergelassen hast, lass mich wissen, was ich für dich tun kann.«

»Warum machst du das?«

Julian sah ihn direkt an. »Weil wir Freunde sind und weil niemand dagegen gefeit ist, in Schwierigkeiten zu geraten.«

50. KAPITEL

Es war erstaunlich, wie viel Tante Amanda zu sagen gehabt hatte, während sie nach dem *Zwischenfall* im Gartenpavillon die Mews entlang und über die Hill Street fuhren. Bereits nach kurzer Zeit gab Tamira es auf, mitzuzählen, wie häufig die Wörter *Skandal* und *Heirat* darin vorkamen. Nach ihrem Befinden erkundigte sich Lady Abbotsleigh nicht, zu Hause schickte sie ihre *missratene* Nichte sofort ins Zimmer hinauf.

Yalda half ihr, sich auszuziehen. Sie wusste bereits, dass etwas Ungewöhnliches vorgefallen sein musste. Es war erstaunlich, wie schnell schlechte Nachrichten die Runde machten.

»Dann lassen Sie mal sehen.« Yalda setzte sich vor ihr auf einen Schemel. Behutsam legte sie sich Tamiras Fuß auf den Schoß und wickelte den provisorischen Verband ab. »Sie riechen wie ein ganzes Fass Whisky«, sagte sie vorwurfsvoll und zog ein Döschen mit ihrer Spezialsalbe hervor, mit der sie alle Wehwehchen der Schwestern behandelte.

»Der Duke meint, der Alkohol darin würde verhindern, dass sich die Wunde verschlimmert. So wie das gebrannt hat, fühlte es sich eher an, als würde der Fuß abfallen.« Mit zusammengebissenen Zähnen erwartete sie den nächsten Schmerz.

Yalda nickte. »Daisy, da bist du ja. Stell das heiße Wasser hier ab und gib mir die Seife.«

Yalda wusch sich die Hände und tupfte danach Salbe rund um die gereinigte Wunde. Anschließend wickelte sie einen sauberen Verband um Tamiras Knöchel und stand auf. »Mehr kann ich im Augenblick nicht machen. Ich bin sicher, dass der Duke recht hat. Der Whisky war eine gute Idee.« Sie reichte Ashertons Halstuch an Daisy weiter.

»Das kriege ich wieder hin, Seine Gnaden wird keinen Flecken drauf finden.« Daisy faltete den blutdurchtränkten Stoff zusammen. »Was ist denn bloß vorgefallen? Lady Abbotsleigh ist vollkommen aufgelöst.«

»Das fragt man nicht!«, sagte Yalda streng.

»Schon gut. Morgen wird sowieso halb London darüber reden«, sagte Tamira müde und nahm dankbar eine Tasse mit heißer Schokolade entgegen, die ihr Daisy ungefragt mitgebracht hatte. »Ich habe getanzt, und mir war warm. Auf der Terrasse hat mich Jitendra Shanu Singh angesprochen …«

»Der Maharadscha von Sarhandian?«

Die Tür sprang auf, und Caroline kam mit Mary herein.

»Was ist mit Jitendra?«, fragte sie und setzte sich aufs Bett. Sie kannte ihn natürlich auch.

»Er hat mich in den Garten gelockt.«

»Das sieht ihm ähnlich. Puh, das wird ein Gerede geben!«

Mary sagte leise: »Susan Market hat überall herumerzählt, dass sie gesehen hat, wie du in dieses Gartenhäuschen gegangen bist.«

»Von der Terrasse aus kann man das doch gar nicht sehen. Dann muss sie ebenfalls im Garten gewesen sein.« Tamira fragte sich, ob Susan ihr nachgegangen war.

»Oh ja, ich habe sie gesehen. Lord Hampton-Stanly hat

gesagt, der Duke wäre mit dir auf der Terrasse. Als wir rauskamen, spazierte Susan gerade an den Rosen vorbei.« Mary klang empört.

»Wirklich?« Caroline sah ihre Cousine erstaunt an. »Das habe ich nicht bemerkt.« An Tamira gewandt fuhr sie fort: »Jedenfalls warst du nicht draußen. Aber Philippa Featherington meinte, sie hätte dich tanzen sehen, deshalb haben wir uns nichts dabei gedacht.«

Tamira sah, wie Yalda und Daisy lautlos den Raum verließen.

Mary wartete, bis sich die Tür hinter ihnen geschlossen hatte. »Dann ist Vater aufgetaucht. Als er sah, dass Mama beim Kartenspiel saß, anstatt sich um uns zu kümmern, war er ziemlich ärgerlich. Er wollte wissen, wo du bist, und diese Schlange ist gekommen und hat gesagt: ›Falls Sie Ihre Nichte vermissen, würde ich im Teehaus nachsehen.‹« Mary imitierte Susans hohe Stimme so gut, dass Caroline kicherte.

»Dann weiß sie nicht, dass Asherton bei mir war?«

»Oh doch! Aber das hat sie nur hinter vorgehaltener Hand erzählt. Dass du verletzt bist, natürlich nicht.«

Caroline sah sie mitleidig an. »Ist der Fuß verstaucht?«

»Ich habe mich an irgendwas geschnitten.« Sie erzählte, was passiert war. »An der ganzen Sache ist nur Jitendra schuld. Wenn er mich nicht …«

Carolines Augen funkelten. »Hat er dir wehgetan?«

Nun musste sie wider Willen schmunzeln. »Das hat er versucht, aber dann kam der Tiger.«

Mary sah sie ratlos an, doch Caroline nickte. »Mach dir keine Gedanken. Asherton ist ein Gentleman. Er wird morgen kommen und um deine Hand anhalten, wie es seine Pflicht ist.« Sie stand auf und gähnte. »Du solltest schlafen, damit du unwiderstehlich aussiehst. Ziehst du das neue blaue Kleid an?

Mit einer Chemisette sieht es züchtig aus – bis man näher kommt.«

»Das habe ich noch nicht überlegt«, antwortete Tamira irritiert. Wie konnte ihre Schwester in einer Situation wie dieser über Kleider nachdenken?

»Heute Nachmittag möchte ich das neue blaue Kleid anziehen und dazu die plissierte Chemisette mit dem Stehkragen«, sagte Tamira am Morgen zu Yalda und nahm damit Carolines Tipp vom Vorabend auf. Sie mochte das luftige Material, und das flüchtige Himmelblau ließ sie zart und frisch aussehen. Das war auch vonnöten, denn sie hatte die ganze Nacht kaum ein Auge zugetan, obwohl – aber vielleicht auch, weil – sie sich sehnsüchtig in die elegante Abendjacke gekuschelt hatte, die so herrlich nach Asherton duftete.

»Eine hervorragende Wahl, Miss Darlington. Für heute Morgen habe ich Ihnen das Geblümte aufgebügelt. Sie werden fantastisch aussehen, wenn Seine Gnaden kommt, um Ihnen einen Antrag zu machen. Wenn Sie mich fragen, war das längst fällig.«

Im Frühstückssalon herrschte eine gespannte Atmosphäre. Ihre Schwestern sprachen kein Wort, nachdem Tante Amanda verkündet hatte: »Lord Abbotsleigh ist auf dem Weg nach Smallhythe. Er lässt dir ausrichten, dass der Duke am Nachmittag vorsprechen wird, um dich um deine Hand zu bitten.«

Es hatte Streit zwischen den beiden gegeben, der gesamte Haushalt wusste davon. Lord Abbotsleigh machte seiner Frau Vorwürfe, ihre Aufsichtspflicht vernachlässigt zu haben. Für gewöhnlich zog er sich in den Club zurück, wenn er schlechte Laune hatte. Diesmal jedoch war er nach Kent gereist, wo die

Familie ein kleines Anwesen besaß. Mary hatte erzählt, sie hätte ihren Vater selten so aufgebracht gesehen.

Lady Abbotsleigh butterte ihren Toast und häufte anschließend Erdbeermarmelade darauf, bis sie an den Seiten heruntertropfte. »Wenn du mich fragst, kannst du froh sein, dass er dich überhaupt nimmt. Mit diesem Inder hast du dich ja auch herumgetrieben.«

Tamira biss sich auf die Lippen, um nichts dazu zu sagen. Ihre Tante achtete gar nicht darauf. Sie beugte sich vor und fixierte sie mit einem strengen Blick: »Du wirst deine Pflicht tun, hast du verstanden!«

»Natürlich, Tante Amanda«, sagte sie leise, weil sie ihrer Stimme nicht traute.

»Wie bitte?«

»Wir haben uns nichts zuschulden kommen lassen. Das weiß Asherton genauso wie ich. Er muss mich nicht heiraten!«

»Was glaubst du, wen das interessiert?« Lady Abbotsleighs Stimme wurde schrill. »Niemanden. Die gesamte Saison hat es keinen richtigen Skandal gegeben, und ausgerechnet meine Nichte muss sich ganz am Ende in den Vordergrund spielen.« Sie stand auf, warf die Serviette auf den Tisch und rauschte hinaus. In der Tür blieb sie stehen. »Ich erwarte euch alle nachher pünktlich und anständig gekleidet im Drawing Room.«

»Als liefen wir sonst in durchlöcherten Strümpfen herum«, murrte Henrietta.

»Was war das, junge Lady?«

»Nichts, Tante Amanda.«

»Das will ich hoffen. Und lasst euch nicht einfallen, vorher auszureiten oder sonst etwas zu unternehmen. Niemand verlässt dieses Haus, bevor eure Schwester offiziell verlobt ist!«

Eilig beendeten sie das Frühstück und kehrten in ihre Etage zurück. »Wie geht es deinem Fuß?«, fragte Georgiana und folgte ihr ins Zimmer.

»Er hat heute Nacht geblutet, aber nicht mehr so schlimm.« Sie bemühte sich, zu verbergen, wie sehr das Gelenk schmerzte, konnte aber nicht anders, als ihr Bein hochzulegen.

»Du lieber Himmel, er ist ja total geschwollen! Das musst du kühlen.«

Henrietta sprang auf, um einer Zofe zu läuten, da sah Daisy durch die Tür. »Lady Abbotsleigh wünscht, Sie zu sprechen, Miss Darlington.«

»Das geht nicht, sie muss sich ausruhen!«, sagte Georgiana, und Caroline nickte.

»Ihr seid lieb. Aber wir wissen, dass sie keine Ruhe geben wird, und ganz ehrlich, in meinem Schlafzimmer will ich sie auf keinen Fall haben.« Tamira erhob sich und folgte Daisy hinaus.

Die Zofe wich ihr nicht von der Seite, bis sie den Drawing Room in der ersten Etage erreicht hatte. »Ich bringe Ihnen kühlende Tücher.«

»Lady Abbotsleigh wird das nicht gefallen.«

»Is' mir egal, was die will!« Erschrocken schlug die Zofe eine Hand vor den Mund. »Stimmt doch. Sie brauchen das!«

»Danke, Daisy. Wenn ich wieder oben bin, freue ich mich über kalte Wickel.« Tamira legte ihr kurz eine Hand auf den Arm und lächelte sie an. Daisy knickste, öffnete die Tür und kündigte sie an. »Miss Darlington-Devi.«

»Warum dauert das so lange? Halt dich gerade, Mädchen!«

»Sie hat sich den Fuß verstaucht!«, sagte Daisy empört. Lady Abbotsleigh zeigte keine Reaktion, und die Zofe schloss eilig die Tür.

»Stimmt das?«

»Ich bin umgeknickt und habe mir den Fuß obendrein an einer Wurzel verletzt.« Sie zuckte mit den Schultern. »Seiner Gnaden blieb gar nichts anderes übrig, als mich in den Gartenpavillon zu begleiten.«

»Er hätte gleich eine Kutsche zum Hinterausgang organisieren sollen«, sagte ihre Tante und fügte hinzu: »Setz dich. Ich will dir noch einmal klarmachen, dass du den Heiratsantrag auf keinen Fall ablehnen darfst. Das Glück aller Darlingtons hängt daran.«

»Wie das?« Natürlich wusste sie, dass ihre Entscheidung auch Einfluss auf die Zukunft ihrer Schwestern haben würde, aber sie wollte hören, was ihre Tante zu sagen hatte.

»Ganz gleich, was wirklich passiert ist, er hat dich kompromittiert. Dein Onkel wollte sich für deine Ehre duellieren.«

Erschrocken rief sie: »Nein!«

»Dein zukünftiger Gatte ist ein Ehrenmann. Es war nicht notwendig. Aber ich verstehe nicht, weshalb er nicht schon viel früher um deine Hand angehalten hat. Hattet ihr Streit?«

Kann man so sagen – ich weiß es nicht, dachte sie und antwortete: »Wie wir alle, habe ich angenommen, er wollte Caroline heiraten. Doch, warum auch immer, sie fürchtet sich vor ihm.«

»Also, hast du etwa Angst vor Seiner Gnaden?«

»Natürlich nicht!« Sie sah zu Boden. »Ich gebe zu, er kann ein bisschen furchteinflößend sein, wenn man ihn nicht kennt. Aber zu mir war er immer freundlich.«

»Ist er dir jemals …« Lady Abbotsleigh suchte nach Worten. »Also, ist er dir irgendwann zu nahe getreten?«

Tamira dachte an die erotischen Träume, an die leidenschaftlichen Küsse, die Flirts und zarten Berührungen und errötete.

»Nein, nie. Er hat sich stets wie ein Gentleman verhalten.« Was immer das bedeutete.

»Wenn du ihm einen gesunden Erben schenkst, wird er dich bald in Ruhe lassen, und du kannst dein Leben leben, wie du es wünschst.« Auf eine verquere Art schien sie ihr tatsächlich Mut machen zu wollen.

»Ja, Tante.«

»Also, ich sage es noch mal: Die Darlingtons werden diesen Skandal nicht überleben, wenn du seinen Antrag ablehnst.«

»Ich weiß«, sagt Tamira bedrückt.

»Dann sind wir uns also einig.« Lady Abbotsleigh erhob sich, als ein Lakai hereinsah.

»Jitendra Shanu Singh, Maharadscha von Sarhandian, wünscht, Miss Darlington-Devi zu sprechen.«

Tamira sprang auf. »Ich bin nicht da!«

»Welch nette Überraschung.« Ein zufriedenes Lächeln huschte über das Gesicht ihrer Tante. »Natürlich ist sie zu sprechen.«

Wenig später betrat Jitendra den Drawing Room und sah sich mit einem arroganten Lächeln um, bevor er sagte: »Lady Abbotsleigh. Was für ein hübsches kleines Zimmerchen, in dem Sie mich empfangen. Sehr vorausschauend, ich bin Ihnen dankbar für diesen intimen Raum.« Mit einer gelangweilten Geste entließ er die Hausherrin und wandte sich Tamira zu. »Nun, meine Liebe, nach allem, was man heute Morgen so hört, bin ich sicher, du hast über mein Angebot nachgedacht.«

Die Tür fiel ins Schloss, und ihr wurde klar, dass die Tante sie im Stich gelassen hatte. Sie war auf sich allein gestellt.

»Ehrlich gesagt, habe ich überhaupt nicht an dich gedacht, Jitendra.«

Ärgerlich verzog er das Gesicht. »Ich biete dir meinen

Schutz an, meine Liebe. Du solltest dankbar sein. Vielleicht ist dir nicht bewusst, was sich die Leute erzählen.«

»Ach, was erzählen sie sich? Dass ich zu viel Zeit mit einem Mann im Teehaus verbracht habe?«

Er sah sie einen Augenblick an, als hätte sie den Verstand verloren. Dann legte er den Kopf in den Nacken und lachte. »Du armes Lämmchen. Ganz London spricht darüber, dass Lady Morpeths Hausmädchen einen Strumpf gefunden hat und blutbefleckte Tücher.«

Erleichterung durchströmte sie. Beinahe hätte Tamira auch gelacht. »Das ist deine Schuld. Ich habe mir den Fuß verletzt. Daher kommt das Blut.«

Angewidert verzog sich sein Mund. »Ich dachte nicht, dass du so dumm bist. Aber es ist egal. Du wirst mit mir kommen, ob du willst oder nicht!« Er machte einen Schritt auf sie zu, und instinktiv wich sie zurück.

Nun sieh dir das an, wir müssen dieses unmögliche Mädchen schon wieder retten. Der Vogel flog durch den Raum und setzte sich auf die Lehne von Lady Abbotsleighs Lieblingsstuhl.

Der Tiger sah hinter dem Pianoforte hervor. Er gähnte und zeigte dabei seine gefährlichen Reißzähne. *Soll ich ihn fressen?*

»Möchtest du das denn?«, fragte Tamira.

Wenn ich ehrlich bin, lieber nicht. Menschen sollen sehr unangenehm schmecken. Er näherte sich Jitendra und sog Luft durch die große Nase ein, die ein rosafarbenes Dreieck zierte, das ihn auf eine anrührende Weise und ungeachtet seiner Worte niedlich aussehen ließ.

Jitendra stand da, als hätte jemand die Zeit angehalten. Er rührte sich nicht.

»Kann er euch sehen?«

Im Augenblick nicht. Wir wollten erst mal gucken, ob du allein zurechtkommst, zwitscherte der Vogel.

Tamira seufzte. »Wie es aussieht, hat mich meine Tante dem Löwen zum Fraße vorgeworfen.«

Na, na! Der Vogel flog auf den Kronleuchter. *Huch, ist das glatt hier.* Er verlor den Halt und flatterte weiter bis auf ein Fensterbrett.

»Entschuldigung, ich wollte niemanden beleidigen.«

Der Tiger war herangekommen und stand nun so dicht neben ihr, dass sie die Wärme seines Körpers spüren konnte. Er reichte ihr bis zur Taille, und wahrscheinlich hätte sie auf ihm reiten können, das war ihr noch nie zuvor aufgefallen.

Darf ich daraus schließen, dass du diesen unangenehmen Typen loswerden willst?

»Sehr gern! Nur bitte tu ihm nichts an – jedenfalls nicht hier in Tante Amandas Drawing Room.« Sie konnte es selbst kaum glauben, was sie da sagte. Als wären ihre beiden Schutzgeister real und keine Fantasiegestalten.

Pass auf, es ist lustig!, sagte der Tiger neben ihr, und auf einen Schlag veränderte sich die Atmosphäre im Raum dramatisch. Tamira kam es vor, als wäre nun sie selbst die Raubkatze. Sie fühlte sich stark und unbezwingbar. Dieser Mann würde ihr nie wieder Angst machen.

»Ich will, dass du gehst«, sagte sie mit Nachdruck. »Und beleidige mich nie wieder!«

Als hätten ihre Worte ihn aufgeweckt, kam Jitendra zu sich und – riss entsetzt die Augen auf. Er hob die Hände, als könnte er damit eine Gefahr bannen, die von ihr auszugehen schien. Sein Mund bewegte sich, doch es kam kein Ton heraus.

»Geh!«, sagte Tamira ruhig, aber entschieden.

Der Maharadscha von Sarhandian machte auf dem Absatz kehrt und stürmte hinaus.

Das war eine unerwartete Wendung. »Bin ich das gewesen?«, fragte sie erstaunt und strich dem Tiger übers Fell. Der Vogel landete auf seinem Kopf und lachte keckernd. *Die Fantasie besitzt die Macht, Grenzen aufzulösen und das Gute aus allen Welten miteinander zu verschmelzen. Oder das Schlechte!*, sagte er und flog aus dem geschlossenen Fenster.

51. KAPITEL

Daisy steckte ihr die letzte Haarnadel in die Frisur und betrachtete ihr Kunstwerk zufrieden im Spiegel.

»Du hast dich selbst übertroffen«, sagte Tamira und lächelte, obwohl sie sich vor Aufregung ganz benommen fühlte. Gleich würde Asherton *die* Frage stellen, und sie wusste immer noch nicht, was sie antworten sollte.

»Miss Darlington, ich weiß, ich sollte das nicht fragen. Aber es lässt mir keine Ruhe.«

»Was denn, Daisy?«

»Der Duke … hat er Ihnen wirklich etwas angetan, wie alle erzählen?«

»Natürlich nicht! Wie kommst du darauf?« Ihr fiel wieder ein, was Jitendra gesagt hatte. »Ich habe mich am Fuß verletzt, du hast die Wunde doch selbst gesehen, sie hat geblutet, und er hat sie mir verbunden.«

Daisy wirkte erleichtert. »Dann kommt das Blut also nur daher?«

»Woher sollte es sonst kommen?« Im Spiegel sah sie das junge Mädchen erröten. »Daisy?«

»Es ist …« Die Zofe schüttelte den Kopf. »Ich kann darüber nicht reden.«

»Nun komm schon. Hat es etwas mit dem zu tun, was verheiratete Männer und Frauen miteinander machen?«

Jetzt lachte sie verlegen. »Nicht nur nach der Hochzeit, Miss Darlington. Also gut. Wenn Männer – ich weiß das auch nur von meiner großen Schwester. Der Mann geht uns unter die Röcke …«

Tamira fühlte Panik in sich aufsteigen. Sie hatte ihren Rock hochgezogen, als Asherton ihr den verletzten Fuß verbunden hatte. Aber was danach geschehen war, hatte sie nicht eine Sekunde lang an die himmlischen Gefühle denken lassen, die seine Küsse und Berührungen bisher in ihr ausgelöst hatten. Konnte trotzdem etwas Schlimmes passieren? Sie biss die Zähne zusammen. Jetzt wollte sie es ganz genau wissen. »Und weiter?«

»Also dann schiebt er sein … Er schiebt etwas rein, und das tut dolle weh, sagt meine Schwester Amelie. Aber nur beim ersten Mal oder wenn die Frau nicht will. Wenn sie will, tut es auch nicht mehr weh.« Daisy war inzwischen so rot angelaufen, dass ihr Gesicht zu glühen schien. »Sie behauptet, mit ihrem Mann macht es Spaß. Aber bei feinen Leuten ist es anders. Lady Abbotsleigh hat ihrer Zofe erzählt, sie hätte dabei an den König und ans Vaterland gedacht. Inzwischen kommt der Lord nicht mehr zu ihr.« Sie griff nach der Chemisette, die man wie einen hauchzarten Kragen locker über dem Kleid trug, legte sie Tamira um und schloss die Knöpfe am Rücken. »So, jetzt sind Sie fertig.«

Das war sie in der Tat. Nur anders, als Daisy es gemeint hatte. Ihre Beschreibung klang gruselig und vollkommen anders als alles, was ihr Anilas Gouvernante voller Begeisterung von Leidenschaft und Hingabe erzählt hatte. Schmerzen oder gar Blut hatte Francine nicht erwähnt.

Sie holte ein paarmal tief Luft und sagte schließlich: »Der Duke hat nichts Schlimmes getan.«

»Da bin ich froh. Ich mag ihn gern. Das Hausmädchen hat

erzählt, die Tücher sahen schrecklich aus, und jetzt denken alle, er hat Sie mit Gewalt …«

»Um Gottes willen, nein! Du musst ihr sagen, dass das nicht stimmt.«

»Das mache ich. Ganz bestimmt. Aber er wird Sie trotzdem heiraten müssen, oder?«

»Das wird er wohl.« Tamira seufzte und stand auf. Die Frage war nur, ob er es auch wirklich wollte.

»Dann werden Sie eine echte Duchess?« Daisy klatschte vor Freude in die Hände. Sie schien zu glauben, sie befände sich mitten in einem ihrer Romane, in denen die Heldinnen zuweilen ganz erstaunlichen Stimmungswechseln unterlagen.

»Wir werden sehen.«

Als sie den Drawing Room betrat, hatten die Schwestern bereits ihre Lieblingsplätze eingenommen. Es wirkte alles ganz normal, aber die unterschwellige Anspannung war offensichtlich. Lady Abbotsleigh blickte von ihrer Stickerei auf und befahl: »Dreh dich einmal herum!«

Folgsam gehorchte Tamira.

»Also, das ist recht annehmbar.«

Tatsächlich gehörte dieses hellblaue Kleid zu den sicher besten Entwürfen der Schneiderin Marie Geneviève, und das wusste ihre Tante. Doch sie ließ offenbar keine Gelegenheit aus, Tamira kleinzumachen.

Bald bist du mich ja los, dachte sie betrübt und setzte sich mit Blick auf die Uhr, die als einziger Gegenstand den Kaminsims zierte, damit die Besucher sie ohne jede Ablenkung bewundern konnten. Und natürlich, damit niemand von ihnen vergaß, sich nach spätestens einer Viertelstunde zu verabschieden. Noch nie war ihr das gleichmäßige Ticken so auf die Nerven gegangen. Nachdem Jitendra das Haus fluchtartig verlassen hatte, waren die Dienstboten angewiesen worden, heute niemanden außer dem Duke of Asherton vorzulassen. Nur dieser, so schien es, ließ sich unangebracht viel Zeit.

52. KAPITEL

Julian war nervös, als er seine Kutsche in der Hill Street verließ. Die Haustür öffnete sich bereits, bevor er die Hand heben und den Türklopfer betätigen konnte. Für einen winzigen Augenblick glaubte er, Erleichterung in den Zügen des Butlers zu erkennen, der ihn heute höchstpersönlich begrüßte.

»Wenn Ihr mir bitte folgen wollt, Euer Gnaden.«

Die Hausangestellten, denen er auf dem Weg hinauf in den Drawing Room begegnete – und es waren erstaunlich viele –, hatten ihre Mimik weniger gut im Griff. Zu seiner Verwunderung las er Misstrauen in einigen Gesichtern. Doch Julian hatte wahrlich etwas anderes zu tun, als über das wunderliche Verhalten von Lord Abbotsleighs Personal nachzudenken.

Der Butler öffnete die Tür zum Drawing Room, um ihn anzukündigen. Julian holte tief Luft und trat ein. Wie nicht anders zu erwarten, waren alle Damen des Hauses versammelt und blickten ihm mit einem erwartungsvollen Lächeln entgegen. Bis auf Tamira. In ihren ausdrucksvollen Augen glaubte er Panik zu lesen, aber vielleicht war es nur sein eigenes Gefühl, das sich darin widerspiegelte.

Julian war sich sicher, die richtige Entscheidung getroffen zu haben. Er hätte sich entspannt und zufrieden fühlen sollen, endlich sein Ziel erreicht zu haben, und doch spürte er eine unerklärliche Furcht in sich aufsteigen.

»Euer Gnaden, wie erfreulich, dass Ihr den Weg zu uns gefunden habt.« Lady Abbotsleigh klang, als hätte sie *Na, endlich!* sagen wollen. »Darf ich Euch etwas anbieten?«

Ein Brandy wäre ihm willkommen gewesen, doch er deutete eine Verbeugung an und sagte: »Nein, danke. Ich würde gern einen Augenblick mit Miss Darlington-Devi sprechen, wenn Sie es gestatten.«

Die Hausherrin stand auf und machte den Mädchen ein Zeichen, ihr hinaus zu folgen, auch Tamira erhob sich, und ein zaghaftes Lächeln umspielte ihre Lippen.

Die Tür fiel leise ins Schloss. Mit wenigen Schritten war er bei ihr und hätte sie am liebsten sofort in die Arme geschlossen. Stattdessen fragte er: »Wie geht es Ihnen, Miss Darlington-Devi?«

»Gut, danke.«

»Was macht Ihr Fuß, schmerzt er sehr?«

»Es geht.«

»Miss Darlington, was gestern geschehen ist, tut mir sehr leid ...«

»Weil Sie mir geholfen haben?«

»Das habe ich gern getan. Aber das Missverständnis. Natürlich habe ich die Angelegenheit mit Ihrem Onkel geklärt. Wir sind uns einig geworden, dass ich Sie heute um Ihre Hand bitte.« Er fasste in die Tasche seines Rocks, und nach einem kurzen Schrecken spürte er das glatte Leder des Schmuckkästchens unter den Fingerspitzen, in dem er den Ring aufbewahrte.

»So? Sind Sie das?«

Die kleine Schachtel ließ sich nicht öffnen, und während er auf den verflixten Verschluss drückte, fuhr er fort: »Es ist ja sowieso nur eine Formalität, aber ich möchte Sie dennoch ganz offiziell fragen …« Er verzog das Gesicht, wieso war das alles so schwierig? Endlich sprang der Deckel auf. »Wollen Sie meine Frau werden?«

»Meinen Sie das ernst?« Tamira schien ihn genau beobachtet zu haben, nun sah sie auf den Ring. Ihre Stimme klang merkwürdig belegt, und ihm wurde klar, dass sie ebenso aufgeregt sein musste wie er. »Selbstverständlich ist es mein Ernst. Nach dem, was gestern geschehen ist …«

»Ich verstehe. Sagen Sie, hat mein Onkel Ihnen mit einem Duell gedroht?« Sie blickte auf.

In ihren Augen las er Emotionen, die er beim besten Willen nicht deuten konnte. »In der Tat, das hat er.« Die Erinnerung daran, wie erleichtert der Earl gewesen war, zu erfahren, dass ein heimliches Treffen in den frühen Morgenstunden im Park nicht erforderlich sein würde, ließ ihn lächeln. »Das ist nicht der Grund. Ich bin ein Ehrenmann und weiß, was ich in einer Situation wie dieser zu tun habe.« Das klang selbst in seinen Ohren furchtbar steif. Aber sie schien es ihm nicht übel zu nehmen.

»Es ist sehr anständig von Ihnen, mir nach diesem unangenehmen Abend die Ehe anzutragen.«

Es lief nicht so, wie er sich die Szene wieder und wieder ausgemalt hatte. Julian besann sich und beugte das Knie vor ihr. »Verehrte Miss Darlington-Devi, würden Sie mir die Ehre erweisen, meine Frau zu werden?«

Jetzt würde sie niedersinken oder seine Hand ergreifen. Sie würde seufzen, den Ring an ihrer Hand bewundern, und dann würden sie sich …

»Warum?«

Verwirrt stand er wieder auf, das Kästchen immer noch aufgeklappt in der Hand. »Das ist doch offensichtlich! Sie sind kompromittiert, ganz London spricht darüber.«

Tränen glitzerten in ihren Augen. »Ich weiß, es werden schlimme Dinge erzählt.«

»Es wird bald der nächste Skandal kommen, dann ist es vergessen.« Er dachte an Richards Flucht und wie der Prinzregent darauf reagieren würde.

»Es geht Ihnen um Ihren Ruf.«

»Um meinen …? Nein, ich kann verschmerzen, was man über mich erzählt. Aber Sie sind ruiniert. Das wissen Sie!«

»Nein.«

»Wie bitte?«

»Nein, Euer Gnaden. Ich werde Sie nicht heiraten, um einem Skandal aus dem Weg zu gehen. Mein Erbe wird im nächsten Monat ausgezahlt, und dann ziehe ich mich aufs Land zurück. Niemand wird sich mehr für mich interessieren, und wie Sie richtig sagen, ist bis zur nächsten Saison Gras über die Sache gewachsen.«

Sie war verrückt geworden. Was war mit der Zuneigung, die sie füreinander empfanden? Er wusste, dass sie seine Berührungen genoss, und bisher hatte sie sich in seiner Nähe immer wohlgefühlt. Was war geschehen, dass sie ihn plötzlich ablehnte? »Empfinden Sie denn gar nichts für mich?«, fragte er verzweifelt.

»Darum geht es nicht.«

»Natürlich geht es darum. Wir sind uns sympathisch, ich habe Ihnen nie Anlass gegeben, anzunehmen, dass Sie mir nicht vertrauen könnten. Ich werde gut für Sie sorgen, das verspreche ich, Miss Darlington!« In seiner wachsenden Verzweiflung zählte er alles auf, was für eine Ehe sprach. »Sie müssen doch einsehen, dass es keinen anderen Weg für Sie gibt.«

»Es gibt immer einen anderen Weg, Euer Gnaden.« Mit diesen Worten raffte sie ihre Röcke. Sprachlos sah er zu, wie sie durch einen unauffälligen Personaleingang verschwand.

Tja, dachte er schließlich bei sich. Das war dann wohl ein Korb. Hier gab es nichts mehr für ihn zu tun.

»Ich freue mich so, Euch in unserer Familie willkommen heißen zu dürfen.« Mit ausgestreckten Armen rauschte die Countess durch die große Flügeltür herein. Im Gefolge ihre Tochter und Nichten sowie Lakaien, die Champagner brachten und Tabletts mit Gläsern und Gebäck.

Julian steckte den Verlobungsring wieder ein, verbeugte sich und sagte: »Da muss ich Sie enttäuschen, Lady Abbotsleigh. Miss Darlington steht offensichtlich unter Schock. Wenn Sie so freundlich wären, ihr auszurichten, dass ich morgen wiederkomme?« Er tippte sich an die Hutkrempe und verließ den Drawing Room, bevor sie ihm antworten konnte, nicht jedoch bevor er das zweifelhafte Vergnügen hatte, das sonst so blasse Gesicht der Lady blutrot anlaufen zu sehen.

»Wir fahren nach Hause«, sagte er so freundlich, wie es ihm möglich war, und stieg in seine Kutsche. Die Dienerschaft würde früh genug erfahren, was sich soeben zugetragen hatte.

Es war seine Schuld. Er hätte weniger emotional reagieren sollen. Tamira war eine intelligente Frau und vernünftigen Argumenten gegenüber durchaus aufgeschlossen. Sie würden heiraten, und wenn es nach ihm ginge, möglichst bald. Er hatte sowieso schon viel zu lange gewartet.

Zurück in der Upper Grosvenor Street, reichte er Hut und Handschuhe an einen Lakaien weiter und ging durch die Bibliothek ins Arbeitszimmer, wo Paul Murray über die Bücher gebeugt an seinem Schreibtisch saß. Murray blickte auf und wirkte, als wollte er etwas sagen. Er stutzte, schloss den Mund und machte Anstalten aufzustehen.

»Bleiben Sie sitzen, bitte. Ist die Sonderlizenz da?«

»Sie ist vorhin gekommen, Euer Gnaden.«

Julian ließ sich auf seinen Stuhl fallen. »Sie hat Nein gesagt.«

»Wirklich? Wie außergewöhnlich exzentr...«

»Starrköpfig, würde ich sagen. Aber ich fürchte, sie steht unter dem Schock, den die gestrigen Ereignisse bei ihr ausgelöst haben.«

Sein Sekretär hustete und lief rot an.

»Was ist, Murray? Frauen sind eben zartbesaiteter als unsereins.«

»Jawohl, Euer Gnaden.«

»Nun rücken Sie schon raus damit. Gibt es etwas, das ich wissen sollte?«

Murray leerte seine Teetasse in einem Zug, als erhoffte er sich davon Stärkung, und versuchte, seine Stimme mit einem Räuspern zu klären. »Es gibt Gerüchte, Euer Gnaden. Offenbar hat das Hausmädchen beim Aufräumen heute Morgen einen Strumpf gefunden.«

Vor Julians geistigem Auge erschien eine Szene, in der Tamira ihr Strumpfband löste und ihn dabei kokett ansah. Das war bloßes Wunschdenken, denn er hatte sich gestern selbstverständlich abgewendet, als sie ihr Bein zur Untersuchung entblößt hatte. Dass sie sehr lange und wohlgeformte Beine besaß, wusste er ohnehin längst. Ärgerlich war, dass er den Strumpf beim Verlassen des Teehauses übersehen hatte.

Paul Murray räusperte sich erneut. »Das Mädchen berichtet von einem riesigen Blutfleck auf der Chaiselongue.«

»Wie unangenehm. Lassen Sie Lady Morpeth wissen, dass ich für den Schaden aufkomme.«

»Der Schaden am *Mobiliar* ist es nicht, worüber man heute Morgen in Mayfair spricht, Euer Gnaden.«

»Was ...?« Und plötzlich begriff er. »Sie wollen damit doch

nicht sagen, die Leute nähmen an, ich hätte Miss Darlington … Gewalt angetan?«

Wollte sie ihn etwa nicht heiraten, weil sein Ruf beschädigt war? Aber das war doch absurd. Sie beide wussten, dass die kurze Zeit, die sie gemeinsam in Lady Morpeths Teehaus verbracht hatten, zu den eher harmlosen Begegnungen gehörten.

Erschüttert goss er ein Glas randvoll mit Brandy und kippte ihn in einem Zug hinunter. »Verflucht! Sie wissen, so etwas Schändliches würde ich niemals tun!«

»*Mich* braucht Ihr nicht zu überzeugen, Euer Gnaden.«

Er musste nachdenken. Ursprünglich hatte er vorgehabt, im Club zu essen. Nach dieser Eröffnung schien ihm die Vorstellung jedoch wenig verlockend, von anderen Clubmitgliedern schräg angesehen oder gar geschnitten zu werden. Also ging er hinauf in seine privaten Räume und rief MacAlister zu sich.

Der Kammerdiener ließ sich nichts anmerken, aber Julian wusste, dass er vor Neugier beinahe umkam, und er wollte ihn nicht länger auf die Folter spannen. »Sie hat Nein gesagt.«

»Das ist eine überraschende Entwicklung, Euer Gnaden.«

»Allerdings, und zusammen mit diesen unappetitlichen Gerüchten kann die Situation schnell unzuträglich werden. Mir ist es letztlich egal, was ein paar übereifrige Klatschbasen verbreiten, sie halten mich ja sowieso schon für einen Wüstling.« Er lachte trocken. »Für die Darlingtons aber ist es eine Katastrophe.«

»Was sagt Lord Abbotsleigh dazu?«

»Ich habe keine Ahnung. Er scheint aufs Land gefahren zu sein.«

»Wie kann er das in dieser Situation tun?«

»Vermutlich ahnt er nichts von dem Gerede. Er weiß ja, dass ich sie nicht angerührt habe – nur um ihre Verletzung zu versorgen«, fühlte er sich bemüßigt hinzuzufügen. »Ich hatte ihn schon vor Wochen um sein Einverständnis gebeten, aber ich wollte ihr Zeit geben, sich von dem seltsamen Plan zu verabschieden, als Jungfer in einem Cottage auf dem Land zu leben und Romane zu schreiben.« Er zog sein Halstuch ab und massierte sich die Schläfen. »Lassen Sie ausrichten, dass ich heute niemanden empfange, und bitte teilen Sie der Köchin mit, ich werde zu Hause essen.«

»Sehr wohl, Euer Gnaden. Wenn ich noch etwas tun kann …«

»Danke, MacAlister. Es jemandem erzählen zu können, ist eine Erleichterung.«

»Vielen Dank für das Vertrauen, Euer Gnaden.«

Nachdem sich die Tür hinter MacAlister geschlossen hatte, setzte er sich an seinen Sekretär, nahm Schreibutensilien und Papier heraus und schrieb:

Geliebte Tamira,
wenn du wüsstest, wie ich mich nach dir sehne, wie die Erinnerung an dein süßes Antlitz mich in einen Freudentaumel stürzt und mit Sehnsucht erfüllt. Wenn du nur mein Herz lesen könntest, würdest du sehen, dass ich nichts bin ohne dich. Jede Nacht träume ich von dir, jeden Morgen, wenn ich erwache, sehne ich mich nach dir. Ich möchte dich …

Die Worte waren ihm in rasender Schnelle aus der Feder geflossen, doch jetzt hielt er inne, denn wonach er sich verzehrte, konnte er unmöglich aufschreiben. Ein *Ich liebe dich* wurde der Wahrheit nicht gerecht, es käme in seiner Kürze einer groben Beleidigung nahe. Er fand keine Worte für die überwältigenden Gefühle, die sein Herz erfüllten und seinen Verstand mehr berauschten als alles, was er jemals zu sich genommen hatte. Er war ihr verfallen, sie war seine Liebe, sein Glück, sein Leben. Julian tauchte die Feder ins Tintenfass. Entnervt strich er die ungebührlichen Zeilen durch und nahm einen neuen Bogen. *Sehr verehrte Miss Darlington-Devi …*

53. KAPITEL

Wie betäubt eilte Tamira die Hintertreppe hinauf, nicht einmal der Schmerz in ihrem Fuß hielt sie auf. Oben angekommen, spähte sie vorsichtig um die Ecke, ob der Weg frei war.

Jetzt bloß niemandem begegnen, dachte sie.

Ein Hausmädchen ging mit Bettwäsche auf dem Arm den Flur entlang und verschwand im Zimmer der Zwillinge. Tamira lief los. So leise wie möglich eilte sie über die dicken Teppiche, die die Dielen bedeckten, huschte in ihr Zimmer und schloss die Tür hinter sich ab.

Ihre Hoffnungen waren zerstört. Ja, sie hatte bis zum Schluss überlegt, ob sie ihre Pläne wirklich aufgeben sollte, sich als Schriftstellerin auf dem Lande niederzulassen. Doch sie trug Verantwortung nicht nur für ihr eigenes Leben. Asherton verstand ihre Leidenschaft für das geschriebene Wort. Er gehörte nicht zu den Männern, die Romane ablehnten, im Gegenteil, er hatte ihr sogar Bücher geschenkt. Gewiss hätte er nichts dagegen, wenn sie weiterhin schriebe. Außerdem war der Duke mitfühlend, selbstlos und würde bestimmt auch ihre Schwestern unterstützen. Kurz: Dieser Mann besaß alles, was sie sich von einem Ehemann wünschen konnte, und schließlich hatte sie den Entschluss gefasst, ihn zu heiraten.

Gestern auf dem Ball war alles perfekt gewesen. Er hatte

nicht verhehlt, dass er sie begehrte, er war hilfsbereit, galant und sogar eifersüchtig auf den Prinzregenten gewesen!

Sie dachte darüber nach, wie sie gemeinsam bei Richard Dunbridge eingebrochen waren. Asherton teilte ihre Abenteuerlust und er konnte ein zuverlässiger Kamerad sein. Das war er ihr während der letzten Monate immer gewesen und in ihren Träumen ... Sie legte die Fingerspitzen auf ihre Lippen und dachte daran, wie ihr Herz vor Glück sang und ihr die Seele weit wurde, wenn er mit ihr flirtete, wenn sie sich berührten.

Kein Zweifel, er begehrte sie. Und Tamira begehrte ihn – dass sie ihn liebte, hatte sie lange nicht wahrhaben wollen und erst heute wirklich begriffen, als er so nervös und unglücklich vor ihr stand.

Asherton hatte ihr gar nicht ins Gesicht sehen können, während sich seine Hand in der Manteltasche pausenlos schloss und öffnete. Die Verzweiflung war ihm ins Gesicht geschrieben gewesen.

Liebe Güte, der Mann konnte jede Frau haben, und nun musste er ausgerechnet sie heiraten. Asherton hatte sie vor einer Vergewaltigung oder Schlimmerem bewahrt, gemeinsam hatten sie Baron Wellsborough überlistet, waren nachts als *Männerfreunde* durch London gelaufen und natürlich Bekannten von ihm begegnet, nachdem er mit ihr zusammen den Pakshee Baagh zurückgeholt hatte. Und jetzt war er sogar bereit, sein Leben für sie wegzuwerfen, nur um ihren Ruf zu retten! Sie liebte Asherton viel zu sehr, um solch ein Opfer von ihm zu verlangen.

»Ich werde gut für Sie sorgen«, hatte er versprochen. Als ob es ihr darauf ankäme. Noch elender hatte sie sich gefühlt, als er sagte: »Ich bin ein Ehrenmann und weiß, was ich zu tun habe.« Immer wieder ging ihr aber vor allem der schlimmste

Satz im Kopf herum: »Sie sind ruiniert! Es gibt keinen anderen Weg.«

Das war nicht die Antwort, die sich eine verliebte Frau wünschte. Gut, vielleicht fragten die wenigsten, weshalb ihnen ein Antrag gemacht wurde. Man hatte sich wahrscheinlich lange vorher gegenseitig das Herz geöffnet. Doch in diesem Fall verlangte es der Anstand, die Beweggründe dafür zu erfragen. Und seine Antwort gab ihr recht: Ja, er hatte das Offensichtliche erwähnt, dass sie sich sympathisch waren, aber kein Wort von Liebe war ihm über die Lippen gekommen.

In diesem Augenblick, als sie erkannt hatte, dass er ihr nur aus Pflichtbewusstsein einen Heiratsantrag machte, war für sie eine Welt, nein, ein Universum zerborsten wie ein Spiegel, der zu Boden fällt und dabei in sieben Jahre Unglück zerspringt. Nur dass dieses Unglück bis an ihr Lebensende währen würde.

Das Zwielicht in ihrem Zimmer wirkte so bedrückend, dass sie ans Fenster ging, um das wenige Licht hereinzulassen, das es noch zu geben schien. Regentropfen rannen die Scheibe hinunter, über der Stadt lag eine dunkle Wolkendecke. Die Geborgenheit einer vertrauten Umgebung, die Weite und das Meer fehlten ihr häufig. Doch an keinem Tag ihres gesamten Aufenthalts in diesem kalten Land hatte sie ihre indische Heimat schmerzlicher vermisst als in diesem Augenblick tiefster Einsamkeit.

Gedankenverloren malte sie ein Herz auf die beschlagene Scheibe. Wie sehr sie sich nach Liebe sehnte, konnte niemand ermessen, der nicht schon selbst geliebt hatte. Warum nur offenbarte sich ihr erst in einer dunklen Stunde, was sie in den Nächten voller Sehnsucht längst gewusst hatte?

Doch die Wahrheit war: Die Sonne hatte auch in Indien

nicht immer geschienen, und während der letzten Jahre hatte es oft Streit zwischen den Eltern gegeben. Die väterliche Familie drängte auf eine Heirat zwischen ihr und Jitendra.

»Je mehr Freiheit du einem Mädchen gibst, desto unberechenbarer wird sie als Frau«, hatte Großmutter Binita häufig gesagt und dabei vorwurfsvoll ihre englische Schwiegertochter angesehen, als wäre es ihre Schuld, dass die Eltern sich einst ineinander verliebt und für ihre Liebe gekämpft hatten. Der Vater war in den letzten Jahren selten zu Hause gewesen. Er engagierte sich politisch, das wussten sie. Aber Tamira hatte erst nach dem Aufstand verstanden, dass er sich mit Gleichgesinnten gegen die beständig wachsende Macht der *British East India Company* aufgelehnt hatte.

Wenn er fort war, litt die Mutter unter Phasen von Schwermut, in denen sie selten ihr Zimmer verließ und die Töchter sich selbst und natürlich den Bediensteten überlassen waren. Tamira hatte allmählich die Leitung des Haushalts übernommen, ihr Vater wusste davon, er hatte sie sogar einmal deswegen gelobt. Vielleicht auch deshalb ließ er ihr viel Zeit, über die Heirat mit Jitendra nachzudenken. Inzwischen war sie überzeugt davon, dass die Eltern sich auseinandergelebt hatten. Zu schwierig war das Verhältnis zu seiner Familie und zu groß das Heimweh ihrer Mutter. In jenen Tagen hatte sie gesagt: »Wenn die Liebe verbrannt ist, bleibt dir nur kalte Asche, die deine Tränen aufnimmt.«

»Aber wenn Menschen sich einstmals geliebt haben, können sie danach nicht zu Freunden werden?«, hatte Tamira wissen wollen.

Die Mutter hatte ihr durchs Haar gestrichen und dabei den Kopf geschüttelt. »Männer und Frauen sind zu unterschiedlich. Sie können nicht miteinander befreundet sein.«

»Bereust du es denn, Vater geheiratet zu haben?«

»Natürlich nicht, ich habe fünf wunderbare Töchter und einen stattlichen Sohn. Was kann sich eine Frau mehr vom Leben erhoffen als gesunde, wohlgeratene Kinder?«

Tamira wäre dazu eine Menge eingefallen, aber solche Gespräche waren selten, und sie wollte den Augenblick nicht zerstören, indem sie ihrer Mutter widersprach.

Zu jener Zeit war der Wunsch in ihr aufgekeimt, unabhängig und selbstbestimmt zu leben und vor allem um die Liebe einen weiten Bogen zu schlagen. Sie hatte das Schreiben für sich entdeckt und beschlossen, sich ganz darauf zu konzentrieren.

In einer Ehe ohne Liebe mochte man sich über die Jahre arrangieren können. Liebte jedoch nur einer, konnte die Ehe für die andere Person nur zur Qual werden. Mit der flachen Hand wischte Tamira das Herz von der Scheibe, legt sich aufs Bett, schloss die Augen und umarmte ihr Kissen, wie sie es immer tat, wenn sie traurig war. Nur dass sich diesmal darunter noch zusammengerollt Ashertons Rock befand, in dem sie ihr Gesicht verbarg, um ihm ein letztes Mal nahe zu sein, bevor sie das teure Kleidungsstück an ihn zurückschicken würde.

Schläft sie? Der Vogel turnte zwischen den erkalteten Kerzen eines Leuchters herum.

Siehst du doch, da macht sie immer dieses lustige Gesicht. Der Tiger wirkte heute nicht so riesig. Er sprang auf ihr Bett und legte sich neben sie.

Pass auf. Weißt du nicht, dass sie geweint hat?

Ich kann es sogar riechen. Der Tiger schnüffelte so dicht an ihrem Gesicht, dass die Schnurrhaare piksten.

Tamira kuschelte sich an ihn. Sein Fell duftete nach den exotischen Blumen des Dschungels und nach dem Fluss, an dem sie sich mit Julian traf. Wenn sie den Tiger sah, war auch er nicht weit.

Hui! Der Vogel verlor das Gleichgewicht und flatterte wild, bis eine Kerze ganz langsam aus der Fassung kippte und zu Boden fiel.

Still! Du weckst sie auf! Der Tiger runzelte die Stirn und hielt den Kopf schräg, als wollte er lauschen, ob sie erwachte.

Aber Tamira fühlte sich wohl hier am Fluss, grub die Zehen in den Sand und sah sich um. Die Sonne flimmerte durchs Blätterdach, das Wasser plätscherte, und der schmeichelnd warme Lufthauch trug eine Note von *Kulfi* heran, ihrem Lieblingsdessert aus Milch, Safran und Pistazien. Der Duft vermengte sich mit einem Hauch von frisch geschlagenem Sandelholz und würzigen Currys. Unwillkürlich musste sie lächeln. Heimat bedeutet immer auch, einen Ort mit seinen Düften zu verbinden. Dieser Geruch allein reichte aus, das Innerste zu berühren, selbst wenn man ganz weit weg war. Und genau dies geschah, als sich ein weiterer hinzugesellte, den sie sofort erkannte: *Er* war hier. Das Bouquet von Zimt und edlen Hölzern ließ ihr Herz schneller schlagen. Ein leuchtend reines Weiß, klares Meerblau und das müde Grün alter Olivenbäume verschmolzen vor ihrem geistigen Auge zu einer Landschaft, wie sie sie auf einem Gemälde in Asherton House gesehen hatte. Tamira bemerkte eine Bewegung am anderen Ufer, und da stand er, gestützt auf eine Schaufel: Julian in Breeches und Stiefeln, bekleidet mit einer blau geblümten Weste über dem am Kragen offenen Hemd. Aufgekrempelte Ärmel hatte sie noch nie bei ihm gesehen, fasziniert starrte Tamira auf gebräunte muskulöse Arme, die eher einem Arbeiter zu gehören schienen als einem eleganten Vertreter des Hochadels.

Als sie aufsah, trafen sich ihre Blicke, und sie glaubte dieselbe Sehnsucht in seinem Antlitz zu lesen, die sich in ihrem Herzen ausbreitete.

»Tamira, ich …!« Ein Poltern verschluckte den restlichen

Satz. Erschrocken sah sie sich um, nur kurz, aber als sie wieder über den Fluss blickte, war er verschwunden. Das Klopfen wurde lauter.

»Tamira, Tamira! Bitte mach doch auf!«

Schlaftrunken tappte sie zur Tür und schloss auf. Draußen standen, wie sollte es auch anders sein, ihre Schwestern. »Sag, dass das nicht wahr ist!« Caroline stürmte herein. Die Zwillinge drängten sich an ihr vorbei. Sie sagten ausnahmsweise nichts.

»Ich konnte es einfach nicht.«

»Aber warum denn bloß?«, fragte Henrietta, und Georgiana ergänzte: »Ihr wart euch doch einig.«

»Einig? Wie meinst du das?«

»Ich habe doch Augen im Kopf.«

»Er hat den Pakshee Baagh gefunden!« Henrietta klang irritiert.

»Hat er nicht. *Ich* habe ihn gefunden. Julian wäre nie auf die Idee gekommen, unter dem Bett zu suchen, wenn du es genau wissen willst!«

»Unter welchem Bett?«, fragte Caroline scharf.

Widerstrebend fasste Tamira ihren Ausflug in die Cork Street zusammen. Das lenkte ihre Schwestern vorerst ab, und sie erkundigten sich danach, was nun mit Richard Dunbridge, Viscount Briseham, geschehen würde.

»Das weiß ich nicht. Asherton wollte sich darum kümmern«, gab sie zu.

»Also ganz ehrlich? Ich finde dich unmöglich. Schon am Anfang, als er mir den Hof gemacht hat, warst du praktisch bei jeder Begegnung dabei. Ich hatte gar keine Gelegenheit, ihn in Ruhe näher kennenzulernen.«

»Du hattest Angst vor ihm und mich angefleht, euch nicht allein zu lassen!« Entsetzt sah sie Caroline an.

»Mag sein, dass ich Asherton anfangs etwas überwältigend fand, aber schließlich ist er ja auch ein Duke und steht weit über uns.«

»Das glaube ich jetzt nicht, Caroline! Willst du damit etwa sagen, dass du ihn geheiratet hättest, wenn ich euch nicht beim Turteln gestört hätte?«

Ihre Schwester sah sie kampflustig an. »Das ist doch jetzt nicht mehr wichtig. Tante Amanda und du, ihr habt mich vorgeschickt, den reichsten Mann zu finden, um ihn zu heiraten und damit unsere Zukunft abzusichern. Ganz gleich, wie ich mich dabei fühle«, fügte sie bitter hinzu.

»Jetzt übertreibst du aber«, sagte Henrietta. »Wir haben das gemeinsam beschlossen.«

»Wie auch immer. Der reichste Bewerber ist der Duke.«

»Da bin ich aber froh, dass du nicht auch noch Jitendra ins Spiel bringst«, sagte Tamira grimmig.

Caroline hörte ihr nicht zu. »Ich hätte mich geopfert, für euch. Aber er will dich – und du lehnst ihn ab?«

Georgiana fiel Caroline ins Wort. »Ich weiß nicht, warum du dich jetzt beschwerst. Du warst doch ganz scharf darauf, *um jeden Preis* zu debütieren.«

»Genau«, warf ihre Zwillingsschwester ein. »Außerdem ist Tamira ja wohl denkbar ungeeignet, als liebreizendes Naivchen auf Gattenfang zu gehen.«

»Du hast ja keine Ahnung! Ihr wisst nicht, wie man sich da draußen wirklich fühlt! Aber in der nächsten Saison werdet ihr sehen, wie es ist, von Leuten angestarrt zu werden, die nur darauf warten, dass man einen Fehler macht.« Caroline ballte die Hände zu Fäusten. »Falls es eine nächste Saison überhaupt gibt. Wenn es nach Tante Amanda ginge, würden wir jetzt die Truhen packen. Wir können froh sein, dass unsere *liebe große* Schwester nicht schon früher einen

Skandal ausgelöst hat. Ich mag gar nicht an ihre vielen Einbrüche denken ...«

»Drei! Es waren nur drei, und die Zwillinge sind zweimal dabei gewesen«, unterbrach Tamira sie empört.

»Schlimm genug, dass du sie da mit reingezogen hast.«

»Jetzt hör doch mal damit auf, Caroline!«, sagte Georgiana, ließ sich vom Fensterbrett gleiten und sah Tamira an. »Ich dachte immer, du magst den Duke. Er ist aufmerksam, freundlich und hat dir damals im Vergnügungspark mehr als nur aus der Patsche geholfen.«

»Also wirklich.« Henrietta schüttelte den Kopf. »Die meisten Frauen würden sich ihm ohne Anlass zu Füßen werfen, und dir hat er vielleicht sogar das Leben gerettet.«

»Ach? Dann soll ich wohl aus Dankbarkeit heiraten?«

»Dankbarkeit ist nicht das schlechteste Motiv.« Caroline ging zur Tür. »In erster Linie jedoch trägst du Verantwortung. Nicht für mich, ich werde auf Edward warten, auch wenn er nicht besonders vermögend sein mag. Aber du trägst sie weiter für die Zwillinge und vor allen für Anila.« Bevor sie hinausging, drehte sie sich noch einmal um. »Weißt du was? Du warst immer schon egoistisch. Nihal und unsere Eltern würden vielleicht noch leben, hättest du Jitendra geheiratet. Verdirb es nicht noch einmal, *liebe Schwester*!«

Unfähig, einen Gedanken zu fassen, sah Tamira ihr hinterher.

»Sie meint es nicht so«, sagte Henrietta und nahm sie in den Arm.

Georgiana sagte skeptisch: »Ich fürchte, Caroline meint es ganz genau so. Erinnerst du dich nicht, dass sie schon damals sauer war, weil Jitendra nur Augen für Tamira hatte und Caroline überhaupt nicht bemerkte? Und jetzt hat unsere große Schwester ihr den nächsten dicken Fisch aus dem Netz geklaut, bloß um ihn wieder zurück ins Meer zu werfen, wie es aussieht.«

»Netter Vergleich.« Henrietta grinste. »Ich habe nie verstanden, wie sie für diesen Schleimbeutel schwärmen konnte.«

Davon hatte Tamira nichts gewusst. Bis heute war sie sicher gewesen, dass Caroline Jitendra verabscheute. Wortlos ging sie zum Fenster und sah hinaus in den Regen. Als sie die Zimmertür ins Schloss fallen hörte, ließ sie ihren Tränen freien Lauf.

Nach einer Weile ging die Tür erneut auf. Sie wischte sich mit dem Ärmel übers Gesicht und fuhr herum.

»Was gibt's?«

Daisy knickste, stellte ein Tablett ab und begann damit, den kleinen Tisch einzudecken, an dem sie zuweilen frühstückte. »Lady Abbotsleigh hat gesagt, Sie dürfen erst wieder mit der Familie essen, wenn Sie zur Vernunft gekommen sind.«

»Sagt sie das? Ich hätte sowieso darum gebeten, mir das Dinner heraufbringen zu lassen. Ich fühle mich nicht ganz wohl.«

»Schmerzt Ihr Fuß sehr?«

»Wie? Ja, genau. Würden Sie Yalda bitten, nachher den Verband zu erneuern?«

»Selbstverständlich. Läuten Sie bitte, falls Sie etwas brauchen sollten. Wir – der ganze Haushalt ist jederzeit für Sie da, Miss Darlington-Devi.« Daisy knickste erneut und ließ sie allein.

Tamira setzte sich an den Tisch, griff nach dem Besteck und hielt inne. An einer Karaffe mit Wein lehnte ein Brief. Die Handschrift war schwer zu verkennen. »Asherton!«, sagte sie und streckte die Hand danach aus.

54. KAPITEL

Der folgende Tag verlief überaus schrecklich. Sie durfte ihr Zimmer nicht verlassen, Caroline sprach nicht mehr mit ihr und die Zwillinge stritten unentwegt. Mittags wurde ein wunderschöner Blumenstrauß für sie abgegeben. Der Duke kam, anders als von ihm angekündigt, nicht in die Hill Street.

Anbelle und Fiona hatten Tamiras Schicksal offenbar ausführlich diskutiert und schrieben, dass sie zu ihr halten würden, ganz gleich, was sie getan hätte. Leider sähen es ihre Familien anders. Sie dürften sie nicht besuchen.

Ashertons Brief lag zusammen mit seinem Rock unter ihren Kopfkissen. Tamira hatte ihn wieder und wieder gelesen, als gälte es, darin eine geheimnisvolle Botschaft zu finden. Doch der Inhalt blieb klar und eindeutig: Sachlich legte er ihr dar, weshalb es für sie keinen anderen Weg gab, als zu heiraten. Er versprach, ihr als seine Gattin jedwede Freiheit zu gewähren und sich von ihr fernzuhalten. Er schrieb von der Sonderlizenz zum Heiraten. Er warte auf ihre Antwort. Mit keinem Wort sprach er von Liebe oder Freundschaft und nicht einmal von Sympathie.

Das alles stand unter dem respekteinflößenden herzoglichen Siegel in Ashertons schwungvoller, männlicher Handschrift, die so viel über seinen großzügigen, selbstbewussten Charakter aussagte. Jedes Mal, wenn sie den Brief zur Hand nahm, musste Tamira weinen, und schließlich warf sie ihn ins Feuer.

Zur Untätigkeit verdammt, ging sie wie eine eingesperrte Tigerin in ihrem Zimmer auf und ab. Nicht einmal der Blick aus dem Fenster brachte Abwechslung, es regnete immer noch und kein Vogel ließ sich sehen. Ans Schreiben war überhaupt nicht zu denken. Ihre Geschichte kam ihr auf einmal banal und einfältig vor. Wie hatte sie nur jemals denken können, Schriftstellerin zu sein?

Am Nachmittag erschien Lady Cairnforth. Als hätten sie sich abgesprochen, führte ihre Patin die gleichen Argumente wie Asherton auf.

»Ganz gleich, was wirklich vorgefallen ist, du bist ruiniert!«, sagte sie eindringlich. »Wenn du nur einen Funken Sympathie für deine Schwestern hast, nimmst du sein Angebot an.«

»Aber er liebt mich nicht!«

»Meine Güte, du hast doch bei deinen Eltern gesehen, wohin eine Liebesheirat führen kann. Das ist alles sentimentaler Unsinn.«

»Ohne Liebe ist es noch schlimmer! Was, wenn ich ihm den ersehnten Erben nicht schenken kann?«

»Weshalb solltest du das nicht können? Die Frauen deiner Familie waren alle mit einer zufriedenstellenden Fruchtbarkeit gesegnet.«

»Warum verstehen Sie mich nicht? Mein Erbe würde ihm gehören. Ich wäre vollkommen abhängig von einem Mann, dem ich nichts bedeute.«

»Dein Onkel wird schon einen vernünftigen Ehevertrag aushandeln, auf ihn kannst du dich verlassen. Und glaub mir, Asherton kommt sehr gut ohne dein bisschen Geld aus. Er wird dir ein großzügiges Nadelgeld gewähren.«

Erschöpft ließ sie sich auf einen Stuhl fallen. »Ja, das hat er versprochen.«

»Siehst du. Der Duke of Asherton gehört zu den wohlhabendsten Männern des Landes, und das nicht nur wegen seines stattlichen Erbes. Doch selbst wenn er es nicht wäre, du bist es deinen Schwestern schuldig. Je länger du wartest, desto schwieriger wird es für sie, eine anständige Partie zu machen.«

»Tante Amanda will uns rauswerfen.«

»Das lässt dein Onkel nicht zu, er hat Josefine geliebt …« Bevor sie nachfragen konnte, sprach ihre Patin weiter. »Ihr werdet vielleicht nicht obdachlos, aber glücklich werdet ihr auch nicht sein.« Sie ging zur Tür. »Besinn dich, Kind. Schreib ihm, dass es dir leidtut, du wärst nicht du selbst gewesen. Ich bin sicher, er wartet nur auf ein Zeichen von dir. Der Duke ist ein anständiger Mann.«

»Lady Cairnforth?«

Sie wandte sich noch einmal um. »Ja?«

»Sind Sie unglücklich?«

Ihre Patin lachte. »Nein, keineswegs. Warum fragst du das?«

»Man kann also auch unverheiratet glücklich werden. Sie sind respektiert und haben viele Freunde.«

»Dafür habe ich ein Leben lang hart gearbeitet, meine Liebe. Meine Großeltern waren vor der *Zweiten Glorreichen Revolution* Sklaven, meine Mutter war eine Kammerzofe, und ich hatte das unwahrscheinliche Glück, zusammen mit den Kindern ihrer Arbeitgeberin unterrichtet zu werden. Ich habe ein Geschäft aufgebaut und ein Vermögen verdient. Doch die gesellschaftliche Anerkennung und die damit verbundene Freiheit wurden mir erst durch die Eheschließung mit Lord Cairnforth zuteil.«

»Dann haben Sie Ihren Mann nicht geliebt?«

»Aber natürlich nicht. Es war ein Geschäft. Er gab mir seinen Namen, ich bezahlte seine Rechnungen. Wir haben uns respektiert, ich würde sogar sagen, wir waren Freunde, bevor er starb.«

»Danke für Ihre Offenheit, Lady Cairnforth.«

»Denk drüber nach, was ich dir gesagt habe: Du hättest es wirklich schlechter treffen können. Der Duke nimmt dich, ohne irgendeine Gegenleistung zu erwarten.«

»Aber er will, dass ich seine Kinder zur Welt bringe«, sagte sie später zu den Zwillingen.

»Genauer gesagt: Söhne.« Georgiana grinste.

Henrietta sah sie tadelnd an. »Das ist nicht hilfreich.« An Tamira gewandt fuhr sie fort: »Es wären doch auch deine Kinder. Willst du denn keine?«

In ihren Zukunftsplänen hatte es keine Kinder gegeben. Wie auch? Sie wäre ja nicht verheiratet. »Man kann nicht alles haben«, sagte sie und spürte einen Stich in der Brust. Dies zu wissen, war eine Sache, sich nach dem vollkommenen Glück zu sehnen, eine andere.

»Als Duchess hättest du aber eine Menge von dem, was sich die meisten Menschen wünschen. Sicherheit, Geld, Macht, und obendrein ist der Duke ein attraktiver Mann.«

»Das stimmt«, sagte Henrietta. »Hast du dir die anderen Herzöge mal angesehen?«

Georgiana schüttelte sich. »Gruselig. Und außerdem sind sie alle verheiratet.«

»Ich habe ihm doch gar nichts zu bieten.« Tamira dachte daran, was ihr Tante Bernadette über ihre Zweckehe erzählt hatte.

Ratlos sahen die Zwillinge sie an, bis Henrietta sie in den

Arm nahm. »Das stimmt nicht. Du bist wunderschön, redegewandt und gebildet.«

»Genau. Du bist ganz verrückt nach Pferden und Asherton züchtet sie.«

»Du bist mutig, und wenn es um die Familie geht …«

Georgiana unterbrach sie: »… wirst du zur Tigerin. Komm schon, du magst ihn doch, das weiß ich. Und er mag dich auch, das kann jede sehen, die Augen im Kopf hat.«

»Gib dir einen Ruck. Wenn nicht für dich, dann tu es für uns. Bitte, Isvari. Wir würden dich nicht bitten, gäbe es eine andere Möglichkeit.«

Erhoffte man sich von ihr, dass sie ihren Körper verkaufte für das Glück ihrer Familie? Und hatten sie nicht zu Beginn dasselbe von Caroline erwartet, obwohl schnell klar war, dass sie den Duke für überwältigend männlich und furchteinflößend hielt?

Ganz gleich, was ihre Schwestern sagten, Tamira besaß nichts außer einem annehmbaren Äußeren. Allerdings interessierte sich Asherton dafür. Ihr Herz mochte ihn nicht interessieren, ihren Körper aber fand er reizvoll genug, um eindeutig zu reagieren, wenn andere Männer ihr begehrliche Blicke schenkten. Keine Frage, er wollte sie besitzen. Wie furchtbar das klang! Andererseits – wäre es wirklich so schlimm, in seinen Armen zu liegen und nie gekannte Gefühle zu genießen, wie sie es sich so oft erträumt hatte?

Tamira konnte nicht mehr denken. Sie hätte es wahrlich übler treffen können, mit Jitendra beispielsweise oder – Gott bewahre – mit jemandem wie Wellsborough. Aber musste eine Frau denn heiraten?

Die Antwort war Ja, wenn sie damit ihrer Familie helfen konnte. Sie schloss kurz die Augen und wünschte aus ganzem Herzen, dass eine Zeit kommen würde, in der keine Frau mehr vor eine solche Frage gestellt werden würde. Doch das waren Zukunftsträume. Sie lebte heute, und das Schicksal reichte ihr die Hand. Sie hatte keine andere Wahl als einzuschlagen.

»Ich denke darüber nach«, versprach sie ihren beiden Schwestern. »Aber jetzt geht bitte. Ich habe Kopfschmerzen.«

In der Nacht erwachte sie aus einem traumlosen Schlaf. Das Feuer war heruntergebrannt, die Wolken hatten sich verzogen, und eine helle Mondsichel stand am Nachthimmel. Es musste kurz nach Mitternacht sein. Sie fror und sehnte sich nach der Wärme eines lebendigen Wesens. Tiger und Vogel kamen und gingen, wie sie wollten, aber unten im Stall hatte Firefly heute vergebens auf eine Karotte von ihr gewartet. Kurz entschlossen zog sie ihren Morgenrock über und schlich die Hintertreppe hinunter.

»Miss Darlington!« Der Lakai, der nachts die Hintertür bewachte und sie schon häufig in den frühen Morgenstunden hinausgelassen hatte, sprang auf und sah sie alarmiert an. »Stimmt etwas nicht?«

»Ich möchte gern für ein paar Minuten zu den Pferden.«

»Das geht nicht, Miss Darlington. Lady Abbotsleigh hat gedroht, jeden zu entlassen, der ihnen hilft, aus dem Haus zu gehen«, fügte er bedauernd hinzu.

Sie hätte argumentieren können, dass die Ställe theoretisch noch zum Haus gehörten, aber sie wollte den armen Mann nicht in Schwierigkeiten bringen. »Das wusste ich nicht. Gute Nacht«, sagte sie und bog in den Gang ein, der sie in die Bibliothek führte. Gegen das Lesen würde ihre Tante hoffentlich nichts einzuwenden haben. Leise drückte sie die Klinke hinunter und ging hinein. Im Kamin brannte ein großes Holzscheit, das Feuer knisterte, und das Licht der Flammen ließ Schatten wie dunkle Gedanken über die Wände zucken. Die

Glaskaraffen auf der Anrichte leuchteten rot und golden und sie fragte sich, ob das Feuer des Brandys sie von innen erwärmen und die Kälte aus ihrem Herzen vertreiben würde. Ihre Pantoffeln verursachten kein Geräusch auf den dicken Teppichen, während sie hinüberging.

»Nimm dir ruhig ein Glas, wenn du willst, und komm her zu mir, Tamira.« Lord Abbotsleighs Stimme klang müde. Er saß in dem großen Sessel vor dem Feuer, den er extra aus seinem vermieteten Stadthaus in die Hill Street hatte bringen lassen.

Sie zögerte kurz, schenkte sich einen kleinen Schluck ein und ging zu ihm hinüber. »Ich wusste nicht, dass du wieder da bist, Onkel.«

Er trug noch seine Reisekleidung und roch nach Regen und der feuchten Wolle des Reisemantels, den er über einen Stuhl geworfen hatte, damit er trocknen konnte.

»Was blieb mir anderes übrig?«

»Du bist wegen mir zurückgekommen?«

»Ich muss mit dir reden. Nimm Platz, das können wir ebenso jetzt tun.« Er setzte sich auf, trank einen großen Schluck und stellte sein Glas beiseite. »Du hast also Ashertons Heiratsantrag abgelehnt. Warum?«

Sie nippte nur am Glas und wartete, bis das Brennen verklungen war. »Er liebt mich nicht.«

»Ist das wichtig?«

»Ja«, sagte sie leise.

Zu ihrer Überraschung lächelte er. »Du siehst deiner Mutter zwar nicht besonders ähnlich, aber du hast viel von ihr. Ich habe Josefine geliebt, weißt du.«

»Und warum hast du dann Amanda geheiratet?« Sie legte sich die Hand auf die Lippen. »Entschuldige, es geht mich nichts an.«

Er seufzte. »Das ist schnell erzählt. Deine Mutter und ich, wir sollten uns nach ihrer Indienreise verloben. Ich war sehr verliebt, und ich dachte … Dann ist aber alles anders gekommen, und als eure Großeltern so kurz nach ihrer Rückkehr beide an diesem verteufelten Fieber verstarben, stand Amanda ganz allein in der Welt. Natürlich hätte sie zu ihrer Schwester reisen können – Josefine hat sie sehr darum gebeten –, aber das wollte sie nicht. Der neue Lord Hallifax wollte Amanda loswerden, also habe ich sie um ihre Hand gebeten.«

»War das ein Fehler?«

»Vielleicht«, gab er zu und sah eine Weile schweigend in die Flammen. »Was hast du jetzt vor?«

»Wie meinst du das?«

»Nun, wenn du Asherton nicht heiratest, wird dir nach diesem Skandal so schnell niemand mehr einen Antrag machen.«

»Aber du weißt, dass wir uns nichts haben zuschulden kommen lassen!«

»Das glaube ich euch, doch wer würde mir glauben?«

»Du bist ein Gentleman! Dein Wort hat Gewicht.«

Er lächelte nachsichtig. »Ich bin aber auch dein Onkel. Wenn ich dich nicht verstoße, werden die Leute annehmen, dass ich naiv genug bin, deine Version zu unterstützen. Dass zwischen euch nichts geschehen ist, glaubt niemand. Dafür ist die Geschichte viel zu aufregend.« Er stand auf, um sich nachzuschenken. Ihr bot er nichts an, und das war auch vernünftig, denn inzwischen hatte sie das Gefühl, zu glühen. »Also, was hast du vor?«

»Nach Indien kann ich nicht zurück, solange nicht geklärt ist, wer für den Tod meiner Eltern verantwortlich ist.«

»Allerdings.« Er klang grimmig.

»Im August bekomme ich das Erbe von Großtante Violet

ausgezahlt und das Cottage in Surrey. Dort werde ich mich einrichten und schreiben.«

»Meinst du das ernst?« Entgeistert sah er sie an. »Erzähl mir bitte nicht, das ist der Grund für deine Weigerung zu heiraten! Tamira, Mädchen, hast du überhaupt eine Ahnung, was es bedeutet, unter so bescheidenen Bedingungen zurechtkommen zu müssen?«

»Ich werde Daisy mitnehmen und eine Köchin einstellen und einen Knecht für die Pferde und so weiter.«

»Daisy?«

»Meine Kammerzofe.«

»Weiß sie davon?«

»Nein, aber ... Du meinst, sie wird nicht mitkommen wollen? Dann muss ich mir jemand anderen suchen. Sie wäre mir nur sehr angenehm, weißt du.«

»Das glaube ich«, sagte er ernsthaft. »Ist dir klar, welche Kosten auf dich zukommen, mit drei Angestellten und mindestens einem Pferd?«

»Nicht so genau, aber das Geld wird sicher reichen.«

Er schien sie gar nicht gehört zu haben. »Du wirst mehr Personal haben müssen. Du brauchst eine Küchenhilfe und ein Dienstmädchen. Die Zofe putzt dir nicht das Haus. Daisy bekommt sechs Pfund im Jahr, eine Köchin verlangt gut und gern das Doppelte. Ein brauchbares Pferd, das du reiten und fahren kannst, kostet sechzig Guineas. Und das, meine Liebe, entspräche in etwa deinem Jahreseinkommen. Ganz zu schweigen davon, dass dieses Dorf in Surrey ein gottverlassenes Nest ist und das Cottage seit Jahren nicht bewohnt ist und sich – ebenso wie der Garten – in einem bedauernswerten Zustand befindet.«

Tamira spürte, wie ihr das Blut aus dem Gesicht wich. Für einen kurzen Augenblick musste sie sich an der Sessellehne festhalten. »Was?« Ihre Stimme klang angegriffen. »Du hast gesagt, das Erbe wäre beachtlich.«

»Das ist es auch, wenn eine junge Lady diese sechzig Guineas als Taschengeld bezieht, über das sie frei verfügen kann. Dem Schullehrer in Abbotsleigh bezahle ich sechsundvierzig, er wohnt frei, und das ist ziemlich großzügig. In Yorkshire hatte er gerade mal die Hälfte.«

»Ich werde selbst Geld verdienen«, sagte Tamira schließlich. So schnell war sie nicht bereit, ihren Traum aufzugeben.

»Mit Romanen?« Nun sah er sie an, als wäre sie nicht ganz bei Trost. »Stell dir das nicht so einfach vor. Du bist talentiert, aber das reicht nicht. Angenommen, jemand würde deine Geschichten drucken wollen, dann müsstest du zuerst einmal mit einem Verleger verhandeln. Diese Gentlemen sind gewitzt, das kannst du mir glauben. Ich wüsste niemanden, der überhaupt mit einer Frau über Geld spräche, zumal wenn sie alleinstehend ist. Aus verlässlicher Quelle weiß ich, dass die von dir so geschätzte Frances Burney damals für ihren Roman *Evelina* nicht mehr als dreißig Pfund erhalten hat.«

Sie schlug die Hände vors Gesicht. »Was soll ich denn jetzt machen?«

»Das musst du selbst entscheiden. Natürlich würde ich dich unterstützen. Aber wenn ich eines Tages nicht mehr bin, entscheidet Henry, und er – nun, er ist eben Henry. Er kommt ganz nach seiner Mutter, fürchte ich.« Er reichte ihr ein Taschentuch. »Nun weine nicht. Wenn du den Duke partout nicht heiraten willst, werde ich dich nicht zwingen. Aber ich habe wirklich geglaubt, du wärst Asherton zugetan. Sonst hätte ich doch damals nach dem Besuch im Tierpark nie meine Einwilligung gegeben, und es war ein feiner Zug von ihm, dir Zeit zu lassen, ihn näher kennenzulernen.« Lord Abbotsleigh erhob sich schwerfällig. »Dieses stundenlange Sitzen in der

Kutsche ist nichts mehr für meine alten Knochen. Gute Nacht, Tamira, und denk drüber nach, was ich dir gesagt habe. Einen zweiten anständigen Gentleman, der so großzügig über deine Wildheit hinwegsieht, wirst du nicht finden, und der Duke of Asherton liebt dich von ganzem Herzen.«

55. KAPITEL

Während Tamira zitternd in ihrem Bett lag, dem Knistern des neu angefachten Kaminfeuers lauschte und darauf wartete, dass die kühlen Leinentücher sich erwärmten, dachte sie wieder und wieder über ihr Gespräch mit Lord Abbotsleigh nach. Sicher war, Tante Amanda hatte sie nur aufgenommen und Caroline in die Gesellschaft eingeführt, weil er es so wollte. Sie waren ihm zu Dank verpflichtet, ihm und seiner ungebrochenen Liebe zu ihrer Mutter. Dennoch konnte sie kaum glauben, was er über Asherton gesagt hatte: »Er liebt dich von ganzem Herzen.« Wenn das doch bloß stimmen würde. Und noch etwas verwirrte sie. Asherton hatte schon vor Wochen um die Erlaubnis gebeten, um sie zu werben, und sich zurückgehalten, weil er ihr mehr Zeit lassen wollte.

Sie schloss die Augen und beschwor ihre Erinnerung an gemeinsame Abenteuer herauf. Die Begegnung im nebligen Park, die Rettungsaktion in den beinahe menschenleeren Primrose Gardens und die heimlichen Küsse in der Curzon Street …

*

Julians Augen brannten. Er hatte versucht, sich mit Arbeit abzulenken, doch inzwischen war es später Abend geworden, und er gab es auf, Berichte aus seinen Landgütern zu prüfen.

Ungeduldig tigerte er in der Bibliothek auf und ab. Warum ließ sie nichts von sich hören? Er hatte ihr geschrieben und Blumen geschickt, aber Tamira antwortete nicht.

Dann endlich hörte er Stimmen in der Halle. Ein Bote? Erwartungsvoll riss er die Tür auf und prallte zurück. »Was willst *du* hier?«

Samuel ignorierte seine Unhöflichkeit und spazierte pfeifend an ihm vorbei, dabei wandte er sich dem Butler zu. »Bringen Sie uns einen kleinen Imbiss. Brot, kaltes Huhn und diesen irischen Käse, wie heißt er noch gleich?« Er sah Julian an. »Wann hast du zum letzten Mal gegessen?«

»Ich? Keine Ahnung …«

»Also, Sie hören es, Giles. Bringen Sie außerdem eine kräftige Brühe mit diesen köstlichen Schmetterlingsnudeln aus *Bella Italia* und Kuchen oder was der Duke heute sonst noch verschmäht hat – vergessen Sie den Tee nicht.«

»Sehr wohl, Mylord.« Der Butler verbeugte sich mit einer säuerlichen Miene und zog sich zurück, um die Anweisungen an einen der Lakaien weiterzugeben.

Nachdem sich die Tür hinter ihm geschlossen hatte, fragte Samuel: »Wieso beschäftigst du den alten Griesgram eigentlich immer noch, wolltest du nicht einen neuen Butler einstellen?«

»Dir auch einen guten Abend. Bist du hier, um meine Personalentscheidungen zu diskutieren oder um die Köchin zu quälen?«

»Schlechte Laune?«

»Kann man so sagen.« Julian setzte sich und zeigte auf geschliffenen Glaskaraffen, deren Inhalt im Kerzenlicht goldgelb leuchtete. »Bedien dich, wenn du magst.«

Samuel schenkte sich ein Glas ein und hob fragend die Karaffe.

»Für mich nicht, danke.«

Er setzte sich. »Was war da los im Londesborough House? Man hört ja die abenteuerlichsten Geschichten.«

»Erspar mir das Gerede.« In wenigen Sätzen fasste er zusammen, was geschehen war, und erzählte anschließend von den Problemen des gemeinsamen Freundes.

»Nach diesem Desaster bist du noch zu Richard gegangen? Du bist wirklich ein eiskalter Hund«, sagte er anerkennend und stopfte sich eine Pfeife.

»Was blieb mir anderes übrig? Die Sache duldete keinen Aufschub. Ich habe ihn davon überzeugen können, das Land zu verlassen.«

Die Tür öffnete sich und er verstummte. Der Butler kam mit zwei Dienern herein, die den Tisch für sie eindeckten.

Als sie fertig waren, sagte Julian: »Danken Sie der Köchin für ihre Mühe, Giles. Wir brauchen heute nichts mehr. Gute Nacht.«

»Euer Gnaden, Lord Hayes.«

»Mann, hab ich einen Hunger!« Samuel setzte sich. »Die Suppe duftet köstlich!«

Während sie aßen, erzählte Julian den Rest der traurigen Geschichte. »Ich hoffe, er geht seinen Weg.«

»Der Prinzregent wird toben.« Samuel schaufelte Zucker in seinen Tee und goss Sahne hinein, bevor er davon trank. »Ah, das ist gut.« Er lehnte sich zurück.

»Ich weiß nicht, warum ich ein Vermögen für erstklassigen Tee ausgebe, wenn du auch mit einem Glas warmer Sahne zufrieden wärst.«

»Weil der Preis den Unterschied macht«, sagte Samuel grinsend. »Ich bin natürlich dein Trauzeuge, wann wird Hochzeit gefeiert?«

»Das weiß ich nicht.«

»Wieso?«

»Miss Darlington-Devi hat meinen Antrag abgelehnt.«

»Is' nicht wahr!«

Julian legte sein Besteck zusammen und trank einen Schluck. Sofort fühlte er sich entspannter. Der Tee war wirklich ausgezeichnet. »Es verwundert mich«, gab er zu. »Dabei habe ich ihr genau dargelegt, weshalb eine Eheschließung unumgänglich ist. Ohne Zweifel ist Tamira eine außergewöhnlich impulsive Person, aber sie schien mir bisher vernünftiger zu sein als die meisten ihrer Geschlechtsgenossinnen.«

Samuel lachte in sich hinein. »So, so. Wir sind schon beim Vornamen?«

»Natürlich nicht«, sagte er verlegen.

Sein Freund lehnte sich vor und betrachtete ihn eine Weile prüfend. »Du hast ihr aber nicht ernsthaft einen Heiratsantrag gemacht und dabei die Notwendigkeit hervorgehoben, die sich durch euer Techtelmechtel in diesem Teehaus ergibt?«

»Seit wann sprichst du in so langen Sätzen?«

»Lenk nicht ab. Hast du deiner Angebeteten nun ewige Liebe geschworen oder nicht?«

»Sie weiß doch, was ich für sie empfinde«, antwortete er abwehrend. Julian fühlte sich zu Unrecht kritisiert. Nach all den ungewöhnlichen gemeinsamen Unternehmungen und den Situationen, in denen sie sich näher gekommen waren, konnte er doch wohl annehmen, dass sich Tamira über seine Gefühle im Klaren war.

»Du hast sie in unserem Salon geküsst und glaubst, das reicht? Oder habt ihr schon … ähm, darüber gesprochen?«

»Ich verstehe nicht, was du meinst. Es geht doch nicht um mich. Wenn es nach mir ginge, wären wir längst verheiratet. Aber ich fand, sie sollte Zeit haben, sich ihrer eigenen Gefühle sicher zu sein. Und ich weiß, dass sie etwas für mich empfindet«, sagte er störrisch. »Nur haben wir jetzt nicht mehr den Luxus, länger zu warten.«

»Du hast es ihr also nicht gesagt.«

Allmählich ging ihm die Fragerei auf die Nerven und er entgegnete scharf: »Miss Darlington ist sehr freiheitsliebend. Ich habe ihr versichert, dass ich mich ihr nicht aufdrängen werde.«

Samuel, der gerade einen Schluck Tee getrunken hatte, prustete los. Indigniert tupfte sich Julian mit der Serviette die Weste ab. »Was ist daran so lustig?«

Der Mann, den er bis vor wenigen Minuten für seinen besten Freund gehalten hatte, benahm sich wie toll. Japsend stieß Samuel hervor: »Wie kann es sein, dass jemand, der freiwillig Gesellschaftsromane von exzentrischen Weibspersonen liest, keine Ahnung hat, was eine Lady gern hören möchte?«

»Selbstverständlich weiß ich das. Aber sie ist empfindsam …«

»Du sollst ihr doch keine Schweinerei ins Ohr flüstern. Ein einfaches ›Ich liebe dich und kann nicht mehr ohne dich leben, mein Herz!‹ würde vollauf genügen.«

»So was kann ich unmöglich … Du übertreibst.«

Die Aufsatzuhr schlug Mitternacht. Samuel runzelte die Stirn und erhob sich. »So spät schon? Ich habe noch eine Verabredung mit der *Queen of Vere Street*«, er zwinkerte Julian zu. »Schreib Tamira, wenn du zu schüchtern bist, es zu sagen.«

Julian stand ebenfalls auf, um ihn zur Tür zu begleiten.

Samuel zog die Handschuhe an, griff nach seinem samtig schwarzen Biberhut und ließ sich den Gehstock reichen. »Probier's aus. Dann weißt du, dass ich recht habe.« Er lief die Stufen hinab und machte auf dem Gehweg kurz Halt. »Viel Glück, mein Bester!« Danach setzte er den Hut auf, wirbelte herum und spazierte pfeifend davon.

Julian kehrte zurück in die Bibliothek, löschte die Kerzen und stieg die Wendeltreppe hinauf in sein Appartement, wie er das geräumige Wohnschlafzimmer nannte. Es verfügte sogar über einen kleinen Balkon, auf den er an warmen Abenden hinaustrat, um den Nachthimmel zu betrachten und nach einem langen Tag eine der Pfeifen zu rauchen, die Samuel so ausgiebig konsumierte.

Der Kammerdiener erwartete ihn bereits. Es war geradezu unheimlich, wie die Dienstboten untereinander kommunizierten. Sie schienen jederzeit zu wissen, wo im Haus er sich aufhielt. In Augenblicken wie diesen sehnte er sich nach der Villa am Ägäischen Meer zurück, in der er die glücklichste Zeit seines Lebens verbracht hatte und wo seine Mutter heute zusammen mit seinem Bruder lebte.

MacAlister wärmte im neu angelegten Ankleidezimmer Wasser und Handtücher für ihn an, anschließend zog er sich dezent zurück.

Julian wusch sich, und als er die Zahnbürste beiseitelegte, blickte ihm ein erschöpft wirkender, unrasierter Mann aus dem Spiegel entgegen. Seine Haare trug er nach der aktuellen Mode länger. Die feucht gewordenen Spitzen ringelten sich und kitzelten ihn an der Nase. Das Stadtleben hatte ihn blasser werden lassen, wenn auch die nahtlose Bräune, die er sich in jungen Jahren am Meer erworben hatte, wohl niemals vollständig schwinden würde. Immerhin sorgten die regelmäßigen Trainingsrunden im Boxring und die Fechtstunden dafür, dass er in Form blieb. Dennoch, es war Zeit, aufs Land zurückzukehren oder – noch viel besser – seiner Mutter einen Besuch abzustatten. Angetan von diesem Gedanken, lächelte er.

Das war die Idee! Ihre Hochzeitsreise würden sie nach Griechenland machen, das er besonders liebte, wenn es im Herbst in England kalt und ungemütlich wurde.

Er löschte das Licht und ging zurück ins Schlafzimmer, um anzuziehen, was MacAlister die *orientalische Garderobe* nannte. Sie bestand aus einer schwarzen, weiten Hose und einem dazu passenden knielangen Hemd aus Leinen. Wenn es kühl war, wie heute, trug er darüber den neuen, reich bestickten bodenlangen Hausmantel aus dunkelrotem Seidensamt. Er musste schmunzeln, als er sich erinnerte, wie stolz MacAlister gewesen war, als er einen persischen Gewandschneider aufgetan hatte, der sich nicht nur auf die Fertigung morgenländischer Kleidung verstand, sondern obendrein mit den kostbarsten Stoffen und Gewürzen handelte.

Julian liebte es, vor dem Schlafengehen am Kamin zu sitzen und zu lesen oder sich an ereignisreichen Tagen Notizen zu machen. Diese und andere Routinen, wie das morgendliche Reiten, waren ihm wichtig. Seine Freunde neckten ihn deswegen allerdings, und Julian hatte den Verdacht, dass ihm Tamira diese Ordnung in Zukunft gehörig durcheinanderwirbeln würde.

Wie jedes Mal, wenn er an sie dachte, schlug sein Herz schneller. Samuel hatte recht, er musste ihr seine wahren Gefühle anvertrauen. Wenn nur diese Furcht vor Zurückweisung nicht wäre. Julian schob die Erinnerung an vergangene Zeiten beiseite. Er war heute ein anderer, ein Mann, der sich nicht von irrationalen Ängsten leiten ließ. Er setzte sich an den Schreibtisch, schnitt die Feder zurecht und tauchte sie ins Tintenfass.

Eine halbe Stunde später sprang er entnervt auf und ließ dabei Tinte auf das Papier tropfen. So ging das nicht. Es war ihm nicht möglich, die richtigen Worte zu finden. Was er schrieb, klang entweder pathetisch oder kühl wie eine Abhandlung. Morgen würde er in die Hill Street gehen und ihr sein Herz zu Füßen legen. Wenn das nicht ausreichte, würde er sie einfach so lange küssen, bis sie erkannte, wie es um ihn bestellt war.

Der Gedanke gefiel ihm. Warum war er nicht gleich darauf gekommen? Zufrieden ließ er sich in den Sessel am Kamin fallen, schenkte sich einen Schluck süßen Madeira ein und schlug einen Reisebericht auf, den ihm der Buchhändler empfohlen hatte. Das neue Kapitel begann mit einer ausführlichen Beschreibung von Hochzeitsvorbereitungen, wie sie in Madras üblich waren. Das Heiraten dort schien eine außerordentlich komplizierte Angelegenheit zu sein, schnell verlor er den Überblick und blätterte unentschlossen weiter, bis er im Mittelteil einige Zeichnungen entdeckte, die einem weniger erfahrenen Mann die Schamröte ins Gesicht getrieben hätte. Julian schloss die Augen und dachte an die denkwürdige Kutschfahrt, nachdem er Tamira mit Strathlinks Hilfe aus den Fängen des Erpressers hatte befreien können.

»Julian.«

Seinen Namen aus ihrem Mund zu hören, machte ihn wehrlos. Sie schlang ihm die Arme um den Nacken und küsste ihn mit einem Feuer, das ihn im Nu entflammte …

»Julian?«

Widerstrebend schlug er die Augen auf. »Bist du …?« Ungläubig schüttelte er den Kopf. Das konnte nicht sein.

56. KAPITEL

Das Feuer im Kamin knisterte und die Kerzen tauchten den Raum in ein warmes Licht. Tamira musste nicht zu dem riesigen Bett hinübersehen, um zu wissen, dass sie sich in einem fremden Schlafzimmer befand. Er trug einen märchenhaften Banyan mit weiten Ärmeln und schien in seinem Sessel eingeschlafen zu sein. Es wäre klug gewesen, sofort umzukehren, bevor er erwachen und ihr unerhörtes Betragen bemerken würde. Doch wie von einer geheimen Kraft angezogen, ging sie stattdessen zu ihm. Mit bloßen Füßen über die weichen Teppiche zu gehen, fühlte sich himmlisch an. Alles schien hier kostbar und fantastisch. In der Luft hing ein vertrauter Duft. Er rührte sich nicht, doch als sie näher kam, umspielte ein feines Lächeln seine Lippen. Die Augenlider flatterten, als träumte er. *Tamira!*

»Julian?«

»Mhm«, brummte er und öffnete träge die Augen. Seine goldenen Iriden wirkten unstet im flackernden Kerzenlicht.

Hastig trat sie einen Schritt zurück.

»Bist du …?« Seine Stimme klang wie ein Grollen. Er räusperte sich und schüttelte den Kopf, als könnte er nicht glauben, was er sah. »Bist du es wirklich?«

Sie sah an sich hinunter und war sich auf einmal selbst ganz fremd. Auf ihren Händen und bloßen Armen wuchsen kunstvolle Mehndi-Ornamente empor, und aus dem Augenwinkel sah sie die fein ziselierte Kette glitzern, die einen prächtigen Nasenring mit dem leise klirrenden Ohrschmuck verband. Der Sari aus kostbarer Seide schmeichelte ihrer Haut, und sie war Isvari, die Göttin des Glücks. *Julian.* Sie konnte den Blick nicht von ihm wenden. Was auch immer mit ihnen geschehen sein mochte, sie erlebten etwas Einzigartiges. Etwas, das für ihr Leben von enormer Bedeutung war.

Julian erhob sich. »Komm zu mir, meine Geliebte!«

Bereit, sich mit ihrem Auserwählten zu vermählen, folgte sie seiner Einladung und streckte die Arme aus. Armreifen schlugen leise klirrend aneinander.

In seinen Händen hielt er ein atemberaubend fein gearbeitetes Collier, wie sie es noch nie zuvor gesehen hatte, darin glitzerten rosafarbene Diamanten. Sie passten perfekt zu ihrem goldbestickten Gewand.

»Darf ich dir diese Halskette als Zeichen meiner Ergebenheit umlegen?«

Sie nickte, und als seine Fingerspitzen ihren Nacken berührten, lief ein verheißungsvolles Beben durch ihren Körper. Kühl und schwer lag das Gold auf ihrer Haut. Ihr Brautschmuck. Keine Fessel, wie sie früher geglaubt hatte, vielmehr sein Versprechen, sie zu ehren und für sie zu sorgen bis zu seinem letzten Atemzug.

Andächtig betrachtete er sie einen Augenblick, um dann vor ihr auf die Knie zu gehen. »Würdest du mir die Ehre erweisen, meine Frau zu werden?«

»Liebst du mich denn?« Sie wollte es hören.

»Das musst du doch wissen! Mein ganzes Leben habe ich nach dir gesucht.«

»Du hast es nie gesagt.«

»Ich dachte ...« Bestürzt sah er sie an. »Liebst du mich denn auch, Tamira?«

Sie fühlte ein perlendes Lachen in ihrer Kehle aufsteigen. »Mehr als mein Leben!«

Julian ergriff ihre linke Hand und schob ihr einen mit Perlen verzierten Ring auf den Finger. Er passte wie für sie gemacht. Mit einer fließenden Bewegung stand er auf. »Meine wunderbare, einzigartige – meine Göttin. Du machst mich zum glücklichsten Mann der Welt.«

Sie betrachtete das Juwel, und plötzlich saß der Vogel auf ihrer Hand. Im Schnabel trug er den *Ring des Tigers*, einen goldenen Siegelring, den sie ihm abnahm und Julian ansteckte.

»Du machst mich glücklicher, als ich sagen kann.« Sie stellte sich auf die Zehenspitzen, um ihn zu küssen, doch der Reif in ihrer Nase machte es ihnen nicht leicht. Sie musste lachen und er stimmte ein.

»Du siehst zauberhaft aus, aber das alles ist ziemlich kompliziert«, sagte er ihr leise ins Ohr und küsste zärtlich ihren Hals.

Ein erwartungsvolles Sehnen erhitzte sie, als er ihr sanft über die Schultern strich, über die Arme – und als seine Lippen die zarte Haut ihres Dekolletés liebkosten, stand sie in Flammen. Jeder Kuss befeuerte den Brand, der sich unaufhaltsam ausbreitete.

»Darf ich?« Mit Geschick öffnete er die Knöpfe ihrer Bluse. Sie sehnte sich danach, seine Hände auf der Haut zu spüren, doch stattdessen umfasste er zärtlich ihre Handgelenke, hob ihre Arme an, bis sie wie die Flügel eines Vogels ausgebreitet waren, und betrachtete sie voller Andacht.

»Noch nie habe ich etwas Schöneres gesehen«, raunte er mit von Leidenschaft entflammter Stimme.

Tamira streifte ihm den samtigen Morgenrock von den Schultern und berührte seine breite Brust. Unter ihren Händen spürte sie den gleichmäßigen Herzschlag. Verlässlich und voller Kraft.

Wie einer geheimen Choreografie folgend, zogen sie sich gegenseitig aus. Hungrig, aber angefüllt mit Bewunderung für den Augenblick – bis sie nackt voreinander standen.

»Deine Haare, ich möchte sie sehen«, sagte er mit belegter Stimme, und sie öffnete den dicken Zopf, bis weiche, nachtschwarze Wellen ihre Blöße bedeckten.

Julian fiel auf die Knie, und unter seinen Liebkosungen erhob sich eine Armada von Seelenfunken, die, sie schon bald vollkommen durchdringend, knisternd ein köstliches Feuer entfachten.

»Bitte!«, flehte sie, und er hob sie hoch, als wöge sie nicht mehr als eine Handvoll Federn, trug sie zum Bett und legte sich zu ihr. Sie umarmten und küssten sich, bis ihre Körper miteinander verschmolzen.

»Entspann dich!« Sanft liebkoste er ihren Körper.

Das Sehnen brachte sie fast um den Verstand. »Julian!«, seufzte sie und wünschte sich, ihm noch näher zu sein.

Als ahnte er ihr Begehren, raunte er ihr zu: »Es wird wehtun.«

»Das ist mir egal. Bitte!« Und endlich gab er ihrem Verlangen nach. Der Mann in ihren Armen war so stark und doch zitterten seine Muskeln vor Anstrengung. Obwohl sie keine Vorstellung davon hatte, was geschehen würde, verlangte es sie nach mehr. Lustvoll begegnete sie ihm, bis ein scharfer Schmerz sie aufschreien ließ.

»Hab keine Angst, mein Herz. Vertraue mir.«

Und sie öffnete sich ihm auf eine nie zuvor gekannte Weise, ließ sich wie beim Tanz von ihm führen, bis sie sich gemeinsam bedingungslos dem wirbelnden Strudel ihrer Lust hingaben.

Am folgenden Tag erwachte Tamira mit einem Lächeln auf den Lippen.

Yalda zog die Vorhänge auf und wünschte ihr einen guten Morgen. »Welches Kleid darf ich Ihnen rauslegen?«

»Mir ist heute nach etwas Blumigem. Das mit der Vergissmeinnicht-Stickerei würde mir gefallen.« Sie streckte sich und sagte: »Meine Glieder fühlen sich eigentümlich schwer an.«

»Sie haben sich doch hoffentlich nicht erkältet? Ich werde Ihnen ein heißes Bad richten lassen und anschließend ein ordentliches Frühstück bringen.«

»Es ist so viel Arbeit, das Wasser heraufzutragen!« Ihr Magen knurrte vernehmlich und sie musste lachen. »Meinetwegen, ein warmes Bad wäre fabelhaft! Danke, Yalda.«

Die Zofe ging hinaus und Tamira rekelte sich im Bett, dabei sah sie auf ihre Hände und erstarrte, als sie die Blüte aus schimmernden Perlen und einem rosafarbenen Saphir entdeckte. Ein zauberhafter Ring, sorgfältig und wie für sie gearbeitet. Nur konnte sie sich nicht erinnern, wie er an ihren Finger gekommen war.

Ob der Tiger dahintersteckte?

»Das Bad ist gerichtet, Miss Darlington-Devi.« Ein Dienstmädchen hängte Handtücher an den Kamin, um sie vorzuwärmen, und nahm das Nachtgeschirr mit hinaus. »Daisy kommt gleich, um Ihnen zu helfen.«

Sie bedankte sich und stieg aus dem Bett. Als sie das Hemd auszog, entdeckte sie getrocknetes Blut an ihren Schenkeln. Wie seltsam, normalerweise merkte sie, wenn ihre *Mondzeit* gekommen war, und eigentlich hätte das erst in einigen Tagen sein sollen. Eine Verletzung konnte sie nicht entdecken, wohl aber einen sonderbaren Fleck. Sie konnte sich nicht erinnern, sich an so einer empfindliche Stelle gestoßen zu haben. Als die Tür aufging, ließ sie sich schnell in die Wanne gleiten. Nur den verletzten Fuß legte sie auf den Rand, damit sich die Wunde nicht wieder öffnete. Das warme Wasser war wohltuend und entspannte ihre Muskulatur. Vor Wonne seufzend schloss sie die Augen.

»Ist die Temperatur so angenehm?«, fragte Daisy und goss ihr mit der Schöpfkelle Wasser über den Kopf.

»Es ist perfekt!« Unauffällig drehte Tamira den Edelstein auf die Innenseite ihrer Handfläche, bis nur ein schmaler Reif zu sehen war, und genoss es, von der Zofe verwöhnt zu werden.

Auf der anderen Seite des Paravents hantierten Yalda und eines der Hausmädchen. Ihr Bett wurde frisch bezogen.

»Miss Darlington, wir sind hier fertig. Ich muss weiter zu Miss Caroline. Daisy wird Ihnen das Frühstück bringen und später die Haare machen!«, rief Yalda, dann schloss sich die Tür, und sie waren allein.

Daisy holte die Handtücher und band ihr einen Turban um den Kopf. »Möchten Sie noch ein bisschen in der Wanne bleiben?«

»Nein, danke. Ich bin fertig. Holst du mir das Jasminpuder, bitte?« Asherton war ganz hingerissen von dem Duft, hatte er ihr gestanden.

Während die Zofe hinter dem Wandschirm verschwand, stand sie schnell auf und wickelte sich in ein Handtuch. Auf keinen Fall wollte sie, dass Daisy den blauen Fleck bemerkte oder den Ring.

»Ich sterbe vor Hunger!«, seufzte sie, und das war nicht geschwindelt.

»Ich hole sofort das Frühstück rauf, soll ich Ihnen erst beim Ankleiden helfen?«

»Das wird bei diesem Kleid nicht nötig sein.«

»Und das Mieder?«, fragte die junge Zofe skeptisch.

»Ich ziehe das kurze an. Jetzt, da die feine Gesellschaft mich verstoßen hat, brauche ich mich auch nicht mehr einzuschnüren.«

»Sagen Sie doch so was nicht, Miss Darlington! Es wird alles gut, ganz bestimmt.«

Sie wusste, die Zofe machte sich auch Sorgen um ihre eigene Zukunft. Ohne die Darlington-Schwestern würde Lady Abbotsleigh ihre Dienste nicht mehr benötigen. »Natürlich, Daisy, das wird es«, sagte sie deshalb und schenkte ihr ein aufmunterndes Lächeln.

Als sie fort war, erneuerte Tamira den Verband an ihrem Fuß. Der Schnitt hatte sich geschlossen, ohne dass es zu einer Entzündung gekommen war. Mit etwas Glück würde nicht mal eine Narbe zurückbleiben. Das hatte sie Ashertons raschem Handeln zu verdanken, dachte Tamira und band eine Schleife in das Strumpfband. Dabei entdeckte sie einen zweiten blauen Fleck, er sah ebenfalls merkwürdig aus. Für einen winzigen Augenblick hatte sie eine Vision, wie Julian sanft ihr Bein umfasste und sich darüberbeugte. Heißes Verlangen schoss ihr durch den Körper, sie stöhnte.

Heute Nacht hatte sie von ihm geträumt, und das hatte auch etwas mit dem rotgoldenen Reif an ihrem Finger zu tun, obwohl sie sich nicht mehr an Einzelheiten erinnerte. Sie drehte den Ring und versuchte, ihn abzuziehen. Doch er saß unerwartet fest. *Wahrscheinlich,* dachte sie, *sind meine Finger vom Baden geschwollen, ich werde es später versuchen.*

Die folgende Stunde verbrachte sie damit, ihre Haare vor dem Kaminfeuer zu bürsten, was ihnen nach dem Trocknen den begehrten Seidenglanz verlieh, um den ihren Schwestern und Freundinnen sie beneideten. Normalerweise vertrieb sie sich dabei die Zeit damit, Kinderlieder zu summen oder sich neue Geschichten auszudenken. Doch diesmal konnte sie keinen klaren Gedanken fassen. Etwas Bedeutendes war geschehen. Doch sosehr sie es versuchte, sie erinnerte sich nicht.

Als Daisy das Frühstück servierte, waren die Haare fast trocken. Sie schlang einen lockeren Knoten hinein, trotzdem reichten ihr die Spitzen beinahe bis zur Taille. Julian hatte sich nicht sattsehen können an ihren *glänzenden Rabenschwingen*. Woher kam jetzt dieser Gedanke?

»Tamira?« Anila sah durch die Tür.

»Guten Morgen.« Sie winkte ihre kleine Schwester herein. »Hast du heute keinen Unterricht?«

»Mademoiselle LeBon hat *la migraine*. Sie ruht.«

»War gestern nicht ihr freier Tag?«

Anila kicherte. »Da könnte es einen Zusammenhang geben. Aber deshalb bin ich nicht hier.«

»Komm, setz dich zu mir. Möchtest du eine Tasse Tee?« Sie freute sich, dass Anila heute in Plauderlaune war. Das kam selten vor.

»Nein, danke. Aber das Curry duftet verführerisch.« Sie zog sich einen Stuhl heran. »Mir fehlt das indische Frühstück sehr. Meinst du, Yalda würde es für mich auch zubereiten?«

»Unbedingt! Du musst sie nur fragen.« Tamira warf einen sehnsüchtigen Blick auf ihr Lieblingsessen und schenkte sich eine Tasse Tee ein.

»Ich fürchte, das ist das Problem.« Anila schloss kurz die Augen. »Mit Menschen zu sprechen, fällt mir meistens furchtbar schwer.«

Erstaunt, dass sie so reflektiert über ihre Probleme sprach, sagte Tamira rasch: »Dann bitte ich sie darum.«

Anila steckte sich einen Löffel mit dampfendem Curry in den Mund und verdrehte die Augen. »Ich bin so froh, dass du es auch für dich entdeckt hast.«

»Eiercurry? Das habe ich schon immer gern gegessen.«

Anila verschluckte sich, und sie musste ihr kräftig auf den Rücken klopfen, bis sie schließlich hustend hervorwürgte: »Das Träumen. Ich meine das Träumen.«

»Wir alle …«

»Sei doch nicht so eine *große Schwester*! Du weißt schon, was ich meine.«

»Ich habe keine Ahnung, wovon du sprichst.«

Anila legte den Löffel beiseite und sah sie ärgerlich an. »Ich weiß, ihr haltet mich für wunderlich. Und vielleicht bin ich das auch. Aber du und ich, wir besitzen eine einzigartige Gabe, sagt der Tiger.«

Ihr wurde mulmig zumute. Anila sprach ebenfalls mit dem Tiger, und sie wusste obendrein offenbar etwas über das Träumen. »Und die wäre?«

»Wir sind Traumtänzerinnen.«

Erleichtert atmete sie auf. »Da könnte er allerdings recht haben.«

»Du verstehst mich nicht. Wir können im Traum an beliebige Orte …« Sie verstummte. »Woher hast du den Ring?«

»Warum fragst du?« Sie spürte, wie die Aufregung zurückkehrte. »Ich … weiß es nicht.«

»Bist du heute Nacht aus dem Haus geschlichen, um deinen Geliebten zu treffen?«

»Nein! Natürlich nicht.«

»Aber du hast von ihm geträumt«, sagte Anila zufrieden.

Und auf einmal war alles wieder da. Ashertons Küsse und

wie hinderlich ihr Hochzeitsschmuck dabei gewesen war, wie er sie … Ungläubig sagte sie: »Das war nur ein Traum.«

Anila stand auf. »Mag sein, aber du solltest wissen, dass alles, was du in diesen Träumen tust, Auswirkungen auf dein Leben hat.«

»Unsinn. Wie soll das gehen?«

»Ich bin mir nicht sicher. Aber wenn du dir, sagen wir mal, in einem dieser Träume die Haare schneidest, kann es passieren, dass du am nächsten Morgen mit einer neuen Frisur erwachst.«

Erschrocken schlug sie die Hand vor den Mund. »Das ist doch alles nur ein Fantasiegespinst!«

»Ich wünschte, es wäre so. Manchmal passiert nichts und manchmal …« Sie schob ihren Ärmel hoch und entblößte ein mit Henna gemaltes blasses Ornament. »Hast du eine Ahnung, wie schwierig es ist, das zu verbergen?« Anila setzte sich aufs Fensterbrett und sah hinaus.

Tamira war wie erstarrt. Das Ausmaß der Katastrophe wurde ihr erst allmählich bewusst.

Die Tür knarrte. »Miss Darlington, darf ich reinkommen?«

Sie riss sich zusammen und schenkte dem Hausmädchen ein Lächeln, ihr war der Appetit vergangen. »Du kannst das Tablett mitnehmen.«

»Das mache ich gern, aber deshalb bin ich nicht hier. Der Duke of Asherton verlangt, Sie zu sehen.«

»Sag ihm, ich sei unpässlich.«

Das junge Mädchen schüttelte vehement den Kopf. »Er hat damit gedroht, hier heraufzukommen, falls Sie ihn nicht empfangen.«

Sie konnte sich nicht vorstellen, dass ihre Tante dermaßen schlechtes Benehmen tolerierte, aber ein Blick auf die Uhr zeigte ihr, dass Lady Abbotsleigh bestimmt noch schlief. Ihr fiel nur ein Grund ein, weshalb Asherton zu dieser ungebührlichen Zeit gekommen sein konnte: Er hatte ebenfalls geträumt. Ihre Stimme zitterte, als sie fragte: »Was sagt Lord Abbotsleigh dazu?«

»Seine Lordschaft ist früh ausgefahren.«

Tamira war klar, dass Julian nicht zögern würde, seine Drohung wahr zu machen und in ihr Schlafzimmer einzudringen. »Wenn es denn sein muss … Führ den Duke in die Bibliothek und sag ihm, ich käme gleich.«

Erleichtert knickste das Mädchen. »Soll ich Daisy schicken, damit sie Ihnen die Frisur richtet?«

»Unsinn, das muss auch so gehen.« Sie riss sich zusammen und fügte freundlicher hinzu: »Sorg bitte dafür, dass Seiner Gnaden eine Erfrischung angeboten wird. Der Butler wird wissen, was Gentlemen um diese Zeit zu sich nehmen.«

»Sehr wohl, Miss Darlington-Devi.« Das arme Mädchen rannte beinahe aus dem Zimmer.

»Wirst du diesmal Ja sagen?«, fragte Anila.

Sie hatte ihre kleine Schwester ganz vergessen. »Ich weiß gar nicht, ob er mich noch mal fragen wird.«

»Natürlich wird er das, du hast nie anziehender ausgesehen. Was auch immer ihr beide letzte Nacht getan habt, es lässt dich von innen heraus strahlen.« Anila zwinkerte ihr zu und verließ das Zimmer.

Tamira ging zum Frisiertisch. Allein konnte sie nicht viel ausrichten, also flocht sie sich zwei Zöpfe, die sich mit wenigen Handgriffen aufstecken ließen. Das mochte nicht sonderlich elegant sein, aber mit einer Haube war es akzeptabel. Während der Reise nach England hatte sie ihre Haare nahezu täglich auf diese Weise getragen.

Sie warf einen letzten Blick in den Spiegel. Das hell bestickte Kleid schmeichelte ihrem Teint, die dunklen Ringe unter den Augen waren verschwunden. Sie sah mindestens in Ordnung aus. Jedenfalls gut genug, um den Duke of Asherton zu empfangen, der sie besser kannte als jeder andere Mann auf der Welt.

57. KAPITEL

Julian ging in Abbotsleighs sogenannter Bibliothek auf und ab. Sie hatte keine Ähnlichkeit mit seiner eigenen. Nicht nur, weil der Raum erheblich kleiner war, sondern vor allem, weil es hier kaum Bücher gab. Der Earl hatte sich darüber beklagt, und sicher wäre er allein deshalb froh gewesen, in dieser Saison drei junge Damen unter die Haube zu bringen, denn dann hätte er im nächsten Jahr in sein eigenes Stadthaus zurückkehren können, anstatt sich erneut ein größeres mieten zu müssen. Vielleicht aber würde sich auch Tamira in der kommenden Saison ihrer Schwestern annehmen wollen. Das würde zu ihr passen, und er hätte nichts dagegen einzuwenden – vorausgesetzt, sie wäre dann nicht bereits guter Hoffnung oder gar Mutter.

Diese Überlegung lenkte seine Gedanken in eine andere Richtung. Die vergangene Nacht hatte seine kühnsten Fantasien übertroffen.

Es war ihm immer noch nicht klar, was es mit den Traumbegegnungen zwischen Tamira und ihm auf sich hatte, und er war gewiss kein wundergläubiger Mensch. Doch auf seinen Reisen hatte er schon manch ein merkwürdiges Phänomen erlebt. Die Wissenschaft, auf die er große Stücke hielt, konnte vieles erklären, aber nicht alles. Hätte es noch eines weiteren Beweises bedurft, wäre der Ring an seinem Finger die Bestätigung, dass er nicht geträumt, sondern seine geliebte Tamira in den Armen gehalten und in die Geheimnisse der Liebe eingeweiht hatte.

Wobei, dachte er zufrieden, ihr eine Leidenschaft innewohnte, die den Mangel an Erfahrung allemal wettmachte.

Dennoch hatte sein Tag zunächst mit einer Enttäuschung begonnen. Wie jedes Mal, wenn er von ihr träumte und am Morgen danach allein erwachte, hatte er sich leer und unruhig gefühlt. Doch dann entdeckte er den Ring an seinem linken kleinen Finger. Die grafischen Linien auf dem marmorierten Onyx offenbarten ihre Bedeutung erst, als er die Hand drehte, um das Motiv richtig herum betrachten zu können. Es war ein Tiger darauf abgebildet, der ihm nicht unfreundlich erschien, jedoch äußerst aufmerksam.

Er hob die Hand und schob den Ring zurecht. Abziehen ließ er sich nicht ohne Kraftaufwand, aber warum sollte er das auch tun? Schließlich war dieser Siegelring Tamiras Antwort auf sein Eheversprechen, und wenn in der vergangenen Nacht wirklich geschehen war, an was er sich äußerst lebhaft erinnerte, dann waren sie nun Mann und Frau, auch ohne den Segen der Kirche.

Wo blieb sie nur? Dieser Tag würde lang werden, er hatte den Erzbischof am späten Nachmittag in sein Haus gebeten, da der plante, nach Canterbury zurückzukehren. Das kostspielige Privileg einer Sonderlizenz ermöglichte zwar eine absolut unübliche nachmittägliche Trauung, doch die Reisepläne eines Kirchenfürsten änderten sie nicht. Dass der trotz allem freudig zugesagt hatte, dafür sorgten *spirituelle* Getränke, an denen wegen des Krieges mit Napoleon hierzulande ein gewisser Mangel herrschte – jedenfalls in der Menge und Qualität, die gewünscht wurden. Julian hatte am frühen Morgen zwei Fässer Brandy zum Lambeth Palace bringen lassen, dem Londoner Sitz des Erzbischofs.

Hinter sich hörte er ein Knarren. Die Tür schwang auf und Tamira trat ein.

»Guten Morgen – Julian?« Schüchtern blieb sie mitten im Raum stehen, und er las in ihren Augen dieselben Fragen, die ihn ebenfalls quälten. Sie sah auf eine feenhafte Weise bezaubernd aus und schien überhaupt nicht darauf vorbereitet zu sein, einen frühen Besucher zu empfangen.

Mit Genugtuung nahm er den Ring wahr, als er nach ihren Händen griff, um sie an seine Lippen zu heben.

»Tamira! Ich habe keine Erklärung für all das. Doch was auch mit uns geschehen mag, du hast mich zum glücklichsten Mann des Universums gemacht.« Er dachte an Samuels Worte und fügte sicherheitshalber hinzu: »Ich habe verstanden, dass ich in diesen Dingen nicht besonders wortgewandt zu sein scheine, deshalb: Ich liebe dich, Tamira. Schon seit Langem und von ganzem Herzen! Du bist mein Glück, mein Lieb, mein Leben.«

»Ich … ich … Es gibt keine passenden Worte, um dieses Gefühl zu beschreiben, nicht wahr?«, sagte sie und legte eine Hand auf seine Brust. »Es ist einfach da. Was du sagst, hat sein Echo in meinem Herzen. Unsere Seelen sind eins, wir sind eins.« Sie stellte sich auf die Zehenspitzen, hauchte ihm einen federleichten Kuss auf die Lippen und lächelte glücklich. »Dieses Wunder würde ich am liebsten für immer mit beiden Händen festhalten. Aber wie soll das gehen?«

»Fürs Erste hilft es schon zu heiraten. Ein zweites Mal«, fügte er sanft hinzu. »Es ist alles für heute Nachmittag arrangiert.«

»So schnell?«

»Möchtest du denn warten?«

»Nein! Auf keinen Fall, aber was wird meine Tante dazu sagen und – Lady Cairnforth?«, fragte sie, und am liebsten hätte er ihr die Besorgnis aus dem Gesicht geküsst.

»Das ist mir egal. Aber sie sind selbstverständlich herzlich eingeladen. Deine Schwestern und Cousine Mary ebenfalls.«

Ein schalkhaftes Lächeln ließ sie erstrahlen. »Es wird sie in Verzweiflung stürzen.«

»Warum das?«

»Ist das nicht offensichtlich? Keine von uns besitzt ein passendes Kleid.«

Verständnislos sah er sie an. »Für mich siehst du perfekt aus.«

»Darüber werden wir noch zu reden haben«, sagte sie lachend.

Julian konnte nicht anders, als sie in seine Arme zu ziehen und zu küssen. Es gab eine Menge gesellschaftlicher Regeln, und viele davon verlangten geradezu danach, gebrochen zu werden. Doch er war sich sicher: Es gab nicht eine einzige Regel für den Tag danach, wenn sich ein Paar im Traum mit allen dazu gehörenden Folgen vermählte.

Als sie wieder zu Atem kamen, sagte er: »Vergiss nicht, wo wir aufgehört haben! Ich gedenke, dieses *Gespräch* später fortzuführen.«

»Eine exzellente Idee!«

»Der Erzbischof kommt um fünf nach Asherton House. Du musst dich um nichts kümmern, nur da sein. Ich schicke dir eine halbe Stunde vorher meine Kutsche. Ist das in Ordnung?«

Sie nestelte ihre Uhr hervor. »Das ist ja schon in … Egal. So machen wir's.«

Es fiel ihnen schwer, sich voneinander zu trennen, aber schließlich verabschiedeten sie sich, und er sah ihr nach, wie sie eilends die Treppe hinauflief. *Meine Frau.* Das Glück kam in Wellen, bis es ihn vollkommen erfüllte und er am liebsten einen Luftsprung gemacht hätte.

58. KAPITEL

Im Haus brummte es geschäftig wie in einem Bienenstock. Das gesamte Personal war unterwegs, um Badewannen zu füllen, Gewänder aufzubügeln und Haare in kunstvolle Frisuren zu verwandeln. Die Countess of Cairnforth hatte mit ihrer Kammerzofe etwas geschickt, das Tamira insgeheim sofort *Sternenkleid* taufte. Dazu die Anweisung, sie dürfe sich darin niemandem zeigen, bevor ihr Onkel sie zur Trauung führte. Die blass roséfarbene Seide war mit Perlen und glitzernden Edelsteinen bestickt, als hätte sie geahnt, wie Tamiras Verlobungsring aussehen würde.

»Ich hatte damit nie eine Anprobe, wird es überhaupt passen?«, fragte sie, bevor die strenge Kammerzofe ihr Korsett schnürte.

»Aber sicher. Die Schneiderin kennt Ihre Maße. Sie werden doch nicht zugenommen haben …?«

»Ich glaube nicht.« Sie hatte während der vergangenen Tage eher an Gewicht verloren, aber das Kleid passte wie angegossen. Dazu trug sie außer ihrem Verlobungsring nur die Blütenohrringe mit den tropfenförmigen Perlen.

»Kommen Sie!«, sagte die Zofe und sah aus der Tür. »Schnell!«

Wie verabredet, zog sie die Kapuze ihres Dominos über den Kopf und folgte der Frau die Hintertreppe hinunter. Sie überquerten den Hof und hatten das Tor fast erreicht, als Ian aus dem Stall kam. »Herzlichen Glückwunsch, Miss Darlington. Sie werden uns fehlen«, sagte er, nahm die Mütze vom Kopf und verbeugte sich.

»Danke, Ian.« Sie schenkte ihm ein warmes Lächeln. »Ich bin ja nicht aus der Welt.«

Tante Bernadettes Zofe gab einen missbilligend klingenden Laut von sich. »Die Kutsche Seiner Gnaden wartet schon.«

»Pass gut auf Firefly auf!«, rief sie über die Schulter und ließ sich von einem Lakaien in das Gefährt hineinhelfen. Kaum war die Tür geschlossen, zog der Wagen an, und sie rollten durch die Hay's Mews zur Mount Street. Ab dem Grosvenor Square kamen die Pferde nur im Schritttempo voran.

»Was ist da los?«, fragte sie die Zofe.

»Es hat sich offensichtlich herumgesprochen, dass der Duke of Asherton heute mit einer Sondergenehmigung heiratet. Die Leute wollen die Braut sehen.«

»Ah ja! Wie konnte ich das fragen?«, murmelte Tamira und dachte, dass es nicht leicht werden würde, sich an die öffentliche Aufmerksamkeit zu gewöhnen, die einer Duchess zuteilwurde.

Die Kutsche blieb ein Stück vom Asherton House entfernt stehen. Sie lehnte sich in die Polster zurück und schloss die Augen. Vermutlich war dies für heute die letzte Gelegenheit, Kraft zu schöpfen.

Als etwa eine Viertelstunde später der Schlag für sie geöffnet wurde, ging ein Raunen durch die Menge der Wartenden auf der Straße, und die Wachposten am Tor hatten Mühe, die Leute daran zu hindern, in den Hof einzudringen.

Tamira setzte sich die Kapuze auf und ergriff die Hand eines Lakaien, damit er ihr hinaushalf.

»Alles Gute«, sagte die Kammerzofe und nickte ihr aufmunternd zu.

Abgeschirmt von Julians Dienerschaft, eilte sie ins Haus. Das Rufen und Johlen der Leute vor den Toren verwirrte Tamira, und befreit atmete sie auf, als sich die Türen hinter ihr schlossen. In der mit Blumen geschmückten prächtigen Empfangshalle war von dem Geschrei kaum noch etwas zu hören, es herrschte ein geradewegs sakraler Frieden. Sonnenstrahlen strömten durch den Lichtdom weit über ihren Köpfen herein und ließen den goldenen Stuck warm aufleuchten. Die Halle wirkte heute einladender, als Tamira sie in Erinnerung hatte – nahezu wie ein Refugium. Erleichtert atmete sie auf und setzte sich die Kapuze ab.

»Willkommen in Asherton House, Miss Darlington-Devi.« Die ausdruckslose Miene des Butlers gab ihrer Stimmung einen Dämpfer. Er schien nicht zu den Leuten zu gehören, die sich auf eine neue Hausherrin freuten.

»Ihre Familie ist bereits eingetroffen. Wenn Sie mir bitte folgen wollen, Lady Cairnforth erwartet Sie.« Mit einer steifen Verbeugung öffnete er die Tür zu einem heiter-wohnlich wirkenden Raum, den sie als Frühstückszimmer wiedererkannte. Aus dem Gemälde über der großzügigen Anrichte heraus schien ihr Lady Sunborough, Julians Mutter, aufmunternd zuzulächeln, und sie war versucht, sich für die freundliche Begrüßung zu bedanken, so lebendig wirkte die lebensgroße Frau mit ihren beiden kleinen Söhnen.

»Da bist du ja endlich. Komm her, lass dich anschauen!«

»Tante Bernadette.« Sie machte einen tiefen Knicks. »Ich weiß gar nicht, wie ich mich für dieses unvergleichliche Hochzeitskleid bedanken soll.«

»Indem du eine wahrhaft liebenswürdige Duchess wirst.« Ihre Patin lächelte und Tamira wusste, dass sie es ernst meinte.

Ein Hausmädchen nahm ihr den Domino ab, Lady Cairnforth musterte sie prüfend. »Sensationell! Ganz, wie ich es mir gedacht habe«, sagte sie zufrieden. »Hat man dir erklärt, was dich erwartet?«

»Nur, dass ich es mir nicht einfallen lassen soll wegzulaufen«, sagte sie und dachte an das Gespräch mit ihrer Tante. Lady Abbotsleigh hatte sie ermahnt und mit schrecklichen Konsequenzen gedroht, falls es nicht zur Eheschließung kommen sollte. Dass Julian und sie bereits verheiratet waren, wenn auch auf etwas unkonventionelle Weise, hatte Tamira ihr lieber nicht anvertraut.

»Das ist so typisch für Amanda. Also hör zu, der Ablauf ist ganz unkompliziert: Sobald der Erzbischof da ist, werden sich alle in der Kapelle des Herzogs versammeln. Dort wird dein Onkel dich an den Duke übergeben. Du kannst froh sein, der Erzbischof ist kein Mann vieler Worte. Ich schätze, er gibt euch seinen Segen, trinkt ein Glas Wein oder zwei und kehrt zurück nach *Lambeth Palace*. Asherton hat im Anschluss einen kleinen Imbiss für eure Gäste vorbereitet. Das wars.« Ihre Patin verzog überraschend das Gesicht, als hätte sie in etwas Saures gebissen. »Amanda hat dir doch aber erklärt, wie es zwischen Mann und Frau … Was in der Hochzeitsnacht geschieht, weißt du?«

Tamira konnte nicht widerstehen und sagte: »Du meinst, wenn ich die Augen schließen und ans Vaterland denken soll?«

»Kind, nein! Zum Kuckuck, kann denn diese unnütze Person überhaupt nichts richtig machen?«

»Doch, ich weiß, was dann passiert«, sagte Tamira hastig. »Mama hat es mir erzählt.« Das war geschwindelt. Ihre Patin brauchte nichts von Madame LeBons kenntnisreichen Ausführungen zu erfahren, die sich am Ende doch nicht als ganz so ausführlich erwiesen hatten wie geglaubt. Und schon gar nicht durfte sie wissen, was letzte Nacht geschehen war.

»Dem Himmel sei Dank!«, sagte Tante Bernadette und wedelte sich mit dem Taschentuch Luft zu, als die Tür aufflog und Daisy hereinstürmte. »Es geht los, Miss Darlington!« Sie bemerkte Lady Cairnforth, stoppte und machte einen tiefen Knicks. »Mylady, Ihre Kammerzofe schickt mich. Lord Abbotsleigh erwartet Sie vor der Kapelle, der Erzbischof ist gerade angekommen.«

»Kopf hoch, Kind! Vergiss nicht, heute soll der glücklichste Tag deines Lebens sein.« Lady Cairnforth lachte. »Obwohl ich persönlich ja glaube, dass es viele vergnüglichere Tage für dich geben wird.« Sie legte ihr eine Hand auf die Schulter. »Du weißt, dass ich immer für dich da sein werde, ja?«

»Danke, Lady Cairnforth.«

»Bernadette. Und ohne *Tante*, wenn ich bitten darf. Jetzt, da du in wenigen Minuten keine Schutzbefohlene mehr sein wirst, können wir Freundinnen sein. Findest du nicht?«

»Das wäre wunderbar – Bernadette.« Sie sah der Patin nach, bis sie den Raum verlassen hatte, und sagte zu Daisy: »Ich bin so froh, dass du mit mir kommst.«

»Und ich erst, Miss Darlington. Ich habe die ganze Zeit geglaubt, dass Sie Yalda mitnehmen würden.« Sie schob einige der diamantbesetzten Haarnadeln zurecht, die nicht nur die komplizierte Frisur zusammenhielten, sondern glitzernde Lichter hineinzauberten.

»Wir haben darüber nachgedacht. Da Yalda uns aber schon in Indien begleitet hat, wird sie sich nun auch weiter um meine Schwestern kümmern.«

Daisy drapierte den zarten Spitzenschleier über Tamiras hochgesteckten Haaren und kontrollierte ihr Werk mit einem kritischen Blick, bevor sie ihr die Tür öffnete. »Ich werde Sie nicht enttäuschen, Miss … Oh! Hätte ich Euer Gnaden zu Ihnen sagen müssen?«

Tamira lachte, als sie Daisys erschrockene Miene sah. »Erst nach der Trauung.« Sie zuckte mit den Schultern. »So sind die Regeln, ich fürchte, mir wird es auch schwerfallen, mich daran zu gewöhnen.«

Sie hätte sich die Schwestern an ihrer Seite gewünscht, als sie nun unter den strengen Blicken von Julians Vorfahren zum Eingang der Galerie eilte, wo ihr Onkel bereits auf und ab ging. Jeder hier im Haus schien nervöser zu sein als sie selbst.

»Da bist du ja! Der Duke kann sich glücklich schätzen, meine Liebe, so eine anmutige Frau gefunden zu haben.«

»Danke, Onkel.« Sie reichte ihm ihre Hand.

»Bist du bereit?«, fragte er und nickte den beiden Pagen zu, damit sie die hohen Flügeltüren zur Kapelle öffneten.

Wie es Julian und seinem Haushalt gelungen war, die Kapelle in so kurzer Zeit so wunderbar zu schmücken, war ihr vollkommen rätselhaft. Ein langer Teppich führte bis zum Altar, vor dem sie Julian erkannte, der mit dem Erzbischof sprach. Familie und Freunde, insgesamt vielleicht dreißig Gäste, saßen in den blumengeschmückten Bankreihen beisammen und plauderten miteinander, bis das Schließen der schweren Holztüren ihre Aufmerksamkeit erregte. Tamira sah in erwartungsvoll lächelnde Gesichter. Sogar Tante Amanda wirkte erfreut.

Der Erzbischof ging die zwei Stufen zum Altar hinauf, und Asherton drehte sich langsam um. Als er sie in ihrem Sternenkleid erblickte, straffte er sich. Ein glückliches Lächeln ließ seine Augen strahlen.

Ihr drohten die Knie nachzugeben von der plötzlichen Erkenntnis, dass sie im Begriff war, all ihre Pläne aufzugeben.

Die Orgel der kleinen Kapelle schnaufte, und dann erklang

unerwartet klar und melodisch ihre Lieblingsmelodie des beliebten Komponisten Thomas Augustine Arne. Ihr wurde sehr feierlich zumute, während sie zu den berührenden Klängen an der Seite ihres Onkels zum Altar schritt. Für die Briten war die Zeremonie der Eheschließung eine vergleichsweise nüchterne Angelegenheit, während indische Hochzeitsfeiern mehrere Tage dauerten und mit vielen Vorbereitungen begannen, in denen sich alles um die Braut drehte – jedenfalls war das der Teil, den sie bei ihren Cousinen hatte erleben dürfen. Tamira hatte nie darüber nachgedacht, welche Feierlichkeiten sie sich wünschen würde. Ein Blick in Julians Gesicht genügte, um sicher zu sein, dass ihre Vermählung unvergesslich war. Erwartungsvoll blickte er ihr entgegen. Mit jedem Schritt, den sie ihm auf dem langen Teppich entgegenging, wirkte er entspannter – als hätte er noch bis zur letzten Minute daran gezweifelt, ob sie wirklich seine Frau werden wollte.

Er sah in seiner schwarzen Garderobe wie immer famos aus. Beim Näherkommen erkannte sie, dass sich in der mit kleinen Vögeln bestickten Weste die Farben ihres Kleides wiederfanden, und ihr kam kurz der Gedanke, er und Bernadette könnten sich abgesprochen haben.

Zahllose Perlmuttknöpfe schimmerten im Schein der Kerzen, sein Halstuch wurde von einer brillantbesetzten Nadel gehalten – keine Frage, der Duke of Asherton war nicht nur ein mächtiger, er war auch ein äußerst wohlhabender Mann. Hätte ihr in diesem Augenblick nicht sein bester Freund Lord Hayes zugezwinkert, wäre sie wohl eingeschüchtert gewesen, als der Onkel ihre Hand in die des Dukes legte. Doch die Bewunderung und Liebe in seinen Augen ließen ihr Herz flattern und sie vergaß alles um sich herum.

Bist du aufgeregt?, fragte der Tiger. *Dein Duke ist es jedenfalls.*

Ich falle gleich in Ohnmacht, gab sie zu. *Ihr werdet mich doch nicht allein lassen?*

Bleib ruhig, mein Herz. Du hast die richtige Entscheidung getroffen. Der Vogel piepste zustimmend.

Die salbungsvollen Worte des Erzbischofs rauschten an ihr vorbei, und sie schrak heftig zusammen, als er mit freundlichem Nachdruck verlangte: »Sprechen Sie mir nach!«

»Ich will«, antwortete sie verwirrt und erkannte an seinem Stirnrunzeln, dass er etwas anderes erwartet hatte. Julian grinste, während Samuel ihr den Textanfang soufflierte. Schließlich sagte sie dann doch das Ehegelübde auf, vergaß dabei, den Gehorsam zu erwähnen, was niemandem auffiel, denn in dem Augenblick, in dem Julian ihr den Ehering ansteckte, schien die Abendsonne durch die Fenster und verwandelte die kleine Kapelle in einen geradezu himmlischen Ort voller flirrender Farben. Tamira hätte schwören können, dass der Vogel sich darin badete. Hinter dem Erzbischof stand der Tiger. Majestätisch und furchteinflößend öffnete er sein Maul, als wollte er lachen – oder den Kirchenfürsten fressen.

Wehe!, sagte Tamira.

Er zwinkerte ihr zu. *Herzlichen Glückwunsch, Tamira Isvari! Herzlichen Glückwunsch, Julian.*

Henrietta seufzte vernehmbar, jemand gab bei dem Versuch, einen Schluckauf zu unterdrücken, seltsame Geräusche von sich, und einige Gäste applaudierten sogar. In Julians Augen tanzte ein schalkhaftes Lachen, als er sich zu ihr herunterbeugte. »Hast du die beiden eingeladen? Sie werden uns hoffentlich die Gäste nicht verschrecken.«

»Die können sie nicht sehen – glaube ich jedenfalls«, entgegnete sie ebenso leise.

»Das ist gut.« Er gab ihr einen sanften Kuss, bevor er sie hinaus und in das Speisezimmer geleitete. Dort war ein

Büfett aufgebaut, über das die Hochzeitsgesellschaft hungrig herfiel.

Tamira und Julian aßen nichts. Sie gingen herum, sprachen mit ihren Gästen und bedankten sich beim Erzbischof, der ihnen, wie alle anderen auch, Glück wünschte. Kaum war er zum Büfett entschwunden, bat Julian um Aufmerksamkeit, um sich für die Unterstützung und Freundschaft der Hochzeitsgäste zu bedanken. Die kurze Rede wurde mit Applaus belohnt, das farbenfrohe Bild eleganter Abendroben verschwamm vor Tamiras Augen, und als sie haltsuchend die Hand ausstreckte, war Julian an ihrer Seite, führte sie hinaus und trug sie hinauf in sein Schlafzimmer.

Er wollte sie aufs Bett legen, aber Tamira widersprach: »Ich glaube, es geht mir schon besser.«

»War das ein Trick, um der Gesellschaft zu entkommen?«

»Mir war schwindelig«, entgegnete sie leise und legte sich die Hand auf den Bauch, um das Knurren darin zu besänftigen.

»Wann hast du das letzte Mal gegessen?«

Sie überlegte. »Ich kann mich nicht erinnern.«

Julian ging zum Klingelzug und läutete. Wenig später wechselte er an der Tür ein paar Worte mit jemandem. Es dauerte nicht lange, bis eine kleine Armada heraufkam, um den Tisch für sie zu decken. Es gab Kuchen, eine Terrine mit dampfender Suppe, aufgeschnittenen Braten und zahllose andere Köstlichkeiten.

Julian zog seine Jacke aus, bevor er sich zu ihr setzte. Wie selbstverständlich füllte er eine Schale mit klarer Brühe. »Iss etwas davon und vom Brot«, sagte er liebevoll und widmete sich der Teezubereitung.

»Das ist gut.« Sie aß einen weiteren Löffel Brühe.

»Die Köchin hat immer einen großen Topf davon in Reserve. Sie stammt aus Schottland«, fügte er hinzu.

»Nichts geht über eine schottische *Broth*«, sagte sie und versuchte, Fionas Akzent zu imitieren. »Eigentlich meinte ich, dass du Tee zubereiten kannst. Ich bin nicht sehr geschickt darin.«

»Das ist mir aufgefallen«, sagte er. »Wenn man auf Reisen Tee trinken will, tut man gut daran, in der Lage zu sein, heißes Wasser über ein paar trockene Blätter gießen zu können.«

»Das kann ich auch. Aber dieses ganze Theater mit dem genauen Zeitpunkt, das Einschenken, ohne etwas zu verschütten, während ich nett Konversation mache und mir alle dabei zusehen, als hinge die Zukunft Englands davon ab, das macht mich nervös.« Sie legte den Suppenlöffel beiseite. »Liebe Güte!«

»Was ist?« Beunruhigt sah er sie an.

»Eine Duchess muss so was können, nicht wahr?«

Er lächelte. »Eine Duchess muss niemandem etwas beweisen. Herzöge stehen in der Rangfolge direkt unterhalb der königlichen Familie.«

»Dann können wir praktisch machen, was wir wollen?«

»Im Prinzip ja, trügen wir keine Verantwortung für die Menschen, die für uns arbeiten, und dafür, das Erbe den folgenden Generationen zu erhalten und idealerweise zu mehren.«

»Aber?«

»Was meinst du?«

»Es gibt doch meistens ein Aber, wenn es um Freiheiten geht.«

»Sie sind ein Fuchs, Madam. Dem Königshaus sind wir natürlich verpflichtet.« Sein Lächeln erstarb. »Deshalb –«

»Was?«

Er schenkte den Tee ein und reichte ihr eine Tasse. »Ich muss meine Angetraute bei Hofe vorstellen. Darauf besteht die Königin – und neuerdings auch der Prinzregent. Das hat mir der Erzbischof ausgerichtet, und dass der Prince of Wales morgen nach Brighton abreist. Offenbar hat er es nicht aufgegeben, dich dorthin locken zu wollen.«

»Müssen wir wirklich dahin?«

»Wir könnten die Sache heute Abend hinter uns bringen, er gibt einen Ball in Carlton House.«

»Und du hast eine Einladung?«

»Er ist mein angeheirateter Onkel und außerdem ein Cousin.«

Tamira hatte sich ausgemalt, wie sie diesen Abend allein mit ihrem Mann verbringen würde, doch nun sah sie ihn entschlossen an. »Dann fahren wir ins Carlton House.«

»Bist du sicher?«

»Wenn der aufgeblasene Kerl uns danach in Ruhe lässt, bin ich sogar sehr sicher.«

»Ich liebe dich! Habe ich dir das heute eigentlich schon gesagt?«

»Hm, lass mich mal überlegen. Vielleicht ein- oder zweimal?«

Er stand auf und zog sie mit sich auf die Füße. »Uns bleiben noch drei Stunden«, raunte er ihr zu und knabberte an ihrem Ohrläppchen.

Lachend legte sie ihm die Arme um den Nacken. »Ich hätte da eine Idee …«

Daisy brauchte fast eine Stunde, um sie wieder herzurichten. Als sie endlich die Treppe hinunter in die Halle lief, wartete Julian bereits am Absatz auf sie. Bis zum Carlton House war es nicht weit, und sie waren recht spät aufgebrochen, aber dann mussten sie sich doch noch in die Warteschlange luxuriöser Kaleschen einreihen.

Tamira sah aus dem Fenster, konnte jedoch nicht erkennen, wo sie waren. »Wie lange wird es dauern?«

Julian schob den Vorhang beiseite und seufzte. »Mindestens noch eine Viertelstunde.« Er grinste. »Ich wüsste etwas, das uns die Zeit kurz werden ließe.«

»Ich auch. Aber nach der Verwüstung, die du vorhin mit meiner Frisur angerichtet hast, könnten wir anschließend gleich umkehren. Ich glaube nicht, dass du Daisys Job übernimmst.«

Lachend pflichtete er ihr bei. »Dann müssen wir also auf Kutschfahrten in Zukunft immer sittsam bleiben? Nicht mal einen winzigen Kuss?« Er lehnte sich vor und streifte ihren Mund mit den Lippen. »So vielleicht?«

»Ja!«, hauchte sie und ließ sich bereitwillig von ihm in die Arme ziehen. Sofort sprang das Feuer über, und es blieb nicht bei einer zarten Berührung.

»Julian, das geht nicht, was soll der zukünftige König von uns halten!«

Zwischen zwei Küssen knurrte er: »Das interessiert mich nicht!«

Schließlich siegte jedoch die Vernunft, sie stemmte die Hände auf seine Brust und schob ihn von sich. Er ließ einen enttäuschten Laut hören, rückte aber ein Stück von ihr ab.

Sie entdeckte etwas Glitzerndes auf dem Boden und hob es auf. Eine Haarklemme, Tamira reichte sie an ihn weiter.

»Wo ist sie rausgefallen?«, fragte er und betrachtete ratlos ihre Frisur.

»Keine Ahnung. Stehen mir die Haare zu Berge?«

»Du siehst allerliebst aus.«

»Sei doch mal ernst. Wie sehe ich aus?«

»Zum Anbeißen«, sagte er und wehrte lachend einen Schlag ab, den sie ihm mit dem Fächer verpassen wollte. »Nein, im

Ernst. Die Frisur ist vollkommen in Ordnung.« Julian steckte die Nadel ein. »Ich küsse dich nicht mehr, bis wir wieder auf dem Heimweg sind.« Er zog die Uhr aus der Tasche. »Sagen wir mal in höchstens einer Stunde.«

»Wir könnten vorsichtiger sein«, schlug sie vor, doch er hob nur eine Augenbraue. »Na, meinetwegen. Vielleicht sollte ich mir die Haare abschneiden?«

»Auf keinen Fall!«

»Es wäre aber praktischer und ganz modern.«

Julian schluckte. »Wenn du möchtest, kannst du sie dir natürlich abschneiden lassen.«

»Ich werde darüber nachdenken.« Es gelang ihr nicht lange, eine ernste Miene zu behalten, und schließlich prustete sie los: »Niemals! Ich liebe meine Haare.« *Und wie du mich ansiehst, wenn ich sie für dich öffne,* dachte sie.

In diesem Augenblick klopfte der Kutscher an das kleine Fenster, durch das er mit ihnen sprechen konnte, und sagte: »Wir sind die Nächsten, Euer Gnaden.«

Tamira legte sich den leichten Schal um, der perfekt zu ihrem Sternenkleid passte. Julian stieg aus und reichte ihr die Hand.

Gemeinsam betraten sie Carlton House. Der hell erleuchtete Palast des Prinzregenten war überwältigend in seiner Pracht.

»Kopf hoch«, raunte er ihr zu. »Wer mit Tigern tanzt, braucht sich vor nichts in dieser Welt zu fürchten.«

Ein kluger Mann, hörte sie den Tiger knurren, und der Vogel rief keckernd: *Schau, da kommt die Prinzessin im Sternenkleid.* Tamira straffte sich, das aufgeregte Tuscheln der Gäste um sie herum wurde zu einem harmlosen Säuseln. Sie dachte an ihre Eltern, an ihre Wurzeln in zwei großartigen Kulturen, die sich in ihr zu etwas Neuem, Wunderbarem vereinten. Stolz durchflutete sie. Dieses Wissen und vielleicht auch ein wenig Julians warme Hand, die ganz leicht auf ihrem Rücken ruhte, gaben ihr das erforderliche Selbstvertrauen, dem Ton mutig entgegenzusehen.

Als sie an der Reihe waren, präsentiert zu werden, sprach Julian leise mit dem Zeremonienmeister, der ihr einen freundlichen Blick zuwarf und nickte.

Es war ihr ein Rätsel, wie es der Mann in prachtvoller Uniform anstellte, doch als er mit dem goldenen Zeremonienstab dreimal auf den Boden klopfte, wandten sich ihnen bereits die ersten Gäste zu. Seine Stimme durchschnitt daraufhin mühelos den dichten Klangteppich aus Musik und fröhlichem Geplauder: »Seine Gnaden, der siebte Duke of Asherton, und Ihre Gnaden, die Duchess of Asherton.«

Alle Gespräche verstummten, und für einen winzigen Augenblick war sich Tamira nicht sicher, wie die Gesellschaft reagieren würde. Vielleicht wussten sie es selbst nicht. Sie zwang sich dazu, weiter zu lächeln, und nach quälend langem Bangen löste sich der Prinzregent aus seiner Entourage. Er kam ihnen mit ausgestreckten Armen entgegen.

»Welch traumhafte Nachricht«, sagte er. »Herzlich willkommen in meinem bescheidenen Zuhause, *Cousine* Tamira«, er beugte sich zum Kuss über ihre Hand, klopfte Julian auf die Schulter und winkte einen Lakaien mit Getränken herbei.

»Danke, Königliche Hoheit!« Tamira knickste. Sie wusste, dass die adlige Gesellschaft sie genau beobachtete. Im höfischen Leben war jedes Wort wichtig und auch, wie es gesagt wurde.

»Es war mir ein Vergnügen«, sagte er und zwinkerte ihr zu. »Ihre Eskapaden haben dieser langweiligen Saison zu einem fabelhaften Abschluss verholfen.« Er drohte ihr spielerisch mit dem Finger. »Aber lassen Sie sich das nicht zur Gewohnheit werden.« Sein Blick wanderte zu Asherton. »Passen Sie auf Ihre Herzogin auf, mein Lieber. Sie ist ein Juwel.«

EPILOG

Griechenland, im Oktober 1811

»Auf dem nächsten Bild steckt mir Julian den Ring an«, sagte Tamira und blätterte weiter in dem großen Buch, das ihr die Schwestern und Freundinnen kurz vor der Abreise geschenkt hatten. Es befanden sich Illustrationen von Henrietta darin, die sie nach Skizzen aus dem vergangenen Sommer angefertigt hatte. Sogar ein Bild ihres sensationellen Auftritts beim Ball im Carlton House war dabei und eines, das sie mit dem Prinzregenten zeigte. Glücklicherweise hatte Henrietta ihn wenig naturgetreu abgebildet und deutlich jünger. Ihre üblichen Zeichnungen hätte man kaum zeigen können, ohne sich der Majestätsbeleidigung schuldig zu machen. Ihre Schwester musste pausenlos an diesem Buch gearbeitet haben, während Julian und Tamira ihre Flitterwochen auf seinem Landsitz Maplethorpe Hall verbrachten.

Als Tamira die nächste Seite aufschlug, beugte sich Julians Mutter mit einer Lupe in der Hand darüber. Sie sah nicht mehr so gut. »Ist das dieses gestohlene Familienerbstück, von dem ihr erzählt habt? Es sieht zauberhaft aus. Ein Glück, dass es wieder da ist.«

Lady Sunborough wusste nicht alles darüber, wie sie den Pakshee Baagh aufgespürt und zurückgeholt hatten. Julian drückte Tamira unauffällig die Hand, und sie tauschten einen amüsierten Blick aus. Eines Tages würden sie es ihrer Schwiegermutter erzählen. Tamira war sich sicher, Lady Sunborough hätte das Gleiche getan.

Sie blätterte weiter. Neben den farbigen Bildern befanden sich auch Tuscheskizzen im Buch, und ihre Schwestern und Freundinnen hatten Erinnerungen beigesteuert.

Von Mary waren ein gesticktes Taschentuch und ein Werbeflugblatt von Gunter's dabei, wo sie diesen Sommer so oft eingekehrt waren. Anbelle hatte ein Gedicht von Lord Byron hineingeschrieben und Fiona die Zeichnung eines elegant geschwungenen Langbogens, den sie sich hatte anfertigen lassen. Caroline, mit der sie längst wieder versöhnt war, hatte Noten kopiert und Stoffstreifen eingeklebt, die an gemeinsam besuchte Bälle erinnerten, und lustige Anekdoten dazu notiert. Das skandalöse rote Kleid durfte dabei nicht fehlen und natürlich auch nicht das Hochzeitskleid. Sie musste dafür das Musterbuch der Schneiderin geplündert haben. Anila hatte aquarellierte Blumen beigesteuert und eine zimtfarbene Feder, die womöglich dem Vogel gehörte. Nicht zuletzt fanden sich auf vielen Seiten Zitate berühmter Frauen wie der Herzogin von Devonshire, der Schriftstellerin Isabelle de Charrière und einer ungeheuer mutigen französischen Ballonfahrerin, die Georgiana kürzlich kennengelernt hatte.

»Deine Schwester Henrietta ist unglaublich begabt, sie sollte unbedingt richtigen Malunterricht nehmen. Das ist aber nicht von ihr, nicht wahr?« Julians Mutter tippte auf eine merkwürdige Skizze, die von vielen Zahlen umgeben war.

Tamira sah genauer hin und lachte. Der Entwurf einer technischen Konstruktion mit kompliziert aussehenden Formeln war garantiert versehentlich in das Erinnerungsalbum geraten. »Das stammt von Georgiana. Wenn sie mathematische Berechnungen anstellt, vergisst sie alles um sich herum.«

Julian grinste. »Ganz wie du, Mutter. Ich wette, ihr beiden würdet euch prima verstehen.«

»Das glaube ich auch.« Die Archäologin betrachtete ihren Sohn voller Stolz, bevor sie sich wieder an Tamira wandte. »Warum leben deine Schwestern jetzt bei Lady Cairnforth?«

»Tante Amanda, Lady Abbotsleigh, ist leider erkrankt. Wir wissen noch nicht, was ihr fehlt. Die Ärzte meinen, sie hätte ein schwaches Herz und bekäme aus diesem Grund so schlecht Luft. Jedenfalls soll sie sich schonen, und deswegen sind sie zusammen mit Cousine Mary vorerst bei Tante Bernadette in Cornwall untergekommen.«

»Wir werden sie natürlich in der kommenden Saison bei ihrem Debüt unterstützen«, sagte Julian und sah Tamira liebevoll an.

»Vorausgesetzt, der achte Duke macht uns keinen Strich durch die Rechnung.« Lächelnd legte sie sich eine Hand auf den Bauch.

»Mein Sohn wird ein genauso folgsames Kind sein, wie ich es war.«

Seine Mutter sagte lachend: »Glaub ihm kein Wort. Dieser Junge war so widerspenstig wie ein kleiner Seeigel.«

Tamira kicherte. »Vielleicht wird es ja auch ein Mädchen, sie kommt dann nach mir.«

»Der Himmel möge uns beistehen!« Julian schloss sie in seine Arme. »Ob Sohn oder Tochter, ich werde unsere Kinder gleichermaßen lieben – und ihre zauberhafte Mutter ist sowieso die strahlende Königin meines Herzens.«

NACHGEDANKEN

Diese Seite zu schreiben, ist eine große Freude, denn es bedeutet, das Manuskript liegt lektoriert vor mir und kann nun bald in den Druck gehen. Es bedeutet auch, dass Sie, liebe Leserin, lieber Leser, meine Geschichte höchstwahrscheinlich gelesen haben und sich womöglich noch nicht so recht trennen können. Jedenfalls ist es bei mir so – wenn ich ein Buch gelesen habe, das mir gefallen hat, möchte ich gern etwas mehr darüber erfahren. Wie die Idee dazu entstanden ist, beispielsweise.

Als Kostümbildnerin habe ich mich gern mit der westeuropäischen Kostüm- und Kulturgeschichte beschäftigt und dabei mein Herz für Rokoko und die postrevolutionäre französische Mode entdeckt, die mit ihren transparenten Kleidern und neuen Frisuren ziemlich spektakulär war.

Die Jahrhundertwende und die Regency-Epoche finde ich inzwischen auch deshalb faszinierend, weil die Ära unserer Gegenwart nicht unähnlich ist. Auch damals haben technische und damit einhergehende gesellschaftliche Veränderungen die Menschen verunsichert. Napoleon war angetreten, Europa zu erobern …

Gleichzeitig forderten Frauen mehr Rechte ein, Landreformen in Großbritannien ließen die Menschen in die Fabriken strömen, nur um festzustellen, dass das Leben in den Städten noch elender war als das, vor dem sie geflohen waren. Das alles spiegelte sich in der damals zeitgenössischen Kunst, der Literatur, Musik und auch in der Mode wider.

Die unvergleichliche Jane Austen mit ihrer spitzen Feder, die Brontë-Schwestern und andere Schriftsteller:innen haben ein faszinierendes Bild ihrer Zeit gezeichnet, das gut hundert Jahre später eine junge Autorin namens Georgette Heyer zu romantischen Liebesromanen inspirierte. Damit war das Genre *Regency Romance* geboren, das sich über die Jahre weiterentwickelte und mit der Serie *Bridgerton* erst kürzlich einen ganz neuen Twist bekam. Während in der realen Welt die Heirat zwischen Prince Harry und Meghan Markle einigen Wirbel verursachte, erzählt die Serie von einer Welt, in der die Hautfarbe eines Menschen keine Rolle mehr zu spielen scheint (wenn auch sehr wohl gesellschaftliche Schicht und Familienzugehörigkeit).

Diese Idee hat mich, wie Millionen andere Zuschauer:innen, begeistert, und ich bin sehr glücklich, bei dtv Unterstützung für die Geschichte der Darlington-Schwestern gefunden zu haben. Deshalb an dieser Stelle herzlichen Dank an das großartige Verlagsteam und an meinen Agenten Lars Schultze-Kossack, der mich schon so lange durch Höhen und Tiefen meines Berufs begleitet. Mein besonderer Dank gilt auch Meneka K., die sich schon lange mit *racism & colonialism* in Großbritannien befasst und mir in vielerlei Hinsicht die Augen geöffnet hat. Eine Innensicht zu haben, ist eben einfach deutlich erhellender als nur eine Draufsicht. Ich hoffe, wir treffen uns eines Tages mal im analogen Leben.

Manchmal fühlte ich mich beim Schreiben, als hätte die Szene vor meinem geistigen Auge mindestens die Qualität eines Gainsborough, aber die eigene Umsetzung ähnelte anfangs einer kaum zu erkennenden Kritzelei. Viele von uns werden dieses deprimierende Gefühl aus dem Zeichenunterricht kennen. Liebe Kerstin, es hat lange gedauert, aber schließlich ist der Tiger doch zu dem Tier geworden, das ich die ganze Zeit vor Augen hatte. Danke für den entscheidenden Tipp!

Ebenfalls danken möchte ich der Autorin Willa Wefers und den Mitgliedern ihrer Facebook-Gruppe *Regency für Anfänger*, in der sich Autor:innen und interessiertes Publikum wunderbar kollegial über historische Themen austauschen. Ein fantastischer Wissenspool, und neue Lesetipps findet man darin natürlich auch.

Die historischen Recherchen für *Darlington – Eine zauberhafte Saison* waren ebenso spannend, und es hat mir großen Spaß gemacht, erneut in die Regency-Welt des frühen 19. Jahrhunderts einzutauchen. Praktisch wäre es, dafür selbst durch die Zeit zu reisen, um meiner Heldin über die Schulter zu sehen. Leider habe ich bisher keine geeignete Zeitreiseagentur gefunden. Deshalb musste ich mit dem heutigen Mayfair, einem immer noch äußerst eleganten Stadtteil Londons, vorliebnehmen, in dem ich mit alten Karten in der Hand herumspaziert bin und bei allen Veränderungen doch erstaunt war, wie vieles erhalten geblieben ist.

Besondere Freude bereitet es mir, die Handlungsorte meiner Geschichten zu recherchieren, und so ist es mir gelungen, einen Blick in das Haus in der Hill Street 32 zu werfen, das Tamiras Onkel Lord Abbotsleigh für die Saison gemietet hat. Heute ist es ein exklusives Bürogebäude und trägt die Hausnummer 11. Das war, obwohl so gut wie nichts erhalten geblieben sein dürfte, ein sehr aufregender Moment für mich. Das Anwesen des Duke of Asherton, das sich fast über einen gesamten Block an der Ecke Upper Grosvenor Street/Park Lane erstreckte, musste leider im 20. Jahrhundert Neubauten weichen. Nur der Name des darin befindlichen Luxushotels erinnert noch an das Originalgebäude *Grosvenor House*, das ich zum Vorbild genommen habe. Auch *Gunter's Tea Shop*, ein Café am Berkeley Square 7–8, das die Darlington-Schwestern so gern besuchten, weil es dort neben Eis auch französische, italienische und englische Süßwaren zu kaufen gab, schloss 1957 endgültig seine Pforten, nachdem es zuvor in die Curzon Street umgezogen war.

Was die Personen betrifft … Nun, der Prinzregent hat sich seinen Ruf redlich erworben. Jane Austen, heißt es, mochte ihn nicht. Für ihn spricht allerdings, dass er die Künste großzügig gefördert hat. Alle Figuren in den Hauptrollen sind frei erfunden, und Ähnlichkeiten mit lebenden oder bereits verstorbenen Menschen wären rein zufällig.

Dieses Buch widme ich meiner Mutter Johanna. Danke, dass du mir so häufig den Rücken freihältst und mich immer voller Liebe und Vertrauen unterstützt. *I love you, mummy!*

GLOSSAR

Aachener Stahlfedern	Schreibfeder aus Metall, langlebig, kleckst weniger; 1748 stellte Johannes Janssen (Assistent des Bürgermeisters von Aachen) Stahlfedern in geringem Umfang in Handarbeit her. Im 19. Jh. wurden sie in Großbritannien weiterentwickelt und industriell hergestellt.
Abigail	Weibl. Vorname sowie Bezeichnung für eine Kammerzofe
Ackermann's Repository	Einflussreiche Zeitschrift mit Themen wie Kunst, Literatur, Handel, Produktion, Mode und Politik (1809–1829)
Agricultural Review	Landwirtschaftszeitung für den Adel (Name erfunden)
Almack's Assembly Rooms	Die Almack's Assembly Rooms in der King Street im Herzen von St. James's waren während der Regentschaft (Regency) ein exklusiver Club. Die dort veranstalteten Bälle unter der Obhut einflussreicher Patronesses waren als »Heiratsmarkt« für Debütantinnen bekannt.
Anglesea	Segelschiff, an dem Asherton Anteile besitzt
Ayah	Bezeichnung für aus Indien stammende Kindermädchen, die gern von vornehmen englischen Familien beschäftigt wurden.

Banyan	Bequem geschnittener Hausmantel mit weiten Ärmeln, häufig aufwendig bestickt und aus kostbaren Stoffen wie Samt oder Seide gefertigt. Dazu setzte ein Gentleman im 18. Jh. eine weiche Kappe auf, weil man en famille ungern eine der lästigen Perücken trug. Wurde zumeist über Hemd und Breeches, später auch langer Hose getragen.
Barouche	Pferdekutsche, ähnlich der Kalesche, aber luxuriöser ausgestattet
Barrister	Anwalt in Großbritannien, an allen brit. Gerichten zugelassen
Bertin, Rose	Berühmte Putzmacherin aus Paris, hat für Marie Antoinette gearbeitet
Billett	Briefchen, Zettel, eine kurze Nachricht, häufig amouröser Natur
Blackheath Amazons	Gruppe von Bogenschützinnen (The British Amazons), die sich in Blackheath/Lewisham trafen; das regelmäßige Training und gemeinsame Festivitäten waren offenbar eine ideale Kontaktbörse für junge Leute
Blankscheit	Das Blankscheit ist ursprünglich ein rundgeschliffenes, längliches Holz-/Hornbrettchen, das vorn in eine Schnürbrust (Mieder, Korsett) eingeschoben wurde, um sie zu stabilisieren und einen flachen Bauch zu erzielen.
Bläuling	Schmetterlingsart, Maculinea arion, Quendel-Ameisenbläuling
Bow Street Runners	Die erste professionelle Polizeitruppe (gegr. 1749 in London von Henry Fielding). Abgelöst 1839 von der Metropolitan Police. Zuvor übernahmen privat bezahlte sog. »Thief Takers« Polizeiaufgaben, die allerdings häufig mit den Verbrechern gemeinsame Sache machten.
British East India Company	Britische Ostindien-Kompanie, mächtige Handelsgesellschaft

Broth	Scotch Broth, gehaltvolle Graupensuppe mit (Lamm-)Fleisch, Bohnen und Gemüseeinlage
Burney, Frances	Frances Burney, 1752–1840, auch bekannt als Fanny Burney und später Madame d'Arblay, war eine englische satirische Schriftstellerin und Dramatikerin. Sie war vier Jahre lang »Keeper of the Robes« von Charlotte von Mecklenburg-Strelitz, der Königin von George III.
Caroline von Braunschweig	Caroline Amalie Elisabeth von Braunschweig-Wolfenbüttel, 1768–1821, gehörte zur Dynastie der Welfen, durch die (äußerst unglückliche) Ehe mit ihrem Cousin George IV. war sie Queen Caroline, Königin von Großbritannien, Irland und Hannover
Cavendish	Familienname des Dukes/der Duchess of Devonshire
Chapati	Ungesäuertes indisches Fladenbrot, traditionell aus Weizenvollkornmehl gebacken
Charrière, Isabelle de	Schriftstellerin (1740–1805)
Cheesecake House	Das legendäre Cheesecake House stand mindestens seit dem 17. Jh. im Hyde Park. Parkbesucher:innen konnten dort Erfrischungen wie Milch, Käsekuchen usw. kaufen. Das Cheesecake House wurde im 18. Jh. auf Anweisung des Königs geschlossen, aber bis 1801 als Bootshaus genutzt; im 19. Jh. wurde das Gebäude abgerissen.
Chemise	Hemd (frz.), wurde zur Schonung der Haut unter dem Korsett getragen, zumeist einzige Unterwäsche (keine Slips o. Ä.!); konnte als Hemd, Unterhemd, Unterhose und Nachthemd dienen
Choli	Bauchfreies, eng anliegendes Oberteil mit kurzen Ärmeln (Herkunft: Indien und Nachbarländer)

Closet	Schrank, Kammer oder Nische im Zimmer, in der die tägliche Hygiene (häufig inkl. Toilettengang) stattfand
Corinthians	Sportliche adelige Gentlemen, die großen Wert auf ihr Erscheinungsbild legten
Corsetière	Korsettmacherin, frz., hochqualifizierte Schneiderin mit anatomischen Kenntnissen; im Regency wurden von den Damen weniger Korsetts als (die leichteren und manchmal kurzen) Mieder getragen, deren Funktion heutigen BHs oder Shapewear entsprach; die Geschäfte florierten wieder, als die Taillenlinie sank und eine Taille etwa ab den 1830ern mehr und mehr zerbrechlich wirken sollte.
Cribb, Tom	Englischer Weltmeister im Boxen mit bloßen Fäusten
Crossing Sweeper	Häufig jugendliche (Kinder!) freiberufliche Straßenkehrer:innen, die im 18./19. Jh. gegen Almosen Gehwege und stark frequentierte Kreuzungen überwiegend in vornehmen Stadtvierteln von London von Pferdemist und Unrat befreiten.
Curricle	Elegantes, unfallträchtiges Kutschenmodell. Curricles sind zweirädrig und werden zweispännig gefahren. Folgemodelle: Cabriolet und Phaeton.
Demimonde	Demi Monde (frz.), Halbwelt; Gesellschaft von nur scheinbarer Vornehmheit und zumeist zweifelhaftem Ruf
Dowager	Zumeist adlige, wohlhabende Witwe, die weiter einen Titel ihres verstorbenen Ehemanns trägt, während alle Privilegien des Titels auf dessen (männlichen) Erben übergehen. Hilft dabei, zwischen der Witwe und der Gattin des Erben zu unterscheiden, da ansonsten beiden Ladys gleich angesprochen würden.
Drawing Room	Empfangs- und Gesellschaftszimmer
Epsom-Derby	Pferderennen in Epsom, südlich von London

Fop	Synonym für Dandy, nur deutlich bunter gekleidet als Dandys, die im Regency das heute noch übliche Grau-Schwarz für elegante Herrengarderobe etablierten
Four-Horse-Club	Zu Beginn des 19. Jh. war dies ein exklusiver Klub (30–40 Mitglieder) von Gentlemen, die ihre Vierspänner hervorragend zu fahren wussten. Der Four-Horse-Club wurde auch als Four-in-Hand-Club, Whip-Club oder Barouche-Club bezeichnet.
frac à l'anglaise / frac à la française	Frack, Rock, Herrenjacke, vorn offen, mit langen Schößen. Obligatorisches Kleidungsstück, unter dem Hemd und Weste getragen wurden. Wikipedia: »Der frac à la française hatte weiterhin bogig nach hinten geschnittene, etwa knielange Schöße, der frac à l'anglaise hatte zunehmend in der Taille eckig abgeschnittene, hinten etwas übers Knie reichende Schöße.«
Galanteriewaren	Modische Accessoires wie Puderdosen, besondere Knöpfe, Modeschmuck, Schnallen, Tücher, Bänder, Posamenten, Fächer usw.
Gemme	Geschnittener Schmuckstein bzw. Edelstein, zumeist in Silber oder Gold gefasst
Gentleman's Gentleman	Kammerdiener, auch Valet oder Leibdiener; persönlicher Diener eines Gentlemans
George IV.	Georg August Friedrich (englisch George Augustus Frederick), 1762–1830, verh. mit Caroline von Braunschweig; als Prinzregent Namensgeber der Regency-Periode

Glorious Revolution	Die Glorreiche Revolution 1688/89 beendete die Herrschaft des königlichen Absolutismus und schuf mit dem Bill of Rights eine Voraussetzung für die Einführung eines parlamentarischen Regierungssystems. Seither konnten König oder Königin nur noch in Abhängigkeit vom Parlament regieren. Die »Zweite Glorreiche Revolution« steht noch aus. In meinem Roman hat sie bereits stattgefunden und führt im 18. Jh. dazu, dass Menschen in Großbritannien ungeachtet ihrer Hautfarbe Zugang zu den höchsten Kreisen hatten. Zumindest in der Theorie, Vorurteile blieben erhalten.
Gunter's Tea Shop	Tee-Salon (Eisdiele) am Berkeley Square 7–8, ab Ende des 18. Jh. einer der angesagtesten Treffpunkte in Mayfair, Konditorei 1757 gegründet als Pot and Pine Apple von Domenico Negri, mit engl., franz. und ital. Süßwaren; James Gunter (Unternehmer, Gärtner und Bauträger) wurde Teilhaber und übernahm Gunter's Tea Shop 1799.
Harding	Harding Howell & Co. in London, Pall Mall. Großes Mode-/Stoffgeschäft (50 Fuß lang), war durch Glaswände in vier Abteilungen unterteilt: Pelze/Fächer, Kurzwaren, Schmuck, Ornamente und Parfums sowie Hutmacherei (mehr »Shop in Shop« als Kaufhaus)
Holborn	Stadtteil von London
Investitur	Amtseinführung, hier: Aufnahme ins Oberhaus
Kulfi	Indische Eiscreme aus Pistazien, Kardamom und Safran; feste, cremige Konsistenz, bekannt etwa seit dem 15. Jh.

La Belle Assemblée	Zeitschrift, heute für ihre Modetafeln aus der Regency-Ära bekannt, veröffentlichte bis etwa 1820 auch Gedichte, Belletristik, politische und wissenschaftliche Artikel, Buch- und Theaterrezensionen sowie Fortsetzungsromane. Catherine Hutton und Mary Shelley schrieben für die Zeitschrift.
Lackington's	»Der Musentempel« am Finsbury Square in London; größtes Buchgeschäft, auch Verlag, Druckerei und Leihbibliothek mit geschätzt einer Million Bücher
Lambeth Palace	Stammsitz der Erzbischöfe von Canterbury in London
la migraine	Migräne
Le Beau Monde	Eines von vielen Magazinen für Ladys, in denen es um Gesellschaftsnachrichten und Moden (Kleider, Einrichtung usw.) ging.
Leibstuhl	Toilettenstuhl
libertär	Der Libertarismus ist eine politische Philosophie und Bewegung, die in der individuellen Freiheit den Ideen des Philosophen John Locke folgt.
Maharadscha	Hinduistischer indischer Herrscher-/Adelstitel; die weibliche Form lautet Maharani
Mangalsutra, Mangala Sutra	Brautkette, Indien; wird der Braut am Tag ihrer Hochzeit vom Ehemann symbolisch angelegt, dient später als Schmuckstück. Eine verheiratete Frau trägt sie so lange, wie die Ehe währt.
ma petite	Französisch, Kosename »meine Kleine«
Mary Jane	Frachtsegler, gesunken – beispielhaft für viele Schiffsunglücke
Meeke, Elizabeth	Elizabeth Meeke, 1761–1826, war eine produktive englische Schriftstellerin, Übersetzerin und Kinderbuchautorin und die Stiefschwester von Frances Burney. Sie veröffentlichte etwa 30 Romane.

Meyer, Jonathan	Herrenschneider aus Österreich, ließ sich Ende des 18. Jh. in der Conduit Street nieder. Er fertigte für Brummell und den Prinzregenten. Es wird vermutet, dass Meyer und Brummell gemeinsam die moderne Hose entwarfen, die bald zur Standardkleidung eines Gentlemen wurde.
Mews	Wirtschaftsgasse; schmale Straße, die zu den Hinterhöfen/Ställen der Häuser in vornehmen Stadtteilen wie Mayfair führt.
Molly House	Pub oder Club, in dem die Underground LGBTQ-Community verkehrte. Homosexualität konnte mit dem Tod bestraft werden. Es existieren wenige Dokumente, aber Historiker:innen gehen davon aus, dass es im London des 18. und frühen 19. Jh. eine äußerst aktive Szene gab, denn es herrschte eine gewisse Toleranz in der Gesellschaft, die im Laufe des 19. Jh. der Prüderie des Viktorianischen Zeitalters weichen musste.
Morgenbesuche	Anders als die Bezeichnung suggeriert, fanden sogenannte Morgenbesuche am Nachmittag statt, alles vor dem Dinner galt als Morgen. »Die angemessenste Zeit für einen morgendlichen Besuch liegt in der eleganten Welt zwischen ein und vier Uhr.« *The Pocket Book of Etiquette* (1837)
Mysore	Mysore war ein seit Beginn des 17. Jh. selbstständiger indischer Fürstenstaat; mit Unterbrechung (1761–1799 gab es muslimische Herrscher, die sich den Briten in vier Mysore-Kriegen widersetzten) unter der Herrschaft der hinduistischen Wodeyar-Dynastie; wurde 1799 zum britischen Protektorat.
Naqsch-e Dschahān	Legendärer Platz in Isfahan (Persien/Iran), seit 1590/1595

Nob	Eine reiche Person oder jemand in hoher sozialer Stellung, Aristokrat; abwertend
Ostindienkompanie	Europäische koloniale, politisch äußerst mächtige Gesellschaft(en), die seit dem 17. Jh. u. a. Handel mit Indien, Südost- und Ostasien sowie China trieben
Oxbridge	Oxbridge ist ein Schachtelwort aus Oxford und Cambridge, den beiden ältesten und bekanntesten Unis in UK. Der Begriff impliziert den höheren sozialen intellektuellen Status oder das dortige elitäre Denken und wird vorwiegend in einem kritischen oder selbstironischen Kontext verwendet.
Pakshee Baagh	Spieluhr, Tigervogel
Park Lane	Londoner Straße, die den Stadtteil Mayfair vom Hyde Park trennte
Peer	Angehöriger des britischen Hochadels
Phaeton	Zweiachsige, häufig sehr elegante offene Kutsche mit Verdeck, die nicht von einem Bediensteten gefahren wurde. Der Groom saß auf einem hinteren Sitz.
Pidcock-Menagerie	Gilbert Pidcock, Schausteller, besaß eine sog. Menagerie, mit der er seit 1779 mit Tieren durch die englischen Midlands reiste, ab 1793 stellte er im Exeter Change (Strand) »exotische Tiere« unter heute unvorstellbaren Bedingungen aus; 1822 wurde wegen der beschämenden Haltungsbedingungen von Ausstellungstieren der erste Tierschutzverein gegründet.
Posament	Von frz. passement; Borte, Besatz; darunter fallen Zierbänder, Kordeln und Quasten, Volants, Litzen, gewebte Borte, Spitzen aller Art, überzogene Knöpfe.
Prinny	Kosename seiner Freunde für den Prinzregenten, George IV., gelegentlich ironisch von anderen Untertanen verwendet

Prinzregent	George IV., regierte ab 1811 zuerst für seinen erkrankten Vater; Lebemann, Dandy; beim Volk wegen seiner Verschwendungssucht unbeliebt, leistete er doch Bedeutendes bei der Förderung der bildenden Künste. Namensgeber der Regency-Epoche.
Putzmacherin	Unter einer Putzmacherin verstand man im 18. und 19. Jh. eine Person, die alles zum weiblichen Putz Gehörende anfertigte. Später: Hutmacherin. Überschneidungen mit Galanteriewaren-Händler:innen. Unter Galanteriewaren verstand man zum Ende des 18. Jh. alle Stoffe, Bänder, Litzen, Posamenten usw., die dazu geeignet waren, ein Kleid (Outfit) zu schmücken.
Raja	Fürst in Indien, siehe auch Maharadscha (Maharadja)
Réticule	Kleine Handtasche, meist in Beutelform (Pompadour)
Ring, the	Der Ring war ein Rundweg mitten im Hyde Park, auf dem die Mitglieder des Ton im Kreis fuhren, um gesehen zu werden; unweit davon befand sich das Cheesecake House, das 1811 leider nicht mehr geöffnet war.
Rock	Herrenjacke, vorn kurz geschnitten, mit langen Schößen, siehe auch: frac
Rotten Row	Wortherkunft: vermutlich von »Route du roi«, Weg des Königs durch den Hyde Park. Im Regency war es ein Ort, an dem man sehen und gesehen werden wollte. Der breite Weg führte über einen Kilometer entlang der Südseite des Hyde Park und verband Mayfair mit den Kensington Gardens.
Settée	Sofa, Kanapeesofa, Polsterbank
Silver Dapple	Windfarbene, Pferderasse/-farbe, mit besonderem silbernem Farbschlag, kommt häufig bei Islandpferden vor
Stanhope Gate	Eingangstor zum Hyde Park; wie alle Tore wurde es nachts abgeschlossen

Strand, the	Straße in London
Stultz	Johann Stultz, einer der anerkanntesten Herrenschneider der Londoner Aristokratie im Regency in London. Kunden waren Dandys wie George Brummell und der Prinzregent, der 1822 als George IV. König von Großbritannien wurde.
Stutzer	Eitel wirkender, überaus modisch gekleideter Mann (abwertend)
Terreur	Terrorherrschaft. Die Schreckensherrschaft oder der Schrecken (französisch la terreur, der Schrecken) war eine Periode der Französischen Revolution von Anfang Juni 1793 bis Ende Juli 1794, die durch die brutale Unterdrückung aller Personen gekennzeichnet war, die verdächtigt wurden, Gegner der Revolution zu sein. (Quelle: Wikipedia)
The World of Fashion	Modezeitschrift
Ton	»Le bon ton« (le beau monde), vornehme Gesellschaft, Hochadel in UK; der Begriff wurde gegen Ende der Regency-Epoche allgemein gebräuchlich.
Touchstone	Lebhafter englischer Kontretanz aus dem Jahr 1780, der zumeist von drei Paaren getanzt wird.
Toxophilite Society	Hoch angesehene Vereinigung von Bogenschütz:innen; im Mittelpunkt standen Sport und gesellschaftliche Kontakte/Veranstaltungen, existiert noch heute; toxophilite (engl.): eine Person, die an der Sportart Bogenschießen teilnimmt oder sich sehr dafür interessiert.
Tuppence	2-Pence-Münze
Unaussprechliche	Ein anderes, oft scherzhaftes Wort für Beinkleider (Hose) oder (Damen-)Unterhosen, deren Erwähnung als äußerst unanständig galt

Vereenigde Oostindische Compagnie	Die Niederländische Ostindien-Kompanie war ein Händler-Verbund, zu dem sich am 20. März 1602 niederländische Kaufmannskompanien zusammenfanden, um die Konkurrenz untereinander aufzuheben. (Quelle: Wikipedia)
Vere Street	In der Vere Street wurden 1810 nach der Durchsuchung eines sog. Molly House mehrere Gäste verhaftet, von denen einige wegen »Sodomie« (altes Wort für homosexuelle Kontakte) hingerichtet wurden.
Walzer	Der Walzer wurde erst 1812 in den Almack's Assembly Rooms in London offiziell vorgestellt, war aber den meisten Aristokraten bereits vom Kontinent bekannt. Er wurde wegen der erotischen Komponente von vielen abgelehnt – aber auch geliebt. Deshalb habe ich ihn in meiner Geschichte ein wenig früher eingeführt.
Watier's	Watier's Club, ein Gentleman-/Dandy-Club in Piccadilly 81 (1807–1819) unter der Schirmherrschaft des Prince of Wales (des späteren George IV.), mit exzellenter Küche, in dem zu schwindelerregenden Einsätzen gespielt wurde.
Wilkie, David	Sir David Wilkie, schottischer Maler, wurde 1811 als Mitglied in die Royal Academy aufgenommen. König George IV. ernannte ihn 1823 zu seinem Hofmaler.
Windfarbene	Siehe: Silver Dapple
Wollstonecraft, Mary	Mary Wollstonecraft, 1759–1797, war eine englische Philosophin, Schriftstellerin und Frauenrechtlerin irischer Abstammung. Sie ist die Mutter der Schriftstellerin Mary Shelley.
Zweite Glorreiche Revolution	Siehe: Glorious Revolution